KB163717

밤의 군대들

The Armies of the Night

THE ARMIES OF THE NIGHT

History as a Novel, the Novel as History

by Norman Mailer

세계문학전집 158

밤의 군대들

The Armies of the Night

노먼 메일러

권택영 옮김

민음사

비벌리에게

이 책이 나의 능력을 훨씬 능가할 수 있게 도와 준
샌디 샤를부아에게

차례

1부
소설로서의 역사
― 펜타곤의 계단들

1장
목요일 저녁

1. 편지로 맺은 친구들

자, 먼저 우리의 주인공에 관한 기사로 이야기를 시작하자.
다음은 1967년 10월 27일 《타임》에 실린 글이다.

휘청거리는 출발

지난주, 평소에는 짜릿한 환락의 온상인 워싱턴 뒷골목의
앰배서더 극장에서 평화를 부르짖는 시위대를 받들어 모시느
라 계획에 없던 즉흥 독창회가 연출됐다. 문제의 주인공은 소
설가 노먼 메일러였으며, '우리는 왜 베트남에 와 있는가?'라는
물음에 최근 자신이 출간한 같은 제목의 소설보다 훨씬 못한
답변을 준비한 것으로 드러났다.

메일러는 머그 잔에 담긴 술을 연신 홀짝거리며 600명의 관중 앞에 섰는데 이들 대부분은 '토요일의 광란'으로 보석금 1900달러를 치른 학생들이었다. 메일러는 "과장된 연기로 갈채를 받으려 들진 않겠습니다."라고 거창하게 말은 했으나 사실 무대 위에 겨우 버티고 서 있는 정도였다.

이 말은 그나마 알아들을 수 있는 몇 마디였다. 앞의 사회자를 때리겠다고 위협해서 강제로 빼앗다시피 한 무대 위를 이리저리 비틀거리면서, 외설스러운 말을 우물거리기도 하고 재빠르게 내뱉기도 하면서, 메일러는 자기가 장내에서 소변을 볼 만한 장소를 찾으려 애쓴 상황을 자세히 묘사했다. 사실상 그 날 밤 그는 배설 욕망에 마음을 온통 빼앗긴 채였다. "본인은 린든 B. 존슨과 같기 때문에 여기에 서 있습니다."라는 말은 그나마 온건한 편이었다. "그 친군 꼭 나처럼 배설물로 꽉 차 있거든요." 청중이 "명성을 쫓는 사냥개!"라고 큰 소리로 야유하자, 메일러는 아무 때나 써먹을 수 있는 명사, 동사, "××놈."이라는 외설적인 감탄사까지 거리낌 없이 내뱉었다.

무대가 호텔의 바와 같은 분위기로 전락하는 듯하자 수염을 기른 문학 평론가 드와이트 맥도널드는 대경실색했다. 하지만 메일러가 연단에서 내려오도록 설득하는 데에는 실패했다. 결국 맥도널드는 호치민이 딘 러스크보다 조금도 나을 게 없다는 용감한 발언을 비집어 넣었다.

메일러는 한동안 저속한 욕설을 늘어놓은 뒤 시인 로버트 로웰을 소개했다. 시인은 더 크게 말해 달라는 요구가 불쾌한 듯했다. "그렇게 하지요. 크게 소리쳐 봤자 달라지는 건 없겠지만." 로웰은 이렇게 말하고 『위어리 왕의 성』을 읽기 시작했다.

상황이 펜타곤으로 옮겨지자 메일러는 어찌나 의기양양하게 거드름을 피웠던지 헌병 두 명에게 체포되고 말았다. "난 경찰이 세워 놓은 경계선을 넘어 버렸거든." 그는 이렇게 으스대며 화장실 시설이 열악하고 옥탄가가 낮은 머그 잔이 제공되는 감방으로 향했다.

이제 《타임》 기사는 접어 두고 실제로 일어난 일을 더듬어 보자.

2. 야수의 굴

때는 첫 번째 펜타곤 시위가 벌어졌던 해인 1967년, 9월 초의 어느 날 아침이었다. 자신이 세운 전쟁 놀이의 원칙과 즉흥 연극에 몰두해 있던 노먼 메일러는 전화벨이 요란하게 울리자 수화기를 집어 들었다. 그건 메일러답지 않은 행동이었다. 신경조직이 살갗으로 간신히 덮여 있을 정도로 예민한 사람들이 그런 것처럼 그도 전화를 싫어했다. 침착하게 만드는 심리적 기제를 뇌의 뒷방으로 몰고 갈 정도로 지나치게 정신 속으로 파고들기 때문이었다. 그래서 메일러는 자신을 단단히 방어해 왔다. 부재중 전화를 받아 주는 자동 응답기와 비서가 있었고, 때로는 가족들이 대신해 수화기를 들기도 했다. 가능한 직접 전화를 받지 않았다. 그래서 때로는 친한 친구들과의 대화도 놓치는 바람에 살짝 후회하며 다시 그들에게 다이얼을 돌릴 때도 있었다. 유치한 말이지만, 저녁때 전화에 너무 오래 매달려 있으면 새벽에 떠오를 창작력이 파괴된다고 메일러는 생각했다.(아침나절을 전화로 시작하면 종일 신통한 게 나오질 않는다고 믿는 터여서 실제로 작품을 쓰는 동안은 아랍인들이 돼지를 바라보듯 전화 업무를 처리했다.)

여전히 메일러는 마음이 복잡한 사람이었다. 속도에 미쳐 뇌에 바람구멍이 생겨도 개의치 않는 요즘 세대처럼 메일러도 자신의 뇌를 질 좋은 스위스 치즈로 만들어 놓았다. 수년 전, 위스키, 마리화나, 세코날, 각성제를 적당히 뒤섞어 복용하여 자신의 지적인 창공을 온갖 종류의 부식(腐蝕)으로 수놓았다. 이 때문에 그는 자신이 마치 천재가 된 듯한 환상에 빠지게 됐는데, 이는 지금 어린 세대가 십 년 뒤 LSD를 복용하고 천국을 여행하는 듯한 기분에 빠져 자신들을 보게 될 상황과 비슷하다.

그러나 이제 메일러의 뇌는 예전에 야단스레 복용했던 약의 폐해를 단편적으로만 받을 뿐 거의 정상적으로 다시 활동하고 있었다.(사실 절실히 필요한 단어가 생각나지 않을 경우나 영원히 사라져 가는 기억을 더듬으려고 애쓰는 결정적인 순간에 약의 파괴력을 맛보곤 했는데, 이 때문에 자신이 사랑했던 누군가가 자기 생명의 안전과 관련하여 과거 어느 특정한 때에 자신을 도와주었는지 아니면 배신했는지 도대체 기억해 낼 수가 없었다. 소설가에게는 이것이 결코 작은 허점이 아니다.) 정말이지 메일러는 약이라면 진절머리가 났다. 가끔 지나간 날을 회상하기 위해 마리화나를 피울 때도 있다. 그렇다, 마약에 취할 때보다 그렇지 않을 때 섹스가 더 좋다는 것을 미처 깨닫지 못한 채 좋은 섹스는 엄청나게 좋아야 한다고 생각하며, 여전히 메일러는 마리화나를 피울 때가 있다. 그러나 모든 종류의 약을 메일러는 진정으로 부정했다. 그는 약에 대해 아주 보수적이었다. 버나드 대학 2학년에 재학 중인 열여덟 살짜리 딸에게는, 대학을 졸업할 때까지 마리화나는 물론 어떤 종류의 환각제에도 손대지 말라고 엄명을 내렸다. 이 종말의 시대에 야비한 약속을 끌어낸 것이다.

우리가 찾을 수 있는 모순들이 이런 것들이다. 전화를 싫어하는 당연한 결과로 때때로 수화기를 들어야 한다는 사실. 메일러는 자신의 이미지를 만드는 데 아주 세련된 감각을 지녔다. 만일 그렇지 않았다면 아마 어디가 모자란 사람으로 보였을 것이다. 사람들은 메일러가 스물다섯 살 이후로 보여 준 공적인 모습을 통해 그를 알아 왔기 때문이다. 그는 자신이 만든 이미지의 석관 속에서 사는 법을 터득했다. 한밤중에 자다 말고 뛰쳐나와 석관 위의 조각들을 가다듬었는지도 모른다. 자신이 힘을 쓰지 못하는 대낮에는 신문기자들과 다른 언론 기관들의 그럴듯한 논객들, 문학계의 인사들이 그 살아 있는 전설의 묘비 위에 흉한 조각을 새겨 놓기도 한다. 그렇게 되면 필연적으로 메일러가 지닌 예민한 감각 가운데 일부가 전선으로 곧장 뛰어들어 원래 이미지를 지탱하기 위한 작업을 시작한다. 때로 이러한 이미지와 자신의 관계가, 잔뜩 발기한 성기를 가지고 아내의 비위를 맞추려 노력하지만 한 번도 만족시키지 못한 불쌍한 친구의 경우와 별로 다를 바 없지 않은가 하는 생각도 들었다. 어쨌든 메일러는 자신의 이미지를 다듬기에 열심이었고, 전화를 전혀 안 받을 경우 자신의 뜻과는 상관없이 다른 사람들이 이러쿵저러쿵 말하는 것을 싫어했다. 그래서 때로는 충동적으로, 도박사의 본능을 날카롭게 세운 채 모험에 뛰어들었다. 가끔은 수화기를 집어 들었다는 말이다.

1967년 9월 아침, 그는 내기에서 졌다.

아니, 졌는지 이겼는지는 역사의 판결에 맡기기로 하자. 하지만 우리의 기록을 위해서 당시 메일러의 즉각적인 반응을 살펴보는 것이 좋겠다. 한마디로 그것은 슬픔에 비유할 만했다. 다시 말하면, 수화기 저편의 사람과 대화를 나누고 싶지 않았던 것이다. 상대는 미쳴 굿맨이라는 작가였다. 보통 미치 굿맨이라고도 불리는 그는 높이 평가받을 만한 친구였고, 메일러도 그에 관해서라면 좋은 이야기를 늘어놓는 데 인색하지 않았다. 실제로 굿맨이 팔 년쯤 걸려 쓴, 2차 세계대전에 관한 심각한 서정시라고 할 만한 전쟁소설에 대해 메일러는 칭찬이 넘치는 추천사까지 선사했던 것이다.(비록 메일러가 스위스 치즈처럼 구멍이 퐁퐁 뚫린 기억력으로 그 책의 제목을 즉시 떠올리지는 못할망정 말이다.) 추천사가 지금이나 그때나 꼭 필요한 것은 아니었다. 메일러가 굿맨과 이야기하고 싶지 않았던 이유는 (1) 굿맨이 자기보다 더 훌륭한 인품을 지녔다는 것, (2) 그가 거절하기 쉽지 않으면서도 수행하기는 곤란한 일을 요구하리란 것을 잘 알았기 때문이었다. 게다가 굿맨은 모든 사람이 엄숙하기를 바라는 깨끗한 양심의 소유자였다. 만약 선한 양심을 지닌 사람들이 기운을 차리기 시작하면, 세상의 균형이 완전히 사라져 버리지 않을까 염려한 우주의 모든 힘들이 세상 사람들 모두가 선한 양심을 지니게 만들어, 마침내 경쟁이 사라져 버리게 될 것이라고 판단하는 듯했다.

사실 두 사람은 이십 년이나 알고 지낸 사이였다. 메일러의 기억이 정확하다면, 둘은 하버드 대학 동문이었고(메일러는 1943년에 졸업했으며, 스물다섯 번째 동창회가 다가오고 있었다.) 둘

다 브루클린 출신이고, 둘 다 어린 나이에 결혼했다. 1947년 파리에서 만났을 때, 굿맨은 키가 크고 머리칼이 검은 굉장한 미남으로 패배자의 비애를 풍기고 있었다.(만일 J. D. 샐린저가 미식축구 선수만큼 키가 크고 우람해진 상태에서 『호밀밭의 파수꾼』을 뒤적이고 있었다면 꼭 굿맨과 같은 분위기를 풍겼을 것이다.) 그는 아주 매력적인 검은 머리칼을 지닌 영국 여자와 결혼했는데, 두 앞니 사이로 벌어진 틈새가 꽤 인상적인 여자였다. 사람들은 그녀를 디니라고 불렀다. 파리 사람 모두가 그녀를 좋아했다. 새처럼 순수하고 가냘펐지만, 양심은 곧은 사람이었다. 이 부부는 이따금 열리는 파티를 제외하고는 사람들의 눈앞에 한동안 나타나지 않았기 때문에, 디니가 장래가 아주 촉망되는 시인으로 사람들의 입에 오르내리는 데니스 레버토브라는 것을 깨닫기까지는 시간이 꽤 걸렸다. 그녀가 여전히 명랑하다니 참으로 축복할 만한 일이다. 여전히 심각하고 우울한 미치에게도 축복을 보낸다. 두 사람은 결혼한 지 이십 년이 됐다. 이런 축복이 얼마나 많은 부부에게 해당될까? 분명히 메일러에게는 아니다.

미치 굿맨에 관해 최근에 들은 소식은 그가 큰 호텔의 연회장에서 소규모 시위대를 이끌었다는 것이었다. 1967년 3월에 열린 전미도서상 시상식 자리였는데, 각계의 지식인들과 문학 비평가들 앞에서 휴버트 험프리가 연설을 하려던 참이었다. 메일러는 참석하지 않았다. 벌써 몇 년째 그 시상식에 참석하는 것을 거부해 왔다. 특별히 누구 때문은 아니었고, 아직까지 자신이 쓴 책 가운데 한 권도 수상은커녕 후보작으로도 오른 적이 없었기에, 그렇게 하는 것이 자신이 할 수 있는 최선이라고 생각했을 뿐이다. 이번 경우에도 참석하지 않은 게 다행이었다고 생각했다. 만약 참석했더라면 미치 굿맨처럼 당당히 걸어 나올 수 있었을까? 베트남전쟁은 언제든 항의할 수 있는 일이며, 휴버트 험프리의 코를 납작하게 하려는 시도 역시 갈채를 받을 만한 모험이었다. 그러나 전미도서상 시상식장에서 퇴장하는 것은, 누구나 예상할 수 있듯이 아주 초라한 순례에 불과했을 것이다. 다음과 같이 웃기는 보도를 군이 인용하자면 말이다. "줄스 페이퍼는 시위대와 함께 퇴장했다가 험프리를 위한 파티에 슬그머니 되돌아왔다." 페이퍼는 그 후 명성을 되찾지 못했다.

문학계가 벌이는 시위에 참가하느니 일이나 하는 편이 더 나을 것이다. 소설가들도 영화배우들처럼, 자신들의 정치 구호를 이마 위에 숯검정처럼 칠하고 다니기보다는 드러내지 않기를 좋아하니까 말이다. 자신보다 더 용감한 행동이나 희생적인 행위에 갈채를 보내는 데 인색한 것이 문학계 인사들일진대, 성공하지 못하리라고 자기들끼리 단정한 용감한 행위를 어찌 용서할 수 있겠는가? 이 경우에 실패의 정도는 『수선공』이란 소설로 1966년 상을 수상한 버나드 맬러무드를 예로 들어 가늠해 볼 수 있겠다. 그는 험프리 부통령을 거부하기는커녕 그 자리에서 준비한 연설문을 읽기까지 한 것이다. 맬러무드 역시 베트남전쟁에 반대하는 인물이라는 점을 미루어 보면, 굿맨의 행동은 동조자들의 가슴에 봉화를 올리는 데 실패했나 보다.

그리하여 메일러는 오래된 친구와 전화 통화를 하고 있었다. 메일러의 우울한 양심은 본능적으로 상대를 이기려고 들었지만 속셈을 드러내지는 않았다. 그는 패자들과 시간을 보내고 싶지 않았다. 가치 있다고 생각하는가 하면 가치 없다고도 생각되는 이런저런 시상식에 참여하는 작가들처럼 그 자신이 패자로 알려진 지도 수년이 지났고, 그로 인해 많은 것을 잃은 터였다. 지금 경력으로는 자신이 꾸준히 잘 나가던, 전반적으로 계속 승리하던 때를 회상하는 것도 그리 쉽지 않으니, 자신에게 가장 냉정해질 때 품게 되는 위로란, 최악의 상태에 있다고 해도 적어도 아직까지는 자신이 발자크의 소설에 나오는 어떤 인물 정도의 가치는 있다고, 이기는 때가 있으면 지는 때도 있다고, 다시 해 뜰 날이 온다고! 다소 과장하며 으스대 보는 정도였다. 공들여 해 놓은 작업들 중 다수가 실패로 끝나긴 했지만, 그래도 어느 정도는 결실을 맺기도 했는데 이제 다시 패자들과 어울린다는 것은 이들의 미묘한 문제를 넘겨받아야 하는 손해 볼 짓이나 다름없었다.

굿맨과의 통화는 급하게 거친 고비로 들어섰다. 이 분도 채 되지 않아 메일러는 굿맨을 꾸짖기 시작했는데, 이건 굿맨이 요구한 내용을 들어 본다면 충분히 예상할 만한 일이었다. 굿맨이 한 달 안에 워싱턴에서 행진이 있을 예정이라는 말을 막 끝내고, 메일러가 자기는 커다란 목초지에 서서 다른 사람들이 연설하는 것을 들을 마음이 내키지 않아 참석하지 않을 것이라는 대답을 채 끝내기도 전이었다.(온건 핵정책 국가 위원회는 이 년 전에 워싱턴에서 항의할 것을 계획하며 메일러에게 50달러를 기부해 달라고 요청하면서도, 버클리에서 있었던 베트남전쟁에 관한 메일러의 연설 내용을 대단하지 않게 생각한 건지 아니면 너무 실망한 건지 연사로는 초빙하지 않았다. 이 때문에 메일러는 정신이 멀쩡한 상태에서도 여전히 몹시 화가 나 있었다.) 절대로 워싱턴에 가지 않을 것이라고 결심한 순간 굿맨이 말했다.

"노먼, 이번 경우는 달라. 자네, 국가 동원 위원회의 회보 읽어 보았나?"

"여러 번 받아 보았네만, 모두 마음에 안 들더군."

메일러는 카랑카랑한 음성으로 대답했다.

"글쎄, 이번엔 전혀 달라. 우선 근무 시간에 펜타곤에 침입해서 집무를 중지시킬 거란 말일세."

미치 굿맨이 다시 말했다.

메일러는 그런 소식을 별다른 감흥 없이 듣고 있었다. 그 말은, 학생들과 주 경찰관들이 이리 밀리고 저리 밀리며, 지옥의 천사들인 보도진이 범벅이 되어 벌이는 난투극, 좀 더 정확하게 말하면 이 주에 한 번씩 주말마다 해안에서 벌이는 군사훈련과 조금도 다를 바 없이 막연하고 불안하게 들렸다. 공포라는 이름의 조그만 거품이 태양계 어디론가 기울어져 가는 것처럼 느껴졌다.

"그래, 이번은 좀 관심이 가는군."

메일러는 여전히 으르렁거리는 투로 말했다.

"맞아. 내 생각도 그래."

굿맨이 대답했다.

"아무튼, 노먼. 내가 지금 전화를 건 것은 좀 다른 이유 때문이야. 우리 모임은 '저항'이라고 하지. 펜타곤 행진 전날인 금요일에 우린 법무부에서 징집영장을 반환하는 학생들을 옹호하는 시위를 할 거야."

바로 이쯤에서 메일러가 굿맨을 비난하기 시작했다. 그는 두 계획이 결국 같은 짓을 반복하는 것 아니냐고, 숨도 제대로 못 쉬며 쏘아 댔다. 언제쯤 사람들이 어리석은 짓을 그만두고 제

자리로 돌아가서 자신이 정말 해야 할 일을 하게 될 것인가? 자신의 일에 충실한 것이 베트남전쟁의 유일한 해결책이니, 우리 글쟁이는 글이나 써야 한다. 이렇게 말을 하며 메일러는 그 자신도 몇 달째 정말 글다운 글을 안 쓰고 있다는 걸 깨달았다. 영화 나부랭이나 만든답시고. 가만있자, 하지만 그건 문제가 안 돼. 메일러는 자신도 다른 동료들이 한 만큼 이 전쟁에 대해 항의했다는 생각이 들었다. 지금은 그토록 전쟁에 반대하는 많은 폭도들이 아직 "안녕하세요, 대통령 각하."하고 아첨할 때인 1965년에도 버클리에서 존슨을 공격하는 연설을 했단 말이야. 이렇듯 자기 방어적인 회상에 가득 찬 메일러는 오르간이 갑자기 멈출 지경까지 거의 전속력으로 페달을 밟듯 굿맨을 야단쳤다. 그러다가 순간, 옳은 이야기만을 늘어놓는 낡아 빠진 설교자 꼴이 아닌가 하는 생각이 뇌리를 스쳤다. 메일러는 결코 특정한 나이에 속한 적이 없었다. 다양한 경험을 한 만큼 그 내부에는 여러 연령층이 있었다. 여든한 살 먹은 노인도 있었고, 쉰일곱, 마흔여덟, 서른여섯, 열아홉……. 그는 갑자기 쉰일곱 살에서 서른여섯 살로 되돌아섰다.

"좋아, 미치. 내가 지금 무엇 때문에 악을 쓰는지 모르겠군. 아무튼 자네도 똘똘 뭉친 고집쟁이들을 녹여내려면 힘깨나 들거야."

수화기 건너편에서 미치 굿맨이 킬킬거렸다. 그 웃음은 파리에서 두 사람이 좀 더 이상적인 이야기들을 하던 기억을 불러일으켰다.

"미치, 그곳에 가기는 하겠네만, 썩 내키지 않는다는 건 알아 두게."

그로부터 일주일쯤 지나 어떤 소녀가 메일러를 찾아왔다. 그녀는 학생들을 지지한다는 내용에 서명을 한 공식적인 편지를 써 줄 수 없느냐고 물었다. 메일러는 아직 이 문제에 대해 확고한 결심을 못 내려 편지까지 써 줄 처지는 못 된다고 그럴듯하게 말했다.

다시 일주일쯤 지나서 또 다른 소녀가 찾아왔다. 이번에는 목요일 밤, 워싱턴의 한 극장에서 연설해 줄 수 없겠냐는 요청이었다. 그 자리에는 로버트 로웰, 드와이트 맥도널드, 폴 굿맨도 참석할 예정이라고 했다. 이번에는 미치 굿맨이 아니고 폴 굿맨이었다. 메일러는 누가 그 모임을 진행할 예정이냐고 물었다. 에드 드 그라지아라고 했다. 메일러는 그 이름을 기억했다. 드 그라지아를 볼 생각을 하니 약간, 그러나 분명한 기쁨이 몰려왔다. 그는 신중하게 제안을 받아들였다. 이제 주말까지는 사흘밖에 남지 않은 셈이다. 목요일에는 연설, 금요일에는 법무부에서 시위, 그러면 토요일이다. 어떤 일이 펜타곤에서 일어날 것 같은 기분이었다. 그리고 결국 그 무리에 휩쓸리고 말 것이다. 메일러는 자신을 잘 알았다. 어딘지 어둡게 결정된 주말은 헛된 낭비가 될 것이다. 새로 찍은 영화를 편집하면서 좀 더 유익하게 보낼 수 있었는데. 경찰들과 도둑들(다시 말하면 형사들과 용의자들)을 다룬 영화였는데, 여섯 시간은 족히 되는 상영 시간을 세 시간이나 두 시간 삼십 분 정도로 줄여야만 했다. 촬영 직후 나온 몇몇 편집용 장면은 정말 멋있어서 놀랄 만한 성공을 약속했지만, 시간은 줄여야 했다. 바로 메일러가 감독하고 주연한 영화였다. 그는 수사 반장인 프란시스 자비에르 포프라는 인물을 맡았는데, 그렇게 실패한 것 같지는 않았다. 자,

프란시스 자비에르 포프여, 안녕. 그리고 친애하는 펜타곤, 이제 당신을 맞을 차례구려. 약속한 주말이 다가오자 메일러는 그 주말이 이미 지난 다음이었으면 좋겠다는 마음이 간절해졌다.

3. 종착역들

목요일 오후, 드와이트 맥도널드와 메일러는 뉴욕에서 워싱턴으로 가는 같은 비행기를 탔다. 그러나 둘은 서로 알은체하지 않았다. 물론 이것을 그날 밤 앰배서더 극장에서 벌어질 일의 상징적 서막으로 생각할 수도 있겠으나 그보다는 비행기의 좌석이 이를 가는 기계만 없을 뿐 치과 의자 같아서 도무지 알은체할 기분이 나지 않았다.(어쨌든 이들, 드와이트 맥도널드, 로버트 로웰, 폴 굿맨, 노먼 메일러는 파티에서 만나게 되어 있었다.) 메일러에게 무대를 빼앗길 때까지 앰배서더 극장에서 사회를 볼 예정이던 에드 드 그라지아는 친절하게도 공항으로 마중 나와서 메일러를 헤이 아담스 호텔로 안내했다.(물론 사람들은 기꺼이 자기 집으로 손님을 모시려 했다. 남는 침실이 있고 대의명분에 충실한 워싱턴 사람들이 없을 리 없겠지만, 여섯 아이를 둔 메일러가 한가한 주말 시간까지 다른 사람의 아이들과 같이 보내야 하겠는가.) 가는 길에 드 그라지아는 이 도시의 분위기에 대해 잠시 설명했다. 이야기의 중심도 없이 그는 그저 중얼거렸다.

드 그라지아는 시칠리아 출신으로 날씬하고 우아했으나 행동에 자신감이 없어 보이고, 말을 할 때는 상당히 망설여 거의 더듬거리는 수준이었다. 하지만 시칠리아 출신답게 어떻게 해서든지 다른 사람에게 자신이 말할 게 있다는 확신을 일깨워 주었다. 게다가 그는 십 년 전쯤의 프랭크 시나트라를 방불케하며 호감을 주는 외모를 지니고 있었다.

드 그라지아는 동원에 대한 법적 변호 위원회의 대표 변호사였다. 메일러와는 최근 보스턴에서 열린 『적나라한 오찬』이라는 책에 대한 재판에서 만난 이후 친구가 됐다. 드 그라지아는 그 책의 변호사로, 앨런 긴즈버그와 메일러는 그 책의 문학적 가치를 옹호하는 증인으로 참석했다. 변호사인 드 그라지아는 토요일도 분명히 바쁘게 보내리라. 경찰 측에서도 시위대 측에서도 몇 명이 체포될지, 어느 정도의 폭력이 있을지 가늠할 수 없었다.

햇빛이 밝게 내리비치는 느지막한 오후의 워싱턴이었다. 케이프 코드의 9월, 인디언 섬머의 어느 날을 연상시켰다. 공기는 맑았다. 뉴욕과 비교하면 선뜻할 정도로 좋았다. 그러나 높은 빌딩의 그늘 속에서 컨버터블의 뚜껑을 열어 놓은 채 신호등이 바뀌기를 기다리려니 10월의 추위가 미풍 속에서 넘실거렸다. 밝고 따스한 햇볕 속에서 가볍게 스치는 추위는 약간의 불길한 느낌마저 주었다. 쓸데없는 생각이 머리를 스쳤다. 만일 이틀 후에 우리 둘 가운데 한 사람이 죽게 된다면, 얼마나 믿기지 않는 일인가!

드 그라지아는 시위에 중심이 없다고 고충을 털어놓았다. 1963년에 있었던 시민권을 위한 시위 때와는 달리 이번에는 중심 세력이 없다는 것이다. 모든 조직에게 지시를 내리고 이들 사이에서 의사소통을 조율하는 중앙 감독부나 연결 위원단이 없으며, 5만 명 정도로 추산되는 집회 인원도 대부분 소속이 없거나 소속 단체에서 탈퇴한 상태였다. 그렇다고 나중에 어떤 조치를 취할지 정부가 귀띔해 주는 상황도 아니었다. 당당한 정부 세력을 떠올리자 메일러와 드 그라지아의 가슴 한편에 공허함이 서서히 파고들었다. 드 그라지아가 링컨 기념관에서 펜타곤까지의 행진로에 대해 이야기하는 동안, 메일러는 링컨 기념관에서의 집회가 마치 1963년 마틴 루터 킹이 "나에게는 꿈이 있습니다."라고 말했을 때, 언젠가는 대통령이 될 꿈이 있군 하며 사람들이 숙덕대던 그때와 아주 비슷할지도 모르겠다고 생각했다.

사 년이 지난 지금, 링컨 기념관에서 열릴 오전 집회에서는 너무 큰 불상사가 일어나지 않기를 모두 바라고 있었다. 그러나 말 그대로 지도자도 없는 군중 몇 만 명이 메모리얼 브리지를 건너 버지니아로 행진해 펜타곤으로 나아갈 것인데, 어느 길을 택할지조차 아직 정하지 않았고 정부와 시위대 간의 협상에서도 아직 합의를 보지 못했다는 것이다. 드 그라지아의 설명에 따르면, 길이 세 군데 있는데 정부는 시위대가 가장 좁은 길을 택하길 원했다. 이게 곤란한 문제 중 하나이고, 또 하나는……. 그는 망설였다. 또 뭘까? 경찰 배치를 두고 정부 대변인은 시 경찰, 연방 보안관, 연방 정부 방위군을 비롯해 다른 부대들도 투입할 것을 암시했다고 한다. 자꾸 캐묻자 당국자는 아주 능수능란하게 비켜 갔다. 자신들이 특정 부대를 배치하려고 날뛰는 건 아니라고 대답했다는 것이다.

"공수부대가 아닐까요?"

드 그라지아가 말했다. 나중에 밝혀진 결과는 그 말대로였다.

"이봐요, 이보라고요. 공수부대라면 좀 걱정할 일이 아니지."
메일러가 말했다.

그러나 공수부대만 있는 것은 아니었다. 그러면서도 공수부대라는 소리는 여전히 마술적 울림으로 다가왔다.

"토요일에 나가서 직접 보고 싶어요. 하지만 아마 난 변호위원회 본부에 남아 있어야 할 거예요."

드 그라지아가 말했다.

"아, 거기가 당신 소속이지. 우릴 빼내려면 누군가가 거기 있어야지요."

이제 시간은 6시가 넘어 러시아워도 지나 있었다. 그런데도 워싱턴은 늦은 오후처럼 끝없는 평화가 계속 감돌았다. 오후가 깊어 갈수록 도시는 점점 더 부드러운 남쪽 도시처럼 변해 가고 있었다. 강철 같은 의지이지만 살짝 녹이 슨 심리 상태, 질식할 듯한 숨 막힘(만약 이 도시에서 누군가 목을 조른다면 다른 어떤 곳에서보다 더 천천히 조를 것이다. 누군가는 삼십 년이 걸릴 정도로), 희미한 금지의 향기, 그 준엄함과 숨은 부패(마치 부유하고 살찐 중년 여자가 어느 화실로 들어서듯), 모든 것들이 이 한가로운 금빛 석양 속에는 마치 없는 듯 보였다. 메일러는 한숨을 내쉬었다. 뉴욕 사람들 대부분이 느끼는 것처럼 워싱턴에서는 자신의 존재가 초라하게 보였다. 수도는 언제나 메일러와 같은 사람들을 평가하는 척도가 되는 것 같았다.

그러나 자신의 평범한 일상생활은 단지 내부에 존재하는 야생 인간의 하인이었음을, 메일러는 지난 몇 년 동안 깨달았다. 그 인간은 자주 등장하지는 않았다. 어떤 때는 한 달에 한 번 정도, 어떤 때는 일 년에 두 번, 그저 숨 한 번 들이쉬기 위해 나타나기도 했다. 하지만 절대적인 존재였다. 나름대로 거친 재기가 반짝이고 겁이 전혀 없는 메일러는 그 친구를 좋아했다. 언젠가는 거의 마비 상태에서 소니 리스튼과 싸울 마음까지 먹던 친구다. 가끔 동물 같은 자기중심적 광기를 부릴 때를 제외하면 감탄할 만한 친구였다. 자신의 손이 닿는 한계를 넘어선 존재는 절대로 인정하지 않으려는 자기중심적 광기. 그리고 그 친구는 굉장한 속도로 나타난다. 거의 예측할 수가 없는 것이다. 우리의 주인공이 헤이 애덤스 호텔에서 숙박 수속을 끝내고, 옷을 갈아입고, 사려 깊은 담화를 몇 마디 준비하려는 찰나 그 친구가 예고도 없이 불쑥 나타났다. 그 담화는 그날 밤 앰배서더 극장에서 연설할 것으로 베트남에서 우리가 하는 일이 근본적으로 정신 나간 짓이라는 내용이어야 했으며, 토요일에 있을 펜타곤 습격의 거사에 기꺼이 참석할 것을 북돋는 내용이어야 했다.

4. 진보주의자들의 파티

메일러는 먼저 진보적 성향의 어느 매력적인 부부가 연 파티에 참석했다. 아무리 좋게 이야기해도 결코 낙천적이지는 않은, 아니 좀 더 솔직히 말해 어느 평자가 "주독에 걸려 멍청한"이라고 표현한 메일러의 기분은 납빛의 작은 공으로 뭉쳐져 다리 쪽이 아닌 위장 쪽으로 가라앉아 있었다. 처음으로 그는 파티에서 술을 마시고픈 건전한 욕망이 결국 끔찍한 결과를 빚지 않을까 걱정했다. 메일러는 사실 가장 나쁜 부류의 속물이었다. 뉴욕이 그를 망친 것 같지는 않았다. 뉴욕이 고의적으로 그렇게 만든 것이 아니라 파티들이 그의 너그러움을 부숴 놓았다. 물론 아주 좋은 파티는 제외하고. 대부분의 속물들처럼 메일러도 세련된 귀족주의를 믿는 데 전념했다. "그저 누추한 거처에, 빛나는 눈을 가진 대담한 젊은 예술가 몇몇만 있으면 충분하다." 이렇게 말하면서도 사실 그는 경제적으로나 사회적으로 최상류층의 사람들이 참석하지 않는 파티에는 별 흥미를 느끼지 못했다. 사악한 숙녀가 없는 파티는 커다란 목소리가 빠진 오페라 같다고나 할까. 물론 이 방에 들어섰을 때 사악한 숙녀들은 없었다. 몇 명은 분명히 매력 있었고 그중 둘은 지나치게 어려 보였다. 특출한 진보 성향 학교의 상급생들이었는데 순진하고 예의 바르고 명랑하고 뺨이 붉으레한, 죄의식과는 완전히 단절된 순수 그 자체처럼 보였다. 메일러는 그런 어린 아가씨들과 무엇을 어찌해야 할지 몰랐다. 지금까지 사십사 년을 은밀, 급습, 위험, 도발, 위장, 욕설, 잠잠하고 투명한 죄악들로 점철된 진짜 대화 속에서 보낸 터였다. 죄악은 그의 다정한 친구였다. 강장제요, 간수요, 말이요, 칼이었다. 다시 말해 만일 열일곱 살 먹은 아이가 정욕을 사랑 교습소 정도로 생각한다면, 메일러는 그 아이와 한 시간 이상 어울리려 들지 않았다. 그는 LSD, 히피족, 사랑을 즐기는 세대를 혹평했으나 자신도 그것을 즐겼다.(드 그라지아가 어린 아가씨들을 데려왔다. 그가 공연히 시나트라와 닮은 줄 아는가.)

　하지만 점잖은 부인들과 다시 어울려 보자. 방 묘사도 잠깐 해야 한다. 버클리 대학이나 시카고 대학, 혹은 컬럼비아 대학의 교수들이 모이는 파티 장소같이 흔한 장소였다. 공통점은 교수들이 모두 진보주의자라는 것이다. 보수적인 교수들은 개인 수입이 있기 때문에 취미의 결정체인 자신들의 취향대로 방 안을 꽃 피운다. 집 안 구석구석에는 값비싼 수집품들과 괴상한 흉상들이 놓여 있다. 그러나 진보주의자들인 전임강사, 조교수, 부교수 들은 보통 가난하며 계획적이다. 그래서 집 단장 같은 건 남몰래 비웃는다. 이들의 집은 서로 비슷한데, 아내들이 의사, 분석자, 사회학자, 인류학자, 노동 관계 전문가 같은 거대한 진로를 택하지 않기 때문이다.(이런 사회 발전 계획의 위대한 하인들은 결혼한 뒤 남편과 자식을 위해 모든 것을 희생하며 사라진다.) 그래서 가구들은 실용적이고, 벽과 양탄자와 식탁보의 색깔은 전체적으로 사무실처럼 갈색이거나 도서관처럼 회색이고, 미술품과 조각품은 추상적이고 형편없는 모조품이다. 라이스 페레이라, 레너드 바스킨, 벤 셔언. 그러나 벽 위의 예술가가 바로 집 주인의 친구란 것에 25달러 내기를 건다면 틀림없이 10달러는 딸 것이다. 그 예술가와 대화를 나누다 보면, 올바른 정치적 견해와 상당한 문학적 지식에 막심 고리키의 연설을 듣는 것 아닌가 착각할지도 모른다.

대강 이 정도가 유명하고 특히 악명이 높은 작가 메일러가 그 방에 들어섰을 때 느꼈던, 불쾌하지만 차마 말로 표현할 수 없는 내밀한 기분이었다. 한 발자국 비켜서서 자신의 삶을 보듯이 메일러는 흔히 가장 훌륭하다는 진보주의적 교수들에 대해서 깊은 반감을 느꼈다. 꼭 복사지 사이에서 나는 공허한 냄새처럼, 지나친 안전 속으로 도피해 버렸다는 느낌으로 인한 실망감이었다. 만일 국가가 시민의 현대적 개념을 큰 플라스틱 덩어리로 바꾸어 더 크게 조작된 덩어리에 붙여 버리려 한다면,

그 탓을 메일러는 이 진보적인 대학교수들의 영양실조 걸린 무릎과 심리적 부담감으로 굽은 허리에 돌릴 준비가 되어 있었다. 물론 이들은 정치적인 문제에 있어서, 정부의 대 아시아 외교정책에 반대하고 있었다. 그러나 이 정치적 견해차는 엔지니어들끼리 언쟁하는 것과 별반 다를 게 없었다. 진보주의적인 대학교수들은 기능 제일주의 그 자체인 이 나라와 대결할 위치에 서 있는 게 아니라(십중팔구 그럴 리 없다.) 오히려 마지막 인류가 살고 있는 에어컨 달린 둥근 천정을 관리하는 당사자들일는지 모른다. 이들이 '위대한 사회'와 투쟁하는 이유는 사회가 한시적으로 혼란에 빠졌다고 생각하기 때문이다. 위대한 사회가 공화당의 골드워터에게 이용당하는 상황이 진보주의적 기능공들에게는 너무도 비합리적이어서, 이들은 힘겹게 얻은 민주당 안에서의 균형추 역할을 저 버려야 하는 씁쓸한 필연성에 직면하게 된 것이다. 이런 비합리적인 행보 때문에 위대한 사회라는 기계가 제 기능을 못한다는 손실, 이것이 이들이 직면한 고통이다. 그렇다고 진보주의적 기능공에게 개성이나 원칙이 없다는 말은 아니다. 이들이 사는 거실이 최신식 시설을 갖춘 병원의 대기실과 별로 다를 게 없어 보였다면, 그것은 이론가들이 추구하는 이데올로기가 영혼이라는 인간 실체와 아무 관련을 맺지 못하기 때문이다. 실내장식의 참다운 힘이라고 볼 수 있는 탐욕, 죄의식, 열정, 믿음은 이들의 가구에 거의 반영되어 있지 않다. 아니, 돈이란 것이 이 진보주의 대학교수들에게는 한낱 개념에 불과하기에 금덩이도 실감 나지 않는다. 지성인들에게 관념보다 더 실감 나는 것이 어디 있겠는가! 사회적 지위나 힘도 진보주의 기능공들에겐 역시 한낱 개념, 추구할 만하지만 더 나은 관념을 위해서 희생할 수도 있는 개념에 불과하다. 이들은 미래 사회의 기계적 하인들이다. 그곳에서는 인간의 비합리적 모순이 해결되고, 이익을 둘러싼 충돌이 모두 협상되고, 자연의 진동조차 주파수로 압축되어 인간의 마음에 맞게 들락날락 편하게 조정된다. 이들은 달의 하인들이다. 달에 가서 유토피아를 건설한 준비가 되어 있기 때문에 거실이 사무실과 다름없어 보인다. 지구상에 존재하지 않고 아무 곳에도 속하지 않은 어느 혹성, 훌륭한 시민의 권리를 위한 기회와 완전한 사회공학이 실현되는 죽은 지역에, 물론 음식물은 조달되는, 이상향의 모델하우스를 꿈꾸고 있는 것이다.

사회적 사유들이 다양한 듯하면서도 한결같듯이 이 파티에 온 손님들도 진보주의 파티라는 일반적 명제와 적어도 부분적으로는 맞지 않았다. 예를 들면 이 파티를 주최한 안주인은 자그마하고 생기로 가득하며, 또렷한 눈빛에 저돌적인 기질과 어린아이 같은 환희를 살짝 풍겼는데, 그녀가 차린 요리를 거절하는 일이 메일러에게는 큰 골칫거리였다.(그녀는 손님들이 극장으로 옮겨 가기 전에 먹을 음식을 준비했으며 메일러는 이를 거절해야만 했다.) 술을 열심히 마셨기 때문에, 음식을 위장에 섞는 것은 음식에도 버번위스키에도 별로 좋을 것 같지 않았다. 물론 이 조그만 여인에게는 확실히 억울한 일임에 틀림없었다. 메일러는 자신의 태도가 나쁘다는 소문이 널리 퍼져 있음을 알기에 실례를 범하지 않으려고 조심스레 처신했다. 그러면서도 여러 사람 앞에서 몇 번 연설을 해 본 그의 머릿속에는, 연설자의 첫 번째 의무는 최대한의 에너지와 높은 집중력과 기지를 지니고 무대에 서는 것이라는 속삭임이 맴돌았다. 버번위스키를 반병쯤 비운 뒤에 훌륭하고 푸짐하게 잘 차려진 저녁 식사를 하면 무기력해질 것이 틀림없다. 머리가 무뎌져서 침을 한 번 내뱉고 메마른 입술로 무슨 말을 중얼거릴지 알 수 없다. 그래서 하는 수 없이 그 숙녀에게 깊이 사과하며, 눈물이 고일 정도로 섭섭해하는 그 눈을 감히 마주 보았다. 그러자 그녀는 정말 놀라울 정도로 감탄스러운 어린아이 같은 표정을 지었다. 진보적인 대학교수들에게서나 볼 수 있던 표정이었다. 메일러는 자신이 꾸밀 수 있는 가장 진지한 표정을 지으며 다음번에는 꼭 다시 초대해 달라는 말로 그녀의 실망을 덜어 주려 했다.

"약속하시는 거죠?"

"네, 다음번 제가 워싱턴에 들를 때."

그는 정신병자처럼 거짓말을 했다. 순간적인 침묵으로 분위기가 엉망이 되는 상황에 매몰되어 아무 개성도 보여 주지 못하는, 그런 끔찍한 경우를 미세한 감식력을 통해 적지 않게 관찰해 온 메일러는 그 순간마다 가장 멋진 가능성의 아말감을 입혀 놓곤 했다. 특히 진보주의 교수들의 집에서 이런 짓을 했다. 예절에 관한 한 이 교수들은 퉁명스러웠다. 천국의 희망을 1과 0, 네와 아니오라는 식의 이원화된 기계 조직 위에 세워 놓은 사람들에겐, 수락과 거절이 우아함의 범주와 별 상관없었다. 만일 이들이 원하는 것을 해 주지 않는다면 이들을 거부하는 것과 다름없는 것이다. 메일러는 퉁명스럽기로 유명했다. 그의 개성이라는 건축물은, 교회 당국의 명령을 듣지 않고 몇 세기에 걸쳐 여기저기 다르게 지어진 지방 성당과 비슷했다. 이 성당이 어느 건축가의 손에 떨어지면 곧 적에게 넘어가는 셈이었다.(그가 아무런 대가 없이 네 번이나 결혼한 줄 아는가.) 메일러가 여러 면에서 퉁명스럽긴 했지만, 자신에 대한 예절에는 지나치게 민감해서, 어느 때는 프루스트가 태어나면서 세포의 짝을 잃고 각기 분리되어 다른 자루 속에 들어 있다가 세상에 나온 것 아닌가 의심이 들기까지 했다.(물론 여기서 자루란 환경을 표현하는 것이지 프루스트 부인이나 메일러 부인 등, 어머니들의 특정 성격을 가리키는 것은 아니다.) 어떻든 대담성, 수줍음에서 오는 공격, 거친 주장, 말을 슬쩍 돌려 표현하는 것 등, 마치 중풍 걸린 손으로 끈을 매는 것만큼이나 괴로운 일이었는데, 이 하나하나가 모두 자신에게 대적해 오는 듯했다. 그리고 이러한 순간이 반복되는 상황이란, 마치 진보주의 대학교수들과 함께 있으면 화물차와 부딪칠 뻔하다 피하는 것과 유사한 느낌을 받는다고 할 만했다. 여러분에게만 살짝 말하는데, 메일러는 사실 이 친구들을 별로 대단하게 생각하지 않는다. 하지만 그걸 어떻게 표현할 수 있나? 나타내면 증오의 화살이 수없이 날아올 것을. 그래서 과장된 태도로 얼버무리면서 대화를 밀어붙이다 보니, 결국 지나간 잘못을 고치고 또 고치고 하는 격이다. 어디 한번 예를 들어 보자.

"당신 친구를 알고 있어요."

한 이상주의자가 말을 건다.

작가 선생은 "그래요? 누군데요?"라고 초조한 목소리로 말을 받는다.

그러자 상대가 이름을 댄다. 아무개라는 친구.

메일러는 그 아무개를 모른다고 대답한다.

이상주의자는 메일러와 아무개를 관련지어 대화를 계속한다.

"아! 그래요!"

메일러가 말한다.

"물론 그렇죠!"

아무개의 업적과 위대함에 대해 입에 거품을 문 칭찬. 사실 아무개는 김빠진 탄산수 같은 친구다.

낯선 사람들과의 대화가 이런 식으로 파티 시작부터 계속 됐다. 메일러는 이 사람 저 사람 돌아가며 말을 주고받는 것을 재빨리 포기하고, 차라리 처음부터 드와이트 맥도널드와 부딪 치기로 했다. 맥도널드는 아주 사교적인 사람이어서 에스키모 든 뉴욕 주 위생부 소속 수금원이든 유엔 대사든 쉽게, 개인적 편견 없이 이야기할 줄 알았다. 그래서 메일러는 그와 함께 십 오 분 동안이나 세상사에 대한 대화를 즐겁게 나눌 수 있었다. 그리고 나서는 음식이 아직 차려지지 않은 만찬 탁자에서 로 버트 로웰에게 달라붙어 깊은 대화에 빠진 듯했는데, 이후에 음식 들기를 거절한 것까지 합치면 파티를 연 안주인을 두 번 이나 상심시킨 셈이었다.

표면상으로 로웰과 메일러는 대화에 푹 빠진 것처럼 보였으 나 사실 수천 개로 갈라진 개성의 틈바구니에서 이제야 재빨 리 공통된 끄나풀을 하나 찾아냈을 뿐이었다. 가치 있는 명분 을 붙이기에는 진보주의 대학교수들이 그렇게 마음에 들지 않 는다는 내밀한 동의였다. 그렇다. 두 사람의 속물근성은, 산처 럼 큰 얼굴을 포개면 거의 겹쳐질 정도로 서로 닮았다. 정확하 게 말하면 둘은 멋지고 사악하고 사교적인 파티에 내심 즐거 움을 느끼고 있었다. 더 나아가서 이와 비슷한 종류의 허영까 지도 공유했는데(사실 로웰이 훨씬 더 정의감이 있었지만) 그것은 두 사람이 혁명가로서, 반역자로서, 반대자로서, 무정부주의자로서, 시위자로서, 아니면 이 좌익이나 저 좌익 단체의 기수라고 명명된다 해도 내밀하게 말하자면, 실은 위대한 보수주의자들이고, 또 한 가지 진실을 털어놓는다면, 불쌍하고 빌어먹을 이민 온 왕자들이라는 사실이다. 이들은 명분을 위해서라면 기꺼이 죽을 각오가 되어 있었다. 그 명분이란 것이 결국 예상하지 못한 기지를 얻게 됐으면, 신의 마지막 영광이 손길에 닿게 됐으면, 하고 바랄 만도 했다. 하지만 기지가 있든 없든, 신의 은총이 있든 없든 그날의, 그 주일의, 그 주말의 일거리를 송두리째 팽개치고 워싱턴까지 어슬렁거리며 와야 했던 게 후회스럽기 짝이 없었다. 지울 수 없는 혼탁한 명성 속에 푹 젖어, 악마가 조금 더 잘 빚어낸 창조물들을 대표하는 듯한 이 파티에서, 별 보상도 없이 이 많은 바보스러운 짓을 벌이고 있다니. 그래서 로버트 로웰과 노먼 메일러는 대화에 푹 빠진 척했다. 빈 식탁 앞에서 머리를 맞댄 채, 양쪽 팔꿈치에 걸리는 술 마시는 사람들을 무시하고 등 뒤 자세만 보아도 여하한 간섭도 용납하지 않겠다는 기세를 내보이며 대화에 파묻혔다. 실로 그 방에서 유일하게 동떨어져 초연한 두 사람이었다.(폴 굿맨의 자세에 대해서는 잠시 후에 설명하겠다.)

로웰은 원래 인간적인 매력이 물씬 풍기는 친구였다.(외모는 활기 넘치면서도 귀티 났으며, 독특한 그 태도는, 친절하기 그지없어 누구나 만나고 싶어 하는 보스턴의 은행가처럼, 찌푸린 얼굴이라고는 몰랐다. 당당하고 부드럽고 상대방을 달래는 듯했다.) 사실 그는 그날 저녁, 극장에서 벌어질 일에는 큰 관심이 없는 것처럼 보였다.

"나는 그저 시나 몇 편 읽을 작정인데."

로웰이 말했다.

"자넨 연설을 할 모양이더군, 노먼?"

"글쎄, 뭐 그럴 것 같군요."

"그래, 자넨 연설이라면 내로라하는 친구 아닌가?"

"그렇지도 않아요."

연설을 잘한다는 칭찬에 대한 겸손, 수식, 항의, 그리고 부인.

"난 여러 사람 앞에 서서 이야기하는 데 소질이 전혀 없어."

로웰은 부드러움이 넘치는 목소리로 말했다. 이리하여 1라운드에서 로웰은 쉽게 이겨 버린 셈이었다. 나이가 어리고, 따지기 잘하고, 스스로 왕자라고 치켜세우던 메일러는 다시 기운을 차려 2라운드로 접어든다는 게 어쩐지 시시다는 생각이 들었다. 전에는 만회하려고 연장전을 벌이기도 했지만 놀랍게도 지금은 그럴 기분이 아니었다.

곧 둘은 더 큰 관심사로 말머리를 돌렸다. 미치 굿맨이 메일러에게 맨 처음 꺼냈던 주제였다. 내일, 예일 대학의 교목인 윌리엄 슬론 코핀 2세가 이끄는 징집 거부자들이 교회의 지하실에 모여서 각 대학과 단체의 대표 학생들이 징집영장을 모은 가방을 들고 법무부까지 행진할 예정이었다. 그런 다음에 코핀과 선발된 대표 몇 명은 법무부로 가서 장관에게 영장들을 돌려주고 답변을 기다릴 것이라는 내용이었다.

"이 일 때문에 큰 골칫거리가 생기지는 않겠지, 안 그런가?"

로웰이 물었다.

"네, 제 생각으론 별 재미를 못 볼 것 같아요. 한바탕 연설도 있을 테고."

"오! 아니야."

로웰이 고통스러운 표정으로 말했다.

"코핀은 그런 바보가 아니야."

"하지만 연설을 못하게 하기는 쉽지 않을걸요."

"그 친구들이 우리에게 기대하는 게 도대체 뭔 줄 아나?"

로웰이 설명하기 시작했다. 그는 영장을 자루 속에 던져 넣는 곳까지 시위대와 함께하도록 부탁받고 있었다.

"아마."

로웰은 레이저 광선을 발산하는 노련한 양키의 눈빛을 번득이며 말했다.

"우리보고 위대한 동지가 되어 달라는 것이겠지."

둘은 이것이 온당하지 않다고 곧 합의를 보았다. 안 되지. 로웰은 각자가 그저 몇 마디 하는 게 낫지 않겠냐고 제안했다.

"내 말은……."

그는 약간 더듬으며 말을 이어 갔다.

"자리에서만 일어나 그들의 행동을 존경하고 지지한다고, 그렇게만 말하는 거지. 그 친구들 뒤에 서서 그저 그런 식으로."

메일러는 고개를 끄덕였다. 어떤 제안에도 마음이 놓이지 않았다. 아니, 자신이 징집영장 반납을 진심으로 지지하는지조차 알지 못했다. 때로는 전쟁을 가장 싫어하는 학생들이야말로 제일 먼저 군에 지원해야 한다는 생각이 들기도 했다. 그래야만 이들의 생각이 군대에도 전달될 것이다. 이미 프롤레타리아가 반 이상이나 돌격대로 변했다는 말이 맞다면, 학생들이 없는 군대는 무분별한 프롤레타리아 분대에게 넘보기 쉬운 지대가 될 것이다. 군인들의 수준이 비슷할 때 가장 뛰어난 정예군을 만들 수 있다. 그러나 다른 한편, 전투에 나가면서 총을 쏘지 않겠다고 마음먹는 군인은 없다. 다른 것은 다 제쳐 놓더라도, 단지 같은 부대의 동료들을 위해서라도 이 생각은 부당하다. 게다가 그건 자살 행위를 뜻하기도 한다. 아니다. 만약 전쟁에 철저히 반대하여 베트콩을 단 한 명도 쏠 수 없다면, 그 징집영장을 태워 버려야 마땅하다. 그러나 메일러는, 여러 도덕적 교차로를 만들어 이미 몇 번이나 내린 결정처럼 닳고 닳은 결론에 다다랐다. 즉 어떻게 해서든지 내일 참여할 법무부에서의 사전 시위에 아무런 의욕도 느끼지 않아야 한다는 것이다. 다른 한편으로 이런 생각도 떠올랐다. 만일 자신이 젊은 나이여서 징집영장을 받았다면 그걸 태워 버릴지 수용할지 명확하게 행동할 수 있겠는가? 어떻게 해야 할지 모르겠다. 그렇다면 어찌 다른 사람들에게 이래라저래라 지시할 수 있으며, 자신의 이름을 내걸 수 있단 말인가. 이러면서도 그는 여전히 그곳에 갈 생각이었다.

메일러는 로웰에게 이런 의구심을 쏟아 놓기 시작했는데, 자신의 목소리가 몹시 역겨웠다. 약하고 불만에 차 있고, 마치 자신이 사기꾼인 듯 남의 탓으로 돌리는 말들 같았다. 분명한 이유는 모르겠지만. 그래서 곧 입을 다물어 버렸다.

침묵이 흘렀다.

"이봐, 노먼."

로웰은 아주 다정한 음성으로 말문을 열었다.

"엘리자베스와 나는 자네가 미국에서 가장 뛰어난 저널리스트라고 생각하네."

로웰이 그렇게 생각한다는 것을 메일러도 모르지는 않았다. 언젠가는 열정에 넘친 그림엽서를 보낸 적도 있었다. 그러나 우리의 소설가는 아주 약삭빨라서 로웰이 여러 사람들에게 그런

엽서를 보낸다는 것을 간파했다. 사람들 대다수가 로웰을 미국에서 가장 재능 있고 뛰어난 시인이라고 평가하건 그렇지 않건 문제가 아니다. 정당한 서열을 가리기 위해서는 여전히 방어선을 고수할 필요가 있다. 엽서에 찬사를 적어 보내는 것은 위험한 반항아들을 서열 안에 가두고 헛된 희망을 품게 만든다.

그래서 이런 일은 메일러를 곤혹스럽게 했다. 로웰에게서 받은 첫 엽서는 『숙녀와 다른 재난을 위한 죽음』이라는 시집과 함께 왔다. 많은 사람들이 농담에 불과하다고 일축해 버린 책이었다. 그러나 결함이 무수히 많기는 해도 그 책은 농담이 아니었다. 적어도 시인이 되고자 수련 중인 메일러에게는 그렇지 않았다. 로웰이 메일러의 책이 좋다고 칭찬하자 메일러는 자신의 책을 성스럽게 만들기 위해 그가 그 말을 어딘가에 실어 주기를 바랐다. 그러나 끝내 실리지 않았다. 만일 로웰이 비평문을 통해서 '살아 있는 미국의 시인들'이란 제도를 정해 상을 주기 시작했더라면, 아마 굶주린 병사 200명이 자신들의 큰 술잔을 내밀었을 것이다. 지명되지 않은 우리의 소설가 순서가 돌아오기도 전에 말이다. 그러면서도 메일러는 기다림에 싫증이 났다. 그는 자신이 문학적 놀음의 일부분에 불과하다고 느껴졌다. 그래서 몇 년 뒤 로웰이 자신을 미국에서 가장 우수한 저널리스트라고 격찬한 두 번째 엽서를 보냈을 때, 메일러는 아무 대답도 하지 않았다.

로웰의 부인 엘리자베스 하드윅이 《파르티잔 리뷰》란 잡지에 메일러의 소설 『아메리카의 꿈』에 대해 비평을 실었는데, 소설의 내장까지 모두 파헤쳐 내는 데 최선을 다한 혹평이었다. 엽서를 순수하게 좋은 동기로 받아들일 수도 있었으나, 도착한 시기로 미루어 로웰이 중화제 역할을 맡았다는 느낌을 자아냈다. 미래에 올지도 모르는 최악의 위기를 무마시킬 중화제. 메일러는 누구를 비평할 처지가 못 되었다. 하지만 언젠가는 로웰의 끝없는 패권에 싫증이 난 어느 총명하고 권위 있는 자가 긴 작살을 들고 나타나서 후세에는 앨런 긴즈버그를 더 위대한 시인으로 여길 것이라고 미국에 포고할 위험성도 항상 존재하는 것이다.

친절이 넘치는 엽서 두 장을 근거로, 로웰이 문학계 내 인간관계에서 부당하고 반기독교적 재주를 가졌다고 판단한다면, 그것은 의심할 여지없이 무식하고 불공평한 일이다. 하지만 메일러는 까다로운 사람이었다. 이러한 까다로움이, 자신의 책이 지닌 독특한 야만성이 대중에게 제대로 이해받지 못하고 비평가들에게 너무 자주 얻어맞았기 때문만은 아닐 거라고 믿어 보자.

아직도 로웰은 같은 찬사를 되풀이하는 실수를 범하고 있었다.

"그래, 노먼. 난 정말 자네가 미국에서 가장 우수한 저널리스트라고 믿는다네."

펜이 칼보다 강할지도 모른다. 그렇지만 양쪽이 최선을 다하면 둘 다 극에 달하게 된다.

"글쎄요, 칼."

메일러는 처음으로 로웰의 별명을 불렀다.

"언젠가는 저 스스로 미국에서 가장 우수한 작가라고 생각하게 될 날이 있겠지요."

이 말은 그때까지 단단하고 빈틈없던 영국인 권투 선수의 심장부에 강타를 날리는 효과를 낳았다. 로웰의 얼굴에 아주 당황하는 표정이 물결처럼 퍼졌다. 이 정밀하게 맞춘 개전 포고의 죄가 누구에게 있는지 잠깐 생각해 보는 눈치였다.

"오! 노먼, 제발. 그런 뜻으로 말한 건 분명히 아닌데. 아이코, 하느님 맙소사. 난 그저 훌륭한 저널리즘에 존경을 아끼지 않는다는 뜻이었을 뿐인데."

"글쎄요, 전 그렇게 생각하지 않는지도 몰라요."

메일러가 말했다.

"제 생각으론, 훨씬 더 힘든 것은⋯⋯."

메일러는 아주 거창하면서 동시에 거짓된 우아함을 풍기며 다음 말을 이었다.

"좋은 시를 쓰는 일이 아닐까요?"

"그야 물론 그렇지요."

낄낄낄. 교장 선생 같은 웃음.

낄낄낄. 동료 교장 선생의 웃음.

지금은 둘 다 기분이 상해 있었다. 메일러는 술을 가지러 가려는 듯 벌떡 일어섰다. 눈치 빠른 메일러는 로웰이 그의 앞에 있는 다른 귀족주의자들과 마찬가지로 자신이 갑작스레 자리에서 일어나는 것을 존중한다고 간파했다. 예기치 못한 거부가 주는 고통은 귀족주의자들에게 마지막으로 남은 달콤한 악인 것이다.(하지만 만일 귀족주의자들이 아니라 비밀스러운 군주들이라면, 네 목을 조심해야 할 것이다!)

다음으로 메일러는 바에 있는 폴 굿맨에게 뛰어갔다. 그런데 이 문장은 짧지만 그 안에 잘못된 점이 두 가지 있으며, 게다가 와전된 면도 있다. 이 문장은 굿맨이 술깨나 들이켜고 있는 듯 암시하지만, 실은 전혀 그렇지 않았다. 굿맨은 결코 술을 마시지 않는 친구로 알려져 있다. 또 소위 바라고 불린 곳도 흰 식탁보를 씌운 탁자 하나가 덩그러니 있는 곳이었다. 탁자는 메일러가 로웰과 대전을 벌이던 식당과, 들리는 소리로 보아 열 쌍은 됨직한 파티 참석자들 대부분이 들락거리는 거실 사이의 아치로 된 길 가까이에 놓여 있었다. 그러니 실상 그곳은 바가 아니었고, 그저 메일러의 초조한 눈을 더 초조하게 하는, 흰 천으로 덮인 보잘것없는 탁자에 불과했다. 마지막으로 지적해야 할 점은 메일러가 굿맨에게 뛰어가지 않았다는 것이다. 두 사람 사이에 특별히 우정이 넘치지는 않았다. 차라리 같은 파티에서도 서로 비껴가는 처지라고나 할까? 사실 둘은 거의 모르는 사이나 다름없다.

그들 사이가 서먹하게 된 것은 일찍이 케네디 행정부 시절에 워싱턴 운운하며 논했던 《반대자》란 계간지에 굿맨이 글을 발표한 데에서 연유한다. 메일러가 오르가즘의 실존적이고 철학적인 사상을 지나치게 흉내 내지 않는 척하면서 자신의 작품 『하얀 흑인』에서 포고했던 워가즘*이란 단어를 굿맨이 계속 사용하며 케네디 행정부를 비방해 메일러를 불쾌하게 한 것이다.(굿맨은 성(性) 이상주의자였고, 메일러도 그때는 성 이상주의자였다. 성 이상주의자들 사이의 싸움만큼 진영도 없이 풍요로운 싸움은 없으리라.) 어쨌든 굿맨은 메일러를 거의 판정승으로 이겼는데, 그건 워가즘을 좋아하는 워싱턴의 가짜 영웅에게 오르가즘의 가짜 예언자를 자연스레 귀속시키는 효과를 낳았다. 《반대자》와 같은 학자풍의 사회주의 계간지에 글을 싣는 것은

---

* wargasms, 전쟁의 희열을 뜻한다.

놓치기 아까운 기회였다. 그 잡지의 마력은 목표를 향한 거친 돌파구 같은 것으로, 때로는 케네디 정부에 매우 비판적이었다. 그래서 메일러는 응답 편지를 썼다. 편지는 짧고 점잖은 말투로 쓰였지만 정확하게 허를 찌르는 내용이었다. 굿맨이 지적인 감각을 지니고 있는지 없는지 도무지 판단하기 어려운데, 그 이유는 자신의 독점물 같은 비논리성을 그가 강조하여 주요한 업적을 만들어 냈고, 그것도 의심할 여지없이 너무나 정확하게 사용했다는 것이다. 또한 메일러는, 굿맨의 문체에 대적할 만한 문학적 경험이 자신에게도 있다고 자부하는데, 그 경험은 세탁물을 잔뜩 떠맡아 세탁소를 부지런히 왔다 갔다 하는 것과 같다고 했다. 학자풍의 사회주의 진영에서 대단한 소동이 벌어졌음은 틀림없는 일! 몇몇 편집자들이, 메일러가 굳이 고집한다면 그 편지를 게재하겠으나 그렇게 되지 않기를 바란다고 전해왔다. 공격할 때는 반드시 그 글이 실린다는 것을 확인한다는 것이 메일러의 지론이었다. 그렇지 않으면 미지의 적으로 남아서 마음을 놓는 순간 가볍게 허를 찔리기 때문이다. 그렇지만 메일러는 승낙하고 말았다. 비록 마르크스주의, 보수주의, 허무주의, 실존주의가 뒤섞인 자신의 개인적 생각이 이제는 소화 잘 시키는 학문적 사회주의자들의 마음속에 논쟁적인 걸쭉한 고기 죽을 만들어 놓지 못하게 됐을망정, 메일러는 이 잡지의 편집자들을 좋아했다. 이런 일에도 메일러는 편집위원 직에서 물러나라는 요청을 받아 본 적이 한 번도 없었고, 또한 자의로 사임할 생각도 전혀 없었다. 그건 자신과 지적인 면에서는 의견이 전혀 맞지 않지만 개인적으로 좋아하는 사람들의 사상에 대한 공개적인 공격을 의미하기 때문이다.

그 후 메일러와 굿맨은 파티에서 만나면 물에 기름 돌듯 서로 미끄러져 나갔고, 부딪치게 될 때면 나른한 손짓으로 의례적인 인사를 나누곤 했다. 그런대로 나쁠 게 없었다. 두 사람 모두 자신들의 주장을 펴기 위해 깊이 간직해 온 지적인 병기를 토론 하나로 다 써 버린 듯한 느낌을 본능적으로 지니고 있었으며, 둘 다 상대방의 글을 깊이 읽지도 않았다.

　　물론 메일러가 굿맨을 존경하지 않는 것은 아니었다. 굿맨은 대학가에 큰 영향을 미쳤고, 대부분 좋은 영향이라고 생각했다. 폴 굿맨이야말로 미국의 교육과 학문 활동이 부조리하고 텅 비었다고 말한 첫 번째 인물이고, 대학생들은 그 투쟁심을 핵으로 삼아 모여들었다. 하지만, 오, 그 취향이란! 메일러는 꼭 무슨 말이 터져 나올 것 같아 입술을 꼭 깨물었다. 굿맨을 추종하는 학생들이 그 취향을 견디는 걸 보면, 아마 그들은 동물성이 제거된 어떤 요소를 지녔음이 틀림없다. 적어도 그게 메일러의 고집스러운 견해였다. 굿맨에 대해 메일러가 품은 근본적 반감은 불행히도 여전히 성과 관련이 있었다. 굿맨은 이성애, 동성애, 자위행위 등 어느 것 할 것 없이 모두 같은 선상에서 파악해야 하며, 그것은 죄의식의 가장 적나라한 형태라고 생각했다. 그러나 메일러는 자신의 신빅토리아주의에 입각해 동성애와 자위행위보다 더 나쁜 것이 혹 있다면 그건 두 가지를 합쳤을 때뿐이라고 믿었다. 이 모든 정신질환을 예방하기 위한 초(超)섭생법도 그에겐 굉장히 불쾌했다. 초섭생법은 약용 바셀린으로 공기를 적실 뿐이다. 더러운 물질에 더러움은 하나도 없으라니 말이 되는가! 메일러의 관념에서 성은 깨끗하다거나 죄의식이 없을 때보다 더럽고 추하고 심지어 노예적일 때 더 낮다고 할 수 있었다. 죄의식은 성의 실존적 일부이기 때문이다. 죄의식이 없는 성은 아무런 의미도 없다. 사람이 죄의식에 대항하여 성을 향해 한 걸음씩 전진할 때 죄의식은 성공적으로 물러나며, 저 깊은 곳에서 희미하게 들리는 천둥소리가 자신의 실존과 계약을 맺는 사실을 조금씩 이해하게 된다. 그때마다 인간은 죄의식 그 자체의 권위로 버티면서 심연 속 분노를 떠올리게 하는 원시적 경외감에 사로잡힌다. 메일러에게는 수음과 동성애가 가벼운 죄악이 아니었다. 삶과 사회의 많은 요소들이 인간을 수음과 동성애 속으로 너무 쉽게 빠뜨린다고 느끼곤 했다. 그런 운명에 도전하기 위해서 인간은 심리적 불안을 감수하면서도 강렬하게 자아의 실존을 주장한다. 이런 의미에서 인간은 태어나는 순간에는 인간이 아니다. 충분히 선량하고, 또 충분히 대담할 때만이 겨우 인간됨을 획득할 수 있을 뿐이다.

이런 보수적이고 투쟁적인 신조는 굿맨과 같은 과학적 휴머니스트에게는 큰 의미로 전달되기 힘들었다. 그가 보기에 멋진 삶을 사는 데 걸리는 장애물들은 모두 죄의식에서 파생되기 때문이다. 죄는 언제나 비합리적이다. 왜냐하면 그것은 과거의 뒤틀린 멍에서 나오기 때문이다. 이러한 굿맨이기에 아주 부드럽게 메일러에게 인사를 했고, 소설가는 똑같이 부드러운 목소리로 답했다. 이게 두 사람이 주고받은 전부였다. 뒤따라온 로웰이 얼마 전에 아들을 잃은 굿맨을 위로했다. 메일러는 차려 놓은 만찬을 거부하여 파티 안주인을 잔뜩 실망시키고는 맥도널드에게 말을 붙이러 다가갔다.

맥도널드와의 만남은 아주 짧았다. 이들은 약간 희극적 냄새를 풍기는 오랜 친구 사이였다. 메일러가 알기로 맥도널드는, 이런저런 모임에서 메일러와 어울려 보기 전까지는 자기보다 젊은 작가를 인정하지 않겠다고 굳게 마음먹고 있었다. 서로 어울려 보고 난 뒤에야 맥도널드는 메일러를 만나는 게 즐겁다고 깨달았다. 그렇지 않고는 배길 수 없었으리라. 비교적 젊은 미국 작가들 가운데 아마도 메일러가 맥도널드의 영향을 가장 많이 받았을 텐데, 그 영향이란 언제나 들쑥날쑥하는 그의 사상이 아니라 그의 공격 방식을 말한다. 맥도날드는 언제나 글 쓰는 작업을 기교, 관심, 성실, 우직함, 무엇보다도 소박하고 정직한 감수성을 필수로 삼는 사적 기준에 대한 감각이라고 일컬었다. 이런 것이 모두 메일러의 기질에는 약간 단순한 것도 같았다. 그렇지만 맥도널드는 그에게 근본적인 실마리를 주었다. 바로 현상을 느끼는 시각이었다. 현상을 나쁘게 느낀다면 그건 나쁘다. 다른 여러 소설가들처럼 메일러도 이것을 헤밍웨이에게서 쉽게 배울 수 있었다. 하지만 메일러는 젊은 이상주의자로서 출발했다. 그 마음은 분명하게 고정된 입장들과 투쟁해 왔고, 맥도널드의 방법은 선불교의 교리처럼 작용했다. 적어도 그것은 메일러가 총을 느슨하게 풀도록 도와주었다. 맥도널드는 발견의 열쇠란 개인의 사상이 지닌 실체에 있는 것이 아니라 공격의 방식에서 무엇을 배우느냐에 있다는 암시를 주었다.(메일러의 기법이 새로운 작품마다 바뀌는 이유이기도 했다.) 그래서 젊은 작가들은 맥도날드를 좋아하지 않을 수 없었다. 이는 바로 증명된다. 채 일 분도 못 되어 메일러는 맥도널드의 거대한 배를 손가락으로 푹 찔러 볼 수 있는 것이다.

하지만 지금 두 사람은 마음이 그리 편하지 못했다. 맥도널드가 메일러의 새로운 소설 『우리는 왜 베트남에 와 있는가?』에 대한 서평을 쓰고 있는 중인데, 《뉴요커》에 실릴 예정이었다. 그래서인지 분위기가 서먹서먹했다. 메일러는 맥도널드가 그 소설을 별로 좋아하지 않는다는 것을 곧 눈치 챘다. 분명히 부정적인 서평을 쓰고 있으리라는 생각이 들었다. 그런 탓인지 지난 몇 주간 맥도널드가 자신과 거리를 두는 듯했다. 우리의 소설가는 서평 하나에 두 사람의 우정이 영향받아서야 되겠느냐고 비평가를 안심시키고 싶었다. 하지만 감히 그럴 수 없었다. 그런 말이 어떤 법칙을 깨뜨릴지도 모르기 때문이다. 맥도널드가 서평의 내용을 알려 주거나 최악의 경우에는 본의 아니게 그 내용을 드러내는 실수를 범할 수도 있었다. 게다가 메일러는 이 문제에 대해 침착하게 말을 나눌 수 있을지 자신이 없었다. 본인은 아니라고 고개를 내젓지만, 맥도널드는 요즘 《뉴요커》에 홀딱 빠져 있었다. 마치 디즈레일리가 빅토리아 여왕 앞에서 무릎을 꿇듯이. 하지만 우리의 소설가는 맥도널드가 열중하는 데 동참할 입장이 아니었다. 그 잡지는 메일러가 쓴 『대통령의 서류』, 『아메리카의 꿈』, 『식인종과 기독교인』에 대해 서평을 단 한 줄도 실은 적이 없었다. 메일러는 잡지에 관해 악담을 늘어놓을 마땅한 구실이라고 오래전부터 내심 벼르고 있었다. 언젠가 릴리안 로스에게서 왜 《뉴요커》에 작품 하나 써 주지 않느냐고 묻는 편지를 받았다. 메일러는 "잡지사에서 '똥'이란 단어를 쓰지 못하게 했기 때문이오."라고 답을 보냈다. 로스는 자유가 어디에 존재하는지 아는 한 자유는 모두 그의 것이라고 말했고, 메일러는 진정한 자유는 자신이 《뉴요커》에 '똥'이라는 단어를 쓸 자유라고 답했다. 드와이트 맥도널드의 서

평과 거리를 유지하려는 악의 없는 도전의 배후에는 이처럼 오래 묵은 분노가 있었다. 메일러는 대화를 일찌감치 끝냈다. 맥도널드는 그를 다시 좋아하기 시작했으나 그건 위험한 짓이었다. 맥도널드는 지난날 와스프*의 꼿꼿한 성격이 여전히 강해서, 혹시 서평을 쓰는 동안 한순간이라도 노먼에게 폭 빠져 그에게 잘해 주어야지 하고 마음먹는 날이면 분명히 허리를 굽히고 뒤로 쑥 물러나 버릴 것이다.

'안 돼. 서평이 끝날 때까지는 날 계속 인정하지 않도록 내버려 둬야 해.'

메일러는 생각했다.

그날 밤 파티에서 이제 남은 친구는 드 그라지아뿐이었다. 이미 말한 것처럼 그들은 수박 겉 핥기식으로 만나는 오랜 친구였다. 이 말은 두 사람이 서로 거의 모르면서도 만날 때면 언제나 오랜 친구처럼 느낀다는 뜻이다. 아마 그건 각자가 친근감 비슷하게 야릇한 감정을 계발시키는 어떤 능력을 지녔기 때문이 아닌가 싶었다. 화제를 돌리면서 가두기에는 너무 영리하여 두 사람은 한 번도 불필요한 대화로 시간을 낭비해 본 적이 없었다.

"오늘 밤에 첫 번째 연사가 돼 보지 않으시겠어요?"

드 그라지아가 물었다.

"내가 앞에 나서면 별로 재미가 없을 텐데요."

드 그라지아의 눈이 기대감으로 반짝였다.

"그럼 맥도널드 씨부터 시작하지요."

---

* WASP, White Anglo-Saxon Protestant의 약자로 미국 사회의 주류로 여겨지는 계층이다.

"그 친구, 세상에서 연설이 가장 서툰 친구 아니오?"

그건 사실이었다. 맥도널드의 권위는 그 자신을 단상의 아우라 입구에 데려다 놓고는 떠나 버린다. 그 빛 속에서 어색한 몸짓으로 준비해 온 연설문을 곁눈질하며, 자신의 농담에 혼자 웃고, 거대한 황새처럼 힝힝거리고, 꽥꽥 소리를 지르기도 하며 알아들을 수 없는 연설을 한다. 즉흥 연설인 경우 좀 나을 때도 있고 더 못할 때도 있었다.

"그렇다고 로웰 씨를 앞세울 순 없어요."

드 그라지아가 말했다.

"안 되지, 안 돼. 절대 안 되고 말고. 당신은 그분 사정 좀 봐줘야 할 거요."

"그러면 굿맨만 남는데요."

둘은 현명하게 고개를 끄덕거렸다.

"그럽시다. 그럼 굿맨부터 먼저 해방시켜 줍시다."

메일러가 말했다. 그러나 청중들이 엄숙하고 단조롭고 낮은 굿맨의 음성과 함께 그날 저녁 무대를 맞으리라는 생각이 들자 개막식을 기대하는 쇼맨십이 꿈틀거렸다.

"무대 사회는 누가 보지요?"

메일러가 물었다.

"당신이 사회를 맡지 않는다면 제가 해야 할 겁니다."

"사회를 맡아 본 경험은 없지만 내가 하고 싶소. 굿맨이 청중을 졸게 만들기 전에 내가 화끈 달아오르게 좀 만들어 보죠."

메일러가 말했다. 드 그라지아는 불안한 눈으로 메일러가 든 머그 잔을 내려다보았다.

"제발 부탁이오, 에드." 메일러가 다시 말했다.

"정 그렇다면 할 수 없군요."

개회사 정도는 이미 작성해 놓았다. 사회자로서 자신의 역할이 다른 연사들을 당혹스럽게 만들까 봐 잘 걸러 둔 것이었다.

5. 이념의 극장을 향해서

파티에 모였던 손님들이 그곳에서 두 구역쯤 떨어진 앰배서더 극장으로 가려고 자리를 뜨기 시작했다. 메일러는 청중들이 그곳에서 거의 한 시간 동안이나 기다렸다는 사실을 아직 모르고 있었다. 무대에서는 전자 기타를 연주하는 포크 록그룹이 분위기를 돋우고 있어서, 젊은 층은 그럭저럭 즐거운 듯보였지만 중년층은 별로 그렇지 못한 듯했다. 메일러는 북극광이 가슴, 폐, 심장의 내부 세계를 투사하는 것처럼 붕 뜨듯 가벼운 명쾌함을 느끼며 행복해했다. 그는 파티장을 나오면서 머그 잔에 버번위스키를 가득 채워 왔다. 버번위스키 위에 넘실거리는 쾌적한 공기가 사유의 능력을 건드렸는지 막 나온 동전처럼 까슬까슬한 단어들이 뇌리에 떠올랐다. 멋진 전문가들이 대부분 그렇듯이 메일러는 자신의 일과 관련해서 새로운 시도를 하는 데 고무됐다. 섹스와 미식축구가 아주 흡사해서 프로 미식축구 선수들의 성적 욕망이 강하듯이, 메일러는 대중 앞에서 이야기하는 것이 글 쓰는 작업과 비슷해 그것을 즐겼다. 이건 너무 지나친 대비일까? 작가의 의식을 넘어 어떤 낱말이나 어떤 구절 속에 숨겨진 것을 찾아내려고 애쓰는 바로 그 순간에 대부분의 글이 민감하게 쓰인다는 걸 생각해 보라.(의식, 그 무딘 연장은 진실이 있는 쪽으로 세차게 몸을 움직이고, 본능은 그 깃털을 잡아 뽑는다. 브라보!) 대중 연설이 운집한 바보들의 등짝을 얼마나 멋지게 칠 수 있는지 과시하기 위해 마련된 대본에 따른 연습이라고 한다면, 대중 연설가란 인간 능력을 수준 낮게 표현하는 것으로 희생자를 딛고 선 비겁자에 비유할 수 있을 것이다. 반면에 대중 속에서 이야기하는 것(메일러는 이것을 즉흥적인 것, 또는 위험스레 쓰인 것 등으로 표현하고 싶어 하는데)은 글을 쓰는 행위와 비슷하다. 의식과 우아함이 예기치 못한 때 함께 찾아드는(그래서 자신이 영웅이나 된 것처럼 느끼게 되는) 소중한 순간을 제외하고, 연사는 순간적인 은총에 기대어 재주를 부려 보거나 그 은총을 장악해 버리거나 그 은총에 복종하거나 해야만 했다. 이것이 신비한 순간들이다. 대중 속에서 이야기하는 기쁨은 은총이 제공하는 감성이다. 쏟아 내는 말에 따라 더 나빠지기도 하고 더 멋지게 보이기도 하며 청중과 연사 사이에서 떠도는(이건 잘 되는 경우들인데) 실존적 진실의 약속, 진실하구나라는 느낌에 가까이 다가가기도 하고 멀어지기도 한다. 때로는 한순간에 그가 더 나아지기도 하고 더 못해지기도 한다. 그래서 공감이 지속될 때 즉시 전략적 선택이 따라야 하고, 그런 순간에 연사는 자신에게 도박사의 피가 흐르고 있음을 인식한다.

이렇게 다가오는 경험이 주는 친근감은, 적어도 그 일을 잘 해내는 한에 있어서 메일러에게 살아 있다는 만족감을 듬뿍 선사하면서, 새로운 과업을 눈앞에 놓고 전략을 세우려는 전문가의 감각을 끌어낸다. 오늘 밤에는 연사와 사회자 역할을 동시에 맡을 것이다. 이 두 가지 역할은 재미있게 상충되는 것 같다. 이미 폴 굿맨에 대해 할 말을 궁리 중이었는데, 메일러가 판단을 유보해 온 굿맨의 눅눅한 영광을 전혀 해치지 않을 친절하고 곱씹어 볼 만한 말이어야 했다. 드디어 그 말을 찾았다. 진실을 해치지 않으면서 이렇게 말문을 여는 건 어떨까? 첫 번째 연사는 꼭 넬슨 앨그렌처럼 생긴 폴 굿맨입니다. 이 두 사람 모두 늙은 사기꾼처럼 생겼지 뭡니까. 자, 신사 숙녀 여러분. 더 이상 말할 것 없이, 여기 우리 젊은 미국의 사랑받는 늙은 사기꾼 폴 굿맨을 소개합니다!(넬슨 앨그렌이 여기저기 계약을 맺고, 게임을 계속하려고 할머니의 농장까지 팔아 버릴 바싹 마른 늙은 사기꾼처럼 보인다면, 굿맨은 YMCA에서 처음으로 말썽을 일으킨 뒤 여태 아무에게도 말하지 않은, 그런 종류의 늙은 사기꾼처럼 보인다는 걸 굳이 덧붙일 필요야 없겠지.)

이런 생각을 하는 동안에도 메일러는 자신의 소설 『우리는 왜 베트남에 와 있는가?』를 한 손에 움켜쥐고 있었다. 워싱턴에 올 때 책을 챙기는 걸 깜박 잊어서, 하는 수 없이 나중에 서명해 주기로 약속하고 파티의 안주인에게 책을 빌렸다.(결국 그 책을 잃어버렸는데, 마치 한번 파티의 안주인을 행복하게 하지 못했으면 그다음 최선의 자비는 식사 시간 내내 이야깃거리로 삼을 정도로 악랄한 짓을 하는 것이라는 법칙을 실천한 것 같았다.) 지금 그 책이 신경 쓰였다. 한 손엔 책을 쥐고 한 손엔 술잔을 들고 앰배서더 극장의 입구에 들어서려는 찰나, 그는 다급한 용무를 깨닫는다. 두 손에 무언가를 움켜쥐고 소변을 보고 싶어질 때 참기란 어렵다. 무대에 오르기 전에 화장실에 갔다 와야 한다는 결심 외에 다른 어떤 생각도 사회자의 마음에는 떠오르지 않았다.

그러나 일은 생각처럼 그리 간단하지 않았다. 파티 때문에 한 시간이나 늦게 극장에 도착한 손님 스무 명은 형광등 불빛 아래 착 가라앉아 기다리는 청중을 보고 숙연해지지 않을 수 없었다. 극장은 어느 모로 보나 누추했고(동네 영화관이란 곳들이, 언젠가 그레타 가르보, 진 할로우, 캐롤 롬바드가 나이가 들어 영화에 더 출연하지 못하게 될 때 들릴지도 모른다는 꿈으로 지어졌다는 사실에 비추어 보면) 손님들은 아주 늦어진 것에 불안해했다. 사과하듯 이들은 사회자가 어서 시작하도록 서둘렀다.

메일러는 이런 내막을 몰랐다. 그는 이미 발코니 층에 있는 화장실을 찾아 나선 뒤였다. 무대 사회자로 첫발을 내딛는다는 흥분에 휩싸인 나머지 드 그라지아에게 잠깐 볼일을 보고 오겠다고 알리는 일도 깜박 잊고 말았다. 타오르는 열정이 낭만주의의 정수인데, 그 정신은 시간에 박차를 가한다. 어떤 일에 흠뻑 빠진 상태에서 솟는 힘이 클수록, 낭만적 가설에 폭빠진다. 자신이 무엇을 할지 모든 사람이 정확히 알고 있으니 구태여 알리는 데 시간을 낭비하지 말라는 가설 말이다.

이런 목적의식에 불타고, 배설로 얻을 시원한 자유에 대한 기대로 부푼 메일러는 본의 아니게 자신이 몹쓸 야수로 변신하고 있음을 전혀 몰랐다. 곧 그 결과를 보시리라!

메일러는 계단을 오르다가 《타임》에서 파견된 젊은이와 마주쳤는데 아마 시간제로 고용된 기자인 듯했다. 최선을 다하겠다는 정열도 없고, 기고하는 글에 일생을 걸겠다는 유능한 기자의 자질도 없어 보였다. 옷도 어딘지 허름하게 입고, 노총각 특유의 여드름이 지저분하게 나 있었다. 어딘가에 뭘 잘못 토해 놨는지 아니면 기숙사용 티켓으로 무슨 불미스런 짓을 저

질렀는지, 나쁜 짓을 한 남자 기숙사 생도처럼 음흉하고 불행해 보였다.

하지만 우리의 야수는 굉장히 기분이 좋았다. 곧 연설을 할 것이고, 그게 모든 사람들에게 마음의 양식이 될 테니 말이다. 그래서 야수는 루사이트*라고 발음하기를 고집하는 헤밍웨이의 대리인처럼 부드러운 아량으로 그 기자에게 인사를 건네며 화장실을 찾는다고 가볍게 말을 던졌다. 왜 워싱턴에 왔느냐고 묻기에 베트남전쟁에 항의하기 위해서라고 명랑하게 대답했다. 그러고는 고이 간직한 머그 잔에서 버번위스키를 한 모금 들이켠 뒤 어둠 속을 뚫고 꼭대기 발코니 층으로 올라가 캄캄한 남자 화장실 문을 열었다. 메일러는 담배를 피우지 않으므로 성냥이 없었다. 그래서 스위치가 어디에 있는지 알 수 없었다. 발끝으로 여기저기를 더듬거리다가 마침내 그럴듯한 것을 발견했다. 평소에는 잘 쓰지 않던 발의 정확한 감각에 만족해하며 30센티미터 정도 앞을 겨냥했는데, 바닥으로 떨어지는 소리가 어둠 속에서 요란했다. 잘못 맞췄다. 정면이 아니라 측면을 공격했다. 변기의 위치를 재조준하며 우리의 사회자는 시시포스적 고통에서 완전히 벗어난 위대한 명상의 깊은 숨을 들이마신 뒤, 드디어! 사십오 초가량 완전하게 즐겼다. 그러니 이 일을 어떻게 처리할 것인가 하는 생각이 들었다. 아니야, 낭만주의적 거창한 투쟁의 꿈은 버리자. 이 패배를 인정하고, 승리로 바꾸어 보자. 바닥에 오줌을 갈긴 것은 물론 나쁘지. 아주 나쁘고말고. 《타임》 기자가 먼저 불지 않는다 하더라도) 본 사

---

* '화장실 모습'이라는 낱말과 발음이 같다.

56

람이 있으면 아마 경찰에게 이르겠지. 그리고 경찰은 신문사에 그 사실을 알릴 것이고, 기자들은 분명히 화장실에서 일어난 일을 별스럽게 써 낼 것이다. 이 공교로운 일은 모두 가르보, 할로우, 롬바드에 대한 꿈이 깨지자 실망 속에 지독한 구두쇠가 되어 주머니를 움켜쥐고 화장실의 불을 모조리 꺼 버린 극장 주인 때문이라고. (하지만 소설가의 머리는 이런 졸작에 머물지 않는다.)

다시 말하면 메일러는 이런 불리함을 이점으로 바꿀 생각을 하고 있었다. 결손으로부터 이득을 얻어 내다니 대단히 미국적이다. 자신이 바로 남자 화장실 바닥에 오줌을 눈 장본인이라고 당당하게 이실직고할 것이다. 오직 자기 혼자서 그랬노라고! 청중은 이런 죄를 고백하는 연설자를 만나 실존적 불안으로부터 회복되며 이제 관심을 집중할 것이다. 그러면 그는 더 깊은 문제들, 심오한 문제들, 섬뜩한 문제들까지 숙고하도록 청중을 끌어들인 다음 인간 회복이라는 문제로 마무리할 것이다. 인간이란 쉬할 때 겨냥도 제대로 못하는 바보지만 다른 한편으로는 자신에게 해가 되는 것도 받아들이는 양심적 하인이기도 하다. 그러니 인간은 마법의 돌을 가진 철학자다. 손실을 철학적 이득으로 바꿀 수 있고 심오한 명상에 잠기며 마음속의 지주를 찾을 수 있다. 그리고 결국에는 가장 특별한 바보의 정원을 갈고 다듬는 법을 배우게 된다. 이것이 선불교에서의 깨달음이란 것, 백열의 경지, 신진대사라는 용광로 속에서 타는 버번 위스키의 보석같이 단단한 불꽃이다.

이렇듯 에머슨적 초절주의로 계몽된 메일러는 남자 화장실에서 나와 계단을 내려갔다. 행진에 앞서 열을 맞춘 군대처럼 개회사 때 할 말들을 머릿속에 긴밀히 꿰어 놓고 오케스트라 속으로 다시 들어섰을 때, 신천옹의 날개가 모든 걸 휩싸고 지나가듯 갑자기, 무대 위에서 사회자 역할을 하는 드 그라지아를 보았다. 그 조그만 연사 드 그라지아는 부드럽게 더듬더듬 우물우물하며 굿맨을 막 소개하려던 참이었다. 모두 수포로 돌아가다니! 토요일 펜타곤 앞 거사를 위해 여기에 모인 힘을 찬양하는 멋진 개회사, 이 역사적인 순간을 마음에 새긴 뒤 위층 화장실 바닥에 오줌을 갈긴 사건에 초점을 맞춰 우리가 여기 모인 것은 좌익과 반대자들, 이 둘의 장엄함을 모두 갖춘 것임을 증명하자는 원대한 계획이 모조리 수포로 돌아가다니! 다시는 만회할 수 없는 절호의 기회를 놓치다니! 나중에라도! 드 그라지아와 굿맨이 청중을 폭삭 가라앉혀 놓은 다음! 배신자 드 그라지아! 시칠리아 녀석 드 그리지아!

메일러가 돌바닥 위에 앉은 사람들 사이를 비집고 들어서자 (무대 앞의 귀빈석은 없어지고 극장은 무대 딸린 무도장이 됐다.) 무대 앞쪽에서 소동이 일기 시작했다. 극장에 들어선 적도 무대에 오른 적도 여러 번 있었지만, 지금 메일러는 몸무게가 늘어나 오손 웰스의 흉내를 내는 서툰 배우 같다고나 할까? 똑같이 숙고하는 모습이었으나 어쩐지 아류 같았다. 여기저기서 웃음 소리가 났고 자신을 향한 기대감이 느껴졌다. 메일러는 그 기대감을 거부할 수 없었다. 드 그라지아 옆을 지나면서 그는 셰익스피어 극단의 삼류 배우 같은 표정으로 "짐승 같은 놈!"이라고 으르렁댔다. 그러고는 드 그라지아의 등을 손으로 찰싹 쳤다. 그리 세게 때린 것도 아닌데 이 친구가 가벼웠던지 2센티미터 정도 몸이 기울어졌다. 그러자 청중이 웅성거리기 시작했다. 사람들은 불만에 가득 차서 꽥꽥거렸다. 도대체 무슨 일이 일어났는지 이들은 모르는 것이다.

약 이 분 후 무대 앞쪽에서 일어난 장면을 그려 보자. 폴 굿맨이 연단도, 발판도 없이 마이크를 쥐고 일어서서 다음과 같은 글을 읽고 있었다.

……요즈음 내 조국을
잘못 이끄는 사람들 때문에
나는 얼어붙고 분노에 목이 쉬었네.

도대체 뭘 읽는지 알 수가 없었다. 뚱뚱한 맥도널드, 고상한 로웰, 곤욕을 치른 드 그라지아, 버번위스키의 왕자 메일러까지, 이들이 모여 앉은 무대의 측면에서 조금만 떨어져도 음향이 아주 나빠서 연사가 하는 말이 한 마디도 들리지 않았다. 좌석 또한 충분하지 않았다. 드 그라지아와 맥도널드가 접의자에 앉아 있다면, 메일러는 바닥에 웅크리고 시합장으로 곧 뛰어나가려는 선수처럼 한쪽 무릎을 꿇고 앉아 있는 꼴이다. 로웰은 큰 빚을 지고 그 이자를 간신히 다 갚은 사람 같은 표정을 짓고 있다. 바닥에 앉아서 긴 팔로 긴 양키 다리를 슬픈 듯 꽉 끌어안은 모습은 '여기 있긴 하지만, 보이는 상황을 좋아하는 척할 필요는 없잖소?'라고 말하는 듯했다. 움푹 들어간 뺨은 마치 판단을 유보한다고 말하는 것 같았다. 그는 체중이 너무 무겁지도 않고 알맞았다. 그러나 그 움푹 들어간 뺨은 이 나라를 세운 바로 그 위대한 청교도의 우울(인간이란 신이 되기에는 부족하다.)을 말하고 있었다.

이 순간만은 로웰에 동의하지 않을 수 없었다. 동굴 같은 극장 안은 어렴풋한 조명 뒤에서 웅웅 소리를 냈고, 그 울림은 세련된 저음이 아니라 행진곡처럼 끽끽대는 금속성 나는 소리였다. 음향 장치에 잡음이 섞여 금속음이 되는대로 어우러져서 우주 밖(그 전력의 틀림없는 출처로군, 맙소사.)의 어느 끔찍한 기계가 뇌를 자근자근 씹는 소리 같았고, 윙윙거리는 소리는 꼭 지옥문이 열리면서 돌쩌귀가 삐걱대는 소리 같았다. 짜릿짜릿한 지옥의 어슴푸레한 음영 속에서 LSD에 자극받은 죽은 세포들이 방랑하는 유령을 불러오고, 발코니에서 퍼져 나오는 지독한 자줏빛 조명등은 어둠 속에서 밤의 네온사인처럼 빛났다.(보랏빛이 아니라 아주 짙은 자줏빛, 아주 깊은 자줏빛이었다.) 대중매체는 메시지, 그 메시지는 자줏빛으로 천국의 군주들, 신의 분노, 돌바닥에 쪼그리고 모여 앉은 청중에 대해 말한다. 메일러의 감각은 바야흐로 절정에 올랐거나 아니면 아주 완전히 길을 잘못 든 것 같다. 그는 절정에 달했다고 믿고 싶었다. 청중석에는 깊은 장막이 드리워진 게 분명했다. 그렇다. 저들은 토요일에 맞닥뜨릴 공포에 미리 질려서 두려움 속에 저렇게 무력하게 앉아 있다. 그러니 연사가 쏟아 내는 말에 흥이 날 리 없다. 되살아나려면 다이너마이트 정도는 터져야 할 것이다. 청중석은 짜릿한 꿈이 다 타 버린 채 검은 장막이 드리워진 것 같다. 암이라는 협곡이 입을 딱 벌리고 있구나. 그러자 뉴스 카메라에 잡힌 베트남의 미국 군인들이 떠올랐다. 그들은 혈기와 원기를 가득 담은 눈빛으로 평화를 운운하고 있었다.(그 빛은 마리화나로 얻은 빛이던가?) 또 행복하고 건강하고 멍청해 보이지 않는 프로 미식축구 선수들의 얼굴, 일요일마다 메일러가 텔레비전 화면으로 뚫어지게 보던 그들(참, 이번 주에는 내기 거는 걸 잊었다.), 그런데 그 친구들은 이 전쟁을 어찌 생각할까?

　　매파 95, 비둘기파 6
　　국가 대표 축구단은 베트남전쟁을 찬성한다.

　의심할 것도 없지, 뭐. 건강한 해군, 주 경찰관, 프로 운동선수, 영화배우, 백인 노동자, 감각적 인생에 열광하는 마피아, 순경, 방앗간 일꾼, 시 공무원, 건강하고 멋지게 보이지만 실은 부당 이득을 쉽게 챙기는 정치가. 이들의 눈에는 기쁨의 생기가 가득하다.(마리화나 덕분인가?) 그래, 이 친구들이 바로 베트남전쟁에 적격인 사람들이야. 이 친구들로 정예 부대를 정비하렷다. 엘리트! 프로이트에 사로잡힌 마르크스주의의 타다 남은 불씨, 착하고 조심성 많은 미국의 노년층, 점점 분노가 쌓여 가는 도시의 중산층, 컴퓨터와 도시 근교가 앞으로 쥐게 될 패권을 비밀리에 맹종하는 사람들, 이들과 그 자녀들. 모순되게도, 부조리하게도 이들의 사고방식은 날이 갈수록 군인을 닮아 가는데, 이게 역사의 변덕이란 거지. 이들의 반전론은 틀에 박힌 평화주의와 비현실적 공산주의의 희망 없는 혼합물에 불과하다. 그리고 그 자녀들은 도시 근교에서 뛰쳐나와 펜타곤의 벽을 향해 걸어간다.

　이 아이들이 메일러가 희망을 품는 아이들이다. 우울하고 어두운 희망. 이 미친 중산층 아이들은 뇌에서 죄의식을 느끼는 부분을 절제하고 중산층의 도덕관을 허무주의로 착복했다. 이들의 순진함, 묵시에 대한 탐욕, 낭비에 대한 믿을 수 없을 정도의 무관심! 이들의 염색체는 이십대의 희망으로 새겨져 있을 텐데, 지금은 음흉한 LSD의 화염 속에서 나뭇단처럼 속절없이 타고 있다. 환각제란 놈, 이건 악마의 약이다. 사랑을 최고조로 태우도록 악마가 만들어 낸 것인데, 간이 타 버린 인간, 다시 말하면 대도시의 잡초를 제조해 내는 중이다. 만일 자동 피아노가 있다면 메일러는 25센트쯤 넣고 「심장이 없는 도시의 심장 속에서」란 노래를 들을 것이다.

그렇다. 이 친구들이 군대다. 암을 촉진하는 중산층, 환각제로 간이 타 버린 꽃이 피는 세대. 그리고 지금 폴 굿맨이 이 군대를 이끌고 있구나. 이 친구 지금 이런 시를 읽는 중인가 본데?

　　한때 미국인의 얼굴은
　　아름다워 보였지.
　　그러나 지금은 잔인하고
　　마치 소견머리 좁은 사람들같이 보이네.

시라기보다는 잘 쓰인 산문에 가깝다. 게다가 굿맨은 다양한 형태의 섹스에 대해 지긋지긋할 정도로 너그럽다. 악이나 엔트로피가 뭔지 알기나 할까. 섹스란 그 미각을 끊임없이 갈아 대지 않으면 영혼을 엔트로피로 몰고 가는 고속도로란 말이야. 그리고 수라장은 어때? 굿맨이 아수라장에 대해 뭘 알아? 진짜 술잔치 말이야. 위대한 사회의 한층 고귀한 기획을 실천하기 위해 대학 도서관이나 실험실에서 벌이는 난동 말고, 공기 중에 살의를 퍼뜨리고 어깨 위에 마녀를 실은 진짜 난동 말이야. 드디어 메일러의 가슴속에 쌓이고 쌓인 노동당의 분노가 왕립

마차 안에 주저앉았던 모자처럼 으르렁대며 위로 솟구쳤다.

"굿맨이 말을 마치면 내가 사회를 볼 거요."

메일러가 드 그라지아에게 속삭였다.(지금까지 우리가 들여다본 메일러의 명상은 일 초도 걸리지 않았다. 굿맨의 두 줄짜리 시를 떠올리며 그는 점점 세력을 더해 가는 미국의 시민 군대에 대해 우울한 평가를 내려 보았다. 즉흥적인 생각은 아니었고, 오래전부터 이런 생각을 해 본 적이 있었다. 암(癌)의 협곡*이 그에게 숨결을 불어넣으라고 속삭인다. 청중을 인식하자 명상은 순간에 지나간다. 자, 다시 복습하자.) 사실상 메일러는 지금 어떤 상태에 빠져 있었다. 그는 오늘날 우리가 부딪친 현실이 가볍게 생각할 일이 절대 아니며 특히 미국적 상황은 더욱 그러하다고 선언하는 묵시적 개회사로 오늘 밤을 맞으려 했다. 도시와 그 근교에서 모인 중산층이 토요일에 맞이할 영광의 순간, 도대체 미국을 빼면 세계 어느 나라가 중산층에게 그런 영광을 돌릴 수 있겠는가? 그런데 이제 모두 수포로 돌아갔다. 그가 준비한 친절하고 재기 넘치는 개회사는 금속성의 꽥꽥대는 소리와 윙윙대는 소리로 대치됐다. 기다리는 지긋지긋함이 이제 난폭한 목적의식으로 둔갑하고 있으니 의도가 전도된 셈이다. 메일러는 드 그라지아를 노려보았다.

"어떻게 이럴 수 있는 거요?"

그는 드 그라지아의 귀에 대고 나즈막히 으르렁거렸다.

드 그라지아는 그 강렬함에 약간 질린 표정을 지었다. 이제 드 그라지아와의 만남은 분명히 그저 스쳐 지나가는 것일 뿐

---

* 죽은 듯이 조용한 청중을 비유한 표현이다.

이었다. 무더기로 들어온 사람들과 스치듯이, 쓰레기통 속으로 버려도 좋을 사람들과 스치듯이. 이젠 기껏해야 이 모임을 다른 모임보다 덜 지루하게 해 주는 수밖에 없다. 드 그라지아는 묵시적인 것에 도취된 사람에게 대들기에는 지나치게 영리했고, 또 죄의식도 있었다.

"찾아봐도 안 계시더군요."

그는 귀엣말로 대답했다.

"일 분 정도 기다려 줄 아량도 없었단 말이오?"

"우린 한 시간이나 늦게 도착했어요. 그래서 바로 시작해야 했지요."

무대 위에서 연설하는 사람 외에 대화를 나누는 사람은 메일러밖에 없었다. 모두 연사의 말을 경청하고 있었다. 이 야수는 세상을 이제 막 잡아먹을 듯했다.

"내가 나타나지 않으리라 생각했소?"

메일러가 드 그라지아에게 물었다.

"글쎄요, 확신을 못했어요."

드 그라지아는 약속도 흐물흐물하고 배반을 일삼는 세상에서 살고 있단 말인가? 어떻게 나타나지 않을 수도 있다고 생각했을까? 메일러는 번거롭고 재미없는 장소에 얼굴을 내미는 것으로 일생을 보내 왔다. 그는 드 그라지아를 향해 눈을 부라렸다. 그러자 맥도날드가 좀 조용히 하라는 표정으로 메일러를 보았다.

자, 이제 굿맨이 말을 마쳤다.

메일러는 무대를 향해 걸어갔다. 이제는 무슨 말을 할지 계획도 없었다. 그의 마음은 텅 비어 있었다. 그저 오 초 동안 아주 침착하게 걸어가면서 충분히 쉴 뿐이었다. 처음 생각이 군중에게 호소력 있었을지라도 두 번째 생각이 그것을 보상이라도 하듯 그들을 노하게 만들기 때문에 메일러는 선동가가 될 위험은 없는 친구였다. 그래도 괜찮은 연사라고 보아야 할 것이다. 말하는 걸 좋아했고, 아니 솔직히 말하면 외치는 걸 사랑했고, 군중이 외치며 대답하는 걸 사랑했기 때문이다.(뉴욕시의 지식인 가운데 과연 몇 명이나 그럴 수 있겠는가?)

"제가 원래 이 자리의 사회자인데, 화장실에서 불상사가 생겨 잠깐 자리를 지키지 못했군요."

그는 의도적으로 이 불상사란 단어를 강조했다. 마이크에 대고 말을 하자, 부드럽고 고상하게 엮인 구슬 같은 낱말들이 전기가 통하는 진짜 짐승 속을 통과해서는 전혀 맥을 못 추었다. 낡은 앰배서더 극장 안 판자 사이사이의 이음새가 삐그덕댔다. 메일러는 즉시 마이크의 전력장, 전압과 전류의 비율, 회로 속의 유령 등 공공 연설 장치를 쓰지 않겠다고 마음먹는다. 마술사와 암의 협곡이 공동작전을 펼치리라. 메일러는 마이크를 치우고 청중 앞으로 나섰다.

"제 말 들려요?"

메일러가 소리쳤다.

"네."

"발코니 쪽에서도 들려요?"

"네."

"그럼 마이크 없이 시작합시다."

그는 이렇게 선언했다.

웃음이 터져 나왔다. 아주 작은 박수 소리.(마이크를 치우니 그의 편이 많지 않다. 그래도 이제 청중의 반응을 가늠할 수 있게 됐다.)

"이 제전의 개막을 놓쳤군요. 그렇지 않았다면 제가 굿맨 씨를 소개할 수 있었는데 말이죠. 정말 유감스러운 일입니다. 안 그래요?"

어리둥절한 웃음소리. 작은 반응.

"여러분 모두 죽었어요?"

그는 청중에게 소리쳤다.

"아니면 모두"

여기서 메일러는 아일랜드 말투를 꾸며 대며 말했다.

"꼼짝 않는 고집불통 같은 성격이오?"

몇몇이 웃는다. 휘파람 소리 하나, 둘.

"아니지요."

그가 휘파람에 대꾸했다.

"전 꼼짝 않는 고집불통들을 이번 모임의 핵심으로 받들고 싶은 겁니다. 중산층과 히피, 초현실적이고 상징적이고 완전히 정신 나간 행렬, 펜타곤을 향한 우리들의 행진에 축복 있으라."

'축복'이란 단어에 박수가 크게 일자 메일러는 자존심이 상했다. 이런 말로 박수를 받는 건 값싼 수법이기 때문이다.

"우리 모두를 축복하시라, 제기랄!"

그가 외쳤다.

"내가 말하려는 건 중산층 계급에다 똥을 합친 것, 다시 말하면 중산층과 혁명을 합친 것, 이게 죽은 고집불통들의 집단 같다는 거요."

동의하는 듯한 외침이 약간 들렸지만 충격과 호기심으로 경악한 침묵이 더 컸다. 연설의 저력을 반 토막 내 버렸으니 이제 다시 청중을 휩쓸어야 했다.(꼭 난산을 감당해야 하는 의사 꼴이다. 이제 별 수 있나, 팔꿈치까지 다시 쑥 밀어 넣는 수밖에.)

"우리들의 해설로 돌아와서."

선의의 따스한 웃음이 터지고 그 웃음이 좀 더 퍼지는데 메일러의 귀에는 동의의 표시처럼 들렸다. 그 유머는 의도적인 게 아니었는데. 하지만 이런 덤도 없다면 연사의 인생에 무슨 재미가 있겠는가?

"개념들의 이 질서 정연한 정리로 되돌아와서."

이건 의식적으로 시도한 유머인데 별로 웃지를 않는다. 메일러는 마이크 없이 외치는 경우에는 직설적인 화법이 더 어울린다는 것을 처음으로 깨달았다.

"이제 잠깐 고백할 것이 있습니다."

좀 더 아일랜드식 말투를 섞자.(그는 이 말투를 가르쳐 준 브렌던 비언 교수를 축복했다.)

"연사는 보통 여러분께 두 가지 기회를 드립니다. 지시와 고백이죠."

다시 웃음이 터진다.

"여러분은 모두 대학을 나왔죠. 그러니 제 지시는 이미 진주처럼 빛났을 것이고 감히 그걸 열거하진 않겠습니다."

웃음. 발코니에서 누군가 말한다.

"이봐, 노먼, 뭘 좀 말해 보라고!"

"여기 흑인이 있나요?"

메일러가 물었다. 청중 속을 조사하듯 그는 무대 위에서 왔다 갔다 했다. 하지만 흑인이 좀 섞였다 해도 그리 많지 않다는 슬픈 사실만을 강조할 뿐이었다.

"뭐, 할 수 없죠. 오늘 밤은 우리가 즉흥적인 흑인들의 힘을 빌려 봅시다. 우! 우우! 흐으음."

그는 캐시우스 클레이 같은 몸짓으로 약간 호응을 얻었다.

"그 희멀건 몸체를 좀 움직여 봅시다."

"고백, 고백을 하라고!"

위쪽 정면 좌석에서 젊은이들이 소리를 질렀다.

그는 잠시 멈추고는 목소리를 가다듬었다. 이제 긴장이 좀 풀린 어조로 말했다.

"고백이라, 좋습니다!"

그러자 적어도 청중들은 정신이 좀 드는 눈치였다. 마치 중산층의 내부, 그 돌벽 사이사이에 존재하는 다양성이라는 음산한 환영들을 쫓아낸 듯한 기분이 들었다. 이제 그 유령들의 가슴속으로 파고들 차례였다.

"자."

발코니의 난간 위에 설치된 환각적인 램프에서 비추는 짙은 자주색 불빛과 눈을 때리는 조명 속에서 그는 말문을 열었다.

"자."

메일러는 다시 행복감에 취했다.

"전 이번 토요일, 그리고 그날 성배를 들고 행진할 동료들 생각으로 머릿속이 꽉 차서, 난생 처음 오줌이 마려운지 똥이 마려운지조차 분간하기 어려울 지경에 이르렀습니다."

메일러는 이 두 가지 두려움 사이에는 차이가 있기 때문에 무척 흥미로운 개념이라고 생각했다. 좀 조용한 때 한번 생각해 보자.

"우린 모두 실존적 상황에 대항하는 어떤 사실에 직면해 있습니다. 앞으로 어찌 될지 우리도 모르고, 더 끔찍한 건 정부도 모른단 얘기지요."

본격적으로 시작하려는데 반역자 두세 명이 으르렁거렸다.

"우린 그걸 정부의 궁둥이에 갖다 붙이려는 거요. 펜타곤이라는 엉덩이 근육, 바로 거기에다 말이오."

여기저기서 거친 소리와 으스스한 침묵이 뒤따랐다. 그래, 이제 요리가 끓기 시작한다.

"여기 모인 기자 양반들, 한 자도 빼먹지 말고 정확히 옮기시오."

그는 으스스한 분위기를 달구어 보려고 시치미를 뚝 떼며 말했다.

하지만 그 유머는 때를 잘못 맞췄다. 《뉴요커》가 아무 의미도 없이, '똥'이란 단어를 사용했다고 비난한 것은 아니었다. 드와이트 맥도널드 역시 아무 목적 없이 《뉴요커》를 사랑한 것이 아니었다. 맥도널드도 '똥'이란 단어를 비유적으로 쓰는 것을 비난했다. 메일러는 오른쪽에서 한 손에 책을 들고 걱정하는 듯한 서글픈 표정을 지으며 다가오는 맥도널드를 보았다.

"노먼."

맥도널드가 조용히 말했다.

"자네가 무슨 말을 하는지 도무지 모르겠네. 제발 이제 그만하고 날 소개시켜 주게나."

한 방 맞은 기분이었다. 한참 신나게 나가다가 도중하차하는 꼴도 무안했지만, 사회자 역할마저 제대로 못했다는 자책도 들었다. 메일러는 다음과 같이 말하듯 맥도널드를 바라보았다.

'제발 나에게 기회를 좀 주게나, 그 은혜는 잊지 않을게.'

그러나 드 그라지아도 옆에 따라와 있었다.

"노먼, 이젠 내가 사회를 보게 해 줘요."

메일러는 지독하게 불만스러웠다. 이들은 메일러가 무엇을 하고 있었는지, 그게 얼마나 훌륭했는지, 그다음엔 무엇이 나오는지 전혀 이해하지 못했다. 지금 포기하고 무대를 내려가는 것은 치명적이다. 청중들은 분명 그가 몸을 가누지 못한다고 판결을 내릴 테니까. 그렇다고 힘으로 버틸 수도 없었다. 생각할 필요도 없이 상황은 더 나빠질 뿐이다.

하지만 덕망 있는 의견이 (미나리아재비처럼) 여기저기서 톡톡 튀어나온다. 메일러는 다시 마이크를 잡고 청중을 향했다. 그는 조심스레 목소리를 가다듬었다.

"지금까지 제가 진행한 것을 맘에 안 들어 하는 친구가 있군요. 드 그라지아가 사회를 보았으면 하는 모양인데 전 그냥 이 자리를 지키고 싶어요. 일종의 실존적 순간입니다. 어찌 될지 모르지만 투표를 해 봅시다."

이 희극적인 상황에 웃음이 터졌다. 솔직히 메일러는 이제는 실존적 상황이 아니라고 믿었다. 투표가 자신에게 유리할 거라고 계산했다.

"드 그라지아를 사회자로 원하는 분은 '네'라고 대답하세요."

많은 수가 '네'라고 답한다. 자, 이제는 열렬한 갈채가 있겠지.

"반대하는 분은 '아니요'라고 말해 주세요."

실망스럽게도 '아니요'란 소리가 더 큰 것 같지는 않다.

"네와 아니요가 반반인 것 같소."(이렇게 말하며 메일러는 대답을 잘못 유도했다고 생각했다. '네'를 그 자신을 원하는 사람을 위해 써야 하는데.)

"이런 상황에서는 제가 이 자리를 지키겠습니다."

그가 공표했다. 이 뻔뻔함에 대한 웃음. 메일러는 웃음소리를 파고든다.

"여러분은 방금 아주 중요한 정치 연습을 했습니다."

그는 청중을 향해 마이크를 흔들었다.

"투표에서 결정적인 차이가 나지 않으면 권력을 쥔 사람이 자릴 계속 지키는 법이에요."

"이봐요, 드 그라지아."

청중 가운데 누군가 소리쳤다.

"어쩌다 자릴 뺏긴 거야?"

메일러는 달콤하게 웃고 있는 드 그라지아에게 마이크를 대 주며 부드러운 목소리로 말한다.

"만일 내주지 않았으면 저 친구 날 개똥처럼 패대기 쳤을걸요."

그 두려운 단어 '개똥'이 다시 튀어나왔다.

"제발, 노먼. 이제 날 소개해 줘."

맥도널드가 다시 말했다.

결국 메일러는 맥도널드를 소개했다. 재촉받을 것을 예상하지 못한 채 준비한 것치고도 못했지만, 분명히 존경받을 만한 소개였다. 군사적 상황으로 볼 때 그 소개는 점잖고 말끔하게 해치우는 작업이었다. 약 일 분에 걸쳐 메일러는 뜻을 같이하기는 힘들어도 항상 진실을 본 그대로 전하는 믿을 만한 인물, 때 묻지 않은 일관성 있는 사나이라고 맥도널드를 소개했다.

"하늘에 맹세코, 내가 옳았겠지."

메일러는 중얼거리며, 마이크로 향하는 맥도널드를 지나쳐 걸어갔다. 두 사람은 냉랭하게 서로 고개를 끄덕였을 뿐이다.

청중이 볼 수 있는 무대의 측면에는 폴 굿맨이 의자에 앉아 있었는데, 그는 이 실존주의자와 맞부딪쳐 때가 묻을까 봐 피하는 눈치가 역력했다. 드 그라지아는 '어려운 고비는 넘겼군.' 하는 듯한 미소를 지었다. 로웰은 바닥 위에 슬픈 듯 웅크리고 앉아서, 형이상학적 실체를 조사하려는 듯 안경 너머로 자신의 부츠를 들여다보았다. 가죽, 재봉틀, 어떻게, 어디에 연결하지? 발에서 부츠로, 부츠에서 땅으로 로웰이 무슨 생각을 하는지는 그만 생각하자. '소설가가 들어갈 수 없는 곳이 있다면 그건 자신보다 더 우월한 소설가의 마음속이다.' 언젠가 진 마라케스가 메일러에게 한 말이다. 자, 그러니 이류 시인이 들어갈 수 없는 곳은…….

로웰은 아주 불행해 보였다. 로웰의 모습에는 강함과 약함이 조화를 이루지 못하고 상충되는 모습이 너무나도 역력해 여성에게는 상당히 매력적으로 보일 것이라고, 이류 시인 메일러는 생각했다. 로웰에게는 다가갈 수 없는, 모든 것을 광적인 상태로 몰아가 버릴 정도의 어떤 힘이 풍긴다. 사람은 몇 가지 명분 때문에 기꺼이 죽기도 하고, 손에 도끼를 들고 크롬웰 같은 눈빛을 풍기면서 싸우기도 한다. 육체적으로는 강해 보이지만 정신적으로는 아주 약할지도 모르지. 차축과 자동 톱니바퀴를 힘껏 떼 내어 트럭 뒤쪽에 던져 버릴 수 있는 농부만큼 힘이 센지도 모를 일이다. 하지만 육체적 힘이 어떻든 신경은 섬약해 보인다. 수 년 동안 주변 사람들 영향으로 때도 탔으련만, 아직은 더 타도 될 것 같다. 완성된 시인의 신경조직은 두

드려 맞아 본 적이 별로 없다. 변덕스러운 숨결을 타고 들리는 맥도널드의 음성은 이제 마이크를 타고 꽥꽥거리며 로웰의 등을 넘어 폭풍이 몰아치듯 갈가리 찢기는 듯했다. 분명히 로웰은 소란스러운 것을 싫어했다. 그리고 이 소란 속에서 모든 게 수포로 돌아가는 것을 본 듯했다. 축 처진 중산층 청중에다 삑삑거리는 마이크, 게다가 기금 모금에 나선 얼토당토않은 친구까지. 맙소사, 무엇을 위해 저러는가? 시위가 전달하려는 것이 무엇이고 더 나쁘게는 공급하려는 것이 무엇인지 도대체 누가 알게 될 것인가? 그리고 최악의 경우 권투 선수 같은 메일러의 공격과 연합되어서 말이다. 로웰은 부츠를 바라보던 시선을 들어 '너에 관해 들었던 나쁜 말들이 전혀 과장된 것이 아니었구나.'라고 말하는 눈빛으로 스치듯이 힐끗 이 소설가를 보았다.

메일러는 뒤돌아보며, 말은 하지 않았지만 더 신랄한 언어를 생각하고 있었다.

'로웰 씨, 여러 사람들한테 사랑받는 시인, 도대체 당신이 피할 수 없이 더럽고 추한 세상에 대해 뭘 알고 있소? 힘들게 성취했으나 순진해서 잃어버린 위엄, 밝힐 수 없는 이유 때문에 희생당한 위엄에 대해 당신이 뭘 아시오? 원하지 않아도 살이 자꾸 찌고, 독수리나 백작, 가장 고귀한 것, 이 별 볼일 없는 민주국가에서 자연스러운 귀족이 되고 싶은데 기껏해야 벼락출세한 남작의 어릿광대밖에 될 수 없는 처지에 대해 뭘 아시오? 결코 알 수 없겠지. 우리가 공유하는 의식은, 견딜 수 없이 괴로운 내부의 빛에 충실하지 않으면 언젠가 모두 다 타 버리고 말 것이라는 깨우침뿐이오. 그런데 어찌 감히 당신이 나를 비난하시오! 이 저주받은 환각의 집 안에 앉아 있는 청중이 걸

린 병을 누구보다도 잘 알고 있으면서, 내가 그걸 터뜨리려 했다고 어찌 감히 멸시할 수 있소?'

로웰은 이 같은 법석이 마침내 모두 한계에 이르러서, 청교도인으로 단단히 단련된 자신의 뇌가 이 경험을 가장 훌륭한 단어들로 단단히 빚고 결코 무너져내리지 않게 연결하지 않으면 터져 버릴 것 같다는 듯이, 시선을 위로 한 채 간질병 환자처럼 제자리에서 한 바퀴 빙그르 돌아 그대로 뒤로 넘어졌다. 충격을 줄일 시간도 없이 머리는 그대로 바닥에 부딪쳤는데, 마치 자신을 조금도 방어하지 못하는 어린아이처럼 갑작스러웠다. 마치 30센티미터 높이에서 떨어지는 호박을 받으려다 놓쳐 바닥에 퍽 터져 버리듯이.

'여기 그토록 존경받고 그토록 잘 다듬어진 뇌가 마침내 일격을 받는구나.' 로웰은 이렇게 혼잣말하듯 반듯이 누워서 조용히 쉬고 있었다. 그사이 맥도널드는 「백인의 짐」을 계속 읽어 내려갔고, 로웰은 마치 경찰 곤봉에 부딪쳐 두개골 뒤쪽을 시험해 본 듯 만족스러워 보였다. 얼마나 고귀한 정신을 잃게 됐단 말인가!

6. 힘의 이동

밤이 깊어 갔다. 사실 절정이라는 단어로 표현하기에는 거리가 먼 밤이었다. 로웰은 피리 소리에 귀를 기울이는 목동처럼 무대 앞 한구석에 앉아 머리의 충격을 식히려는 듯 보였다. 훗날 워싱턴의 한 일간지는 토요일에 벌어진 일들을 논평하며,

메일러와 함께 로웰의 행동도 '지저분하다.'라고 묘사했는데, 아마 이런 축 처진 모습 때문이었을 것이다.

드디어 맥도널드의 순서가 끝났다. 늦게 시작한 데다가 어떻게 해 볼 수도 없는 마이크 장치, 그리고 메일러가 명백하게 망쳐 놓은 분위기에서 시작해서인지 맥도날드는 전보다 실력 발휘를 못한 것 같았다. 몇몇 사람들은 연설에 싫증을 내기까지 했다.(아마 오래된 공산주의자들인지도 모른다. 왜냐하면 맥도널드는 지금 미국에서 가장 오래된 반공산주의자 가운데 한 사람이니까 말이다.)

백인의 검을 들어 올려라.
감히 등을 움츠리진 못하리.
지루함에서 벗어나려
자유를 원하는 양 큰소리치지 말라.
소리치든 속삭이든
떠나든 아니하든
말없이 성난 사람들이
너의 신과 너의 어깨 위에 짐을 지우리니.

이렇게 키플링의 시 한 구절을 읽었는데, 어떤 식으로 읽었든지 그 부분을 인용한 것 자체에 의미가 있었다고 할까.

어쨌든 그의 순서는 끝났다. 자신이 한 일에 큰 만족을 느낀 건 아니지만 주어진 의무를 수행했다는 안도감을 내보이며 맥도널드는 무대 옆의 자리로 돌아왔다. 이제 로웰의 차례다. 메일러는 그를 소개하려고 자리에서 일어섰다.

우리의 소설가는 시인을 열렬하게 환영했다. 그의 시에 대해서는 말하지 않고(사실 잘 모르기 때문에) 산문에 대해서도 말을 않고(뛰어나다고 생각했지만) 대신 메일러는 왜 한 인간으로서 그를 존경하는지를 강조했다. 이 년 전쯤 존슨 대통령이 예술가와 지성인을 위한 가든파티를 열어 시인을 초대했는데 그는 참석을 거절했다. 이것은 베트남전쟁을 반대하는 최초의 극적인 행위로 해석되어 큰 물의를 일으켰다. 당시 초청받은 일류 예술가들 가운데 단 한 사람, 로웰만이 거절했다. 예를 들면 솔 벨로는 파티에 참석했다. 고상한 공식적 파티를 경험하는 것은 예술가에게 새로운 인식을 주고 새로운 작품에 대한 동기를 자극하기 때문에, 보통은 그런 기회에 상당한 매력을 느끼는 법이다. 따라서 로웰의 거절은 대단한 행동이었다고 사회자 메일러는 넌지시 말을 꺼냈다. 훌륭한 옷차림으로 가득 찬 명예로운 모임을 거절하는 것은 원숙한 예술가로서는 하기 어려운 일이다. 멋진 일이다. 그리하여 로웰은 문학적으로 대가가 되는 지름길을 외면한 것이다. 그래서 메일러는 로웰을 존경했다. 메일러는 자신이 그런 경우에 부딪쳤을 때 거절할 수 있을지 자신이 없다고 말하면서, 하지만 그런 기회는 아마 영영 오지 않을 거라고 청중을 안심시켰다.(백악관 잔디 위를 서성대는 메일러를 생각하니 청중은 공연히 즐거운가 보다.)

여기까지의 소개는 좀 형식적이기도 하고 우아하지도 않았다. 이런 때 청중이 즐거워하는 모습은 이 잠자는 짐승을 슬쩍 건드린 꼴이 됐다. 이제 메일러는 로웰을 소개하는 마지막 부분을 가벼운 소극으로 끌어가려 했다.

"신사 숙녀 여러분, 소설가들이 중산층 출신이라면 시인들이란 밑바닥 출신이 아니면 상류층 출신일 겁니다. 우린 밑바닥 출신의 훌륭한 시인들을 잘 알죠. 여기 우리의 상류층 출신 시인, 로웰 씨를 소개합니다."

열렬한 박수갈채, 로웰에 대한 순수한 열광, 마치 개선식 같다.

하지만 메일러는 기가 죽었다. 다시 한 번 자신을 내보이다니. 마지막엔 좀 웃겨 보려 했는데 최악의 광맥을 스스로 파고든 꼴이 됐다. 가망 없는 빚을 끌어 모으는 파산 직전의 사람처럼 돌이킬 수 없이 저속해지고 말았다. 메일러를 지나쳐 무대로 향하는 로웰은 예의 그 무마하는 표정을 다시 던질 만큼 충분히 회복됐다. 이 순간, 친구가 되기에는 분명히 두 사람 사이에 간극이 있었다.

로웰의 축 처진 양어깨와 겸손한 배는 그런 분위기를 더욱 강조했다. 마이크 앞에 서서 잠깐 생각에 잠긴 듯 턱은 가슴 쪽으로 툭 떨어졌다. 한 세대를 통틀어 그토록 축 처진 나른한 위엄을 과연 누가 또 성취할 수 있으랴. 맏아들의 손자들이 가족 중 어느 누가 가르치기도 전에 하버드 대학의 가장 멋진 클럽에서 가장 훌륭한 식사를 하는 듯한 위엄! 메일러는 로웰이 그만의 본능, 능력, 선택으로 자신과는 정반대 방향으로 무대를 이끌어 가리란 것을 직감했다.

"자."

로웰은 부드러운 말투로 청중을 향해 말문을 열었다. 그 목소리는 뉴잉글랜드의 사형집행인이 부러워할 만큼 건조하면서도 부드러웠다.

"오늘 밤은 어릿광대의 촌극 같은 무대였어요."

웃음이 터졌다. 약간 지나친 듯했다. 마치 메일러를 굴복시킨다기보다는 그 뒤를 계승할 것처럼. 그래서인지 로웰은 말투를 바꾸어 약간 불안한 목소리로 조그맣게 말했다. 한데 그 소리가 너무 작았던 모양이다. 앞선 예에 용기백배한 몇몇 청중들이 이제는 휘파람을 불었다.

"소리가 안 들려요, 더 크게 말해요."

사람들이 외쳤다.

로웰은 당황한 듯 보였다.

"그렇게 하지요. 크게 소리쳐 봤자 달라지는 건 없겠지만."

일 벌이기를 싫어하는 그 견고한 자세는 미묘하면서도 인상적인 우월감을 살짝 풍겼다. 청중들은 여러 가지 신호나 몸짓에 감동을 받기도 하지만, 무엇보다도 배에서 우러나는 목소리에 가장 만족을 느끼나 보다. 배에 안정감을 주며 말하는 이들이 있는데, 메일러는 그런 사람이 못 되었고 로웰은 그런 사람이었다. 로웰의 말이 떨어지자 박수 소리가 크게 울렸다. 그는 이제 준비해 온 시를 읽어 내려갔다.

로웰은 멋지게 읽는 낭독자가 아니라 그저 한 행 한 행에 충실한 낭독자였다. 담쟁이덩굴을 연상시키는 그 그늘진 태도는 소심하기까지 해서 불빛 아래서는 무기력해 보이기도 했다. 시종일관 그는 청중을 끌어들이고 압도하고 약 올리고 즐겁게 하려는 노력을 전혀 하지 않았다. 아니, 오히려 청중이 그를 기쁘게 하려고 모인 것 같았다. 이들은 시인의 존재를 운율을 한 줄 한 줄 뽑아내는 음판으로서 소중하게 생각하는 듯했다. 청중은 시인의 재주, 겸손함, 우월감, 우울함, 까다로움, 약함, 고통스럽게 거의 머뭇거리는 듯한 수줍음, 고상한 힘을 찬양했다. 찬사는 줄을 잇듯 계속됐다.

오! 치누크 바람처럼 거칠게 부수며
연어가 뛰어오르다 다시 떨어지네
그 단단한 돌과 뼈를 부수는 폭포 위로 치솟으면서
조야한 턱뼈, 약한 살은
으르렁대는 열 계단 사다리에 휩쓸리고
그래도 머리를 씻기 위한 마지막 안간힘
알을 낳고 죽으면 그것으로 충분하리라

메일러는 질투하는 자신을 발견했다. 로웰의 재능 때문이 아니었다. 그의 재능은 매우 폭 넓었으나 메일러도 자기 재능의 가치에 대해서는 한 치의 양보도 없었다. 그렇다. 메일러가 질투를 느낀 것은 로웰이 별 힘도 들이지 않고 청중을 사로잡았다는 사실이었다. 메일러는 자신이 이러한 대가로서의 로웰을 감탄하는 건지 경멸하는 건지 몰랐다. 그러나 어쨌든 자신과 비교가 안 되는 사람이었다. 물론 메일러의 방식을 받아 주기 위해서 그곳에 온 사람은 아무도 없었다. 혹평 때문에 괴로운 건 아니었다. 그가 겪은 그 고통은 혹평 자체 때문이 아니라 마치 이음매에 떨어지는 낙수처럼 수년 동안 끝없이 뒤따른 긴장감 때문이었다. 어떤 사람의 책을 십오 년 동안 읽지 않은 사람들이 어떻게 그의 장점을 생각할 수 있겠는가. 별로 매력적이지 않은(그 속에는 역정이 있고, 변제받지 못한 문학적 부당함에 대한 노여움이 있기 때문에) 묻혀 있던 슬픔이 지금 바로 메일러의 가슴속 깊은 곳에서 저절로 터져 나왔다. 또한 수년 동안 지독한 혹평을 버텨 온 오만함의 맨홀 뚜껑 아래 감추어져 있던 순수하고 경이로운 인식들, 단순하고 어린아이같이 쓰디 쓴 슬픔의 감정들도 한꺼번에 터져 나왔다. 로웰이 얼마나 사랑받고 있으며 자신이 얼마나 그렇지 못한지 생각하니 뜨거운 분노가 올라왔다.

가엾어라, 이 땅덩이여,
그 달콤한 화산의 분화구에서
모든 기쁨은 사라지고
이 전쟁, 저 전쟁 속에 휩쓸려
우리 어린아이들이 쓰러져 갈 때
단조로운 장엄 속에서 영원히 길 잃고,
끝없이 돌고 도는 하나의 유령,
지구를 평안히 다스릴 마지막까지
이들에게 평화 있으라.

모두 일어나서 진심에서 우러나오는 열렬한 갈채를 로웰에게 보냈다. 사람들은 로웰이 자작시를 낭송하는 워싱턴의 하룻밤을 못내 흥겨워했다. 그 후 로웰은 무대 옆으로 걸어 나왔고, 메일러는 무대 정면으로 걸어갔다. 로웰은 어떤 승리감에도 들뜨지 않았다. 마치 아무것도 아닌 것에 너무 많은 갈채를 받았다는 듯이, 그래서 죄의식의 항아리는 아직 뚜껑도 열리지 않았다는 듯이, 여전히 겸손했고 실의에 빠져 있었다.

그런데도 메일러에게는 맨손 대 맨손의 대결처럼 느껴졌다.

언젠가 사람들은 지금처럼 굉장한 갈채로 마놀레테*를 환영했다. 인간 내부의 깊은 슬픔에 자극받아 조그만 감동으로 커다란 감정을 낳는 갈채였다. 비유에도 어떤 가치를 둘 수 있다면, 메일러는 떠들썩한 모험에 뛰어들어 황소의 눈에 침을 뱉으며 여러 몸짓으로 움직이는 젊은 도밍긴과 닮았으리라. 다른 투우사가 승리를 거둔 다음 자기 순서를 맞아 경기장으로 뛰어나가며 열띤 경쟁에 도취된 투우사처럼 느꼈을지도 모른다. 하지만 메일러는 본질적으로 투우사 쪽보다 황소와 더 닮았으니 어쩌랴. 우리는 그 짐승을 잊으면 안 된다. 메일러는 머그 잔에 남아 있는 버번위스키를 쭉 들이켰다. 계획했던 것이 지연되고 비틀어져 약이 올라 있었으며, 거의 열 시간 동안이나 아무것도 먹지 못했다. 그는 사냥 길에 올랐다. 무엇을 쫓는지는 자신도 잘 몰랐다. 목표물이 무엇인지 생각하기 전일지라도 사냥은 할 수 있는 것이다.

"자, 여러분은 제가 누군지 의아하지요?"

청중을 향해 말했는데 마이크를 사용하지 않았으므로 거의 소리를 질렀다고 하는 편이 맞는 말이다.

"그리고 제가 왜 어설픈 남부 억양으로 말을 하는지도 모르시겠지요?"

목구멍에서 나오는 남부 억양이 이 순간에는 별로 나쁘게 들리지 않는다.

"그 이유는 여러분께 뭔가 보여 드리고 싶어서입니다."

그다음에 무슨 말을 할지 잘 몰랐지만, 아무 말도 떠오르지

---

* Manolete. 스페인의 전설적인 투우사.

않으리라는 생각은 결코 들지 않았다. 이제 초조함, 슬픔, 질투심은 모두 사라졌으니, 메일러는 그저 청중의 가슴속을 비집고 들어가려는 수사학의 칼날 위에서 춤을 추고 있을 뿐이었다.

"여기 모두 모였습니다."

히피 나라의 링컨 대통령 분위기를 풍겨 보자.

"토요일에 모두 펜타곤으로 가서 정부가 하는 일을 방해하기 위해서죠. 이는 상징적 행위인 동시에 참다운 행위이기도 할 것입니다."

그는 으르렁거리고 있었다.

"진짜 대장들이 다치기도 할 것이고, 군인들이 우릴 저지할 테고, 몇 명은 체포되기도 할 테니까요."

자, 그러니 이제 어떻게 감옥에 가지 않고 워싱턴을 빠져나갈 텐가? 으르렁대는 목소리 밑에 현명한 음성이 말했다.

"피도 꽤 흘리겠지요. 만일 제가 이 시위를 막으려는 정부 책임자라고 해도 무엇을 어찌해야 할지 모를 겁니다."

이제 목소리가 울리고 있었다.

"너무 많이 체포해도 안 되고 누굴 다치게 해서도 안 되죠. 세상이 가만히 있지 않을 테고 정부 측은 그걸 감당하기 어렵겠죠. 지랄같이 힘들게 됐어요."

다시 청중으로부터 으르렁거리는 야유가 일었다. 메일러는 욕설을 내뱉기 시작했다. 이런 행동은 동료들에게 걸쭉한 수프처럼 인간미를 풍긴다. 욕설에는 아무런 악의가 없었다. 아니 그것은 역설적으로 미국을 사랑하는 메일러의 마음을 대변한다. 그는 군대에서 복무하면서 처음으로 미국을 사랑하게 됐다. 물론 깃발이 상징하는 미국은 아니었고, 텔레비전 프로그램이나 신문이 주입시키는 참을 수 없는 애국심도 아니었다. 인조 마가린처럼 제도화되어 숨막히는 미국적 사유들을 깨닫기 훨씬 전에, 메일러는 평범한 사람들에게 뿌리내린 민주적 원칙이라고 논평자들이 즐겨 부르던 것에 매혹됐다. 그 원칙과 그 평범한 사람들을 바로 군대에서 찾았다. 하지만 고상하고 평범한 사람은 늙은 염소처럼 외설스러우며, 그 외설이 그 자신을 구출하는 수단이라는 점을 논평자들은 한 번도 언급하지 않았다. 그 평범한 민주주의적 인간은 유머를 좋아했는데 유머는 외설 속에 있었다. 메일러의 철학도 마찬가지였는데, 그 철학이란 대단한 것이 아니었다. 과장된 자세로 뻣뻣한 등을 숙여 양심이 반짝이는 장교에게 인사해야 하는 것처럼, 일개 군인이라는 작고 부분적 존재에게 지나치게 부과된 가치 의식에서 균형을 조금이라도 회복해 보자는 것이었다.

"저 중위는 겁쟁이야, 빌어먹을."

이게 소대의 판결이 된다. 이 판결은 곧 민주주의의 상징이었고, 아직 정신이 말짱하다는 증거였다. 언젠가 메일러는 한 이등병이 장군의 장점에 대한 논쟁을 이렇게 끝내는 걸 들었다.

"그는 침 속에서도 아이스크림 냄새 따위가 나지 않아."

그 사병은 단순히 침 냄새를 이야기하는 것이 아니었다. 메일러는 이런 말을 비롯하여 마음속에 있던 여러 인물을 『나자와 사자』란 작품에서 그렸다. 군대의 기억을 되살려 쓴 것이었다. 미국에 대한 일반적 견해는 아마도, 미국인만큼 유머를 위해 사는 사람도 지구상에 없을 거라는 생각일 것이다. 미국인에게 유머보다 중요한 건 없다. 메일러는 브루클린에서 이 사실을 확인했고, 하버드에서는 유머가 하버드인의 부산물임을 확인했다. 그러다 군대에 가서야 그는 유머가 미국의 각 주와 마을마다 핏줄과 뿌리에 새겨져 있다는 사실을 발견했다. 다시 말하면 저 외설의 강을 타고 작은 마을의 이야기꾼에서 또 다른 이야기꾼으로, 그리고 은행가, 작가, 교육자, 법률가 들에 의해 오랫동안 전해 내려온 역사라는 것이다. 그래서 메일러는 자신이 저절로 외설스러워질 때 가장 미국인이 된 것처럼 느꼈다. 영어의 온갖 은총은 개념을 외설로 멋지게 채색할 때 나온다. 이렇게 하면 다시 그 개념을 생각할 수 있게 된다. 똥이란 말의 위대함은 곧 그 말을 고상하게 쓰도록 해 준다는 데 있다. 즉 남부의 어느 바싹 마른 가난한 농부가 얼굴에 득의만만한 웃음을 머금고 필리핀 사람의 논에 이른 아침부터 나와서 "이봐, 간신히 똥 한 짐 지고 왔지."라고 말하는 것, 그게 바로 메일러의 미국이었다. 그가 미국에서 사랑하는 것이 있다면 그건 바로 똥이란 말일 것이다. 그래서 『나자와 사자』 이후에도 아직 문학적 밑천이 남았다고 증명하려는 듯이 외설을 자신의 책 모퉁이로 치워 버린 지 수년이 지난 뒤 그는 다시 외설로 돌아왔다. 『우리는 왜 베트남에 와 있는가?』에서 우아함이라는 문학적 코르셋에 작별을 고하고 메일러는 자신의 언어 감각이 외설 위에서 자유롭게 춤추도록 내버려 두었다. 그랬더니 그가 알고 있던 (무한한 자원을 가진) 미국의 언어가 온통 행복에 넘쳐 날개를 퍼덕이며 글 한 줄 한 줄을 넘나들며 날아다녔다. 메일러는 처음으로 자신의 글이 굉장히 미국적이며 동시에 훌륭한 문학작품이라고 느꼈다. 적어도 아주 잘 봐 주면 그렇다. 하지만 책에 대한 반응은 실망스러웠다. 서평이 대부분 비판적이어서 실망한 게 아니라(갑작스레 슬픔이 몰려와도, 공해 속에서 사는 법을 배우듯이 혹평 속에서 사는 법을 익혀 왔으니까) 정말로 그 때문이 아니라 지조 없는 사람들에게 실망한 것이다. 『나자와 사자』에 쓰인 외설은 옹호해 주던 곰팡내 나는 늙고 보수적인 비평가들, 혹은 그 아들들이 새 책에 쓰인 외설은 비난했다. 그 점이 바로 실망을 느낀 이유였다. 바람이 잔뜩 든 조숙한 아이를 이해할 수 있을 만큼 이 나라가 그렇게 많이 성장한 것은 아니었다.

어쨌든 메일러는 지금 이 무대 위에서 외설스러운 말을 섞고 싶은 지경에 다다랐다. 사람들이 일단 충격에서 벗어나게 되면 외설이 주는 유머가 충격의 피해 못지않게 강력하다는 것을 알게 되겠지. 물론 그는 자주 이러고 싶어 하지도 않았고, 특히 자신의 음성이 좋을 때 외에는 하려 들지도 않았다. 메일러는 연설과 솔직히 터놓는 담화를 혼동하지는 않는다. 전달 사항에 비해 목소리가 아주 작아질 때 외설스러운 말은 더욱 외설스럽게 들렸는데, 이는 외설이라는 것이 현기증을 일으킬 정도로 빠른 대화 속에 존재하기 때문이다. 이것이 린든 B. 존슨의 연설이 몇몇 사람들에게 외설스럽다는 평을 받는 이유인지도 모른다. 미국 대통령의 연설을 듣는 즐거움이란 갑자기 연사의 음성이 컴컴한 뒷골목을 헤매는 듯한 현기증으로 바뀔 때 느낄 수 있다.

이런 말들은 모두 지금 메일러의 입장을 상당히 변호하고 있는데, 그 입장을 그는 다음과 같이 역설하고 싶었다. 오늘날 세계를 대표한다는 미국 행정부는 정글 속에서 보이지 않는 베트남의 어린이와 여자들을 타 죽게 하면서도 문학작품에서 또 대중 앞에서 외설적인 말을 좀 쓴다고 그렇게도 불쾌해하며 고개를 돌려 버린다고 말이다.

능수능란한 변명임은 인정하지만 과연 메일러는 그날 저녁 앰배서더 극장에서 막이 내릴 때까지 무슨 이야기를 했던 것일까? 글쎄, 굉장한 것은 아니고 그저 주석을 단 정도랄까. 가장 고귀하고 그럴듯한 음성을 흉내 내느라고 애썼으니 말이다.

"이 자리에 서기 전에 일이 좀 있었습니다. 여러분에게 아주 흡족한 연설을 하기 위한 서막으로 위층에 있는 화장실에 갔지요." 웃음과 휘파람 소리.

"그런데 그곳이 캄캄했어요. 그래서, 흠, 변기를 잘못 겨누었단 말입니다. 남자라면 제 말뜻을 아시겠지만 양해해 주시고. 하지만 내일 당국은 아마 그 물구덩이를 공산주의자들의 소행이라고 할 겁니다. 미국에서 일을 처리하는 방법이 항상 그렇지요. 반대하시는 분 있으면 제 말 좀 들어 보세요. 이유는 화장실이 캄캄했고 아무도 없었다는 겁니다. 그곳에 불이 켜졌다면 거기에 정보부 요원을 배치했을 것이고, 히피족들은 그게 어리석은 짓이라고 생각했겠지요. 여길 좀 보세요. 제가 누군지 아시죠? 방금 떠올랐는데 전 린든 B. 존슨 대통령만큼 똥으로 가득 찬 놈이죠. 저는 우리 대통령의 조그맣고 늙은 분신에 불과해요. 그게 여러분 앞에서 지금 말하는 장본인이에요. 존슨의 조그맣고 늙은 축소판 분신, 어때요? 맘에 드세요? 맘에 드시냐고요?"(다시 카시우스 클레이 흉내.)

메일러는 온갖 소음과 불빛이 모두 가라앉은 뇌의 한구석에서 생각한다. '맙소사, 그게 이 순간의 너를 정확히 그린 건지도 모르잖아. 린든 B. 존슨의 상처, 슬픔, 허영이 모두 뭉쳐서 173센티미터*로 축소된 것.' 그러자 메일러는 잠깐 혼을 빼앗긴 듯 느꼈다. 마치 자신이 대통령의 어떤 비밀스러운 영혼을 훔쳤거나 대통령이 자신의 혼을 훔쳤거나 한 것처럼 말이다. 버번위스키는 뇌세포 속에서 광기의 씨앗을 비추는 달빛처럼 투명했다. 위협의 엷은 안개가 공기 속을 감도는 가운데 정말 존슨 대통령의 발가락이라도 잡은 듯 무엇인가를 구체적으로 느꼈고, 메일러는 그것을 놓치지 않으려고 했다.

"명성이나 좇는 사냥개 같으니라구."

위층 발코니에서 누군가가 소리쳤다.

"×할 놈!"

메일러는 완전한 즐거움에 도취되어 텍사스 대통령답게 온 힘으로 되받아 소리쳤다. 아니면 질투의 화신 루시퍼의 불이었던가? 어쨌든 그가 이런 욕설을 얼마나 행복하게 사용했는지 강조하는 의미에서 ×표를 대신 넣어 보면, 그 말들은 연설가의 가슴속에서 불꽃처럼 퍼져 나갔고, 로마 시대 촛불의 꽃처럼 퍼졌다. ××놈, 메일러는 야유하는 사람에게 힘을 주어 이 말을 뱉었다. 의심할 여지도 없이 사회자는 반대를 모두 물리치고 권위를 되찾았다.

"지금까지 이 축소판 분신이 꼭대기 층의 바닥에 오줌을 갈긴 사건 이야기를 해 드렸는데, 여기 모인 기자 여러분, 제발 내가 이 지랄 같은 오줌 누기에 대해 아무 말도 한 적이 없다고 써 주실래요?(존슨 대통령의 흉내를 한껏 내면서.) 그 대신 이

---

* 메일러의 키.

나라에 대한 글을 써 주세요. 난 바닥에 오줌을 갈겼어요. 호에!
호에! 백인들이 오줌 눈 것에 흑인 친구들이 뭐라고 하겠어요?
자, 이제 알았죠, 모든 기자 양반들이 내일은 비가 내릴 거라
고 말하리란 것. ×× 같은 놈들, 기자 양반들 모두 일어서 봐요,
얼마나 오셨는지 세어 보게."

청중 가운데 학생들이 환호했다. 기자들은 어찌하고 있는가?
일어설 것인가? 단 한 명이 외롭게 서 있었다.

"어디서 오셨나요?"

메일러는 물었다.

"워싱턴, 《프리 프레스》."

군중 사이에서 환호가 일었다. 분명히 학생들이나 히피족의
신문일 것이다.

"《워싱턴 포스트》에서 오신 분은?"

메일러는 텍사스 말투를 한껏 흉내 내며 말했다.

"그럼 《스타》에서는? 《타임》에서 오신 분도 봤고, 아마 스무
명쯤 더 오셨을 텐데?"

하지만 아무도 일어서지 않았다. 그러자 메일러는 신랄한 욕
설을 퍼붓기 시작했다.

"좋아요, 여러분 무슨 기사가 나오는지 두고 보자고요. 이
사람들, 존슨이나 딘 러스크 맥나마라한테는 달려가서 엉덩이
에 입을 맞추지만 여기 대중 앞에선 일어서기나 하는지 보라
고요. 안 그러죠? 이 나라의 비밀 단원들이기 때문입니다. 이
들만 뭉쳐도 이 나라를 충분히 망칠 수 있단 말이에요."

내일 아침에는 분명히 나를 망쳐 놓겠지, 메일러는 생각했다.
하지만 이 순간만큼은 무한한 가치가 있었다. 마치 두 강줄기,

바깥쪽과 안쪽으로 흐르는 두 강이 한곳으로 모이는 듯했다. 온 미국 사람들이 베트남전쟁의 고름 속에서 점차 오염되면서 울화통, 오줌, 고름, 독과 같이 유황불 속에서 타고 있던 것들이 모두 그 자리에 모인 언론기관의 귓속에 수북이 흘러들어 강 하나를 이루었다. 또 다른 강은 메일러 내면에 존재하는 좌절한 배우였다. 수년 전 「왕의 모든 신하들」이란 영화를 보고 나서 그는 남부의 민중 지도자 역할을 대중 앞에서 꼭 한번 해 보고 싶었다.

연설은 계속됐는데, 욕설 다음에 같은 분량으로 훌륭한 말도 했으리라 믿고 싶다. 메일러는 문득 『우리는 왜 베트남에 와 있는가?』에 나오는 구절을 좀 인용해 볼까 생각했으나, 네 단어로 된 그 유명한 욕설이 대부분이어서 지금까지 한 연설과 중복될 것 같았다. 그래서 겸손하게 "그럼, 토요일에 만납시다!"라는 말로 끝을 맺었다.

갈채는 그럭저럭 괜찮은 정도. 약하지는 않았으나 힘들인 공에 비하면 아무것도 아닌 듯했다. 물론 로웰 때처럼 일어서서 박수를 보내는 사람도 없었다. 메일러는 침착했으며, 차분하고 그런대로 기분이 괜찮아 보이는 가운데 약간 실망한 기색이었다. 맥도널드와 로웰과는 나눌 말이 별로 없어 메일러는 잠시 후 무대에서 물러나 청중이 앉아 있는 바닥으로 내려왔다. 몇몇 사람들이 주위에 몰려들어 감사하다면서 악수를 청했다. 그는 이제는 조용했고, 강호의 예의를 지키는 듯한 부드러움으로 의젓하기까지 했다. 전에도 낭독이나 강의를 별 사고 없이 끝낸 다음에 이런 기분 전환을 경험한 적이 있었다. 연설이 끝나고 청중들 사이로 내려가면 양자 사이에는 묘하게 서로 당황한 듯한 분위기가 흐른다. 틀림없이 친근감 때문이다. 너무나 친근하게 느낀 나머지 연설이 끝났을 때 서로 맞부딪치는 시선은 섹스가 끝나고 옷을 입은 다음 고객과 창녀가 마주 보는 시선 같았다.

메일러는 극장에서 나와 좀 더 진보적인 대학교수들의 파티에 참석하여 술을 더 마셨다. 그 자리에서 맥도널드에게 자신이 로웰을 소개한 것이 맥도널드를 소개한 것보다 훨씬 더 멋지고 고상했다며 농담을 던졌다.

"그러니까 다음번에는 훼방 놓지 말라고."

메일러가 맥도널드를 약 올렸다.

"그럼 더 훌륭하게 소개해 줄 테니."

"맙소사, 뭐라고 하는지 통 들리질 않았다고."

맥도널드가 말했다.

"엉망이었어, 자네 알아? 마이크 장치가 무대 옆에서는 끔찍했어. 아무도 무대 위에서 말한 것을 못 듣지 않았나 싶네."

아침 일찍, 그렇게 이른 시간이 아닌지도 모르지만, 메일러는 헤이 애덤스 호텔로 기어 들어가 잠자리에 들었다. 옛날, 모두 새 건물들이던 시절, 조지타운에서 열린 어느 근사한 파티에서 신나게 노는 꿈을 꾸었다. 만일 이게 소설이라면 메일러는 두말할 것 없이 어느 숙녀와 멋진 밤을 보냈을 것이다. 하지만 이건 역사적 기록이니 불행하게도 이 소설가의 전공 분야인 성적인 묘사를 못하게 됐다. 그러니 행복한 상상이건 불행한 상상이건 독자에게 맡기는 수밖에.

2장
금요일 오후

1. 역사가로서

　낯익은 역사적 이야기를 쓸 때 사건의 중심에 있지 않았던 사람을 중심인물로 내세운다면, 분명히 역사가의 자질이 문제될 것이다. 아니면, 그의 고상한 동기 정도는 물어봐야 한다. 필자가 내세우는 인물은, 사건에 비판적 안목을 가져서가 아니라 그저 편리하기 때문에 선택됐다. 이런 냉소적인 발언이 우리의 주인공을 뽑는 데도 분명히 적용된다. 선택의 여지가 없었다고 할까? 이 말이 부정확하게 들린다면 그 동기를 들어 보는 것이 좋을 것 같다.

　펜타곤 시위는 그 본질적 가치나 부조리성이 십 년, 이십 년이 지나도, 아니 영원히 밝혀지지 못할 모호한 사건이었다. 그래서 시위를 계획하고 실제로 주도권을 잡았던 데이비드 델린저나 제리 루빈을 주인공으로 등장시키면 빛나갈 우려가 있다. 그 친구들은 치밀하게 일을 하는 진지한 사람들이어서, 이 사건의 중심인물이 되면 모호한 점이 전혀 해결되지 않을 것이다. 그래서 열광적인 주도자보다는 단순 참가자가 제격일 것이고, 나아가 사건에 휩쓸렸을 뿐만 아니라 자기 스스로도 모호한, 다시 말하면 어느 부류에 속하는지 구별하기 어려운 우스꽝스러운 걸물이면 더욱 좋을 것이다. 도대체 이 작자는 자신만의 안목을 지니고 조롱하는 익살꾼인가, 아니면 안목도 없이 그저 비극적으로 휩쓸린 어릿광대인가, 아니면 둘 다에 속하는가? 이 질문도 사건만큼이나 모호해서 답하기 어려우나, 적어도 사건의 모호성과 기념비적 불균형의 진상을 재현하는 데는 도움이 될 것이다. 메일러는 길이 기념할 만한 불균형을 대표하는 인물로, 좋든 싫든 광분한 대저택으로 안내하는 다리 역할을 한다. 폭도와 다를 바 없는 군중이 이 나라의 군사적 힘을 상징하는 보루를 향해, 그걸 잡아들이겠다는 게 아니라 그저 상징적으로 혼만 내 주겠다고 으르렁대며 행진해 갈 때 말이다. 상징적으로 혼만 내 주겠다는 것을, 보루를 지키는 세력은 진짜 공격으로 오해한 것 같다. 기술 산업의 발달이 거의 정점에 다다른 세기에 중세적, 아니 원시적인 전투 방법이 다시 등장했고 세계는 말없이 이를 지켜보았다. 이 세기가 부조리에 한층 더 깊숙이 먹혀들었거나 아니면 여전히 부조리의 대군을 먹여 살리는 신비스러운 자양분을 부조리가 섭취했다는 증거를 드러낸 것이리라. 그래서 만일 그 사건이 광분한 대저택들 가운데 하나, 아니면 역사의 바로 그 광분한 집에서 벌어진 것이라면, 그것을 기록하는 야심찬 익살꾼은 역사의 가장자리로 비껴간 인물 아니면 아주 불균형적이고 미친 듯이 자기주장에 빠진 이기주의자이면서도 냉엄하고 초연한 자세를 겸비한 인물이어야 할 것이다.(그는 소설가이기 때문에 자신을 포함한 모든 사람들이 지닌 세련되고 고상한 점들과 광적이고 어리석은 점들을 낱낱이 주시하고 그려 내야 한다.) 그러나 에고티즘은 머리가 두 개다. 하나는 앞을 향해 머리를 쑤셔 박은 채 자신을 스스로 연구하고, 또 하나는 집에 남아 자신의 습관, 재능 등을 반성해 본다. 일단 역사가 광분한 집 안으로 들어가면 에고티즘 외에는 달리 도구가 남지 않으리라.

그러니 펜타곤에서 벌인 시위의 해설자로 우리의 익살꾼을 모셔 보자. 앰배서더 극장의 소란과 뒤이은 파티를 무사히 겪어 낸 메일러는 금요일 아침, 헤이 애덤스 호텔에서 잠이 깼다. 애덤스란 호텔 이름이 헨리와 무슨 연관이 있지 않나 의심스러운 모양인데 19세기의 인상적이고 완벽한 신사 헤이를 신경 쓰지 말고(매킨리와 루스벨트 시대 국무장관이었지) 호텔이 그의 이름처럼 생겼다는 데 관심을 두자. 워싱턴의 행복하며 묵직한 건축 양식은 정말로 견고함을 자랑했다. 인간과 사건이 견고하고, 이해하기 쉽고, 관습에 복종하고, 절대로 전자식이 아닌 그런 시대의 건물이었다. 메일러는 무지무지한 전자 시대의 두통을 느끼며 잠에서 깨어 생각에 잠겼다가 결국 조지아 시대 건물은 결코 자신에게 맞지 않음을 깨달았다.

2. 시민으로서

좋다. 이제 메일러의 마음속을 들여다보자. 어젯밤에 마신 버번위스키가 방울방울 연소되고 있었다.(사실 그는 네이팜탄이 잔디밭을 휩쓰는 효과가 뇌의 야들야들한 풀숲에 내려앉는 알코올의 효과를 연상시킨다는 이유로 그것을 싫어했다.) 그렇지만 숙취를 너무 과장하진 말자. 재투자해야 할지도 모를 재미있는 이익금일 수도 있으니까. 메일러가 느낀 두통은 사실 버번위스키에서 반쯤 깨어나 다시 술잔을 잡을 자격을 얻은 그날 늦은 오후까지만 계속되는 잠정적인 것이니 말이다. 그사이 멍해진 두뇌를 깨워 그날 해야 할 일을 생각해야 한다. 금요일이라? 그렇지, 이상에 불타고 용감한(그리고 틀림없이 채식주의자이겠지.) 젊은이들에게 실체가 애매한 자신의 이름을 빌려 주기로 한 날이다. 그 친구들은 법무부 계단에 올라 징집영장을 정부 측에 반환할 것이다. 메일러는 다가올 순간을 더듬어 보기가 싫었다. 기껏해야 이런 영웅적 행위들은 너무나도 무미건조하고 너무나도 위엄 있어 메일러를 행복하게 하는 화려한 잔치와는 거리가 멀겠지.(이탈리아의 테너 가수가 자기 성대를 사랑하듯 메일러는 자기 취향을 좋아한다고, 어느 유명한 비평가가 공연히 그런 얘길 했겠는가.) 아니다. 그는 경건한 마음속에 경외감을 불러일으키는 성격보다는 요란한 행동으로 소란을 일으키는 좋은 성격을 원했다. 그는 모든 혁명은 합법적인 선까지라는 공식을 싫어했고, 그런 제한을 지켜 가며 시위를 벌이는 논리를 저주했다.

그러면서도 오늘 아침에는 그 반대 경우도 역시 내키지 않았다. 메일러의 머리는 미묘해서 이런 사건들이 항상 그렇게 장엄하지만은 않다고 일러 준다. 전쟁을 찬성하는 쪽과 반대하는 쪽 사이에 작은 충돌이 있곤 했는데, 지난주만 해도 오클랜드와 시카고, 위스콘신 대학, 리드 대학, 브루클린 대학, 보스턴 대학에서 4000명이 징집영장을 불태웠다.(이후에 《타임》은 "예순일곱 명이 윌리엄 엘러리 채닝이 소유했던 촛대로 자신들의 영장에 불을 붙였다."고 보도했다.) 어떤 곳에서는 경찰과 충돌하기도 했는데 머리가 깨지는 일도 있었다. 오클랜드 경찰은 곤봉을 들었고, 특히 최루탄을 퍼부어 사람들은 몇 시간씩 눈을 뜨지 못했다.(이게 깡패가 아니고 무엇인가.) 메일러는 시력이 좋지 않았다. 혹사당하는 눈에 최루탄까지 생각하니 약간 무섭기도 했다. 오늘은 그런 지경까지 이르지 않겠지만 토요일에는…….뭐, 그저 최루탄 세례는 받고 싶지 않다는 말이다. 머리가 깨지는 것, 그는 언젠가 경찰의 곤봉 세례를 받고 열세 바늘을 꿰매는 상처를 입은 적이 있었다. 머리에 피를 흘리며 감옥에서 기다리던 시간이 얼마나 힘들었는지 아직도 기억한다. 머리가 지끈지끈 쑤셔 정신을 못 차릴 지경이었다. 아픈 기억을 되살려 지금의 두통에 보태는 건 바람직하지 못했다. 여전히 메일러는 워싱턴의 법무부 건물 계단에서 어떤 소동이 벌어질지 좀처럼 예측할 수가 없었다. 분명히 그곳 경찰은 브루클린이나 오클랜드, 위스콘신의 경찰보다 훈련이 잘 돼 있겠지.

주말을 혁명 정신으로 보내려면 숙취에 늘어져서는 안 된다. 메일러는, 오늘은 폭력이 없으리란 생각으로 가만히 위안을 얻는 자신을 깨달았다. 게다가 워싱턴의 정예 경찰이 치안 유지를 위해 법무부에 와 있으리라고 결론지으며 마음을 놓았다. 여러 가지 좌절감으로 쌓이고 쌓인 폭력에 가까운 분노를 간밤의 중노동이 말끔히 거두어 갔는지, 메일러는 자신을 긴장시켰던 증오심 같은 게 말짱히 가신 느낌이었다. 아직 감히 써 보지도 않았고, 아니 목청을 가다듬어 본 적도 없는데 이 간밤에 마이크를 쓰지 않고 소리를 지른 탓에 쇳소리밖에 나오지 않았다. 만성질환에 시달리던 폐(이 때문에 그는 흡연을 포기했다.)도 오늘 아침에는 축 늘어졌는데, 아마 무대 위에서 소리를 지른 것이 말 그대로 바이스의 나사를 허술하게 만든 모양이다. 놀랍게도 메일러는 자신이 부드러워졌음을 깨달았다. 오늘 아침 그는 혁명이라는 단어와는 아주 거리가 먼 조용한 퀘이커교도처럼 느껴졌다. 자신이 평화주의자나 징집영장 소각자들과 접촉을 하지 않는 한 말이다.

온화해지는 것의 문제는 사람이 부끄러움에 대해 전혀 변명하지 않게 된다는 점이다. 메일러는 간밤에 자신이 한 말을 떠올렸다. 아무래도 남자 화장실을 자세히 언급한 것이 마음에 걸렸다. 린든 B. 존슨의 분신으로서 자기가 키만 조금 작을 뿐이라고 말한 기억이 앞의 것을 무마하기는 했지만, 그래도 어제 저녁의 기억은 대체로 결정 내리기가 아주 미묘했다.(깊은 상처를 입은 직후처럼 나른한 고통에 무감각하거나 그리 기분 나쁘지 않은 상황이라고 할까. 아니면 정반대로 그대로 구역질을 하든가.) 그는 기억을 그냥 덮어 두기로 했다. 신문에서 뭐라고 떠들겠지.

지독한 혹평을 들을지도 모른다. 아침 식사를 하면서《워싱턴 포스트》를 읽으려다 메일러는 신문에서 멀찌감치 떨어져 앉기로 작정하고 왕성한 식욕으로 아침밥을 먹었다. 이 식욕은 전날 밤 아무리 술을 마셔도 변하지 않는 것으로, 이 때문에 알코올중독은 결코 걸리지 않으리라고 생각하는지도 모른다.

식당에는 친구들도 있고 아는 얼굴들도 보였는데, 그중에는 《빌리지 보이스》에 칼럼을 쓰는 정치 작가 잭 뉴필드와 《뉴요커》의 젊은 작가 제이콥 브랙먼도 있었다. 친구들과 이들의 부인들, 친척들도 눈에 띄었다. 마치 호텔이 돈 많은 잡지 편집자들의 조그만 회합 본부라도 된 듯 말 없는 축제 분위기가 감돌았다. 삶에 작고 안전한 집합체를 제공하는 어떤 것이다.

그날의 진행 순서는 메일러가 워싱턴까지 가져온 인쇄물에 적혀 있었다. 성격상 주의력이 깊지 못한 그는 이런 변화무쌍한 시위 때문에 작은 서류 가방 속에 편지, 인쇄물, 프로그램, 돈과 관련된 문서 등을 넣고 다녔다. 아침마다 그는 서류철을 쭉 훑어보고 오늘은 어떤 날인지 짚었다. 소득세가 10퍼센트로 올랐다고 항의하는 시위에 대한 인쇄물도 끼어 있었다. 메일러는 그 종이를 철에서 빼내 버렸다. 이미 시위에 참가해 그 10퍼센트를 내지 않겠다고 서약했으니 지난 일이다.(베트남전쟁에 드는 비용을 충당하려고 올린 세금이었다.) 관세청에서 서둘러 작년 납세 실적을 꼼꼼히 조사하겠지, 생각하니 기분이 꺼림칙했다. 사실 그는 돈을 뭉텅 떼 내어 헌금하는 것도 충분히 고려하고 있었다. 그러면서도 온갖 유머를 동원하여 제임스 볼드윈, 브루스 제이 프리드먼, 필립 로스, 조셉 헬러, 테네시 윌리엄스, 에드워드 올비, 잭 리차드슨, 로버트 로웰, 트루먼 커포티, 넬슨 앨그렌, 제임스 존스, 고어 비달, 아서 밀러, 릴리안 헬먼, 릴리안 로스, 반스 브어제일리, 메리 매카시, 줄스 페이퍼 등에게도 이 항의에 동참하자고 간청했는데, 이런 편지를 쓰는 건 아주 즐거웠다.

솔직히 그는 항의 서한에 서명하는 것이 내키지 않았다. 자신이 쓰는 작품이 베트남전쟁에 대한 진짜 답변이라고 생각했기에 이런 시위라든가 가두 행진, 납세 거부 등은 작품을 산출하는 데 필요한 에너지와 돈만 빼앗아 갈 뿐이라는 생각도 들었다. 하지만 이런 주장을 관철시키려면 작품에 온갖 심혈을 기울여야 하고 남들도 자신을 인정해 주어야 하는데, 메일러는 최근 몇 년 동안 이 두 가지를 하나도 이루지 못했다. 물론 그의 작품들은 훌륭한 편이었다. 『우리는 왜 베트남에 와 있는가?』를 가장 잘된 작품이라고 생각하는 사람들도 있었다. 하지만 그가 심혈을 기울여 쓴 작품은 아니었다. 메일러는 최근 몇 년 동안 자신이 점점 물렁물렁해지고 정기도 무디어지고 보이지 않는 부패가 조금씩 진행되는 것 아닌가, 내밀한 두려움으로 고통을 받아 왔다. 그동안의 경력, 자신에 관한 전설, 생각이 점점 시들어 가는 것 아닌가? 그러니 달리 방법이 없었다. 납세 거부 운동을 회피할 만한 자신감이 없었다. 그래서 서명을 했다. 다시 뉴욕의 열기 속에 파묻히자 이제껏 갇혀 있던 도덕적이고 정신적인 공황이 급감해 버렸고 자신도 놀랄 정도로 재빨리 돈을 냈다. 부러움, 탐욕, 밀실 공포증, 흥분, 버번위스키, 연극, 영화, 자아, 마상 창시합, 학대, 지나치게 비싼 식당에서의 너무도 풍요한 식사 등, 뉴욕이 언제나 북돋는 광포한 염증은 메일러의 정신적 허세를 뚝 떨어뜨리고 덜어 가 버리기까지 했다. 그렇지, 그래도 항의 서한에 서명하는 건 좋은 거야.(언젠가 반드시 벌을 받으리란 걸 잊지는 말자.) 그렇지만 지금, 그는 서류 가방을 챙기면서 거울을 보고 히죽 웃었다. 곧 9월이 되지. 금방 닥치겠군. 9월이 되어 내가 소득세 미납자가 되기만 하면, 미치 굿맨에게 내가 어떤 형태로 '저항'할 것인지 일러 줄 테다.(아니 '저항하다.'라고 부르던가? 소책자를 받아 들면서도 그는 그 단체의 이름을 제대로 기억하지 못했다. 단체가 많기도 하고 이름도 자주 바뀌니까.)

"이봐, 미치."

메일러는 이렇게 말할 수 있으리라.

"자네의 저항은 일급이야, 정말 일급이지. 하지만 난 요즘 납세 거부 운동에 열을 올리고 있다네. 자네에겐 감옥으로 직행하는 자네 길이 있고 난 나대로 가는 길이 있단 말일세."

물론 저항인가 하는 단체에 조금만 더 의젓하게 참여한다면 납세 거부자들에게 무슨 말을 할 수 있을 텐데······.

다른 사람에게는 별 유머가 아니겠지만, 술이 아직 덜 깬 메일러는 이렇게 조롱하듯 뇌면서 야릇한 즐거움을 느꼈다. 맞습니다, 대장님. 하루가 끝나기도 전에 우린 모두 감옥으로 끌려가지요. 히히.

이렇게 시간을 질질 끌며 식사를 끝내고 그는 다시 한 번 다음과 같은 글을 읽었다.

10월 20일 금요일. 우리는 워싱턴에서 전쟁과 징병에 대한 직설적이고 창의적인 항의를 계획하고 있다. 장소는 법무부이며, 펜실베이니아 거리 근처 워싱턴 G. 스트리트 10번가 제일연합 합동교회에서 오후 1시에 모인다. 우리는 전국 저항 단체 스물네 곳에서 파견한 젊은 대표들 삼사십 명과 함께 법무부로 갈 것이다. 그곳에서 대표단은 10월 16일 각 지역에서 모은 징집영장을 법무부 장관에게 반납할 것이다.(지금이라도 자신의 징집영장을 반납하고 싶은 사람은 그렇게 할 수 있다.) 우리는 전쟁과 그에 따른 모든 것에 서슴지 않고 직접 항거하는 젊은이들을 지지하는 데 변함이 없다.

징병법은 젊은이들의 징병 거부를 도와주어도, 교사해도, 조언을 해도 안 된다고 명시한다. 그러나 성직자 대표단에서 최근 말한 바와 같이, 자신들의 양심이 부당한 법률과 죄악시되는 전쟁에 파괴되는 것을 용납하지 않는 젊은이들에게 연장자들은 선생으로서, 목사로서, 친구로서 이들의 임무를 명확히 밝혀 주고 도와주고 교사하고 조언해야 할 것이다. 우리들은 대부분 개인적으로 이미 그렇게 해 왔다. 이제 세상에 공표하여 젊은이들과 계속해서 어깨를 나란히 할 우리의 결의를 보여 주려고 한다.

미첼 굿맨, 헨리 브라운, 데니스 레버토브, 노암 촘스키, 윌리엄 슬론 코핀, 드와이트 맥도널드.

특기사항 : 로버트 로웰, 노먼 메일러, 애슐리 몬터규, 아서 와스코를 비롯하여 동부 소재 주요 대학교의 교수들이 우리를 지지한다.

3. 교회에서

소책자에 잘못된 부분이 있었다. 집합 장소가 국회의사당가 212번지에 있는 개혁과 교회로 바뀌어, 번잡한 G. 스트리트에서 교회 잔디밭으로 옮겨진 것이다. 햇볕은 따스했다. 메일러는 우선 헤이 애덤스 호텔을 나서서 제일연합합동교회(도대체 교회가 은행에 이름 붙이는 법을 가르쳐 주었는지 아니면 은행이 교회에 가르쳐 주었는지?)를 향해 걸었다. 거기에서 한참을 더 걸어가니 두 번째 교회가 나왔다. 그는 갓 구워 낸 빵 덩이처럼 취기를 구워 내서 텅 빈 느낌이 들었지만 그래도 구워지지 않은 두통의 고통보다 나았다. 그가 도착했을 때에는 그럴듯한 회합이 진행 중이었다. 거의 끝나가고 있었으나 마음에 어떤 흔적을 새길 정도는 됐다. 전국의 저항 단체 스물네 곳을 대표하는 삼사십 명 남짓 되는 학생들이 잔디밭에 모여 앉아 이야기를 나누고 있었다. 지도자 격인 딕키 해리스라는 학생은 염소수염에 뿔테 안경을 쓴 흑인이었다. 키는 별로 크지 않았지만 늘씬했고 멜빵바지에 목 부분이 열린 셔츠를 입고 있었다. 미소는 교묘하게 슬쩍 유머를 풍겼고 목소리는 편안하고 자연스러웠다. 그날 저녁 늦게 다른 교회에 다시 모여서 해야 할 일들을 알려주는데 거의 끝나가고 있었다.

"오늘 오후 일은 다 잘될 거야. 멋진 일이거든."

이렇게 말하면서 해리스는 편하게 웃었다.

"그런데 오늘 밤이 문제야. 이 일을 어떻게 계속하느냐 여러 의견을 들어야 하거든. 그러니 이건 한 번에 싹 끝나는 일이 아니라고. 똑같은 징집영장을 어떻게 몇 번이나 되돌려 줄 수 있겠느냐 말이야."

여러 명이 웃음을 터뜨렸다. 마치 징집영장을 몇 달 전에 태웠는데 또 몇 달 뒤에 다시 모형을 태우고, 그러고는 변함없이 굳은 신념을 보여 주기 위해 여러 성명서에 계속해서 서명할 것이라는 의미인 듯했다.

재미있는 친구들이었다. 이들끼리만 통하는 유머가 있었는데 여러 장소 여러 시위에서 형성된 걸 암시하듯 아주 미묘하고 은밀했다. 흑인인 해리스는 (어느 영국의 저널리스트가 묘사했듯이) 학생 비폭력 조정 위원회의 옛 사관생도 같은 품위와 허세를 풍겼다. 하루 종일 남부 깊숙한 어느 골짜기 마을에서 다른 마을로 달리면서 규합하고, 조직하고, 이곳저곳으로 메시지를 슬쩍 밀었다 빼냈다 하며 밤늦게 피곤에 지쳐 먼지를 흠뻑 쓰고 돌아오면서도, 입고 있는 옷에 신경을 쓰고 모자에는 길고 가는 깃털을 꽂은 사관생도들처럼 말이다. 게다가 버지니아 기사들의 옷 색깔과 앞부리를 덧댄 옛날 장화까지. 이들은 안목이 세련됐다. 잔디밭에 앉아 있는 학생들과 마찬가지로 해리스도 그런 안목을 가졌다. 이들이 걸친 옷은 아마 평균 20달러도 채 안 들었으리라. 대부분 셔츠에 싸구려 바지를 걸쳤으니까. 하지만 은근히 멋을 부리고 있었다. 어떤 친구는 벨트가 멋졌고, 어떤 친구는 이상한 셔츠나 망토를 두르기도 했다. 한두 명은 수사슴 가죽으로 만든 조끼를 걸친 것 같고, 핀으로 고정시킨 구식 나비 넥타이가 달린 바둑무늬 재킷을 걸친 어느 상급생은 밀짚모자를 쓰고 있었다.

차갑고 침착하며 일종의 우월감마저 풍기는 분위기. 이들은 교회 앞마당에 제법 모여든 구경꾼들에게 전혀 무관심했다. 동조자들, 언론기관에서 온 기자들, 방관자들, 경찰, 형사, FBI 요원같이 보이는 사람들이 빙 둘러서서 제법 한 무리를 이루었는데 학생 대표들은 이들이 말을 엿듣든지, 사진을 찍든지, 자세히 들여다보든지, 수를 세어 보든지 도무지 관심이 없었고 찬사를 보내는 사람들에게조차 무관심했다. 그 자리에 모인 학생들에게 친교란 자연스러웠다. 자신들이 하는 일의 일부분으로 태연하게 받아들였다. 사실 절반 정도는 사나흘 잠도 제대로 못 자고 이리저리 차를 얻어 타고 온 것처럼 보였다. 잠을 자지 않고 히치하이크를 하는 법만 알면 얼마나 재미있는 일인 줄 아느냐고 말하는 표정이었다.

메일러가 영국제 조끼와 양복, 체중, 숙취, 덕과 부패가 끊임없이 뒤범벅된 자신을 돌아보며 젊은이들을 우상화하려는 찰나, 해리스가 그것을 부채질하는 행동을 했다. 빵 몇 덩어리와 땅콩버터 한 병, 우유 두 병이 돌아가는 중이었다. 음식 절제의 철학을 미묘하게 실천하는 듯 많이 먹는 사람이 거의 없었다. 어떻든 그저 조금이면 충분한 것 같았다. 그래서 상당량이 해리스에게 되돌아왔다. 그는 오후에 법무부 앞 시위와 이후의 행동을 논의할 모임들이 모두 잘 되고 있는지 점검한 다음 고개를 돌려 듣고 있는 구경꾼들을 보더니 그 빵을 들고 물었다.

"뭐 좀 드실 분 있어요? ……이건, 어……?"

해리스는 다시 그걸 보는 척하며 말했다.

"이건, 어……? 흰 빵 아냐……?"

반쯤 부서져 은박지에 싸인 빵 조각은 이 순간, 열두어 가지쯤 잡다한 사상을 담은 우스꽝스러운 실체였다. 맛과 껍질을 빵에서 빼내고 그 나머지만 은박지에 싸서 조합한 나라의 상징. 같은 식으로 비약하자면, 아시아까지 나가서 물건 값을 올리고 나뭇잎을 말리고 길을 안내하는 정신력. 그렇다. 또한 그 흰 빵은 텔레비전과 상업광고를 담은 코미디 쇼와 팝아트가 탄생할 때 성인으로서 이들이 공유했던 유머기도 했다. 또 흰 빵은 침투하는 적이다. 각종 영양소와 비타민을 첨가한 자양분 있는 밀가루로 분해되어 흡수하기만 하면 저절로 사람들이 적과 일체가 되게 만든다. 그리고 마지막으로, 이것이 결국 해리스가 낄낄 웃는 이유겠는데, 빵은 검은 빵이 아니라 흰 빵이었다. 이는 그가 거기서 몇 안 되는 흑인이라는 사실을 상기시켰다. 해리스의 충성심은 거기에 있어야 할 게 아니라 흑인 세력을 규합하는 데 쓰여야 하는 것 아닌가. 그런데도 그는 지금 흑인의 적인 흰 빵에 충성을 보이고 있다. 흰 빵, 백인의 돈, 백인의 저항 방식, 법을 어기는 것까지도 백인의 방식을 따르고 있었다. 메일러는 취기가 가시지 않은 상태로, 저런 멋쟁이를 지켜보는 건 굉장한 일이라고 시무룩하게 단정 지었다.

이제 사람들은 잔디밭에서 일어나 교회 옆을 돌아서 집회 장소인 지하실로 내려갔다. 거기에는 접의자가 놓여 있고 사람들이 모여 있었다. 절반 정도는 의자가 놓인 앞부분의 널찍한 곳에 서서 이야기를 주고받았는데, 그곳은 나중에 무대처럼 사용됐다.

메일러는 미치 굿맨을 보았다. 인사말을 건네며 지난번 전화에서 주고받은 대화를 약간 비치려 했는데, 굿맨은 기분 좋게 미소만 지었다. 분명히 이 순간 그의 마음에는 여러 가지 문제가 교차하는 듯했다. 그래서 메일러는 한두 마디를 건넨 후 의자로 걸어가 자릴 잡고 앉았다. 나중에 몇 말씀 해 주시지요, 하는 요청이 없는 것에 메일러는 안도감이 들기보다는 기분이 상했다. 순수한 목적의식에 불탄 사람들은, 메일러가 마지못해 참석했으며 목소리는 쉬고 가라앉아 이제 쓸모없어졌고 세상에서 제일 좋아하는 술로 인해 제정신이 아니라는 것을 재빨리 간파했는지도 모른다. 메일러가 역할을 원치 않으면 옛날 배우에게 청하면 되지! 무시당했다는 의혹에도 메일러의 취기는 결코 가시지 않았다.

드와이트 맥도널드와 로버트 로웰은 메일러가 앉은 자리에서 3미터도 채 떨어지지 않은 방 앞의 널찍한 곳에 서 있었는데, 이들의 태도 역시 메일러의 의혹을 풀어 주지는 못했다. 동료들과 이야기를 나누느라 바쁜 탓인지 메일러에게 알은체도 하지 않았다. 메일러는 가슴이 저려 오는 걸 느끼면서, 도대체 저 친구들이 자신을 무시하기로 작정한 건지 아니면 자기가 지나치게 민감해서 그렇게 생각하는 건지 가늠해 보았다. 어떻든 이 조그만 문제를 심각하게 만든 것은 대체로 자신이 받은 냉대 때문이었다. 200명 남짓 앉거나 서 있던 사람들 중 메일러에게 다가와서 자신을 소개하며 책이 좋다고 말하든지 아니면 그저 인사말을 건네든지 하는 친구는 단 한 명도 없었다. 그런 환영은 국내에서 자리 잡은 작가들에게는 아주 흔하고 의례적인 일이어서 그런 일이 일어나지 않으면 굉장히 비참해지기 마련이다.

그러나 대부분의 사회생활은 인간관계에 금이 가지 않도록 이리저리 짜 맞추게 되어 있는 법이다. 로웰과 맥도널드는 메일러를 배척하려 한 것이 아니라 오히려 분발시키려 했던 것이다. 조금 있자니까 맥도널드는 메일러와 눈을 마주쳤고, 가볍게 알은체한 후 메일러가 앉아 있는 자리로 왔다. 그랬다. 분명한 사실 앞에서 감추어야 할 것은 거의 없다. 맥도널드는 도저히 메일러를 싫어하는 체할 수가 없었다.

"이봐, 노먼."

그는 재확인하듯 말을 붙였다.

"신문 봤어?"

"뭐, 그리 나쁜 것 같진 않던데."

맥도널드는 예의 그 독특한 수법을 쓰기 시작했다.

"자네에 대해 그리 나쁘게 나진 않았지. 사실 자넬 영웅으로 만들다시피 했던걸."

영웅이란 말에 그는 이상한 억양을 주었다.

"하지만 맙소사, 나에겐 뭐라고 한 줄 알아?"

메일러는 그제야 생각이 났다. 여러 기사 가운데 맥도널드에 관해서 짤막하지만 예리한 언급이 있었다. 웃음이 나왔다.

맥도널드도 따라 웃었다.

"그래, 모든 게 다 우스워."

멕도널드는 커다랗게 울리는 소리로 말했다.(여러 사람 앞에서 말할 때는 가늘고 조그맣던 목소리가 지금은 강하고 깨질 듯 울려서 듣기 좋았다.)

"자네가 아주 근사하게 단상에 서서 윌리엄 버로스와 브렌던 비언을 잘 섞어 놓은 듯 떠들어서 로웰이나 나는 말 같은 말을 하지도 못한 꼴이 됐잖아. 그러고는 마치 그 백인 랩 브라운처럼 행동했어. 그러니 신문은 불쌍한 로웰과 나만 친 거지."

그는 이렇게 말하는 게 무척 즐거운 것 같았다.

"정말이지, 노먼. 난 어제 일이 끝나고 파티에서 무지하게 퍼마셨어."

"나도 그랬지." 메일러도 털어놨다.

"그래, 하지만 폴 굿맨이 오늘 아침 식사 후 자네의 행동에 대해 뭐라고 했는지 알아? 그 친구한테 무슨 짓을 했나? 자네에게 유감이 많더군. 정말야, 노먼. 아침 식탁에서 그런 얘기 듣기엔 좀 심할 정도였으니까. 그 친구 왜 그렇게 인정머리가 없는 줄 알아? 술을 안 마시니까 그래. 겁쟁이거든!"

제법 열이 오른 맥도널드는 메일러의 가슴을 손가락으로 쿡 찔렀다.

"그러곤 그 친구, 우리에게 자네가 얼마나 지랄 같았는지를 상기시켰다고. 참 듣기 거북하더군. 정말이야! 도대체 자네가 린든 B. 존슨의 축소판 분신이라고 한 말은 무슨 뜻이야? 뭘 말하려고 했냐고?"

이 친구 《인카운터》의 편집인으로 스테판 스펜더와 함께 일하더니 '나는 바보'라는 영국식 심문 방식을 자랑스레 택했네. 좀 더 심해지면 '자연주의라고 한 말은 무슨 뜻이오?'라고도 묻겠군. 영국식 심술이라도 좀 재미있게 해 볼 일이지. 메일러는 항상 스펜더가 맥도널드에게 아주 못된 버릇을 가르쳐 주었다고 생각했다. '말해 봐, 케네디가 가톨릭인 게 왜 중요한 거지?' 1960년 여름, 스펜더는 이런 질문도 해 댈 수 있던 사람이다.

맥도널드와 이야기를 끝낸 뒤, 메일러는 로웰과 몇 마디 나누었다.

"술이 덜 깼나?"

잠깐 들여다보더니 로웰이 물었다.

"별로 안 좋아요."

로웰은 안됐다는 듯이 고개를 끄덕이더니, 지나가는 말투로 이렇게 물었다. "신문을 본 건가?"

"네."

"별로 안 좋게 났지."

"그런 것 같아요. 앞으론 더 나쁘게 나겠죠."

메일러가 대답했다.

그러자 로웰은 어떤 표정을 지었는데, 그건 동료 작가나 이해할 만한 것으로 이렇게 말하는 것 같았다.

'우린 모두 양들이야. 그 친구들 앞에서 어쩔 수 있나.'

그건 사실이었다. 글을 잘 써 본 적이 없는 사람과는 그 공포를 공감할 수 없다. 신문이란 사람의 행동을 왜곡한다. 사실 이것만으로도 충분히 고통스러운데, 기자들은 사람이 말한 낱말과 문장을 부수고 비틀고 추리고 짜서 결국에는 훌륭한 작가를 얼빠진 바보로 만들어 버리는 것이다. 그래서 이런 필연적인 결론이 나온다. 말을 길게 늘어놓을수록 더 바보같이 된다고. 만일 헨리 제임스가 요즘 인터뷰를 했다면 통신 수업에서 토론학을 배운 히피처럼 보도됐을 것이다. 무슨 말을 하든 상관없이 보도 내용은 항상 이상하게 간추려지고 생략되어서 오해가 빚어지고 바보스러워진다. 작가와 독자 사이에 놓인 오해의 장벽은 신문을 통해서 시간이 흘러갈수록 두터워진다. 결국 얼마 지나지 않아 묘한 슬픔이 훌륭한 작가의 가슴마다 비집어 든다. 작가의 작품이 어려워서가 아니라 이를 오도하는 언론기관의 잘못으로 작가는 무지한 독자로부터 점점 멀어지는 것이다. 따라서 작가들은 고통받는다. 이들이 무엇을 하려고 하면 그게 신문에 보도되는데 행위의 동기가 비틀리고 말이 잘못 전달되곤 했다. 작가들은 낱말을 잘 두드려 맞춰 밥을 먹고 사는 사람들이니, 그 고통은 미인이 잡지 전면에 못나게 나온 자기 사진을 보면서 느끼는 고통과 다를 바 없으리라.

몇 년을 지내면 작가는, 평균 수준의 기자들이 약간이라도 미묘한 말들은 대체로 받아들이지 않는다는 사실을 깨닫는다. 어감이란 땅콩처럼 씹고 또 씹게 되어 있다. 이런 일을 몇 번 겪으면 작가는 아예 체념하고 다른 일거리로 방향을 바꾸는데, 예를 들면 목적의식을 가지고 투쟁하든가 새 책을 쓰든가 영화를 만들든가 하는 것이다. 그러고는 기껏해야 가망 없는 평판을 감내하든가 나쁜 경우엔 산 채로 자신을 매장시키는 기사에 고통을 받는다. 이런 것들이 로웰의 눈 속에 얼마간 담겨 있었다. 신문에 잘못 보도된 기사들이 이 시인에게는 육체적 고문에 가까우리라. 로웰은 메일러가 이를 잘 이해할 것을 안다는 눈빛으로, 언론에 이름이 오를 때마다 겪는 끔찍한 고통에 익살을 떨듯 고개를 끄덕였다. 물론 신문을 다루는 길이 아주 없는 것은 아니다. 기자들이 귀가 평범한 사람들의 평범한 말을 정확하게만 포착한다면 작가는 간단하고 뚜렷한 진술만 찾으면 된다. 시적인 감각은 없어도 꽉 짜여서 기자들의 마음에 갈퀴처럼 딱 달라붙는 말 말이다. 이게 기자들과 이야기하는 방법이다. 어떻게 해야 할지 모르겠다면 기자들이 올 만한 곳에서 도망치면 된다. 이들과 있을 때 찬란히 빛나는 문구는 쓰지 않는 것이 좋다. "번쩍이는 재기가 아니라 무미건조하게 요점만 쓸 것, 이게 앞으로 며칠간 내가 잘 부려야 할 기술인데." 메일러는 이렇게 중얼거려 본다.

미치 굿맨은 이제 즉흥 모임의 막을 올리며 점잖고 엄숙한 인사말을 몇 마디 더듬거린 다음 (한 봉사자가 들고 있던 이동식 확성기에 줄로 연결된) 마이크를 서른다섯쯤 되어 보이는 야무지게 생긴 사람에게 넘겼다. 그는 재킷은 벗은 채 소매를 말끔하게 걷어 올린 옥스퍼드 셔츠를 입고 있었다. 귀갑(龜甲)으로 만든 엷은 갈색의 안경테가 곧은 코와 단단하고 강하게 잘 다듬어진 턱 위에서 근사하게 어울렸다. 유머가 섞인 목소리는 담담하면서도 거칠고 고함치듯 길게 퍼졌다. 마이크가 그에게 제대로 넘어가기도 전에 사람들은 질문을 해 댔다. 싱긋 균형 잡힌 미소를 띠며 청중 앞에 선 그는 마치 아침 샤워처럼 규칙적으로 하는 일인 양 명령하듯 메마른 음성으로 말문을 열었다.

"굿맨 선생님, 마이크 줄에서 발 좀 치워 주시면 제 말이 더 잘 들릴 겁니다."

그러자 굿맨은 아래를 내려다보았다. 마이크를 연결한 줄이 발에 엉켜 있는 걸 깨닫고 자연스레 웃음을 터뜨렸다. 줄은 잘 풀어졌고 그 친구는 말을 이어 갔다.

"주 당국에서 파견한 감시 경찰이 '당신들 단체는 알아서 충분히 질서 유지가 되겠군.' 하고 말하더군요. 그래서 저도 '할 수 있고말고요.'라고 확신시켰죠."

아주 메마른 어조. 평화주의자들, 교수들, 원칙을 세운 학생들 사이에서 겸손하며 밝은 웃음이 터졌다. 그는 계속해서 행진로와 법무부에서 일어날 일들에 관한 논의를 이끌어 갔다. 태도는 야무지고 재빠르고 능숙하고 자신만만했으며, 말은 명확하고 빈틈이 없었다. 그렇다. 기자들 앞에서 어떻게 말하는지를 아는 친구였다. 노동조합 지도자들처럼 스스로 갈고 닦은 매끄러운 목소리였다. 그러면서도 아이비리그 학생식의 명령하는 듯한 어조는 감출 수가 없었다. 몸집은 좀 크지만 보트의 키잡이 같다고 할까, 아니면 승무원의 코치? 메일러에게 인상적일 수밖에 없었다.

"저 친구 누구야?"

메일러가 맥도널드에게 물었다. 맥도널드는 약간 놀라며 뒤를 돌아보았다.

"빌 코핀, 몰라?"

속삭이는 것에 익숙지 않아서인지 쇳소리가 났다.

윌리엄 슬론 코핀 2세, 예일 대학의 교목이었다. 가만히 생각해 보니 코핀은 언젠가 남부 어느 지역(셀마였던가?)에서 시민권을 위해 투쟁하다 체포된 적이 있는 친구였다. 굉장히 인상적이어서 메일러는 야릇하게 기분이 좋아졌다. 예일 대학의 교목은 승리자처럼 보였다.

몸이 좋지 않은 사람들을 법무부까지 싣고 갈 버스를 대기시켜 놓았다는 코핀의 말을 끝으로 모임은 기분 좋게 끝났다. 그렇지 않은 사람들과 나이가 많은 사람들 주변에서 야유가 쏟아져 나왔다.

사람들은 출발했다. 행진은 평온무사했다. 수백 미터에 걸쳐 두 줄로 선 대열은 천천히 움직였는데, 걸어가는 수백 명 옆에서 경찰이 따라갔다. 경찰 수는 많지 않았다. 아주 조용한 주택가였고, 흑인 중산층들의 거주 지역도 끼고 갔으며, 때때로 길 가던 사람이 약간 당황한 듯 이들을 쳐다볼 뿐이었기 때문에 사실 경찰은 전혀 필요한 것 같지 않았다. 가끔 행진하는 무리 가운데 처칠 경이 2차 세계대전 때 동맹국을 향해 올렸던 그 유명한 승리의 상징인 V 자를 손가락으로 표시하는 사람도 있었다. 자, 이제 새로운 저항 운동의 표시로 V 자가 되돌아왔다.

그러나 메일러는 이 사람들 중 누구와도 동질감을 느끼지 못했다. 모두 너무 이상적이고 원칙에 집착하는 것 같았다. 교수들과 중년의 교직자들이 학생들만큼이나 많았는데 이들이 걸으면서 나눈 조용한 대화에서는 아이비리그 냄새가 나는 듯했다. 이건 정말이지 시위가 아니었다. 가끔 경찰이 위쪽으로 움직이라든지 두 줄을 지키라고 간청했지만, 이들은 묘하게 규칙을 어기고 있었다. 태양이 밝게 비쳐서 조용하고 기분 좋은 분위기가 감돌았고 부드럽고 침착한 느낌을 더해 주었다. 메일러는 이런 평화주의자들과 어울린 적이 몇 번 있었는데 그때마다 한결같이 이런 침착하고 온화하고 조용하고 상쾌한 분위기를 느끼곤 했다. 기독교인이라면, 어린 시절 주일날을 떠올리고 싶다면, 이런 분위기가 괜찮겠으나 메일러는 오래전부터 가끔씩 작은 말썽을 저지르고 싶은 사악한 충동을 느낄 때가 있었다. 더구나 평화주의자들의 분위기는 그 상태로 영원히 계속될 것처럼 보였다. 취한 사람을 만나기엔 너무도 거리가 먼 분위기임에 틀림없었다. 훨씬 앞쪽에서 오랜 친구들과 어울려 이야기를 나누며 걸어가는 로버트 로웰의 모습도 메일러의 실망을 덜어 주지는 못했다. 생각해 보니 로웰은 2차 세계대전 당시 양심적 참전 거부자였고 투옥된 경험도 있었다. 평화를 사랑하는 옛 친구들과 추억담이라도 나누는가? 한데 자세히 보니 그게 아닌 모양이다. 아이비리그 동창회라도 하는 것 같다. 로웰은 잠깐 동안 하버드 대학의 학장으로 보이는 친구가 다른 사람과 이야기하는 것을 기다리더니 부드럽고 자신감 있는 몸짓으로 우아하게 서로 어깨를 껴안았다. 하버드 대학 시절 어느 학장도 자신에게 저런 식으로 대해 준 사람은 없었다고 생각하니 메일러는 의욕을 잃었다. 그렇지만 이게 그놈의 취기 때문이라고 마음을 고쳐먹어 본다. 취기란 놈은 언제나 아물지 않은 옛 상처의 가장 열등한 부분으로 사람을 몰고 간다. 이는 자명한 사실이지만, 현명한 술꾼이 조언을 하자면, 취기를 다스릴 때는 여기 모인 이들처럼 성격이 준엄하고 모든 일에 원칙이 서 있는 세련된 학자보다는 고상하지 못한 친구들과 어울리는 게 더 낫다고 일러 주고 싶다. 메일러가 이런 생각 속을 맴돌고 있을 때 안경을 끼고 수염을 기른 젊은 영문과 강사가 말을 걸어 왔다. 그 강사는 메일러의 작품 속 문학적 메커니즘이 궁금하다고 했다. (상징의 위력에 대해 매우 원시적 견해를 지니고 있으며, 그 본질을 토론한다는 것이 오히려 상징에 먹칠을 하는 게 아닐까 생각하는 메일러에게) 이런 식의 문학적 토론은 달갑지 않았을 뿐만 아니라 지금 자신이 처한 입장에서는 적절하지 않았다. 간신히 회복하려는 뇌 세포가 이렇게 지적인 문제에 부딪쳐 과열되면 다시 산산이 부서질지도 모른다. 메일러는 "죄송합니다."라며 거절의 의사를 밝히고는 얼른 앞으로 걸어가 버렸다. 그러다가 마침내 친구가 될 만한 얼굴을 찾았다. 예전에 영화 스튜디오에서 만난 고든 로고프라는 친구로 지금은 예일 드라마 스쿨에서 학생들을 가르치고 있었다. 두 사람은 연극계에 대해 얼마간 심심찮게 이야기했다. 로고프는 고상한 사람 축에 속했으며 재치 있고 쾌활하고 지적인 데다 비평적인 안목도 뚜렷했다. 이 행진의 마지막에 이르러 메일러는 맨해튼의 어느 식당에서 점심이나 저녁을 들며 대화를 나누는 기분이 들었다.

이런 기분 속에 있자니 곧 위장이 텅 비었다는 걸 느꼈다. 그런대로 괜찮아, 오늘 하루 0.5킬로그램쯤 몸무게를 줄여 보지. 하지만 배고픔 역시 침착하게 숙취를 치유하는 데는 도움이 되지 않았다.

4. 정의

이제 모두 법무부 계단 앞에 모였다. 모든 것이 생각보다 평온했다. 메일러가 미치 굿맨에게서 처음 행진 이야기를 들었을 때, 그의 마음속에는 법무부 길목 길목에서 FBI 요원들과 불쾌하게 대결하는 장면이 떠올랐다. 그런데 막상 와 보니 정부 요원은 눈에 띄지 않았다. 굳이 찾는다면, FBI와 CIA 요원들 몇이 사진 기자들, 뉴스영화 촬영 반, 텔레비전 카메라맨, 신문 기자들 사이에서 전복적인 얼굴이 눈에 띄일까 싶어 자료를 모으고 수배하기 위해 빙빙 돌고 있었다. 폭력을 행사할 가능성이 있는 사람을 고르라면 팔에 띠를 두른 미국식 나치 다섯 명 정도일까, 이들도 경찰에 의해 대열 밖으로 밀려나 있었다. 오후 내내 이들이 외쳐 댔던 것은 "우린 공산주의자들이 죽기를 원한다."는 분명한 구호뿐이었다.

법무부 계단 위에 펼쳐진 광경은 이러했다. 계단 한쪽 구석에 열댓 명 정도가 몰려 서로 한 마디씩 하려 했고, 바로 그 밑 계단에서는 수많은 언론기관의 대표자들이 뉴스영화 촬영 반과 텔레비전 카메라 사이에서 자리를 차지하려고 비집고 부딪쳤다. 주변에서는 사오백 명가량 모여 자기들끼리 즐거운 대화에 흠씬 매료되어 정중하면서도 들뜬 분위기를 발산했다.

코핀이 주요 연설을 맡아서 앞으로 할 일을 설명했다. 몇 명이 짧막한 연설을 한 다음, 각 소속 단체를 대표하는 학생들이 한 명씩 징집영장을 자루 속에 집어넣는다. 그러고 나면 청중 가운데 누구든지, 학생이건 교수이건 구경꾼이건 자신들의 징집영장을 반환하고 싶은 사람들은 모두 합세해도 좋다. 그때쯤 미치 굿맨, 코핀, 스포크 박사, 그리고 다른 시위자 일곱 명이 함께 "잠깐 자리를 비우고 법무부 건물 안으로 들어가서 법무부 장관의 사무실을 방문해 징집영장을 건네며 베트남전쟁이 계속되는 한 우리는 공개적으로 젊은이들에게 징병 거부를 권고할 것이고 가능한 모든 방법으로 그들을 돕고 선동하겠다는 맹세와 의도를 전달할 겁니다."라고 코핀이 말했다.

격려의 박수. 코핀은 계속했다.

"그 시점에서 우리가 어떤 대접을 받느냐에 따라 여기로 와서 여러분께 우리가 나눈 대화를 알려 드리겠는데, 만약 문제가 복잡해지면 좀 늦어질 것입니다."

자신들이 체포될 수도 있다고 말하려던 것인지는 확실하지 않았다. "만약 우리가 곧 돌아오지 않으면 여러분은 기다렸다 연설을 들으시든지(주변에서 킥킥 웃음소리가 들렸다.) 아니면 노래를 부르든지 하십시오." 분위기가 더 즐거워졌다. "시간이 너무 오래 걸려 우리가 소식을 전할 수 없게 될 경우엔 흩어지는 편이 나을 것입니다. 관심 있는 분들은 오늘 밤 약속된 장소에 나오셔서 자세한 이야기를 들으시면 됩니다."

그러고 나서는 준비한 연설을 했다. 길이도 적당하고 요점도 명확했다. 억제된 분노가 길고도 멋진 공명을 남겼다. 문장들은 골자가 분명했으며 신문에 게재되기에 아주 알맞았다.

"……우릴 여기까지 오도록 한 것은 광분한 이상주의가 아니라 냉철히 투사된 반전론입니다. 우리의 동지 가운데 한 분이 '미국이 베트남에서 옳은 짓을 하고 있다면 도대체 그릇된 짓이란 어떤 것인가?'라고 말한 적이 있지요.

우리는 대부분 제대병들이라서 베트남에 있는 우리의 아들들을 잘 이해합니다. 전쟁이 얼마나 참혹하고 더러운 것인지 그들은 잘 알 것입니다. 하지만 그들은 목적이 수단을 정당화하고, 승리의 맑은 물이 피와 흙으로 더러워진 자신들의 손을 깨끗이 해 줄 거라는 말을 귀가 아프게 들어왔습니다. 그러니 그들이 '맑은 물은 없을 것'이라고 말하는 사람을 미워하는 것도 이상하지 않겠지요. 그러나 어렵더라도 그들이 이해해야 할 것은, 군사적인 승리가 도덕적인 패배라면 손을 씻을 깨끗한 물은 없으리란 것입니다.

우리는 또한 아들, 연인, 남편 들이 베트남에서 싸우고 있거나 그곳에서 죽었기 때문에 전쟁을 지지하는 사람들을 이해합니다. 그러나 이들 역시 아주 기본적인 것을 이해해야 합니다. 희생을 위한 희생은 조금도 성스럽지 않다는 사실입니다. 50만 명이 베트남에서 죽었다고 해도 명분이 더 성스러워지지는 않습니다. 그러면서도 우리는 남편을 잃은 부인이 이 진리를 이해하기 쉽지 않으리란 것도 잘 압니다."

여기에서 메일러는 이 친구가 세속적인 일에서 실용적인 방법을 터득하는 능력을 뽐내는 뉴잉글랜드 목사들의 전통을 이어받은 것이 아닌가 하는 의혹이 생겼다. 청교도적 수련에 대해서 깊이 아는 바가 없었지만 이 세상에 굉장히 남용되고 있음을 막연히 느꼈다. 메일러의 생각에는 공산주의자들보다도 미국의 기업가들이 먼저 죄의식을 느껴야 할 것 같았다. 이들은 공기, 들판, 냇물을 모두 오염시켰고, 제조 상품의 가치를 저하시켰고, 신념을 과학, 기술 산업, 의약으로 변질시켰고, 자신들만의 탁월한 실용적 방법으로 외국의 추잡한 업종에 투자하기를 꺼리지 않았다. 그렇다. 모두 세상에 흩어진 혼란한 기독교적 경험에서 실용적인 진흙 찌꺼기만을 걸러내다 보니 생긴 결과다.

그 예일 교목의 얼굴이 《타임》이나 《포춘》의 표지에 '올해의 젊은 행정가'란 제목을 달고 나옴직하다는 데 메일러는 감탄했다. 반짝이는 눈과 한결같은 목적의식, 책임을 감수하는 용기, 기획 순서를 꼼꼼하고 치밀하게 따지는 경직된 유머, 백인 우월성의 보루가 무너질 때 드러나는 속 좁은 냉엄함이 묻어났다. 성직자로서 원칙을 고수하는 강직한 인물의 좋은 본보기였다.

"오늘 밤 법률은 양심적인 반전론자가 되기 위해서는 반드시 신을 믿어야 한다고 못 박았습니다. 윤리적으로 이보다 더 이치에 맞지 않는 게 어디 있습니까? 휴머니스트는 양심이 없나요? 저는 기독교인이지만, 정말 유감스럽습니다. 제가 아는 훌륭한 휴머니스트 가운데 어떤 분들은 종교로 전향하는 일이 자신들의 높은 이상을 저버리는 결과라고 생각하기도 합니다. 기독교인인 저는 신을 믿지 않는 사람은 참으로 불행하다고 확신합니다. 하지만 그것이 자동적으로 윤리적 결함이 된다고 믿지는 않습니다.

수많은 종교 단체의 끊임없는 호소에도 의회는 지난봄 완벽한 평화주의자들에게만 대안을 마련했습니다. 이것 역시 이치에 맞지 않습니다. 양심상 어떤 특정한 전쟁에 참가하지 않겠다는 사람의 권리도 양심상 모든 전쟁에 참가하지 않겠다는 사람의 권리와 똑같이 존중받아야 하기 때문입니다."

여기서 박수갈채는 절정에 달했다. "더러운 자본주의 체제 타도"라는 멋진 발언을 한 아일랜드 억양을 쓰는 사람의 승리에 의해 1930년대에 있었던 모든 공산주의자 모임이 전적으로 성공했듯이, 무신론자의 양심적인 반발이 교회 목사의 손에서 완벽하게 승화되고 있었다. 정말이다. 어느 누가 이렇게 할 수 있으랴?

"국가의 법조문은 분명합니다. 국가소환법 12조는 군대에 등록하거나 입대하는 것을 거부하도록 도와주거나 교사하거나 조언하는 자는 누구든지 오 년 이하의 체형이나 만 달러의 벌금형, 또는 둘 다에 처한다고 규정하고 있습니다.

그런데 우리는 공공연히 젊은이들에게 베트남전쟁이 계속되는 한 전쟁에 나갈 것을 거부하라고 일렀고, 최선을 다해 그들을 돕고 선동하겠다고 맹세했습니다. 이 말은 만일 젊은이들이 양심을 파괴하는 법률에 복종하지 않아 체포된다면 우리도 똑같이 체포될 것이란 뜻입니다. 법률상으로 우리는 그들과 똑같은 죄인이기 때문입니다."

연설이 끝난 뒤에도 짤막한 찬조 연설이 더 있었다. 미치 굿맨과 스포크 박사가 한마디씩 했고, 서너 명 정도 더 있었는데 메일러는 이름도 잘 모르는 사람들이었고, 잘 들리지도 않았다. 태양이 구름 뒤로 숨어 버리자 날씨가 서늘해져서, 취기가 한결 가시는 느낌이었다. 모임이 끝날 때까지는 자리를 뜰 수 없지. 그런 다음 어디 가서 한잔 마시는 거야. 그럴 것 같지는 않지만 저들이 언제 한 말씀 해 주십사 청할는지 모른다. 미치 굿맨이 메일러가 참석했을 것이라고 지나가듯 말한 듯싶었지만 별 뜻은 없었다.

연사들이 나와서 이야기하는 도중에 로버트 로웰이 요청을 받았다. 로웰은 계단 옆벽에 습관적인 나른한 자세로 기대어 깊은 명상에 잠겨 있었는데, 한마디 해 달라는 요청을 받자 약간 놀란 듯했다. 물론 사진기자들이 벽에 기대 선 낙담한 신사의 모습을 놓칠 리 없었다. 로웰은 휴대용 마이크를 받아 들고, 마치 진귀하고 드문 거대한 열대 거미를 들여다보긴 해야겠는데 그러고 싶지는 않다는 듯 어색한 표정을 지었다.

"아까 질문을 하나 받았습니다."

깨끗하나 더듬거리는 목소리로 로웰이 입을 열었는데 그 목소리는 자신이 계속 부딪쳐 온 인생이라는 장애물 경기에서 몇 개는 뛰어넘고 몇 개는 못 넘었다는 인상을 주었다.

"오늘 오후 어느 기자가 저에게 왜 징집영장을 반납하지 않느냐고 묻더군요."

로웰은 순례자가 정열에 차서 길을 출발하듯 이야기를 시작했다.

"그때 전 그런 바보 같은 질문이 어디 있느냐고 물어보려다가 그만두었습니다. 내 나이가 몇인데 징집영장을 받았겠는가 하고 알아주었으면 했지요. 하지만 그게 뭐 상관있나요. 징집영장을 반납하려는 젊은이들에게 맹세하면서 우리는 이미 어떤 결과가 초래될지 각오하고 있었습니다. 말 그대로 우리가 징집영장을 받았느냐 안 받았느냐 하는 절차와 상관없이 그 뒤에 숨기는 것이 없음을 믿어도 좋습니다. 그래서 기자 여러분께 한 말씀 드리고자 하는 것은, 우리는 이 나라를 다스리는 권력자들과는 달리 술수를 쓰지 않는다는 겁니다. 우린 자신을 진지하다고 믿으려 애씁니다. 그러니 기자 여러분은 이런 노력을 이해해 주십시오. 우리는 양심에 따라 모든 노력을 다해 이 전쟁에 항의할 것입니다. 보복을 두려워하여 피하려 들진 않을 것입니다."

이 말에는 부드러우면서도 강한 분노가 스며들어 있었다. 로웰은 어느 때보다도 더 위엄 있었으며 어느 때보다도 더 감탄할 만했다. 낱말 하나하나가 꾸불꾸불한 길을 지나 시인의 마음에서 거대한 문을 열고 음성이 되어 나오는 것 같았다. 낱말마다 의미심장했고 그리 쉽게 나오는 게 아니었다. 아마 로웰은 그 말들이 왜곡되고 남용될까 봐 두려워하는지도 모른다. 정치적 발언이 어느 때보다도 더 힘들었을 테고, 그래서 더욱 진술적으로 됐을 것이다.

그래서 메일러는 로웰이 말을 마치자 갈채를 보냈다. 갑자기 로웰의 발언이 너무 좋다고 느꼈고 진심으로 그를 좋아하게 될 것 같았다. 온갖 속물근성, 지친 척하는 태도, 문학적인 상호 칭찬, 중립성, 문학계에서 오염된 치명적인 속물 덩어리 등이 시인의 내면적 우유부단함에 의해서 그가 지닌 최상의, 최고의 조심스런 전통과 기준들에 친밀히 뒤섞여 있다. 그러나 이 모든 결함을 감안하더라도 로웰은 여전히 멋지고 좋은 존경할 만한 인물이었다. 메일러는 아직까지 로웰과 뜻을 같이 하고 있는 자신을 새삼 행복하게 느꼈다.

연설이 끝난 다음 메일러에게는 대단하게 보이는 일이 벌어졌다. 학생들이 줄지어 서서 모아 온 징집영장이나 자신의 징집영장을 자루 속에 던지는데, 이것이 이날의 중심 행사였다. 한 사람씩 일어나서 이름과 사는 지역, 대표하는 대학, 그리고 들고 온 징집영장의 번호를 말했다. 일어서는 사람의 수가 생각보다 많았다. 뉴욕에서 200명쯤 모였고 보스턴 출신은 그보다 많았으며 예일 대학에서도 상당수가 온 것 같았다. 사람 수가 몇인지 발표되자 모여든 선량한 미국인들은 기쁨에 차서 웅성거렸는데, 지적인 수준 차이는 있을망정 곡예사의 묘기에 환호를 보내는 아이들과 전혀 차이가 없어 보였다. 이들이 연출한 행위가 공중그네에 몸을 맡기는 것과 어딘지 닮았다는 것이다. 징집영장을 던짐으로써 이 젊은이들은 자신의 미래를 감옥으로, 이민으로, 좌절로, 최선의 경우라 해도 몇 년간의 불확실한 세계 속으로 내던지고 있었다. 곧 곡예사가 공중으로 자신을 던지는 순간 느끼는 도덕적 다짐을 이들도 취한다는 뜻이다. 곡예사는 은총의 빛을 좇는 자신의 능력에 대한 신념이 있어야 하고 결국에는 어떤 종류의 은총에건 의지하기 마련이다.

또 하나 분명한 증거로서 이 젊은이들은 제각기 흥미로운 차림새들이었고 얼굴만 보아도 특징이 금방 드러났다. 아무도 서로 닮지 않았다. 보기만 해도 놀라울 정도로 개성이 물씬 풍겼다. 어떤 친구들은 학자풍으로 약간 보수적인 차림새여서 사무원 같은 냄새를 풍겼고 어떤 친구들은 옛 기병대의 잔재를 은근히 발산하며 잔디밭 위에 앉아 있던 흑인, 딕키 해리스처럼 멜빵바지 차림으로 자부심이 가득해 보였으며 몇 명은 스포츠광, 고급 자동차 몰기, 마리화나 피우기, 징집영장 반납하기, 스키, 기타 연주, 서핑, 연애, 스쿠버다이빙 등, 취미를 여덟 가지는 가진 듯 보였다. 젊은이들이 모두 그렇다는 것은 아니지만 사실 메일러는 이런 아이들을 전혀 기대하지 않았다. 서부에서 온, 캘리포니아 출신이 분명한 키가 큰 학생은 꼭 스탠

퍼드 대학의 젊은 공화당 기수처럼 보였다. 대학의 남자 기숙사에서 최고의 자리를 누리기에 손색없이 잘생겼다. 징집영장을 자루에 던지고 난 뒤 아주 근사하게 몇 마디 했다. 몇 달전 이들이 처음 징집영장을 태울 때만 해도 대부분 은근히 겁을 먹고 있었다. 그래서 여자 친구나 가족에게 작별 인사를 하고 감옥 문이 삐걱대는 소리만 기다렸다. 그런데 그 문소리는 들리지 않았다.

"그래서 정부가 우리한테 접근하는 걸 두려워하는 게 아닌가 생각했어요. 이런 분위기가 점점 퍼지자 작년까진 우리와 함께하길 두려워했던 친구들이 올해는 조금도 무서워하질 않는 거예요. 그러니 모든 게 잘 되는 거지요. 우리가 체포된다고 해도 우리 주장이 좀 더 분명해질 테니 사람들이 기억할 것이고, 다시 말하면 우리 앞에 펼쳐진 장밋빛 미래를 포기하고 감옥에 갈 정도로 이 전쟁에 반대한다는 걸 알리는 거죠. 체포되지 않는다면 더 많은 학생들이 모여들 테고요."

이 친구는 믿기지 않을 정도로 완벽했다. 그 순간 CIA 요원이 대학 안을 빙빙 돌았을 것이고 틀림없이 이곳에도 잠입했으리라는 생각이 스쳤다. 기분이 별로 좋지 않은 생각이었다. 그렇지만 (1) 메일러는 기분 좋지 않은 일들이 다반사인 뉴욕 출신인 데다가 (2) 작가다. 대학생으로 이중생활을 하는 어느 젊은 미국인 비밀경찰에 관한 짤막한 소설을 쓰면 어떨까 하는 생각이 들었다. 쓸 수만 있다면 얼마나 멋진 작품이 될까! 메일러는 일주일에 한 번쯤 한 줄기 섬광같이 머릿속을 스치는 새로운 소설에 대한 착상을 미친 듯이 뒤쫓다 말곤 했다. 그는 이런 착상을 자신의 작품을 비난하는 사람들이 알아서, 그동안 쓴 것들보다 쓰지 못한 작품들이 더 멋지다고 평가해 주었으면 좋겠다고 생각했다.

그다음 학생이 지나갔고 또 그다음 학생이 지나갔다. 가냘픈 체구에 날카로운 얼굴을 한 학생은 남방셔츠에 검은 안경을 쓰고 있어서 꼭 할리우드 사기꾼 같은 인상을 주었는데, 알고 보니 그건 큰 오해였다. 오클랜드 경찰이 쏜 최루탄 때문에 아직도 시력이 회복되지 못한 것이었다. 이 학생은 메일러가 전혀 좋아하지 않는 버클리 취향이었다. 으스대고 잘난 체하고 삼십대 이상은 무조건 조롱하는 것. 이게 다수를 조소할 때 이들이 취하는 첫째 항목인지도 모른다. 그 학생이 삼십대 이상에게 말한다.

"여러분들이 우릴 따라오겠다면 그건 좋아요. 뭐, 그거야 당신들 마음대로지요. 하지만 우리에겐 우리만의 것이 있고 여러분이 동조하든 안 하든 상관없이 해낼 거란 말입니다."

메일러는 '나에게 나만의 것이 있다.'는 문구를 들을 때마다 생각 좀 하라고 한 대 차 주고 싶었다. 왜 그 '것'이란 단어를 좀 더 멋진 말로 바꿀 혁명은 생각하지 못하는가.*

하지만 이 버클리 출신 젊은 친구는 그런대로 기지가 있었다. 자기 연민이 목소리에 배지 않도록 조심하면서 최루탄 이야기를 시작했는데(코 먹은 소리가 나는 그의 목소리에서는 화형당하는 순교자가 참지 못하듯이 보수당원 연설자가 참지 못하는 만족감이 묻어났다.) 고통도 굉장했지만 언론 보도 또한 굉장했노라고 말했다.

---

* '것(thing)'은 성기를 의미하기도 한다.

"기자들이 우리 편이었단 말이에요."

이제는 대담하게 자기 앞에 모여 선 오십 명 남짓한 보도진들을 내려다보며 그가 말했다.

"기자분들이 특별하게 대접받길 원한 건 아니었지만, 경찰이 시위대와 보도진을 구별 못할 정도로 바보들이었기 때문에 기자들도 눈에 최루탄 세례를 받았단 말입니다. 그래서 그분들이, 미국 성조기를 위협한다고 우리를 깎아내리는 대신 경찰을 악한이라고 쓴 거죠. 기자들이 간신히 돌아가서 눈을 비비며 기사를 쓴 순간 경찰들은 악한이 돼 버린 겁니다. 정말이지 그 최루탄 세례는 참아 내기 힘들었어요."

한 명씩 차례가 지나면서 스물네 명에서 서른 명 정도 되는 젊은이들은 건조한 발언을 짤막하게 한마디씩 했다. 예를 들면, "전 기꺼이 징집영장을 반환하고 싶은데 그럴 수가 없어요. 몇 달 전 캔자스시티에서 태워 버렸거든요. 그래서 제 이름과 주소를 쓴 증명서를 대신 넣습니다. 이 증명서로 정부가 절 찾아낼 수 있거든요."

반 시간쯤 지나 학생들이 끝났고 이제 교수들 차례였다. 이들도 역시 한 사람씩 차례로 나왔지만 뭔가 허술했다. 학생들과 달리 교수들은 이 문제를 공식적으로 몇 달에 걸쳐 논의한 적도 없었고, 계획을 세우거나 고치거나 여론을 수렴하거나 하지도 않았다. 교수 대부분은 지도 교수로서 학생들에게 조언을 해 왔고 이 자리에도 뽑혀 왔다. 조그만 강줄기가 홍수에 휩쓸리듯 도덕적 강줄기의 도도한 흐름을 따라 여기까지 온 것이었다. 이들에게 지금 이 경험은 틀림없이 고통스러울 것이다. 나이가 들었기에 감옥에서도 고생이 더 심할 것이고 자신들의 미래가 어디에서 어떻게 빗나가고 방해받게 될지 좀 더 명확히 느낄 것이다. 대부분 가족이 있었으며 진보적인 데다가 기술 신봉주의자들이었기에 전 생애를 바쳐 선택한 기계들을 포기해야 할 운명에 처할지도 모른다. 대부분 아마 한밤중에 징집영장 반납을 결정했으리라. 간밤에야 결심한 친구도 있을 것이고 지금 여기서도 결정을 못 내리고 갈등을 하는 친구도 있을 것이다. 많은 사람들이 결심을 못한 채 오랫동안 계단 가까이 서 있는 듯싶더니 마침내 일어서기 시작했다. 메일러의 뒤에 서서 10월의 공기 속에 가냘픈 가슴을 끌어안고 있던 로고프는 아주 냉정해지더니 마침내 징집영장을 꺼내 들고 메일러를 보며 히죽 웃고는 이렇게 말했다.

"이놈의 것을 지금 되돌려 줄 모양인데, 웃기는 건 내가 신체검사에서 불합격 판정을 받았다는 말씀이야."

이렇게 교수들은 단합하지 않고 개별적으로 앞으로 나갔다. 한 사람씩 각자 방패든 담장이든 움막이든 가정이든, 자신의 안전을 위한 건물까지도 까부수면서. 그동안 메일러의 가슴 저 깊은 곳에서 짙은 그늘이 드리우기 시작했다. 깊은 겸손이 찾아왔고, 취기가 가시지 않은 채 찬바람 속에 서 있는 동안 점점 더 겸손해지는 걸 느꼈다. 겸손은 해묵은 친척이기에 메일러는 이런 상황이 싫었다. 그는 겸손한 가정에서 태어났고 겸손한 소년으로 자랐으며 겸손한 젊은이가 됐다. 그게 싫었다. 자부심, 자만, 오기, 자신감, 그리고 수년에 걸쳐 얻어 낸 자기중심적이며 다소 광적인 것들, 메일러는 이런 것을 사랑했다. 이것들이 힘이요, 사치요, 탐욕을 지키는 무기요, 기쁨을 더하는 풍요로운 설탕이요, 경쟁력을 지탱하는 원기였다. 오래 살았기에, 지금 (새롭게 다가오는 겸손이라는 이런 은총) 같은 심리적 상태와 친밀해지면, 거부하기 어렵고 어떤 영원히 새로운 상태가 산들바람처럼 가볍게 자신을 향해 몰려오리라는 것을 감지하고 있었다. 추위 속에서 계속해서 한 명씩 지나가는 교수들을 지켜보며 서 있노라니, 한편으로는 이 취기란 놈이 바로 간밤에 이들에게 품은 멸시를 완전히 삼켜 버리지 못한 잔재로서 자신의 두려움에서 나온 것이라고 느껴졌다. 정말 메일러는 이번 주말에 워싱턴에서 어떤 결과가 일어날지 두려움을 생생히 느끼고 있었다. 처음부터 메일러는 이번 주말이 자신이 살아온 계절 또는 그 이상을 분열시킬 것이며, 어쩌면 자신을 영원히 바꾸어 놓을지도 모른다는 위험을 감지했다. 마흔네 살, 살짝 비켜 가는 삶의 기쁨에 연연하지 않고 손에 잡을 수 있는 기쁨만을 즐길 수 있기까지 사십사 년이 걸렸는데 감옥에서 족히 몇 년을 보낼 모험에 뛰어들 시간이 어디 있단 말인가. 그렇지만 빠져나갈 구멍이 없었다. 마치 내부에 고이 간직해 둔 유년기의 순수함이 마침내 밖으로 솟구쳐 파열되어 버린 듯, 메일러는 바로 그 순간, 네가 게임을 잘하기만 하면 결코 다치지 않는다는, 게임으로서의 삶 속에 지탱해 온 최후의 비밀스러운 기쁨을 상실했다. 수년 동안 메일러는 자신을, 마지막 대격변 속에서 도시의 지하 세계 지도자라든가 언덕에서 총을 든 게릴라 같은 존재로 그려 왔다. 그래서 혁명의 조직적인 면, 예를 들어 연설, 등사기, 재미도 없고 딱딱하게 격식 차린 파티나 프로그램, 힘을 유지하기 위한 무딘 책략, 목표 기간 동안 정책을 위해 참고 따라야 하는 복종 같은 걸 멸시했다. 진심으로 멸시하고 침을 뱉었는데, 아마 그게 틀린 것은 아니었으리

라. 옳았는지도 모르지. 그런 혁명이 기술 만능주의 국가의 생식처요, 요람이었으니까. 아니야, 유일한 혁명적 진실은 언덕 위의 총이지. 그런데 이제 보니 아니란 말이야. 난 늙고 무능하거든. 그래. 무능하기 때문에 겸손해지는 거야. 난 으스대기는 하지만 본질적인 판단력이 부족해. 게다가 너무 알려졌단 말이지! 변장을 못해서 지금껏 내 악명이 주는 기쁨에 대가를 지불했는지도 몰라. 언덕 위의 총도 아니고, 조직적인 것도 맘에 안 들고, 분명히 많이 알려져 있으니 자신을 내던져도 괜찮은 거로군. 새로운 겸손이 넌지시 일러 준다. 이 겸손은 미래의 지도자가 아니요 미래의 희생자다. 이게 아마 네가 지닌 참 가치일 거야. 저항의 대가로 감옥에 가게 되면 몇 년 그곳에서 지내겠지. 만약 전쟁이 계속되고 미국이 중국 국경에 준엄한 계엄령을 선포하면 아마 일생을 감옥에서 보낼지도 모른다. 감옥은 감금캠프요, 해체의 중심이며, 파산의 좁은 길이다. 그게 자신의 몫이 될 것이다, 그때쯤이면 그도 사는 게 어떤 건지 배우게 될 것이다.

이런 우울함과 함께 겸손함에 빠져 한순간을 보내다가, 메일러는 어느덧 대표단이 징집영장 994장이 담긴 자루를 들고 법무부로 들어가는 걸 보았다. 기다리는 동안 계속되는 연설에 귀를 기울였고, 결국에는 한마디 해 달라는 요청을 받았다. 전날 밤 집회에서 소리를 지른 탓에 목소리가 쉬어 속삭일 수밖에 없었는데 마이크가 있어 아주 다행이라며, 겸손하게 그럴듯한 연설을 했다. 다른 사람들을 지켜보면서 어떤 생각을 했는지도 약간 언급했다. 오늘 오후, 많은 미국인들이 자신들의 이념을 위해 감옥에 갈 수도 있는 현실과 직면해 있다는 걸 깨달았으며, 별로 기쁜 일이 못 된다고 덧붙였다. 감옥이란 곳은 사람에게 내재한 최선의 것들을 천천히 앗아 가는 곳인데, 그렇다고 달리 방법도 없지 않느냐는 것이다. 베트남에서 일어난 전쟁은 더럽고 지금까지 이 나라가 참전했던 전쟁 중 최악이다. 그러니 논리적으로 볼 때 그것에 익숙하지 않은 사람들에게는 희생을 강요하는 셈이 된다. 메일러는 해묵은 습관과 해묵은 분노에서 크게 달라진 것 없이 보도진들을 꾸짖었다. 지난 이십 년간 기자들이 거짓말과 잘못된 기사를 전달해 베트남전쟁 같은 것이 가능하도록 평범한 미국인의 가슴속에 심리적인 영향을 미쳤다며 비난했다. 그는 마이크를 돌려주고 걸어 내려왔으며 박수갈채에 흡족해했다.

잠시 후 코핀과 대표단이 법무부에서 나왔다. 코핀이 짧게 경과보고를 했다. 관료적인 회피가 연출됐고 징집영장은 반납되지 못했다. 법무부 장관은 부재중이었고 보좌관만이 자리에 있었다.

"그 보좌관은 한마디로 우리가 모은 징집영장을 받을 수 없다고 했습니다." 코핀이 말했다.

"생각해 보세요! 여기 단합된 죄악의 분명한 증거를 보고도 외면하는 법무부 장관이 있다는 것 말입니다. 분명한 직무 태만입니다."

코핀의 가슴에 고인 분노는 변호사의 분노를 연상시켰다. 마치 장기판에서 졸을 희생하고 첫수를 두었는데 정부가 그 책략에 맞대응하지 않아 조합이 무산된 것과 같았다.

스포크 박사가 보고를 계속했고, 대표단에서 한두 명이 더 이야기했다. 그러고 나서 모임은 해산됐다. 맥도널드, 로웰, 메일러는 한잔하려고 가까운 술집에 가서 결국 식사까지 했다. 겸손함을 새롭게 얻었다면서도 메일러는 기꺼이 식사를 즐겼다. 수련, 금욕, 절제, 자기희생 등, 새롭게 얻은 미덕들도 술에게는 자리를 내주었다. 그러나 식사가 끝나기 전 세 사람은 다음 날 펜타곤 행진에 같이 참여하고, 최악의 사태에는 체포되는 것도 감수하자고 의견을 모았다. 메일러의 취기는 막 가시려 했다. 저녁은 기분 좋게 지나가고 있었다.

3장
토요일 아침

1. 그다음 단계

다음 날 아침, 맥도널드와 로웰은 헤이 애덤스 호텔 식당에서 아침을 먹으러 온 메일러를 만났다. 사람들이 꽤 모여들었다. 로비에는 사람들이 근사하게 차려 입고 동창회나 시민 표창식, 친목회 자리 같은 데 몰려오는 분위기가 감돌았다. 모두들 오랜만에 만나 서로 인사를 건네느라 바빴고, 이런 모습은 좋아보였다. 케네디 대통령이 재임한 천 일 동안 미국의 취향이 많이 달라진 것 같았다. 아침밥을 먹으러 지금 모여든 자유주의자들과 좌파 지성인들만큼 자연스레 모임을 이루기는 어려웠다. 1950년대 이후 단조로움 같은 것은 없어졌지만, 대신 미묘한 힘이 이들 사이에 공존할 수 있다는 암시가 넘실댔다. 일종의 우아함을 표시하는 것일까. 도시는 깨어 있었다. 지난밤 자정이 좀 지나서 호텔로 돌아오는 길에, 메일러는 워싱턴의 번화가가 이른 아침의 타임스 스퀘어 같은 분위기를 풍긴다고 생각했다. 똑같이 발산되는 열기, 폭력을 부르듯 한 구획 건너 울리는 음성, 오늘 밤이 아니더라도 언젠가는 폭력이 벌어질 듯하다. 매춘부들이 거리를 서성거렸다. 워싱턴에서는 그리 흔한 풍경이 아닌데 말이다. 보통 새벽 1시의 수도는 밤늦은 신시내티의 중심가 정도의 활기밖에 띠지 못했다. 하지만 지금은 거리에 오토바이가 요란한 경적을 울리며 질주하고, 경적은 또 다른 경적을 불렀다. 저놈의 소리가 터져 버렸으면 하고 기다려 봤지만 밤새도록 끊일 새 없이 달릴 기세였다. 공기는 폭력의 전조를 싣고 있었으나 중심을 잃은 듯 그 속에는 들뜬 즐거움도 있었다. 이런 분위기가 (여느 조용한 도시들이 요즘 그런 것처럼) 금요일 밤 워싱턴의 전형적인 모습인지, 뉴욕에서 몰려든 주말 관광객 탓인지 도무지 알 수 없었다. 아니면 정말, 다른 곳에서 침입한 사람들을 물리치기 위해 삼십대 미만의 워싱턴 사람들이 분발하는 건지도 모른다. 억눌렸던 폭풍이 터지고 바람이 몰아치고 약탈자들이 으르렁댈 것 같은 분위기가 감돌았다. '지옥의 천사'나 폭주족에 대해서 들은 적이 없었다면, 메일러는 아마도, 아니 분명히 '오토바이 소동'이라는 작품을 창작했을 것이다. 이런 잔치와 기술 문명은 1200시시짜리 오토바이에서 잘 나타나기 때문이다. 육체의 흥분, 뒤틀린 정욕, 피스톤의 리듬, 휘발유 냄새. 정말이지 대지 속에 백만 년 동안 묻혀 있던 오물의 마지막 발효 같은 석유. 그렇다. 정말이지 그 냄새나는 휘발유는 다른 물질로 만들어진 것이 아니다. 틀림없이 황천길로 가는 강 밑에서 섞은 오물이다. 황천길로 가는 나루라는 뜻의 그리스어 '스틱스'란 말을 재간 있게 쓰는 것이 (존 업다이크에게는 쉬운 일이겠으나) 그리스어를 잘 모르는 메일러에게는 어렵다. 그런데도 그는 이승과 저 성스런 기계의 방앗간* 사이에서 헤매는 휘발유 스틱스의 강물 위로 카론**처럼 구름같이 지나가는 희미한 인간의 영상을 보았다. 흐릿한 은유들이 대부분 그렇듯이 이 희미한 것이 오히려 편안하게 만들었다. 컴퍼스가 원을 그리듯 그렇게 분명한 단어를 파헤쳐 찾으려는 시도는 하지 않는다.

그렇다고 메일러가 그 정도로 술에 취한 건 아니었다. 그날 저녁에 마신 위스키는, 맥도널드와 로웰과 메일러가 하나가 된 집단적 자아를 쓰다듬는 향유와 같은 것이었다. 그날 오후 연설이 다 끝났을 때 셋은 녹초가 됐다. 하지만 자신들을 향한 불만은 아니었다.

"오늘 정말 멋있었지. 안 그래, 노먼?"

로웰이 계속 물었다. 기분이 최고로 부드러울 때, 메일러의 신경계는 그물을 벗어나 기지가 가볍게 날아오르고 문학적 암시는 은밀한 상태가 되는데, 지금은 이것들이 모두 환희로 가득 차올랐다. 셋은 통로가 긴 레스토랑 겸 바에 들어가 아무 데나 앉았다. 코를 찌를 듯 향수 냄새를 풍기는 통통한 젊은 종업원은 하룻밤은 그런대로 욕망을 채울 수 있을 것 같은 모습으로 메일러의 시선을 끌었다. 메일러는 불교 신자가 소에게 품는 경외감을 느끼며 종업원을 희롱했다.

"맙소사, 노먼. 도대체 저 여자 어디가 좋은 거야?"

---

* 지옥을 의미한다.
** 스틱스 강의 뱃사공.

맥도널드는 애가 달았다. 메일러는 말해 줄 수도 있었지만 대신 향수 이야기로 화제를 돌렸다. 싸구려 향수는 어떤 사람에겐 역겹지만 어떤 사람에겐 성욕을 불러일으키기도 한다.

"난 값싼 향수가 좋아, 노먼. 자넨 어때?" 로웰이 말했다.

하지만 로웰은 이 마지막 말을 마치 이탈리아에서 혼자 우연히 발견한 작은 동굴에 관해 이야기하듯 말했다. 바싹 마른 향나무 묶음처럼 희미한 냄새라도 풍기지 않는다면 그렇게 말하기가 쉽지 않은데, 로웰은 그걸 모두 떨쳐 버린다. (크롬웰같이 날카로운 눈빛의) 통합된 성품은 그 특유한 온화함과 멋지게 조화되어 어떤 말도 미끄러짐 없이 그대로 전달된다. 마치 값싼 향수도 시인의 마술이 빚어낸 백 가지 신비한 향내들 중 하나라는 듯이, 하지만 메일러가 자기 입장에서 생각한 휘발유 냄새는 잊지 말아야 한다. 휘발유와 값싼 향수, 이는 곧 미국적 모험의 절반에 해당되는 냄새다.

그러나 사실 메일러를 기분 좋게 만든 것은 '노먼 메일러는 로버트 로웰을 좋아하는 것 같다.'라는 생각이었다. 로웰은 가끔 열 세대에 걸쳐 대물림된 도덕적 빚을 걸머지고 쫓기는 듯한 성인의 모습을 자신도 모르게 내보이곤 한다. 그렇게 죄의식은 핏줄 속에 화학적 폭군으로 녹아들어 좋은 기분을 어김없이 문질러 버렸다. 터키인의 잔인함이 겁쟁이와 속물에게 위험하고, 할복 행위가 출세를 노리는 야심가에게 위험하듯이, 로웰은 멀리 떨어져서 그를 보는 동료들에겐 호감을 사지 못하는 약점이 있었다. 재능 있는 사람들은 모두 찬사를 받는 만큼 외롭다고 해야 할까. 시인의 외로움 속에서 로웰은 자신의 가치를 알아주는 사람들 손에 달려 있다. 오직 이들만이 로웰의 죄의식을 판단할 수 있고 조상들의 해묵은 도덕적 빚에 대한 지나친 책임의식이 만들어 낸 참을 수 없는 두려움을 덜어 줄 수 있다. 그 빚이 무엇인지 누가 알겠는가? 우리는 그저 부정의 유착, 신에 대한 증오, 한밤중 고양이의 아랫도리에 키스하는 정욕 등 그 도덕적 빚이 무시해 버릴 정도의 것이 아니란 것만은 확신한다. 로웰이 머리가 심하게 아플 때 느끼는 고통은 할로윈데이에 LSD를 지나치게 복용하고 느끼는 것과 같으리라.

하지만 그날 오후에 나눈 행복한 대화 몇 마디가 로웰을 기분 좋게 만들었다. 10월 말 쌀쌀한 오후, 법무부 앞 계단을 걸어 내려오면서 로웰이 말했다.

"노먼, 자네 연설이 가장 인상 깊었네."

"그렇게 생각하신다니 감사하네요. 사실 선생님 연설을 듣고 자극받은 거죠."

"내 연설에서?"

"말씀하신 내용에 감동을 받았거든요. 어떤 기분에서 다른 기분으로 저를 구출해 줬어요."

"어떤 기분이었는데, 노먼?"

"뭐랄까. 저 자신에 대한 깊은 침잠에서 빠져나왔다고 할까요. 잘 모르겠어요, 칼. 아무튼 말씀을 듣고 저한테 아주 놀라운 변화가 찾아왔으니까요."

메일러는 지나치게 감상적인 냄새가 싫어서 마지막 말을 천천히 했는데 로웰은 별로 개의치 않는 것 같았다.

"정말 기쁜데."

로웰은 잠깐 동안 메일러의 팔을 잡았다. 이렇게 말해도 될지 모르지만, 메일러는 마침내 하버드의 학장이 된 듯싶었고 그 격에 맞는 사람에게 대접을 받는 기분이었다.

"자네 연설이 좋아서 정말 기쁘다네."

로웰처럼 복잡한 사람에게서 솟아나는 깨끗함이 없었다면 이런 반복된 찬사가 쑥스러웠을지도 모른다. 저녁 식사 내내, 술을 마시면서도 로웰은 계속해서 메일러의 연설이 즐거웠노라고 반복한 까닭에, 메일러도 덩달아 로웰의 연설이 얼마나 감명 깊었는지 몇 번씩이나 재확인해 주어야 했다. 메일러는 뉴잉글랜드 사투리(중국의 옛 방언처럼)로 말하는 이런 의례적인 찬사가 새로운 우정을 불러일으키며 반복될 때 능숙하게 대처하는 법을 잘 알지 못했다.

사실 그날 저녁 식사에서 특기할 만한 것은, 다음 날까지 남아 펜타곤에서 벌어질 시위에 참가하겠다는 로웰의 결정이었다. 애초에 그는 법무부 행사에만 참가하고, 토요일 밤에는 뉴욕에 있는 자택에서 파티를 열 계획이었다. 파티를 놓치고 싶지는 않은 눈치였다. 그건 분명했다. 무슨 이유에서건 로웰이 토요일 저녁을 기다려 온 것은 확실했다.

"내일 6시까지 돌아갈 비행기를 탈 수 있을까?"

로웰은 계속해서 큰 소리로 물었다.

"우리가 체포되면 안 되겠지?"

메일러도 자신이 초대된 그 파티를 잊지 않았다. 반복하지만, 어느 모로 보나 사악하고 맛깔스럽고 풍요한 파티임이 분명했다.

"만일 우리가 일찍 체포된다면 아마 첫 번째로 풀려날 거예요."

"6시까지?"

"아뇨, 칼."

결코 거짓말은 못하는 정직한 메일러가 말했다.

"체포된다면, 9시 전에는 저녁 식사를 못할 것으로 생각하시는 게 나을 겁니다."

"그렇군, 우리가 꼭 체포되어야 할까? 그렇게 되면 얻는 게 무엇이지?"

셋은 그 점에 관해서 한동안 의견을 나누었다. 체포되는 것이 최선이라고 메일러는 확고하게 결론 내렸다.

"만일 우리 셋이 체포된다면 신문에서 히피나 불량배들만이 시위의 주동자들이라고 주장하진 못할 거란 말이죠."

아무런 결론도 내리지 못한 채 밤이 지났다. 아침 식사를 마친 후 세 사람은 이 문제를 다시 꺼냈으나, 아무도 깊이 생각하지 않았다. 특별히 생각하고 말 것도 없었다. 수년간 이들은 일부 완고한 신좌파 노선이 제시하는 한결같이 세세하고 변함 없는, 벽돌 쌓듯 한 계단씩 차곡차곡 올린 논리적 연설, 논쟁, 정치적인 계획안에 지쳤다. 실존적으로 볼 때 그 논리가 공산주의자에 의한 것인지, 트로츠키파에 의한 것인지 아니면 마르크스주의자나 노동조합 조직자, 평범한 사회민주주의자에 의한 것인지는 거의 문제되지 않는다. 그런 사람들의 이상이란 흥분에 그치기도 하고 대성황을 이루기도 하는 등 항상 같지는 않지만, 자기들의 계획을 좀 더 효과적으로 확신시키기 위해서 후두의 기관을 적절히 조종하여 호소하는 소리에는 언제나, 거짓이어도 어찌할 수 없다는 비굴한 자존감이 서려 있었다. 그래서 공산주의 연사들이 그와 같은 발성법으로 1939년 모스크바-베를린 협정을 옹호하기까지 한 최악의 상황도 벌어졌던 것이다. 마찬가지 수법으로 트로츠키파는 낮아진 노동자의 상태에 대한 논제를 풀려고 했다. 그 논제는 1947년의 시드니 훅에게는 부조리하게 들렸겠지만, 1967년의 메일러에게는 그렇지만도 않았다. 트로츠키파는 공산주의자들처럼 다음 단계에 대한 확고한 논리로 가득 차 있었다. 그래서 결국 트로츠키파는 자기들 운동의 골자를 수많은 미국적 마르크스주의, 즉 각기 독특한 마르크스주의에 헌신하는 천재적 순교자를 앞세운 작은 급진적 파벌 수천 개로 나눠 놓았다. 한때 공산주의에 반대하는 수준 높은 사회주의자들이 벽돌 쌓듯 견고한 단계별 논리에 의거해 문화적 자유 위원단을 출범시켜 세련된 사회주의의 계발된 논쟁들을 만들었다. 이는 CIA에 의해 빈민가 수챗구멍의 바퀴벌레들을 연상시킬 정도로 활발히 퍼졌다. 월도프 호텔의 포도주를 모든 동원해도 그 자국을 다 지울 수 없으리라! 그렇다, 노동운동, 한때 공산주의자들, 트로츠키파, 스프린터파, 루서파가 신봉한 믿음이 그것이다. 그 노동운동은 이 나라를 불황에서 구출하여 평화, 정의, 평등, 자유가 통치하는 빛나는 나라로 올려놓았다. 노동운동은 나라를 끌어올려 풍요로운 들판으로 이끌었으나 이는 선수들만 뛰는 미식축구 경기장에 불과했다. 전 미국은 일요일이 되면 무지갯빛 컬러텔레비전 앞에서 평화를 만끽했고, 응원하는 편이 이기면 정의를 느꼈다. 텔레비전 화면이 방해받지 않고 잘 나오면 평등이라고 가늠했고, 언제든지 원할 때면 채널을 돌릴 수 있기에 자유가 무한하다고 느꼈다. 그렇다. 노동조합은 마르크스보다 마피아 쪽에 더 가까이 있었다.

맥도널드, 로웰, 메일러는 모두 이런 사실을 알고 있었다. 그렇기에 의논도 논쟁도 필요하지 않다고 생각한 것이다. 이들은 정책을 잘 파악하고 있었고, 각자 자신의 길이 있기에 벽돌 같이 단단한 각 단계별 논리를 굳이 토론할 이유가 없었다. 내일 행진은 어느 정도 성공할 수도, 못할 수도 있다. 만약 성공하지 못할 경우 신좌파는 또 다른 새로운 단계를 찾을 것이다. 이들은 결코 어떤 것이 그냥 흘러가 버리도록 내버려두지 않는다.(원하는 자는 언제나 일거리를 찾는다는 보수적인 격언과 통한다고 봐야겠다.) 만약 내일 행진이 어느 정도 성공하면 결코 예상하지 못한 결과라고 알려질 테고, 그 결과는 전혀 새로운 방향으로 우리를 끌고 갈지 모른다. 그러나 어느 누가 이처럼 전례 없이 이상한 모험의 성패를 가늠할 수 있겠는가? 펜타곤 시위에 참가하여 체포되는 것을 공화국의 보루를 한 단계씩 점령하는 커다란 계획과 연결 지으려는 사람은 없다. 결코 그건 아니다. 이런 종류의 완벽한 논리는 FBI에게나 맡겨 두자. 차라리 우린 펜타곤 앞에서 행진한다. 왜냐하면……. 왜냐하면……. 아무튼, 이유란 원래 굳이 만들자면 너무 많기도 하고 이상하기도 하고 애매모호하기도 하고 정치적이고 원시적이기 때문에 물어볼 필요가 없다. 아니면 아직 말할 수 없는 건지도 모르겠다. 우리가 할 수 있는 건 오직 모닝커피 생각뿐이다. 헤이 애덤스 호텔 아침 식사 자리에서 세 사람이 서로 공감한 것은 다만 정치란 것이 또다시 신비스러워지고 그 수수께끼의 일부가 되기 시작했다는, 말하지 않아도 느긋하게 느끼는 확신이었다. 그것은 신들이 다시 인간의 문제로 돌아왔다는 생각을 확고하게 만들었다. 미국의 젊은 세대는 앞서 간 중산층 다섯 세대들의 이질적인 산물이다. 이 새로운 세대는 이전 어느 때보다 기술을 맹신한다. 하지만 이 젊은이들은 LSD, 마녀, 부족

138

미신, 술잔치, 혁명이란 것들 역시 추종한다. 그다음 순간에 어떤 완벽한 논리가 등장할지 아무도 모른다. 믿음은 그다음에 무엇이 일어날지 모르는 곳에서 묵시적 신비로 드러날 때까지 간직된다. 이것이 믿음의 긍정적인 면인지도 모른다. 젊은 세대의 급진주의는 권위를 증오하는 데서 나온다. 즉 이 세대에게 권위는 명백히 악이다. 그 권위가 이 나라를 도시의 주변부로 만들어 버렸다. 지금의 젊은이들은 어린 시절 권위의 주변부에서 서부영화의 모험을 보면서, 텔레비전에 등장하는 온화하긴 하지만 아둔한 명사를 내세우는 후견인들을 보면 숨이 막히는 듯했다. 이들의 가슴을 치고 쑤시고 잡아당기고 탐색하던 마음은 마침내 상업주의자들에 의해 극적인 서술 토막들로 잘리는 초현실적 광고 속으로 푹 빠져든다. 그러면 부모들은 채널을 이리저리 바꾼다. 이들은 온갖 대중매체가 그 안에 포함한 듯 여겨지는 시공의 연속, 한 번 펄쩍 뛰면 금이 가고 다시 펄쩍 뛰면 부서지고 마는 그런 시공의 연속(따라서 이들의 신경계)에 대한 믿음을 어느 사이 간직하게 된다.

권위는 이들의 뇌에 상업주의를 불어넣었고, 획일적인 교육과 정책으로 세뇌했다. 권위는 위엄 있는 모습을 과시했으나 이젠 부패했다. 텔레비전에 바치는 뇌물처럼, 자동차 안전이나 항공기 계약 건에 관한 루머처럼 부패했다. 사람들은 점점 온갖 루머에 익숙해져 갔고 중산층 가정에서 사용하는 생산품마다 이 추문이 얽혀 있었다. 제품은 광고처럼 제대로 작동하지 않고 알 수 없는 이유로 고장났다. 겉만 번지르르한 수법은 상품 속에, 깨끗한 복도와 자동화된 기계로 이루어진 현대식 공장의 드러나지 않는 뿌리 속에, 속속들이 파묻혀 있었다. 이런 겉치레는, 일하는 과정에 묻힌 조그만 주의와 관심과는 상관 없는 노동자들의 취기 속에까지 묻혀 있을 것이다. 어디에서나 일은 겉만 번지르르했다. 워렌 위원회*에서조차도.

마침내 새로 등장한 좌파는 권위를 혐오하게 됐다. 권위는 거짓말을 하기 때문이다. 각료들, 경찰 간부들, 신문 편집자들, 선전 기관 등 수행 단체의 입을 통해 권위는 거짓말을 한다. 그리고 대중잡지는 권위가 재난을 겪을 때 그것을 미묘하게 포장하고(내용을 산뜻하게 해체하여) 늘 마음을 열고 걷는 미국인의 머릿속에 가장 그럴듯한 문구로 다듬어서 집어넣는다. 수행 단체의 사무원과 고등학교에 다니는 아들의 머릿속에.

새로운 좌파는 쿠바에서 정치 미학을 배웠다. 산속에서 겪은 경험에서 유추해 카스트로의 추종자들이 만들어 낸 혁명적 사상이란 이렇다. 우선 혁명을 창조하고 그것에서 배우라. 너의 혁명이 무엇으로 구성됐고, 지금껏 너의 경험을 유도한 기존 진리에서 나와 어디로 향할지 연구하라. 마치 좋은 작가가 적절한 문체로 자료의 진실을 좌우하듯(그리하여 메일러는 매번 자신의 문체가 경험의 자료에 적절한 도구이기를 바랄 수 있었다.) 혁명가는 혁명이라는 맹수 위에 올라탐으로써 자신의 진정한 상태를 내비치기 시작한다. 이런 사상 뒤에 숨은 사고방식은, 미래의 혁명이란 그것을 창조하고 생사를 같이하는 사람들의 신경과 세포 속에 존재하지 결코 참신한 사상의 성스러움 속에 있지 않다는 것이다.

물론 카스트로의 쿠바는 메일러에게도 신비의 베일에 가려

---

* 케네디 대통령 암살의 전모를 밝히기 위해 구성된 위원회나 현재까지도 정확히 사실을 밝히지 못하고 있다.

있었다. 좋게 들리는 것도 많았지만 마음에 들지 않는 것도 많았다. 그것이 문제 되지는 않는다. 아무튼 혁명이란 가장 융통성 없는 코민테른의 기획 속에서도 실패할 수 있고 카스트로의 방법으로도 실패할 수 있다. 중요한 것은 이념을 넘어선 혁명이라는 개념이고, 새로운 좌파는 분명히 이번 행진에 이 개념을 택한 것 같다.

따라서 새로운 좌파 미학은, 방향을 모르는 정치적 행위를 정부가 이해할 수도 받아들일 수도 없기 때문에 결국 조정할 수도 없으리라는 생각에서 출발한다. 당국은 시위대를 공격하고 때리고 감옥에 넣고 왜곡하여 마침내는 닳아 없어지게 할 수 있다. 하지만 승리감을 느낄 수는 없을 것이다. 조직적인 계획도 없이 왜 수천만의 사람들이 일어나 행진하는지, 그 움직임을 이해할 수 없기 때문이다. '벽돌을 쌓듯 단단하게 짜인 다음 단계'라는 논리를 신봉했던 옛 좌파나 미국의 핵심 관료들은, 논리를 무시한 이 정치적 행동에 질겁할 것이다.

다가올 행진을 이토록 거창하게 생각하고 뜯어보면서도 정작 자신들이 참가하는 이유는 논의 없이 넘어가자 메일러는 찻잔을 입에 대고 쩝쩝 꼴깍꼴깍 들이켰다. 자, 이젠 우리가 관련된 사건, 이십 년은 계속될 수도 있는 전쟁의 첫 주요 전투로 넘어가 보자. 미합중국의 죽은 유령들처럼 우리의 역사에 널리 어른거릴 오십 년만의 하루, 단 한 번(1000분의 1에 해당되는)의 기회가 있다는 것도 생각해 보자.

2. 사자(死者)의 군대들

자, 이제 로웰과 메일러가 워싱턴 기념탑 밑의 길고 평평한 언덕배기를 어슬렁거리며 2킬로미터 정도 떨어진 링컨 기념관까지 뻗은 길고 잔잔한 연못을 내려다볼 때, 미합중국의 죽은 영혼들이 두 사람에게 곧 닥쳐오지 않으리라고 누가 장담하겠는가. '그러고 나서 사진기자들에게 쫓겨 첫 주자가 되고픈 녹색 제복의 미합중국 신참병들처럼 발걸음을 떼며…….' 이건 조금 뒤에 벌어질 사건을 두고 로웰이 쓰려던 문장이다. 둘은 아무 말도 하지 않았으나 로웰과 메일러 모두 남북전쟁을 생각하고 있었다. 그러지 않을 수 없었다.

그날 아침 호텔에서 나오며 로웰은 전날 밤에 한 이야기를 되풀이했다.

"노먼, 어제 자네 연설은 정말 굉장히 멋있었어."

"고마워요, 칼. 하지만 전 당신의 연설이 좋았어요."

"정말 그랬나?"

이렇게 역사적인 땅을 딛고 백악관과 뉴포트에 지은 가장 큰 건물처럼 보이는 옛 정부 청사를 지나 타원형, 엘립스로 향해 가는 건 즐거운 일이었다. 맥도널드가 좀 늦게 뒤따라와 한 시간 뒤 워싱턴 기념탑 끝에 있는 반사하는 연못가에서 만나기로 되어 있었지만 둘은 더 기다리고 있을 수가 없어 일찍 출발했다.

워싱턴 기념탑 아래 평평하게 퍼진 언덕 중턱에는, 물이 잘 빠지라고 약간 경사를 비스듬히 한 운동 경기장처럼, 완만한 굴곡이 있었다. 이곳의 굴곡이 좀 더 급했지만 효과는 비슷했다. 사람들이 무리지어 워싱턴 기념탑에서 내려와 링컨 기념관까지 뻗은 둥근 연못과 길고 잔잔한 연못 쪽으로 걸어가는 모습이 보였다. 사람들의 얼굴이 드러나기 전에 지평선 위로 모자부터 까닥까닥하고 올라온다. 이게 시선을 끄는 것 같았다. 말 한 무리가 펄떡거리며 가듯 사람도 펄떡거리며 뛰는 것 같아 느끼는 즐거움이 비슷하다. 재능 있는 영화감독이 화면에 담은 남녀들이 그와 비슷할 것이다. 화면을 자세히 보면 전에는 적절히 다루어지지 못했음을 알게 된다. 사람들은 들떠서 움직이고 있다. 마치 스프링이 마디마디 늘어나듯 까닥거리며 걷는 모습이 어쩐지 장엄해 보였다. 언덕의 낮은 쪽으로 빠르게 내려가는 다리의 선에 초점을 맞추다 보니 자연히 그렇게 보인 건지도 모른다. 그래도 그게 전부만은 아닌 듯싶었다. 독립 기념일에 첫 번째 로켓이 발사되는 순간을 기다리는 어린아이같이 가늘게 고조된 숨결이 워싱턴 기념탑 아래 달콤한 잔디밭 위에 즐겁게 넘실댔다. 이 언덕을 지나 펄떡거리며 사람들은 싸움터로 흘러가고 있다. 싸움터로 간다는 것! 이 고조된 감각적 즐거움을 이십사 년 가까이 잊고 살았구나. 처음으로 전쟁터에 나가 본 이후 한 번도 이런 즐거움을 못 느껴 보았구나. 맨 처음 불을 뿜는 전선으로 걸어 들어갔던 때, 다치는 한이 있어도 그건 인생의 어느 때보다 더 마음에 드는 순간이었다. 이후 벌어진 조그만 격돌은 그보다 못했지. 비 오듯 땀을 흘리며 싸우느라 앞이 안 보일 지경이었다. 시간이 지나면, 몇 달만 지나도, 싸움은 마음에 안 들게 된다. 피로가 누적되고, 열대지방의 내장은 들끓고, 끝없이 진흙 속을 걸어야 하고, 누가 죽든지 살든지 아무도 신경 쓰지 않게 된다. 하지만 그 첫 입김은 아직도 생생하다. 불어오는 바람결에 메일러는 수년간 조용히 자신감을 잃지 않고 기대했던 이상하고 어릿광대 같은 것이 자신의 내부에서 꿈틀거리고 있음을 느꼈다. 죽기 전에 군대를 이끌어 보고 싶다는 꿈. 레온 트로츠키나 어니스트 헤밍웨이의 인생도 메일러의 이런 꿈을 버리게 하지는 못했다. 아니, 오히려 전쟁의 달콤함이 다시 파고들었다. 멋진 전쟁은 드물지도 모른다.(지나친 피곤함, 마구 널린 내장들, 형편없는 음식, 컴퓨터화된 방법들, 이런 것에서 해방된 멋진 전쟁 말이다.) 하지만 미식축구 경기장에서처럼 전쟁에서의 멋진 모습은 감각적인 면에서는 큰 차이가 없다. 이런 면을 주장하기 위해서 사람들은 헤밍웨이의 초상을 십 년마다 불태워 버릴지도 모르고, 달이라는 이상향에까지 가서 그를 처형할지도 모른다. 그러나 지금 메일러는 헤밍웨이에게 소설의 축복을 보낸다.(선의지만 좀 인색한 축복을.) 왜냐하면 헤밍웨이는 결국 탁자 위에 열쇠를 놓았기 때문이다. '그것이 널 기분 좋게 만들었다면 그건 좋은 것이다.'라는 말과 성 토마스 아퀴나스의 '네 감각의 권위를 신봉하라.'라는 이론은 한 인간을 일하는 훌륭한 아마추어 철학가로 만들기에 충분했다. 야심찬 소설가에게 딱 맞아 떨어지는 직업이었다. 그렇지 않았으면 메일러는 한낱 흥분하여 사람을 울리고 웃기는 이야기꾼에 불과했을 것이다. 존 오하라 같은 이야기꾼!(1월 31일생, 메일러와 생일이 같군.)

전쟁터로 가는 날 아침, 이런 고상한 고급 장교의 장난스러운 사유들은 그날, 그 장소, 그 사건(나중에 묘사하겠지만), 멋지게 차려입은 군대들과 음악에 흠뻑 취해서 떠올랐다. 로웰과 메일러는 길을 다 내려와서 오른편으로 돌아, 링컨 기념관 앞 계단까지 둑 양쪽에 잡목이 쭉 늘어선 긴 연못가를 걷는데, 그쪽에서 맑고 쓸쓸하면서도 달차근한 군악대 트럼펫 소리가 들려왔다. 한 가닥 울리는 트럼펫 소리는 나팔의 은하수를 지나 남북전쟁의 외침, 공격을 명령하던 첫 번째 트럼펫 소리로 되돌아가는 듯 느껴졌다. 지나간 전쟁들의 유령이 구름처럼 워싱턴 하늘 위로 지나갔다.

트럼펫이 다시 울렸다. 대군을 부르고 있었다. "이리로 오라." 2펄롱*쯤 되는 긴 연못 너머, 링컨 기념관의 계단에서 워싱턴 기념탑 밑의 둥근 잔디밭을 건너지르며 이렇게 말하는 듯싶었다. "이리 와 봐, 여기로. 이리로 와 보라고. 지금 모두 다시 모이고 있어." 북쪽에서, 동쪽에서, 백악관, 스미스소니언 박물관, 시청역, 법무부 쪽에서 사람들이 모여든다. 지원자들은 그 부름에 대답하며 모여든다. 사람들이 각양각색으로 걸어오고 있다. 키가 들쭉날쭉 정렬도 안 된 시민 군대, 여자와 남자 수가 거의 비슷하게 섞인 군대, 대부분이 젊지만 연령층도 다양하다. 잘 차려입은 사람, 허술하게 걸친 사람, 눈에 띄는 외모가 대부분이지만 그렇지 않은 사람들도 꽤 있다. 언덕을 어슬렁거리는 히피도 많이 보인다. 페퍼 상사의 밴드 부대처럼 차려입은 친구, 아라비아식 휘장을 걸친 친구, 파크애버뉴의 수위가 입는 큰 코트도 눈에 띄고, 서부의 로저스와 클라크처럼 생긴 친구, 와이어트 어프, 키트 카슨, 황소 가죽을 걸친 다니엘 분, 어떤 친구는 '총 가지고 있음, 여행 떠남.'이라고 말하듯 턱수염을 길렀다. 방랑하는 협객을 대표하는가! 깃털을 꽂은 거친 인디언

---

* 길이 단위. 1펄롱은 1마일의 8분의 1로 201.17미터이다.

들, 어떤 히피는 배트맨 같고, 어떤 친구는 『보이지 않는 인간』에 나오는 클로드 레인스같이 생겼다. 그는 얼굴을 흰 터번으로 감싸고 검은 사틴 천으로 만든 높은 모자를 썼다. 이 대군의 대다수가 색이 바랜 카키색 망토를 둘렀는데, 그 망토는 밤이면 담요가 되어 그 위에서 자고, 수건으로도 쓰고, 군용 가방으로도 사용하는 모양이었다. 오렌지색, 밝은 장미색으로 안감을 댄 멋진 망토도 눈에 띄었는데 가장자리는 다 해지고 낡아서 누더기에 가까웠고 실밥이 삐져나오기도 했으나, 보병들이 쓰는 모자가 머리 위에 얌전히 올라 앉아 있었다. 꼭 찰리 채플린같이 차려 입은 히피도 있다. 버스터 키턴과 필즈도 등장하게 생겼군. 화성에서 온 사람, 달에서 온 사람, 무거운 갑옷을 입고도 말을 타지 않은 채 의젓이 걷는 기사도 보였다. 잿빛 차림의 남부 동맹군도 100명쯤 되어 보였고, 북부의 검푸른 장교 코트 차림의 히피도 족히 200~300명은 되어 보였다. 아마 잉여 물자 저장소, 정신을 빼앗는 이상한 가게, 디거 인디언*들의 싸구려 가게, 힌두인의 잡동사니를 쌓아 놓은 괴상한 저장소 같은 데에서 저런 복장들을 골랐으리라. 외국 군인들의 복장, 열대 덤불숲에서 걸치는 재킷, 산 켄틴과 치노, 혹은 캘리포니아 등의 글자가 박힌 셔츠와 바지, 아이젠하워 재킷의 영국제 모조품, 더러운 겉옷을 걸친 터키의 목동, 로마의 원로원, 힌두교도, 사무라이처럼 입은 히피들도 있었다. 역사와 만화책 사이, 전설과 텔레비전 사이, 성경의 원형과 영화 사이의 어느 교차점에서 모인 사람들이라 해도 과언이 아니었다.

---

* 나무뿌리를 캐먹고 사는 미국 서부의 인디언.

이 대군의 모습, 수천 가지 복장을 하고 모여든 군대는 곧 우리 장군의 전쟁에 대한 가장 오래된 이상을 완성했다. 장군은 싸움터에 나가는 자는 모두 각자 마음에 드는 복장을 하고 오라고 했다. 그것이 참전하는 사람의 권리이며, 다양성이 있어야 싸움에서 땀 흘리고 싸우는 자들의 열정이 다치지 않는다는 것이다.(오늘 여기 모인 수천 명은 줄무늬 재킷, 코르덴이나 멜빵바지를 걸쳤다. 공격 준비 완료!) 이런 가장무도회가 가면을 쓴 여자들과 무도회장 밖에서 배를 주리고 앉아 있는 어린아이들에 얽힌 불행한 풍미를 잃었다면, 그건 너절한 복장과(절반쯤 되는 히피들은 매일같이 입어 닳고 닳은 옷을 걸쳤다.) 가장무도회가 싸움터로 향하고 있다는 정치 미학 때문일 것이다. 하지만 얼핏 보기에 즐거워하는 이 중산층 도망자들, 이 십자군의 환락에는 악몽이 배어 있었다. 이들은 중세의 군대보다 훈련이 덜 된 채로 기술 산업 국가의 단단한 중심부를 치려 한다. 과거와 현재에 대한 감각을 부숴 놓은 이 여행의 메아리 속에 바로 악몽이 있었다. 만일 자연이란 것이 그 세포가 끈질긴 제트 기관의 외침, 외곽 고속도로의 철망, 스모그, 잎을 죽이는 독기, 강물의 오염, 지나치게 비료를 준 땅, 불임 여성, 원폭 투하 이후 이십여 년간 투사된 방사성 물질 등으로 갈갈이 찢긴 장막이라면, 아마도 과거의 역사는 또 다른 세포일 것이다. 그 세포는 설형문자나 원시적인 상형문자(원시적 기록과 같은 것!) 속에서 구현되지 않았다면 물리적 형체가 없는 정신적인 것이다. 과거 역사의 세포는, 그것이 기록되어 더듬어 볼 수 있는 것이건 집합된 꿈의 지하 세계에서만 단지 만져 볼 수 있는 것이건 간에, 에니위톡, 히로시마, 나가사키 등지의 환초처럼, 베트남의 시든 나뭇잎처럼, LSD 복용으로 인해 격렬하게 폭발했다. 과거의 역사는 폭파되어 현재로 곧장 흘러들었다. 과거의 단단한 바탕에는 금이 가고, 한때나마 그 시대의 정신적 실재였던 곳에는 구멍이 뻥뻥 뚫렸을 것이다. 메일러는 현재의 악이 현재뿐만 아니라 과거까지 불태우고 미래의 온갖 영역을 말살할지도 모른다는 악몽에 시달렸다. 난잡하고 방자하고 부주의하게 LSD를 남용하고, 그 폭식의 상패로서 자신들의 등에 모든 시대의 역사를 걸친 악한들이 지금 신만이 아는 역사의 진수를 모조리 짊어진 채 전진하고 있다.(양심의 가책 때문인가.) 다른 악한들을 치겠다고 지금 걸어가고 있다. 신파시즘의 성(性) 과학기술적 다양성을 위해서 독선과 탐욕과 (때론 자신들도 모르는) 음흉한 정욕 속에서 현재의 약속을 무너뜨리는 이 나라의 모든 기업을 대표하는 악한과 전쟁을 하겠단다.

하지만 메일러는 마지막 충성을 히피라는 악한들에게 걸어본다. 만약 당국이 방취제 냄새(살덩이가 타들어 가면서 나는 악취가 베트남에 퍼지지 않게 하기 위해서인가?)가 날 때까지 현재의 분위기를 세뇌시키지 않았다면, 이들은 마음을 날려 보내지도, 과거의 어느 부분을 파괴하려 들지도 않았을 것이다. 그래서 메일러는 계속 가장행렬을 즐겼다. 그러나 그 즐거움은 점점 흉물스런 빛깔을 띠기 시작했다. 싸움에 적절하지 않은 기분은 아니었다. 로웰과 메일러는 여전히 기분이 좋았다. 아침 공기는 아주 찬란했다. 넘치는 활력은 공중 폭격 몇 번으로 진압될 것이 아니라고 말하고 있었다. 전쟁의 열기를 데우며 옷자락이 버스럭대는 소리는 과거의 돼지 뜨물을 떠올리게 하면서 더 빠르게 미래의 속죄를 말해 주었다. 그리고 그 희박한 공기! 10월의 공기 속에 남북전쟁의 취기를 담은 사람들의 흥분과 경외심이 넘실댔다. 오늘이 어떻게 막을 내릴 것인가? 아무도 모른다. 믿을 수 없는 광경이 벌어지고 있다. 수만 명이 상징적인 전쟁터로 가기 위해 수백 킬로미터를 걷고 있다. 기술 산업 국가의 수도에서 원시적인 북을 울려라. 새로운 급진 세력의 북소리! 그리고 이 급진 좌파들은 다름 아닌 지금까지 초기술 산업 국가의 정부, 군대, 산업의 복합체를 운영해 온 기술자들, 관리들, 노조 지도자들의 세력을 양산하는 데 각 방면에서 알게 모르게 공모하던 사람들이다.

3. 수사학 속에서

로웰과 메일러는 반사하는 연못의 가장자리를 따라 링컨 기념관을 향해 걸었다. 때로는 잔디밭을 때로는 길을 따라가면서 두 사람은 열띤 웃음과 소곤거리는 질문 속에 삼십 초가 길게 느껴질 정도로 쉴 새 없이 대화를 나누었다. 소란. 조그만 혼돈. 맨 처음에는 히피들이 인상적으로 보였는데 지금은 깃발과 현수막을 든 무리가 눈에 띄었다. 푸른색 수비대 모자를 쓴 사람들은 베트남전쟁에 반대하는 재향군인들이었다. 이 재향군인들에게 느낀 호기심은, 귀환병 모자와 미국 군대 아래 편안히 앉아 있을 수 있는 얼굴이 이들 중 얼마나 되느냐는 것이었다.

몇몇 사람들은 잔디밭에서 산책을 즐기고 몇몇 사람들은 한 자리로 모여들었다. 페인트로 칠한 3미터에서 6미터 정도 길이의 크고 흰 광목의 깃발들은 잔디와 썩 잘 어울렸다. 법률가,

회계사 등 안경을 쓰고 모자를 쓴 전문직 사람들이 근엄하게 모여 있다. 이들 중에는 개혁 민주당원도 있고, 온건 핵정책 국가 위원회 평화를 위한 여성 모임도 있고, 자세히 둘러보니 그 밖에 많은 표지가 나부꼈다. 미국 우정 봉사 위원회, 인종 평등 회의, 두보아 클럽, 대학 내 기독교 운동, 가톨릭 평화 동지회, 유대인 평화 동지회, 남부 기독교 지도자 협회, 민주 사회 학생회, 학생 비폭력 조정 위원회, 국가 변호사 조합, 저항, 새 정책을 위한 국가 회의 등등. 이런 표지들을 읽으면서 메일러는 그리 행복하지 않았다. 혁명이라는 자신의 묵시적 정원에서 이런 파벌, 단체, 조직, 위원회 등은 모두 녹슨 깡통에 불과했다. 메일러는 최근 몇 년간 파벌 근처를 얼씬거리지 않아서 십오 년 전에 받았던 인상을 지금도 여전히 간직하고 있다. 모기가 자라는 속도만큼 빨리 손을 뗀 이후로 말이다. 파벌이란 좋게 말하면 비타민 같은 건지도 모른다. 건강한 위에는 해가 되고, 제약 회사의 창고 같은 냄새가 나고, 오래 복용하면 말할 것도 없이 암을 유발하지만, 영양부족으로 끊임없이 고통받는 급진파에게는 없어선 안 되는 건지도 모른다. 메일러는 이런 태도가 현실과는 전혀 상관없다는 것을 안다. 평화를 위한 여성 모임이나 온건 핵정책 국가 위원회는 아스피린을 팔기 위한 상표 이름처럼 들릴지 몰라도, 메일러는 학생 비폭력 조정 위원회나 민주 사회 학생회 등 몇몇 다른 이름들은 결코 그렇게 생각하지 않았다. 때로는 굉장히 똑똑한 젊은이들이 이들의 죽 그릇에서 탄생하기도 한다. 아니, 더 나아가 우리의 소설가는 이 젊은이들의 가장 훌륭한 점이 흐려지는 걸 안타까워한다. 이들은 전망, 욕망, 권력과 영광과 정의와 희생에 대한 꿈, 미래에 얻을 천국까지도 이 죽은 글자에 걸어야만 하기 때문이다. 머지않아 전화번호 숫자가 정당 이름이 될지도 모른다. 메일러는 급진 좌파의 새 파벌들이 폭주족이나 운동선수 모임의 명칭을 가져야 하지 않을까 생각했다. '조지 스트리트 점퍼, 초록 돌고래, 오렌지 참새, 휘발유 유령, 대왕 A.C, 자줏빛 침략자, 은빛 용, 벌레 집 짐승' 등 재킷에 쓰인 말같이. 앨라배마 주 론데스 카운티에서 흑인들이 검은 표범당을 조직한다는 소식을 들은 그날, 메일러는 스토클리 카마이클이라는 이름도, '블랙 파워'라는 흑인 해방운동 구호도 쉽게 지나칠 수 있는 현상이 아니라는 사실을 즉시 깨달았다. 메일러는 급진파의 정책에 비전문가적인 입장에서 호의를 느끼고 있었지만 이렇게 파벌이 갈리는 것에는 반대했다. 그러면 온건 핵정책 국가 위원회나 평화를 위한 여성 모임 등을 비롯한 중산층 시위 단체는 모두 제외할 것이다. 이들은 계보로 따지지 말고 정신적인 면만 보았을 때 미국 공산당의 가장 나쁜 면을 보여 주기 때문이다. 여자, 학생, 예술가, 전문직 종사자, 어머니, 재향군인, 할머니, 어린이는 왜 안 되겠는가? 이런 사람들, 중산층 지도자들과 추상적인 일반인들을 통틀어 만든 무감각한 중산층 조직이야말로 공산주의자들이 노리는 케케묵고 매력 없는 계산이었다. 공산주의자들은 이런 큰 테두리를 가리키는 이름들이 중산층을 쉽게 끌어들여 그 수를 마구 증가시킬 것이라고 판단했다. 그리하여 조잡하고 거칠게 그 수가 마구 늘어났다. 한 예로, 공장의 일손을 '노동자'라고 부르면 당사자의 현실감을 일깨우면서 다름 아닌 기계와 결혼했다는 사실을 더 효과적으로 상기시킬 수 있다. 하지만 결혼한 중산층 여자들이 의도적으로 자신을 '어머니', 또는 더 나쁘게 '여자'라고만 생각할 때는 자기 연민에 빠질 수도 있는 것이다. 그래서 평범한 사람들은 어느 단체든 참가하여 그 속에 자기 연민과 독선의 솜을 두둑이 다져 넣는다. 단체에라도 소속되지 않으면 헤어날 수 없는 우울증에 빠지기 때문이다. 정치적 운동들은 뇌의 돌파구를 열고, 가슴속을 씻어내고, '네 스스로 하라.'라는 자긍심을 충족시켜 사회적으로 많은 사람들을 삶의 활력으로 들뜨게 한다. 하지만 한번 참가해 본 사람들은, 너무 많은 사람들이 이미 이런 활력에 참여한 것 아닌가 하고 오히려 회의하게 된다. 이 천국의 돼지 밥통인 미국에서 말이다. 급진 좌파의 운동에서 중산층이 저지른 끔찍한 짓은, 물질적이고 평범한 젊은이의 가슴에 이상의 불씨를 지피려고 너무 많은 입김을 써 버렸다는 것이다. 생각이 깊은 사람은 지금쯤 알아챘으리라. 기술 산업 국가는 실제로 자본주의의 보루이고, 평범한 중년의 중산층 좌파 다수가(우리가 이미 알아봤듯이) 기술 산업 국가의 진짜 첫 승리자들이란 사실을. 이들은 병원, 법률가, 대규모 집회, 여론 조사용 전단 없이는 혁명이라는 것을 생각해 볼 수 없는 사람들이다.

메일러와 로웰은 반사하는 연못 주위를 계속 서성대다가 (링컨 기념관 계단 정면에 설치된) 연단 뒤로 돌아가서, 워싱턴 기념탑 가까이에 있는 둥근 연못의 반대편까지 어슬렁거리며 걸어갔다. 기다리고 미루며 혼란스러운 와중에 잠시 후 두 사람은 맥도널드를 데리고 다시 사람들이 와글대는 둑을 따라 천천히 내려왔다. 모여 선 사람들은 100미터쯤 떨어진 사람들을 향해 서로 인사를 건네고 수다를 떠느라 법석이었다. 드디어 연단 뒤 경찰의 방어선에 이르러 한동안 머뭇거리자니 휘장을 둘러 진행 요원처럼 보이는 젊은이들이 세 사람을 알아보고는 밧줄을 들치고 기념관 아래 계단 쪽으로 들어가게 해 주었다. 거기에는 1000명은 됨직한 사람들, 단체들, 위원회, 신문사와 그 밖의 대중 매체, 재즈 악단, 저명인사들, 그 옛날 가난한 시절의 자유연합보다 더 피부가 검어 보이는 장엄하고 단호한 흑인 세력의 대표자들이 모여 있었다. 이들은 마이크를 열두 개 갖추고, 튼튼하게 새로 지은 연단을 둘러싼 조용한 곳으로 와서 여러 사람들과 담소를 즐겼다. 저명인사들, 가짜 신사들, 안내인들, 진행 요원들, 카메라맨들, 행진의 추진자들까지 함께. 그러자 어떤 느낌이, 적어도 메일러는 그렇게 느꼈는데, 오랫동안 쓰지 않던 그릇을 천천히 채우듯 달콤한 감흥이 솟아올랐다. 자신들의 목적이 위대하고 옳고 영웅적이라고 믿으며 들판에 모인 과거의 군대들이 모두 맛보았던 감흥 같은 것이라고 할까. 그래서 다리가 후들거릴 정도로 달콤한 향취, 반사하는 연못가의 긴 양쪽 길을 가득 메운 대열, 둑에 모여 선 사람들 수천 명도 그 옛날 사라진 군대들에 대한 감흥을 느끼는 듯했다. 멋지게 연주되던 현의 울림이 사라져 갈 때 마지막 라벤더 향기처럼 아른대는 사랑의 음률이 사람들의 가슴을 스치고 지나갔다. 따스한 아침 공기 속에는 달착지근한 저녁의 사랑이 있었다. 길게 드리운 제비꽃의 그림자들, 게티스버그의 유령, 마침내 위험이 다가오고 있다는 인식, 수년 전 흑인의 권리를 위하여 남부로 싸우러 간 용감한 학생들에게가 아니라 이 저주받을 중산층 급진 좌파에게 어떤 위험이 다가오고 있다는 생각, 이런 것들이 전설 속에서 장밋빛으로 아련히 피어오르는 전화의 연기같이 시체 위에 고인 용감한 피를 장엄하게 비추며 달콤한 감흥을 솟구치게 했다. 그렇다. 끝없이 몰려드는 기자들과 낙하산병 수천 명, 헌병, 경찰, 군 장성들이 펜타곤에서 이들을 기다리고 있다. 집단적 위험에 대한 신선한 육감. 5만 명 내지 10만 명쯤 되는 시민들이 한 가지 목표를 위해 이렇게 멀리까지 모여든 적이 미국에서 언제 또 있었던가? 진짜로 머리통이 깨질지도 모르는 이 상징적인 전쟁 말이다. 오래된 천둥소리, 옛 사람들, 그리고 오랜 애국의 북소리가 하나되어 이 미국 급진파의 메마른 가슴속으로 파고들었단 말인가?

'정말이야, 우리가 오늘 체포되어야 해. 다른 선택은 없어.' 메일러는 생각했다.

만일 기술 산업 국가가 지구촌을 건설했다면 그 기술 만능주의의 땅에 반쯤 물이 차올랐으니, 미국의 가장 훌륭한 시인(?)과 가장 훌륭한 소설가(??)와 가장 훌륭한 비평가(???)가 샘 아저씨의 매춘 전쟁을 반대하다가 체포됐다는 것을 온 지구촌이 듣게 하자. 그런데 폴 굿맨이 여기 있었더라면 그 친구를 미국 젊은이의 최고 정신적 지도자(??????)로 모시는 건데. 하지만 굿맨은 일주일 내내 대단히 명예로운 목적의식에 불타서 일하고 있다. 뉴욕에서는 징병 대상자들에게, 그다음에는 워싱턴에서 회원이 400명인 군수산업 단체를 소유한 국가 안전 산업 연합회 앞에서 값지고 단호하고 직설적이고 유머 없고, 그러나 용기 있는 연설을 했다. 굿맨은 모인 단체의 거물들을 분석하고 해부하고 비난했다.("당신네들은……. 지금 이 세상에서 가장 위험한 사람들이오."라고 말이다.) 손 떼라고 그들에게 다그치는 영혼의 청소 작업이라고 할까? 어쨌든 대사의 역할을 충실히 해내고 목적의식이 투철하여 뉴욕으로 되돌아갔다.(굿맨이 군수

산업 단체에게 뭐라고 했는지 메일러는 잘 모르지만, 아마도 속으로 이렇게 빈정대지 않았을까. "술을 안 마시는 사람들은 세상의 온갖 재미를 다 놓치고 있다!")

펜타곤을 향한 행진이 시작되길 기다리는 동안에도 술이란 건 찾아볼 수 없었다. 그저 연설뿐이었다. 폴 굿맨이 남기고 간 그림자인가. 위에 인용했던 문장 전체는 사라지고.

"당신들은 미국의 강력한 군수산업 단체로서 지금 이 세상에서 가장 위험한 존재입니다. 당신들은 끔찍한 정책에 이바지하는 도구요, 강력한 로비일 뿐 아니라 두뇌와 자원과 노동력을 그릇되게 사용하도록 권장하고 견고히 하여 어떤 변화도 어렵게 만들었습니다."

오직 굿맨만이 이렇게 말할 수 있다. "지금 이 세상에서", "도구", "끔찍한 정책", "강력한 로비", "권장하고 견고히 하여" 등. 굿맨이 말한 것은 전부 옳고, 자연히 린든 B. 존슨식의 수사학에서 연습되는 말들과 별로 다를 것 없는 어투이다.(메일러는 지금 수사학이란 성욕을 자극하는 클리토리스 지대로부터 7센티미터쯤 뒤쪽 아래에 있는 것이라고 정의하고 있다.)

메일러는 연설을 들어야 할 때마다 이런 생각이 흉노족이나 반달족처럼 자신의 마음속에 침입해서 휘젓는 걸 느낀다. 확성기를 통해 지금 한창 웅웅거리는 미사여구는, 부엌 빗자루 같은 굿맨의 산문에서 가장 못생긴 돌이 예쁜 조약돌을 쓸어 내려고 할 때처럼 대글대글했다. 하지만 동시에 '위대한 좌파의 관'이라고 이름 붙인 분위기를 고조시키고 있었다. 물론 놓치지 말고 꼭 들었어야 한다고 믿는 연설이 있다. 1963년 워싱턴에서 시민권을 위한 행진이 있었다. 메일러가 어슬렁거리며 막

들어섰을 때 마틴 루터 킹 목사가 말을 끝마치고 있었다.

"나에게는 꿈이 있습니다."

아무도 믿지 않는, 평론가나 시사 문제 전문가도 절대 믿지 않는 메일러는, 그날 킹 목사가 위대한 연설을 한 건지 아니면 자신의 내밀한 속셈을 조금 내보였을 뿐인지 잘 모른다. 이런 문제를 두고 자신만의 인상을 지닐 수 있다는 건 기분 좋은 일이다. 예를 들면, 오늘도 메일러나 로웰은 영국 노동당 소속 클라이브 젱킨스라는 연사가 미국의 나치 당원에게 공격을 당했는지 어쨌는지 몰랐다. 나치는 연단에 뛰어올라 마이크 십여 개와 연단을 부숴 놓았는데, 곧 예일 대학 교목인 윌리엄 슬론 코핀 2세가 밑으로 끌고 내려왔다고 한다. 목요일 법무부 시위의 영웅 말이다. 틀림없이 예일 대학 레슬링 팀의 주장이었을 것이다. 메일러와 로웰은 맥도널드를 찾으며 반사하는 연못 저편에 있었을 때니 무슨 일이 일어났는지 알 수 없었다. 연설 내용을 알려 줄 사람도 있겠지만 귀를 기울일 까닭이 있겠는가. 스포크 박사는 소박하면서도 두드러지는 단어를 구사하며 완벽하고 점잖게 연설했다. 이들 부부는 젊은 층 가운데서 약간 나이든 축으로 매력적인 사람들인 것 같았다. 사실 박사의 부인은 그리 나이 든 편이 아니었고, 가끔 제니 스포크라고 소개되곤 했다. 부부는 마치 1948년 선거날 밤 존 듀이 학파의 승리를 위해 루스벨트 대통령의 로비에서 기다리는 부유한 공화당원들을 연상시켰다. 하지만 메일러는 스포크 박사에게 유감을 품고 있었다. 메일러의 네 아내들 중 셋이 스포크 박사의 책을 육아 교재로 삼았다. 메일러는 가끔 코를 처박고 책을 들여다보았는데, 이따금 나오는 약에 대한 신뢰만 빼면 책은 건

전한 편이었다. 사실 당연한 말만 하는 것처럼 보이기도 했다. 그래도 메일러는 스포크 박사를 별로 좋아하지 않는다. 결혼이란 게 어디가 약한지 아이가 아플 때만큼 잘 드러내는 경우도 없기에 메일러의 마음속에 스포크 박사는 어린아이들보다는 마누라들의 소동을 더 연상시켰다. 역사가로서 스포크 박사의 연설을 이곳에 옮겨 본다. 신문기사에서 한 부분만 인용하겠다.

우리는 린든 B. 존슨 대통령이 막대한 돈을 들이는 이 전쟁이 여러 면에서 우리 나라에 재난을 초래한다고 확신합니다. 그리고 우리가 많은 동포들을 설득하여 함께 생각하고 결정한다면 우리 나라를 구하는 데 도움이 될 것이라고 확신합니다.

고르게 균형 잡힌 연설이다. 처음 듣는 말은 아니었으나 연설이 준 감흥은 절대적이었다. 그 낱말들은 확성기를 통해 반사하는 연못과 나무들 사이로 둔탁한 메아리를 남기며 떨어졌고, 간혹 휘파람이나 손뼉 치는 소리가 나뭇잎이 바스락거리듯 (아니면 소총에서 불이 튀듯) 거대한 청중의 이 구석 저 구석에서 넘실댔다. 하지만 굉장한 반응은 아니었다. 메일러는 한쪽 구석에 떨어져 앉아 있어서 한마디도 제대로 듣지 못했지만, 반사하는 연못 때문에 음향이 고르지 못한 것이라고 생각했다. 박수갈채와 웃음소리가, 야구장에서 자기편 주자가 사구로 1루까지 걸어가는 것을 보고 게임에 더 이상 신경을 쓰지 않는 관중의 지루한 잡음같이 들렸기 때문이다. 이렇듯 여기 모인 각자는 수사법보다 훨씬 앞서 있었다.

메일러는 청중의 수를 가늠해 보았다. 1963년 워싱턴 행진에 약 25만 명이 동원됐다면 오늘 여기에는 그 절반 정도가 모인 것 같다. 따라서 만약 사 년 전에 10만 명이 모였다면 지금은 한 5만 명쯤 모여든 셈이다. 메일러의 계산은 아주 초보적이다. 오늘 모인 군중은 그날 모인 군중과 비교하면 면적은 거의 비슷하게 차지하나 훨씬 더 산만하게 흩어져 있었다. 이렇게는 수를 가늠하기 어려워서 아무도 역사적 기록을 위해 명확한 숫자를 남길 수 없을 것 같았다. 신문사나 정부 당국이나 좌파 조직이나 모두 자기 입장에서 수를 가늠할 것이다. 그러니 오늘 모인 폭도들은 2만 5000천 명에서 25만 5000천 명 사이 어느 숫자에도 해당될 수 있으리라. 우리의 소설가는 생각했다. 만일 오늘 모인 수가 사 년 전의 절반 정도란 가늠이 맞다면 굉장히 많은 사람들이 나온 게로군. 그때는 모든 게 잘 조직됐지. 모든 사람들이 행진에 참가했단 말이야. 학생 비폭력 조정 위원회에서부터 《라이프》에 이르기까지. 어느 상원 의원은 행진의 지도자들을 위한 만찬회까지 베풀었으니까. 그런데 오늘은 공수부대를 보러 오라는 초대만으로 나온 것 아닌가?

연설은 계속됐다. 메일러는 연사들이 어떤 순서로 나와 무엇을 말했는지 특별히 신경 쓰질 못했다. 인종 평등 회의의 링컨 린치가 나왔고, 평화를 위한 여성 모임의 대그마 윌슨, 베트남 출신 미국 시민인 누엔 반루이 등이 연설했다. 코핀은 하루에 38킬로미터를 걸어서 이 모임에 평화의 횟불을 운반해 온 한 캘리포니아 단체를 소개했다. 학생 비폭력 조정 위원회의 존 윌슨은 이렇게 말했다.

"바야흐로 백인들은 불만에 가득 차고서도 정부에 아무런 영향을 주지 못할 때 어찌 되는지 보게 될 겁니다."

사람들은 도대체 어떤 젊은 와스프 소녀들이 윌슨에게 그런 인상을 줄 정도로 순진했을까 생각했다.

"우리 모임은 누구든지 환영합니다."

　윌슨이 말했다. 이어서 존슨, 맥나마라, 러스크 같은 사람들이 국가의 주요 전범들이라고 비난했다.

"우리는 저항해야 합니다."

　그가 외쳤다. "우리는 저항하고 또 저항해야 합니다. 지옥? 천만에. 우린 안 갈 거야."라며 으르렁댔고 청중이 그 말을 받았다. 윌슨은 멋진 연사였고, 엘라 콜린스도 마찬가지였다. 그녀는 말콤 엑스의 누이였다.

"여러분은 평화를 원하시나요?"

　콜린스가 청중에게 물었다.

"네."

　청중들이 맞받아 소리쳤다.

"그럼 그걸 쟁취합시다."

　새 급진파가 만들어 낸 희극 한 편, 아킬레스의 발꿈치, 타르처럼 새까만 것이 지금 꿈틀대고 있다. 엘라 콜린스는 여전히 흑인과 백인 모두 똑같은 거리를 행진하는 사회 속에서 살고 있는 것처럼 백인들에게 말하고 있었다. 그러나 선 밖의 흑인들은 대부분 미래를 향해 움직이고 있었다. 흑인 세력이 백인들을 보이지 않는 인간으로 만들어 자신들의 뜻을 펼칠 흑인들의 21세기를 향해서 말이다. 그래서 이 흑인들은 젊은 새 급진파의 열렬한 알랑 웃음 속에서, 백인들이 곧 보이지 않는 인간이 될 차례라고 정교한 비웃음을 짓는 더 나이든 흑인들의 상처 받은 침묵 속에서 움직였다. 1963년 8월 오늘이(계속

되는 흑인들의 경멸을 알아챌 때까지) 바로 지금 이 계단에서보다 행복한 날인 것 같았다. 그때는 흑인과 백인 모두 서로 정중했다. 잘 다독거려 놓았지만 조금만 건드려도 폭발할 것 같은 신경질적인 웃음이, 흑인 자유주의자들과 백인 사이에 오가는 대화 속에 잔뜩 묻어 있었다. 그곳에는 스산한 기운이 돌았다. 밝은 여름날의 태양이 보이지 않는 구름을 지평선 너머까지 잔뜩 몰고 와서 폭풍 전야를 슬며시 바라보듯, 멋진 유머마다 그 뒤에는 억누르는 듯한 을씨년스러운 공기가 감돌았다. 푸른 잔디밭과 연못 주위에 앉아 있던 청중은 오랜 불화를 소리 없는 그물로 덮는 훈련을 받았다. 모든 사람들이 그날을 행복하게 축복했다. 시무룩해하지만 않으면 대성공이었지만, 그것은 마치 진짜 알맹이는 꼭꼭 누르고 오십 년간의 가족 불화를 엄숙한 형식 밑에 가린 금혼식 같았다. 그때는 아무도 제임스 볼드윈이 자신에게 진실하면서도 옛 백인 친구에게 경고하기 위해 안간힘을 쓰는 어둡고 모호한 충고를 이해하지 못했다.

자, 이제 살갗 밑에 감춰진 아픔은 없다. 새로운 상처인 베트남이 옛 상처를 드러낸 것이다. 그런데 그 상처란! 지금 드러난 상처를 보고 백인들의 가장 선한 부분이 공포 속에 몸을 도사린다. 이들이 흑인들에게서 본 악은 생각했던 것보다 훨씬 더 나빴다. 아니, 흑인들은 메피스토와 파우스트식의 계약을 맺었고, 이제 악마가 그걸 징수하러 온 것이다.

유머 감각이 별로 없는 흑인들은 성격상 묘하고 꽉꽉한 틈새를 지녀 서로 신경질적 웃음을 나누는데, 제법 괜찮은 운전사, 술 취한 집사, 돈에 미친 기차역 짐꾼, 보험을 팔러 다니는 대학 졸업생 등 무슨 일이건 가리지 않고 닥치는 대로 돈벌이에 손을 대는 현실파가 있는가 하면, 완전히 정신 나간 친구들도 있다. 이 흑인들은 얼음덩이 속 바위처럼 마음에 걸리는 친구들로, 주머니에 칼을 품고는 희멀겋고 귀여운 족속들을 그냥 죽여 버릴 거라고 으스스하게 을러대기도 한다. 이들은 새로운 좌파들 사이를 비집고 다니면서 흑인 열 명 정도면 물렁거리는 백인 100명은 해치울 수 있다는 듯이 안하무인이었다. 그러고는 통로 건너편에 대고 신호를 내보내는데, 이상한 용어를 재빨리 내뱉기도 했다. 같은 단어를 억양만 다르게 해서 서로 다른 뜻을 전달하는 이들만이 아는 영어였다.(모택동주의자들이 이 흑인들에게 가르친 게 많다!) 이들은 머리를 여러 갈래로 정성껏 빗었는데, 아프리카식 게릴라 같기도 하고 어느 외로운 섬의 거대한 레이더 장치 같기도 했다. 서로 의사소통하는 방법은 100여 가지쯤 되어 보였다. 벙어리나 귀머거리들처럼 손가락으로, 다리로, 몸짓으로, 긴 손목을 살짝 흔들어서, 레이더 같은 머리칼로, 말하는 뜻을 흐리기도 하고 문장을 슬쩍 미끄러뜨리기도 하며 웃음으로, 고갯짓으로, 몸짓으로, 어떤 매개체를 통하기도 하는 등. 누가 암시하지 않아도 이들은 말 없는 매개체를 통해서 대화를 나눌 수 있는 것처럼 보였다. 연설은 계속됐지만, 그럴수록 청중의 머리 위에는 무관심한 그늘이 드리워졌다.(음악으로 모인 거대한 군중은 지금 쏟아지는 단어와 점점 작아지는 저주받을 확성기의 공허한 울림 소리로 침잠되어 가고 있었다. 여러분은 싸워야만 합니다……, 싸워야 해요……, 싸워야……, 워워……. 정치적 용어는 영혼을 말살할 듯 되풀이 됐고, 모여 선 사람들은 모두, 1시는 족히 넘었을 텐데 언제 출발하려는 거야, 하고 생각했다.) 밧줄의 안쪽, 연단 주변에 모인 흑인들의 얼굴에서만 오직 생기 넘치는 공모의 빛이 넘실대고 있었다. 합의를 본 경멸의 표정이랄까 어딘지 백인 좌파가 못마땅하다는 눈치였다. 아니다 다를까. 메일러는 다음 날 흑인들 대부분이 워싱턴의 다른 구역에서 자신들만의 시위를 주관하며, 백인들의 전쟁에 왜 우리의 몸뚱이를 쓰냐고 신문 지상에 발표했을 때 곰곰이 생각해 보았다. 그 전날의 표정이 떠오른 메일러는 그리 놀라지 않았다. 충분히 이해할 만한 일이었다. 이들이 펜타곤에 이르러 앞줄을 점령하지 못하면 투사로서 체면이 서지 않을 테고, 그렇다고 너무 앞쪽에 쏠리다 보면 반쯤 죽도록 얻어맞을지도 모르기 때문이다. 표면상 이들이 가지 않은 이유는 이렇지만 더 나은 이유가 있지는 않을지, 메일러는 고개를 갸웃거렸다.

델린저가 연설을 끝내는 중이었다.

"우리는 펜타곤을 건드릴 거라고 말했습니다. 저는 이미 그게 움찔거렸다고 생각합니다……. 우린 펜타곤으로 갈 것이고 군대와 부딪치겠지요. 우린 그 현장을 군대까지 끌어들인 토론장으로 만들 겁니다."

델린저는 보통 키에 보통 체구로 외모가 단단해 보였고 반쯤 대머리에 능숙하고 상냥해 보였다. 약간 수줍어하는 듯한 겸손을 보이며 구원의 미소를 머금었는데, 이런 건 퀘이커교도의 도덕과는 좀 거리가 있었다. 예일 대학 동창회의 간부로 쉽게 선출될 수 있었는데, 열심히 일하면서도 겸손하고 사교적이어서 훌륭한 간부로서의 필수적인 재능, 즉 사명과 구체적 상황을 잘 연관 짓는 절대적이고도 헌신적인 재능이 엿보였다. 뉴잉글랜드의 독자성과 훌륭한 동포애가 멋지게 혼합된 희귀한 재능 말이다. 물론 메일러는 델린저를 잘 알지 못했다. 두

162

사람은 회합 자리에서 한두 번 만난 적이 있지만, 서로 알은체하는 미소를 짓는 게 고작이었다. 몇 해 전인 1959년 델린저가 《리버레이션》이란 잡지의 편집자로 있을 때 메일러가 글을 한 편 투고한 적이 있었다. 무정부주의자와 평화주의자를 대상으로 하는 잡지였는데, 가치는 있을지 몰라도 글들이 모두 채식주의자 냄새가 나서 읽을 만한 것은 못 되었다. 메일러는 광고에서 보이는 진짜 외설과 외설인 척하는 네 자짜리 단어는 다르다고 설명하며 글을 실어 달라고 요청했다. 다른 곳에 다시 실릴 수 없는 글도 아니어서 결국 자신의 책 『나 자신을 위한 광고』 속으로 조용히 기어 들어갔지만, 그때 《리버레이션》의 편집인 측은 논란을 벌였다. 메일러가 관점을 분명히 하느라고 사용한 네 자짜리 단어는 명확히 여성의 치부를 가리키는 단어였다. 편집인 측은 점잖은 사람들이었다. 사회를 뒤엎고 모든 제약에서 풀려난 평화주의자들의 사회로 바꿀 준비는 되어 있었으나 네 글자를 실을 만한 태세는 갖추지 못했다. 델린저는 중간에서 입장이 곤란해졌다. 그는 노먼 메일러의 글을 싣고 싶었으며 그 단어에 전혀 이의가 없었다. 하지만 끝내 다른 편집자들을 설득하지 못했다. 글은 메일러에게 돌아왔다. 하지만 델린저는 우스꽝스러운 입장에 처했으면서도 위엄 있게 처신했다. 그 일 이후부터 메일러는 델린저를 좋아하게 됐다. 그 후 편집진 쪽에서는 문학적인 대변혁을 맛보았다. 오늘날 그런 외설스러운 단어를 싣지 않는 좌파 편집자들이 있다면 아마 버클리 대학에서 '×할'이란 단어가 쓰인 돌에 맞아 죽을 것이다.

좌파의 이런 면은 아마 오늘 이 시위에 참석한 사람들처럼 냉소적인 가슴에는 굉장히 재미있는 이야기로 들릴지 모른다.

하지만 그때는 급진적인 행동들이 예기치 못한 결과를 낳던 순간도 있었다. 고(故) 무스티 목사는 미국식 무정부주의자들의 철두철미한 대장이었는데(그 동기가 너무 고지식해서, 아무리 고집 센 노먼 토머스라도 그와 비교하면 새디 톰슨 정도밖에 안 된다.) 결국 이제는 공산주의자들이 섞인 급진파 운동에도 기꺼이 참가하겠다고 말하는 지경에까지 이르렀다. 그런데 이런 결정의 시기가 마침 헝가리, 폴란드, 체코슬로바키아에서 일어난 폭동이나 학생과 노동자들의 궐기, 흐루쇼프의 스탈린 격하 등으로 공산주의자들이 제풀에 와해되기 시작하던 때여서, 미국 공산주의는 마침내 무너지기 시작했다! 그리고 무스티 목사도 같이 전락하고 말았다. 정치집단들의 투쟁사 중 가장 치명적인 상처를 입었던 이 순진한 친구. 쯧쯧. 얼마나 두드려 맞았을지 생각해 보라. 우크라이나의 기아, 모스크바의 재판, 히틀러와 스탈린 사이의 협정, 강제 노동자 수용소, 냉전, 진보당의 정치적 매장, 할리우드 10인의 으르렁거림, 당 서열에 대한 FBI의 간섭, 노조 교두보의 완전 상실, 소련과 중공의 긴장 고조. 기죽은 공산주의자들은 죽을 지경까지 얻어맞았다.(이게 곪은 암을 치료하는 이들의 비밀스러운 방법이었겠지만.) 어떻든 새로운 신비주의 사제가 등장하여 옛 우상들은 다 거짓된 것이었노라고 선포하자 이 불쌍한 자들은 완전히 뻗어 버리고 말았다. 그래서 스탈린의 독선적 이념은 사라지고, 얼얼한 가슴과 마비된 두뇌와 얼떨떨한 발바리의 마구간은 무너졌다. 미국 공산당은 이미 스미스법에 의해 정치적으로 와해됐는데, 이제 실질적으로 갈라지고 부서져 트로츠키파처럼 풍비박산하고 말았다. 미국 좌파는 마침내 장모의 얼떨떨한 발바리*의 견딜 수 없는 무게에서 풀려났다. 무스티는 케케묵고 가망 없는 좌파 투쟁을 끝내며 기독교적 무정부주의자들의 손에까지 먹칠을 하고는, 뭉치지도 않고 떨어지지도 않는 그런 태세로 싸움에 임하게 됐다. 당이 아닌 미래가 개혁적인 사상의 틀을 결정하도록 내버려 두라. 그것은 역사적 순간이었다. 그러면서 시들고 죽어 있던 좌파가 다시 고개를 들기 시작했다. 따라서 새로운 좌파는 어느 면에서는 무스티의 자각에서 얻은 산물이라고 볼 수도 있다. 대학생들은 과거의 파벌 논쟁이나 소련의 진짜 본질이 무엇인가 등의 문제에는 무관심해졌고, 대신 미국 내에 응어리진 진짜 불의는 무엇인가에 주의를 쏟기 시작했다. 가난, 시민권, 검열제 완화 등등. 젊은이들의 관심이 미국 내 개혁으로 기울어진 것이다. 그 개혁안의 내용이 무엇인가는 또 다른 문제다. 더 나은 생존에 대한 묘안이란 개혁안에서 발견될 수도 있고 안 될 수도 있기 때문이다. 새 좌파에게 소련의 인민 위원은 미국의 FBI처럼 대중 예술의 외형을 취한다. 이들은 포스터에 그려진 인기 있는 악당들이었다. 그래서 우리가 학생 비폭력 조정 위원회나 히피 냄새나는 과격 좌파 학생 단체가 하는 일을 이해하려면 FBI 분석가의 인지 과정으로 몰입하게 된다.

어떻든 델린저는 무스티와 함께, 무스티를 위해 일한 친구였다. 무스티가 죽자 델린저는 자연스레 후계자가 되어 무스티처럼 어떤 당에도 가담하지 않았다. 그러니 델린저가 펜타곤 행진같이 대규모 집회의 연락책 노릇을 하는 것이 당연한 건지도 모른다.

---

* 신경이 쓰이는 장모가 데려온 천방지축의 발바리란 뜻이다.

드디어 행진이 시작됐다. 몇 시간을 기다리고, 신나고 우렁차게 울려퍼지던 집합의 트럼펫 소리가 몇 시간의 연설 속으로 사라지고, 냉소적인 위대한 좌파의 텅 빈 무관심이 장막을 드리웠다.(대군은 싸우려고 일어선다. 대군은 주저않는다.) 그리고 마침내 행복한 출발을 부풀리던 그 시간이 펑 뚫린다.(이제 다시 대군은 일어선다.) 줄을 서라는 명령이 밧줄 안에 서 있던 사람들에게 전달됐다. 로웰, 맥도널드, 메일러는 맨 앞줄에 서 달라고 했다. 유명 인사들이 행진을 인도하다니 기자들의 밥이 될 게 뻔하군. 첫 줄이 채 서기도 전에 뉴스 제작자, 텔레비전 카메라맨들은 찰칵거리고, 빙빙 돌고, 잡아채고, 가까이 잡으려고 들이대고 야단이었다.

4. 버지니아까지 1킬로미터

비평가, 시인, 소설가, 이 세 사람에게는 상당히 번거로운 기다림이었다. 셋은 사람들과 만나 이야기하고 시드니 렌스나 피츠버그의 몬시뇨르 라이스 사제(로웰은 예전에 몬시뇨르에게 알 수 없는 웃음을 지으며 자신이 "타락한 가톨릭 신자"가 돼 버렸다고 알송달송한 미소로 고백한 적이 있는데 이 말에 몬시뇨르는 동정심보다는 실망한 듯이 불만을 표했다.) 같은 유명 인사들과 담소를 나눴다. 이들은 햇볕 아래 축 늘어져서 흑인 분대가 은밀한 신호를 신비한 방식으로 날려 보내는 걸 지켜보았다. 점심 대신 초콜릿을 받았는데 메일러는 입에도 대지 않았다.(행진이 끝날 때까지는 먹는 것도 마시는 것도 삼갈 수 있다는 자신감이 있었다. 그래야만 지금 간직한 분명하게 맑은 신경과 다가올 일들에 대한 달콤한 전율이 망가지지 않을 것 같았다.) 이들은 끝없이 계속되는 지루한 연설에 마침내 눈살을 찌푸리며 서로를 위로했다. 이 행진을 위해 연설자들이 애쓴 만큼 보답이 주어져야 한다고 스스로 타일러도 소용이 없었다. 빌어먹을, 온갖 보답을 다 받아라. 연설이 계속됐다면 모인 대군의 절반은 도망갔을 것이다.(사실 절반 정도가 이미 도망갔다. 고무적이던 정오의 연주에 이어 행진으로 곧장 들어갔더라면 훨씬 많은 사람들이 행진에 참가했으리라. 두말할 필요도 없었다.) 물론 메일러는 한마디 해 달라고 요청받게 될지도 몰라서, 그렇게 되어도 이상한 일이지만, 즉흥 연설을 준비하고 있었다. 5만 명 내지 10만 명이 모인 자리에서 이야기하고 싶었다. 오늘 이 행진으로 이십 년 전쟁이 시작될지도 모른다고 탕탕거리면서. 한데 사람 수는 점점 줄어들고, 불러 주진 않고, 정말 미칠 지경이었다.

마침내 출발 준비를 마쳤다. 행진은 링컨 기념관의 아래 계단과 위 계단 사이의 길에서 시작됐다. 알링턴 기념교까지 60미터 정도 갔다가 버지니아 쪽 로터리까지 이어지니 1킬로미터는 족히 됐다. 로터리에 부딪치지 않고 그대로 이쪽 주에서 저쪽 주까지 곧장 뻗어 나갔더라면 훨씬 더 좋았을 텐데. 그러면 아마 펜타곤까지 그대로 몰려 들어갔을지도 모른다. 물론 메일러가 이런 사실을 잘 아는 건 아니었다. 근시가 심해서 멀리 내다보지 못하면서도 수많은 사진가들의 손에 들린 라이카, 니콘, 엑작타 앞에서 안경을 꺼내 쓰기에는 허영심이 너무 강했다. 아니, 차라리 유명 인사들로 구성된 맨 앞줄을 점잖게 지키고서 있으리라.(아마추어 카우보이가 담배 한 개피를 짜 맞추듯 힘든 앞줄 짜 맞추기였다.) 유명 인사들은 자신들보다 덜 유명한 유명 인사들에게 밀려 두 번째 줄로 빠졌는데, 즉시 꽉 조여든 첫 줄로 다시 나오려고 안간힘을 썼다. 벼락부자와 수단을 가리지 않는 야심가들이 앞줄로 비집어 들려고 법석을 떠니 자연히 앞줄은 숨통이 터질 지경이었다. 마흔 명이 서면 꼭 맞는 줄에 예순 명이 몰려드니 미식축구 경기장만큼이나 꽉꽉 조여들었다. 가장 열심히 응원하는 자가 늦게 앉게 되고 자리가 없는 법이다. 이윽고, 여전히 옴짝달싹할 수 없었지만, 서로 팔짱을 끼라는 명령이 전달됐다. 시드니 렌스가 재빨리 메일러의 팔을 잡았다. 화해의 동지회라는 급진파의 지도자였다. 붉고 통통한 얼굴로 교활한 표정을 지으며 수많은 무역 조합의 연설과 투쟁을 이끌 다 쫓기는 신세가 되어 수년을 보내고도, 여전히 치면 다시 솟 아오르는, 납덩이가 깔린 질긴 가죽 풍선처럼 버티고 있었다. 만일 '천국의 형체를 빚어내는 길드'가 시드니 렌스와 로버트 로웰의 중간쯤 되는 얼굴을 만들라고 명령받는다면, 노먼 메일 러에게 와서 같이 가자고 할 것이다. 메일러는 렌스와 로웰 사 이에 끼어 양쪽을 반반씩 소유한 자신의 특성을 감지했다. 기 분 좋은 일은 아니었다. 어느 미국 시민이 실제로 작동하는 자 신의 선량한 미국적 정신분열증의 양 끝에 자신의 팔을 걸고 싶겠는가. 그래서 메일러는 부딪치고 떠밀며 로웰의 다음 옆자 리로 비집고 들어섰고 렌스에게 로웰과 맥도널드 사이의 결투 장을 내주었다. 애초부터 렌스가 원했던 자리인지도 모른다. 그래서 이 타협 단체의 능숙한 해적은 우선 메일러와 손을 잡 은 것이다.(큰 것을 원하면 먼저 조그만 목표를 과녁으로 삼는 기교 가 현대 정책의 핵심이렷다.)

어쨌든 온갖 조임과 흔들림 속에서도 첫 줄에 이어서 다음 줄들이 정리됐고, 젊은 진행 요원들은 가운데가 빈 정사각을 만들어 유명 인사들 앞에 섰다. 다리를 따라 마개나 피스톤처럼 길을 닦으며 대열의 옆을 침입하거나 행진의 앞줄을 공격하려는 사람들을 막는 것이 목적이었다. 그 결과 유명 인사들은 셋째 줄로 물러선 꼴이 됐으니 메일러의 실망도 적지 않았으리라. 메일러는 앞줄에 서 있는 것이 내심 만족스러웠고 그 자릴 지키려고 염치 불구하고 싸웠으며, 행진이 끝난 뒤 펜타곤 입구를 지키는 군인들과 정면으로 맞부딪치기를 고대하고 있었기 때문이다. 내 머리통이 부서지려거든 오늘 밤 방방곡곡, 텔레비전 앞에 모인 수많은 사람들의 눈앞에서 부서져라.

게다가 셋째 줄 정도에 서 있으면 뒤에서 닥칠 위험도 무시할 수 없다. 밀고 당기고 줄이고 늘이고 하면서 십오 분쯤 지난 뒤, 연기자로 가득 찬 서커스 기분을 내며 드디어 행진이 시작됐다. 카메라를 세워 놓은 ABC와 CBS 텔레비전 방송국의 무개차는 특권을 누리며 행렬의 4.5미터 전방에서 달리고 있었다. 그 위에 탄 카메라맨, 기술자, 수행원 들은 앞서 달리는 차창 밖으로 천천히 고개를 내밀기도 했다. 진행 요원 두 명이 휴대용 확성기에 대고 앞줄을 향해 계속 소리쳤는데 마치 응원단 같았다. 앞줄은 뒷줄의 기세와 관성의 맥박에 물결처럼 계속 출렁거리며 줄을 가늠해야만 했다. 여덟 대에서 열 대쯤 되어 보이는 헬리콥터 대열이 머리 위에서 빙빙 돌았고, 카메라맨 여남은 명과 영화와 스틸을 찍는 사람들은 뒷걸음질치기도 하고 한 바퀴 빙 돌기도 하고 줄과 줄 사이를 따라가기도 해서, 맨 앞의 텅 빈 정사각형 안에서 춤을 추는 것같이 보였다.

그러면 이 법석을 그려 보자. 몇 시간째 이어진 연설에 지쳐 있다가 행진이 시작되어 겨우 기분이 살아났는데, 그 마저도 지체되어 초조해지고 짓눌리고 그리하여 군중 사이에 잠재해 있던 밀실 공포증이 탁 터져 나온다. 다리를 향해 걸어가는 모습을 보자. 진행 요원들을 앞세운 채 텅 빈 정사각형 대열, 열 명쯤 되는 유명 인사들의 줄, 빽빽이 선 몇 백 줄이 뒤따른다. 헬리콥터는 머리 위에서 돌고 경찰은 오토바이를 타고 질주하며 카메라맨들은 하루살이가 윙윙거리듯 앵글을 뱅뱅 돌려 대고, 지나치게 빨리 작동을 해 대는 기술자들 때문에 텔레비전 방송국 차는 이음새가 갈라지고, 햇볕은 이마 위를 사정없이 때렸다. 이 거대한 무리는 10여 미터쯤 와글거리며 나아가다가 엉망이 되어 멈추고 말았다. 뒤따르던 줄들은 끊어지고 뒤틀리고 뒤섞여 행진이 아니라 뒤죽박죽이 되어 버렸고, 앞줄에도 사람들이 빽빽이 몰려 있었다. 영문도 모르면서 사람들은 다시 움직였다. 10여 미터 더 갔을까, 사람들은 다시 멈췄다. 이런 속도로 가면 여섯 시간은 걸려야 펜타곤에 다다를 듯했다. 그러자 뒤쪽에서 불만에 가득 차 웅얼거리는 소리가 들렸고, 아직 소리는 크지 않았으나 커질 가능성이 충분했다.

"계속 나갑시다."

앞쪽 사람들이 소리쳤다.

진행 요원들은 가운데를 비우고, 사방으로 줄을 서서 최대한 예의를 지키며 훼방꾼들을 옆으로 밀어내는 책략을 세웠다. 이제 몇 센티미터 더 갔나 보다. 결국 문제가 터졌다. 대열 앞줄이 다리에 채 닿기도 전에 사람들이 전부 다리 입구로 와르르 몰려들지 않을까 하는 우려였다.

전진이 지체되는 사이 유명 인사들은 진행 요원과 안면을 트게 됐다. 휴대용 확성기를 짊어진 젊고 창백한 흑인이었는데 계속 날카롭고 짧은 명령을 내리던 장본인이었다.

"이리로 움직이세요. 이젠 저편으로 가 주시고요. 자! 제발, 계속 움직여 나갑시다. 저를 따라오세요. 보조를 저한테 맞추시고요. 아니, 그만! 바로 거기서 멈추세요!"

유명 인사들은 졸지에 갓 들어와 훈련을 받는 신참병이 됐다. 스포크 박사와 제니 스포크, 렌스, 로웰, 메일러, 맥도날드, 델린저, 제리 루빈 등등. 이 친구는 마치 단체로 자리를 뜬 동료 흑인들을 대표하여 남기라도 한 듯 기세가 양양했다. 창백하고 얼룩진 크림색 피부. 그가 흑인이 아니라고 말할 사람은 아무도 없으리라. 다른 유명 인사들을 변호하기 위해 메일러가 거기 있었던 것은 아니다. 하지만 그는 군 입대 첫날 이후로 이렇게 계속 명령을 받아 본 적이 없었다. 솔직히 말해서 닥치는 대로 아무 흑인이나 모임에다 집어넣던 옛날의 좌파와 지금 무엇이 달라졌을까? 동원을 돕기 위해 나온 나머지 백인 진행 요원들도 대학생 같은데 모두 힘깨나 쓰게 생겨서 최소한의 노력으로 행진을 이끌려는 속셈이 보였다.(하긴 이것이 행진에서 이 친구들의 역할이었다. 몇몇은 펜타곤 앞에서 시위할 것이고 몇몇은 체포될 것이다.) 그래도 이 창백한 흑인은 고상한 아프리카인 영웅의 전형은 아니었다. 천만의 말씀. 그 음성은 듣는 사람의 신경 정수를 갈가리 찢을 듯이 빽빽거렸고, 얼굴은 교활한 뚜쟁이 같아서 매춘부에게서 1달러씩 얻어 쓰는 데 닳고 닳은 중서부 호텔의 급사 나부랭이를 연상시켰다.

"줄 좀 똑바로 서요. 저기, 자, 똑바로 서라니까요. 도대체 모두들 왜 이러는 거예요? 이봐요, 저하고 보조를 좀 맞춰 주세요. 잘 좀 해 보자구요."

그 진행 요원은 마치 화난 간호사가 매질로 고아들을 다루듯 확성기를 빽빽거렸다. 하지만 그 순간에 움직이는 사람들은 없었다. 그저 빙빙 돌면서 제자리걸음을 하고 있을 뿐이었다. 그가 너무 지나치게 행동한 것이다.

"이봐."

드디어 로웰이 진지하게 그 진행 요원을 불렀다.

"우리도 협조하려고 최선을 다하고 있네. 그렇다고 고함치면서 명령조로 할 건 없잖은가? 좀 지각 있게 행동할 순 없나?"

이 말은 그 창백한 흑인의 허영심에 구멍을 뻥 뚫어 놓았다. 그다음부터 그는 지각 있게 굴었다. 메일러는 다시 한 번 로웰의 은행가적 기질에 감탄을 보냈다. 저이가 시 쓰는 데 손을 댄 순간 보스턴에선 멋진 은행가를 잃은 셈이야.

사람들이 다시 움직이기 시작했다. 카메라도 다시 빙글거렸다. 방송국 무개차는 천천히 앞서 가고 헬리콥터는 머리 위에서 맴돌았다. 모터 소리는 칙칙, 오토바이 소리는 부르릉. 사각형의 대열이 다리 위에 올라선 다음 유명 인사들이 선 줄, 그다음 줄들이 차례로 올라섰다. 사람들은 천천히 물결을 이루며 100미터 정도 걸어갔는데, 서로 팔짱을 끼고서 열 걸음쯤 나아갔다가 오 초 정도 멈추고 다시 움직였다. 확 밀렸다가 멈춤이 풀리면서 출발한다. 빽빽이 밀집된 줄들이 물결을 치며 움직이는 모습이 아마 헬리콥터에서 내려다봤더라면 틀림없이 커다란 송충이 한 마리가 꿈틀거리며 지나가는 것 같았으리라.

그러다 행진이 멈췄다. 십 분이나 되는 긴 시간이었다. 이들은 다리의 3분의 1 정도를 지나왔는데, 뒤로는 수백 줄에 달하는 행렬이 다리 입구까지 빽빽이 들어차 있었다. 경기장을 빠져나가려는 군중이 앞에 뭉친 사람들을 짓누르고 뒤쪽 사람들을 조급하게 만들어 전면에 더 힘을 가하는 듯한 두려운 혼잡이 일었다. 이 긴장의 밑바닥에서는 펜타곤에 다다라서 무엇을 어떻게 할 것인가 하는 내밀한 걱정이 마음을 어지럽혔으며, 움직이지 못하는 좌절감을 부채질했다. 두려움이 깔린 팽팽한 흥분, 다리 위를 꽉 메운 군중은 통제할 수 없는 지경에 빠질 위험을 안고 있었다.

"왜 움직이지 않는 거야? 그냥 앞으로 나가면 되잖아?"

메일러 뒤에 있던 한 소년이 말했다. 그 소년은 유명 인사들이 서 있던 줄을 떠밀며 도널드 칼리시라는 교수를 밀어붙였다. 이 교수는 오늘 행진의 지도자 가운데 한 명이었다.

"펜타곤에 가려고 왔지 이렇게 줄 서서 기다리려고 온 건 아니란 말이야."

소년이 다시 말했다.

메일러는 뭔가 잘못되었다는 생각이 들었다. 다리 위 행렬 속에서 난동을 피울 법한 선동가들은 내보내는 것이 나을 듯 싶었다. 펜타곤에 도착하기도 전에 자칫 행진 전체가 엉망이 될 수도 있을 테니까.

"앞으로 나가요. 이렇게 지체되는 건 싫다고요. 펜타곤에 있는 군인들과 대면하고 싶단 말이에요."

그래, 소년의 목소리에는 성실감이 없고, 그 말은 틀린 이야기다. 메일러가 이렇게 단정 짓는 순간, 온몸에 아드레날린이 돌며 압박감이 솟구쳐 올라왔다. 이걸 써 버려야 가라앉을 텐데 생각하니 솟구쳐 오르는 것이 별로 달갑지 않았지만, 아무튼 한바탕 싸울 태세가 된 것이다. 물론 메일러가 먼저 나서서 한 방 먹이진 않을 것이다. 결코! 그렇게 되면 체면이 말이 아니니까. 주먹을 한번 내두르면 대소동이 일어날 테고, 펜타곤이고 나발이고 다 날아가는 거야! 카메라란 카메라는 모두 이곳에 집중될 테지. 아니, 나는 저 녀석이 먼저 휘두를 때까지 잠자코 있는 거다. 이렇게 생각하며 메일러는 소년을 곁눈질로 살폈다. 그러나 그 녀석은 싸움꾼은 아닌 모양이었다. 그러기에는 코가 너무 길고 뾰족했다. 그 코는 한 방도 먹어 본 적이 없음이 분명했다. 그런데도 녀석에게는 뭔가 들썩거리는 것이 있었다. 뭔가 지닌 듯 자신이 있어 보였다. 강한 레프트 훅을 가졌는지도 모르지. 갑자기 달려들면 그대로 나가떨어지게 하는 실력인지도 모르잖아. 그러고 나서 귀에 한 방 멋진 킥을 날리는 게 녀석 특기인지 몰라. 이제 아드레날린이 가득 차올랐다. 취기가 얌전히 물러났으니 얼마나 다행인가. 그렇지 않았다면 달아오른 전기 프라이팬처럼 뇌가 지글거리며 연기를 냈을 텐데 말이다.

"날 여기 붙잡아 놓진 못할 거야."

소년은 보기 싫은 표정을 지으며 카리시를 다시 떠밀었다.

"얘야, 서두르지 좀 마라."

카리시가 말했다.

"뭐야, 전부 다들 겁쟁이들이에요?"

그 녀석이 소리쳤다.

"자, 가자고요. 그러려고 여기 온 거잖아요."

"이봐, 우리 침착하자고."

메일러는 「위험한 질주」란 영화에 나오는 말론 브란도 흉내를 내며 말했다. 아주 근사하게 흉내 냈는데 가끔씩 아드레날린으로 목구멍에 압박이 가해지면 써먹던 것이다. 하지만 이것도 이 녀석을 잠잠하게 할 수는 없었다.

"난 움직이고 싶단 말이에요."

소년이 말했다.

"그럼 진행 요원 축에 껴어야지."

카리시가 말했다. 간단한 제의였고 소년에겐 거절할 명분이 없었다. 그는 자기 자리를 떠나 앞으로 걸어가서 곧 정사각형 대열에 꼈다. 그러나 메일러의 가슴속 못된 장군은 긴장이 풀리지 않았다. 마치 녀석을 제자리에 못 잡아 둔 것이 근무 태만에서 온 실책이라도 되는 듯 말이다.

"그렇게 하는 게 제일 좋아요. 진행 요원들이 저 아이를 우리들보다 더 잘 다룰 거란 말이오."

카리시가 말했다. 공동체의 조화를 중시하는 중년의 너그러운 마음씨, 메일러는 카리시에게서 이러한 느낌을 받았다.

이제 모두 앉으라는 명령이 있었다. 훨씬 나아졌다. 앉으면 아무도 떠밀지는 못했다. 뒤쪽에서 밀 것만 같던 산더미 같은 압박감이 서서히 풀렸다. 하지만 성급함은 여전히 고조되고 있었다.

나이든 진행 요원 하나가 메일러에게 다가와 커다란 휴대용 확성기에 연결된 마이크를 들이밀며 말했다.

"한 말씀 해 주세요. 이 사람들이 좀 조용해지도록 할 수 있을 텐데요."

"할 말을 생각해 낼 테니 일 분만 달라고."

미심쩍어하는 진행 요원의 얼굴에 대고 메일러는 이렇게 덧붙였다.

"지금은 다들 조용하잖아. 정말 내가 필요할 때를 위해 아껴 두지."

메일러는 진실을 말하고 있었다. 일단 말을 시작하면 처음엔 조용해지겠지만, 두 번째 입을 열었을 때 그 효과가 훨씬 줄어들 것이다. 그런데 뭐라고 말한다? 근본적인 이야기를 해야 할 텐데.

"성급히 구는 사람들을 믿지 마십시오. 소동이 일어나면 펜타곤과 대통령의 힘만 부추기는 셈이 됩니다. 지금 우리가 참가하는 이 전쟁은 이십 년간 계속될지도 모릅니다. 미국이 위대한 나라가 되든 제국주의의 폭군이 되든 그만큼 걸릴 것입니다. 그러니 참으십시오. 지금 조금 지체하는 건 이십 년에 비하면 아무것도 아니잖습니까?"

그래, 정말 멋진 연설인데. 메일러는 이제 내심 이렇게 바랐다. 어서 다시 군중이 통제할 수 없다고 느껴질 정도로 소란해져 자신의 이 멋진 웅변으로 잠재울 수 있었으면.(한편으론 이 연설이 마음에 들지 않기도 했다. 너무 점잖으니 말이다.)

"이제 말할 준비가 됐소."

메일러가 진행 요원에게 말했다.

"고맙습니다."

하지만 사람들이 다시 움직이기 시작했다. 결코 평범한 행진이 아니었다. 여성을 포함해 시위자들은 대부분 줄을 전혀 맞추지 않고 걸었다. 명령에 쉽게 따를 만큼 널리 알려진 지도자도 하나 없었다. 정말이지 시위대가 다리 위에 운집했을 때, 그 많은 시위자들과 육체적으로 접촉한다는 것은 불가능했다. 옴 짝달싹 못할 정도로 사람들이 꽉 차 있었기 때문이다. 의사 전 달은 휴대용 확성기에 의존할 수밖에 없었는데, 선의에서 명령 을 내리고 기지를 총동원하여 말을 해야 했다. 시위자들은 다 리 위를 지나는 행진의 중심 1킬로미터의 한가운데에 묻혀서, 충격이 일 때마다 해협에서 물 흐름이 바뀌어 파도가 일듯이 솟구쳤다. 어느 곳에나 혼란의 조짐이 번득였으나 이 무질서 속에서도 용케 질서가 명맥을 유지했다. 폭도들은 기분이 좀 풀렸다가 다시 사악해지고 다시 풀리곤 하면서 몇 센티미터씩 나가다가 다시 멈춰 기다리고, 그러고는 한 번 주저앉았다가 다시 행진을 계속했다. 「우린 모든 걸 이겨 내리라」라는 노래를 부르고 있었는데, 목소리에는 비감으로 얼룩진 우울한 상처가 깔려 있었다. 흑인의 권리를 위해 행진했던 지나간 행복한 시 절을 그리워하는 순수한 슬픔이었다. 지금같이 짙은 검붉은색 의 흑인들이 아니었지. 그래도 이들은 여전히 구호를 외친다.

"지옥? 천만에. 우린 안 갈 거야."

"이봐요, 존슨 대통령. 오늘은 또 몇 명이나 죽였나요?"

지도자도 한 명 없이 수많은 사람들이 앞으로 무슨 일이 벌 어질지 몰라 근심에 찬 채 다리 위에 빽빽이 들어서 있다. 이 사람들이 폭발할 가능성은 도처에 있었으나, 결국 이 군중은 평화를 부르짖는 사람들의 모임이었다. 이것이 다리를 건너는 도박을 감행한 근거였다. 이런 온화한 군대들이 바탕을 이루었 기에 포토맥 강의 워싱턴 쪽 다리 위에 운집하기를 감행할 수 있었던 것이다. 집회는 펜타곤, 바로 그 앞에서 있을 예정이었다.

그러니 펜타곤에서 모였어야 했다는 논란이 나중에 없었던 것
도 아니었다. 어쨌거나 로웰과 메일러는 행렬의 맨 첫 줄, 진행
요원들의 정사각형 대열 바로 뒤에서 가고 있었다. 두 사람은
카메라, 헬리콥터, 방송국 무개차, 진행 요원들, 확성기 등의 홍
수 속에서 그리고 유명 인사들의 꽉 조이고 뒤틀린 줄 속에서
물결처럼 출렁이며 서로 팔짱을 끼고 있었는데(줄이 비틀릴 때
면 때로 옆 사람이 앞에 서 있게 되어 한 팔은 앞에 걸치고 또 한 팔
은 뒤에 걸치는 꼴이 되기도 했다.) 몇 발자국 좋게 나가다가 늦
추어지고, 그러는 사이 마치 거대한 역사의 지붕 밑 어느 신비
한 아치 아래 서 있듯 커다란 행복감이 밀려들었다. 헬리콥터
는 붕붕거리고 척척 갈라지고, 오늘 미국이 두 개로 분리됐다
는 생각에 메일러의 가슴속에 감추어져 있던 애국심이 풀어졌
다. 오늘 이 순간, 메일러는 조국에 대해 지지는 듯한 날카로운
사랑의 통증을 맛봤다. 자신의 마음속에서, 포토맥 강보다 더
넓게 갈라진 무언가를 건너며 찢기는 듯한 사랑의 아픔을 느
꼈다. 결혼 생활이 깨지고 아이들을 잃은 때처럼, 그때처럼 우
리가 사랑을 느끼는 때는 없다. 정말로 그때처럼 말이다. 어디
서 오는지 모르지만 나무 타는 냄새가 공기 속을 감돈다. 위엄
의 연기, 침착한 애국심, 결혼이 찢어질 때 느끼는 일종의 해방
감 같은 영웅심이랄까. 메일러는 처음으로 깨달았다. 전쟁터에
서 맨 앞줄에 선 사람들이 왜 대부분 한결같이 죽을 각오가
되어 있는지를. 스치듯 빠른 정화의 약속, 바로 영혼의 깨끗함
을 느끼는 순간이다. 지금까지 우리가 알아 온 대로 메일러는,
여느 미국 정치인, 문학인, 날강도 들이 자신들의 영혼은 깨끗
하다고 느끼듯이, 자신의 영혼이 더럽지는 않다고 느껴 왔다.

그러나 지금은 달랐다. 로웰과 맥도널드와 함께 걸으면서 메일러는 이 순간 자신이 프랑스 혁명과 남북전쟁 사이의 공간에 들어선 듯 느꼈다. 마치 미합중국의 죽은 유령들이 이들을 바스티유 감옥으로 연행하기라도 하는 것처럼. 결코 취하지는 않았다. 그저 배고픔으로 헛헛했고, 앞에서 닥칠 두려움과 뒤에서 닥칠 두려움을 조금 느낄 뿐이었다. 사실 메일러는 생각보다 훨씬 덜 두려워하는 자신이 사랑스럽기까지 했다. 문득, 젊은 시절보다 덜 무서워하는 자신을 깨달았다. 적어도 어느 면에서는 성장한 것이다. 순진함을 잃었지만 소심함도 물러갔다. 완벽한 찬미의 차가운 불꽃이 가슴속에 오랫동안 응어리진 천식 덩어리를 녹이고, 곧 상징, 은유적 실체와 대면한다는 생각을 울컥 불러일으켰다. 아니, 상징이라 하지 말고 차라리 '군산업 복합체의 드높은 교회'라고 부르자. 펜타곤, 한 세기 전의 대기에서 비롯되어 미국으로 들어온, 미묘한 압력에 눌려 앞 못 보는 다섯 면의 눈.(종족에 대한 저주, 파우스트적인 욕정, 곳곳에 가득 찬 기술 산업의 배설물들, 가장 선한 것으로부터 순진함을 앗아 가는 악의 20세기. 고등학교를 막 졸업한 젊고 뜨거운 꽃봉오리들이 이상과 청춘의 아름다운 꿈을 안고 베트남으로 파병되어 점점 짓눌러 오는 악마의 존재를 배우고 드디어 영혼을 지니게 됐다고 깨닫기도 전에 그 영혼을 빼앗기고 마는 이 세대.) 메일러는 이 행진에서 자신의 삶과 압제자의 눈이 대결하리라 확신하고 있었다. 탐욕스럽고 인색하고 마비된 와스프 심장부의 최악의 제어장치, 여러 단체로 구성된 이 나라의 술잔과 항문, 잘난 척하고 폐쇄적이고 도덕적으로 마비된 펜타곤이 시시각각 힘을 키울수록 이 나라의 장래는 위태롭다. 그 결과 우리의 소설가는 반대할 자유가 있으면서도 여전히 신비로 가득 찬 미국에 눈을 뜨게 된다. 도대체 얼마나 알 수 없는 나라인가. 나이가 들수록 이 나라가 점점 더 흥미로워진다. 국가, 사단법인, 언론이라는 극도로 마비된, 실리적이고 비인간적인 미망인, 부드럽고 신비스러운 암컷, 지금까지 아무도 그 미망인이 누구인지 몰랐다. 무감각한 공산주의 의사들 역시 달콤한 암컷이 함정에 빠져서 치명적인 사치와 부를 누리는 미망인이 되어 죽는다 해도 그녀가 누구인지 모를 것이다.(아마 로웰과 팔짱을 끼고 있어서 시적 감흥이 넘친 나머지 이렇게 지나친 애국심이 발휘된 것인가? 메일러에게는 이 위대한 시인과 함께 매일 시청에서 버지니아까지 걸을 행운이 없었다.) 솔직히 말해서 메일러는 헬리콥터까지도 사랑할 지경이었다. 마음에 차오른 시적 감흥이 점점 불어나 헬리콥터까지도 포옹할 수 있게 된 것은 아니었다. 다만 그것이 적을 가장 잘 나타내는 물체였기 때문이다. 자신의 생각이 옳다고 인정하듯 하늘에서 으르렁대는 그 적을 메일러는 사랑했다. 그는 이렇게 규정지어 버렸다. 이 자랑스러운 날에 가슴속 가득히 고이는 자만심. 그렇다, 헬리콥터, 날아다니는 못생긴 큰 새, 벌레 모양의 용 같으니라고. 전투의 새로운 허영, 말할 수 없는 자만심, 성스러운 추적의 기쁨, 베트남의 컨트리클럽에서 이리 뛰고 저리 뛰는 사람들 위로 따따닥 소리를 낸다. 도시 사람들에게는 폭군의 상징, 오직 고관이나 장성이나 경찰 간부만 이 조그만 헬리콥터를 타고 도시로 날아 들어오곤 했다. 메일러, 메일러 장군은 지금 또 다른 전장의 환상을 본다. 이 다음 큰 전쟁터, 헬리콥터들, 각종 매체의 보도진이 탄 헬리콥터들이 CIA, FBI 등 각종 알파벳을 기체에 새기고 머리 위를 빙빙 돈다. 이윽고 우글거리는 헬리콥터의 무리 속으로 검은색, 아니, 주인 마음대로 고친 붉은색 헬리콥터이던가, 반항하는 헬리콥터가 들어온다. 서부의 재주에 맞서서, 거친 헬리콥터에 대비하여 저항의 헬리콥터는 물감이 담긴 탄환을 적의 헬리콥터에 먹칠하듯 뚝뚝 떨어뜨리며 1차 세계대전 초기의 공중전처럼 비행기 날개에 몇 통의 물감을 떨어뜨린다.* 아니, 독립기념일에 터지는 폭죽 같다고나 할까. 저것이었지, 바로 저것이었다. 메일러는 혼잣말을 한다. 보도진들은 반항의 헬리콥터가 페인트 물감으로 무고한 헬리콥터들을 공격하자 폭력적이라고 소리친다. 아직 유머가 살아 있다면 미국은 웃을 것이다. 모든 사람에게 관용을 베풀 듯 주인이자 지도자로서, 머리 위에서 오락가락 배회하고 빙빙 돌며 아래에 있는 사람들에게 고통을 상기시키는 오만한 무적 헬리콥터들이 있는 한 미국은 어쩔 수 없을 것이다.

다리를 거의 다 건넜을 즈음 사람들은 다시 한 번 멈추었다. 20여 미터만 더 가면 다리를 빠져나가는데. 할 수 없이 다시 앉았다. 그래도 위기는 가신 것 같았다. 그러나 아직도 다리 위에 있기에 안전한 것은 아니었다. 마침내 다시 움직이기 시작, 다리를 빠져나와 길을 따라 한동안 걷다가 배수구 밑을 지나게 됐다. 4.5미터쯤 위에 있는 배수구의 난간에 젊고 잘생긴 흑인 한 명이 플래카드를 들고 서 있었다.

"나를 검둥이라고 부른 베트남 사람은 한 명도 없었다."

행진하는 사람들은 그 밑을 지나가며 기분 좋게 웃었다. 메

---

* '검은색', '빨간색' 물감은 흑인이나 공산주의자를 상징하고 '서부'는 서구 백인 사회를 상징한다.

일러에게는 상당히 인상 깊은 일이었다. 사악한 시선에 맞서는 것, 저것이 자신감이다. 수천 명이 행진을 하며 지나는데 그 위 난간에 설 수 있는 것, 모든 흑인들에게는 저렇게 비상한 점이 묻혀 있는 걸까? 좋을 때는 기가 막히게 멋지고 또 나쁠 때는 참으로 알 수 없는 친구들.

이제 행렬은 길을 벗어나 정해진 행선지를 따라 넓은 들판을 가로지르고 있었다. 이제는 팔짱을 끼고 걷는 것이 쉽지 않았다. 멀리서 윤곽을 드러내는 펜타곤에 먼저 다다르려고 선두에 선 시위자들의 걸음이 빨라졌기 때문이다. 은빛 분위기에 엷은 납색. 행렬 뒤편에 있던 사람들은 배수구를 지나면서부터 허물어진 정사각형 대열 주위에 원을 그리며 우르르 앞으로 몰려들더니 곧 부챗살 모양으로 들판에 넓게 퍼졌다. 지친 사람도 있고 성급한 친구도 있어 열은 마침내 와해됐고, 마지막 0.5킬로미터를 남겨 놓고는 모두들 제멋대로 잔디밭 위를 걸어갔다. 드디어 철조망이 높게 쳐진 담을 지나게 됐다. 메일러는 문득 그 담이 자신들을 곧 삼켜 버릴 열린 형무소가 아닐까 생각했다.(곧 이런 생각을 뒤엎고 좀 더 대담한 계산이 머릿속을 비집고 들어왔다. 정부는 결코 자유로운 여러 사람들이 보는 데서 누군가를 감옥에 넣지는 않는다. 마지막 시민들이 철조망 너머로 보이는 그런 사진을 유럽의 신문사에 제공하지도 않을 것이고.) 이 울타리들을 보며 걷다 보니 어느덧 메일러는 잔디밭을 지나 콘크리트 위에 발을 올려놓고 있었다. 이들은 펜타곤의 북쪽 주차장에 들어와 있었다. 행진은 끝났고, 마침내 목적지에 도착한 것이다.

5. 마녀들과 퍼그스 악단

주차장은 축구장을 다섯 개 정도 합친 것만큼 컸고 텅 비어 있었다. 게다가 시위대가 맨 처음 도착했기 때문에 행진은 별 소동 없이 끝났다. 펜타곤의 전경은 주차장에서도 드러나 보이지 않았다. 그 때문인지 몰라도, 순간 메일러는 시위대가 포토맥 강의 버지니아 쪽 길을 따라 걷다가 들판으로 막 들어서며 펜타곤을 처음 보았을 때를 떠올렸다. 꼭대기부터 점점 드러나던 건물은 가까이 갈수록 거대해졌지만 매력은 없었다. 메일러는 막연히 사진보다 인상적일 거라고 기대했던 것이다. 국가가 조그만 기지로라도 자신을 놀라게 해 주길 항상 기대했다. 건축 양식이 예기치 못하게 우아하다든지 등등. 하지만 한 번도 그런 적이 없었다. 펜타곤은 공원을 가로지르는 버지니아의 부드러운 잔디밭에서 갑자기 바다가 펼쳐지듯 그렇게 솟아 있었다. 빛바랜 노란 벽은 말하기 곤란한 조작으로 인해 살덩이 한가운데에 움푹 파인 구멍에서 솟아난 플라스틱 마개를 연상시켰다. 그 건물은 기하학적인 숭고함을 풍기면서 주변을 둘러싼 자연과는 유리된 채 누워 있었다. 이 나라는 수십 년 전 꾸불꾸불한 길 위에 광고판을 벌여 놓으면서 시작된 나라가 아닌가? 그런데 지금은 그 광고판들을 모두 깨끗이 쓸어버렸다. 마치 고속도로 표지판 위나 기름때 묻은 저지 섬의 머캐덤 포장도로에 배설물을 쏟고 기분 좋아졌을 주민들처럼 이제 정부라고 불리는 사단법인이 이를 도맡아 좁고 꾸불꾸불한 길들을 쫙쫙 펴고, 정부 청사를 세우고, 마음에 안 드는 표지판들은 다 걷어치워 예술을 사랑하는 대중이 그걸 그토록 아쉬워하게 만들었다. 우리의 옛 친구들은 모두 어디에 있는가? 이 사단법인 국가는 지금은 아니더라도 언젠가는 자연을 야외 병원처럼 보이도록 하는 데 성공할 것이다. 그리하여 술에 취해 제정신이 아닐 때에는 도시 재건의 영광을 상징하는 도심 거리와, 포장된 식료품이 피라미드처럼 쌓여 있는 슈퍼마켓의 통로를 구분하기가 쉽지 않아질 것이다.

꽤 오랫동안 메일러는 전체주의의 특성을 주제로 글을 써 왔다. 전체주의란 사람들에게서 분위기라는 것을 빼앗고 무관심만 안겨 주는 것이 아닌가 싶었다. 분위기란 것은 끊임없이 깎이고 저며지고 찍히고 제한당하고 말살된다. 분위기는 자연의 활동과 평온함에서 피어오르는 향기이고, 전체주의는 이런 자연의 향기를 없애는 방취제이다. 이런 논리를 따르다 보니 펜타곤이, 겨드랑이 냄새를 없애려고 뿌리는 방취제의 오각형 꼭지처럼 보인다. 정말로 펜타곤은 버지니아의 들판 곳곳에 자기 모습을 지우는 방취제를 뿌리고 있었다.

넓은 사 차선 고속도로가 북쪽 주차장과 펜타곤 사이를 가로지르고 있었다. 사단법인은 이미 지혜를 작동했다. 게임이 없는 현대식 경기장같이 넓고 텅 빈 주차장으로 사람들이 소란을 떨며 들어왔다. 우선 100여 명 정도가 도착했는데, 무엇을 어찌해야 좋을지 몰랐다. 적군 하나, 어떤 단체 하나 눈에 띄지 않았다. 행렬이 막 도착한 곳은 주차장에서도 뭔가를 들어 올리는 크레인처럼 생긴 부분인데 한구석에 연단처럼 보이는 것이 설치되어 있었다. 아마 연설이 또 있을 모양이었다. 로웰, 맥도널드, 메일러는 계속 남아야 할지 논의했다. 연설을 더 들을 생각은 전혀 없었으나 전투가 다가오고 있었다. 오장이 점점 기어드는 걸 보니 말이다. 용기를 잃었다기보다 용기가 조금씩 새어 나간다는 게 더 적합한 표현 같다. 그러니 연설을 들으면서 앉아 있는 것도 못 참을 것 같지는 않았다. 연설이 있으면 적어도 사람들이 몰리게 된다.

그때 젊고 명랑한 여인이 어린아이를 데리고 와서 로웰에게 인사를 건네며, 히피들이 주차장 반대편에 모여 연주를 할 예정이라고 전했다. 전투에 임하기 전 자세를 바로잡는 데 음악이 도움이 될 성싶었는데, 정말로 그쪽에서 음악이 들려오기 시작했다. 황량한 북쪽 주차장에 모여 있던 많지 않은 사람들은 자리에서 일어나 소리를 따라갔다. 음악은 어딘지 중세풍이었고 이들 뒤에는 수많은 사람들이 천천히 흘러 들어왔다.

세 사람은 걸어가면서 일찍 체포되자는 데 다시 한 번 의견을 모았다. 이것이 현재의 요구를 만족시키면서 만찬 시각에 맞춰 뉴욕으로 돌아갈 수 있는 최선의 방법 같았다. 파티 말이다. 주말 파티, 일찍 돌아가겠다는 욕망은 로웰과 맥도널드에게는 그리 불명예스러운 것이 아니다. 두 사람은 오늘 하루 내내 시위에 참여할 것이며, 이것도 메일러가 부추겨서 내린 결정이니까. 하지만 메일러는 어떤가! 링컨 기념관에서, 그리고 행진하면서 가슴속 벅차오르던 그 묵시적 꿈! 기꺼이 자신을 내던져 적과 일대일로 대결하겠다던 각오는? 그런데 왜 지금 그리 서두르는가? 자신의 꿈을 조금도 존경하지 않는 건가?

어쩐지 그 파티는 보기 드물게 멋질 것 같다. 메일러는 파티를 놓치고 싶지 않았다. 게다가 이 시위에서 특별한 위치에 있는 것도 아니다. 기획에 있어서도 수행에 있어서도 펜타곤 행진은 메일러의 것이 아니었다. 그러니 며칠, 아니 단 몇 시간도 여기 있을 필요가 없는 건지 모른다. 여기서 메일러의 역할은 체포당하는 것, 그리하여 자신의 이름이 고귀한 목적에 이용되게 하는 것뿐이다. 한동안 이런 생각을 되씹는 사이, 조금 전까지 자신을 황홀하게 사로잡던 그 인식(그리고 전망!)이 가루가 되어 혼동과 논리 속으로 부서졌고 메일러는 그것이 마음에 들지 않았다. 게다가 자신은 소설가다. 위대한 미각으로 얻는 경험을 소설가보다 더 갈망하는 자가 어디 있으랴. 도박꾼, 모험가, 또는 낭만적인 연인일지라도 그보다 못하다. 소설가로서 메일러는 마지막 사흘간의 결정적인 기억들을 고스란히 되살려 하나의 총체로 만들어(아니 이건 너무 헨리 제임스 냄새가 나는데) 뉴욕에서 되찾을 인생의 도박판 위에 던져 두세 배로 쌓아 올리고 싶었다. 솔직히 말해서 메일러는 당국의 코앞인 이 한가하고 말 없는 주차장의 콘크리트 바닥 위에서 내심 두려워졌다. 벅찬 환희로 용솟음치던 오늘이, 지도자 없이 이리저리 배회하는 바보나 어릿광대의 행동으로 전락하는 것 아닌가? 아니면 사태가 더 나빠져서 말 그대로 잔인한 학살, 뼈가 부러지는 건 예사인 그런 재난이 벌어진다면? 얼마든지 그럴 수 있었다. 일어날 일에 대해 자신이 지나치게 두려워하는 건지 아니면 너무 그러지 않는 건지, 메일러는 가늠할 수 없었다. 하지만 한 가지 분명한 것은 기다리는 것, 기다리고 기다리고 또 기다려서 체포 직전인 것처럼 신경이 곤두섰다가 다시 풀어지고, 그러고는 또 기다리고, 이것이 지겹도록 싫다는 것이다. 기다리는 동안, 메일러를 사로잡았던 그 황홀한 꿈은 모두 사라졌다.

초라한 얼굴로 축 늘어져서 뉴욕으로 돌아가는 늦은 비행기를 타게 되지나 않을까, 그렇게 되면 모든 것이 너무 늦어져 버리는데. 오늘 같은 날 그렇게 행동할 수는 없다. 위대한 대낮은 위대한 밤만큼 존경을 받아야 한다. 메일러는 확실히 에드워드 시대보다는 빅토리아 시대의 감각을 지닌 것 같다.

그때, 자신의 궁색한 입장을 변명하는 멋진 묘안이 떠올랐다. 자신이 일찌감치 붙잡히면 다른 사람들의 사기를 북돋을지도 모른다는 확신이었다. 전쟁이라는 전설의 수레바퀴에 돌쩌귀를 맨 처음 단다는 것, 지금 메일러는 옛 영화의 이 장면 저 장면에서 본 군인들의 밀집 행진법을 그리고 있는지도 모른다. 말이 입에서 귀로 전설처럼 옮겨지고 있다. 냉정하게 다시 생각해도 그럴 가능성이 전혀 없지는 않다. 자세한 것은 나중에 더생각해 볼 것이고.

그렇다. 메일러는 이상할 정도로 불균형적이고 자기중심적인 친구였다. 이 친구는 2차 세계대전 이후 미국의 대통령, 아니 대통령 후보자들 가운데 자기보다 더 적당한 대통령감이 한 명도 없다고 혼자서 생각하는 친구였다. 굳이 든다면 케네디 대통령을 제외하고 말이다. 그런데도 이십 년은 계속 될 거라고 생각한 이 전쟁의 첫날에 그가 정말 원하는 것은 뉴욕으로 돌아가 파티에 참석하는 일이었다. 만약 전쟁이 이십 년간 계속될 거면 갈 수 있는 파티는 모조리 가는 것이 현명하다고 생각하니, 이 친구야말로 기념비적인 바보이거나 고통스러울 정도로 현실적인 사람이란 말이다. 물론 약삭빠르기로 말하면 정부도 똑같다. 행군을 북쪽 주차장으로 끌어들이면 협상에서 동의를 얻어 내는 데 유리하다는 것을 잘 아는 능숙한 사단법인. 행렬에서 벗어나 뿔뿔이 펜타곤으로 접근해 가면서도 메일러의 마음속은 다른 사람들과 함께 뉴욕으로 돌아가야겠다는 생각 등으로 헷갈리지 않았다. 그런데 그토록 넓고 텅 빈 주차장이 어느 군대라도 스스로를 왜소하고 보잘것없게 만들었다.

자, 어쨌거나 이제 음악을 들으러 가자. 저건 퍼그스 악단이 연주하는 곡 같은데, 아닌가? 철저하게 현상학적인 음악……. 메일러는 음악을 들으면서 연주자들과 이들의 복장을 훑어보았다. 연주자들 가운데 둘은 안면이 있었다. 에드 샌더스와 툴리 쿠퍼버그. 메일러는 둘을 보고 퍼그스 악단임을 확인했다. 얼마나 멋진가! 맥두걸 거리의 어느 극장에서 들었던 지난번 연주보다 솜씨가 훨씬 늘었다. 연주자들은 오렌지색, 노란색, 장미색 등의 망토를 둘렀는데 모두 힌두교의 선각자, 프랑스 보병, 남부 기병대 대위의 모습을 연상시켰고, 무대를 바라보는 여자 아이들은 목걸이나 가죽 방울을 걸치고 있었다. 샌들, 꽃송이, 강철 테를 두른 수많은 안경들. 무지하게 재미있을 테니 두고 보라는 사악한 웃음이 셰익스피어적인 분위기를 풍겼고, 차라리 놀이라고 부르는 것이 어울릴 법한 음악 연주가 시작됐다. 이제야 사람들은 깨달았다. 펜타곤 푸닥거리가 시작된 것이다. 1200명이 펜타곤을 둘러싸고 건물을 90여 미터 정도 들어 올릴 만큼 굉장한 푸닥거리를 하겠다고, 허가를 요청하는 편지를 아비 호프만이란 히피 지도자가 수차례 보냈다. 공중에 떠오른 펜타곤은 오렌지색으로 변해서 발발 떨다가 모든 악을 다 쏟아 버릴 것이다. 그 시점에서 베트남전쟁도 끝나는 것이다.

허가 여부를 담당한 총무부는 건물을 3미터쯤 들어 올리려는 시도는 가능하지만 건물을 둘러싸는 것은 허락할 수 없다고 했다. 물론 건물을 둘러싸지 않고 푸닥거리를 한다는 것은 불 없이 요리하는 것과 같다. 먹을 것을 전혀 기대할 수 없는 것이다. 그런데도 푸닥거리는 시작됐다. 퍼그스 악단은 자신들이 몰고 온 트럭을 주차장 한편 구석에 주차했는데, 그 주차장은 펜타곤에서 가장 가까운 곳이었고, 연사가 있는 연단과 잔치가 벌어질 집회 장소에서는 몇 백 미터쯤 떨어져 있었다.

이윽고 인디언 트라이앵글이 울리고 심벌즈가 쨍그랑거리는 가운데, 구경하는 사람들에게 인쇄물이 한 장씩 배부됐다. 종이에는 다음과 같은 글이 적혀 있었다.

1967년 10월 21일, 지구라는 혹성의 미국, 워싱턴 D. C.

온갖 스펙트럼의 색깔을 띤 우리 자유인은 하느님, 이집트의 태양신, 여호와, 아누비스, 오시리스, 트랄록, 케찰코아틀, 토트, 프타, 알라신, 크리슈나, 샨고, 키메케, 추쿠, 올리사불루와, 이마레스, 오리사수, 오두두아, 칼리, 시바, 위대한 영, 디오니소스, 야훼, 토르, 바커스, 이시스, 예수 그리스도, 미륵, 부처, 라마신의 이름으로 굿을 하여, 저 오각형의 벽을 쌓고 그 속에 힘을 몽땅 잡아넣어 기술 산업의 도구로 이용하고, 순수한 과학적 동기를 수소폭탄으로 바꿔 미국인을 비롯한 지구상의 모든 사람들, 산, 숲, 강, 대양의 창조물에게까지 불안에 찬 정신적, 물질적 고통을 주며 머지않아 절멸의 날이 닥치리라는 위협을 끊임없이 가하는 악마를 몰아내려 한다.

우리는 오각형의 힘이 신의 뜻으로 창조된 인간의 이익에 봉사하기를 다시 한 번 빈다. 우리는 이제 1000년 동안 지속될 행진에 시동을 건다. 오늘, 1967년 10월 21일이 신의 뜻에 따르는 정책의 시작이 되게 하자.

이 글을 읽는 순간 여러분은 이미 푸닥거리라는 성스런 의식에 참가한 것이다. 좀 더 열의 있게 참가하는 의미로 몽땅 우리의 것인 신의 은총으로 악마가 축출되는 것을 눈여겨보시라. 여러분의 힘은 시간과 공간을 초월하여 은하계 속의 별 수억 개만 하고, 여러분의 이름은 무한대이다.

인디언 트라이앵글과 심벌즈가 울리고, 트럼펫이 땅 밑에서 솟아나는 듯한 음울한 소리를 냈다. 흐느낌으로 가득 찬 소리, 그 슬픔에는 마호가니 빛 그림자가 얼룩져 있었으며, 모두 지옥의 토굴로부터 들리는 쓰라린 신음이었다. 종소리가 들리고 북이 둥둥 울리는 동안 엄숙한 목소리가 들리는 듯싶었다. '만지고, 보고, 듣고, 더듬고, 그리고 사랑하는 부적의 이름으로 우리는 이 의식을 보호해 줄 우주의 힘을 모두 불러 펜타곤을 운명의 힘으로부터 건져 내고 길이 보존하려 하노라. 제우스, 죽음의 신 아누비스, 깨닫지 못했기에 죽은 모든 생명들, 몹쓸 업보의 제물이 된 베트남 파병 군인들, 바다에서 태어난 아프로디테, 대모신, 디오니소스, 자그레우스, 예수, 야훼, 명명할 수 없이 영묘한 조로아스터교의 불, 헤르메스, 주술용 새부리, 부적을 새긴 갑충석의 이름으로, 하늘의 타이론 파워 파운드케이크 협회의 이름으로, 살아서 흘러가는 우주의 이름으로, 강의 이름으로…… 우리는 정령을 부르노라…….'

이제 또 다른 목소리가 말했다.

"모든 이름을 다 합친 바로 너의 이름으로."

심벌즈, 트라이앵글, 북, 가죽 종, 화려한 잔치의 천막 아래서 이리 뛰고 저리 뛰는 악마에게 고하던 트럼펫이 내는 쓰라린 고통의 소리. 이들이 어우러져 울리면서 거창하고 으스스하게 신을 부르던 기원의 메아리는 사라지고, 이제 목소리는 새로운 가락 속으로 침잠한다. 그리고 갑자기 모든 연주자들이 울부짖는다.

"나가라, 악마여. 나가라, 이 사탄의 종들아. 다시 어둠 속으로 사라져라. 꺼져라, 악마들아, 꺼져!"

뒤에서 따라 외치는 소리가 들린다.

"나가라! ……나가! ……꺼져라, 꺼져!"

동굴 속 바람 소리만큼이나 스산하게. 이제 음악은 점점 커지고, 노랫소리가 어우러져 나온다.

"나가라, 악마들, 나가! 꺼져라, 악마들, 꺼져! 나가 버려, 악마들, 나가 버려라!"

메일러는 지역사회 노래를 싫어했다. 본 영화가 시작되기 전에 나오던 그 노래는 어린 마음을 조급하게 했다. 영화를 보고 싶지 노래를 하고 싶지는 않다는 말이다. 그런데도 지금 부르는 소리는 뭔가 목구멍으로 전달되는 것이 있었다.

"나가라, 악마들. 나가."

메일러는 나직이 따라 불렀다.

"꺼져라, 악마들. 꺼져 버려."

그리고 자신의 발, 그저 미국인의 발일 따름이지만, 그 발이 지금 장단을 맞추고 있었다.

"나가라, 악마들. 나가."

펜타곤의 주인공들 가운데 지금쯤 떨고 있는 사람은 없을까? 푸닥거리의 효과를 입어 덜덜덜 떨리는 사람은! 흔들거리는 펜타곤의 명수들?

"나가, 악마들. 나가 버려! 꺼져, 악마들. 꺼지라고!"

에드 샌더스의 목소리가 들렸다. 그 친구는 빨간 금빛 머리에 빨간 금빛 수염을 기르고 있었다. 《퍽유》*라는 시 전문지의 편집자요 발행인이며, 르네상스 음악의 지휘자, 작곡가, 악기 연주자, 퍼그스의 보컬리스트, 앨런 긴즈버그의 부하였다. 앨런은 참 굉장한 부하를 키웠다. 샌더스가 말한다. "펜타곤 역사상 맨 처음으로 이 장소에서 30미터 안, 아니 60미터 안에서 어떤 일이 벌어질 겁니다. 평화 정신과 동포애의 씨를 뿌리는 절정, 평화를 위한 진정한 모색이란 말이죠. 이 사랑의 의식을 보호하고 싶은 분들은 모두 사랑하는 사람들 주위에 보호의 원을 만들어 주십시오."

"보호의 원을 그려 주세요."

다른 목소리가 외쳤다.

"이 동그라미들은 승리를 위한 마법의 눈들입니다."

샌더스는 계속했다. "승리, 평화를 위한 승리라. 돈이 펜타곤을 만들었으니 녹여 버리세. 돈이 펜타곤을 만들었으니 사랑으로 녹여 버리세."

다른 목소리들이 들린다.

"그 돈을 태워라, 그 돈을 태워라, 태워라, 그걸 태워라."

샌더스의 말.

"프리아포스의 회생 능력으로, 전체주의의 이름으로, 우리는 펜타곤의 악마들을 불러 자신들이 무슨 짓을 하는지조차 모르는 전쟁의 장군들, 부하들, 군인들, 이들의 악성종양들을

---

* 포스트모던 초기 시 전문지. 당시 실험적 저항 의식을 제목(Fuck You)에서 표현했다.

192

제거하라고 명했다. 음모를 꾸미는 정부와 전립선암으로 증오와 죽음의 침상에서 캑캑거리는 더러운 것들을 모두 잘라 버리라고 명하노라. 밤에 홀로 누운 펜타곤의 장군들은 모두 고통으로 뒤틀린 혼과 죽음의 영상으로 머리가 어지럽도다. 장군마다, 홀로 누운 장군마다, 홀로 누운 장군마다 모두."

야생적인 외침이 노래로 이어진다.

"나가라, 악마들. 나가! 꺼져라, 악마들. 꺼져! 꺼져! 꺼져, 꺼져, 악마들. 꺼지라고!"

샌더스의 말.

"성스러운 가운데서도 가장 성스러운 자브락스 프레스즈너의 이름으로."

이제 이런 노래가 반주된다.

"하리, 하리, 하리, 하리, 라마, 라마, 라마, 크리슈나, 하리 크리슈나, 하리, 하리, 라마, 크리슈나."

"나가라, 악마들. 나가."

모두 노래했다.

"불과 전쟁을 끝내라, 죽음의 재난을 끝내라. 불과 전쟁을, 죽음의 재난을 끝내라."

길게 끌며 으음음음 하는 소리가 배경으로 깔리고 있었다.

저 히피들은 어느 환각의 여정에서 마녀와 악마와 온갖 원시적 경외의 정수에 부딪치고 있는가? 저 야생적 폭발, 신성모독이 녹아들고, 터부의 뇌관이 폭발하고, 노한 신들이 답한다. 폭발이 수없이 계속된다. 한 번 정도 평범한 대화와 습관적인 대답이 이어진다. 온갖 폭약, 아니 더 위력 있는 핵폭발까지도, 지금껏 파묻혀 있던 악마의 커다란 솥을 폭파시킨 적이 있던가?

현재가 과거를 온전히 흡수한 적이 있던가? 핵폭발이 낳은 파편들이 온갖 환각제, 아편, 위스키, 속력, 흥분제를 통해 거대하게 움직이는 뇌 속으로 들어갔던가? 과거는 손에 닿을 듯했다. 죽음의 저택들 안에서 움직이는 세포들, 죽음은 사라져 가고 있다. 죽음이란 치유할 수 없는 병이 조금씩 소모되는 것, 그러니 죽음이 사라져 버리면 더 이상 생명도 없다.

메일러는 마녀의 나라로 외로운 순례를 계속했다. 위스키의 날개 없이도 전장의 한 모퉁이에서 이런 생각들이 오가는 게 이상했지만. 문득, 네 번 결혼하고 세 번 이혼한 메일러에게 여자의 어떤 면은 마녀가 실제로 존재한다는 가정만큼이나 설명하기 어려운 일이라는 생각이 들었다. 환각제의 도움 없는 이 외로운 여정이 오히려 가장 어려운 경험까지도 증류시키는 것 같았다. 메일러는 가만히 이렇게 생각해 보았다. 한때 마르크스 이론도 훔쳐보았고 사회주의를 표방하는 잡지에 편집인으로 있으면서도 활동은 전혀 하지 않은 나. 어디서 어떻게 내가 이 마녀의 놀라운 위력을 설명하고 정당화할 수 있겠는가? 사회주의자의 시선을 실존적인 것에 끌어들여 보는 건 쉬운 일이 아니었다. 공공연히 보도됐던 몽롱한 티베트 라마교 승려의 불타오르는 광적 신앙심, 환각에 묻힌 세계를 돌아 나오며 얻는 소문의 열매, 이렇듯 LSD를 종교적 차원에서 수년 동안 얌전히 더듬어 본 뒤, 지금 여기 환각제에 젖은 세대의 아이들의 편안한 천국의 영상들에 이별을 고한다. 지금, 정말로 마녀들이 보이고 굿판이 계속되며 어두운 밤의 폭력이 난무한다. 히피들이 죽나 보다. 그래, 히피들은 티베트의 신앙, 기독교 신앙, 중세의 신들까지, 뒤죽박죽 순례를 했으니, 그 모든 신들을 주

물컹거려 굉장한 걸 만들려고 했으니, 가히 혁명적 연금술사들이로군. 하지만 뭐 어때, 결국 따지고 보면 나도 보수적인 좌파인걸. 메일러는 이렇게 생각했다.

"나가라! 악마들이여. 나가, 나가, 악마들. 나가라고!"

"전 이 자리가 좋은데요."

메일러는 로웰에게 말을 건넸다.

로웰은 고개를 저었다. 곤혹스러운 표정이 스친다.

"처음엔 좀 괜찮은 것 같더니 똑같은 소릴 반복하니 지겨운데."

맥도널드의 창백한 동공에도 거친 환락이 담겨 있었다. 어느 정도는 미칠 듯 즐거우면서도 한편으로는 뜻 없이 반복되는 소리에 정신이 헷갈린다는 듯이. 맥도널드는 뜻이 없는 것, 무의미한 것을 싫어했다. 베트남전쟁보다 싫어할 정도였다. 그러면서도 맥도널드는 여기에서 비평가로서 새로운 자극을 받은 듯 들떠 있었다.

하지만 로웰이 싫어한 건 의미 없는 반복이 아니었을 것이다. 그게 아니라 음악 속에서 느껴지는 최면적인 것이 모두 싫었을 것이다. 비록 자신의 시도 대부분이 최면으로 가는 길목과 그너머 사색의 대양 사이 중간 지점의 형식적 마술로 읽힌다 할지라도.

> 치누크 바람처럼 거칠게 부수며
> 연어가 튀어 오르다 다시 떨어지네.
> 그 단단한 돌과 뼈를 부수는
> 폭포 위로 치솟으면서……

그렇지, 비록 로웰의 기막힌 리듬 감각이 독자를 시 속으로 깊숙이 끌어들인다 해도 그 시들은 절대 최면이 아니다. 시어가 이름이라든가, 장소라든가, 실제를 통해 구체적이고 독특한 감각을 끌어내기 때문이다.

>   기억하는가, 마리안 앤더슨의
>   노래를, 모차르트의 「목자 왕」을,
>   그 목가적인 선율. 귀상어,
>   세상의 아름다운 무지갯빛 연어
>   그리고 네 손엔 장미 한 송이…….
>   미터실에서 너는 하늘을 나는 것들보다도 더 높이 올라 있
>   었네…….

로웰의 시는 우물 속에 살고 있는 듯한 느낌을 준다. 메아리는 깊고, 소리는 마침내 이끼 낀 돌 사이로 사라진다. 그 아래는 벨벳 빛을 띠고, 잔물결은 감지할 수 없다. 하지만 화자는 등을 대고 우물 속에 누워 밤에는 하늘을 바라보며 별을 세기도 한다. 별자리를 읽는 듯한 로웰의 시는, 읽는 이가 얼굴을 들이밀고 저 우물 깊숙이 무엇이 있는지 들여다보게 하질 않는다. 그저 우물 속에 있는 것으로 충분하다. 자, 그러니 이제 하늘을 보라! 세상은 별들로 반짝이고 있잖은가.

최면에 빠진 로웰은 헤어나려고 했을 것이다. 분명히 나무로 된 톱니처럼 땡땡거리는 추상적인 소음들이 싫었을 것이다. "하리, 하리, 하리, 하리, 라마, 라마, 크리슈나, 하리, 라마, 크리슈나." 그리고 거친 인디언들의 외침 같은 "나가, 악마야. 나가라!"

이 시인에게 최면처럼 위험한 것은 없다. 모든 생각들이 하나로 뭉쳐 평탄한 잠에 빠지는 것, 무분별하게 아무 길로나 들어가는 기법은 위험하니까 말이다.

"음, 음, 음."

누가 아는가, 미래의 시작법에서는 잘 분절된 마디들이 분별할 수 없는 항아리들 속으로 녹아 버릴지. 아니다, 로웰의 좋은 시는 깊이 빠지는 것을 경계한다. 그러니 순찰대를 두는 것이 최선책이다. 한 가지 생각을 품고 들어갔다가 더 많은 생각을 얻어 나오니까 말이다. 그러니 "음매, 음매, 위대한 심연이여. 이 양을 죽이든 살찌우든 마음대로 하십시오."라고 외쳐 대는 긴즈버그 스타일에 몸을 탁 맡기고 빠져들 수야 없겠지. 아니다, 발뒤꿈치를 들고 들어가서 침략을 감행하여 이상적인 선(善)을 얻어 와야 한다. 게다가 퍼그스 악단이니, 힌두교식 종소리니 환각제에 취한 푸닥거리니 하는 것들은 모두 앨런 긴즈버그의 부하들이 하는 짓이다. 아직 펼치지 않은 왕의 카펫 앞에 선 영국 근위 보병 1연대처럼 시인들은 상대방의 영역을 무단 침입해선 안 되는 것이다.

로웰은 끝까지 맘에 들지 않아 했지만 소리 자체는 매력적이었다.(그 소리들은 메일러를 행복한 동지애 속으로 끌고 들어갔으니 말이다.) 술 한잔도 마시지 않았는데, 메일러는 다시 원기가 솟아 싸우자는 생각이 꿈틀거렸다. 에드 샌더스 악단 주위에 쳐진 방어선를 무너뜨리면 얼마나 멋질까 하는 생각이 떠올랐다. 저 친구, 붉은 금빛 수염으로 사람들 앞에서 괴물처럼 말하는 모습이 항상 도가 좀 지나치다 싶었는데 지금은 딱 좋단 말이야. 정말 그럴싸해. 메일러는 "나가라, 악마야. 나가 버려."라는 외침 속에서 사라졌던 기운이 다 소생하는 듯 느꼈다.

그때 이런 두서없는 생각들이 뒤에서 벌어진 어떤 광경과 전쟁의 외침 소리에 깨졌다. 실제로 외치는 소리가 났던 것은 아니었다. 소리 없는 공격 작전 속에서 일부러 숨을 죽여 들리지 않는 외침이었다. 200~300명쯤 되는 무리가 오토바이 헬멧이나 펜싱 재킷이나 미식축구 선수들의 숄더패드를 걸치고 빠른 속도로 달리다시피 걸어오고 있었다. 이상한 광경이었다. 60여 미터 길이로 대열은 V 자 형이었는데, 앞부분의 폭이 15미터는 돼 보였고, 정면과 꼭짓점 부근에는 두세 명이 푸른색과 황금색 깃발 두세 개를 받쳐 들고 있었다. 민족 해방 전선의 깃발들이었다. 그렇다. 베트콩의 미국 분대가, 지금 퍼그스 악단이 연주하는 곳에서 50미터도 채 안 되는 지점에서 보이지 않는 펜타곤을 공격하려고 주차장을 가로질러 오는 중이었다.

급히 다가오는 모습을 자세히 보니 깃발을 든 사람들이 이상한 각도로 달리고 있었다. 기와 장대의 무게가 사람들의 몸체를 앞으로 끌어당겨 상체가 다리보다 훨씬 앞서서, 꼭 자신들의 팔다리보다 큰 흉상을 안고 가는 것 같았다.(아마 이런 인상은 이들이 걸친 방어복과 채워 넣은 패드 때문인지도 모른다.) 그 뒤에는 깃발과 포스터를 들고 가는 사람들이 너무도 많아 구호의 홍수를 보는 기분이었다. 막대기나 부러진 나뭇가지는 나중에 무기로 쓰려는 속셈 같았다. 거의 모든 사람들이 바람을 막으려는 듯 몸을 앞으로 굽히고 가는데, 메일러는 이렇게 뭔가를 들고 구부리고 달려가는 모습을 어디에선가 본 것 같았다. 그래, 북군이 들판을 가로질러 공격하는 장면을 매튜 브래디가 찍은 사진이다. 같은 목적으로 뭉친 사람들의 물결을 보니 이들의 몸체가 팔다리보다 훨씬 더 크게 보였다. 몸이 전체의 한 부분이었기 때문인가 보다. 다리는 어딘지 허약해 보였고 상체에서 분리된 듯한 인상을 주었다. 공격을 시작하는 모양이다. 쐐기 모양의 대열이 앞으로 돌진한다. 이건 선의의 공격으로 미리 준비됐던 모양이다. 사람들은 주차장의 좁은 출구로 빽빽이 몰려들어 그 사이를 비집고 나갔다. 출구께는 길목이 좁은데다 울타리와 둑이 있고 작은 소나무들이 서 있었다. 무리는 깃발을 앞세우고 이것저것 둘러메고 그곳을 빠져나갔다. 조금씩 둑 위로 나가는데, 앞줄이 빠지면 뒤에서 사람들이 다시 힘을 가해 밀고, 다음 줄이 빠지면 또 밀고 하여 마침내 모두 다 빠져 나가자 운동장은 다시 안정을 찾으며 고요해졌다.

몇 분 동안 아무 일도 없었다. 대열 앞쪽에서 무슨 일이 일어나는지 보이지도 않았다. 퍼그스는 계속 "나가라, 악마여. 나가."를 불러 대고 있었다. 주차장 사방에서 공격이 어찌 되어 가는지 보려고 사람들이 메일러 일행 쪽으로 줄지어 오고 있었다. 음악을 듣던 사람들이 상당수 모여들었는데, 누군가가 메일러에게 다가와 웃으며 말을 걸었다. 그는 로웰과 맥도널드도 알고 있었다.

"저쪽에 있는 사람들이 메일러 씨를 찾는데요, 한 말씀 해 주십사 하고요."

그러는 저쪽이란 곳은 몇 백 미터는 떨어져 보였고, 바로 팔꿈치 아래서도 무슨 일이 일어날지 모르는 때에 그곳은 너무 멀었다.

"정말입니다."

그 친구가 히죽 웃으면서 말했다.

"사람들이 '진짜 노면 메일러가 지지해 줄까?' 하더군요."

『우리는 왜 베트남에 와 있는가?』라는 소설 표지에 사진 두 장이 실려 있는데 바로 그 사진을 설명하는 말이었다.

"이따가 그곳으로 가죠."

메일러가 대답했다. 그때그때마다 조금씩 다른 즉흥 연설을 마련하는 것은 약간 피곤한 일이다. 한 번도 그 즉흥 연설들을 써 보진 못했지만. 솔직히 말하면 메일러는 정말 아무런 말도 하지 않겠다고 마음먹던 참이었다. 지금 막 행동을 전개하려는 판국에 문학하는 사람들에게 연설이나 듣는 것이 어울리지 않는 일 같았다. 그러나 메일러의 허영심은 유혹을 받는다. 하루 종일 지겹도록 많은 연설을 들었을 테니 하나 정도는 틀에서 벗어난 걸 좀 듣게 해 줄까.

그래도 자리를 뜨는 것이 내키지 않는다. 폐부에서 타는 듯한 열기와 숨 막히는 공기, 적도에서 사는 듯 느껴지는 그 친숙한 환희의 열기가 다시 찾아든다.

"저 사람들이 어떻게 공격하는지 한번 보러 갑시다."

메일러가 말을 꺼냈다.

세 사람은 퍼그스 악단을 떠나 출구 앞에 빽빽이 몰려 선 대열 뒤쪽으로 걸어갔다. 주위에 사람들이 몰려 있어서 늦게 온 사람은 무슨 일이 일어나는지 도저히 알 길이 없었다. 그렇다고 뒤편에 서서 무슨 일이 벌어지는지 묻는 것도 우스꽝스럽게 느껴졌다. 세 사람은 몇 발자국 물러선 채 저쪽 끝으로 가서 연설이나 들을까 하며 상의했다. 어쩐지 극적인 순간이 다 사라진 것 같은 기분이었다.

갑자기, 정말 아무런 예고도 없이 계단 아래 있던 사람들,

민족 해방 전선 깃발을 든 부대가 겁에 질린 채 뒤쪽으로 뛰어왔다. 그때 메일러는 시위 현장을 두 눈으로 똑똑히 본 사람이 말한 것과 비교하면 너무도 다른 영상이 오버랩되는 것을 보았다. 둑 아래로 민중을 뒤쫓는 제복 입은 군인이나 헌병을 정확히 본 것은 아니었다. 겁에 질린 얼굴로 달려 내려오는 시위자들뿐이었다. 그러나 메일러는 헌병들이 총대를 들고 뒤쫓고 있다는 상상 속에서 그 총대를 분명히 본 것 같았다. 다음 순간, 투명한 영상이 두 장으로 겹쳐지듯 메일러의 마음속에서는 정말로 그것을 본 것은 아니라고 깨우치는 소리가 들렸다. 그러자 자신을 향해 다가오는 공포에 질린 얼굴들이 좀 더 선명해졌다. 메일러는 이들에게 짓밟히지 않으려고 달리기 시작했다. 그 순간 헌병들이 뿜어 대는 최루탄 세례가 머릿속에 떠올랐다. 역시 전율을 느꼈다. 최루탄은 싫다. 메일러는 죽어라고 몇 발자국을 달려서, 물이 잘 빠지라고 주차장의 콘크리트 바닥에 움푹 파 놓은 배수구로 발을 디뎠다. 달리다가 갑자기 멈추니 몸이 기울면서 거의 넘어질 뻔했다. 그러고는 순간, 자신의 내부에 이리도 많은 두려움이 있었던가 생각했다. 사흘간 단 일 분도 느끼지 못했는데 이렇게 첫 번째 위협의 기미에 어이없이 터져 나오다니 화가 났다. 정말로 도망친 자신에게 분노했으며 어깨 너머로 흘깃 본 맥도널드의 침착한 모습에 더욱 창피했다. 열 명도 넘는 사람들이 겁에 질려 맥도널드의 주위로 달려들었는데, 그 친구는 꿈짝도 하지 않고 서 있었단 말이다. 맥도널드는 자기 자신의 인생을 사는 사람, 자신이 배운 것을 깨달은 사람이 짓는 고요한 표정으로 누구에게서도 도망치지 않겠다는 듯 서 있었다.

세 사람은 다시 모였다. 머리가 어지러웠다. 저 아래 있던 사람들이 왜 갑자기 도망쳤는지 아무도 몰랐다. 공격은 개시됐다가 멈추었고, 사람들의 얼굴에서 후회가 가시면 다시 폭력이 휩쓸었다가 저절로 다시 풀어지곤 했다. 메일러가 가장 우려했던 상황이 벌어지고 있었다. 오늘 오후에 벌어지지 않았으면 하던 상황이 지금 벌어지고 있었다. 세 사람은 특정 부대나 집단에 끼지 못하고 그저 주변을 빙빙 돌 뿐, 다음에 무슨 일이 벌어질지 모르고 있었다. 계속 뒤죽박죽된 상태에 있는 것이다. 그러다가 날이 저물 것이다. 어리석게도 촛불을 켜 들고 우왕좌왕하면서 누가 우리를 잡아가지 않을까 기다리는 세 유명 인사의 모습이 그림처럼 머릿속에 선명히 떠오른다.

"저기."

메일러가 말했다.

"차라리 지금 체포되는 것이 어떻겠어요?"

벌어진 신경의 틈새를 조이면서 메일러는 이렇게 욕망을 털어놓았다.

"이것 봐, 노먼."

로웰이 말했다.

"기왕 잡힐 거면 여기서 빠져나가는 게 낫지 않을까? 베트콩 깃발 바로 뒤에 서서 잡히면 일의 성과에도 좋을 게 없잖아?"

그 말은 충분히 일리가 있었다. 메일러는 베트콩 깃발과 같이 데모하는 게 전쟁을 종식시키기 위한 다수의 운동에 도움이 된다는 것이 이해되지 않았다. 로웰과 논쟁을 벌일 수 없었다. 그 말에는 일리가 있는 듯싶었으나, 전쟁에서는 일리가 있어서는 안 된다는 듯이 여전히 메일러는 마음이 편하지 않았다. 결국 저 깃발 뒤에 서지 않고서는 사람들이 그를 진지하게 생각하기 어렵단 말인가!

그래서 세 사람은 자리에서 일어나 건너갈 길이나 주차장 맨 끝의 울타리나 경계선을 찾았고, 곧 발견했다. 45미터쯤 걸어가니 미군 헌병들이 잔디밭에 앉아 있었다. 그 앞에는 밧줄이 낮게 둘러쳐져 있었는데, 땅에서 불과 30센티미터도 채 떨어진 것 같지 않았다. 주차장에서 밀려들어 온 시위자들은 모두 밧줄 뒤편에 서 있었다. 로웰과 메일러와 맥도널드는 밧줄과 헌병들만 보이는 앞까지 쭉 걸어갔다.

6. 강을 마주 보고 대치하다

곰곰이 연구해 볼 상황도 아니었다. 헌병들은 두 대열로 넓게 간격을 두고 서 있다. 첫 대열은 밧줄에서 약 10미터쯤 떨어져 있는데 그 대열 안에 헌병들은 거의 20미터 간격으로 서 있다. 첫 대열에서 10미터 정도 떨어진 다음 대열에서도 같은 간격으로 헌병들이 서 있었다. 그리고 그 뒤로 30미터 떨어져 사람들 한 무리가 보였다. 약 45미터마다 미 육군 장성 두세 명이 하얀 헬멧에 검푸른색 제복 차림으로 서 있었다. 모두 거기서 기다리는 중이었다. 두 기운이 서로 맞붙었다. 두 편으로 나뉜 내밀한 침묵.

한쪽 차고 지붕에서 펄쩍 뛰어 옆 차고 지붕으로 막 넘어가려는 사내아이가 된 듯한 기분이었다. 결코 지체할 수 없었다.

메일러는 맥도널드와 로웰에게 말했다.

"갑시다."

세 사람은 다시 바라보거나 멈추어 생각을 가다듬거나 하지 않았다. 메일러는 곧장 낮게 쳐진 밧줄을 단호하고 거침없이 건너뛰었다. 그러고는 잔디밭을 가로질러 가장 가까이 있는 헌병에게 접근했다.

마치 공기가 바뀌거나 불빛이 바뀐 것 같다고나 할까. 순간 훨씬 더 생생하게 살아 있다는 느낌이 들었다. 정말 공기 속에서 목욕이라도 한 것 같았다. 그러면서도 마치 자신의 연기를 영화 속에서 지켜보는 배우처럼, 자신으로부터 분리된 느낌이 들었다. 메일러는 밧줄 너머 자신을 지켜보는 사람들을 등 뒤로 느낄 수 있었다. 관중의 존재가 등에 따갑게 느껴졌다. 앞으로 더 걸어가서 헌병과 시선을 마주쳤다. 완전한 이방인들이 맨몸으로 부딪치며 서로 잠깐 결속될 때 맛보는 투명함이 일었다.

헌병은 아무도 지나갈 수 없다는 듯 곤봉을 가슴까지 들어올린다. 메일러는 적이 침착하고 강하기를 은근히 바랐다. 왜 아니겠는가? 상대는 모든 힘과 무기를 장악하고 있는데. 그런데 놀랍게도 헌병은 덜덜 떨고 있었다. 약간 백인 피가 섞인 것 같은 흑인 아이였다. 흑인들이 많지 않은 작은 마을 출신 같아 보였다. 어떻든 할렘의 냄새나 악마 같은 분위기나 블랙 파워 따위를 외치는 것과는 전혀 상관없어 보이는, 그저 군복을 입고 눈에 공포의 빛이 역력한 순진한 어린아이였다.

'왜, 하필이면 나를 향해 왔나요?'

이게 돌처럼 굳은 표정이 전달하는 메시지였다.

"돌아가십시오."

그는 쉰 목소리로 메일러를 향해 말했다.

"자네가 날 체포하지 않으면 곧장 펜타곤으로 갈 것이네."

"안 됩니다. 돌아가십시오."

그러자 이런 생각이 다시 치민다.

'날 체포하지 않겠다니, 도대체 나더러 어찌하란 말인가.'

지금 걸어온 10미터를 되돌아간다는 것은 말도 안 된다.

헌병이 말을 할 때 치켜 든 곤봉이 가늘게 떨렸다. 이 친구가 날 한 대 치고 싶어 곤봉이 떨리는 건가, 아니면 은밀하게도 내가 이 어린 군인의 팔에 공포심을 심는 도덕적 힘을 소유한 건가? 곤봉에서는 빨리 돌다가 천천히 흔들리기도 하는 서툰 흐름이 새어 나왔고, 헌병은 밧줄을 바라보던 자세에서 천천히 옆으로 몸을 돌렸다. 메일러는 헌병을 따라 움직였다. 둘은 반 바퀴를 돌아 서로 마주 보았다. 곤봉을 떨면서, 그런 식으로 직접 건드리지 않고 심리전을 계속하다 보니 메일러는 밧줄을 마주 보고 헌병의 뒤에 서게 됐다. 이제 이 아이는 소설가를 떼어 놓은 셈이다. 곤봉 끝은 계속 떨리고 있었지만 손끝하나 까딱하지 않고. 메일러는 빙그르르 몸을 돌려 그다음 줄에 서 있는 헌병을 향해 빨리 걸었다. 그러자 갑자기 어떤 본능 같은 것이 치밀어 올랐다. 메일러는 두 번째 줄에 있는 헌병 주위를 뱅글뱅글 돌며 가장 가까운 사람을 골라 뛰어넘어 대열을 곧장 뚫고 지나가는 척했다. 사실 그게 바로 마음먹었던 것이기도 했지만. 어떻든 헌병 사이를 누비고 다니는 것이 얼마나 쉬운가를 깨닫기도 하며 보여 주기도 했다. 모두 어안이 벙벙하다. 메일러가 옆을 지날 때마다 표정들이 움찔움찔했다. 무엇을 어찌해야 할지 모르겠다는 눈치였다. 검은 세로 줄 무늬 양복 안에 조끼를 걸치고, 적갈색과 푸른색이 섞인 점잖은 넥타이를 매고, 머리는 가르마를 반듯이 타고, 가슴은 불룩 나오고, 배도 약간 나온 유명 인사가 비집고 나간다. 틀림없이 은행가처럼 보였겠지, 정신 나간 은행가! 잔디밭을 가로질러 오른편에 펜타곤이 보였다. 100미터도 채 안 되는 거리였다. 왼편으로 조금 떨어져서 군 지휘관들이 서 있었는데, 메일러는 그쪽으로 뒤뚱거리며 뛰어가서 헌병들 코앞으로 바싹 다가섰다. 헌병들이 노려보며 소리쳤다.

"돌아가십시오."

불길에 휩싸여 투명하게 타오르는 회색 눈빛과 단단해 보이는 얼굴 근육을 재빨리 훔쳐보며 메일러가 말했다.

"못 돌아가오. 날 체포하지 않으면 펜타곤으로 갈 거요."

그 얼굴에서 대단한 결심의 빛을 알아차린 듯 헌병 가운데 두 명이 펄쩍 달려들었다. 체포하려는 결정적 순간에 모든 경찰들에게서 느껴지는 냉랭하고 불쾌한 살의가 번뜩였다. 그때 아마 모든 경찰들은 마음속으로 메일러가 한 대 먹여 줬으면 하고 바랐으리라. 그래야 자신들이 잔뜩 진 죗값이 좀 가벼워질 테니까 말이다. 메일러는 놀라운 위력을 목소리에 담아 으르렁거렸다. 이 새로운 업적과 새로운 권위에 스스로 대견스러울 지경이었다.

"손을 치우시오. 반항하지 않을 테니까, 알겠소?"

그러자 한 사람은 손을 놓고, 다른 한 사람은 팔에 수갑을 채우려다 그만둔다. 메일러는 겨드랑이에 와 닿는 딱딱한 손의 감촉에도 움찔하지 않으며 조금 빠른 속도로 헌병들과 함께 들판을 가로질렀다. 펜타곤의 벽과 나란히 걸어가니 드디어 그 건물이 완연히 제 모습을 드러냈다. 드디어 성공했다. 머리에 곤봉 한 번 맞지 않고 체포되는 데 성공했다. 자, 이제 산더미 같은 공기가 폐부에 연기처럼 가늘고 맵싸하게 밀려온다. 이 납덩이 같은 벽면 위에 서린 광포한 긴장은 지금껏 이리저리 방황하던 것보다 훨씬 더 짜릿한 사건들을 약속하고 있었다. 이제는 단순한 방문객이 아니란 말이다. 바로 이곳이 적지이며 곧 적과 대면하게 될 것이다.

4장
토요일 밤과 일요일 온종일

1. 체포 80, 법의 저편에서

우리 소설가의 오랜 작법 중 하나는 (수없이 옆길로 새었다가 드디어) 이야기의 절정으로 몰아넣어 읽는 이가 제아무리 세련된 교양인이어도 짐승처럼 가슴을 헐떡이며, "그래서 어떻게 됐어? 그다음 무슨 일이 벌어졌냐고?"라고 묻게 만드는 것이다. 이런 수법을 '악'이라고 부를 수 있을지도 모르겠다. 우리의 소설가, 이 극도로 잔인한 연인은 이 지점에서 옆길로 빠져나가 절정을 좀 늦추는 것이 독자를 더 깊이 끌어들이는 길이라고 생각한다.

물론 이건 빅토리아 시대 때나 쓰던 수법이지, 고속도로에 익숙한 요즘 독자들은 아마 옆길로 새는 순간 읽던 것을 집어치우고 텔레비전 앞으로 다가갈 것이다. 그러니 현대 작가들은 정중히 사과해야 한다. 감히 옆길로 새 나갈 때 말이다. 그런 수법을 쓰는 자신을 용서하라고 빌고, 필요에 따라 간청을 해야 하기도 한다.

그래서 지금 메일러는 간청하고 있다. 사건의 진행을 잠시 늦추어야만 하기 때문이다. 우리를 쉬엄쉬엄 끝까지 끌고 갈 역사적 요소들을 좀 더 소개하기 위해서다. 독자들은 물론 계속 충격적인 내용을 기대하겠지만, 이 경우 참가자, 즉 메일러는 증인이요 배우일 뿐 아니라 사진도 찍어야 하기 때문이다. 무슨 말인고 하니, 메일러가 변명의 여지없이 나약해진 순간이었던 것 같은데, 그만 딕 폰테인이라는 영국의 영화 제작자의 요청에 응하고 만 것이다. 그 영화 제작자는 메일러에게 기록영화를 만들어 영국 텔레비전에 방영하자고 제의했다. 메일러도 그 전에 소위 기록영화라는 것을 만들어 본 적이 있었는데 별로 즐겁지 않은 경험이었다. 그저 의자에 앉아 카메라나 축복해 주었던 것 같다. 이야기가 다 끝났을 때, 메일러는 전혀 아놀드 토인비도 아니었고 버트런드 러셀도 못 되었다.(아마 에릭 골드만조차 못 되었지 싶다.) 지성인으로서 메일러는 스스로 갉아먹는 요소를 지닌 것 같았다. 자신이 아는 척하는 것보다 실제로 아는 것이 별로 없다고 꼬집어 주는 음성이 들린다. 그 기록영화 속의 자신, 카메라 앞에서 이야기하는 자신을 바라보는 것이 별로 기분 좋지 않았다. 무사로서, 자칭 장군으로서, 전(前) 국회의원 후보자로서, 문학계의 나이든 앙팡테리블로서, 여섯 아이들의 현명한 아버지로서, 급진적 지성인으로서, 실존주의 철학자로서, 열심히 일하는 작가로서, 욕설의 챔피언으로서, 달콤한 투사 아내 넷을 거느린 남편으로서, 바의 상냥한 술꾼으로서, 과장된 거리의 투사로서, 파티 주최자로서, 안주인을 모독하는 손님으로서……. 메일러는 이 첫 기록영화에서 지우지 못할 결정적인 흠을 보였다. 바로 자신이 절대 인정할 수 없는 자아이며 마지막 남은 오점인 브루클린 출신의 상냥한 유대계 소년이라는 사실 말이다. 목젖에 이상이 있었던지 메일러는 이렇게 내뱉고 말았다. 일찍이 어머니의 사랑에 흠뻑 취했던 남자의 부드러움을 지니고 있노라고. 이후 메일러는 자신에 관한 기록영화와는 담을 쌓았다. 재능 있는 촬영기사 메이즐스 형제 같은 이들이 접근해 왔지만 허사였다. 메일러가 마음에 들어하던 성격 좋고 젊은 영국 숙녀가 폰테인을 소개했는데, 영국인 특유의 황소같이 꾸준한 노력으로 그는 결국 메일러를 끌어들이는 데 성공했다. 폰테인 일행은 오직 메일러의 행동에만 초점을 맞추기로 약속했다. 즉 연설은 전혀 하지 않기로 했다는 말이다.

자, 그러니 보시라, 이 약속의 첫 이행을. 메일러의 두 번째 영화(제목은 우선 「체포 80」이라고 붙였다가 나중에는 다시 「법의 저편에서」라고 붙였다.) 촬영 첫날이었다. 형사와 용의자가 경찰 관할 구역에서 벌이는 추적을 찍는데, 메일러에게는 영화를 만드는 데 그 나름의 지론이 있었다. 자신을 잘 변호하여 곤경을 헤쳐 나갈 수 있는 연기자를 원했다. 그래서 후보자들이 카메라를 거의 의식하지 못할 정도로 긴박한 상황에서 연기를 하게 한 뒤 배역을 정했다. 연기 경험이 있든 없든 그리 큰 관심사가 아니었다. 한 번도 연기해 본 적이 없던 사람들이나 연습 없이는 무대 위에서 한 마디도 못하는 사람들이 대본 암기에 구애를 받지 않고 하고 싶은 말을 하게 될 때, 의외로 멋진 연기를 해낸다는 것이 메일러의 지론이었다. 이 활발한 이론에 따라 많은 것을 감독에게 넘기고 자신은 멀찍이 떨어질 수 있었다. 필름을 찍던 첫날 밤에 그는 카메라 세 대를 담당할 스탭을 여러 방에 배치하고 각 방에서 동시에 심문이 이루어지게 하느라 법석을 떨었다. 한쪽 심문반에서 소리를 치면 다른 방의 조용한 분위기가 깨지기도 했으나 카메라 세 대와 배우들이 동시에 같은 층에서 장면들을 찍는 이 과정이 완벽하고 강렬하여 배우들에게는 마술처럼 작용했으리라. (경찰서 안에서 벌어지는 과정과 똑같이) 촬영이 동시에 이루어지고 있었으니 말이다. 메일러의 계획대로 잘만 만들어지면 그야말로 지금껏 나온 경찰에 관한 어떤 영화보다도 더 훌륭한 작품이 나올 것 같았다. 지금껏 만들어진 범죄와 처벌에 관한 형식적인 할리우드식 도덕성을 탈피한 첫 영화가 될 것이 확실했다. 메일러의 영화는 경찰과 범죄자들 사이에 비밀스러운 관계를 파헤친 믿지 못할 이야기를 담고 있었는데, 이 점에서 분명히 실존적인 내용이었다. 경찰은 다른 영화에 등장하는 경찰보다 더 흥미롭고 용의자들은 낯선 거리에서 부딪친 멋진 얼굴만큼 생생했다.

그러나 촬영 첫날은 재난의 기미까지 풍기는 혼란스러운 상황이 연출됐다. 감독은 아주 미욱하게 생긴 친구들을 경찰 역으로 정하고 아주 복잡 미묘하게 생긴 친구들을 용의자 역으로 뽑았는데, 곳곳마다 연기가 과장됐다. 그러니 혼란도 잇달았다. 카메라맨, 음향 기사, 사진사들이 부딪치기 일쑤였고, 이쪽 카메라의 스탭이 저쪽 카메라 렌즈에 눈을 갖다 대는 북새통에 네 번째 카메라가 등장했다. 폰테인이 이끄는 영국 BBC 촬영 팀이었다. 감독은 이 네 번째 팀이 혼란을 야기하는 주범인 듯 몇 번이나 저지하려 했다. 그런데 한창 연기가 고조되는 가운데 첫 번째 카메라의 필름이 떨어졌다.

"얼른 다른 카메라 가져와."

메일러는 복도에 대고 낮게 으르렁거렸다. 그런데 두 번째 카메라는 한창 필름을 감는 중이었고, 세 번째도 마찬가지였다.

"가만있자, 그럼 저기 저건 누구 거야?"

감독이 으르렁거렸다.

"저기서 돌고 있는 카메라는 누구의 것이냐고!"

"아, 저건 BBC예요."

"아, 저건 BBC예요."라는 기술 팀의 첫 번째 농담이 있고서야 일은 활기를 띠기 시작했다. 메일러는 그렇게 필름을 빨리 감는 카메라맨을 본 적이 없었다. 그 카메라에서는 필름이 떨어질 날이 없을 것 같았다. 그 후 메일러는 뉴욕의 소규모 텔레비전 방송국 스튜디오에서 그 카메라맨을 다시 만났다. 그때 메일러는 펜타곤 행진에 관한 인터뷰가 있어서 분장을 하고 있었다. 문득 거울을 들여다보니 카메라가 자신을 향해 렌즈를 겨누고 있는 것 아닌가. 메일러는 카메라맨을 불러 말했다.

"화장하는 모습이나 찍히려고 내가 마흔네 살이나 되도록 산 줄 아시오?"

그다음 메일러가 일행을 만난 것은 워싱턴에서였다. 메일러가 앰배서더 극장의 무대에서 내려왔을 때 폰테인과 카메라맨 리터맨은 희색이 만면했다.

"오늘 밤 아주 멋진 장면을 찍었어요."

폰테인이 말했다. 다음 날 법무성 앞에도 그 일행이 나타났는데, 메일러는 그때 리터맨이 일하는 모습을 지켜볼 수 있었다.

메일러가 보기엔 카메라에 담을 만한 건 하나도 없이 긴 시간이 흐르고 있었는데, 그 친구는 10킬로그램은 족히 나갈 무거운 카메라를 손에 들고 한 번도 내려놓지 않았다. 그 긴 오후 내내 리터맨은 팔로 카메라를 감싸 안은 채, 기회만 오면 셔터를 누를 태세를 취하고 있었다.

그다음 날 행진에도 리터맨은 나타났다. 알링턴 기념교에서 뒷걸음질하며 맨 앞 텅 빈 정사각형 대열 가운데에 서서 유명 인사들이 서 있는 줄을 찍었다. 메일러를 볼 때마다 리터맨은 미소를 지었다. 자신만의 촬영 기법인 듯했다. 피사체를 향해 용기를 북돋듯 미소를 보냈다. 그래서 시간이 조금만 지나면 그 카메라맨을 보는 것이 즐거워진다. 퍼그스 악단의 연주를 듣고 있을 때도 메일러는 리터맨의 카메라를 의식했다. 그후 로웰과 맥도날드와 메일러가 밧줄까지 걸어 내려갈 때도 리터맨과 폰테인이 함께 있었다. 체포되겠다고 밧줄을 넘어서 헌병 대열을 가로질러 걸어 내려갈 때 말이다.

그러나 지금, 체포당한 지 한 십 초 정도 지났을까, 미군 지휘관의 떨리는 손이 메일러의 팔을 꽉 쥐고 펜타곤을 보며 걸어가는 그 순간, 갑자기 리터맨이 불쑥 나타났으니 얼마나 즐거운 일인가. 용기를 북돋는 그 멋진 미소를 보내면서 말이다. 그 순간엔 정말 불꽃이 터지듯 신기한 감흥이 일었다. 리터맨은 카메라의 거리 조절기에 눈을 대고 지휘관과 메일러 앞에서 1.5미터 정도 떨어져 두 사람이 걸어오는 장면을 찍기 시작했다. 두 사람이 앞으로 걸어오는 속도에 맞춰 리터맨은 뒤로 걷고 있었다. 길이 평탄하지 못해서 약간 경사진 비탈도 내려가고, 콘크리트 위도 걷고, 잔디밭도 지나가고, 언덕도 기어 올라가는데, 이 친구는 운동신경이 천재적으로 발달한 양 한 번도 흔들리지 않았다. 전방 1.5미터, 전방 3미터, 자기 뒤에 무엇이 있는지 전혀 의식하지 않는 듯 리터맨은 일정한 속도로 빠르게 뒤로 걸었다. 가끔 무거운 카메라를 어깨 위에서 추스렸지만, 한 번도 카메라 렌즈에서 눈을 떼지 않았다. 여전히 예의 그 축복에 찬 미소로 기운을 북돋우며 '계속하세요. 지금, 바야흐로 멋진 터치다운을 하려는 중이니까요.'라고 말하는 듯했다.

지휘관은 여전히 떨리는 손으로 메일러의 팔을 잡은 채 걸었다. 경찰이 사람을 체포해 데려갈 때 손이 떨리는 것은 독특한 물리적 반응인 것 같았다. 적어도 메일러 자신이 살면서 다섯 번 체포당한 경우 가운데 네 번의 경험에서 나온 명확한 실증이다. 정말 그들은 거의 어찌할 수 없을 정도로 떨었다. 이것이 갑작스러운 충동, 예를 들어 그 유명한 프로이트가 플리스에게 보낸 편지에 등장하는 문구처럼 "억제할 수 없는 잠재된 동성애" 탓인지, 체포할 만큼 상대방을 충분히 판단했나 신 앞에서 숙고하는 탓인지, 그저 겁이 난 탓인지, 이와 반대로 체포한 사람을 한 대 먹이고 싶은데 참고 있는 탓인지, 메일러는 확실히 알 수 없었다. 어떤 때는 자신이 가진 어떤 부조화가 경찰의 내면 깊은 곳을 자극한 것 아닌가 싶을 때도 있었다. 어쨌든 분명한 사실은 그 친구들이 자신에게 손을 댈 때 떤다는 것이다. 이번의 성공적인 체포에서도 나타났다. 이렇게 떠는 지휘관과 둘이 걷는 것이 외로웠던 때, 바로 리터맨을 보았으니 얼마나 놀랍고 반가웠으랴.

그때 일행 가운데 기자 한 명이 튀어나와 기자 특유의 친근하게 어루만지는 듯한 말투로 메일러에게 몇 마디 질문을 던졌다. 그대로 인용하려는 눈치가 역력했다. 기자는 이 취재가 자신의 이름을 역사의 후미에 영원히 새길 정도로 중요하다는 듯 대들었다.

"메일러 씨, 왜 체포되셨나요?"

결코 평온한 주제가 아니었다. 메일러가 흥분한 듯하자 지휘관은 잡고 있던 손에 힘을 팽팽히 가한다. 가쁜 숨이 잘 진정되지 않는다. 폐는 산소가 희박한 대기 속에 와 있는 듯했고 목구멍은 타는 듯했다. 그런데 놀랍게도 메일러의 목소리는 그 상태보다 평온했다. 자신이 바랐던 만큼 조용하고 침착했다.

"경찰이 그어 놓은 선을 위반했기에 체포됐습니다."

(나중에 메일러의 누이는 이렇게 말했다. "물론 그 기자는 잘못 전달했어. '위반'이라는 단어는 쓰질 않았다고." 그 누이는 남자들이 이런 문제에 자신들의 위신을 얼마나 세우는지 예상하지 못했다.)

"죄를 범했지요."

메일러는 계속 말했다.

"베트남전쟁에 반대하는 뜻으로 한 행동입니다."

"어디 다친 데는 없으신지요?"

그 기자가 물었다.

"전혀. 체포는 정확했거든요."

메일러는 마치 자신의 존재가 확인된 것처럼 느꼈다.(이십 년간 급진적 견해를 지니고만 있다가, 이제야 진짜 명분을 위해 체포된 것이다.) 다른 사람들이 느끼는 것처럼 메일러도 어떤 때는 자신이 중요한 존재인 것 같다가도 어떤 때는 그렇지 못한 것처럼 느끼곤 했다. 이제는 새로운 길목에서 자신의 중요성을 느끼며 마흔넷이라는 자신의 연륜을 되새겼다. 일곱 번째 시대가 아니라 마침내 첫 번째 시대를 맞이했다는 듯이, 이제 의지, 정열, 마음, 감흥의 인간이 아닌 뼈, 근육, 살로 이루어진 견고한 실체가 됐음을 느꼈다. 별것 아닌 체포가 마치 루비콘 강에 다다른 듯이 느껴졌다. 얼마나 깔끔하게 체포됐는가. 머리에 금하나 가지 않고 어리석은 장면도 연출하지 않고 깔끔하게 체포당한 자신이 내심 대견했다. 제발 이 성공을 잘난 체하고 떠들어 대서 망쳐 놓지만 말아라. 그저 담담하고 분명하게 몇 마디 하면 충분하다.(물론 이때 메일러는 기자들 중 한 명이 이렇게 보도할 줄은 몰랐다. "나는 죄를 지었어요. 경찰이 그어 놓은 선을 넘었거든요." 그 결과 다음 이야기들은 메일러가 우연히 체포된 것으로 간주하고 이어졌다. 메일러는 자신을 좀 더 분명하게 표현했어야 했다. 자신이 넘어선 것은 경찰이 아니고 헌병이 그어 놓은 선이었다.)

지휘관과 메일러는 이제 펜타곤의 한쪽 면과 거의 나란하게 난 길을 따라 걷고 있었는데, 나중에 알고 보니 '강 입구' 길이었다. 왼편으로는 강물이 흘렀는데 포토맥 강인 듯싶었다. 사실 그건 '바운더리 채널'이라는 포토맥 강의 유역이었고 유람선들이 강어귀에 정박해 있었다.

지휘관의 손이 좀 느슨해지는 듯싶었다. 기자들의 시선을 의식했기 때문인지도 모르겠으나 어딘지 표정이 달라진 것은 사실이었다. 분노와 동요가 점차 가라앉자 다시 지적이고 말끔한 미국인의 모습으로 돌아와서 뉴욕 프로 미식축구 팀의 쿼터백 선수인 프랜 타켄톤의 기분 좋고 겸손한 외모를 연상시켰다. 가쁜 숨소리는 잦아들고, 메일러와 지휘관은 평정을 되찾아 갔다. 그때 평상복 차림의 남자가 리터맨을 가로막았다.

"더 이상 동행할 수 없습니다."

그 친구가 말했다. 리터맨은 짧게 손을 흔들며 미소를 보냈고, 메일러는 다시 혼자가 됐다. 쓸쓸한 마음으로 이 차선 도로가 난 경사로를 지나 아스팔트가 깔린 펜타곤 안으로 들어섰다. 기분이 울적해지는 비참한 순간에 약을 복용하면 시야가 좁아지는 것처럼, 눈에 띄는 것이 모두 부정적으로 보일 때가 있다. 그럴 때는 대상을 (연인까지도 대상화시켜) 사랑과 감흥과 성욕과 같은 것들까지도 모조리 삭제한 상태로 바라보게 된다. 메일러는 그렇게 제한된 시선으로 주위를 둘러보며 벽과 연결된 안내 구역으로 들어섰다. 아스팔트 길은 잿빛이었고 그 그늘 아래 공기까지도 잿빛처럼 보였다. 군인들과 지휘관들이 곧게 서서 차갑고 직업적이고 무관심한 태도로 조사했다. 그 표정은 메일러가 이십삼 년 전 보충병으로 레이테 섬에 갔을 때, 해외에서 삼십 개월 이상 복무한 텍사스 출신 참전 군인들이 자신은 눈에 보이지도 않는다는 듯 대하던 시절 이후 처음 보는 무표정이었다. 이곳 군인들은 모두 같은 표정을 하고 있었다. 뉴욕 시내 지하도에서 부딪치는 무관심한 표정도 이보다는 나을 것이다. 펜타곤의 벽 안에 갇힌 공기는 마치 노보카인 주사를 맞은 것 같았다. 음산한 분위기가 긴장감 위에 내려앉았다.

2. 지휘관과 나치

군인들은 뚜껑 덮인 폴크스바겐 뒷자리에 메일러를 앉혔다. 한숨 돌릴 기회가 온 것이 우선 반가웠다. 아마 어디 가까운 곳으로 데려가 몇 가지 심문을 한 다음 벌금을 물리고 곧 풀어 주겠지. 메일러는 이렇게 예상하고 있었다. 로웰과 맥도널드가 곧 따라오겠지 싶어 자꾸만 뒤를 돌아보았다. 어쩌면 체포되지 않았을지도 모른다고 생각하니 기가 꺾였다. 로웰이 체포되는 데 실패했다면 실망이 얼마나 클지 메일러로서는 가히 짐작하기 어려울 정도였다. 시간이 조금씩 흘러갈수록 메일러는 로웰과 맥도날드가 체포되지 않았음을 우울하게 확신했다. 자신이 서두른 게 다행이다 싶었다. 아, 그런데 체포는 저절로 되는 게 아니라 훔치듯 얻어 내는 것이라고 그 친구들에게 일러주는 것을 잊었군. 사전 교육을 못 시킨 데 대한 죄책감을 느꼈다.

낯선 친구가 폴크스바겐에 올라탔다. 메일러는 첫눈에 그 친구가 지휘관 아니면 장교라는 걸 알아차렸다. 검은 제복에 흰색 오토바이 헬멧을 쓰고 있었으며, 단단한 외모는 말쑥하고 강직해 보였다. 1.5미터 정도 길이로 말아 올린 흰 스크린 같은 걸 들고 있었는데, 친근한 태도로 웃으면서 메일러의 옆에 앉아 헬멧을 벗는 게 아닌가. 메일러는 이제야 심문이 시작되는가 보다, 바로 이 상냥한 친구가 묻는가 보다, 드디어(죄수란 때로 자신의 심문을 기다리기도 하는 법!) 하고 생각했으나, 그때 또 다른 남자가 다가왔다. 그 남자는 차의 널찍한 이중문에 서류철을 대고 두 사람에게 질문을 던졌다. 메일러가 이름을 대자 그 친구는 한 번도 들어 본 적이 없는 듯, 아니면 적어도 들어 본 적이 없는 척을 하는 듯했다. 기자들로부터 말이 빨리 퍼져서 후자가 맞는 추측일 것이다.

"철자를 좀 말씀해 주시죠?"

"엠, 에이, 아이, 엘, 이, 알."

"무슨 일로 체포되셨죠, 메일러 씨?"

"베트남전쟁에 항의하는 뜻으로 경찰이 그어 놓은 선을 넘었어요."

그러자 남자는 옆에 앉은 사람에게 질문을 돌렸다.

"그럼 당신은 왜 체포되셨습니까?"

"동남아시아 문제에 개입하는 이 나라에 대항하여 자유를 위해 싸우는 세력과 결탁한 죄요."

서류철을 든 친구는 담담하게 '그래, 여기 우리 모두 정신이 나갔어.'라고 말하는 듯했다. 그리고 흰 스크린같이 생긴 물건을 가리키며 물었다.

"저걸 들고 가시겠습니까?"

"네, 가져가고 싶습니다."

메일러의 옆에 앉은 남자가 답했다. 서류철을 든 친구는 알겠다는 듯이 고개를 끄덕이고 걸어가 버렸다. 그 친구를 다시 볼 일은 없을 것이다. 그리하여 만약 역사가 메일러에게 아무런 방향 감각도 제시하지 않는다면, 다만 체포된 후 몇 분이 지난 지금까지 아무런 진전도 없었음을 강조할 뿐이다. 그래서 메일러는 아마 화성에서 온 사람처럼 또는 정계에 첫발을 딛는 젊은이처럼 무엇이 중요하고 무엇이 그렇지 않은지 가늠하지 못했다. 그런데도 이런 무지한 상태가 기분 나쁘지는 않았다. 오히려 정신 바싹 차리고 모든 걸 지켜보게 하는 면도 있으니 말이다. 글쎄, 윌리엄 버클리 같은 친구가 할렘의 어느 바에 처음 들어와서 한동안 둘러보는 그런 상황 같다고나 할까. 아니! 천만의 말씀, 펜타곤에 들어온 메일러가 훨씬 더 안전하다.

메일러는 옆에 앉은 동지와 이 얘기 저 얘기 나누었다. 티그, 월터 티그라는 친구였는데 메일러가 주차장에서 보았던 그 대열의 선봉이었다. 혼란이 가시기도 전에 폴크스바겐으로 세 번째 죄수가 들어섰다. 금발 생머리의 젊은 친구였는데 소매에는 나치 완장을 두르고 있었다. 그 친구는 탁자를 사이에 두고 뒷자리에 앉았다. 메일러는 기분이 썩 좋지 않았다. 메일러의 눈과 나치의 눈은 머리통 두 개가 위아래로 튀어 오르듯이 부딪쳤다. 소설가는 이런 식으로 자리가 속속 다 들어차 버렸으면 했다. 미국 군인들의 처사에 은근히 분통이 터졌다.(작은 마을의 신문사에 편지를 써 보내는 시민만큼이나.) 나치와 펜타곤 시위자들을 같은 차에 집어넣다니! 적어도 차가 두세 대는 더 있을 텐데. 그러자 이게 우연이 아니라 약 올리려고 일부러 짜 놓은 처사가 아닌가 하는 생각이 들었다. 만약 나치가 귀찮게 굴어 한바탕 싸움이 터지면, 분명히 노먼 메일러가 체포된 지 오분도 채 못 되어 싸움에 말려들었다고 신문들이 대서특필하겠지.(물론 누구와 싸웠는지는 밝히지도 않고 말이다.) 모두 메일러의 편집증적인 성격 탓인지도 모른다. 하지만 그 편집증적 성격은 이십 년 가까이 자신에 대한 그릇된 보도에 지쳐, 자신에 대한 진실은 결코 알려지지 않는다는 체념의 산물이었다.(메일러는 그런 미국인들을 가엾게 여겨 더 나은 행동을 벌일 수도 있었던 터였다. 체계적으로 잘못된 정보를 받게 되면 대량의 정신분열증이 일어나기도 하는 법이다. 불쌍한 미국이여. 에디와 데비는 진짜 사랑했다네.)

이들은 군용 트럭으로 옮겨졌다. 메일러와 티그, 또 다른 체포자인 키 큰 헝가리인은 메일러의 작품을 무척 좋아하며 자기도 자유를 위한 투쟁자라고 숨 가쁘게 말했다. 그 밖에도 물론 새로운 미군 지휘관과 나치도 있었다. 죄수들은 차례로 트럭의 높은 뒷문을 기어올랐는데, 메일러는 검푸른 줄무늬 양복이 더러워질까 봐 조심했다. 이윽고 이들은 트럭 뒤쪽에 서 있게 됐다. 2.5톤짜리 낯익은 트럭으로 이십일 년 전 군 복무 시절에 타 보고 처음이었다.

죄수들은 몇 미터씩 간격을 두고 서서 마주 보았다. 나치와 메일러가 마주 보게 됐다. 두 사람의 눈은 맞붙은 자석처럼 철컥 붙어서 이십여 초 동안 떨어질 줄을 몰랐다. 증오로 단단히 뭉친 노란 두 눈을 들여다보고 있으려니 메일러는 자신의 눈에 증오가 묻어나는 듯 느꼈다. 나치는 금발에 늘씬한 체구로 메일러보다 키가 컸다. 깊숙이 들어간 노란 눈동자에서 광포한 기미만 보이지 않는다면 잘생긴 청년이었다. 그 눈동자 때문에 독수리처럼 보였다.

하지만 메일러는 눈싸움에 유리한 점을 지니고 있었다. 오랫동안 단련이 됐다고 할까. 지금껏 시력에 장애를 받는다고는 느낄지언정 이런 눈싸움에서 거의 져 본 적이 없었다. 게다가 지금껏 키워 온 어떤 본능이 나치 앞에서 메일러를 더욱 당당하게 만들었다. 자신이 지닌 강렬함, 행진에서 느꼈던 전율, 겨드랑이를 붙잡던 지휘관의 감촉, 모든 것들이 상대방의 눈을 향해 번득이며 쏟아져 나왔다. 그런데도 메일러는 질겁할 수밖에 없었다. 미국 나치들은 모두 광신적이었다. 불쌍하리만큼 정신 나간 광신자들이었다. 영혼들이 증오의 불길 속에서 타는 잎사귀처럼 꼬여 있었다. 정말 그랬다! 마치 영혼이 단 한 줄기 빛에 초점을 맞추듯 그 맹목적인 신념은 두 눈 속에 확고히 못 박혀 있었다. 메일러는 머리를 뒤흔들며 폭력 뒤에 또 다른 폭력이 지나가는 것을 느꼈다. 만일 두 사람이 아무도 없는 골목길에서 부딪쳤다면 한 사람이 다른 사람을 때려 죽였을지도 모른다. 손 안에 전깃줄을 잡고 있는 것과 다를 바 없으리라. 최악인 것은 메일러가 자신의 폭력성을 전혀 느끼지 못한다는 것이다. 어떤 폭력을 가졌든 모두 그의 눈으로 몰려들었고 그 통로를 따라 자신을 나치에게 투사했다.

오 초 정도 지났을까, 충격이 물러가자 메일러는 자신이 이길지도 모른다고 생각했다. 저 친군 틀림없이 쉬운 싸움에 나가서 초판에나 의기양양할 친구야. 그래, 이건 상대방에게 몸을 던지는 레슬링과 같단 말이야. 손가락 관절 한 마디를 어떻게 놀리느냐에 따라 싸움의 결과가 달라진단 말이다. 이제 메일러는 상대방의 눈 속에서 흘러나오는 힘을 느꼈다. 과연 자신이 이길 수 있을지 의심스러웠다. 나치를 증오한다기보다 호기심을 느낀다는 편이 맞는 말이었다. 그러면서도 절대 져서는 안 되는 책임을 짊어진 것처럼 지는 것은 상상할 수 없었다. 마치 이 순간 일생일대의 책임은 나치의 눈을 들여다보며 이렇게 말해야 하는 것처럼. '너는 모든 걸 파악하는 철학적 체계를 가졌다고 자부하겠지. 아무것도 모르면서! 내 눈은 네 눈을 흡수하고 내 철학은 네 철학을 다 포함하고 있어. 상대를 잘못 골랐군!' 그때 나치가 시선을 돌렸다. 분노로 이성을 잃은 듯 보였다.

"이 빌어먹을 유대인 놈, 헝클어진 머리칼에 더러운 유대인 놈."

나치가 소리쳤다. 아무리 적대적이기로 저런 식으로 말할 수가 있나? 너무 유치하다. 메일러는 오직 이렇게 응수할 뿐이었다.

"이 더러운 독일 놈."

"더러운 유대인 놈."

"돼지 같은 독일 놈."

이렇게 말하니 실제로 마음 한구석은 즐겁기까지 했다. 메일러는 사실 독일인들을 그렇게까지 미워하지는 않았다. 오히려 지금은 독일인에게 매료당하는 듯 느꼈다. 왜 미국인들보다 독일인들이 내 책을 더 좋아한단 말인가. 그러면서도 "돼지 같은 독일 놈"이란 말밖에 더 좋은 말이 떠오르지 않았다.

"난 독일 놈이 아냐. 노르웨이 사람이라고."

그 나치가 말했다. 그러고는 마치 출생에 대한 자부심이 메일러라는 이단자와 대화를 나누도록 유혹했다는 듯, 그래서 신성모독이라도 저지른 듯 다급히 몇 마디를 덧붙였다.

"이 유대계 빨갱이 이단자 같으니라고."

그러면서 주먹을 불끈 쥐고 말했다.

"덤벼 보라고, 겁쟁이야. 죽여 버릴 테니까."

"어디 먼저 주먹을 날려 보시지. 맛을 좀 보여 줄 테니."

메일러가 대답했다. 두 사람 모두 옳았다. 서로 상대방을 완전히 감지하고 있었다. 분명히 메일러는 나치에게 먼저 대들 정도로 용감하지는 못했다. 자신을 향해 스프링을 튕기는 것 같을 테니까 말이다. 하지만 나치가 먼저 달려들더라도 분명 이 금발의 젊은 친구 역시 자신에게 죽도록 맞았으리란 걸 알고 있었다. 돌이켜 생각해 보니 희극적인 점도 없지 않다. 똑같이 흠이 있는 편집증적 철학자 두 사람이 서로 어찌해 볼 도리가 없는 관계였다. 이 둘은 짝패였다.

"이 겁쟁이 유대인 놈, 빨갱이 이단자!"

"이 ×할 나치 부스러기."

바로 그때 키가 훌쩍 큰 지휘관 하나가 트럭으로 펄쩍 뛰어 올라 둘 사이에 들어섰다. 꼭 프로 미식축구 팀에서 마지막 방어는 자신에게 맡기라는 듯 몸에도 표정에도 광기가 서렸다. 아주 단단한 근육질에 분노가 온몸을 칭칭 감고 있었고, 자기 팀에 불리한 건 모조리 부숴 버리겠다는 듯 으르렁댄다. 잔디고 펫장이고 풀 부스러기고 제복이고 헬멧이고 몸뚱이고, 정말 도움이 된다면 축구공까지도 깨물어 버리겠다는 신념이 확고해 보였다.

"아가리 닥쳐, 그렇지 않으면 둘 다 묵사발을 만들어 놓을 테니."

길고 울퉁불퉁한 얼굴이 스티브 맥퀸과 로버트 미첨을 뒤섞어 놓은 것 같았으나 아무리 보아도 할리우드로 진출하기는 틀렸다. 붉은 피부에 화산이 폭발하여 커다란 분화구가 생긴 것처럼 푸르죽죽한 여드름 자국이 나 있기 때문이다. 시네마스코프에 그 두 눈이 나타나면 관객들이 기절초풍할 것이다. 눈빛이 꼭 타오르는 횃불처럼 초록 잿빛으로 이글거린다. 흰 헬멧 아래 보이는 그 모습은 한마디로 온갖 분노를 집합시킨 인상적인 개체였다.

그러니 이 판국에 지휘관에게 말을 붙인다는 건 위험천만한 일이다. 이 지휘관의 감정은, 미국적 애국심이 필요한 때를 기다리며 간직한 끓는 분노의 물속에 일주일쯤 담겨 있던 것이 분명하다. 지금 그 감정은 채찍처럼 매서울 것이다. 아니다, 비유가 너무 부드럽다. 모든 죄수들의 머리통을 공산주의자들의 펄프처럼 물컹물컹하게 만들어 놓고 싶지만 직업적 명예 때문에 그렇게 하지 못하니 속이 부글부글 끓어오르겠지. 메일러는 이 지휘관이 자기를 덮치면 어떻게 대처해야 할지를 가늠하려고 곁눈질로 훑어보았다. 조사 결과는 단연 부정적. 이 친구에게 이길 승산이 전혀 없다. 어디를 보아도 한 대 칠 만한 곳이 없기 때문이다. 돌 같은 목, 가죽 같은 아랫도리, 얼음 같은 눈알, 손에는 곤봉까지 들고 있으니 말이다. 맙소사! 나치야, 너랑 싸우는 게 차라리 낫겠다!

이 지휘관이 해병대에 있었던지, 베트남에 있었던지, 가족 몇 명이 아직도 베트남에 있는지, 그렇지 않다면 그저 게으르고 환각제나 먹는 나약하고 오염된 무리를 미워해서, 이 요새 밖에서 정부에 욕이나 해 대는 흰개미 군단을 미워해서인지는 몰라도, 분명히 모든 시위자들에게는 악몽 같은 존재였다. 머리에서 발끝까지 미국적인 강직으로 가득 차 있고, 두려움을 모르며 폭주족 무리들이 남기고 간 배기가스만큼이나 거칠었다. 그런가 하면 휘발유와 값싼 향수를 환상처럼 즐기고 행동으로 옮기는 것을 그토록 사랑하는 미국인이었다. 옛날 개척자와 현대 서부인들을 모두 거부하는 유아독존, 이 지휘관은 사냥총을 사려고 지출 한도액을 초과하는 사람들을 조금씩 미국을 좀먹는 모든 악과 무질서와 혼란의 주범이라고 생각하며 미워했다. 비겁자, 도시의 골칫거리, 겉치레 병, 국가 자원 약탈, 건강한 나라 미국을 병든 나라로 은근히 바꾸어 놓는 엉큼하고 흉물스러운 공산주의적 마비 등, 이런 것들이 모두 미워서 지휘관의 마음은 신탁의 기사라도 된 듯 지글지글 타올랐다. 즉 악은 외부에 있고, 미국은 외국에서 전염된 병으로 앓고 있다는 말이다. 지휘관의 맑은 정신은 메일러가 생각하는 쉰 가지 생각 중 한 가지만 들어도 휘딱 뒤집히리라. 모든 악은 내부에 있다는 생각 같은 것 말이다. 미국의 최선은 바로 그 차선책에 의해 파괴되고 있다는 것. 그렇다, 미국의 영웅주의는 바로 미국식 요령을 알고 있는 자가 부패시켰다. 소설가를 바라보는 지휘관의 얼굴에 살기가 등등해도 이상할 건 없다. 그가 정신을 똑바로 차리지 못하는 건 단순히 정신적인 문제가 아니니까. 차라리 텍사스 어느 탑 위에서 총을 들고 서 있는 사람과 거리에 널린 시체 수십 구나 생각하자.

그때 우리의 나치가 멋진 격식을 갖추려는 듯 어슬렁거리며 나섰다. 트럭은 아직 움직이지 않았는데, 메일러를 체포했던 지휘관은 트럭의 한쪽 끝에 있었고 티그와 헝가리인은 또 다른 쪽에 있었다. 사람들의 시선이 쏠리자 그 노르웨이인은 메일러를 다시 노려보더니, 2차 대전이 시작되기 전에 눈을 닦아 두려는 듯 쓱 문지르며 말했다.

"좋아, 유대인 놈, 싸우고 싶으면 덤벼 보라고."

지휘관이 나치를 들어 올려 트럭 옆벽에다 던져 버렸다. 나치가 다시 튀어나오자 지휘관은 손에 쥔 곤봉의 뭉툭한 쪽으로 목뼈 바로 아래를 세게 쳤다.

"주둥이 닥치라고 했지. 얌전히 있으라고."

지휘관의 분노는 극에 달했다. 나치는, 날 그렇게 위협하면 네 꼴이 어찌될지 아느냐고 묻듯 곤봉의 뭉툭한 끝에 몸을 기댄 채 대들 듯한 눈초리로 통명스럽게 지휘관을 노려본다. 그러면서 마음속에 길이길이 그 모습을 간직하겠다는 듯 거만하게 입 끝을 싱긋 치켜 올린다. '인정하고 싶지 않겠지만 사실

넌 내 편이야, 언젠가는 내 구두코에 입 맞출 날이 올 테니, 지금은 날 죽도록 패고 싶겠지만.' 두 눈은 이렇게 말하는 것 같았다. 그러자 지휘관은 울화가 치민 듯 나치를 트럭의 벽에 밀치고 장단을 맞추듯 적당한 힘으로 두드려 팼다. 그렇게 팍팍 치면서 둘 모두를 조금씩 안정시키려는 듯 보였는데, 메일러의 귓속에는 지휘관이 나치에게 이렇게 말하는 듯 느껴졌다.

'이것 봐, 나치. 넌 내 일을 더 어렵게 만들 뿐이야. 숨 쉴 공기를 탁하게 만든 쥐새끼 같으니라고. 저 친구들이 지금 널 보고 꼴좋다고 생각할 거야. 그러니 넌 그저 내가 진짜 위험한 일을 못하게 방해하는 셈이지.'

그러자 나치는 마음속 깊이 이런 말을 되뇌듯 반항기 가득 찬 눈초리를 던진다.

'내가 너무 멋져서 겁나는 거지. 난 명분이 있고 그 명분을 위해선 목숨까지 바칠 각오가 돼 있어. 넌 뭐야? 제복을 위해 죽을 각오가 된 건가? 정말 싸워야 할 것을 위해 나와 합세하자고. 이미 이 나라에서 가장 힘세고 강한 자들이 헬멧에 우리 표시를 달고 다니잖아.'

지휘관은 나치를 노려보며 곤봉을 트럭 벽에 세우고 그의 오금을 박았다. 모욕적인 눈초리는 마지막으로 이렇게 말하는 듯하다. '강하고 힘센 사람들 옆에 세우면 너는 암캐에 불과하지.' 그때 트럭이 움직이기 시작했고 지휘관은 진정된 듯, 말없이 메일러와 나치 사이에 서 있었다. 나치도 조용히 그 자리에 서서 지휘관도 메일러도 바라보지 않았다. 광란의 조그만 폭풍이 트럭에서 밀려난 듯했다.

3. 오렌지 빛 머리칼의 할머니

장막 사이로는 보이는 것이 별로 없었다. 트럭은 부딪치기도 하고 약간씩 흔들리기도 하며 길을 따라 이 분쯤 달리더니 멈춰 섰다. 햇볕이 유난히 화사한 걸 보니 분명히 펜타곤 남서쪽이었다.

짐을 싣고 내리는 승강장이 트럭이 들어서는 길 양편까지 유난히 긴 것을 보니 군인 식당이나 구내 식당의 뒷마당쯤 되나 보다. 헌병과 지휘관들이 이삼십 명쯤 승강장에 늘어서 있고 그 비슷한 수가 트럭이 들어섰던 뒷마당에도 서 있다. 차에서 내리니 긴 책상이 보였다. 죄수들은 책상에서 자신들의 신분을 기록했고 지휘관이 한 명씩 옆에 붙었다. 조용하고 질서 정연했다. 나치는 메일러 뒤에 서 있었는데, 서로 시선을 피했다. 정말이지 모든 일이 끝났다. 나치는 아주 침착하고 온순하게까지 보였다. 분통을 터뜨리는 일이 임무였는데 이제 마쳤으니 다시 보통 사람으로 돌아온 듯 보였다. 그러니 더 싸울 필요가 없지 않겠는가.

메일러의 이름을 받아 적으며 군인들은 다시 철자를 대라고 한다. 메일러는 이제야 이들이 공연히 성가시게 굴려고 그러는 것이 아니라 이름이 낯설기 때문임을 깨닫는다. 담배를 문 통통한 장성급 사무원은 종이 위에 글씨를 아주 조심스레 써 나간다. 이름, 주소, 붙잡힌 이유 등 질문은 의례적인 것이었으나 영원히 기록에 남을 것을 천천히 써 내려가는 사무원의 태도는 의식을 행하듯 엄숙했다.

일이 끝나자 메일러를 체포했던 지휘관이 통학 버스처럼 보이는 올리브색 차로 그를 데려가더니 열려 있는 문 안으로 안내했다. 올라타는 일이 좀 지체되자 지휘관은 메일러에게 말했다.

"미안합니다, 메일러 씨. 번호를 받기 위해 좀 기다리셔야겠는데요."

"아, 괜찮아요."

둘은 서로 유난히 상냥하게 대했다. 메일러는 지휘관의 얼굴을 다시 한 번 똑똑히 보았다. 체포 당시의 떨림은 말끔히 사라졌다. 조용하고 정직하고 지적이고 유머 있는, 정말 마음에 드는 얼굴이었다. 말투는 상냥하게 다듬어진 서부 버지니아 주의 고결함을 풍겼다. 메일러는 혹시 서부 버지니아 출신이 아니냐고 물어보려다 너무 지나친 질문이라 실례가 될 것 같아 대신 이렇게 물었다.

"성함을 여쭤 봐도 될까요?"

대답은 예상했던 대로 톰킨스라든가 허드킨스였다.

"어느 주 출신인가요, 지휘관 선생?"

"서부 버지니아입니다, 메일러 씨."

"언젠가 아내와 나를 도와주던 젊은 분이 있었는데, 서부 버지니아 주 출신이었지요. 그 아가씨 말투와 너무 닮았거든요."

"그런가요?"

"네, 혹시 친척이라도 되지 않나 했어요. 어딘지 닮은 데가 많아서요."

지휘관은 이름을 말했는데 친척은 물론 아니었다.

이제 필요한 서류가 지휘관에게 건네졌다. 그는 그 위에 서명을 하고, 메일러는 버스에 올라탔다. 받은 번호는 10번이었다. 펜타곤에서 체포된 열 번째 사람이었다.

"자, 안녕히 가세요, 메일러 씨. 만나서 반가웠습니다."

"저도 그렇습니다."

아마도 두 사람은 서로 얼굴을 대하기 난처한 패거리였나 보다. 아니면 적에게도 훌륭한 예법을 지킨다고 과시하고 싶었던 것일까?

아니다, 이건 의례적인 것이다. 메일러는 생각했다. 체포되는 순간에 경찰과 용의자는 상대방을 자기 동료들보다 더 잘 알게 된다. 아니, 적어도 그 순간엔 동료 이상의 특별한 관계다. 체포는 육감적이다. 성적인 육감이 아니라 육체라는 고깃덩이를 서로 접하는 순간이다. 그러고 나면 어쩐지 서로 즐겁다. 법과 질서 안의 위엄이라고 알려진 이 현상 밑에는 가슴을 맞댄 두 사람만이 나눌 수 있는 조그만 육체적 비밀이 있다. 감춰진 비밀이 주는 묘한 즐거움 때문에 서로 이야기하는 재미가 있다. 메일러는 언젠가 경찰에 관해 썼던 구절을 떠올렸다. 영화를 맨 처음 구상했을 때도 똑같은 생각이 머릿속을 맴돌았다. 곰곰이 생각해 보니 대략 다음과 같은 구절이었다.

그들은 내부에 상충되는 논리를 가지고 있다. 법의 수호자가 됐다고 가정해 보라. 자신을 법이라고 여기게 된다. 그래서 보통 사람들보다 좀 더 책임감 있고 좀 더 유치해진다. 그들은 정직이라는 개념에 탯줄로 이어져서 무지하게 부패한다. 보통 사람들보다 힘이 더 세서 자신도 모르는 사이에 깡패처럼 군림하기도 하고, 진실에 봉사하다 보니 정신병적 거짓말쟁이가 된다……. 하는 일이 권위적이어서 냉소적이고, 그러다 보니 이상주의가 가슴에서 꿈틀대면 탐욕으로 허세를 부린다. 경찰만큼 그렇게 모순되고 그렇게 수수께끼 같은 성격을 지닌 인간 부류는 없다.

정말 그렇다. 체포되지 않았더라면 메일러는 서부 버지니아 주 출신의 상냥한 지휘관을 결코 알 수 없었을 것이다. 멋진 미국적 얼굴에 기분 좋은 예의와 마음에 드는 말투, 그러면서도 자신의 몸에 팔을 댈 때 가학적인 전율과 소유욕의 진득한 땀내를 풍기던 그 지휘관. 그런데 그 친구는 도대체 메일러에게 무엇을 느꼈을까?

버스 안 통로 뒤쪽 그물로 칸막이를 해 놓은 곳에는 시위자 서너 명이 갇혀 있었다. 버스 안에 가두고 또 그물을 쳐 놓은 이중 감금이라고 할까. 시위자들은 메일러를 보자 농담을 던지고 휘파람을 불며 인사했다. 담배 한 개비를 달라고도 하고, 물을 좀 달라고도 하며 반가워했다. 처음엔 당황스러웠으나 결코 악의가 없었기에 기분이 과히 나쁘지 않았다.

"이것 봐라. 나이든 친구도 우리 차에 태우잖아."

그물 안쪽 한 녀석이 말했다.

"몇 시쯤에나 이 버스가 플레인필드로 떠나지요?"

메일러가 물었다. 웃음만 되돌아올 뿐이었다. 곧 괜찮아지겠지. 뒤에서 수군거리는 소리가 들렸다.

"당신이 노먼 메일러요?"

한 녀석이 물었다.

"그렇소."

"야, 멋진걸. 이것 봐요, 우리 얘기 좀 합시다."

"너무 오래 걸리지는 않았으면 좋겠소."

다시 웃음이 일었다. 체포된 이후 실로 처음으로 기분이 좋아졌다.

"어찌하여 그런 대접을 받으시나?"

시위자들을 향해 손을 흔들며 메일러가 물었다.

"체포당할 때 반항했기 때문이에요."

"심하게?"

"놀리시는 거예요?"

검은 머리칼에 콧수염을 무성하게 기르고 바싹 말랐으며 침울해 보이는 친구가 말했다. 머리를 동여맨 손수건에는 피가 배어 있었다.

"맞아 죽지 않으려고 손으로 얼굴을 가리면 반항했다고 하는걸요."

너무나 정확한 표현에 야유하듯 즐거운 웃음이 일었다.

"그래서 모두 거기 앉아 그런 대접을 받는 거요?"

"난 지휘관을 멋지게 두 방 먹였어."

한 녀석이 말했는데 거짓말인지 아닌지 분간하기가 어려웠다. 같은 그물 안에 갇혀 있어서 떼어 놓기는 어려워 보였다. 한패 같기도 하고, 몬스터라든가 프릭스라든가 케이지드 키서스 같은 밴드처럼 보이기도 했다. 한 시간 전만 해도 서로 잘 몰랐던 모양인데 한곳에 가두니 묘한 조화를 이룬 덩어리가 된 것이다.

버스 안 나머지 자리도 차츰 채워지고 있었다. 처음에 메일러는 정복을 입은 젊은 목사 옆에 앉았다. 몇 분 동안 심심찮게 대화를 나누다가 둘 다 자리를 옮겨 창가에 앉았다. 이름을 하나하나 기입하는 책상과 출입구가 내려다보였다. 지휘관과 헌병들이 눈에 띄었다. 새로 잡혀 온 사람들이 막 도착했는데, 죄수들은 이 분마다 한 명 꼴로 차례차례 버스에 오르고 있었다. 조금 뒤 메일러는 깨달았다. 자리를 모두 채워야 버스가 떠날 것이고, 그러려면 체포자들이 속속 도착해야 하니까 적어도 한 시간은 걸리겠구나.

기다리는 건 과히 지루하지 않았다. 새로운 죄수들이 들어서는 모습이 꼭 무대에 첫 모습을 드러내는 배우 꼴이었다. 이미 들어온 죄수들은 관객이고 입구는 무대인 셈이었다. 어슬렁거리며 버스 안으로 들어오는 녀석, 통로에 서서 절하는 녀석, 히죽 웃는 녀석, 한 번 으르렁대다가 재빨리 자리에 앉는 녀석 등등 각양각색이었다. 눈곱만큼도 협조하지 않으며 철저히 원칙을 고수하던 평화주의자 한두 명이 대형 트럭에서 질질 끌려 나와 땅바닥에 부딪쳐 가며 버스까지 와서는 안으로 내던져졌다. 피도 조금 흘려 현기증을 일으킨 듯 보이는 젊은이 서너 명은 이런 식으로 끌려왔는데, 들어서자 박수갈채를 받았다. 음악회에서 멋진 연주를 끝낸 다음 받는 갈채와 크게 다를 바 없었다. 잘생긴 아이들도 버스에 올랐고, 갱충쩍고 거칠게 생긴 아이들도 있었으며, 히피들, 상처를 입은 채 걷는 친구도 보였다. 한 아이는 한쪽 다리가 피로 축축했다. 뚱뚱하고 수염이 시커멓게 난 친구는 어딘지 슬퍼 보였다. 말쑥하고 바싹 마른 모습이 꼭 마이너리그에서 유격수 노릇을 한 것같이 보이는 친구도 자리를 잡고 앉았다. 어느 일본인 녀석은 양성적인 외모를 지녔는데, 옆에 앉은 죄수들에게 지휘관들 중에 아무도 자기가 여자인지 남자인지 모르더라고 말했다. 도대체 남자 지휘관이 수색해야 할지 여자 지휘관이 손을 대야 할지 몰라 하더란 것이다. 이 말은 주위를 한바탕 웃겨 놓고 버스 안에 재빨리 퍼졌다.

밖에서는 트럭이 오 분이나 십 분마다 한 대씩 들어왔는데, 여자 아이들과 남자 아이들이 차에서 내려 짐 내리는 승강대로 내려가서 등록한 다음, 각기 다른 버스에 올랐다. 아직도 로웰과 맥도널드는 보이지 않았다. 메일러는 여전히 기다리고 있었다. 다음 차에서는 내리겠지 하고. 그러다가 지휘관들을 자세히 살펴보게 됐다.

생각했던 것보다 다들 훨씬 못생겼다. 메일러를 잡았던 지휘관이야말로 펜타곤에서 일하는 지휘관 중 가장 멋진 녀석이었나 보다. 지금 눈에 띄는 지휘관은 아주 단단하게 생겼다. 이 두 지휘관만으로 전체를 판단하는 건 큰 오산인 듯싶었다. 메일러는 명분을 위해 목숨을 바치겠다는 충성이 점점 흐려지고 있었는데, 지금 모인 지휘관 일당들을 뜯어보니 다시 불끈하기에 충분했다. 서부영화의 악당을 연상시키는 얼굴이다. 뚱뚱한 친구, 말라빠진 친구, 대부분 강건한 모습을 물려받고도 관리에 실패한 소도시 출신의 불균형적인 체구를 지니고 있었다. 가슴이 지나치게 발달한 친구가 있는가 하면 배가 툭 튀어나온 사람도 있고, 어깨가 불룩 튀어나온 친구는 바싹 말랐는가 하면 다리를 절면서 걷는 친구, 도끼로 미간을 얻어맞은 듯 이마에 주름이 이상하게 팬 친구도 있었다. 저속한 교활함과 곧바른 정직함이 이상하게 합쳐진 모습들이랄까. 입이 뭉툭하면 코가 쪽 뻗은 게 날카로웠다. 입술이 야무져 보이면 콧구멍이 벌름벌름한 모습이 게걸스러워 보였다. 엉덩이 위쪽에 손을 대고 서 있는 자세라든가 권총을 차고 배를 쑥 내민 채 만족스러운 듯 걷는 모습을 보니 모두 선임하사 출신 같다. 점잔을 빼며 발끝을 들어 올린 자세. 대체로 생각보다 나이가 들어 보였다. 삼십대 후반도 있었으나 사십대가 가장 많은 것 같고, 쉰 살이 넘어 보이는 사람도 있었다. 그래서 밖에 나가서 줄 맞춰 서 있지 않고 여기서 죄수들이나 받는지도 모르겠다. 어떻든지 이들의 인상이 메일러에겐 별로 좋지 않았다. 초점 없고 흐릿 한 눈동자는 광란에 휩싸이다가도 결국 무감각해져 버리는 소 도시 사람들의 시선을 연상시켰다.(메일러는 여러 번 왜 다른 사 람들에게는 죽어 버린 밝고 선한 빛이 소도시 사람들의 눈에는 남아 있을까, 흥미로워했다. 그는 소도시 사람들의 눈이 대도시 사람들의 충혈된 눈보다 더 생생하고 맑다는 인상을 받곤 했다.) 지휘관들은 흐릿한 눈으로 입에는 독한 시가를 물고 있었는데 이들에게는 소도시의 보안관이 애국심과 혼동하는 상투적인 것, 재산을 얼렁뚱땅 교묘하게 챙긴 부정한 돈의 달콤한 냄새가 섞여 있었 다. 소도시의 보안관은 부정한 돈을 들고 슬금슬금 뒷걸음친 다. 마치 고귀한 감독 교회의 사제 나리가 여왕의 밀실에 눈독 을 들이듯이. 미국의 구제할 길 없는 광기는(금 도금한 탱크 속 에서 잡초가 자라는 국가이기에) 어느 늦은 오후 경마에서 이겨 돈을 타러 네온 불빛의 창구로 몰려드는 사람들의 표정에서, 밤샘 환락 끝에 미국의 열기가 납덩이처럼 굳어 버린 라스베이 거스의 이른 아침 퀭한 눈빛 속에서, 예배에 빠지지 않는 불타 듯 밝은 오렌지 빛 머리칼의 할머니가 한쪽 팔이 잘린 군인 옆 에서 조그만 책을 펴 놓고 50센트짜리 동전을 슬롯머신의 구 멍 속에 넣으며 낮게 부르는 노래 속에서 찾을 수 있는 것이다.

"할머니, 우린 베트남에서 화상을 입었어요."

"아이고, 저리 비켜. 지금 막 잭팟이 터지려는 판국이야."

화상 입은 아이는 병원 침대 위에 뉘여 도박장으로 나온다.

"할머니, 베트남에서 우리가 한 행동을 칭찬해 주세요."

"나왔어, 나왔어. 정말로 나왔단 말이야. 아이고, 이 불쌍한 것이 행운을 안겨다 주네. 자, 여기 대가로 50센트를 주지. 그리고 들어 봐. 간호원에게 얘기해서 이불 좀 갈아 달라고 해. 이 이부자린 냄새가 고약하잖아. 혹시 탈저정은 아니겠지. 히히, 히히. 라스베이거스에서 황색인종과 섞이니 정말 기분 좋군."

포로수용소나 파산 센터에 일할 사람을 굳이 찾으려 들 필요가 없다. 저들은 『매미의 날』이니 『벌거벗은 오찬』이니 『마법의 크리스천』이니 백 권도 넘는 미국 소설마다 나오는 인물의 적임자일지도 모른다. 지금 버스 밖에 있는 지휘관들 중 절반은 손꼽힌다. 단순하고 정직한 정부의 법 수호 요원들이여! 지금 미국인의 생활은 뭔가 고삐가 풀렸다. 시인의 원시적 야수가 도시의 시장으로 도망쳐 버린 것이다. 이 나라는 언제나 야생적이었다. 항상 거칠고 힘들었다. 열기가 가득했다. 한곳에서 살 수 없으면 사람들은 곧 다른 곳으로 옮겨 갔다. 미국인의 피 속에는 여행에 대한 열기가 있었는데, 그 열기가 피 속에서 나와 세포 속으로 들어갔고 이제는 그 세포가 여행을 시작했다. 세포는 오렌지 빛 머리칼의 할머니만큼이나 제정신이 아니었다. 소도시들은 자동차용 우회로와 슈퍼마켓과 쇼핑센터 속으로 사라지고 있었다. 미국의 소도시는 그 특유의 매듭, 약초, 뿌리 등의 감각을 잃어 갔다. 지팡이는 이제 나무로 만들어지지 않고, 학교에는 연륜 있고 열광적인 교사 대신 보조 교사들이 들어차 있고, 도서관의 《내셔널지오그래픽》 자리는 텔레비전 프로그램 안내서가 차지하고 있었다. 옛날 미국의 작은 마을에는 낡고 허술한 담들이 있어 도깨비, 난쟁이, 악한, 시골 뜨기(올빼미, 요정, 귀뚜라미까지도) 등이 허물어진 헛간 처마 밑에 거미들이 지어 놓은 도시에서 살고 있었다. 그래서 이 이야기는 믿기지 않는 꿈을 옮기는 중심지, 작은 마을 사람들의 열기 어린 귀에 은밀히 들어간다. 그 꿈들은 밤의 꿈자리에 귀에서 귀로 전해져 늙은 야만인의 정욕이 마을 사람들을 죽이고 그 피를 마셨다느니 하며 믿기지 않는 이야기들이 됐다. 유령과 귀뚜라미와 거미가 소통하고 있다는 둥, 기도와 마녀의 저주가 마을 주위 땅 밑 자연의 왕국을 향해 간다는 둥, 이런 가운데 누군가 욕망을 꿈꾸며 그 씨를 뿌렸다는 둥, 이런 소문들이 전깃줄이 아닌 바람결에 실려 퍼져 나가곤 했다.(전화선을 타기 시작하면서 마을의 소문은 미쳐 가기 시작했던 것이다.) 미국의 작은 마을은 계속해서 커지고 불어나면서 소통과 바람 사이, 삶과 유령 사이의 조화, 광기, 우울증(겸손이 깃든 광기)을 배울 수 있는 엄숙한 자연의 처소들을 지금 모두 잃고 말았다. 조금씩 잃고 말았다. 이제 이런 겸손한 광기는 옛이야기처럼 마을을 떠났다. 마을이 커지면서 세포들은 이리저리 자리를 바꿔 정부를 위해 일하고 다른 나라에서 전쟁을 일으키며 안정을 누렸다. 그래서 옛날 바람을 타고 휩쓸던 광기는 이제 요술쟁이의 코끝에서나 노는 신세가 됐다. 야만인들의 정욕이나 학살당한 마을 사람들의 이야기, 피의 전쟁 등 이런 악몽은 잠자리에 더 이상 찾아들지 않았고, 또 그럴 필요도 없게 됐다. 발달하는 기술 산업은 바람에게서, 다락방에서, 지금은 잊힌 원시적인 장소 곳곳에서 그 광기를 앗아 가 버렸다. 그래서 사람들은 열기와 힘과 기계들이 합쳐진 라스베이거스나 경마장, 프로 미식축구, 흑인들의 인종 폭동, 교외에서 벌이는 술잔치 같은 데서 그 광기를 찾으려 했다. 하지만 이런 것들이 모두 그 옛날의 광기를 되살리지는 못했다. 이번에는 베트남에서 그걸 찾으려 하는지도 모른다. 소도시가 한바탕 힘을 써 보자는 곳이 바로 그곳이 됐는지도 모른다.

지휘관들의 얼굴 위에도 이런 면이 나타난다. 얼굴 한번 슬쩍 보고 이렇게 말하는 것이 지나칠지도 모르지만, 메일러는 이미 이런 얼굴을 알고 있었다. 괴팍하고, 인색하고, 엄격하고, 용감하고, 불그스름하고, 짐승 같고, 야만스럽고, 속 좁고, 계산적이고, 무디고, 단단하고, 의지가 강하고, 질기고, 단순하고, 선량하고, 야박한 얼굴들. 언젠가 해외 주둔지에서 본 듯한 소도시 사람들의 얼굴들. 마을 곳곳에서 모여든 텍사스 사람들. 마치 대학 동창회에서 이십 년 만에 만나 무엇이 변했는지 꼬집어 낼 수 있을 정도로 낯익다. 같은 과 동기들의 변한 모습으로 미국적 성격의 변화를 읽는 것이 정당하다면, 메일러는 전에 군대에서 알던 사람들처럼 이 지휘관들을 바라보았다. 이제 다시 들여다보니, 뭔가 빠져나간 것도 있고 새로 생긴 것도 있다. 남부 소도시 사람들의 얼굴에서 공통적으로 매력적이지 않은 점은 탐욕과 인색함 사이의 고통스러운 갈등 속에 들어 있다. 이 가련한 남부 출신의 백인, 사랑이 넘쳐 본 일도 없고, 살이 퉁퉁 쪄 본 적도 없고, 부자도 아니고, 달콤한 연인도 아닌, 그저 그런 부만을 탐욕스럽게 갈망한 사람. 그러나 옛날에는 이런 것에도 어떤 슬픔이 묻어 있었다. 두 뺨 사이에는 무엇이 부드럽고, 무엇이 영원히 사라졌는지 말해 주는 절제와 외로움

238

이 있었다. 이들에게는 위엄이 있었다. 이제 홀쭉한 얼굴은 이 빠지고 광포한 사람임을 말해 줄 뿐, 한때 부드럽던 것은 닳아 없어지고, 절제는 증오로 바뀌었다. 뚱한 증오, 잔뜩 찌푸린 증오, 탐욕을 버리지 못한 실패자들의 증오로. 이제 메일러는 전에도 부딪쳤던 가능성을 떠올렸다. 핵무기는 아주 가까이에 있고 진짜 전쟁 부대는 소도시에 몽땅 있는 것 아닌가. 평화 부대들이 도시와 그 근교를 수색해야 할 정도로. 핵전쟁은 나라를 양분한다. 소도시 사람들이 간직하고 있던 힘의 날이 가까워 온다. 핵전쟁이 끝나는 날 누가 살아남을 것인가? 개인적인 실패가 깊은 사람일수록 베트남을 사랑한다. 베트남은 더 큰 전쟁을 향한 은밀한 도화선이기 때문이다. 그리고 더 큰 전쟁이야말로 인종과 얼굴과 과학 기술 위에 덮인 그늘을 싹 쓸어버릴 수 있을지 모른다. 감히 이해할 수 없는 모든 이물질들을.

이 모든 것이 결코 행복한 명상은 못 됐다. 메일러가 예전에 알았던 군인들은 말이 별로 없었다. 여기도 말하는 지휘관들은 별로 없다. 이맛살을 좀 펴 보시라. 지휘관들은 지금 트럭에서 여자 아이 하나를 끌어내고 있었다. 피부는 창백했고 머리칼은 밝은 갈색이었는데, 립스틱도 바르지 않은 채 무명옷을 걸쳤고, 마리화나를 너무 피워서 피부에 그늘진 색조가 드리웠다. 그런데도 땅 위로 끌려가며 남자 친구에게 손을 흔든다. 그 남자 아이도 결국 버스로 끌려 들어왔다.

메일러는 젊은 목사와 대화를 나누기 시작했다. 목사의 이름은 존 보일이었는데 예일 대학의 장로교 교목이었다. 체포 번호는 9번. 두 사람은 이것에 관해 농담을 했는데 그 친구는 메일러를 능가했다. 사실 그 목사는 메일러가 체포되는 걸 보

고 정당하게 대우받는지 보고 싶어 뒤따라왔다가(메일러와 동
년배라는 표시요, 신분에 걸맞는 표지다!) 확인을 하고는 되돌아
갔다. 펜타곤 경계선 뒤쪽에서 어물쩍거리다가 경찰이 어느 시
위자를 체포하는 것을 보고 항의를 했다. (지휘관은 그가 정복
을 입은 걸 보고 놓아주려 했지만) 자진해서 잡혔다는 것이다.

"글쎄요, 적어도 우린 앞 번호니까."

메일러가 말했다.

"그게 의미가 있을까요?"

"아마 먼저 풀려나지 않겠소?"

메일러가 앉은 자리에서는 버스 정류장 뒤편으로 쭉 뻗은
사각형의 기둥들이 보였다. 이집트식 건축물을 연상시켰다. 메
일러는 이집트 건축물의 특성과 펜타곤과의 관계를 생각해 보
았다. 고대 이집트의 거대한 건축 양식, 그 아연할 무덤과 여기
펜타곤 밑의 방들. 하지만 메일러가 대단한 이집트 학자도 아
니고, 천만의 말씀이지. 결국 이 관련성은 흐지부지되고 말았다.
나중에 한번 더듬어 보자. 뭔가 있겠지. 하지만 생각은 계속
흐르고, 우린 이 생각에서 빨리 빠져나오는 편이 좋을 것 같다.

4. 각종 구호를 실은 버스

바야흐로 버스는 떠날 채비를 하고 있었다. 운전수가 올라
타자 환호성이 울렸고, 죄수들이 폭행할까 봐 운전석 뒤에 철
망으로 설치한 문이 닫혔다. 창문마다 빗장이 가로질러 있다.(순
간 메일러는 빗장들을 구부려서 탈출을 기도하는 환상을 떠올리다

가 그만두기로 했다. 아무것도 아닌 것 때문에 유명해질 필요는 없으니까 말이다.) 햇볕은 따갑게 버스를 내리쬐었다. 어느 인디언 섬머의 오후, 남부의 조그만 버스 정류장에 있을 때처럼 후텁지근했다. 아마 펜타곤의 벽돌 때문이 아니면 밖에 있는 얼굴들 때문이리라. 이곳에서는 아무 낌새도 느낄 수 없지만 아직도 싸움은 벌어지고 있을 것이다. 다만, 우울한 생각이지만, 이 구석에 공포의 흔적이 조금도 비치지 않는 것을 보니 싸움이 잘 되진 않나 보다. 그렇다고 자축하는 기미도 없다. 어쨌든 무슨 일이 벌어졌는지 몰라 기분이 꺾였다.

시동이 걸렸다. 차는 뒤로 물러섰다가 쭉 돌아서 멀리 나간다. 차에 탄 사람들은 손가락으로 승리를 표시하는 V 자를 만들어 창밖으로 내민다. 긴 승강대 입구에 차려 자세로 선 헌병들을 지나는데, 그 모습이 꼭 바다로 이어진 긴 해협에 뜬 부표처럼 보였다.

죄수들이 그중 한 명에게 외치기 시작했다.

"지옥? 천만에. 우린 안 갈 거야. 지옥? 천만에. 우린 안 갈 거야!"

헌병들의 얼굴이 묘하게 조금씩 움찔거리자 다른 구호들이 막 쏟아져 나왔다.

"베트남에서 전쟁을 끝내라. 싸우는 아이들을 고향으로 돌려보내라. 베트남에서 전쟁을 끝내라. 싸우는 아이들을 고향으로 보내라."

이제 버스 안은 파업을 일으키다 잡힌 젊은 광부들, 아니면 경기에 이기고 돌아가는 고등학교 선수단이 희희낙락대는 분위기처럼 바뀌었다. 한편 헌병들은, 경기에 지고 있거나 아슬

아슬한 순간 후보 선수로 벤치에 앉아 있는 고등학교 축구부 선수들 같은 표정을 짓고 있었다.

다들 꼿꼿하게 신경을 곤두세우고 있어서 건드리면 활시위처럼 팽 소리를 내며 튕길 것 같았다. 아래턱은 위턱 밑, 위턱은 이마 아래, 이마는 헬멧 아래, 흐트러짐 없이 땅에서 2미터 떨어진 얼굴의 곧은 선은 긴장으로 팽팽했다. 그 전형적인 군대식 차려 자세는 이렇게 말하는 듯했다. '이렇게 서 있을 때 내가 얼마나 나쁜 놈이냐 하는 건 문제가 아니오. 난 좋은 놈입니다.'

"이봐요, 존슨 대통령. 오늘은 또 몇 명이나 죽였나요?"

버스 안의 죄수들은 헌병들을 향해 소리쳤고, 승리의 V 자를 그렸다. 도대체 무엇에 대한 승리인지는 확실히 모르겠다. 대부분 비슷한 나이 또래인데도, 왜 시위자들이 체포당하는 것을 불사하는지를 전혀 이해하지 못하는 이 젊은 헌병들의 상상력 부족에(그래서 내밀한 경악) 대한 승리였으리라.

버스가 달리는 동안 죄수들은 거의 멈추지 않고 노래를 했다. 조그만 교외 쇼핑가에서 교통신호가 바뀌기를 기다리는 사이에 고등학생 또래의 아이들에게 자신들의 구호를 외쳐 대면, 아이들은 긴 바지, 스웨터, 운동화 차림으로 할리우드 영화나 텔레비전에 나오는 고등학생들처럼 깜짝 놀라 쳐다봤다. 긴 블라우스와 짧은 스커트, 새들 슈즈 등 여학생들 옷차림은 각양각색이었다. 메일러는 텔레비전에서 가정을 다룬 드라마를 볼 때마다 저런 미국이 실제로 존재하는가, 그래서 미국적 개성과 예절과 이념을 움직이는 힘이 되는가 반신반의하면서도 실제로 그렇다는 것을 알고 있었다.(모두가 자신들의 감각과 아주 밀

접하게 살고 있어서, 예절과 옷차림은 분명 이념까지 움직일 수 있기 때문이다.) 예를 들면 남들이 하는 대로 따르는 것, 말끔한 것, 그리고 미국은 항상 옳다고 하는 것 등등. 끝없는 개성의 반향에 대해서도 많이 알 필요가 없었다. 아니, 말끔한 미국 아이들은 (할머니의 50센트짜리 동전처럼 생긴) 사탕을 절름발이 베트남 친구에게 주는 걸 그만둬 버릴 수도 있다.

"이봐, 행크. 이 어린 여자 아이를 다치게 한 사람이 베트콩이야, 우리야?"

거리에 서 있던 아이들이 멍한 눈초리로 죄수들을 올려다본다. 승리를 뜻하는 V 자가 무슨 의미인지, "이봐요, 존슨 대통령."이라는 말이 무슨 의미인지 모르겠다는 눈치다. 뒷줄에 선 키 큰 아이들이 선생을 쳐다보듯이 모호한 표정. 숨막히는 반복은 말할 것도 없이 회유, 그 희미한 시선들 속에 숨어 있었다. 그런 모호한 표정으로 고등학생들은 죄수들이 지나가는 것을 지켜보았다.

"그래, 샐리. 펜타곤에서 뭘 한다는 얘기를 들은 것도 같아."

만약 버스가 경기에 이기고 돌아가는 고등학생들이 탄 것처럼 소란스러웠다면, 그건 분명히 화성에서 열린 경기였으리라. 머리 좋은 아이들이 모두 간다는 화성 말이다. 그래서 지금 저 친구들이 저렇게 큰 소릴 지르는 것이다. 한 번도 이긴 팀 버스에 타 본 적이 없거든.

그러자 못된 생각이 떠오른다. 미련하고 공부 못하는 아이들이 뒷줄에 앉아 머릿속엔 딴 생각만 가득 차서 아는 체하며 못된 공상을 잔뜩 부풀릴 때, 영리한 중산층 아이들은 눈을 반짝이며 앞줄에 앉아 지적인 세계로 파고든다. 무엇이든지 알려고 하다 보니 점점 높아지고 넓어져서 결국에는 사회 전반의 문제, 베트남의 문제까지 비판하려 든다. 미국은 이 영리한 아이들을 몽땅 버스에 실어서 음악 소리가 나는 골방으로 데려가 버릴 것인가?(새 전체주의 국가에서는 가스실에서 음악을 틀어 줄지도 모르니까.) 그런 날이 올 리 없다고 믿으면서도 한밤중에 이런 생각을 떠올리면 불안해질 때도 있다. 그는 생각했다.

'새벽 3시는 언제나 우리 영혼이 길고 어두운 밤을 헤매고 있을 때란다.'

아니, 정말 그렇다. 날쌘 말이 달리는 속도보다 별로 빠르지 않게 지나는 버스 유리창에 쇼핑가의 모습이 어른댈 때, 메일러의 머릿속에는 이런 생각이 어른댄다. 정말, 피츠제럴드는 잘도 꼬집었다. 모든 것이 다 말해진 때, 왜 그때는 기나긴 어둠의 밤이란 말인가? 울프는 너무 일찍 죽었고 헤밍웨이는 자살했다. 훌륭한 작가는 무거운 죄의식을 짊어지고 있으며 그것은 점점 더 무거워지기만 한다. 대중매체의 위력이 커질수록 나라를 가르쳐야 한다는 책임감도 발아래까지 내리덮는다. 새로운 조류에 휩쓸리는 새로운 책임감, 그런데도 책임이란 큰소리치는 사람이나 공무원들이나 짊어지는 것이라 하며 작가는 안전하고 아늑한 피난처만 찾아 왔다. 작가란 술을 위해 태어났다는 듯이. 메일러는 이에 대해 많이 생각해 보았고 이제 이런 논쟁에는 지쳤다. 언젠가 미국 내 주요 작가들이, 할리우드 영화와 텔레비전과 《타임》에 세뇌된 미국의 독자들을 위해 과거 베스트셀러 목록을 넘어서는 작품을 쓰지 못한다는 수필을 쓴 적도 있다. 정말, 피츠제럴드는 어둡고 긴 수많은 밤을 거쳐 미묘한 식별, 두 쪽으로 나뉜 미국은 영원히 합쳐지지 않는다는 식별을 얻어 냈다. 둘이 서로 접촉하지 못할 때 모든 역사는 그렇게 분리된 상태에서 유실되고 말지도 모른다. 그렇다, 뭔가 해야 한다고 생각하면서도 해 놓은 게 얼마 없다고 생각될 때, 밤은 길고 어둡다. 정말 영원히 불가능한 것일까? 미국의 두 세계는 돌이킬 수 없이 갈라져 버린 것인가? 이 불행하고 결론 없는 의문에 부딪치면서도 메일러는 햇볕이 따스한 버지니아 거리의 늦은 오후를 만끽하고 있었다.(버지니아, 이보다 더 아름다운 이름을 가진 주가 또 있을까?) 개인적인 감흥에서 쏟아지는 우울함 탓도 있었지만, 지금까지의 모든 것에서 자신이 분리된 듯한 느낌이었다. 메일러는 감정의 섬광을 품고 있었다. 모든 죄를 참회하는 순간이었다. 종교적 감흥은 때로 이렇게 골수에 사무치게 찾아드는 것일까.

그렇게 버스는 달리고 있었고, 노래와 온갖 구호들은 계속됐다.

"지옥? 천만에. 우린 안 갈 거야."

"군대를 당장 철수해라."

"이봐요, 존슨 대통령."

메일러도 다른 사람들처럼 외쳐 댔다. 공산주의자들의 노래에 합세하는 것, 이것이 속죄를 한 대가인지도 모른다. 옆에 앉은 젊은 예일 대학 교목을 친구 삼아.

그러자 다시 생각이 이리저리 헤매기 시작하더니, 넓고 길고 천천히 흐르는 생각의 강 하구를 더듬는다. 등을 굽혀 드디어 찾았다. 기뻤다. 이집트식 건축물과 펜타곤과의 거대한 관련성. 그래, 이집트식 건물의 편편한 석판, 두꺼운 벽돌, 은밀한 동굴들, 이 모든 것은 나일 강의 진흙에서 나왔다. 진흙이 바로 이집트 문명을 세운 매개체였다. 실체 없고 어느 곳에나 있는 진흙이란 오늘날 돈과 같다. 돈도 실체가 없고 어느 곳에나 있으니까. 부정 이득이란 것 말이다.(노먼 브라운의 사상.) 미국의 문명은 서부 개척의 실존적 재가(裁可)에서 실체 없고 어느 곳에나 있는 지폐의 재가로 바뀌었다. 펜타곤만큼 지폐를 쌓아 놓은 곳이 또 어디 있으랴. 미국의 나일 강, 포토맥 강의 둑에 서 있는 거대한 진흙 파이! 자, 이제 메일러의 기분이 한결 나아진다. 감옥 안의 비밀도 새 나갈 창문은 있는 법. 그러나 창문 하나 없이 에어컨이 있는 감방에서 암을 키워 가고 있을 잭 루비를 생각하니 기가 팍 죽는다.

이제 일행은 감옥이란 곳에 도착했다. 알렉산드리아에 있는 우체국이었는데, 정사각형의 무디게 생긴(실체 없지만 어디에나 있는) 빨간 벽돌 건물이(오래 묵은 붉은 포도주 빛, 붉은 진흙 벽돌로 지은 스미스소니언 박물관과는 대조적이었다.) 중심 상가에서 떨어진 거리에 서서 사람들을 기다리고 있었다.

5. 우체국에서

한 줄로 버스에서 내려 감시원의 감시를 받으며 텅 빈 우체국 아래층으로 들어섰다. 토요일 오후에는 문을 닫기 마련인데, 오늘은 주 경마 기병인 듯싶은 경관 두 명이 나와서 그들을 엘리베이터까지 안내했다. 엘리베이터는 천천히 올라갔다. 수년 동안 기름 치고 검사받은 주 정부의 기계들은 신중하고 부드러운 소리를 냈다. 3층쯤 가서 기계는 멈췄고, 죄수들은 전형적인 소도시의 공공건물 냄새를 풍기는 복도로 내려섰다. 왼쪽으로 돌아서 좁다란 홀로 들어가니 숙소가 보였다. 방 두 개는 각각 높이가 4.5미터, 너비가 3미터쯤 돼 보이는데 방 안에는 싱크대와 변기, 긴 의자 두 개가 긴 양쪽 벽에 나란히 놓여 있었다.

메일러가 묵을 방은 열다섯 명 정도가 함께 쓸 모양인데, 사람들은 곧 첫 행동으로 성격을 드러냈다. 새로 들어간 학급이나 병실, 군대, 감옥에서 볼 수 있는 길들이기 같다고 할까. 이 사람들의 이름, 공공 기관을 대하는 태도 등을 아는 데 그리 오랜 시간이 걸리지 않을 것이다. 긴 의자에 앉아 참을성 있게 기다리는 사람도 있고, 절망에 잠겨 머리를 움켜쥐는 사람도 있었다. 한두 명은 지휘관들에게 얻어맞은 머리를 고통 속에서 감싸 쥐고 있기도 했다. 몇 명은 홀에 쳐진 빗장 옆에서 교도관으로부터, 이후에는 변호사들로부터, 무슨 소식을 들을 수 있을까 서성거렸다. 한두 명은 빗장을 잡고 철봉 운동을 한다. 물을 한 움큼 받느라 사람들이 계속 싱크대를 오갔다. 체포당한 뒤 맨 처음 만났던 월터 티그는 흰색 오토바이 헬멧을 베개 삼아 바닥에 눕더니 곧장 잠 속으로 빠져든다. 메일러는 버스에서 이런저런 이야기를 나누면서, 티그가 혁명이란 하루 스물네 시간 혁명을 위해 밥을 먹고 일하고 잠자고 생각하는 사람의 손으로 이루어진다는 레닌식 철학을 믿는다고 생각했다. 티그는 전문가였다. 곧장 잠 속으로 빠져드는 모습이 남들과 달랐다. 경험상 앞으로 한두 시간 안에는 아무 일도 일어나지 않는다고 확신하는 것 같았다. 이 태도는 삼십 분 안에 감방에서 풀려나 뉴욕행 비행기를 탈 것이라는 메일러의 기대를 몽땅 저

버리는 것이었다. 메일러는 여전히 법정에 서서 벌금을 물고 일장 연설을 듣고 나면 풀려날 것이라고 서두른다. 며칠 동안 축적된 흥분이 매우 값지게 느껴졌다. 감정 전문가처럼, 위스망스의 데 제셍트*처럼, 이런 시간에 자신이 겪은 일들을 곰곰이 되씹어 봐야겠다고 생각하며 잠자는 티그를 바라보았다.(익숙하지 않은 여러 만족감 속에서 메일러는 오늘 자신에게 많은 일들이 일어났다고 느꼈다. 이제 아무 일도 일어나지 않는다 해도 지금은 성실한 투사로 행동할 것이다.) 겪은 일들의 가치를 지키려면 잠자코 그다음에 벌어질 일을 기다릴 것이지, 성급하게 입맛을 다시며 오늘 밤 집으로 돌아갈 달콤한 몽상에 잠겨서는 안 되겠구나. 아니지, 어딘지 공기가 심상치 않다. 감옥 바깥쪽 복도에는 인기척이 전혀 없었다. 커다란 책상 앞에 구부리고 앉아 있는 사무원의 모습도 보이지 않았다. 주변은 쥐죽은 듯 조용했고 끝없는 정적만 감돌았다.

왜 정부가 신속하고 능률적으로 일을 처리하리라 생각했는지 알 수 없었다. 감방 수가 한정되어 있으니 일을 빨리 처리하리라 생각했나 보다. 그리고 이제야, 벌을 주기 위해서라도 일처리에 일부러 늑장을 부릴지 모른다는 생각이 들었다. 어찌하여 조금도 성가시게 굴지 않는 것이 정부의 임무라고 가정했던가? 어찌하여 정부가 상쾌하고, 겸손하고, 기분 좋고, 능률적으로 펜타곤에서 잡힌 사람들을 처리하리라고 기대했던가?

"지금까지 그렇게 알도록 선전해 왔잖아?"

메일러는 중얼거렸다. 그건 사실이었다. 지금까지 자신도 모

---

* 프랑스 작가 위스망스(Huysmans)의 작품 『거꾸로(À rebours)』에 나오는 주인공 이름이 데 제셍트(Des Esseintes)이다.

르는 사이에 정부를 형제처럼 생각한 탓에 반 시간이면 감옥에서 풀려날 줄 알았다. 재미는 없지만 그래도 우애 있는 형제. 텔레비전 앞에서 보낸 수천 시간, 신문에서 부딪쳤던 수백만 가지 단어들은 결국 제도적 생활의 온갖 자질구레한 사항들에 대한 커다란 의혹으로 바뀌었다.

오래 기다릴 채비를 마치는 순간, 간수가 들어서더니 정부가 파견한 위원단이 도착했다고 전한다. 시민 자유 연맹에서 봉사하는 젊은 법대생이 짤막하게 지침 사항을 알려 주었는데 (학생이기 때문인지) 하도 머뭇거리며 방어하는 데 진땀을 빼느라 대답보다 질문이 더 많은 자리가 되고 말았다.

"우린 언제 풀려납니까?"

"빠른 시간 안에 석방되도록 최선을 다할 것입니다."

"하지만 그게 언제가 될지는 모르지 않소?"

질문에 답하는 젊은 학생은 큰 키에 기분 좋게 생겼다. 약간 정신분열증 기색이 도는 사단법인의 착실한 법률가였으나 법이 어디에 숨어 있는지 이해하려고 해 본 적은 없어 보였다.

"현재로서는 잘 모릅니다."

"정부는 우리가 어떻게 청원하기를 바라는 거요?"

"지금까지는 변론을 할지 말지도 결정되지 않았습니다."

"아이코, 맙소사."

진절머리가 난다는 듯이 한 죄수가 내뱉었다.

죄수들은 꼬치꼬치 묻고, 빗장 밖의 법대생은 가능한 어물어물 넘어가려 했다.

"가명을 댔는데 석방될까요?"

어느 죄수가 물었다.

"재판 과정에서 불리할 수도 있겠죠."

"어떻게 가명을 바꿀 수 있나요?"

"제가 아는 한 아무런 절차도 마련되어 있진 않습니다."

이런 식으로 몇 분 진행되다가 그 친구는 떠나고 다른 변호사가 들어섰다. 조금 더 나이가 들었는데 역시 시민 자유 연맹에서 나왔다. 그리 많지는 않아도 이전 친구보다는 여러 가지를 알려 주었다. 티그는 여전히 잠을 자고 있었다.

조금 있으려니 정말 죄수 두 명이 불려 나갔다. 십 분쯤 지나서 돌아왔는데, 벌금 25달러에 다시는 펜타곤으로 되돌아가지 않겠다는 약속을 하고 풀려났다고 했다. 이 말은 다시 한번 펜타곤에 가 볼까 마음먹던 메일러의 생각을 산산이 부숴 놓았다. 메일러는 이미 시간표를 짜 놓았다. 8시까지 풀려나면 호텔로 돌아가서 옷을 갈아입은 다음 10시 비행기를 타고 뉴욕으로 간다. 그러면 파티에 갈 수 있겠지. 만약 더 늦어 버리면 펜타곤으로 다시 가는 수밖에 없다. 다시 전쟁터로 돌아간다고 생각하니 어쩐지 기분이 좋았다. 하지만 다시 붙잡히려고 가선 안 된다. 첫 체포의 가치가 훼손될 염려가 있으니까. 상징적인 행동에는 절제라는 미학이 있다. 반복은 안 된다. 한 번 잡히면 이상을 위해 당당히 목숨을 건 사람(그렇게 생각되는 사람)이라고 텔레비전 세계가 격찬할 것이다. 똑같은 날 다시 잡히면 체포당하는 데 재미를 붙인 괴상한 친구라고 생각할지 모른다.(큰 성공은 못 거두었지만, 메일러는 자신의 이미지를 위해 살아온 습관이 이제는 몸에 배어서 성실한 남편처럼 끊임없이 좀 더 나은 자아를 찾고 있었다.)

죄수 둘이 풀려 난 뒤에도 한참을 기다렸다. 한 사람이 더 불려 나간 뒤 또 한참 아무 소식이 없었다. 하지만 메일러는 받은 번호가 빠르기 때문에 어느 정도 자신이 있었다. 예일 대학 장로교 교목인 존 보일이 불려 나가자, 다음 순서는 자신이겠지 했다. 그런데 벌금 25달러와 집행유예 삼십 일을 받아 온 보일은, 다음 차례에 대해선 아무 말도 하지 않았다.

"여긴 일을 굉장히 천천히 처리하는군."

대신 이렇게 말할 뿐이었다. 간수는 온화한 할아버지 같은 표정의 남부 사람이었는데, 근시와 난시 겸용인 강철 테 안경을 끼고 있었다. 엷은 푸른색 눈에 흰 머리칼이 나풀거렸고, 이가 다 빠졌는지 얇은 입술 사이로 잇몸이 쑥 들어가 보였다. 간수는 보일 곁에 서서 카드를 한 장 주며 채워 넣으라고 했다. 그러고는 교목을 옆방으로 데려가려고 그의 소매 끝을 잡아끌었다. '근엄하게 높은 깃이 달린 옷을 입으셨지만 저에겐 햇볕에 그을린 어린아이에 불과하죠.'라고 말하듯이. 교목은 총알처럼 재빨리 손을 뻗어 간수의 손을 뿌리친다. '내 옷에서 그 죄 많은 손을 떼시오.'라고 말하듯. 단지 그런 행동이 있었을 뿐 둘 사이에는 더 말이 없었다. 처음에는 코핀, 이제 보일. 과연 예일 대학 목사들은 남자답구나! 그러다 생각했다, 하버드 대학 교목들은 도대체 어디 있는 거야?

메일러는 처음으로 물을 조금 마셨다. 아침 식사 이후 먹은 것도 마신 것도 없다 보니 종일토록 온몸에 엷은 금욕의 기분이 감돌았다. 희미하게 살아남은 불꽃을 위해 남은 연료를 아껴 가며, 지독한 허기와 갈증을 참아 내는 것이 정신에 어떤 영향을 미치는지 가만히 느껴 본다. 어떻게 하면 뉴욕으로 일찍 돌아가 파티에 참석할 것인가, 이런 잡다하고 저속한 상념에 시달리면서도 자신에게 익숙하고 즐겨 표현하던 소외의 상태와는 반대되는 결합의 상태가 내부에서 종일토록 기분 좋게 움직였다. 그래서 이 허기와 갈증은 나잇값도 못하고 잡혀 와 있는 메일러가 앞으로 감옥에서 견뎌야 할 허기와 갈증, 그보다 더 참기 어려울 단조로움 등을 살며시 속삭이는 듯했다. 미리 앞을 내다보고 대비할 수 있다니 얼마나 다행인가. 싸우는 날에 조금 배고프고 갈증 나는 건 더 사기를 북돋우며 감옥에서 보내는 지루한 시간을 견디게 하는 수련도 된다는 사실을 알다니 정말 멋진 일이다.

이런 생각을 하면서도 계속 물을 들이켰다. 자신이 최악의 이유들 때문에 그러는지 최선의 이유들 때문에 그러는지 잘 모르면서 그렇게 행동하는 것이 특징이 돼 버렸다. 갈증의 가치를 인식하면서도 그런 도덕적 모험을 더 계속한다는 데 공포를 느낀 탓이리라. 아니면 이제 갈증의 가치를 깨달아 의식적인 갈증은 가치를 잃고, 물이 정말로 한 방울도 없을 때라야만 그 고통이 가치 있는 것이라는 생각이 드나 보다. 아니면 그저 갈증이 해소된 후의 상태를 알아보기 위해서였을까? 맨 처음 물을 조금 들이켤 때는 왠지 서글펐는데, 그다음부터는 개수대로 가는 발길을 막을 수 없음을 느낄 뿐이다. 메일러의 식성은 성자 아니면 폭식가였지, 그 중간은 전혀 어울리지 않는다. 그는 이 사실을 경험을 통해 알고 있었다. 담배 끊은 지가 삼 년째인데, 한때 하루에 세 갑 피워 대던 자신이 다시 불을 한 대 붙였다가는 계속 하루에 세 갑씩 피워 대리라는 것을 잘 알고 있었다.

죄수들이 다시 불려 나가기 시작했다. 그러더니 다시 지연됐다. 변호사들이 빗장을 사이에 두고 몇 마디 하러 왔다가 돌아갔고, 이런저런 소문들이 나돌았다. 많은 죄수들이 공무원을 공격하다가 잡혔는데 그 벌이 꽤 클 것이라는 소문이 돌았다. 삼십 일 구류, 구십 일, 아니 그 이상 언도를 받을 거라는 둥.

"하지만 난 지휘관을 공격하지 않았어. 내가 당했지."

이런 말이 예상할 수 있는 변명이리라. 벌금을 내려면 돈이 꽤 필요했다.

메일러는 지갑 속에 200달러가 넘는 현금이 있었다. 바닥에서 잠을 자고 남의 차를 빌려 타며 워싱턴까지 왔을 성싶은 땡전 한 푼 없어 보이는 젊은이들 십여 명 틈에 앉아 있으니, 그 액수는 어울리지 않는 거액이었다. 머릿속에서는 무슨 생각을 하든 죄가 되는 행위는 실제로 하지 않았음을 보여 주려고 경찰에게 미소 짓는 남자처럼, 메일러는 자기 지갑은 비어 있는 것이 정상이라는 듯 그 돈을 벌금으로 쓰라고 나누어 주었다.(지갑이 비어 있는 게 정상이라니, 천만의 말씀!) 자기 벌금으로 50달러 정도 남겨 놓으려 했고, 결국 그렇게 되긴 했지만, 생각만큼 쉽지는 않았다. 처음에는 자신의 맘에 드는 사람들이나 지휘관들에게 부상을 입어 마땅히 풀려나야 된다고 보이는 사람들에게 돈을 빌려 줬다. 그러나 조금 지나니 이 작은 감방에서 보증인의 원칙을 실천하는 살아 있는 실체가 되어 자신이 싫어하는 죄수에게도 빌려 주었다. 특히 두 사람이 있었는데 애원을 해 대니 똑같이 돈을 줄 수밖에. 만인은 법 앞에 평등하다는 애매모호한 원칙이 여기서 적용된 듯싶었다. 그러다가 어느 뚱뚱하고 털 많은 친구에게도 25달러를 건네주게 됐다. 그 친구는 돈을 얻어 밖으로 나갈 수만 있다면 기꺼이 무릎을 꿇거나 바닥에 길 것 같았다. 얼마나 다쳤는지 징징대며, 흘러내리는 땀처럼 계속해서 며칠 내로 돈을 우편으로 되돌려 주겠다고 다짐했다.(물론 돈은 되돌아오지 않았다.) 기분이 아주 나빴지만 하는 수 없이 돈을 내주었다. 또 한 명은 음흉하고 창백하게 생긴 히피 중의 히피였다. 캠프 주변에서 쓰레기통이나 뒤지는 정글의 약아빠진 동물 같은 분위기를 풍겼다. 결코 돈을 갚을 것 같지 않은데 약삭빠르게 웃으면서 메일러의 주소까지 적는 것이었다. 그 웃음은 '이 친구야, 이 모든 형식은 몽땅 허풍이야'라고 말하고 있었다. 물론 돈은 되돌아오지 않았다. 몇몇 죄수들은 돈을 달라고 말하기에는 자존심이 너무 강했다. 그래서 메일러가 자청해서 돈을 줘야만 했다. 몸이 유연하고 조그만 아이는 운동신경이 아주 발달한 것 같은데, 푸대접받는 작고 영리한 고양이처럼 돈을 받았다. 여기도 저기도 아니지만 어차피 자기 몫이기에 기분 좋다는 듯이 받는다. 아이는 아주 극적으로 잡혔다고 한다. 헌병들이 서 있는 곳까지 뚫고 거의 메일러가 잡힌 곳까지 밀고 들어가 몇 분 동안이나 지휘관들 사이에서 이리 뛰고 저리 뛰며 피해 다녔다. 앞질러 달리기도 하고, 들판을 가로질러 뒤로 물러섰다가 갑자기 멈추기도 하고, 어슬렁거리고 빈둥거리며 실컷 약을 올리다가 앞으로 힘껏 내달았다. 마침내 사냥개 몇 마리에게 여우가 쫓기듯 강가에서 붙잡혔으나 지휘관들은 너무 지쳐 한 대도 치지 못했다. 아이는 약간 더듬거리며 말을 했는데, 말 끝마다 대단한 집중력과 지혜가 묻어 나왔다. 메일러가 쓴 『사슴 공원』이 공연된 것을 보았다며 비평하는데, 그 안목만큼이나 날카로웠다. 우리의 군대가 필요로 하는 뛰어난 아이라고 메일러는 생각했다.

시간은 그렇게 흘렀다. 금방 풀려날 거라는 약속이 있더니 기다리라는 전갈이 왔다. 곧 위원단이 도착해서 단체로 조사할 거라더니, 그 사람들이 화가 나서 사건 하나하나를 개별적으로 질질 끌 것이라는 말이 들렸다. 메일러는 지난번 감옥에서의 기억을 떠올렸다. 정말 기분 나쁜 경험이었다. 두 번째 부인을 때렸다는 죄목으로 벨레뷰에 있는 감옥 병원에 수감됐는데, 이레를 갇혀 있을지 칠 년을 갇혀 있을지 모르는 상태였다. 결국 칠십 일이 지난 뒤 재판을 받기 위해 풀려났는데, 집행유예 이 년을 선고받았다. 정말 생각하고 싶지 않은 시절이지만 한 가지 배운 것이 있었다. 지금 그 깨달음이 떠올랐다. 정신이 말짱하려면 가능성 없는 어떤 희망도 갖지 말고, 뭔가를 지나치게 바라지도 말라는 교훈이다. 실망하면 더 괴로울 뿐이다. 감옥 안에서 실망이 기댈 곳은 자신의 세포 말고는 아무 데도 없기 때문이다. 감옥이란 좌절 바로 그 자체다. 거대한 좌절의 통 안에 산산이 부서질 희망 따위는 첨가하지 말라. 그 통이 부서질지 모른다. 감옥 안에 존재하는 심리적 작동에 메일러는 주목했다. 희망적인 소문에는 항상 잔인한 소문이 따라오고, 다음에 다시 희망찬 소문이 온다. 죄수는 자동인형이 되는 것이다. 감옥의 본질인 기계적 작동이 계속 들었다 놓았다 하는 한, 죄수는 자신에 대한 관심에서 벗어날 기력을 잃은 채 끊임없이 올라갔다 내려갔다 한다. 자기 몰입과 무감각만이 감정의 두 기둥을 이루고, 반항에는 뼈가 없었다. 메일러는 옛날에 배운 이 교훈을 곱씹었고, 금방 효과가 나타났다. 천천히 느긋하게, 오늘 밤 파티에 가겠다던 기대를 떨쳐 냈다. 이번 주말에 아내와 가족을 만나려던 생각도 천천히 내려앉기 시작했다. 삼십 분 뒤 풀려날 수도 있겠지만, 오늘 밤에는 안 될지도 모른다. 내일 풀려날 수도 있겠지만, 삼십 일이 걸릴지도 모른다.(아니다. 이건 너무 길다!) 어쨌든 당장 눈앞의 일들은 생각하지도, 바라지도 말자. 그저 기다릴 뿐이다. 감옥이란 모든 것이 가장 심원하게 덧붙여지는 곳이기에, 냉정을 잃으면 감옥에서 인간은 아무것도 아니다. 덧붙는 것은 명분과 관련 있는 체하는 효과 외엔 아무것도 아니다. 실제 명분과는 아무 관련도 없는 것이다. 감옥에 대한 느낌이 범죄에 대한 느낌과 아무 관련이 없는 것처럼. 실존적 역학이란 정말 대단하구나!

죄수들은 전화를 한 통씩 걸 수 있다는 허락을 받았다. 메일러는 곧 아내에게 전화를 걸 수 있게 됐다. 간수에게 이끌려 복도 아래로 몇 계단 내려갔다. 붉은빛이 도는 머리칼에, 번쩍이는 귀갑 테 안경을 쓴 여자 사무원이 사무실에 앉아 있었다. 전화를 걸어 주는 모습이 분명히 죄수들 앞에서 들뜬 듯 보였다. 죄수들이 남자기 때문만은 아니었다. 높게 울리는 수다스런 남부 억양에, 아주 친한 여자 친구와는 전화로 별별 수다를 다 떨겠으나 남자들과는 절대 그럴 리 없다는 목소리다. 결혼을 했는지 안 했는지(어느 쪽인지 말하기는 어렵다.) 남부 소도시 출신 여인들의 발랄한 호기심이 슬쩍 풍긴다. 사실 그녀는 죄수들을 만나고, 같이 이야기하고, 조사하려고 이곳에 온 것 같았다.

'이봐요, 그 사람들 얼굴은 도무지 믿기 어려워요. 몇 명과는 얘기도 해 보았는데 도무지 모르겠고, 또 몇 사람은 타락한 듯 보였어요.' 이런 이야기들이 활기를 주고 아주 기분 좋게 해 줄 테지. 그 사무원은 특별 병동의 접수원이라도 된 듯 메일러에게 말을 걸었다.

"그럼 메일러 씨, 말해 주세요."

음모를 꾸미듯이 말을 이었다.

"이름 철자 말이에요."

고개를 끄덕끄덕.

"아하, 그럼 전화번호는 뉴욕, 브루클린, 맞아요?"

아내의 목소리가 수화기를 타고 들리자 메일러는 아늑하고 달콤한 기쁨을 느꼈다. 전화로 듣는 아내의 목소리는 참 좋다. 바삭거리면서도 부드럽고 남부 억양을 풍기면서도 아주 분명하다. 잠에서 막 깨어났는지 샤워하다 나왔는지 깨끗하면서도 약간 허둥댄다. 사실 그녀는 메일러가 체포됐다는 보도가 나온 이후 계속 전화기 앞에 있었다. 친구들이 계속 전화를 걸어왔기 때문이다.

"여보, 당신 괜찮아요?"

아내가 물었다.

"잘 있소."

"다치거나 혹 무슨 일은 없었어요?"

"그럴 정도로 어리석진 않아요."

그녀는 웃었다.

"우리 모두 당신이 자랑스러워요."

잠깐 동안의 침묵.

"사랑해요."

"나도."

바싹 다가선 사무원의 터키옥 박힌 번득이는 안경 아래 메일러는 수화기에 대고 그렇게 중얼거렸다. 그건 사실이었다. 결혼이란 결국 남남이 우연히 만나 서로 사랑에 빠져 결합하는 것이기에 어느 때는 무지하게 좋고 어느 때는 무지하게 나쁘다. 지금의 아내를 만나기 전까지 메일러는 결혼이 필연적이라는 것을 믿지 않았다. 어쨌든 떨어져 있을 때만큼 가깝게 느껴지는 때는 없다. 그러고 나면 서로 이해하게 된다.

언제쯤 풀려날지 아내가 물었다.

"잘 모르겠어. 오늘 밤에 나가긴 틀린 것 같아. 혼자서라도 파티에 가지."

"정신 나갔어요? 혼자는 안 가요."

사실 메일러의 말은 일종의 떠보기였다. 남편이 갇혀서 끙끙대는데 아내가 파티에 간다면 아마 무지하게 화가 치밀 것이다.

"이봐. 언제 풀려날지 걱정하지 말아요. 걱정해 봤자 초조하기만 할 테니."

이렇게 말하며 메일러는 이 분 전 자신에게 써먹던 그 논리를 강의했다.

"알았어요. 그래도 내일 아침 일찍 풀려나길 빌겠어요. 이번 주말에 당신을 못 보면 아이들이 굉장히 실망할 거예요."

전처들 사이에 난 딸이 넷 있었는데, 이번 금요일에 와서 일요일까지 묵을 예정이었다. 지금 네 번째 아내와는 아들만 둘을 두었으니 주말에 온 식구가 다 모이면 제법 떠들썩할 것이다.

"브라우니가 전화했어요."

브라우니는 아내의 의붓아버지였다.

"그랬소?"

"브라우니와 어머닌 당신 걱정을 많이 했어요."

아내가 웃었다. 웃음소리가 참 듣기 좋다. 섬세하면서도 미

258

묘한 생기가 예술적으로 배합된 웃음.

"글쎄, 브라우니는 군단을 워싱턴까지 보낼 때 준비시키는 일을 했대요."

"그래?"

메일러는 즐거운 듯 대답했다. 장인은 조지아 주 베닝 요새에서 상사로 있었다. 지금은 은퇴했지만.

"그것 아주 잘 됐군."

"그렇지 않아요. '나빠요, 이게 모두 아버지 잘못이라고요!' 라고 말해 줬어요."

아내가 다시 웃었다.

"브라우니 성격 잘 알죠, 내가 정말 원망하는 줄 알 거예요."

둘은 이 말에 웃었다. 아내는 오늘 아들 둘이 한 일을 짧게 말해 줬다. 그러자 시간이 다 지나가, 메일러는 수화기를 놓고 돌아섰다. 두 아들의 모습이 고통스럽게도 선명하게 떠오른다. 그는 네 딸들을 무척 사랑했고 최선을 다했다. 결혼의 파국이 너무나 고통스러웠기에 딸들에 대한 사랑에는 항상 슬픔이 묻어 있었다. 그러나 모두 딸들이고, 그 아이들이 자신을 사랑해 주는 것으로 보아 큰 잘못을 저지르지는 않은 것 같다고 느꼈다. 만일 그가 잘못을 저질렀다면 딸 아이들은 여자이기에 잘못을 맴돌면서 성장할 테고 어떻게 해서든지 그 잘못에서도 뭔가 배울 것이다.

그러나 아들들은! 사내아이들은 남자이기에 자아가 민감해서 더 깨지기 쉽다. 만일 메일러가 심각한 잘못을 저지른다면 아들들은 영원히 상처받을 것이다. 그래서 메일러는 자신이 그 아이들에게 너무 강하게 대하는 건지 너무 부드럽게 대하는 건지 종잡을 수 없었다.

아마 두 아들 때문에 메일러는 요즈음 모든 것을 미식축구와 관련짓는지도 모른다. 이십 년 뒤 두 아이들이 프로 미식축구 팀에서 활약하는 모습을 그려 본다. 큰 녀석은 거칠고 사납고 천사 같고 섬세하다. 젊은 왕자처럼 우아하고 도둑처럼 약았다. 러닝백으로 패스를 기가 막히게 잘 받을 것이다. 이기려고 마음먹으면 미친 듯이 다투는 녀석이다. 작은 녀석은 무시무시한 벌(지금은 형이 주는 벌이지만)도 감수할 수 있는 아이다. 틀림없이 (소매를 걷어붙이고) 라인배커로 뛸 것이다. 예민하고 눈치가 빨라 굉장히 강하고 행복한 선수가 될 것이다. 수비수가 스크럼을 뚫고 달려들면 녀석은 한 손으로 수비수를 잡고 공중으로 들어 올렸다 내동댕이치겠지. 그러고는 다시 일으켜 세우며 눈에 반짝이는 행복을 가득 품은 채 이렇게 물을 것이다. '다치진 않았어?' 정말이지 작은 녀석은 너무 착해서, (언젠가 다 커서 자기와 대결할 날이 오리라고 곰곰이 생각하는 큰 녀석만 빼 놓고) 가족 모두 그 아이를 사랑했다.

이런 명상은 자신이 곧바로 풀려날 가망이 없다는 생각에 산산이 부서졌다. 문득 미치도록 가족과 아이들이 있는 곳으로 돌아가고 싶어졌다. 건강한 사람이 처음으로 이름 모를 병에 걸려 앓아누웠을 때 느끼는 분노처럼 감옥의 존재가 역겨워졌다. 어찌 감히 나를 침범할 수 있는가? 그러면서도 으슬으슬하게 두렵다. 병마에서 어서 기어 나오지 않으면 점점 악화될 것이다. 간수도 이를 어렴풋이 느꼈는지 통화 시간이 너무 짧아 미안하다고 사과한다.

"모두들 기다리고 있으니 재촉할 수밖에 없었어요."

간수가 유감스럽다는 듯 말했다.

이 친구는 누구보다도 더 미국적으로 생겼다. 넓고 사려 깊어 보이는 이마, 좁고 푹 들어간 입, 흰 머리칼, 어떤 처형도 (나중엔 걱정해 줄망정) 지켜볼 수 있는 순진한 푸른 눈, 강철 테 안경, 편협하고 예의 바르고 선의로 가득 찬 모습. 이 지긋지긋한 미국적 순진함은 누가 지도자냐고 묻지 못한다. 저 밑에는 좌절당한 생의 광기와 종기가 도사리고 있기 때문이다. 아니다. 간수는 왜 우리가 베트남에서 철수해야 하는지 메일러의 이야기를 듣고 싶어 하지 않을 것이다. 대신 머리를 흔들고 혀를 끌끌 차며 이렇게 말하겠지, '끔찍한 전쟁이오. 쯧쯧, 하지만 어디 끔찍하지 않은 전쟁이 있소? 인간의 수치죠, 그래도 우린 싸워야 된다고 생각해요.' 이제야 간수는 후회스러운 듯 얼굴을 약간 찌푸리며 말했다.

"제발 주말은 피해서 시위를 할 수 없어요? 이렇게 주말 내내 일을 해야 하니 한시도 쉴 틈이 없단 말입니다."

지휘관이 그토록 광포했던 이유도 이 때문이 아니었을까? 메일러는 간수의 눈에서 잃어버린 주말을 읽을 수 있었다. 주말에 아내와 함께 조립식 야외 주택 안에 앉아 텔레비전을 볼 계획이었을까, 아니면 가족들이 방문이라도 할 예정이었을까? 간수의 남부식 억양에는 뭔가 풍기는 게 있었다. 아주 심한 남부(메일러 아내가 '남부 시골'이라 말하는) 사투리는 아니었으나 이 마을에서 저 마을로 옮겨 다닐 때 묻어나는 짙은 불안 같은 것이었다. 어쩐지 안정감이 없고 소속감이 없으며 우울해 보이기까지 한다. 한곳에 뿌리내린 남부 사람들은 살던 곳을 옮길 때 누구보다 더 가슴 아파하는 모양이다. 메일러는 간수의 초초한 모습에서 토요일 저녁을 즐거운 쇼와 함께 보내지 못하는 불안을 읽는다. 미국은 자신을 찢어 내고 텔레비전으로 그 상처를 달랜다. 그게 남부 사람들이 훌륭한 군인이 되는 이유일까? 뿌리 뽑히는 것을 저토록 분개할 정도로 아직 젊으니까 말이다.

감방으로 돌아와서 메일러는 커다란 전투 재킷을 걸친 젊은 죄수와 체스를 두었다. 종잇조각에 체스판을 그리고 종이를 찢어 똘똘 뭉쳐서 말을 만들었다. 체스 판이 견고하지 못해 숨 한번 크게 쉬면 말이 흐트러져 얼른 다시 제자리에 놓지 않으면 게임은 끝이다.

체스를 둔 지 너무 오래되어 상대방이 그렇게 못하지만 않았더라면 이기기 어려웠을 한 판이었다. 결국 상대는 마약을 했다고 고백했다.

"오늘 같은 날이 어떤지 모르실 겁니다. 환각제를 먹고 나서 보면 말이죠."

그렇겠지, 근사했겠구나! 행진은 달로 가는 여객선이었을 테고, 펜타곤 지휘관들의 얼굴은 마녀 같았겠군. 메일러는 질 염려가 전혀 없었기에 체스 놀이에 흥미를 잃고 말았다. 아내의 얼굴이 떠올랐다. 어떤 주제에 사용된 기법의 단면을 잘라 보면 그 주제에 대해 자신이 아는 것이 드러난다. 적어도 아내를 사랑한 사람은 그 기법에서 아내와 오랜 접촉을 통해 이루어진 문화를 읽을 수 있다. 메일러는 결혼을 네 번 하면서 네 가지 문화를 접할 기회를 얻었으며 그 문화의 어느 부분들은 자신의 일부가 된 듯했다. 물론 이들 문화가 절대적으로 지배한다는 뜻이 아니라 그의 내면 어딘가에 남아 있다는 뜻이다. 첫째 아내에게서는 유대인의 천재적인 면, 혁명적인 면, 압박받는 사람들을 위한 넓고 평등한 사랑을 배웠다. 두 번째 아내에게 서는 그림, 연극, 라틴어, 감각적인 모든 것을 사랑하는 법을 배 웠고, 무엇보다도 비극이 무엇인지 체험했다. 세 번째 아내와의 만남은 영국과의 연애였는데, 예의와 사악함이 멋지게 녹아든 세련된 예법과 정선된 자리에서 어떻게 상대방을 사교적으로 해치울 수 있는지 배웠다. 정말 세 번째 아내와의 사랑은 그럴 듯했다. 지금 함께 사는 아내는 미국인으로 전처들과 마찬가지 로 힘든 여자, 아니 더 힘든 여자 같다. 가장 이해하기 힘든 여 자다. 금발의 미녀로, 미국의 소녀들만이 키울 수 있는 고집과 섬세함이 녹아든 얼굴을 지녔고 다른 소녀들처럼 애틀랜타, 탬 파, 사라소타, 루이스빌을 비롯해 그 사이 소도시 몇몇 군데를 옮겨 다니며 성장했다. 뉴욕에서 연극 공부를 마치고 난 뒤 연 극에도 출연하고 텔레비전 쇼에도 여러 번 출연했다. 상업광고 에도 출연하고, 큰 재미는 못 보았으나 스페인에서 찍은 미스 터리 영화에 주연으로 발탁되기도 했다. 처음 보는 사람에게 는 의식적으로 사투리를 쓰지 않지만 집에서 사랑을 나눌 때 는 전혀 신경 쓰지 않고 남부 조지아 주 사투리를 그대로 썼 다. 한참 말다툼을 벌이다가, 아름답고 하얀 남부 소녀의 얼굴 을 때리지 않으려고 쓰다듬으려 하면 단호한 선임하사의 말투 를 들을 수 있다.

결혼한 지 사 년째 접어드는데 아무리 생각해도 둘은 여전 히 사랑하고 있었다. 서로 떨어져 있을 때면 얼마나 사랑하는 지 알게 되고 상대방의 영혼을 느끼며 여행한다. 장거리 전화 로 목소리를 듣기만 해도 곧 상대방의 기분을 알아챈다. 기분이 최고일 때 건강한 가족들과 물 위에 비치는 햇빛 등, 멋진 것을 이야기하며 깨끗한 감흥을 느끼면서도 여전히 이들은 낯설었다. 아내는 결코 메일러를 이해하지 못하는 듯했고, 어떤 때는 그런 것에 관심조차 없는 듯했다. 메일러 역시 아내를 알게 될 날이 도대체 올 것인가 의아했다. 이런 생각을 하면 화가 났다. 남편으로서, 연인으로서, 남자로서의 온갖 긍지는 잊는다 해도 소설가로서는 어쩌란 말인가? 한 여자와 사 년을 같이 살고도 그 본성이 선한지 악한지조차 가늠할 수 없단 말인가? 이게 결혼 생활에서는 큰 매력도 되고 사랑을 자극하기도 하고 남자다움을 키우는 요인이 될지 몰라도 소설가로서는 어쩌란 말인가? 더구나 모든 소설가들처럼 누구보다 여자를 더 잘 안다고 자부하는 사람으로서 말이다. 결국 메일러는 아내를 향한 사랑이 미국에 대한 사랑과 세세하게 똑같지는 않아도 대충 엇비슷하다고 결론짓는다. 아내는 상상만큼 마술적이지 못하다. 그러나 예쁘고 인색하고 소견 좁고, 지독하게 고집이 세다.(싸울 때마다 메일러가 하는 말이다.) 미국과 연애하면서 실망하는 이유와 같다. 또 그토록 실망스럽고 야만스러운 현상을 보고 들으면서도 미국이 결코 그렇게 끔찍한 나라만은 아닐 거라고 단정 짓는 것도 아내에 대한 감정과 비슷하다. 남부 사람이요, 군인 티를 내는 아내는 한편으로는 얼마나 섬세하고 유연하고 신비하고 피부가 곱고 나긋나긋하고 현명한가.

우리는 메일러가 복잡한 감정의 소유자임을 잊지 말아야 한다. 우리의 소설가는 아내에 대한 감정과 (먼저 감지한 진실에서 매초 조금씩 달라지는) 미국이란 나라에 대한 감정을 직접적으로 비교하는 일이 적절하지 않다고 느꼈을지 모른다. 하지만 그 관련성을 전혀 무시하는 것 역시 비겁의 소치라고 생각했을 것이다. 아내의 매력적인 점도 (그렇지 못한 점도) 미국의 정수와는 절대 상관없다고 말하는 것은 믿기 어려운 거짓일 테니.

결국 메일러가 미국을 사랑하는 것은 아주 자연스러운 일이다. 그렇지 않다면 이민자의 후손에게 이 얼마나 나쁜 일인가. 아니, 사랑하는 네 번째 아내의 절대적이며 조금도 기가 죽지 않아 어떤 때는 참을 수 없기까지 한 개성을 절대 잊으면 안된다. 일종의 상징으로 간주하고 대하면 그럭저럭 참아 낼 수 있을 테니까. 이것이 아마도 아내가 그토록 미국적인 이유인지 모른다. 어쨌든 투옥되는 과정에서 메일러가 부딪친 지휘관들, 감시인들, 간수들, 파견단들, 그리고 때때로 부딪친 남부 출신 시위자들을, 메일러는 아내의 집안을 이해하는 방식으로 이해했다.

아내 역시 베트남전쟁에 반대했다. 단 술에 잔뜩 취해 베트남에 있는 동생들 이야기를 할 때만은 예외였다. 베트남에 동생 둘이 있었는데 한 명은 해군이었으며 태권도를 배워 돌아왔다. 또 한 명은 공군으로 직업군인이었다. 그리고 아내의 의붓아버지는 최근에 소환됐다. 메일러는 이 남부 집안사람들과 항상 잘 지냈다. (샌안토니오의) 112 기갑부대에서 군 복무를 했고 군대 동기를 보려고 정기적으로 아칸소 주를 방문한 일이 있기에 전혀 낯설지 않았다. 이를 증명하듯이 감옥에서도 메일러는 모든 사람들과 사이좋게 지냈다. 처가 식구들만큼이나 친절한 사람도 있고 그렇지 못한 사람도 있었다. 하지만 그 사람들을 이해 못하는 척, 그들이 남부 출신들이라고 미워하는 척할 수는 없었다. 대신 곰곰이 생각해 보았다. 지금쯤 처가 식구들도 자신을 곰곰이 생각해 보고 있을 것이다. 개개인의 넘치는 선의와 수많은 자질구레한 내란으로 나라가 혼란에 휩쓸려 황폐화된다면 그보다 더 끔찍하고 가공할 일이 또 어디 있겠는가.

시간이 흘렀다. 저녁 식사 시간이라 위원단은 하던 일을 멈추었고, 이 때문에 교도관과 간수들은 상당히 곤혹스러웠다. 빨리 일을 진행하여 모두 집으로 돌아가게 되기를 원했기 때문이다. 시민 자유 연맹에서 파견된 변호사들이 잔돈푼을 거두어 죄수들에게 햄버거를 사다 주었다. 겨자, 피클, 조미료, 케첩, 굳은 빵에 정강이뼈 고기를 끼우고 싸구려 조미료를 이리저리 바른 전형적인 미국식 햄버거였다. 찰싹 달라붙는 실크 바지에 카우보이 장화를 신은 소녀가 웃는 광고를 상상하면서 먹으면 맛이 좀 나아질 것인가. 미국은 자신의 모든 것을 인격화한다. 햄버거를 씹으며 미국의 고속도로를 달린다. 덜컹거리는 풍경, 길게 뻗은 밋밋한 공간, 만족스럽고 무심한 그 맛에 질린다. 그렇다. 햄버거는 성지순례에서부터 300여 년을 내려온 음식이다.

새로운 이야기가 돌았다. 여기서는 더 이상 조사를 계속하지 않는다는 것이다. 워싱턴 시까지 배를 타고 가서, 버지니아 주의 오코콴에 있는 감화원으로 이송된다는 말이었다. 가만있자, 오코콴이 어디 있더라? 그렇지, 30킬로미터쯤 더 내려가는군. 그렇다면 30킬로미터를 가서 다시 30킬로미터 되돌아와야 한다. 한 시간은 족히 걸릴 테고, 그러면 토요일 저녁에 석방되리란 희망은 사라진다. 변호사들은 오코콴에 가면 밤을 새워서라도 일을 계속 처리하겠다고 한다. 그럼 곧 풀려날지도 모른다. 이런 식으로 소문은 칸막이에 갇힌 물이 찰싹거리듯 들락날락거렸다.

거리로 나가 버스를 향해 걷는데 기록영화 제작자 폰테인과 카메라맨 리터맨, 음향 기사 헤이스가 기다리고 있는 것 아닌가.

"오래 기다렸어요?"

이들은 우스갯소리로 이 말을 받는다. 메일러는 이들을 보자 기분이 좋았다. 우체국을 출발하기 전 시민 자유 연맹에서 나온 변호사들이 위원단에서 메일러를 맨 나중으로 미루어 놓았다고 알려 주었다. 희망을 버리자고 자신을 달래 왔지만 그 말을 들으니 불쾌했다. 그런데 리터맨을 만나다니 이게 웬 떡이냐. 메일러가 버스에 오르자, 리터맨은 천장에 가려서 햇빛이 충분히 들어오지 않는데도 사진을 찍느라고 애쓴다. 몇 마디 질문을 받자 메일러는 자신만이 간파할 수 있다는 생각에 당당한 태도로 답변했다. 결국 이 영화가 영국에서 방영되겠지. 내가 주연이고. 그렇지, 명분을 가진 특명전권대사가 되는 것이군. 그러니 영국 시청자들 앞에서는 미국을 대표하는 인물로서 말해야 한다. 아주 담담하고 아주 기분 좋게.

"정당한 대우를 받으셨나요?"

"네, 아주 정당하게 대우받았지요. 미국은 잘 알지도 못하는 외국에 청년들을 보내 부상을 입게 하는 것 말고는 언제나 정당합니다."

이만하면 영국인들 귀에 잘 먹히겠지.

다른 죄수들이 뭐라고 떠들면서 승리의 V 자를 내보였다. 유럽에서 보면 얼마나 점잖지 못하게 보일까?

"우리의 구호를 들어 보시겠어요?"

메일러는 물었다.

"물론이죠."

폰테인이 말했다.

"자, 우리 모두 노래를 부릅시다."

메일러가 외쳤다. 그렇게 하지 않을 수가 없었다. 그 내부에 잠재하던 돌팔이 배우는 지금 자기가 윈스턴 처칠 역이라도 맡은 줄 아나 보다. 십 분 전만 해도 감방에 쪼그리고 앉아 아내들 생각으로 진창을 헤매더니 이제 다시 무대에 서서 영웅이나 된 것처럼 느끼는 자신이 문득 의아해졌다.

'이십 년을 소설가로서 잘못 살더니, 결국 배우로서도 별 볼일 없단 말인가?'

사람들이 모두 「우리 승리하리라」를 부르기 시작했다. 그러나 버스 운전사는 전체주의 국가 미국을 강조하고 싶었는지 불을 꺼 버렸다. 사람들은 어둠 속에서 노래를 불렀다. 어둠 속에서 구호를 외치고 어둠 속에서 손가락을 들어 V 자를 흔들었다.

"이봐요, 존슨 대통령. 오늘은 또 몇 명이나 죽였나요?"라는 외침을 아련히 뒤로 하면서.

캄캄한 버스를 타고 캄캄한 길을 달렸다. 토요일 밤, 10시가 다 돼 가는데 버지니아 시골 길가 집들은 상당수 불이 꺼져 있었다. 운전사는 어둠 속에서 미국의 낯선 거리를 달리는 일이 기분 좋은 모양이었다. 토머스 울프의 말처럼 미국인들이 삶을 느끼는 순간이 바로 지금일까? 바람 소리와 차바퀴가 굴러가는 소리, 밤의 나침반인 고속도로 위에 켜진 불빛을 벗 삼아 어둠을 뚫고 지나가는 행렬. 초조하게 감옥에서 보냈던 분노의 묵은 찌꺼기들이 창문을 통해 들어오는 바람 속으로 흩어진다. 고요함이 이들을 뒤덮었다. 예전에 군 복무 당시 호송차를 타고 어둠 속을 달려 본 이래 처음 느끼는 고요한 침묵이다. 근육마다 끈기 있게 안식의 숨결이 펴진다. 이런 여행을 놓칠 뻔했구나. 석방되지 않은 것이 다행스러웠다. 버스를 타고 밤에 달리는 일이 드물게 귀한 경험임을 잊을 뻔했다. 미국의 삶에서, 야심차고 거칠고 벅차고 절망적이고 야하고 숨막히게 기계적인 이 모든 것들 속에서, 시민으로서 조그만 평화를 맛보게 하는 기회였다. 미국인들이란 움직임 속에서만 흘러간 추억의 항구에 닻을 내릴 수 있기 때문이다. 어둠 속에서 동물처럼 움직이는 저 숱한 언덕들만큼 마음에 드는 것이 또 있을까? 정말이지, (좀 더 슬픈) 과거의 부드러운 기억들이 무의식의 평화 속 어딘가를 흘러가는 여정이었다. 피를 데우고 가슴을 뜨겁게 하며, 미국적 열병을 그리도 자극했던 차가운 근심의 언저리를 따스하게 어루만지는 그런 여행이었다. 부드러운 추억들이 마음에 떠오를 필요조차 없이 여정의 따스한 강물 위 아늑한 (규방의 불빛? 항구의 불빛?) 빛처럼 흘러가고 있었다.

6. 오코콴에서 밤을 보내며

그날 밤 오코콴에서, 메일러는 베트남전쟁에 관한 이 생각 저 생각으로 좀처럼 잠을 못 이루고 뒤척였다. 편안하게 잠들기는 틀린 밤이었다. 담요는 낡고 더럽고 5센티미터도 안 될 만큼 얄팍했으며, 간이침대의 스프링은 매달아 놓은 그물 침대처럼 축 늘어졌다. 베갯잇은 깨끗했으나, 더럽고 얄팍한 담요 한 장으로는 조그만 몸뚱이도 따스하게 감싸지 못할 것 같았다. 하지만 그리 큰 문제는 아니었다. 100명쯤 되는 다른 사람들과 함께 누워 자는 긴 방은 열기로 가득 찼다. 불이 켜져 있었고 담배 연기가 자욱해 밤 열차의 흡연실을 연상시키며 희미한 열기가 움찔거렸다.

도착하고 보니 대단한 사건이 있는 날도 아닌 듯싶었다. 그래도 (환자가 수술을 받으러 입원한 첫날, 병원 이곳저곳을 둘러보듯) 감옥에 대한 어느 정도의 관심은 누구에게나 있어 아주 심심한 저녁도 아니었다. 대단한 일은 없었어도 소문이 물결치듯 밀려왔다 나갔다 해서 모두 신경을 썼다.

도착해서 조사에 들어갔는데 극적인 요소가 전혀 없지는 않았다. 감시원 수가 훨씬 늘었다. 죄수들은 불빛이 희미한 방과 복도를 지나 불이 환히 켜진 책상 앞으로 걸어갔다.

"어디 치료하실 데라도?"

건강 여부를 질문하고 나서 지문을 채취했다. 모든 절차가 끝났을 때 그런대로 어느 정도의 정보를 얻은 듯했다. 어느 선 안에 서야 하는지, 어느 분리된 방과 공무원들 앞을 지나가야 하는지 등. 수용소에 입소하는 예비 절차로서 온건하고 건전한 순서들이었다. 직원들 얼굴에서 경찰 업무를 통해 다져진 유능함이 배인 것을 보게 되지 않을까? 심지어 불빛과 통로, 벽에 칠한 희미하고 개성 없는 녹색 페인트마저 그렇게 보일지 모른다. 아마 감옥도 이와 크게 다르지 않겠지. 불빛 아래 모퉁이와 통로들, 버스가 멈추는 지점에서 감시원 사오십 명이 정신없이 일하는 밤에 공기조차 민감해질 듯한 무서운 일이 갑자기 터질 수도 있다. 이곳에서 전투가 벌어지고 순찰이 진행되며 단순히 냄새가 아닌 공기 자체가 달라지던 때가 있고, 그런 사건의 흔적을 따라가면 두 시간 전에, 아니 한 시간 전에 죽은 시체 한 구가 모퉁이에 덩그맣게 놓여 있었다. 그렇다. 현재 이곳 공기에는 둥지가 침범당했을 때처럼 흥분이 일렁였다. 앞으로 수년간 지속될 위기의 전조였다. 더 많은 시민들이 체포되고 이처럼 조촐한 감금의 장소로 먼저 보내질 것이라는 것을 예고하는 듯했다. 오코콴은 최소한의 감시 시설만 갖춘 건물이었다. 빨간 벽돌로 이루어진 사각형 건물로 각 건물 현관에는 둥근 아치 모양의 장식이 똑같이 걸려 있었다. 어둠 속에서는, 심지어 주립 초급대학 건물에서 가끔 보듯이 오래된 수도원처럼 어딘지 슬퍼 보이기도 했다. 최소한의 감시 시설만 갖추었기에 이 녹색 사각형 건물, 수도승들의 발걸음이 끊긴 이 남자 공동 숙소의 건축 양식은, 집단 수용소의 맨 처음 본보기였을지도 모른다. 메일러는 지난 몇 년 동안 미국의 건물과 그 병적인 기능에 대한 글을 썼는데, 새로 짓는 건물들은 그것이 대학이든 감옥이든 병원이든 공장이든 비행장이든 큰 차이가 없다는 내용이었다. 모든 건축물이 하나같았다. 정말이지 모순되는 건 차라리 오코콴 감화원이 그동안 보았던 어느 주립 대학이나 초급대학보다 더 흡족하게 지어졌다는 것이다. 자신은 옳고 세상의 물결은 모두 그릇됐다고 느낄 때처럼 무력해지는 때는 없다. 그런데도 물결은 계속 다가온다. 획일적인 건물, 획일적인 고속도로, 획일적인 스모그 현상, (그래, 얼려 놓은) 획일적인 음식물, 획일적인 대화들. 보수적인 메일러에겐 허무주의만이 이 획일화에 대한 유일한 답변이 될까 무섭다. 기계는 움직여 수많은 사람들을 갈아 부수고 사람들은 기계가 부서질 때까지 초현실적인 투쟁을 벌인다. 그러니 허무주의적이고 비관적인 인간이 되지 않겠는가. 하지만 성공하지 못한 허무주의만큼 나쁜 것도 없다. 획일화가 더 가속화되기 때문이다. 모두 한 줄로 서서 똑같은 질문과 똑같은 검사를 받은 다음 커다란 공동 숙소로 되돌아와서, 이런 생각에 오락가락하니 우울한 기분이 분위기에 딱 들어맞았다. 길이가 30미터는 넘고 너비도 10미터가 넘어 보이는 방은 항공기 격납고처럼 생겼는데, 둥근 천장 아래로 침대들이 옆으로 길게 네 줄로 누워 있다. 한 줄에 놓인 침대 수가 서른 개도 넘어 보였다. 식사 때와 옆방에 있는 변호사와의 면담 때를 제외하고는 죄수들 모두 이 방에 머물렀다.

소문의 방앗간이 다시 물레방아를 돌리기 시작했다. 거대한 방(메일러는 반드시 E. 커밍스를 생각하지는 않았다.)에는 큰 공간이 있었는데 한가운데에 탁자가 하나 놓여 있었다. 그 위에는 낡은 책, 사과, 커피포트, 파라핀 종이에 싸여 쟁반 위에 놓인 햄 샌드위치가 있다. 샌드위치를 한입 물어 보니 속에 든 햄이 너무도 맛있다. 버지니아 주의 어느 마을에서 만든 햄이면 좋을 텐데. 그러나 그건 불가능하다! 시카고에서 포장된 깡통에 든 버지니아 햄일 것이다.

탁자를 가운데 두고 즉석에서 시장이 열렸는데, 여기서 소식들이 오갔다. 데이비드 델린저가 체포됐다가 메일러가 도착하기 직전에 풀려났다고 했다. 평화를 위한 여성 모임의 회장 대그마 윌슨은 체포됐고, 스포크 박사는 체포되려고 애썼는데 지휘관들이 거절했다. 로웰과 맥도널드에 대해서는 아는 사람이 없었다. 지금쯤 뉴욕으로 돌아갔을 거라는 확신이 드니 어느 정도 마음이 놓였다. 맥도널드는 잘 견디겠지만 로웰에게는 감옥에서의 이 텅 빈 시간들이 힘들 것이다. 죽은 듯한 공허. 감옥에 갇히면 호흡의 알맹이가 죽어 버려서 눈에 띠를 두른 듯 어떤 소리가 들리기도 전에 감방 벽이 주위를 둘러싼다.

물론 소문이 나돌았다. 감옥에서 소문이란 죽은 시체에 놓는 피하주사와 같다. 몇 시간 안에 모두 풀려날 거란다. 변호사들도 밤새워 일하고 위원단들도 밤새워 일할 거란다. 이러니 마음이 동하는 것도 무리가 아니다. 지금 메일러가 걸친 셔츠는 깃이 아주 더러워졌다. 목에 더러운 셔츠 깃이 슬근거렸다. 옷에서는 땀내가 물씬했다. 자기 냄새니까 아직 견딜 수 있지만, 내일 아침에는 이 냄새가 진동하여 옆 사람까지 괴롭힐 것이다. 샤워는 할 수 있을 테지만, 셔츠와 조끼와 줄무늬 양복은 어쩔 도리가 없다. 감옥에 들어와서 내내 조끼를 걸친 꼴이 우습다. 어차피 오늘 밤 뉴욕으로 돌아가긴 글렀다. 그래도 헤이 애덤스 호텔에서 잠을 잘 수 있다면 얼마나 멋졌으랴. 삼각기둥 변기를 보니 군대에서 첫 주 동안 시달린 변비가 생각났다.

곧 엇갈리는 소문이 나돌았다. 위원들은 잠자러 집에 돌아갔고 아침까지는 아무 조사도 없다는 것이다. 소문은 계속 밀려들었다. 많은 사람들이 체포되고 있어 밤새도록 죄수들이 들이닥칠 것이고, 너무 많아 아무도 내일 풀려날 수는 없을 거란다. 내일은 일요일이다. 위원단이 일할 리 없지.

잠이나 자야겠다 싶어 침대로 들어가면서 둘러보니 안면 있는 친구들이 여럿 있다. 그리니치빌리지에서 몇 년간 알고 지내던 사람들이 여기 있었다. 밥 니콜스도 있었고, 건축가이며 운동장 시설 설계자인 로버트 니콜스도 있었다. 니콜스 부부는 메일러의 누이와 친구였다. 그는 데이비드 델린저와 같이 잡혔다고 했다. 툴리 쿠퍼버그도 있었다. 《출생》, 《죽음》, 《사랑》 등으로 나올 때마다 이름이 달라지는 초기 사이키델릭 잡지의 편집자였고, 잡지는 날카롭게 꼬집어 뜯는 재미가 있었다. 그러더니 툴리는 퍼그스의 단원이 됐다. 오늘 펜타곤 굿판이 벌어진 북쪽 주차장에서 오랫만에 그를 다시 본 것이다. 니콜스와 툴리 쿠퍼버그가 지휘관들 눈에 어떻게 비쳤을까? 침착하고 부드러운 얼굴에 길게 나부끼는 검은 수염, 길고 검은 머리칼이 어깨까지 늘어진 툴리. 가늘고 시체처럼 창백하고, 눈에는 와스프의 성실성이 어려 있고 뺨은 움푹 들어간 니콜스는 아마 더 줄일 수 없을 만큼 청교도로 녹인 로웰처럼 보였을 것이다.

그러고 보니 티그도 있었다. 흰 헬멧을 쓴 그 친구는 메일러 바로 다음에 폴크스바겐으로 잡혀 왔다. 우체국에서는 감방 바닥에 코를 박기가 무섭게 잠들더니, 이제는 말짱히 깨어 있었다. 명분을 위해 잠을 자고 원기를 회복한 다음, 이제는 누가 듣거나 말거나 이 공동 숙소에서 무료 학교를 열었다. 열다섯 명에서 스무 명쯤 되어 보이는 죄수들이 주변에 모여 있었다. 펜타곤 행진의 가치가 무엇이고 어떤 점이 잘못됐는지 설명하는데, 이것이 이 감옥 공동 숙소에서 상연되는 유일한 프로그램이었다. 학생들, 히피들, 젊은 대학 강사들 등 죄수들이 모여들었다. 조그맣고 물컹물컹하게 생긴 아일랜드 아이까지 끼었고 경찰 훈련을 막 끝낸 초년병처럼 빨갛게 상기된 얼굴도 보였다. 아이는 처음 파견된 경찰 초년생인지 입도 벙끗 안 한 채 누구에게도 말을 걸지 않고 내용만 귀담아 들었다. 아이는 학교에서 선생이 무슨 이야기를 하는지 도무지 알 수 없을 때 짓는 근심스러운 표정을 지었다. 티그는 그야말로 레닌식이다. 스물네 시간 혁명을 위해 일한다. 계획하고, 구성하고, 설명하고, 지시하고, 정신을 불어넣으며 일한다. 그는 감옥의 이점을 살려 죄수들을 위한 무료 대학으로 바꿔 혁명의 혼기를 불어넣으려 했다. 그래서 혁명적 행위의 경험을 전반적으로 조감한다.(이 경우엔 펜타곤 습격이겠는데.) 그 경험을 분석하고, 뒤섞인 의지와 타협된 프로그램과 배신으로 얼룩진 덜 혁명적인 혼돈에서 혁명적인 내용을 뽑아낸다.

티그는 이제 모임, 행진, 펜타곤에서 시위 등 모든 것이 처음부터 끝까지 틀렸다고 주장한다. 애초에 떵떵거리던 약속에 비하면 실천은 아무것도 아니고, 여러 세력이 뒤섞여 있고, 지휘하는 사람이 없어 엉망진창이고, 정부와 합세하는 데 너무 타협적이었다는 것이다. 메일러는 자신도 모르게 흥미를 가지고 이야기를 들었다. 티그의 의견에 동의하거나 반대해서가 아니었다. 티그의 말이 모두 옳을지도 모른다. 그러면서도 비난하기가 너무 쉬웠다. 티그의 이야기는, 벽돌을 쌓듯 견고하고 단단하게 다음 단계를 지시하고 쌓아 올리는 논리에 근거했다. 공산주의자들과 트로츠키파에게서 귀 따갑게 들어 온 이론, 온갖 사회적 문제와 사회적 행위를 군대식으로 명확하고 사무적인 명령으로 분석하려는 강압적인 의식 구조, 널린 문제의 뼈와 건(腱)을 똑같이 갈고 씹으며 만족하려는 의식이 아니고 무엇인가. 메일러는 그토록 쉬지 않고 뛰는 마르크스주의자의 목소리에 깃든 확신에 깜짝 놀라, 정신분석이 정신 분석가들에게 좋은 것처럼 레닌주의도 결국은 레닌주의자들에게나 좋은 것이라고 결정지은 지 오래였다. 고양된 두뇌의 작용, 역도에 비견할 만큼 발산하고 땀 흘리고 번쩍거리며 더욱 고조되고 단단한 활기를 띠는 초정신 상태지만 실제 널린 문제와는 아무 상관없는 것이다. 어찌 우리가 자신보다 더 세련된 도둑을 잡을 수 있는 세련미를 기를 수 있겠는가? 레닌주의란 강철로 만들어진 세상이나 분석하려고 다듬어진 이론이다. 지금 사회의 힘줄은 드래곤 레이디*의 꼬리 밑에 감출 수도 있을 만큼 작은 트랜지스터들 위에 세워져 있다는 말이다. 그런데도 티그의 연설을 듣는 건 재미있다. 그가 이 감방에서 가장 행복하고, 가장 원기 왕성하고, 가장 책임감에 불탄 정력가였기 때문이다. 메일러는 논쟁을 벌이고 싶었으나 옳지 않은 것 같았다. 자신이 논쟁에서 점수를 딴다 해도, 그럴 가능성도 희박했지만, 결국 이 방 안에서 오직 단 하나의 불씨를 비벼 끄는 것밖에 되지 않기 때문이다.

좀 더 믿을 만한 얘기가 전달됐다. 변호사들도 가고 위원들도 가 버려서 내일 아침까지는 아무도 나타나지 않는단다. 이 말에 메일러는 잠자리에 들었다. 바로 노암 촘스키의 옆 자리였다. 촘스키는 갸름하고 날카로운 모습으로 얼굴에는 온화하면서도 절제된, 완벽하게 도덕적인 성실성을 풍긴다. 웰프리트에 사는 친구들이 지난여름 촘스키를 만나러 어느 파티에 가자고 메일러를 부른 적이 있었다. 그때 듣기로 촘스키는 서른도 채 안 됐지만 언어학에 획기적인 기여를 해 MIT에서는 천재로 불린다고 했다. 당시 메일러는 너무 늦게 도착해 만나지

---

* 미국 만화의 주인공.

못했다. 이제 촘스키의 옆 침대에 누워서 언어학에 대한 토론의 말문을 어찌 열까 궁리하고 있었다. 언어학에 대해서 자신은 아마추어에 불과했다. 아니, 오히려 미친 듯이 뭔가 찾으려 애쓰며 주머니에 대담한 이론을 몇 가지 넣고 다녔는데 한 번도 시험해 볼 수 없었다. 언어학 책에서 읽은 내용을 조금도 이해하지 못했기 때문이다. 메일러는 목청을 두어 번 가다듬고 옆으로 드러누우며 무슨 말을 꺼낼 것인가 생각했다. 어쩌면 자신과 촘스키는 몇 달 동안 같은 감방을 쓰게 될지도 모르며, 이 감방 안에서 가장 세련되고 예의 바른 짝이 될 수도 있겠다는 생각이 들었다. 이제 완전무장된 촘스키의 지적 둥지 안에 적절한 첫 질문을 던져 넣기에 알맞은 분위기였다. 두 사람은 대수롭지 않게 그날 있었던 일들로 말문을 열었다. 누구와 함께 잡혔느냐(촘스키는 델린저와 함께 체포됐다.), 언제 풀려나겠느냐, 성실한 교수 촘스키는 월요일 강의를 못할까 봐 은근히 걱정하는 눈치였다.

하루해가 다 가고 어느덧 꿈길로 접어드는 길목에서 메일러는 수없이 드나들어 저절로 평평해진 베트남전쟁에 관한 명상의 길로 다시 들어섰다. 전쟁을 탓하기도 하고 옹호하기도 하면서 마침내는 자신을 바로 이곳에 정착시킨 마지막 선고를 생각했다. 여기 이 더러운 담요와 흐느적거리는 침대, 연기가 자욱한 방 안의 공기, 이따금 티그의 자신만만하고 커다란 레닌식 목청이 잠결 속에 들리는 이곳 말이다. 이제는 혁명가가 아닌 메일러, 보수적 좌파라는 그 외로운 깃발, 자신이 서 있는 곳과 1만 분의 1이라도 비슷한 곳에 서 있는 사람이 미국 안에 또 있겠는가. 그런 전쟁, 그런 못된 전쟁에 메일러가 제시하는 대안을 어느 누가 제공하겠는가. 자, 이제는 그가 잠 속으로 빠져들게 내버려 두자. 그 머릿속에서 오락가락하던 논쟁은 다음 장에서 독자에게 보여 주자. 감옥이라는 낯선 공간 속으로 긴 여행을 떠나며 오락가락했던 생각들을 보다 더 질서 있게 정리해서 보여 주자. 논쟁이 너무 길어지지 않기를 희망한다. 대부분의 논쟁이 그렇듯이, 너무 길어지면 가장 중요한 사실들은 충분히 풀어내지 못한 채, 논쟁의 벽을 지탱하는 데 새로운 사실들을 첨가해 이미 나온 쟁점만을 되풀이 하는 꼴이 되기 때문이다.

7. 우리는 왜 베트남에 와 있는가?

메일러는 전쟁을 옹호하는 입장도 알고 비방하는 입장도 알지만 결국 둘 다에 질려 버렸다. 전쟁을 옹호하는 주장은 근본적으로 조사하지 않은 가정 위에 세워졌고 끝없이 되풀이됐다. 한편 철수하자는 주장은 한 번도 그 중요성을 밝혀 본 적이 없다. 메일러는 미국의 베트남전쟁 참전을 2차 세계대전 이후 있었던 여러 사건들의 절정으로 생각했다. 정치가, 기업가, 장군, 신문 편집자, 입법가 등 미국의 가장 강력한 중년층과 나이든 와스프들은 의견을 한데 모아 지적인 결속을 다짐했다. 이들은 중세 기사와 맞먹는 신앙심으로 공산주의가 기독교 문화에 대한 필살의 적이라는 신념을 굳혔다. 전후 세계에서 공산주의와 대적하지 않으면 기독교 자체가 말살되리라고 생각했기에, 겸손한 타협도 있었으나 공공연히 전쟁을 벌이며 냉전 시대를 열었다. 중국공산당 세력이 점점 팽창하며 소련과 적대 관계를 급속히 키워 나가자, 와스프 기사들의 해묵은 맹세는 점점 복잡해지고 추상적으로 됐다. 그 맹세는 대외 정책 기술의 한 부분이 되어 필요할 때마다 들먹이는 명제가 됐다. 이 명제는 최근 베트남에 그 초점을 두고 있다. 전쟁을 수행하는 편의 주장은 만약 베트남이 공산화되면 곧 동남아시아, 인도네시아, 필리핀, 오스트레일리아, 일본, 인도 등이 중국공산당의 손에 떨어진다는 것이다. 중국이 핵무기를 개발하고 있기 때문에 언젠가는 아시아(그리고 아프리카?)가 단합해서 미국(그리고 소련?)에 대항하여 핵전쟁을 일으킬지 모른다. 그렇게 될 경우 중국은 여태껏 가난하게 살아왔기에 핵전쟁이 지구를 휩쓴 뒤 그 궁핍한 상황을 가장 잘 버티며 일어설 거라는 이야기다.

대부분의 단순한 정치 명제와 마찬가지로, 이 전면 핵전쟁에 대한 공포도 미국의 정치가들이 소리 내어 주장하는 건 아니다. 명제 자체보다 명제가 풍기는 암시가 더 강력하기 때문이다. 그러니 지금 당장 중국의 핵 기지에 폭탄을 던져야 하지 않을까? 이 은밀한 질문만으로도 평범한 미국인은 생각이 마비되기에 충분하다. 분명히 공적 토론은 베트남이라는 복잡한 문제로 옮겨 가고 싶어 했다. 물론 이 전쟁은 추하고 정떨어지고 수치스럽기까지 한 전쟁이다. 매파를 변론하는 친구들은 중얼댄다. 아마 미국이 참여한 전쟁 중 가장 불행한 전쟁일지 모른다. 하지만 꼭 필요한 전쟁이니 어쩔 수 없지 않은가. (1) 만일 아시아로 게릴라전을 확대할 경우 커다란 대가를 지불하게 될 거라는 실례를 중국에게 보여 주기 위해서. (2) 군소 아시아 세력이 미국을 신뢰할 수 있도록 과시하는 의미에서. (3) 약소

국가를 돕는다는 우리의 약속을 이행하는 의미에서. (4) 비용을 덜 들이고 강대국을 억제하는 수단이라는 점에서, 중국과 직접 벌이는 싸움보다는 비용이 덜 든다. (5) 적어도 중국과 핵전쟁을 벌이는 것보다야 낫지 않은가.

반면에 비둘기파를 대변하는 친구들은 이 전쟁이 추하고 정떨어지고 수치스러우며 꼭 필요한 것도 아니라고 대답한다. 설사 베트남이 베트콩 손에 떨어진다 하더라도, 공산주의자들은 우리의 국경에서 2만 킬로미터는 아닐지라도 여전히 1만 5000킬로미터는 떨어져 있는 것이다. 또한 아시아에서 게릴라전을 펼경우 큰코다치리라는 예를 중국에게 보여 주는 데 성공한다는 보장도 없다. 오히려 게릴라전을 조금만 더 오래 끌다가는 미국이 파산할 것이다. 베트콩은 5만 명, 이에 비해 우린 베트남에 50만의 군대를 보내고 있지 않느냐. 또한 이 작은 전쟁에 우리가 소비하는 군비는 일 년에 250억에서 300억 달러에 이른다. 2차 세계대전 사 년 동안에 총 3000억 달러가 들었다. 연평균 베트남전쟁에 쓰는 돈의 세 배도 채 안 되는 걸 생각해 보면, 이 작은 전쟁에 드는 돈은 결코 적은 액수가 아니다.(물론 인플레이션 탓도 있겠지만, 그래도 믿기지 않는 액수다. 그런 문제에 얽힌 소문에 대해선 얼마나 쉬쉬하고 있는가? 이런 전쟁이 앞으로 얼마나 더 경제에 타격을 줄 것인가?)

비둘기파는 논쟁의 씨앗을 잘근잘근 씹는다. 그렇다, 우리가 베트남과의 공약을 수행함으로써 다른 약소국가들의 자신감을 고취한 것은 사실이다. 하지만 누가 이 자신감을 지니고 있단 말인가? 이 아시아의 약소국가들에서 자신감을 지닌 사람들은 가장 반동적인 모리배들이다. 그래서 약소국가들은 둘로 나뉘어서 애국자들은 미국의 보호 아래 있는 아시아 자본주의자들에 의한 약탈을 예견하며 공산주의 쪽으로 넘어가고 있는 것 아닌가.

중국에 폭탄을 떨어뜨리는 것보다 베트남에서 전쟁을 하는 편이 낫다고 하는데, 그렇다면 베트남전쟁은 중국을 공격하기 위한 전조가 아닌가. 게다가 중국이 공격적이라고 하는데, 역사적 기록을 보면 중국은 공격적이라기보다는 소심한 나라고, 여러 가지 내부적 혼란으로 고통을 겪고 있어 앞으로 몇 년간은 큰 전쟁을 치를 수 없다.

비둘기파는 이 문제에 더 열을 올린다. 베트콩은 수백 년 동안 중국의 지배를 받았기 때문에, 아일랜드가 잉글랜드에게 적의를 느끼듯 중국에게 적의를 느낀다. 그런데 우리가 간섭하자 오히려 중국과 더 가까워진 것이다. 그 결과 아시아의 약소국가들이 중국을 견제하는 힘이 더 약화될 것은 뻔하다.

게다가 베트남전쟁이 미국 내에 끼친 심각한 피해를 보라고 비둘기파는 말한다. 시민권은 도시 폭동으로 타락했고, 유능하고 촉망받는 미국 학생들은 허무주의와 마약의 전선에서 방황하고 있다.

비둘기파가 매파보다 논쟁에서 더 우세한 것 같다. 그래서 아무리 굉장한 애국자라 할지라도 미국 국민 대다수는 마음의 갈피를 못 잡고 의견이 날씨처럼 변덕스럽다. 그런데도 매파는 크게 신경을 쓰는 것 같지 않다. 여론조사 결과만 뺀 온갖 권력이 매파에게 있다. 이들은 동요하지 않는다. 자신들의 가장 강력한 논점이 고스란히 보존되고 있기 때문이다. 이 부분에서 비둘기파가 힘을 못 쓴다. 우리가 베트남에서 손을 떼면 아시아가 몽땅 다 공산화될 것이란 주장 말이다. 동남아시아 모두, 인도네시아, 필리핀, 오스트레일리아, 일본, 인도까지도.

글쎄, 오스트레일리아가 공산화된다고 말하면 웃는 사람도 있을 것이다. 매파는 유머가 없는 걸 빼면 시체다. 대만해협에 해군을 주둔시키고 대만을 함락하기 전까지 중국은 오스트레일리아를 침공할 마음조차 먹지 못할 것이다. 아니다, 점잖은 아시아 공산주의자라면 누구나 갈리폴리 전투의 후예들인 앤잭 군단*과 교전을 한다는 생각만 해도 부르르 떨지 모른다. 정말 매파에겐 유머가 없다. 린든 B. 존슨은 부끄러움이 없다. 심지어 오스트레일리아를 방어해야 한다고 말했다.

하지만 비둘기파는 베트남에서의 철수가 아시아에 공산주의의 물결을 불러일으키지 않으리라고 성의 있는 답변을 할 수 있는가? 글쎄, 비둘기파는 여러 근거를 들어 다양한 대답을 할 수 있으리라. 각 나라에는 독특한 특성이 있으며 첨단을 걷는 각 나라의 자유주의자들을 지지하는 진보적 대안이 있다. 이렇게 말하면서 비둘기파는 몇 번이고 중국이 열세라고 주장한다. 한국전쟁 이후 중국의 대외 정책은 굉장히 소극적이라는 것이다. 또 전략요지의 중점 방어 전략 가능성, 교묘하게 꾸릴 수 있는 경제전을 생각해 보라고 입을 모은다.

하지만 결국 비둘기파는 매파에게 아무 대답을 못하고 있다. 비둘기파들도 나뉘어 있기 때문이다. 아주 극소수의 사람들은 내밀히 아시아가 공산화되기를 바란다. 이들은 미국의 기업체가 아니라 아시아의 농부들을 동정한다. 농부들에게 유리

---

* 1차 세계대전 당시의 오스트레일리아 및 뉴질랜드 연합 군단.

한 길을 바라기에, 농부들을 기술 사회로 인도하는 데는 자본주의보다 공산주의가 낫다고 내밀히 믿는다. 하지만 이런 의견은 몇몇이 마음속으로 생각하는 것일 뿐, 그대로 말을 하는 사람은 없다. 이 점을 받아들이는 일이 합당하지 않다고 생각하기 때문이다. 비둘기파의 대다수는 어느 가능성과도 대면하기를 피한다. 자유주의자들이기 때문이다. 문제의 핵심을 파헤치려 들면 결국 자신들이 주창하는 자유주의의 근본이 파열될 수도 있는 것이다. 아시아에서 공산주의가 두드러지게 되면 끝장날 수 있는 정책들을 기꺼이 옹호해야 하고 인정해야 하기 때문이다. 이건 곧 스스로 매파에게 굴복하는 것과 같다.

메일러는 이런 논쟁에는 이제 진절머리가 났다. 매파는 잘난 체하며 자기들만이 옳다고 생각하고 비둘기파는 정말 파고들어야 할 문제를 회피한다.

메일러는 보수적 좌파로서 그 나름대로 관점이 있다. 마르크스식으로 생각해 에드먼드 버크가 제시한 가치를 얻어 보자고 스스로 타이른다. 보수주의자기 때문에 근본에서부터 시작한다. 메일러는 모든 전쟁이 나쁘다고는 생각하지 않는다. 고상한 전쟁도 있지 않느냐는 뜻이다. 하지만 베트남전쟁은 미국 입장에서 볼 때 나쁘다. 나쁜 전쟁이기 때문이다. 부자들이 더 좋은 무기를 가지고 싸울 때, 부자들과 가난한 사람들의 싸움은 나쁜 전쟁이다. 메일러는 통계적 수치를 떠올린다. 외설스럽지 않으면 익살스럽군. 베트콩이 군인 한 명을 베트남에 보내는 데 드는 물자가 1킬로그램이라면 미국은 1000킬로그램을 쓰고 있다. 그래, 메일러는 지금 근본적인 것부터 시작하고 있다. 폭탄으로 수많은 부녀자와 아이들을 죽이고 다치게 하는 일이 매일같이 일어난다면 그 전쟁은 나쁘다. 인구를 재배치하는 전쟁은 (부유한 농부의 전해오는 뿌리가 파괴되기 때문에) 나쁘다. 전선도 없고 뚜렷한 절정도 없는 전쟁은 나쁘다.(위기의 상황을 흐려 버리지 않고 분명히 규정하기에 전쟁은 어떤 면에서 좋다고 보는 앞선 생각도 있다.) 과열된 우월감과 과열된 논쟁 속에서 나라에서 가장 용감한 남자들을 전쟁터로 끌고 가는 전쟁은 나쁘다. 그런 전쟁은 다른 인종들을 사냥하겠다는 내밀한 정욕에 부채질을 해야 하기 때문이다. 애국심을 지속할 의미를 전혀 제시하지 못하는 전쟁은 분명히 나쁘다. 그 뿌리가 너무 복잡하고 타협적이어서 그 자체를 전쟁으로서 개선할 전망이 없는 싸움은 나쁘다. 좋은 것이 모두 그렇듯이 좋은 전쟁은, 더 노력하면 혼란, 악, 몹쓸 것들을 효과적으로 쓸어버릴 수 있다는 구체적 가능성을 가져야 한다. 모든 보수적 시각에서 전쟁의 의미를 살펴보니 (전쟁을 옹호할 권리는 보수주의에 유보하고) 베트남전쟁은 나빠도 보통 나쁜 전쟁이 아니다.

메일러는 또한 보수적 좌파기에 급진적 방법이 그 근본을 지킬 수 있음을 안다. 이 경우, 근본이란 한 나라의 복지를 일컫는 것이지 결코 전쟁의 복지를 말하는 것이 아니다. 메일러는 매파에게 이렇게 말한다. 베트남에서 완전히 철수한 뒤 아시아는 아시아인들에게 맡기라고. 그러면 어떻게 될 것인가?

그것에 관해서는 잘 모른다. 아시아는 공산화가 될 수도 있고 안 될 수도 있다. 살아 있는 사람으로서 이렇게 커다란 문제에 답할 수 있는 사람이 없으리란 것만은 확실하다. 인간이 큰 질문에 분명한 대답이 있다고 믿기 시작한 것은 오직 20세기, 기술 산업 국가(자본주의와 공산주의 모두)의 상원에서 뿐이다.

아니다! 메일러가 (이 커다란 문제 앞에) 어떤 의견을 갖고 있다면 그건 극동 문제 전문가도 풀지 못한 문제임을 염두에 두고 하는 말이다. 미국이 아시아에서 철수하고 세월이 흐른 뒤 아시아 대부분이 공산화된다고 가정할 때, 이것이 정말 문제가 되는 일인지 메일러는 잘 모르겠다. 그 유명한 2차 세계대전 이후, 와스프 해군 대장, 장군, 정치가, 입법가, 편집자, 기업가들이 다음번 전쟁은 기독교와 공산주의 사이에 벌어질 거라고 수군거렸을 때, 이 헤라클레스의 십자군들이 빼먹은 아주 중요한 사항은 마르크스를 읽으라는 명령이었다. 물론 이들은 마르크스의 사상을 조사했다. 종이 한 장 분량으로 요약해서. 이렇듯 요약본만 읽었기에 이 사람들은 이치를 따지는 것도, 이치에 맞지 않는다고 돌리는 것도 경험해 본 적이 없다. 그래서 나이가 들었건 안 들었건 와스프들은, 왜 공산주의자들이 처음엔 자신들의 신념에 불꽃을 당긴 마르크스주의가 이제는 지나치게 획일적이라며 이치에 맞지 않는다고 돌아서는지 이해하지 못했다. 좋은 기독교인과 나쁜 기독교인이 있듯이 좋은 공산주의자가 있고 나쁜 공산주의자도 있다는 생각이 와스프들에게는 전혀 떠오르지 않는 것 같다. 기독교 사상이 그 자체가 지닌 뿌리 깊은 모순 때문에 예기치 못한 성인, 예술가, 천재 들, 그리고 투사들을 낳듯이 (아마 서구인이 창조한 가장 위대하고 특이한 사유 도구인) 공산주의도 마르크스의 절대적이고 장엄한 마음 때문에 위대한 이단자, 개혁자, 전향자(사르트르와 피카소가 그 예인데)를 낳을 것이다. 그렇지 않더라도 적어도 공산주의는 확장될수록 이단자와 위대한 개혁자를 낳게 돼 있다. 이것이 잠들기 전 생각한 메일러 이론의 핵심이다. 확장을 멈추는 날 공산주의는 다시 단일화되고 진부해지고 악화되어 악마로 타락한다.

좀 더 이야기하자면, 공산주의가 아시아에 파고들면 마르크스 이론을 씹어 소화시키는 데만 반 세기가 걸릴 것이다. 폴란드와 인도 사이, 프라하와 방콕 사이에는 고유한 학문의 차이가 있으니 그럴듯한 마르크스 이론에 휘말려 소화불량이 초래될 것이다. 아시아에서 그 이론이 재빨리 소화될 리 없다. 정말 판단하기 어려운 점은 자본주의와 공산주의 어느 쪽이 더 아시아에 해를 끼칠 것인가 하는 문제다. 어느 쪽이건, 아시아는 기계화되고 토속 사회는 뿌리 뽑힐 것이다. 그리고 이 일은 분명히 조용히 이루어지지는 않을 것이다. 메일러는 만일 미국이 여나믄 아시아 국가들을 기술 산업과 군대로 지배하다가 이들의 게릴라 전투와 직면한다면 어떤 피해를 입을지 생각하고 싶지 않았다.

그래선 안 된다. 아시아는 아시아인들에게 맡기라. 공산주의자들이 아시아를 흡수하여 큰 탈 없이 기계화되고 멋진 국가를 세울 수 있을 것 같은가? 베트남의 경우가 증명하듯 미국은 아시아를 기계화하는 데 잘못 측정하고, 잘못 이해하고, 수행하는 데 낭비하여 거의 파산 지경에 이르렀다. 하지만 공산주의자들이 이보다 곤욕을 덜 치르리라는 보장은 없다. 탈당, 파벌, 분열이 나타날 것이고, 토속 문화와 마르크스적 도그마 사이에 끝없는 충돌이 야기될 것이고, 음모는 나날이 수천 개씩 불어날 것이고, 잔인, 포악, 배반 등이 공산주의자들의 머리 위에 떨어질 것이다. 얼마 지나지 않아 아시아의 한 공산주의 국가가 다른 공산주의 국가에 대항하려고 미국과 손을 잡는 날이 올 수도 있다. 소련과 중국이 서로 냉전을 벌인 지도 수십 년이다. 그러니 아시아에서 철수하는 것이 힘의 균형을 얻는 길이 될지도 모른다. 그러니 해답은 철수하라는 것이다. 두려워할 것 없으니 빨리 손을 떼라. 공산주의가 확장될수록 공산주의 그 자체의 모순은 더욱더 커질 것이고 세계를 정복하겠다던 생각은 더욱더 흐느적거릴 것이다. 공산주의의 팽창 그 자체가 스스로 견제한다. 공산주의를 패배시킬 유일한 힘은 바로 공산주의 그 자체다.

하지만 미국이 아시아에서 손 뗄 것 같지는 않다. 오히려 우리는 꼭 있어야 하기에 베트남에 있다는 은밀하고도 불행한 암시가 있다. 이것이 전쟁으로 균형을 잡으려는 국가의 불균형이다. 네이팜탄으로 마을을 폭파하는 것은 우리의 집단적 불안의 지표인지도 모른다.

메일러는 오랫동안 미국의 병적인 증상에 대해 글을 썼다. 전체주의의 엄습, 압제, 스모그 등, 너무 많이 써서 이제는 자신의 목소리가 지겹다. 까다롭고 참을성 없는 자신이 보기도 싫다. 이러던 중에 베트남전쟁은 메일러의 생각을 확신시키는 씁쓸한 계기가 됐다. 자신이 써 온 병적인 요소들을 지금 공공연히 느낄 수 있다. 그래서 메일러는 자기 생각을 더 밀고 나간다. 이 불공평하고 외설스러운 전쟁이 역설적으로 새로운 힘을 불어넣어 준 셈이다. 싸우는 미군들에게까지도 새로운 힘을 불어넣을지는 모르지만.

결국 메일러는 베트남전쟁을 넘어서 아주 슬픈 결론을 내리게 된다. 미국의 중심이 정신 나간 것 아니냐. 이 나라는 해가 지날수록 깊어만 가는 정신분열증을 잘 다독거리며 견뎌 왔다. 어쩌면 이런 논쟁은 이미 시효가 지난 것인지도 모른다. 기독교에 헌신해 왔고 미국이라는 사단법인을 위해서 일한 사람들은 누구나 보이지 않는 악에 사로잡혀 본 경험이 있을지 모른다. 그 압박감으로 영혼과 마음이 갈라지는 듯한 그런 통증. 기독교 정신의 정수는 신의 아들이라는 신비함이다. 그런데 사단법인의 중심은 과학 기술을 숭배하며 신비함을 배척한다. 과학 기술만큼 피 흘리는 예수 그리스도의 가슴과 반대되는 개념도 없으리라. 자신의 임무에 충실한 평범한 미국인들은 매일같이 예수 그리스도를 섬기면서 더욱더 정반대의 길인 컴퓨터의 노예가 되고 있다. 예와 아니오, 1과 0. 그러니 점점 머릿속이 분열될 수밖에 없으리라. 이 두 가지 반대 방향으로 인하여 기독교적 영혼의 균열은 어느 때보다 더 심각한 지경에 이르렀다. 지금까지 기독교인들은 명예보다는 사랑을, 욕망보다는 책임을, 권력에 대한 정욕보다는 자선을 강조하고 실천함으로써 맑은 정신을 유지해 왔다. 그 균형을 맞추기는 힘들었으나 불가능하지는 않았던 것 같다. 그런데 예수 그리스도라는 신비에 대한 사랑과 컴퓨터라는 신비가 전혀 없는 것에 대한 사랑은 억압된 정신분열의 상태를 심화시켰고 결국 터져 버렸다. 베트남전쟁은 일시적인 치료와 같다. 이 동물적인 폭발을 통해 분열된 정신은 일시적으로 구제를 받을지도 모른다. 그래서 평범하고 선량한 미국의 기독교인들은 은밀히 베트남전쟁에 찬성한다. 억압된 감정을 터놓기 때문이다. 이들은 베트남에서 어려움을 겪고 고통받는 미국의 아들을 안쓰러워하고 베트남 고아까지도 동정한다. 그리고 전쟁에 대한 생각이 신문을 읽을 때마다 매일같이 변한다. 전쟁은 다시 이들을 신문과 연결시켰다. 외부 세계와의 연결, 매일 조금씩 변하는 생각들은 정신분열증을 치료하는 만병통치약이 된 셈이다. 미국은 전쟁이 필요하다. 과학 기술이 의사소통의 길마다 퍼지고 도시와 기업체가 암처럼 퍼져 나가는 한, 미국은 전쟁이 필요할 것이다. 훌륭한 미국의 기독교인들은 전쟁을 필요로 한다. 그렇지 않으면 자신들의 예수 그리스도를 잃을지도 모르기 때문이다.

잠자리에 들어 메일러는 자신이 가장 좋아하는 전략, 게임처럼 일어나는 전쟁을 생각했던가? 아마존의 어느 넓은 지역에서 중국공산당 정예 부대 3사단과 미 해군 3사단이 대치하는데, 실탄이 지급되고 비행기가 날고 텔레비전으로 중계되고 사람들이 실제로 죽는다. 이것은 광기다. 청중을 단련시키지 않고 이런 전략을 공공연히 내놓는 것은 불가능하다. 메일러가 굉장한 눈속임거리를 찾아냈다고 확신할지라도 청중은 그것을 진지하게 받아들이지 않는다. 베트남전쟁 대신이라고 해도 결코 받아들이지 않는다. 아니다. 가장 극단적인 전쟁의 광기도 가장 극단적인 게임의 광기보다는 더 정상적이다. 유감스러운 일이다. 메일러는 잠들기 전에 간수와 몇 마디 나누었는데, 어딘지 슬퍼 보이는 중년의 남부 사람이었다. 머리가 벗겨지고 턱이 크고 코는 길고, 흔한 은테 안경을 쓴 친구였다. 간수는 방 안에 그토록 많은 대학생들이 어슬렁거리는 것에 화가 나는 모양이었다. 더구나 모두들 자신이 한 일에 만족하는 듯 즐거워 보이기까지 했으니 말이다. 간수는 저 사람들이 베트남전쟁을 어떻게 느끼며 왜 그렇게 느끼는지, 전쟁에 대한 유도신문을 했다. 메일러는 대답을 하려 했지만 곧 무의미함을 깨달았다. 온갖 머리를 짜내어 이야기해도 간수가 들으려 하지 않는 한 쓸데없는 짓이다. 들으려고만 했다면 간수는 사단법인의 차가운 위엄에 대항하여 싸웠을지 모른다. 그 법인이야말로 그에게 텔레비전과 안전을 보장했고 심판의 날에 심판받지 않으리라고 말없이 약속했다. 이 말 없는 약속에 따르면 심판의 날이란 잠 안 올 때 토크쇼를 못 보는 것보다 더 나쁘지는 않다는 것이다.

메일러는 이런 생각들을 하면서 잠이 들었다. 그런데 자신이 코를 골지 않았다는 것은 누가 써 줄 것인가?

8. 허영

아침에 일어나니 양복 꼴이 엉망이었다. 옷을 걸어 놓을 옷걸이도 없고 얹어 놓을 곳도 없었다. 흐느적거리는 침대 옆에는 짙은 녹색 사물함이 하나씩 붙어 있었는데, 무너진 체육관 같은 데서나 볼 수 있는 것이었다. 자물쇠는 없고 고리는 망가지고 선반에는 먼지가 수북이 쌓여 있었다. 할 수 없이 양복을 개어 셔츠로 감싼 다음 선반 위에 얹어 놓았다. 아침에 열심히 털어 대니 바지에 묻은 먼지 자국의 반은 떨려 나간다. 넓은 줄무늬가 그려진 점잖은 넥타이, 윈저 노트로 매고 다녔던 그 넥타이도 다리미질이 필요했다. 넥타이고 조끼고 다 그만두고, 더러워진 흰 셔츠 깃에 구겨진 재킷을 걸친 채 아침 식사를 하러 갔다. 물론 면도는 할 수 없었다. 면도날은 감옥에서 휴대할 수 없었기 때문이다.

메일러는 잠을 더 자고 싶었다. 7시쯤 아침을 먹으라는 전갈이 왔는데, 잠자리에는 새벽 3시께 들었기 때문이다. 그러나 이런 장소에서 새로운 곳을 볼 기회를 놓칠 수는 없었다. 일정표에 있는 모든 항목이 특별한 사건들이었다. 감옥에서 보내는 나날의 심리 상태를 알 것도 같았다. 확인된 기대를 잘 골라 유지해야 한다는 것이다. 흰 빵 대신 건포도를 넣은 빵이 가장 놀라운 일이 돼 버리는 그런 때다.

죄수들은 사각형을 따라 새 벽돌이 발린 복도를 걸어 내려 갔다. 마지막 이슬방울이 풀잎 사이로 반짝였다. 버지니아의 10월, 화창한 일요일 아침의 감옥 건물은 멋지게 지어진 초급 대학들보다 더 그럴듯하게 보였다. 식당에 들어서니 자원 봉사하는 흑인 죄수들 몇몇이 음식물을 나누어 주는데, 자진해서 잡혀 들어온 이 백인들에게 반한 듯 곁눈질을 주었다.

깡통에든 오렌지, 혹은 얼린 오렌지 녹인 것, 그리고 포도 주스가 조그만 종이 컵에 담겨 나왔다. 늘 마약을 피우는 사람에게는 주스가 너무 진해서 목구멍이 타는 듯했다. 건포도를 넣은 빵 세 조각, 마가린, 콘플레이크, 우유, 부드러운 설탕을 듬뿍 입힌 레몬 케이크 한 조각, 커피 한 잔이 나온다. 메일러는 그걸 모두 먹었다. 그동안 아침 식사는 의식에 지나지 않았다. 일 년에 열흘만 빼고 거의 매일같이 똑같은 식사를 했으며, 이렇게 많이 먹어 본 적도 거의 없었다. 스크램블드 에그를 적당히 먹으면 그것으로 족했다. 언제 무슨 일이 터질지 모르는 감옥에서 보낸 하루가 식욕을 자극했나 보다. 밤에는 기차 흡연칸에서 여행하고, 아침은 케이크 위에 설탕 바른 레몬 조각으로 시작한다. 그렇지만 다 찌그러진 짙은 녹색 사물함이 꼭 부서진 체육관을 연상시켰다면, 물론 이 감옥에서 계속 사는 죄수들이야 늘 알고 있는 일이겠으나, 오늘 아침의 달고 끈끈한 식사는 가난한 사람들의 자의식으로 가득 찬 무료 급식소를 연상시켰다. 모처럼 먹는 사람 기분에 맞추려고 설탕만 잔뜩 집어넣은 식사 말이다.

공동 숙소로 돌아와 하루의 일과가 시작됐다. 메일러는 책 더미를 뒤적거리며 커피포트 부근을 서성거렸다. 어젯밤에는 '감옥에 들어와서야 더 어려운 책을 읽게 된다.'는 격언을 곱씹으며 『돈, 예금, 황금에 관한 입문서』라는 책을 집어 들었다. 하지만 오늘 아침에 먹은 레몬 케이크가 황금처럼 속을 든든하게 해서 이번에는 좀 재미있는 책이 없을까 하고 책 더미를 뒤적였다. 있는 거라곤 한결같이 표지마다 저자 이름만 다른 추리 소설뿐들이었다.(수년간 계속된 싸구려 출판사들의 수상쩍은 계약들이 이 더미 속에 숨어 있을 것이다.) 아주 심심할 때 볼만한 책으로 집어든 건 『성(聖) 존 보스코 — 젊은이의 친구』란 책이었다. 누구의 친구라고? 성 존 보스코야말로 이곳 출신의 첫번째 성인인 모양이군.

오늘 아침, 소문은 커피포트를 둘러싸고 어느 때보다 더 활발하다. 펜타곤에서 일이 벌어졌던 것이다. 한밤중에도 죄수들이 붙잡혀 왔고 지금 다른 방에 있다고 한다. 사람들은 곧 이들과 이야기를 나눠야 할 것 아니냐고 말한다. 새로 온 사람 가운데 몇 명은 지휘관들에게 심하게 얻어맞았다고들 한다. 몇 명이나 잡혀 들어온 거냐고 모두들 야단이다. 모두 200명에서 400명 사이를 오르락내리락했는데, 합계가 적게 추산되면 으르렁대고 많게 추산되면 환호성을 지른다. 야구 경기의 점수를 말하는 듯한 분위기. 이게 미국 사람들의 공통적인 반응이 아닌가 싶었다. 하지만 순간, 유럽의 혁명가들이 이런 모습에 어떻게 반응할까 생각하니 끔찍했다. '미국 사람들이란 숫자가 아니면 역사적 사실을 통 이해하지 못한단 말이야.' 이렇게 빈정댈지도 모른다.

티그가 다시 강의를 하고 있었다. 아침 8시도 안 됐는데, 태양은 이른 아침 대학 도서관의 열람실에 새어 드는 햇살만큼이나 눈부시게 공동 숙소의 높은 담에 뚫린 창틀 사이사이로 들이비친다. 그런데도 잠시 머무르는 햇병아리 혁명가들을 위한 오코콴 무료 학교는 야단스레 들떠 있었고, 초대 교장인 티그는 집념으로 가득 차 목청을 불사르며 베트남전쟁을 반대한다는 국가 동원 위원회가 결국 시위의 혁명적 잠재력을 가두고 말았다며 비판하고 있었다.

티그는 열다섯 내지 스무 명 정도 되는 청강생들 앞에서 이렇게 말했다.

"중산층을 한데 묶고 이들의 궐기에 존엄성을 부여하기 위한 목표도 뚜렷하게 규정하지 않은 채, 델린저는 단합해서 성공적인 공격을 감행할 투사들을 동원할 수 있던 기회를 헛되이 낭비하고 말았습니다."

그는 손가락을 치켜들며 말한다.

"그런 타협의 결과로, 확실한 목표도 없이 제멋대로 날뛴 꼴이 됐으니 무슨 일이 제대로 되겠습니까? 투사들은 실패했습니다. 내일 아침 신문들이 분명한 행동을 취하려던 무리들을 무참히 비난할 때 소심한 중산층 평화 지지자들의 심정은 어떻겠습니까?"

일리 있는 부분도 많았다. 메일러 자신의 생각과 전혀 동떨어진 것도 아닌 것 같았다. 그런데 왜 메일러는 티그가 하는 말에 화가 났을까? 마치 평가를 내리는 신경계 안에 판단을 유보하는 부분을 꼬집어 비트는 듯 느꼈다. 티그의 확신성 때문이다. 펜타곤 시위에서 조직이 허술했다든지 하는 요소는 분명히 있었다. 그러나 사건은 아직 끝나지 않았다. 티그의 말을 듣고 있자니 아직도 펜타곤에서는 뭔가 일이 계속 벌어지고 있다고 알려 주고 싶어 좀이 쑤신다. 자기가 잡혔다고 해서 시위의 가장 중요하고 의미 있는 부분은 막을 내렸다고 믿는 자기중심적 노예, 30여 킬로미터 밖에서 일어나고 있는 중요한 싸움에 전혀 직감이 없는 사람은 분명 장군감은 못 될 것이다.

메일러는 몇몇 사람들과 대화를 나누었다. 얼굴이 수척하고 키가 크고 비쩍 마른 친구가 두 눈에 희미하게나마 끊임없이 타오르는 불길을 담은 채 다가왔다.(요 며칠 동안 영혼을 정화시킬 수 있을 불꽃 어린 눈들을 얼마나 많이 보았던가? 그걸 태워 버리지 않으려는 두려운 빛도.) 이 키 큰 친구는 다가와서 이름을 밝힌다. 짐 펙이었다. 좌파에서 잘 알려진 이름이다. 1940년대 후반에 처음 일어난 흑인 민권 운동의 기수였고, 백인으로서는 처음으로 남부 경관들에게 맞아 이가 부러지고 갈비뼈를 다친 경험이 있었다. 메일러는 펙을 존경했다. 어찌 그러지 않을 수 있겠는가? 그러면서도 금욕주의자 앞에서 고기 먹는 사람처럼 본능적으로 움츠러드는 것을 어찌할 수 없었다.

아침이 지나고 있었다. 10시쯤 변호사들이 도착했고, 여섯 조으로 나누어 오리엔테이션을 했다. 질문에 대한 변호사들의 답변은 조심스럽고 알맹이는 텅 비었다. 정부에서 오늘 어떤 조치를 취할지 아무도 몰랐기 때문이다. 하지만 모두 입을 모아 아주 구체적인 충고를 하나 했는데, 불항쟁의 답변으로 대응하라는 것이었다. 메일러는 반대했다. 자신은 유죄를 주장하고 싶었다. 선전하려는 목적 하나만으로 유죄감이었고 불항쟁의 답변이란 것이 올리브유로 박박 문지른 경찰 곤봉 위에 애원하듯 귀에만 달콤한 것이었기 때문이다. 그러나 메일러가 반대하자 변호사는 그저 못마땅한 듯 같은 대답을 되풀이할 뿐이었다.

"변호 위원단에선 불항쟁의 답변으로 청원하는 것이 가장 좋다고 생각하는 듯합니다."

그런데 드 그라지아는 도대체 어느 구석에 박혀 있는 거야? 무슨 놈의 친구가 이런가? 조금 있으려니까 죄수들에게 소지품을 챙겨 나오라는 전갈이 있었고 나간 친구들은 다시 돌아오지 않았다. 그러자 변호사들이 말해 주었다. 선고가 대부분 일률적으로 내려지는데, 무슨 죄를 졌건 간에, 길을 막았건, 체포에 반항했건, 금지 구역에 들어갔건, 벌금 25달러와 집행유예 오 일, 육 개월 동안 펜타곤 부근을 얼씬거리지 않는다는 서약이 선고 내용이었다. 아주 황당한 벌칙 같지는 않았다.

툴리 쿠퍼버그가 물렁한 침대 위에 앉아 있었다. 조금 전에 불려 나갔는데 이제 돌아왔다. 육 개월 동안 펜타곤에 가지 않겠다는 서약을 거부해서 닷새 동안 감옥살이를 해야 한다고 말했다. 마냥 행복해 보이지는 않는다. 턱수염을 기르고 머리칼이 긴 툴리는 이 방에 잡혀 온 시위자들이 다 가 버리면 지금 같지 않을 것이고, 곧 보통 죄수들과 똑같은 대우를 받으며 보내게 되리라고 생각하는 듯했다. 그렇다고 그런 운명에서 빠져나오려는 기색도 안 보였다. 육 개월 동안 펜타곤에 가지 않겠다는 약속에 서명하는 건 곧 정부에 동조하는 일이 된다. 그렇다면 대체 무엇을 항의한 것이란 말인가?

메일러는 툴리가 하는 말을 멍하니 듣고 있었다. 정책과 개인적 도덕률 사이의 어찌해 볼 수 없는 관계 속으로 옭혀드는 것이 싫었다. 자신의 문제를 떠나서 툴리의 말은 절대적으로 옳았다. 우리가 싸운 근본정신을 생각하면 편한 쪽이 아니라 더 힘든 쪽을 택해야 한다는 말이다. 메일러는 자신을 돌아보았다. 자신의 결심과 반대 방향으로 나가는 것 같아 기분이 좋지 않았다. 될 수 있는 대로 빨리 이 감옥에서 풀려나길 바라는 자신을 잘 알고 있었다. 오늘 아침 일찍 전화 신청서에 이름을 올리고 방금 전에 아내와 대화를 끝낸 터였다. 아주 즐거운 통화였다. 서로 보고 싶어 안달했고, 오늘 안으로 풀려날 게 분명하다고 말하니 그렇게 좋아할 수가 없었다. 로웰이 무척 걱정한다는 소리를 하며 부드럽게 웃기도 했다. 뉴욕에 돌아와 안부를 묻는 전화를 몇 번이나 했단다. 맥도널드도 전화를 했고 메시지를 남겼다.

'노먼에게 전해 주시오. 지금 내 마음속엔 당신 생각뿐이라고.'

공동 숙소의 높은 벽에 뚫린 창으로 한 줄기 햇살이 비치고, 그 빛은 (사흘 동안) 볼 수 없었던 아내의 금발을 떠올리게 했다. 금발이 지닌 매력은 바로 이 햇빛 아래에서 드러난다. 결코 잊히지 않기 때문이다. 물론 아내의 머리칼도 미묘하게 얼룩얼룩하긴 했지만 그렇지 않은 금발이 어디 있던가? "금발의 소녀는 금발이 되기로 한 소녀다. 소녀는 태평하고, 인생이란 결국 다 잘될 것이라고 믿는다." 이건 『사슴 공원』에서 가장 좋아하는 장면인 것 같은데? 메일러는 자신의 온갖 결심을 부숴 버린다. 아내가 너무도 그립기 때문이다. 이 방에서 곧 빠져나갈 희망으로 가슴이 부풀어 올랐다. 그러고는 다시, 또다시 다짐까지 한 터였다.

그런데 툴리가 자신을 도덕적 궁지로 몰아넣었다. 메일러에게도 물론 자신만의 답이 있었다. 감옥에 남는다고 되는 건 아무것도 없다. 체포당했으면 됐지 선고에 대항할 이유까지는 없지 않은가. 설마 육 개월 안에 펜타곤에서 무슨 일을 또 벌이겠는가. 그렇다면 서약해도 무방하지 않을까. 이런 식으로 젊은 죄수 몇 명과 이 문제를 논의했다. 툴리의 결정은 각자에게 일요일의 진퇴양난을 던져 준 것이다.

"하지만,"

(코네티컷 주에 있는 조그만 대학에서 온) 수염을 기른 젊은 사회학 강사가 묻는다.

"육 개월 안으로 펜타곤에서 무슨 일이 일어나게 되면 어떻게 합니까?"

"그렇게 되면 펜타곤으로 가는 거지. 아마 이 서약은 위헌으로 판결될 것입니다."

메일러가 답한다.

"네, 분명 그럴 것 같아요."

그 강사가 말한다.

"그렇다면 무엇 때문에 닷새 동안 옥살이를 합니까? 아마 그 친구들도 분명히 이게 위헌 결정이 될 걸 알겠죠? 그러니 그 꼼수에 동조해선 안 되는 게 아닙니까?"

그렇다. 메일러의 주장은 다른 사람들을 설득하기에 충분했다. 그런데도 그 자신이 마음의 평정을 잃고 있으니 웬일인가. 너무 오래 남아 있으면 위험이 닥칠 것처럼 결사적으로 빠져나 가려는 점잖지 못한 욕망으로 꿈틀대는 자신을 감지한다. 자신 의 도덕률과도 크게 동떨어지지 않은 일반적인 도덕적 기준에 서 보면 감옥이란 도전을 이끌어 내는 끝없는 사다리 같다. 틀 리가 그랬듯이 한 계단씩 오를 때마다 더 높은 계단이 보이고, 더 위험하고 더 불리한 계단이 나타난다. 그리하여 조만간 내 려올 수밖에 없다. 얼마나 높이 올라갔느냐는 큰 문제가 아닐 지도 모른다. 실패를 자인하며 한 발 내려오는 순간, 언제나 도 덕적 멀미를 느낄 것이다. 아마도 그는 지금, 펜타곤까지는 갔 으나 체포되지는 않기로 했던 사람들처럼 패배의 메스꺼움을 느끼는 것 같았다. 링컨 기념관에서 펜타곤까지 행진했어야 하 는데 하지 않은 사람들이 느끼는 메스꺼움처럼, 이 똑같은 감 정은 뉴욕을 떠나지 못한 모든 사람들의 가슴에도 괴어 있으 리라. 사람은 계단을 한 번 오를 때 죄의식을 쏟아 낸다. 반대 로 한 발자국 뒤로 물러설 때는 그곳이 어디든 구토를 느낄 것 이다. 아, 그래서 사람들은 균형과 죄의식을 건드리지 않으려고 애쓰는가. 죄를 덜 느꼈다가 다시 마음이 약해져 그 죄로 되돌 아오는 건 아마 죄 속에 그대로 파묻혀 있느니만 못하리라. 이 런 도덕적 방정식의 신성한 입김에는 어딘지 좀 지나친 느낌도 있었다.

"하지만,"

사회학 강사가 다시 묻는다.

"만약 우리 모두 남아서 닷새 동안 옥살이를 치른다면 어떻 게 될까요?"

"그래도 우리가 펜타곤에 가선 안 된다는 요구를 철회하진 않을걸요."

정말 메일러는 잘 알고 있는가?

"이것 봐요."

메일러가 말한다.

"우린 각자 스스로 해야 된다고 생각하는 길을 택하는 거요. 난 뉴욕으로 돌아가야만 하오. 거기서 더 중요한 일을 할 수 있다고 생각하기 때문이오."

툴리 쿠퍼버그는 무척 낙심하는 눈치였다. 자신의 행동을 이제는 마음에 들어 하지 않는다. 그래서 동료 죄수들은 그 분위기에 약간 질려 버렸다. 대부분 말끔하게 생긴 젊은이들이었다. 메일러가 강의나 강연에서 만났던 학생들 못지않게 착실한 티도 났다. 그저 똑같은 상황이 계속되는 감방 생활에 진절머리가 난 것뿐이었다. 11시쯤 되니까 점심이 들어왔다. 마분지가 깔린 탁자 위에 어젯밤과 똑같은 햄 샌드위치, 사과 한 바구니, 왁스 냄새가 나는 우유 한 통이 있었다. 마치 학교 기숙사에서 여자도 술도 없이 담배 연기와 끝없는 대화만으로 밤을 꼬박 새워 파티를 치른 기분이랄까? 입 안에 도는 침이 꼭 지하철 공기를 맡는 듯하다. 지옥의 냄새같이 야릇한 냄새가 할 일을 알려 준다.

'만일 머리 좋고 양심 없는 친구라면 귀를 즐겁게 하는 대화 소리와 뇌를 작동시키는 『성 존 보스코 ─ 젊은이의 친구』라는 책뿐인 이 망망한 상황에서 어떻게든 빠져나가고 말 거야.'

오후로 접어든 지 얼마 되지 않아 죄수가 한 명 탈출했다. 긴 방 한쪽 끝에 문이 하나 있는데, 샤워실과 또 다른 방으로 통하게 돼 있었다. 그 방 너머에는 간수 몇 명과 의자와 책상이 놓여 있다. 긴 공동 숙소와 밖에 있는 방 사이 복도에는 보초 한 명이 서 있었다. 100개나 되는 침대에 오직 보초 한 명이 서 있을 뿐이었다. 따라서 탈출은 그리 어렵지 않았다. 간수가 다른 죄수에게 한눈을 파는 사이 방 한쪽 끝에 있던 사람이 사물함 위로 기어 올라가 열린 유리창으로 빠져나가서 밖으로 뛰어내렸다. 도망친 것이다. 간수만 빼놓고 방에 있던 죄수들은 모두 알고 있었다. 곰팡내 나는 듯한 이른 오후의 열기, 탁한 공기 속, 나른하게 졸던(남부에서 왜 제분소가 번창할 수 없는지 암시하듯이) 죄수들의 피 속으로 한 움큼 신선한 바람이 획 스쳤다. 몇몇은 환희로 들떴고 몇몇은 이 일로 석방이 늦춰질지도 모른다고 걱정했다.

오 분쯤 지나자 한 분대의 간수들이 들이닥쳐 유리창을 검사하고 사물함을 옮기더니 가 버린다. 죄수가 도망친 방 한쪽 끝에 간수 한 명을 더 세워 놓더니 간수들은 다시 문쪽으로 다가왔다. 분대장쯤 되어 보이는 친구가 죄수들에게 큰 소리로 말을 한다. 조그맣고 깐깐해 보이는 단단하고 까슬까슬한 얼굴. 엄지손가락을 죄수가 도망친 창문 너머 들판으로 흔들어 대며 실팍하게 웃는다. 그러면서 말한다.

"우리는 저쪽에도 이미 한두 명을 세워 놓았단 말이오."

"하지만 경관님."

메일러는 시골 하인의 목소리를 그럴듯하게 흉내 내며 말했다.

"제 생각엔 이 감옥은 감시가 아주 소홀한 것 같습니다."

"예, 그랬나 봅니다!"

간수가 대답했다. 이 말은 메일러의 기분을 좀 누그러뜨렸다. 메일러는 허치컵이란 변호사가 드 그라지아의 안부를 가져왔다 해서 잠깐 안내실로 갔는데, 거기서 도망친 죄수를 볼 기회가 있었다. 막 잡혀 들어온 모양이었다. 붉은 수염이 난 어린 아이로 눈동자가 벌겋게 충혈되고 움직일 때마다 근육이 나긋나긋하게 튀어오른다. 간수들이 끌고 오는데 순순히 따라오는 기미가 전혀 없었다. 간수들은 아이가 일부러 팔다리를 절뚝거리며 계속 비트는 통에 쩔쩔매는 것 같았다. 제복을 입고 책상에 앉아 있던 덩치가 크고 중년쯤 돼 보이는 한 흑인이 애를 먹는 간수들에게 다가선다.

"내가 대신 이 아이를 떠맡지. 이놈 속깨나 썩이겠다."

키가 크고 바싹 마른 백인 간수는 머리를 내젓는다.

"아니야. 할 수 있어."

이렇게 말하면서도 어딘지 걱정되는 눈치다.

"내 말 들어, 이 아이는 내게 맡기라고. 자넨 속이 안 좋잖아? 몸 생각 좀 하라니까."

결국 흑인 간수가 아이의 다리를 붙잡아 끌고 왔다. 공동 숙소에 일행이 들어서자 모두들 환호를 질렀다.

그러나 메일러는 계속 간수들을 생각하고 있었다. 그저께 밤 우체국에서 바로 옆방에 묵었던 젊고 잘생긴 진행 요원과 이야기를 나눴다. 민주 사회 학생회의 회원으로 아주 총명하고 강하고 주관도 확고한 멋진 청년이었다. 오리건 주에서 전쟁에 관한 토론회로 한여름을 보내기도 했다는 그 청년은, 감방에서 묵던 날 밤 동료 죄수들이 벽에다 수수께끼나 구호를 잔뜩 써서 붙여 놓는데 그게 그렇게도 재미가 있더란다. 이후에 간수들이 벽을 닦으면서 써 놓은 구호들을 읽을 생각을 하니 말이다. 그때 메일러는 주말에도 쉬지 못한다고 한탄하던 간수를 자신의 처가 식구들은 어떻게 느낄까 생각했다. 신념의 깊이가 어느 정도든지 이 중산층 젊은이들은 학내 경찰들과도 장난을 치는 아이들이었다. 하지만 여기서 일하는 간수에게는 그런 것이 쉽사리 통하지 않을 것이다. 이들은 탐욕과 인색함, 꽉 막힌 동정심과 좌절된 권력에 대한 욕망, 이런 것들이 가차 없이 차곡차곡 쌓인, 가난에 찌든 시골에서 어린 시절을 보냈기 때문이다.

그들은 남자였다. 그러나 은밀히 한 걸음 물러서면 미국의 시골집, 분열증적 위계질서의 밑바닥에 숨은 가난한 대가족 안의 인색하고 호된 부모의 꾸지람을 재현하는 삶이 나타난다. 그래서 죄수들을 다룰 때 단계별로 조금씩 조금씩, 자신들이 받았던 것보다 좀 더 친절을 베풀려고 애쓰며 묵은 인색함의 가시를 떨쳐 버리려 애썼다. 그렇다. 이 감화원에서 간수들은 가난한 흑인들과 가난한 백인들을 어린 시절 자신들이 배운 방식으로 대했다. 물론 신경조직을 재건하기 위하여 느리고 엄숙한 심리적 공감대를 서로 나눠 가면서. 지금 이들의 손 안에 떨어진 중산층 아이들 무리는 조심스럽고 넘치는 주의력으로 천천히 뜯어 고쳐질 아이들이 결코 아니었다. 아이들은 혁명적이었고, 신분을 나타내는 복장은 정신이 없는 육체와 마찬가지로 아무 의미가 없다고 생각하면서, 간수들을 유모 다루듯 했다. 그런데 어떻게 병에 걸린 의사가 환자의 병을 고칠 수 있는가. 케케묵은 생각이다. 자신의 마음에 어떤 흔적을 남긴다고 생각하니 메일러는 감옥이 싫어졌다. 스물네 시간도 채 있지 않았는데 마음에는 이미 곰팡이가 핀 것 같다.

이제 메일러는 변호사 허치컵의 이야기를 들어야 했다. 그는 메일러와 함께 이야기를 나누고 있었다. 변호사가 티그와 메일러를 불러서 막 나가려던 중에 흑인 간수가 백인 간수의 속병을 염려해 주는 장면을 본 것이다. 아마 남은 죄수들 가운데 가장 중요해 보이는 사람들이 티그와 메일러였나 보다. 새로 온 변호사는 자신이 시위자들을 담당하는 고문이라고 말했는데, 대답이 확고하고 자신감이 넘쳤다. 키는 메일러만 하고 한창때의 황소만큼이나 옹골차 보인다. 미식축구 경기에서 완벽한 수비수를 연상시키는데, 태클을 당해 움직이지 못하다가도 호각 소리가 나기도 전에 다시 일어서서 제몫을 다 해 뛸 것 같은 인상을 풍겼다.

지금은 조용히 훈시만 하면 되니 다시 일어나 뛸 필요는 없지만. 메일러는 그 변호사가 별로 거슬리지 않았다. 한때는 체포된 지 한 시간쯤 지나면 풀려날 것이라고 생각했지만 이 이해할 수 없는 시간들이 지나면서 천천히 쌓이는 감금의 무게는 공포감보다는 그런대로 막연한 기대를 품게 했다. 그가 먼저 나갈 것이라는 우선권은 어찌 된 걸까.

실상 허치컵의 이야기는 특별한 내용도 없었기에 메일러는 거의 귀를 기울이지 않았고, 대신 이제는 전혀 화를 내지 않는 것같이 보이는 티그에게 몰두했다. 메일러가 티그의 계획을 망친 그날 아침의 무료 강의는 목적을 드러내고 있었다. 전날 밤 몇 시간 강의를 하고 다음 날 아침 또 다시 몇 시간 강의를 하면서 티그는 듣고 있던 죄수들에게 몇 가지 문제점들을 확신시켰다. 신문사로 보내려고 편지를 썼다며 소리 내어 읽어 주었다. 내용은 열여덟 개 항목으로 구성되어 있었고 항목마다 국가 동원 위원회를 비판했다. 결론적으로 지도자급을 비난하는 내용이었다.

티그의 제안을 놓고 십여 분 정도 여러 의견들이 소란스럽게 실랑이를 벌였다. 티그를 따르던 무리들은 처음에는 전원이 서명하도록 설득하겠다고 약속했다. 그런데 그때 반대하는 의견들이 나온 것이다. 짐 펙이 외쳤다.

"왜 이 편지에 대해 의견들이 구구한가요!"

그때 메일러가 퉁명스레 한마디 던졌다.

"지금 미국에서는 아마 1000만 명쯤 되는 사람들이 우릴 영웅이라고 생각할 거요. 우리가 그렇지 않다는 걸 알아챌 때까지 몇 달이라도 그 사람들을 좀 행복하게 놓아 둘 순 없단 말이오!"

이 말이 분위기를 조금 바꾸었고, 이 감흥은 신문사에 보내느냐 마느냐가 아니라 이 모임 자체에 대한 비판으로 전환됐다. 마침내 티그는 편지를 다시 쓰고 비판은 감방 내에서 끝내도록 했다. 메일러는 자신의 말이 티그를 분개시켰을 것이라고 생각했다. 결국 그 편지를 목적 삼아 지금껏 열을 올린 것이 분명했기 때문이다. 메일러는 누구 못지않게 그 목적을 좌절시킨 셈이다. 그런데 티그는 조금도 분노하는 기색이 없었다. 과연 전문가다웠다.

둘이 공동 숙소로 돌아가며 메일러가 물었다.

"만약 펜타곤으로 기어 들어가서 복도를 잠시 동안 장악했다면 당신은 어찌했겠소?"

"아, 잘 모르겠네요. 아마 벽에다 구호를 붙이든가 하면서 교란작전을 폈겠죠."

그렇다. 이건 다른 싸움과 달리 마음속에 품고만 있던 전쟁이었다. 이런 상징적인 전쟁에서 승리란 만져 볼 수 없는 열매다. 다시 한 번 메일러는 이 감옥에서 나가고 싶었다. 생각을 하고 싶었다. 감옥에 있으면 생각들은 이리저리 방황만 했다. 펜타곤을 공격하려던 명분이 분명히 있으리라. 좀 더 생각해 보면 사건 어딘가에 이유가 있을 것이다.

오후의 태양 속에서 공기는 점점 더 무거워졌고, 지루함이 이곳저곳에 배어들었다. 더러운 방에서 윙윙거리는 말파리 소리가 고막을 맴돌며 압박감을 고조시켰다. 그때 죄수들이 새로 들어왔는데 이들의 등장에 분위기가 흔들렸다. 먼저 들어온 죄수들은 의젓하게 방 주인 노릇을 하게 됐다. 새로 들어온 친구들이 대단히 소란스러웠고 평화주의자들도 대학의 자유주의자들도 전혀 아니었기 때문이다. 지휘관들과 싸움을 벌인 탓에 이마에 두른 붕대에는 피가 배어 있고 옷은 찢긴 사람들이 많았다. 경찰과 머리를 처박고 싸울 태세인 작은 대학에서 봄에 들고 일어나는 폭도들처럼 만취한 상태로 폭력이 난무했던 듯하다. 메일러는 긴 방을 한 바퀴 어슬렁거리며 자신의 첫인상이 빗나가지 않았음을 확인했다.

"이봐요, 당신 노먼 메일러죠?"

이리저리 왔다 갔다 하던 죄수 하나가 팔을 꽉 잡는다. 두 눈엔 굉장히 재미있는 걸 만났다는 듯 광채가 스친다. 어떤 행동에 가담했음이 분명하다. 아직도 잡은 팔을 비스듬히 치켜 세우고 있었다.

"그렇소."

"우리 얘기 좀 합시다."

손아귀에 힘을 주며 눈동자를 붉힌다.

메일러는 팔을 뿌리쳤다.

"때가 되면 말하지, 젊은 친구."

감옥 안의 공기는 끈끈하고 곰팡내 나듯 역겨웠으나 메일러는 다시 열기가 솟는 것을 느꼈다. 방금 도착한 아이들 중 절반 정도는 아마 자신을 찬양할지도 모른다. 헤밍웨이가 죽었으니 이제 자신이 이 불쌍한 아이들의 아버지 노릇을 하길 바라는 것일까?

만약 지금 새로 들어온 아이들 중 절반이 메일러를 찬양한다면, 이 아이들은 그 찬양심이 증명된 뒤라야만 찬양할 아이들일 것이다. 대결을 통해 증명된 뒤에는 더욱더 열광적으로 찬양할 것이고 만약 그렇지 못하면 슬퍼할 것이다. 그렇다, 메일러는 결심했다. 지난 경험에 비추어 볼 때 이들 중 서너 명은 어두워지기 전에 한번 멋지게 대결해 볼 만하다. 그렇게 되면 날 방에서 끌어내어 격리시킬 테지. 분명히 여기서 빠져나갈 수 있을 거란 말이야.

하지만 어딘지 걱정스럽다. 이런 건 절대 감옥 안에서는 하지 않기로 맹세했다. 물렁한 침대 위에 등을 대고 냉정해지기로 결심한다. 사실 모험을 하고픈 열기가 잠에서 막 깨어난 듯이 자신을 들먹이고 있다. 그래, 새로 온 아이들을 둘러보고 말썽부리는 치들을 찾아서 한 방 멋지게 날리는 거다. 경험으로 봐서 그게 가장 간단하고 최선의 길임을 메일러는 알고 있었다.

그러나 감옥에는 다른 법칙들도 있다. 만약 심하게 싸울 경우 당국의 감시를 이중으로 받게 돼 옴짝달싹 못할 것이다. 감옥에서 가장 나쁜 점은 이 멋진 본능을 가둬야만 한다는 것이다. 행동을 벌일 듯이 보이는 것은 무엇이든 피해야만 한다. 그래. 현명한 수감 지침서가 일러 준다.

"오늘 밤까지 기다려. 그러면 이 새 친구들도 묵은 친구들처럼 되겠지. 공동 숙소의 공기가 이 녀석들을 갈아 부숴 버릴 테니까. 성 존 보스코가 이 아이들을 갈아 버릴 거라고."

자리에 누우니 아내와 가족들 모습이 계속 어른거렸다. 그때 간수 중의 하나가(아니 변호사 가운데 누구였던가?) 일요일 신문을 들이밀었다. 어떤 죄수가 큰 소리로 읽기 시작했다. 나머지 아이들은 들으면서 흥분으로 헐떡이며 행복한 비명을 지른다. 마침내 뭔가 표현하게 되어 행복한 것이다. 자신들의 대답이 하나로 표현된 것이 즐거워 으르렁대는 것이다.

신중하고 조심스럽게 지시받은 군은 물리적 힘을 최소로 하여 펜타곤에서의 도발에 대응했다.

"개똥이다!"
죄수들은 행복하게 소리쳤다.

군중들로부터 돌멩이가 날아들었고, 믿을 만한 펜타곤 소식통에 따르면 시위자들은 최루탄을 세 발 던졌다고 한다. 군은 이에 대해 어떤 보복도 명령한 바 없다.

"개똥, 개똥 같으니라고!"
죄수들은 노래했다. 그 아이는 긴 기사 내용을 계속 읽는다. 다음엔 칼럼이다. 지미 브래슬린 칼럼을 큰 소리로 읽었다.

시위자들은 그저 재미있기만 한 아이들이 아니었다. 학교에서 퇴학당한 청소년들, 떠돌아다니는 아이들, 오합지졸의…….

"개똥, 개똥, 개똥이구나!"
죄수들은 합창했다.

결국 하루가 끝날 즈음 가장 관심을 끈 사람들은 곤욕을 치른 군인들이었다.

"개똥, 개똥, 개똥이구나!"
죄수들은 행복하게 노래했다.

메일러는 눈을 감은 채 노랫소리를 들으며 '마법의 기독교 국가'에 사는 환상을 꾸었다. 텔레비전 방송국을 하나 산다. 매일 시사 해설자가 기사를 읽는다. 그러면 거리의 아이들이 합창으로 한마디씩 붙인다. 그렇지, 욕설을 쓰는 건 금지해야 한다. 지나치게 사용하면 나라가 온통 그 속에 휩쓸릴 테니까. 미국은 개똥 위에 세워진 최초의 위대한 힘일런가?

이 분쯤 지난 뒤 메일러는 진짜 개똥 맛을 보았다. 교활한 건지 바보처럼 멍청한 건지 종잡을 수 없는 이상한 녀석이 신문을 집어 들었다. 그러고는 리치먼드 신문에 실린 메일러 체포에 관한 기사를 서툴게 읽었다.

초등학교 3학년 정도의 실력으로 더듬거렸다.

"왜 체포됐느냐는 질문을 받자 그 소설가는 '짐마차처럼(wainly)' 웃었다."

"뭐라고?"

메일러는 침대에서 벌떡 일어나 물었다.

"소설가는 짐마차처럼 웃었다."

그 애는 조롱하는 듯한 어조로 말했다.

"'창백하게(wanly)'겠지."

메일러는 그 이상 아무 말도 하지 않았다. 화를 낼수록 다른 사람들이 더 즐거워하는 것 같았기 때문이다.

"왜 체포됐느냐고 질문을 받자."

그 녀석은 주위에 모여든 사람들을 즐겁게 하려는 듯 과장하며 다시 읽기 시작했다.

"그 소설가는 '짐마차처럼' 웃었다. 그러면서 '나는 죄를 지었거든요.'라고 말했다."

메일러는 녀석을 나무랄 수 없음을 알았다.

리터맨의 카메라 주위에서 앞서거니 뒤서거니 하던 기자가 생각난다. 그 기자가 머리를 단정히 빗고 정중하게 질문했다. 그리고 메일러의 말을 진지하게 받았다. 며칠 동안 메일러에게 일어난 일 중 가장 멋진 순간이었다. 일생에 그토록 위엄 있고 공정한 순간을 느껴 본 적이 없었다. 그런데 그들은 "나는 죄를 지었거든요."라고 말하며 "창백하게" 웃는 메일러라고 보도했다. 도대체 적에게 정당한 기회를 줄 수는 없다는 말인가? 기자가 지금 메일러 앞에 있다면 아마 산산조각 났을 것이다.

마음을 가라앉히려고 메일러는 마음에 드는 어느 죄수와 이야기를 나눈다. 그 사내는 약간 다듬어진 텍사스 억양으로 조용하고 부드럽게 말하는데, 휴스턴에서 온 민주 사회 학생회의 일원이었다. 결코 수다스럽지는 않으나 하는 말마다 일리가 있다. 둘은 그럭저럭 시간을 보내느라 바닥에 선을 긋고 그 안에 동전을 던져 넣기 시작했다. 잠시 후에 신문을 읽던 그 녀석이 참회라도 하듯 두 사람 곁으로 다가오더니 말없이 합세했다. 결국에는 네 명이 게임을 즐겼다.

그때 안내실에서 전갈이 왔다. 법정에서 메일러를 부른다는 것이다.

정복에 맞는 넥타이를 집어 들고 구겨진 주름을 감추느라 넓은 매듭을 짓다 보니 앞으로 축 늘어지는 부분이 20여 센티미터고 바지춤으로 밀어 넣은 부분이 66센티미터나 됐다. 이 불균형을 표시 나지 않게 하려고 조심스레 조끼를 걸치고 와이셔츠의 커프스단추를 채웠다. 바로 그 화려한 진주 커프스를! 가장 화려하다고 내기를 해도 좋은 커프스단추를 가장 더러운 소매 끝에 채워 넣었다. 그 위에 재킷을 걸치고, 빗이 없어 손가락으로 머리칼을 쓰다듬어 잘 골랐다. 자신을 빅터 맥래글렌과 하포 마르크스의 장점만을 골라 합쳐 놓은 신사처럼 느끼면서 손을 흔들며 공동 숙소의 문을 나섰다. 툴리 쿠퍼버 그에게도 공손한 인사말을 잊지 않으며 안내실으로 향했다.

"당신 변호사는 스니커즈를 신고 있네요."

그를 보내는 마지막 죄수가 이렇게 말했다.

9. 메일러, 드 그라지아, 허치컵, 스케이프

드 그라지아였다. 초록 이끼 빛깔의 코르덴 재킷을 걸치고 담황색 바지에 흰 깃이 달린 빨간 셔츠를 입고 있었다. 흰색 스니커즈를 신은 모습을 보니 드 그라지아의 색깔 보는 눈은 예술적 경지에 들어선 듯했다. 재봉사가 잘 만들었는지 옷이 잘 맞았다. 어째서 드 그라지아가 이렇게 멋쟁이인지 통 알 수가 없다. 메일러는 초록색 코르덴 재킷에 담황색 바지를 입고 흰색 운동화를 신은 자신을 떠올려 보았다. 가만, 아직 칭찬을 하지 않았군. 지금까지 드 그라지아가 통 보이지 않던 것이 마음에 걸렸다.

"테니스 라켓은 어디에 두고 왔소?"

메일러가 비아냥거리듯 물었다. 하지만 둘은 친구지간이다. 다시 만나니 반갑지 않을 수 있나. 여러 가지 일 가운데서도 앰배서더 극장에서 벌였던 일은 서로 사과했다.

"청원에 대해 뭐 들은 거 없나요?"

드 그라지아가 약간 망설이면서 물었다.

"변호사들이 다 불항쟁의 답변으로 청원해야 된다 하지만, 난 유죄 쪽으로 청원하고 싶소."

드 그라지아는 불안한 눈치였다.

"우린 당신 경우만 특별히 다르게 취급하고 싶진 않거든요."

"무슨 일이 있던 거요?"

"아, 아니 뭐."

법률가란 의사나 비평가 들처럼 전문가적인 확신을 주어야 할 의무가 있는 법인데, 드 그라지아는 뭔가 주의를 주려는 게 분명하다.

"뭘 그래. 말해 봐요."

"아니, 난 그저 무슨 차이가 있는지 모르겠어요. 그건 그저……"

본능적으로 불항쟁의 답변 쪽이었다.

"뭐가 다른지 이해하지 못하겠다는 것뿐입니다."

드 그라지아가 다시 말했다. 반쯤 말을 삼키기도 하고 목청을 묘하게 가다듬기도 하며, 고개를 끄덕이거나 눈빛을 달리하면서 여러 가지 속내를 표현하며, 드 그라지아는 분명한 말을 하지 않고도 다음과 같은 내용을 메일러에게 전달하는 데 성공했다. 어떤 법적인 사무를 대량으로 처리할 때엔 일을 신속히 처리하기 위한 암묵적인 협정이란 게 있는데…… 음……. 이 협정은 어떤 비공식적인 동의를 내릴 수 있다. 죄수는 재판받을 권리를 내놓는 대신 미국 법률 위원단으로부터 판결을 받게 되는데, 그때 불항쟁의 답변으로 청원하고 집행유예 오일을 언도받는 것이다. 이 암묵적인 협정에 소환된 죄수들은 모두 똑같이 취급된다.

"항상 가능성이야 있지. ……음. ……말하자면 당신이라면 특별히."

뜻은 분명했다. 유죄 청원을 내어 특별한 경우로 취급되면 위원단은 메일러만 암묵적인 협정에서 제외된 인물로 느끼게 되리라는 것이었다.

"글쎄, 그럴지 어떨지 법정에서 볼까?"

드 그라지아는 고개를 끄덕인다.

"해 보곤……. 음……. 그 사람들이 어떻게 생각하는지 보죠."

"어떤 위원들이 배정될 것 같소?"

다른 변호사 하나가 이렇게 알려 주었다. 위원들 넷 가운데 둘은 좋고 하나는 괜찮고 나머지 하나는, 그 변호사의 말을 빌리면, 동물적이란다.

"좋은 위원 두 명 가운데 한 명이 배정됩니다."

드 그라지아는 자기가 버지니아 주에서는 변론을 못하니 친구로서 법정에 참석하겠노라고 말했다. 만일 문제에 봉착하면 네 군데 법정에 다 관여할 수 있는 허치컵을 부른다고 한다. 문제를 잘 마무리하라고.

둘은 앞문으로 걸어 나가 현관으로 향했다. 메일러가 작별 인사를 하자 간수들은 깜짝 놀란다. 둘은 복도를 쭉 따라서 감옥의 끝까지 걸어갔다. 그러고는 층계를 올라 복도를 따라가 아주 작은 회의실이나 사무실 같은 방으로 들어갔다. 방에는 한쪽 끝에 스무 명 정도 앉을 수 있도록 좌석이 있고, 앞에 책상 두 개가 긴 의자를 대신하여 앉을 수 있게 놓여 있었다. 마침 재판이 진행 중이어서 메일러는 드 그라지아와 함께 자리에 앉았다. 그러고 보니 뒤쪽에 폰테인이 앉아서 웃고 있다.

갸름하고 붉은 빛이 도는 전혀 낯모르는 얼굴이 뭐라고 메일러의 귀에다 속삭였다. 자신의 이름과 《워싱턴 포스트》라는 말, 이 낯모르는 얼굴은 기자였다.

"한마디 하시겠어요?"

"지금은 안 합니다, 나중에."

메일러는 속삭이며 대꾸했다. 이 기자는 그가 법정에서 한마디쯤 할 줄 알았던 모양이다. 글쎄, 한마디도 하지 않을 것이다. 끝없이 이들의 장난에 놀아나며 아까운 인생을 낭비할 필요는 없으니까.

위원을 자세히 쳐다보니 자신의 것과 분간하기 어려운 붉은색과 푸른색 줄무늬 넥타이를 매고 있다. 얼굴이 보기 좋게 균형 잡히고, 체격이 아주 훌륭한 사람인데 마흔도 안 되어 보인다. 목소리는 낮고 깊이가 있었으며, 코는 길게 뻗었다. 높은 이마 뒤로는 머리카락이 없어 운동선수들에게서 흔히 볼 수 있는 반 대머리였다. 억양으로 보아 버지니아 주 출신으로 프린스턴 대학을 나왔을 것 같다. 반쯤 머리가 벗겨졌으니 상류층을 필요로 하는 텔레비전 광고에는 어디에나 적격이겠다. (메일러는 자신을 부르는 소리를 듣고 곧 책상 앞에 섰다.) 위원의 갈색 눈을 들여다보니 사려 깊어 보였다. 동정심, 사려, 또는 깊은 철학적 비난, 어떤 것이 그 눈 속에 나타났는지 말하기는 매우 어렵다.

드 그라지아가 메일러의 옆에 나란히 서서 입을 열었다.

"스케이프 위원님, 메일러 씨는 청원을, ……저어, ……유죄 청원을 하고 싶다는데요. 가능할지 모르겠습니다만, 이게 이 사건을 다루는 데 취급을, ……음, ……달리할 수 있는지요?"

위원이 두 사람을 올려다본다. 위원은 자리에 앉아 있고 둘은 서 있었기 때문에 올려다보아야만 했다. 그것이 거슬리는 일 같지는 않았다. 눈빛은 아주 침착했고 대단히 집중력 있었다.

"그 질문에 답하기는 곤란할 것 같군요. 그건 선고를 미리 제시하는 셈이고 아직 청원을 듣기 전이므로 부당한 일입니다."

메일러에게도 드 그라지아에게도 답변은 그것으로 충분했다. 둘은 서로 마주 보았다. 스케이프의 목소리는 어딘지 엄숙하고 깊이를 잴 수 없을 것 같았다.

"그렇다면 위원님, 불항쟁의 답변으로 청원하겠습니다."

메일러의 목소리는 침착했다. 그러나 입을 여는 순간까지 그 말이 자신을 배반할지 어떻게 될지 알지 못했다. 위원 앞에 서니 놀랍게도 숨이 약간 차올랐다. 법정에 서면 항상 이런 기분

314

이 들었다. 무의식적으로 잘 다듬어진 판단을 기대해서인지, 아니면 결국은 근본적으로 죄를 지었기 때문인지 자신도 알 수 없었다. 그러면서도 목소리는 여전했다. 이것만으로도 다행이지. 스케이프는 눈을 한 번 껌뻑이더니 아무런 감정도 담지 않은 채 메일러를 응시했다. 이때 놀랍게도 메일러는 자신이 이 위원을 좋아한다는 사실을 깨달았다. 지난 며칠 동안 만났던 어느 사람 못지않게 좋아한다는 것을 깨달았다. 정말로 두 사람은 동등한 자격으로 상대방의 눈을 응시했다.

새로운 교훈. 재판관이 피고의 눈을 깊이 응시한다면 가혹한 판결을 내릴 가능성이 높다.

"메일러 씨."

위원이 말문을 열었다.

"나는 당신 사건을 지금까지 맡았던 어느 경우보다 더 심각하게 다룰 것입니다. 당신은 성인이기 때문에 자신의 사상에 책임감을 느껴야 하고, 또 널리 알려져 있어서 젊은이들에게 큰 영향을 미칠 수 있기 때문입니다. 당신과 같은 위치에 있는 사람은 나쁜 예를 보여서는 안 된다는 게 내 생각이오. 그래서 나는 당신의 죄를 더 무겁게 생각하고 있소. 법을 깨뜨리지 않고도 시위하고 항의할 수 있는 권리가 헌법상에 명백히 있지 않소? 그래서 본 재판관은 당신에게 50달러의 벌금형과 삼십 일간의 복역을 선고하는 바이오."

그러더니 잠깐 멈추고 메일러를 쳐다보았다. 메일러도 여전히 상대를 응시하고 있었다. 위원이 덧붙였다.

"삼십 일 가운데 이십오 일은 집행유예요."

오 일 동안의 옥살이. 영혼의 아주 작은 부분에 암이 생겼다는 선고처럼 그 말은 마음속으로 가라앉는다. 지금 바로, 십 분 안에 풀려나는 게 아니란 말인가. 금방 풀려날 줄 알고 간 수에게 멋지게 손을 흔들지 않았던가? 바보 같으니라고. 이렇게 자신을 순교자로 만들다니, 그것도 별일 아닌 것으로. 슬픔 같은 감정이 목구멍을 치받는다. 모금을 위해 정기적으로 열리는 그 매력 없고 구태의연한 좌파 모임마다 저들은 내 이름을 들먹거리겠지. 가족과 함께 희희낙락하는 즐거운 시간을 그런 명예와 바꾸다니. 오, 아내와 아이를 둔 저주받은 가장이여.

드 그라지아는 콜롬비아 지역의 변호사였기 때문에 버지니아 주 법정에서는 변호할 수 없었다. 그래서 허치컵에게 도움을 청했다. 위원은 소송이 이미 제기되고 판결이 내려졌지만 피고의 의견이 정당하게 주장되지 못했다는 데 동의하며 허치컵의 변론을 경청하겠다고 말했다.

이리하여 법정 논쟁의 막이 올랐다. 대단한 것은 아니고 그저 며칠간의 투옥 문제를 놓고 벌인 것뿐이었다. 그러나 허치컵은 바통을 쥐자 마치 자기 앞에 가로놓인 언덕배기가 전쟁 결과를 결정짓는다는 듯 이십 분 동안 열을 올렸다. 그리고 메일러는 위원의 지시로 뒤쪽에 앉아 중요한 건 오 일이라는 기간이 아닌 그 너머에 있다는 듯 주의를 집중했다. 왜 그렇게 느끼는지 꼬집어 말할 수도 없으면서. 메일러는 자신을 편집증적으로 몰아가는 어떤 생각도 즐기고 싶지 않았다. 감옥에서 지낸 시간 동안 자신을 좀 더 정확히 돌아보게 됐다. 허영심과 균형 잃은 겸손이 그의 문제점들이었다. 사실 체포되면 곧 풀려날 줄 알았지 특별 취급을 받으리라고는 생각하지 못했다. '시위대가 아직도 다리 위를 행진하고 있을 때 당신이 잡혔다는 소식을 들었어요.'라는 말을 듣고 감동받았다 해도, 자신의 이름이 방송을 타고 나갔다는 사실이 지금 받은 선고처럼 명확하고 행정적인 중대사와 어떻게 연결되는지 미처 알지 못했다. 메일러는 당국이 자신을 심각하게 생각한다는 데 꽹장히 놀랐다. 이제야 위원이 다른 사람들과 구별하여 자신에게 특별 선고를 내린 이유를 가늠해 보려고 애썼다. 스케이프 위원이 본래 심각한 친구여서 메일러의 책들이 일반적인 국가 복지에 복합적인 위협이라고 단정했던 것일지도 모른다. 아니면, 이렇게까지 느끼고 싶지는 않은데, 자신을 오 일 동안 감옥에 붙잡아 두라는 지시가 있었는지 모른다. 이런 편집증적 사고방식에 사로잡히기는 정말 싫었다. 그렇다고 감옥에서 오 일을 보내고 싶은 마음도 전혀 없었다. 지금은 절대 그러고 싶지 않다. 당국은 메일러를 좋은 감시자 바로 옆에 두고 지켜보고 싶은 것일까, 아니면 오스월드 사건과 비슷하게 복도에서도 나쁜 사건을 위조할 수 있는 걸까? 너무 지나친 생각들일 수도 있겠지만, 그동안 베트남전쟁에 얽힌 추한 소문들을 많이 들어 왔던 터다. 정찰 도중 뒤에서 총을 맞았다는 둥, 더 나쁜 이야기들도 떠돌았다. 분명히 케네디 대통령 암살 이후 미국에서 확실하게 믿을 수 있는 감옥이란 정치범에겐 없는 것처럼 보였다. 오 일 동안 옥살이를 치를 애송이 정치가에게조차 그렇게 느껴졌다. 메일러는 신경을 곤두세우고 논쟁을 들었다. 정부는 베트남전쟁의 주동 기관이므로 자신의 적인데, 만약 정부가 오 일 동안의 구류 처분을 내린다면 분명 거기서 벗어나야만 한다.

  허치컵의 검은 머리칼과 힘차고 단단하고 작달막한 몸집은 말 한 마디 한 마디에 힘을 이중으로 가하는 것 같다. 총명함과 순진함을 섞어 빠르고 분명한 말투로 말했다. 경건한 감흥을 좀 더 표시해야 하는데 그러지 않는 것이 분명했다. 허치컵이 믿는 것은, 그 변호사가 풍기는 것은, 레슬링과 축구와 철학 사이의 어딘가에 있을 미묘하고 기만적이고 와지끈 부서지며 달려드는 교활한 경기로서 법을 대하고 사랑한다는 것이었다. 이와 함께 승리에 대한 사랑, 불굴의 투지, 패배에 대한 증오도 느껴진다.

변호사가 항변하기 시작했다. 대부분 메일러를 무척이나 당황하게 만드는 말이었는데 대략 이러했다. 메일러는 체포 당시 반항하지 않았고, 감옥에서도 모범적으로 지냈으며 간수들에게 협력했고, 시위자들 사이에서 예의를 지켰다. 그들 중 몇몇에게는 법정에서 말을 잘 들으라고까지 했다! 그래서 감형되어야 한다고 말했다.

도대체 어디서 이런 것들을 주워들었는가? 반은 진실이고 반은 아니다. 소화시킬 수 없는 왜곡, 좋은 죄수를 표현하는 경건하며 형식적인 말들, 법정의 상황이 자신의 변호사를 부정할 수도 있는 것이라면 메일러는 벌떡 일어섰을 것이다.

이 변론은 즉각 기각됐다.

그러자 허치컵은 비슷한 사건과 비교하여 형량이 너무 무겁고 예에서 벗어나기 때문에 감형되어야 한다고 항변했다.

위원은 고개를 돌려 메이슨이라는 키가 크고 창백한 흑인 검사에게 의견을 물었다. 검사는 위원이 이미 처벌을 무겁게 한 이유를 설명했으므로 이의 없다고 답변했다. 위원은 그러므로 이 항변 역시 기각한다고 말한다.

허치컵은 애초에 불항쟁의 답변 청원이 부적절한 조언에서 이루어졌으므로 취소되어야 한다고 항변했다. 이는 6차 수정 헌법 조항과 실질적인 상담을 받을 권리에 의거한다. 스케이프 위원은 이 변론도 기각했다.

둘 사이에 오가는 논쟁은 이해하기 쉽지 않았으나 흥미로웠다. 허치컵은 시종일관 높고 열의에 차고 원기 왕성한 목소리로 공격했다. 기각될 때마다 새로운 변론을 떠올려 위원의 눈 밑에 제시하는데, 스케이프의 무감각한 얼굴에서 한 줄기 흥미나 동요의 빛이 움찔대기라도 하면 그 목소리가 예민한 반응을 보였다. 마치 꼼짝 않는 완고한 소비자와 대담하고 거칠게 성공을 거두는 세일즈맨 사이 같다고나 할까. 두 사람 사이에는 바야흐로 열전이 벌어지고 있는데, 팽팽히 맞서는 완력을 과시하며 일대일로 한쪽의 의기가 상대방의 의기에 만만치 않게 대립했다. 법적인 공방 이면에 다른 대화가 진행되고 있다고 할까?

'난 이 친구를 오늘 내보낼 거야.' 허치컵의 소리 없는 말이 이렇게 나간다. '날 아직 모르시는군. 스케이프, 난 끈질긴 놈이라고.'

'이것 봐, 나도 꽤 고집불통이야. 어디 이 친굴 내보내 보시지, 힘깨나 들걸. 이 위원님의 동정심을 사서 나가긴 틀렸으니까 말이야.'

'그런 것 필요 없어. 난 법의 주머니가 얼마나 밑바닥 없이 무한한지 보여 줄 테니까.'

물론 또 다른 전쟁이 있었다. 거친 유대인과 세련된 버지니아 양반 사이의 자연스러운 개전.

'위원 나리, 내 법적인 수단으로 당신을 홀려 놓겠소.'

'끄떡없어, 필.'

아직 허치컵은 형량을 줄이지도 못했고 청원을 취소하지도 못했다. 이제는 권리 면제를 취소할 허가를 요청한다. 권리 면제는 형량이 가벼워질 수도 있다는 암시적 확신 위에 주어진 것이고, 결론적으로 그 확신이 지켜지지 않았으니 취소를 허락해 달라는 것이다.

위원은 지방 검사와 상의하더니 이 신청도 기각한다고 말했다.

변론이 끝날 때마다 스케이프는 깊이 생각하는 듯했고, 형식적으로 검사와 상의를 거친 다음 허치컵에게 고개를 돌리고는 별 내용 없이 공허하고 유령처럼 중성적인 목소리로 어딘지 음산하게 "이 신청도 역시 기각하오."라고 말한다. 그럴 때마다 허치컵은 재무장하고 다시 새로운 신청에 돌입했다.

그러나 이를 마지막으로 책략을 바꾼다. 이제 그는 이 사건을 상고하겠다고 선언한다. 보석금을 제시한 것이다. 들리지 않는 대화가 다시 오간다.

'여기까지 오는 데 얼마나 오래 걸리나 생각하고 있었지.'

'당신네들이 이 불쌍한 소설가를 혼내 주려고 마음먹지만 않았던들 진작에 빼냈을 거야. 뒷말을 주고받으며 무슨 짓을 한 거야?'

'자넨 절대 알 수 없을걸.'

'보석금으로 빼낼 거야.'

'기다려, 잠깐, 아직 성공한 건 아니야.'

두 번째 지방 검사가 끼어들었다. 피고가 이미 상고한 상태거나 실질적인 헌법상의 보석 권리를 증명할 수 있는 것이 아니라면 보석을 신청할 권리가 없다고, 이 친구는 충고한다.

허치컵이 항변한다. 피고는 상고할 준비를 갖추었으나 기회가 없었다.

지방 검사가 말한다. 그런 경우라면 보석을 허가받을 수 없노라고.

"당신을 묶어 두려고 단단히 별렀군요."

메일러의 귀에 대고 드 그라지아가 중얼거린다. 그러고는 일어서더니 허치컵과 뭐라고 상의하고 다시 메일러 곁으로 온다.

"존경하는 위원님."

허치컵이 말한다.

"명확하게 이런 상황에서 저는 1967년 9월 18일 리치먼드 지방법원에서 있었던 랩 브라운의 경우를 예로 보석을 얻을 수 있다고 생각합니다. 저는 보석을 신청하는 적절한 근거로서 상고를 신청했고 법정의 허가를 받았습니다. 그게 헌법상의 권리였기 때문입니다."

이 지경에 이르니 논쟁이 좀 더 복잡해졌다. 허치컵은, 위원단의 법정에서 상고할 수 있는 피고의 권리를 실현하기 위한 절차와 헌법에 명시된, 보석을 신청할 수 있는 실질적 기본권 사이를 베틀에서 북 드나들 듯 계속했다. 각 조항을 빠르고 능숙하게 제시하고 비약해서 메일러는 자세한 사항을 일일이 따라가며 이해할 수는 없었지만, 검사 측에서 흔들리는 듯한 분위기가 고조되고 있음은 느낄 수 있었다. 계속 버티다가는 자칫 정부의 법적 위치가 위태로워질 위험성도 있음을 감지한 듯했다. 앞으로 이런 종류의 사건을 상위 법정에서 다스리게 될지도 모른다는 위험 말이다. 이런 불안한 상황과 명백한 근심에서 어떤 틈새가 보였다. 처음으로 검사가 한 걸음 뒤로 물러섰다. 두 번째 방어선으로 물러난 것이다.

"스케이프 위원님, 상고 신청을 하기 위해선 적합한 절차를 따라야 합니다. 오늘은 일요일이어서 신청 서류가 없습니다. 그러니 피고는 내일까지 기다리는 수밖에 없습니다."

그렇게 되면 메일러는 감옥에서 하루를 더 보내게 된다. 그러나 그것은 또한 보석이 원칙상 기각될 수 없고 오직 현재 절차상으로 기각될 뿐임을 위원에게 알리는 길이었다.

허치컵은 위원을 바라보며 미소를 짓고는 물속에 목을 쑥 집어넣었다가 다시 앞으로 쭉 빼는 오리처럼 어깨를 폈다. 그러고는 이런 경우에 상고를 신청할 수 있는 적절한 조항을 어느 책에서 인용했다. 적절한 서류가 없을 때는 손으로 쓴 서류로 대치할 수 있다는 내용이었다.

위원은 그 조항을 읽는다. 이것으로 이번 사건은 결말이 났다는 듯이 조심스레 입술을 꼭 다문다. 비로소 위원은 입을 열었다. 긴장을 탁 푸는데 너무도 편안해 보여 메일러는 자신이 구출되지 못했나 의심했다. 오늘 밤 감옥으로 다시 들어가야 하는 것 아닌가.

"좋소, 보석 신청을 위한 상고 서류를 제출하시오."

스케이프는 고개를 끄덕였다. 허치컵이 서류 양식이 들어 있는 총무부 편람을 빌리고 싶다고 말하자, 검사가 그 책을 건네주었다. 연필이 필요하다고 말하니 위원이 빌려 준다. 법정 속 기사가 공책을 한 장 찢어 내어 건네주었다. 필요한 것은 모두 얻었으므로 허치컵, 드 그라지아, 메일러, 폰테인, 그리고 기자 두 명은 옆방으로 들어갔다. 기분이 아주 좋아서 허치컵은 빌려 온 책을 열고 상고 신청서를 쓰기 시작했다.

"그 사람들 정말 당신을 단단히 내치려고 했던 거 같아요."

기자가 동정하듯 말했다. 목소리엔 진실성이 없고 뭔가 노리고 묻는 것 같다.

"잘 모르겠는데요."

메일러가 말했다.

"당신을 오 일 동안 감옥에 가둬서 얻는 이득이 뭘까요?"

메일러는 대답하지 않았다. 하고 싶은 말을 확신할 때까지 이 친구에게 아무 말도 하지 않으리라 마음먹었다.

법정으로 돌아오니 검사가 요구하는 보석금이 500달러라고 한다. 허치컵이 다시 한 번 실력을 발휘하게 됐다. 이런 전문가에게 상황은 분명했다. 피고가 서약으로 풀려나게 해 달라고 청원한다. 주 연방 보석 개혁법의 조항에 따르면 책임질 수 있는 사람에겐 이런 특권이 부여될 수 있다고 써 있단다. 위원은 무슨 근거로 피고가 그 법에 따를 권리를 가질 수 있느냐고 묻는다. 그러자 허치컵은 지적한다. 위원님께서 메일러가 성인이고 책임질 수 있는 사람이기에 삼십 일의 선고를 내린다고 하지 않았더냐.

스케이프 위원이 입술을 아주 얄팍하게 다문다. 입술을 열었을 때 그는 미소를 짓고 있었다. 웃지 않을 수 없다는 눈치였다. 소리 없는 웃음은 점점 커져서 훌륭한 유대인 변호사만 한 변호사는 없다고 말하는 듯하다. 이렇게 잘 진행된 경기에서 지는 건 즐거운 일이라는 듯 보인다.

"좋소, 우린 피고가 서약을 한다면 석방하기로 하겠소."

스케이프가 조용히 말했다. 법정에 서서 마지막 장에 서명을 하던 메일러는 늦은 오후의 어느 그림자 속에서 문득 버지

니아에서 잃어버린 남북전쟁 의정서라도 생각난 듯 위원에게
말을 건넸다.

"스케이프 위원님."

"왜 그러시오?"

스케이프가 올려보며 묻는다.

"언제 차분하게 만나 오늘 문제들을 이야기했으면 합니다만."

"그럽시다. 메일러 씨. 나도 그러고 싶소이다."

스케이프가 대답했다.

10. 그리스도의 왕림

몇 분 후 오코콴의 현관 앞 넓은 잔디밭 위로 축하의 말들
이 오갔다. 메일러는 서류에 서명을 마치고 몇 가지 사소한 형
식적 절차를 거친 뒤 이제 리터맨의 카메라 앞에 섰다. 음향
기사 헤이스가 마이크를 쥐고 있고, 《워싱턴 포스트》에서 온
기자들은 메일러가 하는 말을 열심히 받아썼다. 천천히, 마치
새로 채용한 속기사 앞에서 말을 불러 주듯, 한 마디 한 마디
천천히 말했다.

예일 대학 교목 존 보일도 눈에 띈다. 어제 풀려나서 오늘
이 오코콴에 온 것이다. 메일러와 따뜻한 인사말을 나눈다. 둘
사이에 체포로 맺어진 아주 오랜 정이 흐르는 것 같다. 카메라
에 충실한 리터맨과도 따뜻한 인사말을 나눈다. 폰테인, 리터
맨, 헤이스는 그동안 얼마나 메일러의 석방을 고대하고 있었던
가. 금방 풀려날 줄 알고 희희낙락대던 그때, 그리고 전혀 예

상하지 못했던 마지막 장애물. 카메라 앞에 서서 연설하는 메일러를 지켜보는 드 그라지아에게도 두터운 애정을 느꼈다. 그리고 허치컵에게도. 지금쯤 또 다른 법정에서 다음 죄수를 위해 헌신적인 열변을 토하고 있을 변호사 허치컵이야 말로 전혀 예기치 않았던 오늘의 보너스였다. 메일러를 두고 모범적 죄수 운운한 것도 모두 용서해 주리라. 스물네 시간 만에 다시 맛보는 맑은 공기는 온 세상의 달콤하고 정화된 정기를 실어다 주는 것 같았다. 폐부를 뚫고 들어오는 공기가 아주 상쾌해 순간적으로 감탄사가 튀어나왔다. 참으로 오랜만에 이토록 달콤한 공기를 맛보았다. 메일러는 공동 숙소에서 쿠퍼버그의 이야기를 들으며 헤아려 보았던 끝없는 도덕적 수련의 사다리에서 드디어 해방되는 기분이었다. 적어도 이 순간만큼은 그랬다. 모든 노력이 전부 허사고 똑같은 건 아니다. 한 계단 오를 때마다 느끼는 죄의식의 분출은 가치 있는 것이다. 비록 다시 내려설 때 멀미를 느낄지라도 죄는 좀 덜어졌을 것이다. 잔디밭 위에 서서 몸 전체에 전율이 흐르는 것을 느끼며 지금까지 자신의 내면을 지배하던 두려움에서 어느 정도 해방된 듯싶었고, 나흘 전 워싱턴에 도착했을 때보다 뭔가 더 명확해진 느낌이었다. 이 나흘을 태만하게 보내지 않았으며 자신이 한 일이 의미 있었다는 쪽으로 마음의 저울대가 쑥 기울었다. 메일러는 행복했다. 모두에게 사랑과 연민을 느끼는 이 흔치 않은 순간, 정신이 맑아지는 것을 느꼈다. 그랬다, 고상한 스케이프 위원과 심술궂은 지방 검사 나리를 향해서도 연민이 흐른다. 그 연민이 크지는 않을지라도. 생에 대한 기대감, 아내의 빛나는 미소, 간수들을 향한 서운함, 죄수들을 향한 자랑스러움. 이 모든 것들이 너무 벅차서 곧 부서져 버릴 것만 같았다. 바로 다음에 이어질 삶에 대한 기대(말할 수 없이 소중한 옥중 모험 스물네 시간이 그 기대에)에 박차를 가했다. 이런 감정이 바로 기독교인들이 마음속에서 예수를 만나 대화를 나눈 것에 버금가는 것인가! 깨끗한 사랑의 눈물이 방울 지어 흐르는 진귀하고 달콤한 순간, 오! 지금, 어느 때보다 더 기운이 용솟음친다. 어느 때보다 더 자신의 가장 훌륭한 면을 보여 줄 수 있으리라. 기자들과 마이크 앞에서, 교목 존 보일을 존경하는 마음에서 목사의 말투를 좀 빌리자. 안 될 것도 없지 않은가. 결국 펜타곤 시위에 참가한 사람으로 뭔가 미국과 미국인에게 전해야만 한다. 메일러는 다음과 같은 연설을 시작했다.

"오늘은 일요일입니다. 저는 기독교인은 아닙니다만 기독교인과 결혼했지요. 저는 소중한 아내가 예수 그리스도를 말없이 사랑하는 모습을 볼 때 가장 사랑을 느낍니다." 정말 말없이 사랑한 것이다. 아내는 이 글을 읽으며 정신이 이상해진 것 아닌가 의아해할지도 모른다. 마음 깊이 크리스마스이브를 지키고, 정성을 다해 트리를 장식하던 그녀였지만, 이들은 결코 이런 문제에 대해 말해 본 적이 없었다. 어린 시절에는 교회에 거의 나가지 않았다지만, 아내의 핏줄에 흐르는 옛날 스웨덴식 이교도 정신은 남부에서 사는 동안 인디언 피와 섞이면서도 예수 그리스도를 몸에 지니게 됐다. 광신적인 미국 아가씨, 텔레비전 상업광고의 모델도 했고 지금은 두 아들(그놈들은 강할까?)의 어머니인 아내는, 천사이건 마녀이건 은빛 날개를 드리운 것 같다. 밤새도록 보름달 빛을 받으며 정신이 이상해질 정도로 신비한 모습. 메일러는 아내의 설명할 수 없는 바로 그 면을 사랑했다. 아내가 지닌 예측 못할 이상한 연민의 깊이, 정말 소중한 아내가 가장 사랑스러울 때는 말없이 예수 그리스도를 사랑할 때였다.

"우리 가운데 몇 사람은."

메일러는 기자들과 사진기자들과 마이크 앞에서 이렇게 말했다.

"어제 펜타곤에 있었습니다. 베트남전쟁에 반대한다는 항의를 상징적으로 보이기 위해 체포됐지요. 대부분 가벼운 선고를 받았습니다. 하지만 만약 전쟁이 내년까지 끝나지 않는다면 그 선고들은 오직 다음에 찾아올 것의 전령에 불과할 것입니다." 이렇게 말하고 나니 마치 법무부 계단에 서 있을 때와 비슷한 겸손을 느꼈다. "그럼 왜 우리 가운데 몇몇은 더 무거운 선고를 받아야만 하는지요. 그렇게 해야만 하기 때문입니다. 친애하는 미국 시민 여러분, 아시죠, 오늘은 일요일입니다. 그런데 우린 베트남에서 예수 그리스도의 피와 살을 불태우고 있습니다. 네, 정말 그렇게 하고 있습니다. 이리하여, 우린 이렇게 하여, 바로 주 예수의 사랑과 믿음 안에서 산다는 이 나라의 근본이념을 파괴하고 있습니다." 이제 입을 다문다. 와.

그때 보일이 메일러를 곁눈질로 쳐다보았다. 마치 '조심하라고, 이 양반아. 그러다가 어린 목사들이 감옥으로 가겠다면 어쩌려고 그래.'라고 말하듯. 그러면서도 즐거운 표정이다. 기자들도 즐거워한다. 폰테인과 리터맨, 그중에서도 리터맨은 특히 황홀한 표정을 짓는다. 이쯤에서 촬영을 끝내도 되기 때문이다.

모두 드 그라지아의 차를 타고 워싱턴으로 돌아왔다. 메일러는 호텔에 도착하여 옷을 갈아입고 아내에게 전화를 한 뒤,

셔틀버스를 타고 폰테인과 함께 즐겁게 뉴욕으로 가는 길에 올랐다. 비행기에는 여자 아이들이 한 무리 앉아 있었고, 뉴욕과 워싱턴 사이의 공기는 안도감으로 가득 찬 축제 분위기였다. 평화와 새로운 전쟁의 어떤 약속이 이 순간과 펜타곤의 최후 포위를 인광처럼 밝게 비춘다. 마치 나라가 이틀간의 공명으로 좀 더 좋은 쪽으로, 좀 더 나쁜 쪽으로 점점 열리고 있는 듯이. 메일러는 저녁 식사도 같이할 겸 P.J. 클라크에서 아내를 만났는데 운이 안 좋았다. 소설가의 옛 여자 친구가 마침 지나가다 그의 머리를 자신의 것인 양 다정하게 쓰다듬은 게 탈이었다. 그날 밤 메일러는 아내, 배우 비벌리 벤틀리와 말 없는 다툼을 벌인 채 흘려보냈다.

며칠이 지나 메일러는 예수 그리스도에 대한 불멸의 연설이 《워싱턴 포스트》에 실린 것을 보게 됐다. 그날 오후의 화창한 잔디밭 광경은 전혀 없었고 다음과 같은 내용이 실렸다.

소설가 노먼 메일러는 임시 법정에서 베트남의 악에 대해 주일 설교를 했다. 재판부가 반전 시위자 수백 명에게 한꺼번에 선고를 해 버릴 때 오직 메일러만 징역형을 선고받았다.

법정 연설에서 메일러는 이렇게 말했다. "베트남에서 예수 그리스도의 피와 살을 태우고 있습니다. 오늘은 주일입니다. 저는 기독교인은 아니지만 기독교인과 결혼했지요. 제 소중한 아내의 가장 사랑스러운 점은 예수 그리스도에 대한 말 없는 사랑입니다……."

메일러는 베트남전쟁은, "주 예수의 사랑과 믿음 안에서 산다는 이 나라의 근본이념을 파괴할 것입니다."라고 말했다. 메일러는 유대인이다.

마음 착한 소설가 노먼 메일러는 신문과 기자와 돌발 상황에 대해 더 배워야 한다.

11. 피부와 가죽

아직까지 심하게 상처받은 것 같지는 않았다. 메일러의 가죽은 두꺼웠다. 앰배서더 극장에서 벌인 원맨쇼에 대한 흥분할 만한 기사를 《타임》에서 읽으면서도 그 쇼가 이후 행동에 자극제가 됐던 것을 알기에 그는 미소 지었다. 며칠이 지나 그는 펜타곤 시위를 다룬 글을 쓰기 위해 계약을 했다. 어떻게 써야 할지 혼자 씨름하다가 토크쇼에 출연하게 됐다. 쇼에 출연하면서 스스로 신통했던 것이, 감옥에서는 러셀 커크만큼이나 보수적이었는데 방송에서는 랩 브라운만큼이나 투쟁적으로 보였기 때문이다.

그리고 나서 메일러는 펜타곤에서 겪은 자신의 이야기로 들어갔다. 나흘 동안 경험한 일을 소설 형식으로 꾸며 내는 것이다. 미학적인 문제를 어떻게 다룰까 몇 주를 끙끙대다가 자신을 아주 단순한 인물로 그려야겠다고 마음먹었다. 주인공은 영웅치곤 단순하고 바보치곤 경이롭고 관찰력은 평균보다 높다. 평론가 수준쯤 된다. 그러므로 소설가인 것은 신의 은총이다. 이 정도 계획을 세우자, 쓰려는 욕구로 무방비 상태인 양 집필 속도가 빨라졌다. 이 나라에서 일어난 역사는 이러쿵저러쿵 생각하지 말아야 한다는 듯 어느 때보다 글이 빠르게 써졌다. 나흘 동안 자신에게 일어난 일들을 써 내려가면서 메일러는 펜타곤 시위가 결론적으로 무엇을 뜻하는지 발견하게 됐다. 얻은 것은 무엇이고 잃은 것은 무엇인가. 그래서 소설가는 좀 더 명확하고 간결한 이야기를 자신의 경험담에 덧붙여 쓰기로 했고, 그것이 바로 다음부터 길지 않게 이어질 '역사', 아니 '역사로서의 소설'이다. 이를 통해 가장 순수하고 미국적인 사건의 신비한 성격을 밝혀 보려고 한다.

2부
역사로서의 소설
— 펜타곤 전쟁

1. 소설적 은유

역사가에게 바통을 넘기며 소설가는 행복하게 웃는다. 독자의 예상보다 자신이 훨씬 더 빨리 달렸기 때문이다. 일하는 장인으로서, 유능한 예술가로서, 나름대로 교활한 면이 없지 않은 소설가는 이렇게 결정한다. 숲 속에서 지평선을 보려면 탑을 세워야 한다고. 지평선이 중요한 것을 대부분 보여 줄 수 있다면 한 시간만 관찰해도 소기의 목적을 달성할 수 있다. 그런데 이놈의 탑을 세우는 데 몇 달이 걸린다. 그래서 소설가는 역사가와 은밀히 협력해서 자신의 소설과 함께 탑을 세워 망원경같이 지평선을 탐색하는 데 필요한 장비를 모두 갖춰 놓으려고 한다. 물론 탑은 비뚤어지고 망원경은 구부러졌지만, 과학적 도구들이란 언제나 크고 작은 결함을 지니게 마련이고, 역사도 결국 이런 점에서 물리학이나 다를 바가 없다. 이제 그

도구들을 사용하는 데 의지해야 할 것은 결국 탑을 세운 주인과의 친분 관계 아니겠는가. 그리고 (여러 기계 수리공 등을 비롯해) 망원경의 렌즈를 다듬는 사람들이 고장난 기계와 불균형한 탑을 고치는 데 도움을 주어야 할 것이다. 많은 역사들이 요구하는 사항이 이런 것 아니겠는가? 사실 얼마나 많은 소설들이 빠른 시간 안에 유용하게 쓰일 수 있겠는가?(훌륭한 소설이란 눈에 비치는 광경을 구체화하여 독자가 다른 광경들을 더 잘 이해하도록 하는 것이다. 연못을 들여다보려 할 때는 현미경 노릇, 숲을 탐색하려 할 때는 탑 위 망원경 노릇을 해야 한다.)

그렇다면 방법은 확연해진다. 펜타곤 시위를 둘러싼 대중매체는 역사가의 노력에 장막을 드리우는 부정확성의 숲을 만들어 놓았다. 이 소설은 우리에게 어떤 가능성, 나아가 사실을 전망할 도구들까지 제공하려고 한다. 그리하여 렌즈를 갈고 닦으면서 그 사실을 탐색하고자 한다. 자(이제 소설가는 속도를 늦추며 다가서고 역사가는 바통을 잡은 손에 힘을 주려 하니), 역사가 어떻게 전개되는지 숨을 죽이고 지켜보자.

2. 상징적 추구

이후 펜타곤 시위로까지 번진 시민 군대의 핵심 조직들은 십 년 전만 해도 결코 서로 통합할 수 없던 연합이었다. 그리고 실상 이 연합이 버틸 수 있었던 이유는, 보편적으로 동의된 사실이지만, 베트남전쟁을 끝내기 위한 국가 동원 위원회의 의장, 델린저의 특출한 능력에 있었다. 그는 《리버레이션》이라는 무정부주의자들과 평화주의자들(그렇게 기억된다.)의 잡지에서 편집인으로 있었다. 그런데 이런 식의 동원에서 델린저의 전력은 놀랍게도 별로 대단하지 않았다. 몇 년간 A. J. 무스티의 조수로 일하다가, 1967년 봄 뉴욕에서 평화 행진을 준비하던 중 2월에 무스티가 죽자, 그 목사의 자리를 물려받은 모양이다. 그 결과 델린저는 그해 4월에 유엔 본부 앞 광장에서 평화주의자 25만여 명이 참가한 대교모 행진, 즉 단합 대회를 주관했다.《뉴욕 타임스》에 따르면 이 숫자는 5월, 이에 대응하여 베트남전쟁을 지지하는 보수파들이 모인 대규모 단합 대회보다 참가자들 수가 배는 더 많았다고 한다.《뉴욕 타임스》가 이 숫자를 확실히 확인하지 않은 상태에서《데일리 뉴스》와 몇몇 언론은 이 수치를 역전시키기로 한 뒤, 5월의 시위 참가자 수가 4월 반전시위의 두 배였다고 발표하기는 했으나《뉴욕 타임스》의 공신력이 전반적으로 더 높으니 4월의 시위는 대단한 승리였다고 봐야겠다. 그러나 이 규모와 성공에도 외교정책에 두드러진 효과가 전혀 나타나지 않고 베트남전쟁이 다시 고조되자, 국가 동원 위원회는 5월 20일과 21일 이틀에 걸쳐 워싱턴에 있는 호손 스쿨에서 공청회를 열었다. 델린저는 때마침 하노이에 가 있어 참석하지 못했지만, 마틴 루터 킹 목사의 측근이었고 4월 시위를 이끌었던 제임스 베벨 목사, 클리블랜드 평화 문제 연구소의 회장이며 동원 위원회의 공동 의장인 시드니 펙 교수, 동원 위원회의 연락 담당이며 일찍이 대학 내 반전 토론회를 주최했던 로버트 그린블랫 교수, 그 외 여러 중도 평화 단체의 대표자들과, 학생 비폭력 조정 위원회, 민주 사회 학생회, 사회주의자 분파 단체, 몇몇 공산주의자들까지 참석했다. 뉴욕 시위의 성공에 따른 흥분도 있고 하여, 이 회의에 참석한 많은 사람들이 다음번에는 미국 역사상 가장 규모가 큰 단합 대회를 벌이자고 주장했다. 가을에 워싱턴에서 100만 명을 모으자. 이것이 원래 논의했던 숫자였고, 주요 구호는 "베트남에 있는 미국 군인들을 돕는다. 이들을 집으로 돌아오게 하자."는 것이었다. 날짜도 10월 21일로 정해졌다. 여러 가지를 고려한 결과인데, 날씨도 여전히 좋을 것이고, 노동절 이후 준비할 시간이 충분하고, 시험이 임박하지 않으니 대학생들이 많이 모일 것이다. 여러 가지 이야기들이 오갔으나 바뀌지 않고 그대로 남은 구체적인 사실 한 가지는 10월 21일이라는 날짜뿐이었다.

이른 감이 없지 않은 이 시점에서 몇몇 논점들이 이미 대두됐다. 이 대규모 단합 대회는, 존슨 정부가 4월의 반전시위에 정치적 반응을 보이지 않았기 때문이라기보다는 4월 시위가 성공적이었고 잘 조직된 데서 연유한다는 것이다. 사실 효과를 가늠해 볼 시간이 거의 없었다. 만일 4월 시위가 전쟁의 속도를 늦추는 데 공헌했다면 앞으로 있을 단합 대회는 좀 더 효과적으로 군사를 철수시킬지도 모른다. 사실 별 차이가 있는 것은 아니었다. 외교정책이란, 캡슐 안에 유리되어 조정되기 때문에 민주적 과정을 사랑하는 자를 압박함으로써 성공하듯이 미국 좌파의 정치적 삶도, 외부 정치 상황들의 예민한 변화와 거의 관계를 맺지 않은 채 내부에서 발전되고 있었다. 냉전 초기, 우파 노조 지도자들의 공격으로 노조 운동에서 갈라진 미국 좌파는 흑인 시민권 운동이 일어날 때까지 심각하게 중산층 현상을 드러냈다. 마치 환자가 (비참함, 구토, 회복기 과정으로) 수술에 반응하듯이, 좌파는 외부의 정치적 대변동에 심한 가

정불화, 높은 교양, 교육적 기반, 지적 엄격함으로 반응을 보였다. 그리고(유언장을 다시 쓰는 음모에 버금가는) 구조적 대격전에서 큰 재능을 보여 준다. 여러 중산층 가정에서 보이듯 좌파들은 충동적인 말들을 쏟아내고, 만나서 끝없이 논쟁하는 것을 유별나게 좋아했다. 가정이 대단히 불행할 때 가족 구성원들의 불모의 언어는 오히려 생기 넘치는 발언들로 바뀐다. 각자가 자신의 견해, 분노, 내밀한 고통, 그리고 희생에 대해 십 분씩 발언하듯이 그 공백의 시기에 좌파의 삶도 그와 같았다. 1950년대는 좌파에게 굉장히 불행한 시기였다. 그러다가 1960년대에 들어서 쿠바 문제, 민권운동, 케네디 대통령, 버클리 학생운동, 위대한 사회 운동, 베트남전쟁, 새 흑인 운동, 새 청년운동 등과 함께 소장파의 대두로 좌파에게 활력을 불어넣는 듯했으나 이것도 잠시뿐이었다. 1965년에 이르러 흑인들의 불만이 높아졌다. 자신들의 주장과 잘 들어맞지 않는 듯싶은 좌파의 번지레한 수다에 진절머리를 내기까지 했다. 또한 젊은 세대는 눈에 띄게 구좌파를 경멸했다. 4월 시위가 있던 무렵, 좌파 내부의 종족 간, 세대 간 불화는 심각했다. 하지만 엄청난 규모로 벌어진 4월 시위가 예기치 못한 성공을 가져오자 구좌파는 새로운 희망으로 들떴다. 아무도 25만이란 대군이 모일 줄은 예상하지 못했기 때문이다. 이리하여 (벽돌처럼 견고한 다음 단계라는 논리에 몸을 바치는) 중산층 골수분자들이 들어와 합세했고 의기양양하여 중산층 사람들의 평화주의 운동을 고취했다. 의무적인 정치적 동맹이 있듯이 매력적인 정치적 동맹도 있는 법이다. 대충 실존적 식견에서 보면 매력적인 동맹이란 섹시한 것이고, 의무적인 동맹이란 죽은 것이라고 할까? 신좌파와 구좌파의 합병이나 신좌파와 흑인 주요 세력 간의 합병은 의무적이고 견딜 수 없을 때도 있다. 반면에 신좌파와 히피, 또는 평화운동에서 구좌파와 중산층 자유주의자, 이들은 사상에서 서로 끌린다. 그 사상은 모임, 희망, 열정, 일치하는 경이감에서 발달됐다. 이 마지막 단어, 경이감은 마음이 독선으로 가득 차 놀랄 여지가 없는 극단적 구좌파들에겐 신이 내린 음식 다음으로 맛있는 것이었다. 아마도 이 새로 배열된 동맹 중 가장 자연스럽고 깊은 관계는 평화 자유주의자들과 평화주의자들, 아니면 평화 자유주의자들과 구좌파 사이일 것이다. 이들은 서로 쓰다듬고 고무하는 사이다. 중산층 자유주의자들은 대규모 운동을 이끌며 가난한 구좌파에게 부유한 상속녀 노릇을 하고, 구좌파는 안락한 중산층 자유주의자들의 말끔히 소독된 과수원에서 힘찬 듯하지만 가장 관습적인 (그리고 조종할 수 있는) 모험이 가능했다. 그리하여 1967년 워싱턴의 10월 행진을 논의하기 일 년 전쯤부터 분열의 조짐이 있었다. 흑인 강경파는 스스로 떨어져 나갔고 구좌파는 자유주의적 대중 평화운동의 경계 안으로 깊숙이 파고 들어갔으며 신좌파와 히피는 새로운 방식의 혁명에 코를 훙훙거렸다. 대본도 없이 즉흥적으로 연극을 벌이자는 것이다.

이런 불안정한 상태에서 5월에 워싱턴에서 만나 10월에는 100만 명을 모으자는 실질적 판단을 했다는 것이 의아할 수도 있을 것이다. 이는 마치 어느 해 가장 운이 좋은 날 한 중산층 가정의 가장이 '여보, 이제 100만 달러를 벌어들일 테야!'라고 말하는 건전하지 못한 정신 상태와 별로 다르지 않은 이상한 심리 상태였다. 이런 강렬한 환상 없이 중산층 사람들은 견디기 힘든 것이다. 구좌파의 삶도 마찬가지였다. 100만 명이 모인다는 마술적 순간을 믿는 능력 없이, (일의 수행이 아니라 말에서부터) 은밀히 느끼는 영광의 친밀감 없이, 구좌파의 삶이란 등사판 기계, 경제적 희생, 조직의 긴장감, 좌파 수사학을 듣는 무감각으로 점철된 단조로운 삶이었다. 구좌파에게도 상상력은 자신을 지탱하는 힘이었다. 그 상상은 묵시적 순간 위로 날개를 편다. 레닌이 공연히 이런 말을 했겠는가, 아무 일도 일어나지 않는 하루처럼 흘러가는 십 년이란 세월도 있지만 십 년과 같은 혁명적 하루도 있노라고.

이렇게 100만 명을 워싱턴에 모아 보자는 계획이 논의됐다. 미국인의 삶 속에서 점점 커져 가는 묵시적 예감은 이 계획이 불가능할 것이라는 생각을 잠재웠다. 모든 것이 예측할 수 없이 뒤바뀌듯 그렇게 한여름 동안 반전시위를 위한 계획을 세웠다. 하지만 1967년 여름은 이 거대한 계획을 세우는 데 유리하지만은 않았다. 6월에 아랍과 이스라엘 사이에 전쟁이 터지자 구좌파는 다시 한 번 갈라졌다. 구좌파와 평화 자유주의자 중 상당수가 유대인이었고, 이들은 이스라엘에 흠뻑 빠져 있었다. 한편 더 많은 구좌파 유대인들은 트로츠키파와 공산주의 진영의 엄격한 똬리 속에 몸을 담고 나세르(장차 이스라엘을 폭파하겠다고 허풍을 떠는 비참한 입장)의 옹호자들처럼 됐다. 게다가 호전적인 흑인들은 전적으로 아랍 편이었다. 이렇게 되자 신좌파도 심각하게 갈라져서 통합은 꿈도 못 꾸는 지경이었다.

그때 미국 주요 도시 열두어 군데의 빈민가에서 전쟁을 방불케 하는 흑인 폭동이 일어났다. 구좌파는 이 호전적인 상황에 짜릿한 전율을 느끼면서도 한편으로는 그 잔인함에 혀를 내둘렀다. 레닌의 스승 플레하노프는 러시아식 모델의 혁명을 세운 잡지 《이스크라》를 편집했는데, 하루는 정말 현관 앞에 소련 군인이 나타나서 기겁했다고 한다. 구좌파도 범죄를 넘나들며 잔인한 행위를 벌이는 흑인 세력에 같은 식으로 기겁한 것이다. 반면에 신좌파는 깊은 인상을 받았다. 이 대학을 나온 중산층 젊은이들은 흑인들의 호전성에서 상대적으로 위협이 적은 대규모 시위의 가능성을 보았다. 이에 따라 워싱턴에서 흥분에 싸인 주말을 주도하려는 압력의 구심점은 구좌파에서 신좌파로 바뀌었다. 아랍과 이스라엘 간의 전쟁이 구좌파와 평화 자유주의자들을 갈라놓고 흑인 폭동이 평화 자유주의 진영의 호전성을 약간 숨죽여 놓은 반면에, 신좌파는 의기양양해졌고 예기치 못한 사태 발전에 공헌한 히피들은 무슨 일에든지 뛰어들 태세였다.

이런 이유들로 워싱턴 시위 계획은 중단 상태에 있었다. 지원금도 거의 들어오지 않았고, 델린저는 하노이를 방문 중이어서 그 일에 신경을 쓸 수 없었다. 평화주의자들의 열의도 그렇게 높지 않았다. 이 시점에서 델린저는 버클리 대학의 제리 루빈을 만나 동원 기획을 이끌어 달라고 부탁했다. 루빈은 젊은 층과 삼십대 이하의 사람들에게 존경받는 존재로 마리오 사비오에 비견될 만했다. '버클리 베트남의 날(최초의 반전 군중 시위)'을 정하여 군용 열차 운행을 방해했고, 오클랜드에서 대규모 시위를 벌여 삼십 일간 구류처분을 받았으며 미국 혁명전쟁 제복을 입고 반미 활동 하원 조사 위원회에 출석하기도 했다. 버클리의 시장 선거에도 출마했는데, 전쟁에 반대하고 흑인 세력을 지지하며, 마리화나를 합법화한다는 연설로 7385표, 총 투표의 22퍼센트를 얻었다.

　이것은 워싱턴의 10월 행진이 바람직한 반대 의견의 표시가 될지 아니면 예측할 수 없는 혁명적 시위가 될지 누구도 모른다고 국가 동원 위원회 내부 여러 진영에게 알리는 것이었다. 곧 알게 되겠지만 델린저의 마음속에도 아주 급진적인 몇 가지 가능성이 없던 것은 아니었다. 루빈을 부른 것은 신좌파에서 가장 호전적이고 예측할 수 없고 독창적인, 그래서 위험한 히피풍의 지도자를 부른 셈이 됐다. 델린저는 시위를 성공으로 이끄는 것 말고 다른 가능성을 본 것이다. 사실 좌파 세력이 소강상태에 빠져 있어도 평화 시위를 위해 많은 사람들을 동원하는 건 어차피 이루어지기 마련이다. 루빈을 끌어들인 것은 그가 지닌 중재자로서의 잠재력이, 여기저기 흩어진 평화운동 세력을 통합하는 데 도움이 될 집단 항의와 시민 불복종을 연결할 수 있다는 가장 힘든 가능성을 믿었기 때문이다. 루빈이 뉴욕에 도착했을 때 델린저의 계획은 이러했다. 사람들이 모두 모이면, 백악관을 지나서 펜실베이니아 거리로 내려가 국회의사당까지 행진한다. 거기에서 소란을 피운다. 의사당을 포위하고 점거한 뒤 단 한 시간만이라도 인민 의회를 창설해 보자는 말까지 나왔다. 그러나 루빈은 이 계획이 지닌 혁명적 미학에 찬성하지 않았다. 얼핏 보기에는 매력적인 계획 같지만 너무 급진적이고 나약하다. 의사당을 성공적으로 점거할 수 없을 것이므로 너무 급진적이고, 의원들에게 청원한다는 대안 역시 너무 무르고 감상적이다.

　루빈 생각에 의사당은 미국의 권력을 뒷받침하는 하인일 뿐 그 근거지는 아니었다. 그러므로 국회의사당은 적의 실체와 맞

대결한다는 생각을 고취하지 못하며 경의와 두려움과 감탄을 불러일으키지 못한다. 사실 국회는 잘하든 못하든 미국인들 대다수에게 좋게 비치는 곳이다. 루빈은 다른 안을 내놓았다. 서부 해안 지역에서는 펜타곤에서 시위를 벌이자는 의견이 나왔다는 것이다. 펜타곤을 포위해서 며칠간이라도 일을 못하게 방해하자. 그것이 미국 안팎으로 더 상징적 의미를 띠는 것 아닌가. 적어도 펜타곤은 미국 군부의 상징이고, 따라서 미국 군인이 국내에 있을 때나 외국에 있을 때나, 정부가 못마땅할 때마다 미움을 받는 곳이니까.

논의는 계속됐다. 나중에는 재미있는 주제가 되기도 했는데 환상적인 서부와 실질적인 동부 사이의 견해차였다. 펜타곤을 습격하자는 의견은 서부에서 나왔을지라도 펜타곤은 워싱턴 시도 아닌 버지니아 주에 위치해 있으므로 자세한 정보는 뉴욕에서 나와야 한다. 그렇기 때문에 포토맥 강의 다리를 건널 때 경찰이 시위자들을 쉽게 저지할 것이라는 둥, 의견들이 나왔다.

환상적인 쪽이 항상 실질적인 제안을 패배시켰는데 그건 상대방 이야기의 아우라에서 나오는 구체적이고 필수적인 핵심을 그냥 흡수해 버리기 때문이다. 루빈은 말했다. 멋지군, 경찰이 행군을 다리 위에서 막으면 시위자들은 돌아서서 의사당을 혼란시키는 거야!

며칠 뒤, 8월 중순이었다. 루빈과 동원 연락책인 로버트 그린블랫과 사회주의 노동자 단체의 프레드 할스테드(그의 견해는 중도 평화주의자들을 대표한다고도 볼 수 있다.)는 행진, 시위, 시민 불복종운동에 펜타곤이 지리적으로 적합한지를 조사하러

갔다. 조사가 끝난 뒤 이들이 동원 위원회에 보고한 내용은 호응을 얻어서 결국 시위 장소는 의사당에서 펜타곤으로 옮기기로 결정됐다.

이후 몇 주 동안 여러 가지 조사를 위한 사전답사와 사찰단 파견이 수차례 예정됐다. 가장 어려운 적을 알아볼 기회이기도 했는데 왜냐하면 펜타곤의 위력은 아주 미묘했기 때문이다. 들어갈 때 통행 허가가 필요한 건물도 아니었고, 평일 근무시간에도 감시원들이 눈에 띄지 않았다. 또한 건물 안에도 쉽게 이목을 끄는 목표물이 없었다. 길고 단조로운 복도에는 똑같은 크기의 작은 사무실로 통하는 문들이 열을 지었고, 문들을 지나면 똑같은 수많은 홀들로 연결된다. 물론 공식적인 입구는 북쪽으로 나 있는데 바로 앞에는 산책길(이 기록에서 두드러지게 그려질 것이다.)이라고 불리는 삼각형 잔디밭이 있다. 그 뒤편이 바로 미국에서도 가장 중요한 몇몇 사람들, 국방부 장관과 그 수행원들의 집무실이다. 5층짜리 건물의 4층에 위치한 행정실의 복도 벽에는 주로 육군과 해군에 관련된 (2차 세계대전 중이라면《토요 저녁 신문》의 표지에 절대로 실릴 수 없는) 그림들이 죽 걸려 있었다. 다른 데보다 사무실이 좀 큰 편이고 접견실도 있고 카펫도 깔려 있으며 복도의 벽을 밝은 노란색으로 평범하게 페인트칠한, 호두 껍데기로 벽을 장식한 부분이 있기는 했지만, 아무리 보아도 국민의 세금으로 국방부 내부를 호사스럽게 장식했다고는 보이지 않았다.

건물 반대 쪽 끝에는 어둡고 조명도 잘 들어오지 않고 뉴욕 항만청 버스 터미널 크기의 반 정도 되는 방이 있는데, 말하자면 지붕 달린 광장이다. 이곳이 펜타곤의 쇼핑센터다. 거대한 화랑에서 조금 떨어진 곳에 커다란 식당이 있고 여러 가지 것들을 파는 가게들이 죽 늘어섰다. 버스와 택시 타는 곳으로 올라가는 계단, 비행기 표 예약처, 양품점, 서점, 선물 가게, 물론 기념품 가게도 있다. 이곳이 유일하게 흥미를 끌 만한 장소였다. 펜타곤의 다섯 개 벽면 각각은 루브르 박물관처럼 길게 보였다. 도대체 이렇게 거대하면서도 다양성이 없는 건물이 세상에 또 있을까 싶을 정도다. 이런 것도 펜타곤을 공격하게 만드는 이유였고, 동시에 공격을 못하게 만드는 이유이기도 했다. 안에 들어와서 무엇을 어찌할 것인가? 쇼핑센터나 식당, 혹은 건물 끝에 있는 국방부 장관의 집무실이 목표물로서 적절하지 않다면, 시위대가 장악할 보루는 아무 데도 없는 것이다. 사실 그건 별 문제도 아니었다. 몇 시간 또는 며칠 동안 펜타곤이 장악될지 모른다고 군부에 소문이 퍼졌다는 것은 고려하지 않더라도, 펜타곤 시위가 미리 보도됐으니 입구로 들어서는 데 상당한 어려움이 있으리라는 것은 위원회 간부들이 다 아는 사실이었다. 접근할 만한 길도 없고 벽에 난 문은 아주 작은 데다가 몇 개 되지도 않았다. 오각형 모양의 건물과 각 면을 따라 늘어선 복도들, 다섯 면의 바닥은(모두 거미집을 연상시켰는데) 다 합치면 150개에서 200개는 될 법한 복도들이 60여 미터에서 300여 미터 길이, 때로는 30킬로미터까지 이르는 통로들을 포함하고 있었다. 만일 2만 명이 사무실과 비슷비슷하게 보이는 복도, 홀 같은 데에서 일한다면, 건물 전체를 마비시키려면 그 두 배에 이르는 시위자들이 필요하다. 펜타곤은 건물 구조상 해파리나 삿갓조개 무리처럼 구분이 잘 되지 않았다. 한쪽 구석을 부숴도 중앙 신경조직에 아무런 영향도 미치지 않는다는 말이다.

　이런데도 동원 위원회의 선발대가 펜타곤으로 들어가서 공격할 만한 곳을 조사한 것은 역사적 사건이었다. 이 방문이 이끌어낼 거대한 사건 때문에 역사적이라는 말이 아니라 20세기 그 자체의 모순과 불균형의 실례를 보였다는 점에서 역사적이라는 것이다. 19세기 장군들은 공격하려는 요새를 미리 탐색할 수 없었고 요새를 점령하고 나서야 그곳 창고에 무엇이 들었는지 알아낼 수 있었다. 펜타곤 시위의 문제점을 요약하면 다음과 같다. 지구상 가장 강력한 국가의 군사 본부가 위치한 요새 모양의 이 거대한 관청은 감시원을 필요로 하지 않는다. 건물 자체가 스스로 방어하고 있었다. 건물 안에서 고위층의 암살이 일어나면 펜타곤의 권력은 오히려 더 강화된다. 그리고 태업이 일어나기 쉽지만 이것은 오히려 펜타곤의 관심을 이끌어 내는 결과를 낳는다. 사단법인의 지체 높은 교회 펜타곤은 대중과 그 문화와는 동떨어져서 말한다. 건물의 모든 측면들이 모호하고 단조롭고 거대하고 상호 교환적이라는 것을.

　이 혁명 탐험대가 부딪친 상황은 달 탐사와 견줄 만큼 이상했을 것이다. 이들은 별 어려움 없이 펜타곤으로 걸어 들어가서 가고 싶은 곳은 어디든지 갔다. 대부분이 점잖은 실무자들 혹은 전문가들처럼 보였더라도 루빈의 머리칼만은 흑인 투쟁파들처럼 사방으로 10여 센티미터씩 뻗쳐 있었으므로 곧 주위의 관심을 끌 수밖에 없었다. 그래도 목표물을 관찰하며 어떻게 접근할지를 논의했다.(어떤 때는 복도에 사람들이 꼭 지하철역에서처럼 많이 왔다 갔다 해서 큰 소리로 이야기하기도 했다.) 그 자리에서 국방부 장관에게 전화를 걸어 우리가 공격 준비를 하고 있다고 알려 줄 수도 있었다. 그러면서도 건물의 어느 곳을 취약지로 잡아야 할지 결정을 못 짓는 것이었다. 현대사회의 패러다임 그 자체였다. 적의 모든 면을 샅샅이 조사할 수 있었지만 정작 적에 관해서 아는 것이 없었다. 20세기는 사람의 감각에서 마지막 힘까지 빼내 코드화된 지식의 산더미 속에 저장한다. 그런데 오직 몇몇 사람들만 이 코드화된 지식의 정수를 해독할 암호를 가지고 있기에 모든 사람들에게 접근을 허용하는 것이다.

그래도 탐험대는 어느 쪽 벽으로 접근할지 논의했다. 워싱턴 대로의 헬리콥터 비행장에 인접한 서쪽 벽은 입구가 너무 좁았다. 남동쪽 벽은 비슷하게 생겼는데, 꾸불거리는 고속도로가 얽히고 클로버가 만발해서 들어가기 어렵고 강 쪽으로 난 동쪽 입구는 전략상 불가능했다. 제퍼슨 데이비스 간선도로를 가로질러 건물로 통하는 좁은 비탈길을 이용하는 것은 다리를 들어 올려 성 안으로 만 명을 인도하려는 시도와 다를 바가 없다. 이제 다섯 개의 벽 가운데 두 개가 남는다. 남쪽 주차장으로 면한 남서쪽 벽과 북쪽 벽에 난 공식적 입구였다.

처음에는 펜타곤에서 45미터 정도밖에 떨어지지 않은 남쪽 주차장을 지나갈까 생각했다. 그쪽으로는 길이 여러 갈래로 나 있고 길목도 넓어서 펜타곤에서도 방어하기 힘들 것이다. 입구에서 60미터도 채 못 가 쇼핑센터와 식당이 있고 수많은 길들이 이리저리 나 있었다. 비록 펜타곤의 한쪽 끝이지만 쇼핑센터는 주요 교차로에서 가장 가까웠다. 만일 시위자들이 넓은 주차장에 도착할 수만 있다면, 실로 사방에서 어느 길로든 몰려 들어갈 수 있다. 그러니 좁은 골목 한쪽에서 이들을 막지는 못하리라.

　반면에 이 주차장은 아주 불리한 면도 있었다. 시위대가 그 곳에 도달하려면 펜타곤 건물을 반 바퀴쯤 돌아야 하고, 그러 다 보면 문제가 생기거나 지연될 수 있다. 게다가 이 남서쪽은 가장 사기를 저하시키는 쪽인데, 매일같이 대량의 음식과 보급 품이 들어오고 쓰레기가 산더미같이 나가는 열린 입에 해당하 는 부분이었기 때문이다.(메일러가 창살 붙은 유리창을 통해 지휘 관들을 관찰하던 바로 그곳이다.) 이쪽을 공격하면 어쩐지 상징 적 의미를 잃을 것 같았다. 물론 이 생각은 실제 전쟁에서라면 우스꽝스럽고 불미스럽기까지 할지 모르나 이 시위는 어디까 지나 상징적인 전쟁이기 때문에 전혀 우스꽝스러울 필요가 없 었다. 쇼핑센터나 식당을 장악하려고 펜타곤에 자신을 내던진 다는 것이 어딘지 부조리했다. 또한 이 거대한 화랑에서 사방 으로 공격을 개시하기가 수월하다면, 똑같이 어느 곳에 복병이 있을지 모른다. 입구 오십 군데에서 군대가 쏟아져 나올지도 모른다. 그렇게 되면 전쟁이 계획보다 너무 빨리 진행되어 이틀 동안 예정된 대규모 연좌시위가 순식간에 꺾이고 말 것이다.

　결국 공식적인 출구가 있는 북쪽 벽으로 낙착됐다. 그곳은 펜타곤에 접근하는 주요 통행로였고 가장 눈에 띄었다. 접근 하는 길은 제퍼슨 데이비스 간선도로와 워싱턴 대로에서 꺾어 져서 입구 계단과 이집트식 기둥이 서 있는 커다란 아스팔트 광장에 이르는 것이다. 아래로는 계단이 또 하나 있는데 이곳 은 산책길로 통하는 비탈길 두 군데와 이어진다. 그 잔디밭 위 에 모두 모여 집회를 열고 건물로 들어가 집무를 방해하면 어 떨까?

한편 정부는 전혀 다른 이유에서 같은 장소를 동원 위원회에게 내주겠다고 통보했다.

3. 조심스러운 기교

위원회는 뉴욕으로 돌아온 뒤 매주 만나서 여러 가지 방향을 의논했다. 이 주에 한 번씩, 이후에는 매주 업무 담당 위원회가 소집되어 기본적인 것들을 결정해 나갔다. 아파트나 회원의 집, 회관, 뉴욕의 사립학교 등지에서 만나곤 했다. 평화를 위한 여성 모임의 대표들을 비롯해 뉴욕 시가행진 위원회, 시카고 평화 협회, 학생 동원 위원회, 오하이오 지역 평화 협회 등의 대표들이 참석했고, 그 외에도 평화주의자, 재향군인회, 공산주의자, 트로츠키파, 베트남에서 돌아온 평화 봉사 대원들도 모였다. 이렇게 이질적인 단체들이 화합하는 것은 언제나 어려운 일이나 이제는 흥분한 상태였다. 자유주의적이고 좀 더 온건한 평화주의자들은 곧 대규모 시민 불복종운동이 있으리란 전망에 위협을 느꼈다. 하지만 이런 두려움으로 펜타곤 시위에 협조하지 않는다면 또 다른 딜레마에 직면하게 돼 있었다. 이들이 거절하면 평화운동은 갈라지게 될 테니. 그래서 델린저는 대규모 평화운동을 하되 시민 불복종운동은 감행하지 않는 규합을 만들어 보려 했으며, 이 압박감은 전적으로 그 자신의 것만이 아니었다. 델린저는 시위를 두 가지 방향으로 계획했다. 대규모 행진과 집회가 있은 뒤 시민 불복종운동은 원하는 사람만 참여한다는 것이다. 델린저는 좀 더 온건하고 잘 나가는 평화주의자들을 설득하는 데 많은 시간과 에너지를 썼다. 즉 시민 불복종운동은 아주 소극적으로 진행될 것이며, 이들이 가담을 원하지 않으면 특별 보호를 받게 되리란 것이다. 이런 두 가지 방향으로 계획이 마련되니 모순점들이 대두됐다. 그러면서도 델린저는 평화주의자들을 제외한 대규모 규합은 가지려 하지 않았다. 처음부터 끝까지 델린저는 반전시위를 대규모 운동으로 그려 왔다. 많은 수가 참석하지 않는다면 어떻게 워싱턴의 고위층에게 영향을 주겠는가? 그 고위층이야말로 미국 국민을 규합하여 일으키는 게 얼마나 어려운지 누구보다도 잘 알기 때문이다. 이런 대규모 운동을 머릿속에 그리는 델린저로서는 절대로 평화주의자들을 제외할 수는 없었다. 게다가 시위의 주요 자금 출처가 온건 평화주의자들이란 것을 모르는 사람은 없었다. 시위에는 6만 5000달러의 비용이 들었는데, 뉴욕과 워싱턴에 있는 사무실 세, 광고료, 음향 시설 대여료, 전화료(엄청나다.), 우송료, 여비, 심부름 비, 최소한의 직원 급료(대략 열 사람이 주당 50달러 정도를 받으며 일했다.) 등이 지출됐다. 게다가 4월 시위로 국가 동원 위원회는 약 1만 5000달러의 빚을 지고 있었다. 이 때문에 델린저는 자신의 의지와 상관없이 돈줄이 되는 중산층 평화주의자들을 제외할 수 없었다.

이 문제를 밖에서 보는 사람은 왜 조직자가 투쟁적인 시위자들에게 관심을 갖느냐고 물을 것이다. 비록 소수이긴 해도 이 사람들은 철저한 교란 행위들, 다양한 시민 불복종운동을 감행해서 골칫거리가 될 텐데 말이다. 신문은 적의에 찰 것이고, 자금과 시간도 적지 않게 들 것이고, 결국 조직자를 중간 위치에 몰아넣어 무기력하게 타협시킬 것이고, 끝에 가서는 국가 동원 위원회 자체에도 반기를 들 텐데 말이다. 그러나 델린저 자신의 호전적 성격과 함께 중년층들이 소장파와 접촉을 계속하고 싶어 한다는 것이 더 가능성 있고 자연스러운 이유가 아니겠는가. 성격적으로 그렇지 않았고 타협가나 중계자 노릇을 해 온 과거로 보아서도 아닌데, 델린저는 어쩌다 지난 몇 년간 소규모지만 고무적인 시민 불복종운동에 휩쓸렸다. 아마 하노이에 다녀오지 않았더라면 더 호전적으로 됐을지도 모른다. 이 여행에서 델린저는 어떤 확신을 얻었다. 전쟁을 끝내는 것이 미국의 급선무란 것이다. 따라서 여러 단체들의 단합은 델린저에게 의무적인 전략이었다. 이 확신으로 대중운동을 주도할 수 있었다. 반드시 수동적 시위를 버리고 능동적 시민 불복종운동으로 가야할 견고하고 객관적이고 실질적인 이유들이 있다는 사실 때문이 아니라 해도, "반대에서 저항으로"라는 구호에 맞추기 위해서. 1967년 여름 이후 갈라진 좌파는 분명히 지지자들을 잃었다. 전보다 몇 배가 되는 대규모 시위가 아니면 반전시위를 해도 소용없었다. 평화운동이란 확산되지 못하면 휘장에 그려진 인물화처럼 전락한다. 그러면 고위 권력층은 이를 존경하기보다 깔보게 되며 성장하지 못하는 시위운동은 하루하루 위력을 잃어 간다. 왜냐하면 시위운동은 대중매체를 통해 대중의 관심을 자극하는 것과 운명을 같이하기 때문이다. 그런데 대중매체는 오직 극적으로 팽창하거나 폭삭 주저앉아 버리는 것에만 카메라의 초점을 맞춘다. 이 때문에 능동적인 시민 불복종운동이 시위의 위력을 과시하는 데 필수적이었다. 워싱턴에서의 특종기사는 틀림없이 전 세계의 특종기사가 될 것이며 여론이 높아져서 예측 불허의 결과를 낳을 것이다.

평화운동이 휘장 속으로 가라앉게 될 염려가 없어지는 것이다.

게다가 아주 호전적인 흑인 집단 덕분에 흑인 인권이 (베트남전쟁 이전까지는) 신장되어 왔다. 흑인 이슬람교도들은 분명히 마틴 루터 킹 목사에게 상당히 가치 있는 존재들이었다. 마틴 루터 킹 목사는 민주 행동을 위한 미국인들이라는 단체에 "제가 아니라면 그들일 수도 있을 겁니다."라고 말할 필요조차 없었다. 이와 달리, 백인 급진 세력들은 백인 자유주의 운동 세력들과 변함없는 연대를 추구해 온 터였고 덕분에 잠정적으로 폭력적일 수도 있는 극좌파 운동의 위협과 불안 요소를 차단할 수 있었다. 젊은이들이 다른 행진이나 집회에 참여하지는 않을 것이라는 예측이 당시 일반적인 평이기도 했다. 따라서 시민 불복종운동은 행진을 선전하는 데 필수적이었다. 자금이나 다수의 시위자가 동원 위원회에게 필수적인 것과 같았다.

8월 28일에 뉴욕 해외 신문 클럽에서 기자회견이 열렸다. 그 자리에서는 행진과 10월 21일 토요일에 펜타곤으로 가서 입구와 현관을 막아 버리겠다는 계획이 발표됐다. 이런 시도는 일요일까지 계속될 것이고 가능하다면 월요일까지도 이어질 것이라고 했다. 기자회견 석상에는 피츠버그에서 온 라이스 추기경, 성공회 평화 동지회의 헤이스 신부, 전 그린베레 회원이며 지금은 평화주의자인 게리 레이더, 뉴욕 디거즈 프리 스토어의 아비 호프먼, 동원 위원회 측의 데이비드 델린저, 제리 루빈, 로버트 그린블랫 등이 앉아 있었다. 평화를 위한 여성 모임의 에이미 스워들로, 새 정치를 위한 국가 회의(시카고에서 집회를 열 예정이었다.)의 실무 담당 지휘자인 윌리엄 페퍼, 민주 사회 학생회의 칼 데이비드슨, 인종 평등 회의의 링컨 린치, 저항의

프레드 로슨, 베트남 섬머의 공동 지도자 리 웨브와 디크 그레고리, 그리고 놀랍게도 흑인 학생 민권 운동 조직의 랩 브라운도 있었다.

헤이스 목사는 시위 동원을 위한 연설을 했다. 이번 봄 동원에서 점점 커진 대규모 합동 모임이 10월 21일과 22일에 걸쳐 워싱턴에서 있을 것이며 그때 펜타곤을 일시적으로 점거하기 위한 조직을 계획 중이라고 언론에 선포했다. "우리는 복도를 꽉 메우고 입구들을 봉쇄할 것입니다. 수천 명이 모여 전쟁을 수행하는 중심부를 교란할 것입니다. 인류애라는 이름 아래 우리는 전쟁을 수행하는 자들을 비난합니다. 주말에는 모두들 한곳에 모일 것입니다. 각자 자신의 양심과 자신의 방식에 따라 행동할 것입니다. 모두 다 펜타곤에서 연좌시위를 벌이지는 않습니다. 오로지 이 목적으로 사람들이 워싱턴에 모이는 것은 아닙니다. 펜타곤을 점거하는 데 참가하고 싶지 않은 사람들은 주변에 서서 피켓을 들고 밤을 새거나 음악 연주, 연극, 집회 등에 참가해도 됩니다. 우리는 인간의 존엄성을 긍정하고 이를 위해 싸우는 데 기쁨을 표시하는 항의 집단을 집단 살인만이 최대 관심사인 곳으로 초청하고자 합니다. 이 대결은 거대하고, 지속적이고, 융통성 있고, 놀랄 만한 일이 될 것입니다."

이것은 이들이 기획한 시위를 최고로, 가장 자유롭게, 가장 조직적으로 표현하는 문구였다. 신문들 역시 델린저의 말을 이렇게 인용했다.

"공격받지 않는 정부 건물은 하나도 없을 것입니다.(비록 비폭력적인 공격이겠지만요.)"

루빈도 한마디.

"우린 이젠 전면적인 충돌로 저항을 확산시켜 미국 사회를 놀라게 할 작정이오."

호프만도 덧붙였다.

"우린 펜타곤을 90미터쯤 공중으로 들어 올릴 생각입니다."

그리고 랩 브라운.

"총을 갖고 거기 가겠다면 내가 좀 어리석은 거지. 지난번에 빼앗겼으니까. 이번엔 폭탄을 갖고 갈까 봐. 제기랄."

기자회견은 대대적으로 보도됐는데 대부분 비판적이거나 조롱하는 식이었다. 비방하는 측 말로는 시위대가 펜타곤 문을 닫아 버린다고 하지만, 10월 21일은 주말이니까 사실상 이미 문이 닫혀 있을 것이고, 따라서 이들의 행동은 아무 의미가 없다는 것이다. 하지만 이 비판은 사실과 달랐다. 펜타곤 근무자들 수천 명은 보통 토요일에도 자리를 지켰다. 그래도 이런 반응은 기자회견 기사를 읽은 중산층 평화주의자들의 반응에 비하면 아무것도 아니었다. 전국 곳곳에서 이들은 기자회견 내용이 충격적이고 두려웠다며 반대하는 입장을 표명했다. 이런 부정적인 반응에도 동원 위원회 회보《모빌라이저》는 9월 1일 자 기사에서 자신들의 분노를 표명했다. 사설로 시작하는 기사는 격렬했다.

미국 국민들은 오늘날 세계에서 가장 살인적인 군수 무기를 개발하는 나라에 살고 있다. 우리의 아들을 살인자로 훈련시키고 베트남에서 디트로이트까지 자신의 삶과 운명을 다스리기 위한 기본적인 인권을 위해 싸우는 사람들의 용기를 짓누르는 사업에 막대한 부(富)를 쓰는 사회에서 살고 있다. 우리 미국인은 자신을 인간이라고 부를 권리가 없다. 만약 개인적으로, 또는 집단적으로 일어나서 우리의 이름으로 저질러지는 죽음과 파괴에 대항하여 '아니오'라고 말하지 않는다면.

이 기사는 흑인 세력, 반역, 저항 등에 관한 기사로 이어졌으며, 케이스 램프의 '완벽한 난장판을 만드는 법'이라는 기사를 첨가하고 있었다.

어린이들 1000여 명이 인류를 학살하는 전쟁을 지원하는 물질숭배에 대항하기 위해 백화점을 약탈하기.
방송국 카메라들이 전통적인 시위 반대 시위자들의 대열로 파고들면 "북경에 폭탄을"이라 쓴 피켓을 "린든 존슨은 젖 빨고 있나?"로 홱 돌리기.
백악관 앞에서 길을 막고 파티를 벌이면서 젊은이들 아홉 명이 담에 기어올라 오줌을 찍찍찍…….

맨 처음 인쇄된 신문 1000부는 그대로 시카고로 운반되어 새 정치를 위한 국가 회의에서 배포됐다. 회의에 참석한 백인 중산층 좌파들은 신구를 막론하고 몸을 으스스 떨었다. 폭풍 같은 항의와 분노와 공포가 동원 위원회로 되돌아왔다. 긴장된 회의에서 동원 위원회의 공동 의장 알 이바노프는 백화점을 약탈한다는 항목을 예로 들며 왜 이 회보를 자신이 속한 조합에 배포할 수 없는지 지적했다. 이바노프는 백화점 조직 기구의 노동조합원이기도 했다. 시위 촉진 위원회의 노장파들은 회보가 지지를 불러 모으기는커녕 오히려 지지를 파괴한다는 데 의견을 모았다. 투표에 의해 그 회보는 없애기로 결정됐다. 이번에는 시드니 펙의 문답 형식을 취한 온건한 기사를 담은 새 회보가 발행됐다. 이것은 물론 여성 단체와 온건파 평화주의자들을 염두에 둔 것이었다. 이들은 이 두 번째 회보를 서둘러 배포했다. 결국 첫 회보에 크게 공헌하고 영기를 불어넣었던 버클리 진영은 자연히 쇠퇴했다.

델린저는 8월 28일 기자회견 이후 체코슬로바키아로 떠났다. 9월에 돌아와 보니 상황은 혼란스러웠으며 요구는 상충됐다. 온건파 평화주의 진영은 펜타곤 시위가 허무주의적으로 변질될까 겁이 나서 자신들의 요구를 주장하기 시작했다. 이들은 행진, 집회를 시민 불복종운동이나 난동과는 분명하고 적절한 선에서 구별해야 한다고 주장했다.(그래야 전쟁에 항의하고 싶지만 체포되거나 신변에 위험을 느끼고 싶지는 않은 사람들도 시위에 참가할 수 있지 않겠는가.) 또한 동원 위원회에서 발행하는 간행물들은 투쟁적 말투를 삼가고 좀 더 온화한 태도를 보이라고 요구했다. 스포크 박사를 시위에 참가하도록 권유하지 않으면 이 시위를 크게 지지하지 않을 거라는 내심도 비쳤다.

물론 이 온건파 평화주의자들도 때로는 급진적인 면을 보였고, 법을 위반하는 일이라도 그것이 상징적이고 평화적이고 잘 다스려진 것일 때에는 반대하지 않았다. 하지만 이런 요구들은 델린저를 복잡하게 만들었다. 델린저는 수많은 사람들이 법을 어기는 사태가 빚어지지 않도록 여러 약속을 하고 자세한 지시를 내리고 개인적인 에너지를 소모해야 했다. 그는 자신의 의도는 보다 더 투쟁적이었지만 이제 평화주의자들의 흥미를 충족시키기 위한 중재인으로서 일을 해야만 하는 처지에 놓여 있었다. 또한 그런 위치에 있는 것이 그리 행복할 수는 없었다.

이제 장면은 워싱턴으로, 정부와의 협상이라는 아주 호기심이는 대목으로 옮겨진다.

4. 중재된 미학

처음에는 관할 구역에 관한 문제가 논의됐던 것이 틀림없다. 시위자들과 협상을 벌이는 책임을 기꺼이 맡을 관할 부서는 없다고 보는 것이 타당하다. 우선 동원 위원회는 워싱턴 시의 공원 경찰대를 담당하는 베이 경감을 불러 자신들의 뜻을 전달했고, 베이 경감은 곧 간소한 회의를 소집했다. (링컨 기념관 등 기념물의 치안을 담당하는) 자신을 비롯하여 수도 경찰국 대표, 내무부 대표, (모든 정부 건물들에 대한 보호 및 유지를 책임지는) 총무부 대표, 국방부를 대표해서 펜타곤에서 한 명이 참석했다. 회의는 상당히 사무적이었다. 결국 마지막에는 워싱턴 시 감옥의 어느 독방에서 보내게 되리라는 걸 모두들 의식하면서 첫 회의에서는 행진이 진행될 경로와 이에 따른 관할 책임 부서 문제, 즉 어디에서 어디까지가 어느 경찰국의 관할이냐 등을 주로 토의했다. 그런데 회의가 끝나기 전, 법무부 대표가 외쳤다.

"당신들은 이런 일을 우리가 허락하길 바라는 거요?"

회의는 곧 무산됐다. 정부 부처의 어느 대표도 말이 없었다.

동원 위원회는 열흘을 기다리다 베이 경감을 불렀다. 그는 총무부의 대표 변호사인 해리 반 클레베와 이 문제를 논의해 보라고 제안했다. 반 클레베는 정부를 위해 재판권을 가진 사람으로 선출됐다. 그는 곧 위원회와 만났고 일련의 회담이 시작됐다. 회의가 끝을 맺을 때까지 9월 말에서 10월 사이에 아마도 여덟 번은 만났을 것이다. 마지막 날 밤까지 버지니아 쪽 다리에서 펜타곤까지 행진할 수 있도록 허가하는 문제 등 세부 사항들이 논의됐다.

반 클레베는 조수와 함께 회의에 참석했는데, 그 친구는 한 번도 입을 떼지 않았다. 연합 상태인 동원 위원회에서는 열 명 정도가 회의 때마다 참석했다. 하노이에서 돌아온 델린저와 루빈, 그린블랫은 거의 모든 회의에 참석했고 다른 사람들은 때 맞춰 워싱턴에 오게 될 경우에나 특별히 어떤 문제에 관심이 있는 경우에 참석했다. 워싱턴 변호사협회 대표인 드 그라지아가 가끔 참석했고, 비폭력 행위 위원회의 브래드 리틀, 평화를 위한 여성 모임의 대그마 윌슨, 모턴 스태비스 검사, 동원 위원회 워싱턴 사무소의 수 오린, 노동자 단체의 사회학자인 프레드 할스테드, 시드니 펙 등이 나타났다.

첫 번째 회의는 형식적인 것으로 기본적인 정보를 서로 교환하는 정도에 지나지 않았다. 그러나 10월 6일 두 번째 회담에서 반 클레베는 총무부를 대표해 이렇게 제안했다.(그때 총무부는 공원 경찰대, 수도 경찰국, 국방부를 대표했다.) 정부는 링컨 기념관에서 집회를 여는 것을 허락한다. 그러나 만약 동원 위원회가 법을 위반하는 온갖 계획을 철회하지 않으면, 정부는 집회조차 허락하지 않을 것이다.

이렇게 되자 협상할 여지가 없어졌다. 양 진영은 서로 일보도 가까워지지 못한 게 분명했다. 동원 위원회 대표들은 자리를 떠나 사무실로 돌아왔다. 사무실은 노스웨스턴의 온타리오 로드 2719번지에 있는 3층 건물로 많은 회원들이 여기저기 여러 단체들에게 전화를 거느라 바쁜 곳이었다. 단체들의 반응은 호전적이었다. 존슨 정부가 바야흐로 침체기에 들어섰다는 것이다. 따라서 워싱턴이든 버지니아든 어디에서 집회를 갖든 상관없으며, 만약 경찰이 방해하면 대규모의 난동이 야기될 것이라고 했다. 시위자들은 사방으로 빠져나갈 것이고 워싱턴은 혼란스러워질 것이다. 남부 기독교 지도자 회의도 호전적인 반응을 보였다. 최근 몸이 좋지 않은 마틴 루터 킹 목사는 휴식 시간과 남부 기독교 지도자 회의를 재건할 시간이 필요하던 때였다. 조수 앤드루 영은 그럴 경우 킹 목사도 참석할 것이라고 동원 위원회에 확신했다. 혁명의 날이 따로 있던가. 좀 더 온건한 평화주의자들도 그렇게 되자 놀랄 정도로 강해졌다. 줄리안 본드, 스포크 박사, 윌리엄 슬로안 코핀 2세, 돈 던컨 같은 사람들이 집회에서 연설하겠다는 뜻을 밝혔다. 루빈이 품은 난동의 서사시가 아직 위력을 다 잃지 않은 듯싶었다.

전화 수백 통이 방방곡곡으로 울려 퍼졌는데, 그중에서 한 통도 도청되지 않았다고는 장담할 수 없다. 사무실에는 정부 요원이나 정보원은 단 한 명도 들락거리지 않았으나(그럴 것 같지도 않은 것이, 좌파 운동에서 스파이 활동이 활발했다는 것은 지금에 와서 그리 대단한 일이 아니기에) 정부가 돌아가는 낌새를 눈치 챈 것은 거의 확실했다. 그다음 회의에서 반 클레베가 전혀 새로운 제안을 들고 나타난 것이다. 처음 회의와는 판이하게 반 클레베는 예의 바르고 정중하기까지 했다. 새로운 제안은 대략 다음과 같다. 정부는 시위대가 링컨 기념관 앞에 모여 알링턴 기념교까지 행진한 뒤 길을 하나 골라 집회가 있을 펜타곤의 북쪽 주차장까지 가는 것을 허가한다. 그다음 정해진 시간이 되면 원하는 사람들은 제퍼슨 데이비스 간선도로를 넘어 펜타곤의 행정실 입구 앞 '산책길'로 들어올 수 있다. 물론 죽 늘어선 계단 첫 줄에 발을 올려놓을 수 있다는 의미다. 두번째 회의에서 반 클레베가 제안한 것은 행진 바로 전날 밤 작성된 마지막 합의서와 다를 게 없었다. 모든 핵심 요소, 심지어 10월 21일 이후에 일어날 싸움에 대한 사전 계획까지도 이 자리에서 일일이 논의됐다.

이제 반 클레베와 동원 위원회 사이의 대화는 신랄한 사건들을 거쳐 전문적이고 구체적인 점들로 좁혀졌다. 루빈이 갈깃 머리를 하고 히피 복장으로 찾아온, 이 엉뚱하고 예기치 못한 경우만 빼면 회의실 분위기는 차츰 무르익어 갔다. 정부 사단 법인과 합동 시위단 사이의 중재치고 강렬함이 좀 덜한 느낌도 있었지만. 동원 위원회와 행정부에 소속된 사람들이 언제든 서로 잘 어울릴 것이고 이러다가는 혁명까지도 협상할 수 있겠다는 누군가의 기지에 찬 발언을 굳이 부정할 필요도 없었다. 사실 델린저와 반 클레베는 개인적 취향에서도 서로 닮은 점이 많았으니까. 두 사람은 모두 교양 있고, 말 잘하고, 서로 상반되는 견해의 어조를 식별할 줄 알고, 아이비리그 대학교수 모임에 끼어서도 논쟁하는 데 어려움이 없는 사람들이었다.

사실 두 진영 사이의 회의는 20세기 현대 미국 문명의 또 다른 전형을 보여 주는 셈이었다. 양립할 수 없는 목적과 아무리 애를 써도 최종 합의에 이를 수 없는 두 진영이 몇 가지 사소한 사항들에 효과적으로 타협했기 때문이다. 몇 주일간 적과 조용히 타협한 뒤 어찌 쉽사리 투쟁적인 행위를 연출할 수 있겠는가. 이렇게 순전히 도구주의를 통해 양측은 머리를 살살 쓰다듬으며 반전시위의 거친 면을 무마한 것이다.

이제 협상은 북쪽 주차장에서 집회를 갖는 시간, 시위자들이 산책길까지 옮겨 가는 정확한 시간, 특정한 규율 등 아주 구체적인 점에 이르렀다. 예를 들면 토요일 오후 7시 이후에 산책길을 떠나는 사람들은 다음 날 정오까지 돌아올 수 없다는 등, 이런 식으로 사소한 문제들이 논의됐다. 동원 위원회는 링컨 기념관에서 집회를 열겠다고 요구했고 정부는 허가했다. 산책길 위의 몇 번째 계단까지 시위자들이 걸어갈 수 있는지도 정해졌다. 이것을 허락하는 시간과 접근 경로 등이 문제로 남았다.

20세기의 모든 패러다임들이 믿기지 않는 것처럼 이것은 상당히 믿기지 않는 이야기였다. 원래 시위자들은 이렇게 말했던 것 아닌가? 우리 나라가 이렇게 끔찍한 전쟁을 하고 있으므로 우리는 가능한 많은 사람들을 모아 법을 깨뜨려서라도 이 있을 수 없는 전쟁에 반대하겠다. 한편 정부는 이렇게 말하지 않았던가? 이 전쟁은 나라의 안정을 유지하기 위해 반드시 치러야 하는 전쟁이다. 하지만 말할 수 있는 자유, 반대할 수 있는 자유라는 전통 때문에 우리는 당신네들의 항의를 허가할 것이다. 오직 그것이 질서를 무시하지 않는 한에서만. 이렇게 양립할 수 없는 위치가 상황을 어렵게 만들었기 때문에 사실상 다음과 같은 타협이 이루어졌다. 우리, 정부는 안보를 위해 베트남에서의 전쟁을 감수하지만 규율을 조금만 깨뜨린다는 조건 아래 당신들의 항의를 허가한다. 우리, 시위자들은 여전히 전쟁이 부당하다고 생각하기에 규율을 어겨서라도 감행한다. 그러나 크게 어기지는 않을 것이다.

양쪽은 타협했지만, 각자가 공언한 태도만 보자면 모두 불합리한 면을 보였다. 양측에는 자신들을 타협으로 몰아넣은 더 급박하고 실제적인 문제들이 있었던 것이다. 델린저는 온건파 평화주의자들을 잃을 수 없었으며 반 클레베는 정부의 이익을 생각하지 않을 수 없었다. 흑인 빈민가에서 여름 폭동이 일어난 뒤 워싱턴 거리에서 공공연히 백인 폭동이 일어나자 미국은 전 세계에 시한폭탄처럼 불안한 나라라는 인상을 주었다. 폭발의 조짐이 더 커질 것 같으니 미국과 장기적 동맹을 맺는 건 위험하지 않을까? 그런 데다가 만약 정부가 시민 불복종운동을 허락하지 않아 경찰과 군인과 헌병에 의해 수많은 백인들이 죽거나 심하게 다치거나 하면? 생각만 해도 끔찍하다. 경찰이 야만적으로 돌변할 경우 국제적 망신은 당연한 일이다.(더구나 그렇게 되면 결국 경찰들이 시위자보다 더 거칠어져 통제가 불가능할 것이다.) 그러니 시민 불복종운동을 허락하는 편이 두말할 것도 없이 더 안전하다. 문제는 너무 지나치지 않아야 한다는 것이다.

반 클레베의 위치는 간단했다. 시위대의 폭력 가능성을 줄일 수 있는 협상 수단을 찾는 것이다. 그래서 경로, 시간, 집회 장소 등의 선택이 중요했다. 상징적이면서도 엄연한 현실인 공격의 충격은 혁명적 미학의 수준에 달렸다고나 할까? 펜타곤 부근에서 벌어질 시위라는 혁명적 이미지, 그 강도를 정부는 반 클레베를 통해 최대한 줄여 보려는 것이다.

정부 측은 시위대 대다수가 펜타곤에서 시위하는 시간을

단 몇 분이라도 줄이려고 최선을 다했다. 예를 들면 반 클레베는 오후 4시까지는 산책길로 들어가는 입구를 통제하려고 했다. 아마 뉴욕행 버스가 5시에 있는 것을 알고 있었든지, 아니면 순전히 추측이지만, 뉴욕의 특허 버스 운전자들이 시위대를 워싱턴에서 일찍 떠나게 하는 편이 나을 것이라고 알려 주었는지 모른다.

델린저는 두 진영을 위해 동시에 뛰어야 했다. 한쪽은 좀 더 폭력적이고 한쪽은 덜 폭력적인 두 대립 진영을 똑같이 만족시켜야 하는 데다가, 델린저 개인적으로 폭력을 싫어하기에(퀘이커교도였다.) 이 미묘한 전술을 파악하기는 쉽지 않았다. 그래서 동원 위원회의 델린저보다 정부 입장의 반 클레베가 알게 모르게 점수를 좀 더 얻어 내지 않았느냐는 말이 돌았다.

정부가 요구한 조그만 사항들은 정말 세세하고 사소한 것들이어서 협상을 와해시킬 정도는 아니었다. 델린저를 가장 끔찍하게 만든 것은 겉으로 보기에 아무것도 아닌 문제들, 길을 선택하는 것 등의 문제로 협상이 깨지면 신문들이 동원 위원회를 어떻게 취급하겠냐는 압박감이었다. 누가 대중매체에 이를 설명할 수 있겠는가? 동원 위원회 측은 알링턴 기념교에서 워싱턴 대로나 제퍼슨 데이비스 간선도로를 거쳐 펜타곤으로 가고 싶었다. 이 길들에서는 펜타곤의 전경이 그대로 눈에 들어오기 때문이다. 그런데 정부 측은 바운더리 채널을 고집했다. 이 길은 아주 좁은 샛길인데 공사 중이었으며 펜타곤의 모습도 그 일각이 보일까 말까 한 정도였다. 또 동원 위원회 측이 마음껏 자신들의 뜻을 휘두를 수 있었더라면 집회 장소를 북쪽 주차장보다는 펜타곤 산책길로 정했을지 모른다. 이 두 곳의 환경은 각기 다른 목적의식을 고양했다. 산책길 위에서 멋지게 연설을 하면 잔디밭을 90미터쯤 가로질러 충분히 펜타곤이 보인다. 가시철조망과 사 차선 간선도로를 지나 기름때 묻은 주차장에서 벌이는 집회, 300미터쯤 떨어져 보이는 흐릿한 펜타곤의 모습과 얼마나 다르겠는가.

동원 위원회 측은 이 산책길을 두 번째 집회 장소로 요청해야 했을 테지만 이 협상의 특징인 효율적인 교환 과정에서 이들은 이 문제를 꺼내지 않았다. 이것은 다른 문제들을 위해 포기할 수 있었다. 동원 위원회 측의 일부는 산책길을 정말로 원하는 건 아니었고, 반 클레베처럼 북쪽 주차장이 훨씬 안전하다고 느꼈다.

링컨 기념관에서 모이는 데 그치지 말고 집회를 갖는 것이 어떠냐는 의견이 지배적이었다. 모금이 필요했던 것이다.(실제로 이때 연설하는 동안 3만 달러가 모였다.) 여러 단체들이 서로 단상에 대표를 세우려고 했기 때문에 연설 시간이 문제였다. 온건파 평화주의자들은 연설 시간이 길어지면 폭력적인 기운이 좀 누그러질 거라는 기대도 했다.(폭력에 원칙적으로 반대하는 중산층 단체들이 대거 참가하지 않았더라면 집회에서 폭력이 난무했을지도 모른다!)

온건파는 북쪽 주차장에서 연설을 하는 집회를 더 열자고 주장했다. 9월 둘째 주쯤에 스포크 박사와 평화를 위한 여성 시 모임은, 집회가 링컨 기념관에서 열려야 한다고 주장했다. 그래야 여자들과 어린아이들이 무질서한 상황을 맞지 않고 대회에 참여할 수 있다는 것이다.(또한 온건파는 이 집회와 그다음에 벌어질 시민 불복종운동을 확실히 구별해야 펜타곤에 가고 싶지 않은 사람들은 참여하지 않겠느냐고 했다.) 반면에 북쪽 주차장에서의 두 번째 집회에 대한 연설 이야기는 처음부터 나왔다. 이 주장은 다음과 같은 논리로 계속 유지됐다. 시민 불복종운동에 합세하기를 원하지 않는 사람들도 할 일이 필요하다.(진보 진영의 영향력은 어디에나 존재한다.) 그렇지 않으면 왜 다리를 건너 펜타곤까지 가겠는가. 하지만 두 시간 동안 링컨 기념관에서 연설로 배를 가득 채우고서도 주차장에서 연설을 갖는다는 것은 시민 불복종운동을 방해하려는 방안임이 분명했다.

　루빈과 델린저는 사이가 상당히 나빠졌다. 정부가 혁명적 시위 미학을 무디게 해 놓는 곳마다 루빈은 다시 반짝이게 해 놓으려 했다. 산책길에서 집회를 갖자고 했고, 길을 정할 때도 말을 듣지 않으려 했고, 다리 하나로 제한하는 것도 마지못해 받아들였다. 뜻을 같이하는 두 부대가 함께 펜타곤을 향해 행진하는 것이 고무적이기 때문이다. 동시에 군부대도 더 많이 동원될 것이다. 또한 루빈은 집회를 두 번이 아닌 한 번으로 끝내자고 했다. 펜타곤에서 할 일이 별로 없는 사람은 워싱턴으로 돌아가게 하자는 것이다. 무엇보다도 내키지 않아 했던 것은 정부가 시위를 오후 4시에 시작하도록 정한 것이었는데, 이도 받아들였다. 그렇게 늦게 시작하다니. 루빈은 델린저에게 간청도 해 보고 언성도 높이면서 이렇게 말했다. 정부는 지금 겉으로는 허세를 부리고 있지만 속으로는 합의에 이르지 못해 안달이다. 그러니 협상을 깨 버리는 것이 양보를 얻어 내는 길이다. 루빈은 결국 시위가 관심은 끌겠지만 본질적으로 시민 불복종운동을 흉내 낸 어설픈 대규모 집회에 지나지 않으리라고 내다보았던 것 같다. 두 지도자 사이의 불화는 깊어만 갔다. 루빈의 관점에서 볼 때, "전면적이고 널리 퍼진 저항과 미국 사회의 개혁"이라던 호언장담과는 너무도 거리가 멀어진 것이 사실이었다.

그렇다면 델린저는? 우리는 다시 한 번 생각해야 한다. 델린저는 온건파와의 약속을 지켰다. 그러니 거대하고 상징적이고 위신 있는 비폭력 시민 불복종운동을 더 밀고 나갈 수는 없었다. 그러나 이 전례 없는 집회와 행진을 주선하고 준비 단계를 맡은 장본인이다. 그러니 끔찍한 사태가 일어나 수십 명, 수백 명이 죽기라도 하면 자신의 책임이요, 악몽이 된다. 그 외에도 그는 두 진영에 모두 진실할 수 있었다. 시민 불복종운동을 교묘하게 제한함으로써 델린저는 온건파를 배반하지 않았다. 그러나 이들이 어디 갇혀 있을 인물들인가, 전혀 아니다. 만일 젊은 층에 시민 불복종운동을 일으킬 잠재력을 가진 사람들이 있다면 길은 어느 쪽으로 트일지 아무도 예측할 수 없다. 델린저는 그저 펜을 써서 행위를 제한하는 데 성공했을 뿐이다. 변동 가능성은 있었다. 여전히 시민 불복종운동의 특성은 불투명한 채로 남았다. 아마 이것이 델린저가 올린 성과이리라. 정부는 자신들의 판결권과 재산과 군대에 도전하는 전쟁의 세부 사항과 타협을 벌였고, 이런 의미에서 중세식 전쟁이 되돌아온 것 아닌가 싶기도 하다. 아니면 전쟁을 하기 위한 원시적 계약들이라고 할까?

5. 전쟁의 조망대

우리는 이제 행진이 벌어지기 며칠 전의 워싱턴으로 가서 그곳 분위기와 10월 21일 일주일 전 나라 안 곳곳에서 여러 진영들이 보였던 호의적이고 합심하는 듯한 행위들을 알아본다. 정부와 동원 위원회 측의 마지막 회담, 의회의 탄핵, 무기를 든 사람들로부터 의사당 건물을 보호하기 위해 10월 20일에 통과된 예산액 등은 생략하자. 또한 평화스럽게 남아 있으라며 평화운동을 비난하는 신문 사설도. 아니 하나만 예를 들자. 행진 날 아침,《뉴욕 타임스》기사다.

오늘날 낙하산병, 경찰, 시위대가 서로 도발해 의무를 수행하거나 자신의 의사를 표시하는 일은 전적으로 불필요한 짓이다. 만일 이런 일이 벌어진다면 비극이다. 시위대가 이 집회를 폭력이 난무하는 수라장으로 만들려는 극단주의자들의 의도를 따른다면 자신들의 이상을 배반하는 셈이다.

금요일과 토요일 아침 워싱턴 신문들은 1면에 군대가 도착했다는 기사와 레이스에 관한 우스운 기사들을 실었다. 경찰이 던지는 메이스란 최루탄에 대항해 히피들이 만든 무기였다. 어거스투스 올슬리 스탠리 3세가 만들었다. 그의 설명에 따르면 레이스는 옷을 벗어던지고 달려들어 입을 맞추고 정사를 벌이게 만드는 것이란다. 히피가 마련한 공격 계획들을 보면 공깃돌, 딸랑이, 물총 등 재미있는 것들이 많다. 이들은 총신을 꽃으로 가득 채울 계획이라고 한다. 또한 존슨 대통령을 납치해 바닥에 눕히고 바지를 벗겨 버리겠다고 한다.

자, 이제 슬슬 펜타곤으로 가 보자. 링컨 기념관에서의 연설도 끝나고,《뉴욕 타임스》가 약 5만으로 추산한 대군이 알링턴 기념교를 건너고 있는데, 앞으로 두 시간은 걸리리라. 펜타곤에서 이들을 기다리거나 도로상에 집결한 경찰 병력은 다음과 같다. 수도 경찰국에서 1500명, 워싱턴 시 국가 경호원 2500명, 미군 장성 200명, 그 수가 밝혀지지 않은 정부 안보 경호원들, 공원, 백악관, 의사당 담당 경찰들. 또한 북캐롤라이나 브래그 요새의 82공수사단은 노르망디 상륙작전 때 낙하산을 타고 내렸던 그 82공수사단으로 산토도밍고와 디트로이트 폭동에서 실력을 닦은 친구들이란다. 헌병대도 캘리포니아와 텍사스에서 날아왔고 군 장성도 플로리다, 뉴욕, 애리조나, 텍사스 등 여러 곳에서 속속들이 들이닥쳤다. 이들에겐 이번 작전이 실질적인 전당대회였다. 게다가 가까운 곳에서 2만 명에 이르는 병력이 두 귀를 바짝 세우고 대기 중이었다.

시위를 벌이는 사람들의 수를 정확히 밝혀내는 일은 쉽지 않다. 정부 측 계산은 적고 좌파 측 계산은 많게 마련이다. 뉴욕에서 벌였던 4월 행진과 비교해 주먹구구식으로 계산해 보자. 경찰이 추산한 수에 네 배를 해야 실제 수에 가깝고, 좌파가 측정한 수는 반으로 나누어야 가깝다. 실제로 20만 명이 몰려들었다면 경찰은 5만 명이라고 말하고 시위를 벌인 측은 40만 정도가 모였다고 말한다. 워싱턴에서는 이 차이가 좀 덜한 것 같다. 《뉴욕 타임스》부터 인용해 보자.

경찰과 군대의 합동 추산에 따르면 약 5만 5000명이 링컨 기념관 집회에 참가했다. 《뉴욕 타임스》가 실제로 사람을 고용하여 알링턴 기념교를 건너는 시위대의 수를 세어 본 결과 5만 4000명은 넘는 것으로 추정됐다.

이 마지막 추산을 실제 수효에 가까운 것으로 가정하면(정확히 세었고《뉴욕 타임스》가 이 논쟁에서 중립을 취한다는 가정에서) 약 7만 5000명에서 9만 명 정도가 링컨 기념관에 모인 것으로 볼 수 있다. 만약 5만 4000명이 다리를 건넜다면 적어도 만 명 정도는 뒤에 남았을 것이고, 또 기념관 집회에 참가하려고 왔다가 연설을 듣고는 별로 역사적인 의미가 못 됐던지 자리를 뜬 친구들도 있는데, 많은 수효는 아니지만 2만 명에서 3만 명쯤 될 것이다.

《뉴욕 타임스》 기사를 하나 더 인용하자.

국방부에 따르면, 펜타곤에 모인 사람들을 공중에서 사진으로 찍어 군 사진 분석 기술을 통해 헤아려 보니 최대한 3만 5000명 정도가 된다고 한다.

다시 말하면 다리를 건너던 5만 4000명의 시위자들 중 1만 9000명이 갑자기 펜타곤까지 가지 않기로 결정했단 말이다! 아니다(이 계산이 유효하다고 본다면), 국방부는 어느 한순간의 최대치를 말하고 있는 것이 틀림없다. 왜냐하면 그 다리를 건너는 데만 몇 시간이 걸렸기 때문에(다리 두 곳을 동시에 이용하자던 루빈의 이루지 못한 소망은 이 점에서 보면 얼마나 흥미로운가.) 사람들이 펜타곤에 도착하는 동안 군중 가운데 얼마는 자리를 뜬 상태였다.

어쨌거나 대군은 적어도 아마추어 군인 3만 5000명이었는데, 이 가운데는 의사, 치과 의사, 교수, 재향군인회, 주부, 회계사, 노조원, 공산주의자, 사회주의자, 평화주의자, 트로츠키파,

무정부주의자, 예술가, 연예인 들이 있었다. 아니다, 역사가도 농담이야 할 수 있겠지. 펜타곤에 다다르니 이런 직종에 종사하는 사람들은 드문드문 적은 수에 지나지 않았다. 실제 참여한 군중 대부분은 동부 지역의 대학생과, 고등학생, 히피, 광부, 폭주족 들이었다. 이제 바야흐로 전쟁이 개시됐다. 눈에 띄는 충격적인 군대, 마음속에 정말 한번 싸우자고 다짐하고 온 듯한 단체들도 있었다. 사실 플래카드, 깃발, 깃대를 펄럭이며 수백 명이 북쪽 주차장을 반쯤 뛰듯 건너던 모습이 메일러에게는 너무나 인상적이어서 매튜 브래디가 찍은 사진을 연상시켰던 것이다.

이 군대는 사실 두 집단이 합쳐진 것이었다. 민주 사회 학생회와 언젠가 혁명 분대라고 자칭했으나 이제는 명칭이 없는 아주 작은 단체였다. 어떤 방식으로 투쟁할지 시비가 엇갈려 아무런 활동도 못하고 흐지부지된 단체였다. 베트남 깃발을 들 것인가, 일본 학생들이 경찰 방어선을 뚫을 때 춘다는 뱀 춤을 출 것인가 등등. 한때 이 혁명 분대는 국가 자유화 전선을 위한 위원회, 블랙 마스크, 그 외 자질구레한 파벌들로 나뉘었는데 이제는 아무런 동맹도 남지 않은 채 단지 펜타곤에서 합세하겠다는 동의뿐이었다. 새로운 이름을 굳이 찾지 말고 그저 혁명 분대라고 부르자.(월터 티그가 바로 이 단체 소속이었다.) 혁명 분대가 앞장섰다는 건 전혀 놀랄 일이 아니다. 그렇지만 이 군대의 주도 세력은 역시 민주 사회 학생회였다. 이건 중요한 사실이다. 민주 사회 학생회는 좌파의 대규모 집회를 싫어해서 한 번도 이런 시위에 참가한 적이 없었기 때문이다. 민주 사회 학생회는 실제 생활 현장에 나가서 일을 했다. 학교에서 조직했고 빈민가 같은 데 나가서 살았다. 그들은 민중에게로 돌아가라는 19세기 러시아 지식인들의 이론을 미국식으로 실천하고 있었다.

그러나 10월 6일, 반 클레베가 정부는 어떤 형태의 시민 불복종운동도 허락하지 않을 방침이라고 처음 발표했을 때, 이 학생회는 행진에 참가하기로 결정했다.(이리하여 정부의 첫 번째 억압적인 발표는 스포크 박사를 오른편에, 학생회를 왼편에 끌어들이는 결과를 낳았다.) 그러다 이 주일쯤 지난 뒤 정부와 동원 위원회 측이 타협을 시작하자 민주 사회 학생회의 솟구치던 열기는 식었다. 하지만 행진이 있기 일주일 전까지도 정부와 동원 위원회 측은 아무런 합의점을 찾지 못했다. 결국 정부는 동원 위원회가 어떤 집회나 행진도 벌일 수 없다고 할 가능성이 있었다. 만일 우리의 역사가 그와 같은 최후의 드라마에서 의도적으로 만들어 내는 것이 없다면 모든 강조점이 다른 방향에 있었기 때문이다. 일단 정부가 시민 불복종운동과 같은 시위를 인정하면서도 펜타곤의 계단 위 모임을 허가했다면 남은 일은 타협과 구체적인 일정일 것이다. 그것이 역사의 이점이다. 비록 펜타곤으로 가는 길에 대해 최후의 합의를 이루지 못하고 마지막 주에 협상이 결렬되는 위협이 양측에 존재한다고 해도 어떤 극적인 문제들은 결코 의심을 받지 않는다. 동원 위원회 쪽 진영엔 언제나 극적인 기운이 감돌았다고 해도 과언이 아니다. 허가가 없으면 시위대와 당국 간 격렬한 충돌을 피하기 어려울 판국이었다. 민주 사회 학생회는 회원들에게 계속해서 일렀다. 워싱턴이야말로 근사한 전선이고 싸울 가치가 있는 곳 아닌가. 이렇게 행진에 참가할 채비를 차렸던 것이다.

그러면서도 민주 사회 학생회는 조심스러운 관료파인 온건한 평화주의자들과 동원 위원회를 지켜보았다. 이들은 다른 사람들의 도구주의나 그 밖의 올가미에 걸려 자신들의 강경한 대응책을 누그러뜨리고 싶지는 않았다. 행진의 선두에 서야 했고, 이것이 바로 이들 뒤에서 유명 인사들의 대열이 느낀 투지였다. 일단 버지니아 쪽 다리에 닿으면 시위대에서 떨어져 나와 자신들만의 길을 따라서 1.5킬로미터 정도 달려 숲을 지나 북쪽 주차장으로 간다. 거기서 집합해 임무를 떠맡는다. 이렇게 서두르는 사이 민주 사회 학생회는 대원을 좀 잃긴 했으나 더 기다리지 않고 북쪽 주차장에서 두 번째 집회가 시작되기 전 싸움으로 들어갈 태세를 갖추었다.(3시에서 4시까지 연설하고 4시부터 5시까지 싸운다는 사소하고 우스꽝스러운 합의 사항에 대한 법적 준수를 깨뜨리기 위해.) 이리하여 이들은 주차장을 건너 헌병들이 세워 놓은 상당히 왼쪽으로 치우친 쪽의 방어선를 공격했다.(모든 방향은 펜타곤의 행정실 벽을 바라보는 시위자들의 시점으로 묘사한다.) 너무 펜타곤 왼편으로 갔기에 그곳을 뚫고 들어갔다 하더라도 제퍼슨 데이비스 간선도로를 넘어 강 입구로 들어가는 비탈길을 지나거나 거기서 한 바퀴 돌아 건물의 중앙 입구 앞, 아스팔트 광장으로 들어가야 할 판이었다. 아니면 그저 강 입구를 따라 펜타곤으로 들어가거나. 어쨌든 이들은 저지당했다. 방어선이 있고 군대가 있었다. 알링턴 기념교에서 계속 달려왔는데 여기서 멈추게 된 것이다.

"군중들은 아직 우릴 도와줄 만큼 열광적은 아니었지요."

나중에 티그가 한 말이었다.(군중들이 분노했다고 해도 넓은 주차장은 아직 텅 빈 상태였기에 도움을 기대하기 어려웠다.) 헌병들은 권총과 대검이 든 칼집을 들고 막았다. 시위대를 공포에 떨게 한 칼집에는 대검이 들어 있지 않을 가능성도 있었다. 대검을 찼다는 보고가 있었고 그런 소문도 있었으나 시간조차 확실하지 않고 증명된 바도 없다. 하지만 어떤 이유에서든 이 호전적이고 단호한 대군의 선두는 비틀거리다가 갑자기 공포에 질려 뒤로 도망쳤다.(메일러가 최루탄인 줄 알고 겁에 질려 도망쳤던 그때다.) 맨 앞에서 민족 해방 전선 깃발을 들고 있던 티그는 이때 길을 잃었다. 누군가 그의 깃대를 낚아채려 했다. 티그는 다시 뺏으려고 달려들었다. 그러다 체포됐는데 결국 깃발은 손 안에 있었다. 그 직후 이들이 실랑이를 벌이는 곳에서 왼쪽으로 훨씬 떨어진 곳에서 메일러가 헌병이 그어 놓은 선을 뛰어넘었던 것이다. 이미 이야기한 대로 메일러는 체포돼 강 입구로 가는 비탈길로 끌려가 폴크스바겐을 탔고 거기서 곧 티그와 나치를 만났다.

이제 다시 이 민주 사회 학생회와 혁명 분대 사이의 동맹에 대해 잠깐 이야기해 보자.(이 동맹을 간단히 줄여 SDS-분대라고 부른다.) 그들은 며칠간이나 전투를 위해 준비한 것이 분명했다. 그런 결심이 선 사람들 내부에 갇힌 긴장은 보통 두려움을 삼키는 법이다. 오래도록 정신적인 태세를 갖췄다가도 막상 싸움에 부딪치면 첫 순간에 긴장이 탁 풀린다. 이게 헌신적인 군대에게 위험한 순간으로, 오랫동안 거부했던 두려움이 일순간에 퍼지는 것이다. 이들은 공포에 질려 도망간다. 내부에 다져진 것이 너무 컸던 것이다.(사람들은 여러 번 정치적인 면과 결부된 미국적 잔인성에 대한 갖가지 이야기들을 국내외에서 들으며 두려움을 쌓는다. 이게 바로 그 잔인성인가 보다라고. 바로 이런 상상이 실제 보복을 더욱 과장한다.) 하지만 군대가 헌신적일수록 회복은 빠르다. 첫 번째 도주에 스스로 화가 난 이들은 다시 모여 몇 마디 주고받은 뒤 퍼그스 악단을 지나, 사 차선 제퍼슨 데이비스 간선도로로 넘어가는 둑을 기어올라 가서 시위대를 주차장 안에 가두려고 새로 세운 듯싶은 철조망을 잘랐다. 막 도착하는 새로운 시위대와 합세하여 간선도로를 건너 산책길로 들어섰다. 그러고는 산책길과 행정실 입구의 아스팔트 광장 사이에 서 있는 돌 벽을 마주보는 길고 비스듬한 계단을 오른다. 헌병대가 그어 놓은 선을 넘어 드디어 광장의 왼편을 점령했다. 서로 엇갈리는 여러 기사들에서 가늠해 보건대, 이들은 분명히 구별되어야 할 두 집단인 헌병과 지휘관들이 한데 꽉 죄어들어 즉시 층계 위쪽과 광장 중앙에 있던 나머지 대열들과 분리됐다. 광장 왼편에서 계단까지의 통로를 막아 버린 것이다. 광장의 왼편을 꽉 메웠던 이들은 다른 시위대들이 체포되거나 하나 둘 자리를 떠나 버려 거의 텅 비게 될 다음 날 아침까지 여전히 그 자리를 고수했다. 한편 광장과 층계의 중앙 부근을 점령했던 집단은 약 서른두 시간 동안 자리를 사수했는데, 총무부와의 계약에 따르면 이 자리는 완벽하게 합법적이었다. 비록 군대든 시위대든 그 선에 있던 아무도 이 점을 의식하지는 않았을지라도. 한편 양쪽에서 이 선과 관련해 저지른 불법도 상당했다. 좌파와 지하 신문들은 광장의 왼편을 점거한 시위자의 수를 2500명으로 추산했고, 광장의 중앙, 층계 입구, 층계로 오르는 비스듬한 계단 위에 있던 수는 대략 그 두 배로 추산했다. 이 지하 신문들은 자신들의 적보다 좀 더 부정확하게 과시하는 듯하니, 전에 제시했던 주먹구구식 계산으로 광장의 불법 지역에 약 1000명, 합법적인 계단과 층계와 광장의 중앙에 2000명이 넘지 않을 것으로 보자.

벌어진 상황을 조금만 더 자세히 묘사한 다음 단계로 넘어가자. 멀리, 4분의 1킬로미터쯤 떨어져서, 산책길과 사 차선 간선도로와 철조망 너머, 조그만 언덕 너머 북쪽 주차장에서는 집회가 계속되고 있었다. 만 명 내지 1만 2000명에 달하는 사람들이 초조하고 지루하게 무슨 일이 벌어질지, 별 볼일 없이 시간만 보내게 되는 건지 알지 못하는 불확실한 상황 속에서 지루하고 맛없는 정치 연설이라는 빵을 마지못해 집어 들고 있었다. 이때 가장 호전적으로 보이는 연사가 등장하여 분위기는 최고로 고조된다. 칼 데이비드슨은 민주 사회 학생회의 내부 조직 담당 학생인데(심지어 민주 사회 학생회까지도 조직도가 있다.) "우리는 무슨 수를 써서라도 억압에 대항해 저지해야 합니다. 다음번에 있을 주요 시위 때에는 무장을 한 뒤 징집 센터를 철거해야 합니다. 그들을 완전히 무너뜨려야 합니다. 필요하면 센터에 불이라도 질러야 합니다."라는 발언이 강한 인상을 남겼다. 저 언덕을 넘어 간선도로를 지나 산책길을 따라 계단을 올라가면 곤봉이 첫 번째 시위자의 머리를 내리치는데, 여기 정말로 입으로만 한몫하는 좌파들이 네 시간째 연설을 듣고 있다. 지금껏 얼마나 많은 사람들의 침을 맛보았을까.

젊은이들이 이제 주차장과 간선도로 사이의 철조망을 잘라 내고 산책길로 들어오려 했다. 진행 요원들이 저지하려 했지만 할 수 없었다.

"좀 더 있다 들어가야 합니다."

진행 요원들이 확성기에 대고 이렇게 소리치지만 사람들은 그냥 넘어갔다. 그동안에도 두 시간에 걸쳐 5만 4000명에 이르는 사람들이 다리를 건너 주차장 안으로 계속 들어오고 있었다.(마지막 시위대가 펜타곤에 도착할 때 보일 교목은 알렉산드리아 우체국에서 풀려나고 있었다.) 이렇게 막 광장으로 들어서는 무리들은 들려오는 연설에 당황하며 그다음에 무엇을 할지 둘러보았다. 많은 시위자들은 메일러처럼 군인들과 대치하리라고 믿었기 때문이다. 그동안에도 펜타곤에서 행동을 벌이는 무리들 사이에 소문이 떠돌았다. 연설이 계속되자 군중은 점점 줄어들었다. 뚫린 담을 통해 수천 명이 간선도로로 나가 산책길로 슬금슬금 들어갔다. 반 클레베가 정한 합법적인 시간은 오후 4시인데 사람들은 이미 산책길로 들어섰다. 첫 공격은 빨랐으나 군중들은 대부분 계속 주차장에 있다가 4시 30분이 되어서야 산책길로 넘어 들어왔다. 이제 한 시간 남짓 있으면 해가 진다.

그사이 선발대가 있던 아스팔트 광장과 펜타곤 계단 위에서는 대단한 일은 아니지만 그런대로 일이 제대로 진행되고 있었다. 군사적 상황이 눈에 띄게 변하지는 않았지만 몇 가지 중요한 사건들, 특히 주목할 만한 세 가지 사건이 일어났다. 우선 민주 사회 학생회의 단원인 톰 벨이 확성기를 들고 계단을 가로지르는 광장의 외딴 벽에 기어올랐다. 그래서 고립된 광장의 왼편에 자리잡은 사람들에게 이야기를 할 수 있게 됐다. 지휘관인지 헌병인지(기사마다 다르다.) 한 사람이 끌어 내리려고 하자 톰이 떠밀어 버린다. 지켜보던 시위자들이 웃었다. 톰은 연설하려고 중앙으로 나간다. 톰 벨은 또한 군대를 향해 의심할 여지없이 트로츠키의 『러시아 혁명사』에 기반을 둔 연설을 시작했다. 이것이 정통적이고 근원적인 좌파 논쟁의 단면을 그대로 드러내는 여러 연설의 시작이었다. 어떤 사람들은 제법 전문적이었으며 어떤 사람들, 예를 들면 블라우스를 벗어젖히는 여자 아이들은 즉흥적이었다. 이에 대한 이야기는 좀 더 나중에 하자. 이렇게 여전히 호전적인 상황에서 일어난 두 번째 사건은 이렇다. 시위 대원들 몇몇이 막아 놓은 밧줄을 뛰어넘어 밧줄을 광장으로 쭉 밀고 나가더니 매듭을 만들어 벽 너머 산책길에 낮게 드리웠다. 그쪽에서 합세하고 싶어 안달이 난 젊은이들이 밧줄을 잡고 기어오르기 시작했다. 벽이 비스듬히 갈라진 거대한 돌덩이들로 지어져서 톱니 모양 매듭에 발가락을 걸치고 기어오르는 일은 별로 어렵지 않았다. 하지만 모험이 아닐 수 없다. 잘못하면 열다섯 걸음쯤 올라가서 나동그라질 수도 있으니까. 그러니 꼭대기에 오르면 사기가 충천해 그다음 행동을 생각하게 된다. 세 번째 주목할 만한 일은, 광장에 있던 민주 사회 학생회의 주축으로 보이는 학생들이 헌병 여섯 명이 지키는 행정실 입구 왼편의 샛문을 본 것이다. 헌병들이 많지 않았기에 스물다섯 명쯤 되는 소규모 집단이 재빨리 내달려 선을 넘고 헌병들 사이를 뚫어 그 신성한 신전 안으로 들어섰다. 실제로 펜타곤 건물 안 복도에 발을 내디딘 것이다.

얼마 지나지 않았다! 전날 밤 펜타곤에 들어와 대기하던 부대들이 나타났다. 간밤에 군인들은 건물 내부 복도에 접이식 침대를 깔고 잤다.(링컨 터널 안에 매트리스를 깔고 눕듯이.) 한번도 본 적 없는 무정부주의자들, 폭탄을 던지는 사람들, 공산주의자들, 독가스를 지니고 다니는 사람들, 물속에 독을 넣는 사람들, 마약 중독자들, 색광들, 정신 나간 흑인들, 이 음산한 복도에 갇혀서 인간성의 물결 아래로 자신들을 침전시키려 드는 저 시위대를 기다리면서 받은 긴장의 고통이란. 영화가 없다면 상상하는 수밖에 없다. 그러니 달려든 몇몇 시위대들은 분노의 밥일 수밖에. 곤봉으로 얻어맞고 발길로 채이고 체포되어 질질 끌려갔다.

왜 시위대 가운데 몇 명만이 기습하고 아무도 뒤따르지 않았는지 의문스럽기도 할 것이다. 분명한 대답은 없지만 두 가지 요소를 떠올려 본다. 시위대 측이 주도권을 잡으려는 의기로 지나치게 충천했던 것, 미국에서 교육을 받고 나면 누구나 무의식중에 거의 반은 애국자가 되게 마련이다.(진보적인 학교를 생각하면 반보다 낮아질지 모르지만.) 뇌리에 깊숙이 세뇌돼 어른 대는 상이 있다. 흰 셔츠, 별이 그려진 깃발, 깃대를 향한 인사. 집에는 이 나라의 회초리인 텔레비전 수상기가 있잖은가. 누가 이 권위의 나라 안에 용감한 군인, 용감한 경찰, 위대한 힘, 거친 애국심에 대한 이상이 없다고 따지겠는가? 하지만 분명히 시위자를 움직이는 건 이 거대하고 신념에 찬 자신의 무의식적인 부분이다. 시위자는 불과 몇 명 안 되는 동료들과 함께 헌병 사이를 뚫고 방어선을 넘는다. 불안은 넘치는 봇물처럼 의지를 쓸어버리고 시위대는 마지막 순간에 폭발할 수도 있는 것이다. 게다가 이들은 아무것도 없이 곤봉과 권총을 가진 군인들에게 달려든다. 총에 총알이 들어 있는지 안 들어 있는지도 모른다. 소총에 탄약이 장전되지 않은 경우에도 그 안에 한 방이 들어 있을 수도 있음을 모르는 아주 아마추어적인 군인들이었다. 그러니 이들이 펜타곤으로 쳐들어가는 건 그리 쉬운 일이 아니었다.

어쨌든 광장에 있던 시위대는 이미 갈라졌다. 민주 사회 학생회와 혁명 분대는 (혁명적 행동의 구심점이) 각각 나뉘어 앞으로 어떻게 움직일지 의견을 달리했다. 민주 사회 학생회는 차지한 자리를 지키겠다고 한다. 톰 벨이 확성기에 대고 말했다. 군대가 지금 미끼를 던지고 있으니 시위자들은 모두 그 자리에 앉아 있어라. 만약 공격하거나 공포 분위기가 조성되면 모두 계단 위에서 밟혀 죽을지도 모른다. 민주 사회 학생회는 체 게바라에게서 지대한 영향을 받아서 이 지점에서 가만있지 않으면 자살 행위나 다름없다고 믿는다. 정해진 위치에서 더 우세한 군사와 대결하는 건 체 게바라가 가르쳐 준 실천 원칙이 아니었다.

한편 혁명 분대는(층계와 광장에서 두 분파는 서로 섞여 논쟁했다.) 헌병대의 방위선을 더 밀고 나가 부숴 버리고 싶어 한다. 깊은 순교자적 감흥에 젖은 것일까(맨 처음 피를 흘리겠다는 혁명적 신비에 젖은 걸까.) 아니면 전투 원칙들을 잘 모르는 걸까. 지금 여기서 헌병 방위선을 부수겠다고 대들어 봐야 수천 명이 뒤따르지 않는 한 저쪽에 유리할 따름이다. 실제로 그 수천 명은 따르지 않았다. 모든 지원이 끊긴 산책길 위에서 작전상 첫 공격은, 제퍼슨 데이비스 간선도로에서 갈라진 접근 길을 장악한 군대를 뚫는 것이었다. 그렇게 했으면 광장 왼쪽 편을 활짝 열어 산책길에 있던 수만 명이 들어올 수 있었다. 지금은 4.5미터 높이의 담을 밧줄로 기어오르니, 한마디로 혁명 분대는 용감했으나 가장 부적절한 방식으로 시위대를 이끌고 있었다.

다시 한 번 이들의 잘못을 짚어 보자. 너무 일찍 모였고 너무 일찍 공격했다. (민주 사회 학생회를 빼면) 자신들이 가장 헌신적인 대군이라는 자부심으로 이런 실수를 저지른 것이다. 주차장에서 좀 더 배회하다가 시위자들 수천 명이 도착하기를 기다려 산책길과 주차장 사이에 연결점을 마련한 다음 계속 밀려오는 대군들을 확인하고 급습해야 했던 것이다. 일찍 공격했기 때문에 성공했다고 주장할 수도 있다. 그러나 이들이 얻은 건 겨우 계단 뒤 광장 왼편에 차지한 조그만 불법적 위치뿐이었다. 수많은 사람들이 펜타곤에 밀려들기를 원했더라면, 그것이 혁명 분대의 진짜 목표였지 않은가. 좀 더 기다려 적어도 수백 명이 확정됐을 때 공격을 개시하고 시위자들 수천 명이 그 뒤를 따라올 수 있게 했어야 했다.

어쨌든 우리가 처한 군사적 상황이 이렇다면, 이제 15센티미터 간격을 두고 버티고 선 양 진영의 최전선으로 옮겨가 보자. 군대와 시위대가 대면하고 서 있는 군사분계선으로.

6. 전술의 팔레트

이 특별한 대결을 다룰 때에는 역사를 쓰고 있다는 자만심을 버려야 하지 않을까? 말할 것도 없이 이 작품은 두 가지 측면에서 쓰이고 있다. 1부는 '소설로서의 역사', 2부는 '역사로서의 소설'이라고 제목을 붙였다. 영어의 모호성을 벗겨 본 사람이라면 이 제목에 어리둥절할 리 없을 것이다. 1부는 소설의 형태를 취한 역사이며 2부가 역사의 형태로 쓰인 진짜 소설이다.(물론 저자를 포함한 모든 사람들은 말하리라. 1부는 소설이고 2부는 역사라고. 이런 반대 용법이 실제로 더 편리한지도 모른다.) 하지만 1부는 소설처럼 쓰인 저자의 개인적 역사에 불과하다. 최대한 사실에 충실한 저자의 기억이다. 그러니 기록물인 셈이다.

반면에 두 번째는 온갖 신문 기사, 증언, 역사적 추리들로 가득 채우고 역사가의 기술 방식을 본떠서 (맨 처음 소개에서도) 역사인 척했지만, 이제야 마침내 집합적인 소설 한 권을 요약한 것이라고 본심을 드러낸다. 펜타곤에서 일어난 사건들의 진실은 역사의 방식으로는 기술될 수 없고 오직 소설가의 본능으로만 설명할 수 있음을 인정하는 것이다. 이유는 몇 가지 있지만 하나로 압축해 보자. 양 진영에서 얻어 낸 보고서들과 기사들이 너무나 산만하고, 부정확하고, 모순되고, 악의적이고, 근거가 잘못된 것도 있어 정확한 역사를 도저히 그릴 수 없다는 점은 잊어도 좋다. 그릇된 사실을 짚어 그 연원을 따라 올라간 역사가들이 어디 한둘이겠는가. 아니다. 어려움은 역사라는 것이 아주 내밀해서 충분한 암시를 주지 않는다는 데 있다. 경험이 아주 감정적이고, 정신적이고, 심리적이고, 도덕적이고, 실존적일 때 역사는 분명히 소설에게 자리를 양보해야 한다. 혹은 사실을 드러내기에는 초자연적이어서 경험을 추구하는 역사가가 역사적 추구의 분명한 한계를 느끼고 물러설 때 말이다. 아무튼 이제 이런 한계는 그만 물리치자. 여전히 역사적 방식으로 차려입고서, 혼돈스럽고 모순되게 뒤범벅된 수많은 사실들에 최대한 양심적이도록 끊임없이 노력하면서, 이제 집약적 소설은 조금도 수치스러워하지 않고 빛과 직관력이 움직이는 소설이라는 신비한 사고의 세계로 들어선다. 이만큼 의도를 잘 설명했으니 이제 시위대와 군대가 버티고 선 15센티미터의 군사분계선으로 고개를 돌리자.

처음 대결에서 양편이 서로 위협을 가하지 않았다고 믿기는 어려운 일이다. 미군이 아시아에서 비열한 짓을 수없이 자행해 왔다는 이야기를 들은 시위대는 그런 사실을 염두에 두었으며 (아니면 전혀 고려하지 않았을지도 모르지만) 따라서 뭔가 잔인한 일이 벌어지리라고 예상했을 것이다. 반면 군대는 수년 동안 미국 소도시에서 일어난 여러 사건에 관해 들었으리라. 무절제, 범죄, 오욕, 부패, 성도착, 약물중독에 관한 이야기들과 힙스터족, 비트족, 히피족으로 이어지는 괴상한 도시 집단들이 보이는 제멋대로의 취향에 대해서, 이제는 이들이 미국의 삶에 심리적으로 파고드는 그 악랄한 침략자, 빨갱이들과 연관돼 있다는 말도 들린다. 군대는 이 친구들이 입술에 뽀뽀를 할지 가랑이에 폭탄을 던질지 가늠할 수조차 없었다. 양편은 상대가 악마라는 생각을 품고 정면으로 다가서고 있었다!

상황을 있는 그대로 묘사해 보자. 시위대가 앉기 전, 그러니까 전투 초기에 헌병들은 곤봉을 들고 빽빽이 서 있었다. 그 뒤에 군인들이 죽 서서 이들을 밀어 주고, 또 그 뒤로 몇 미터 떨어져 군 지휘관들이 이들을 뒷받침했다. 미식축구 경기장에 정렬한 라인배커들처럼. 이건 의도적인 것 같았다. 다른 때, 긴장이 흐르는 다른 장소에서, 군인들은 소총과 칼집에 든 대검과 최루탄을 들고 앞으로 나갔다. 하지만 이 전선에서는 아직 그런 일이 일어나지 않았다. 시위대에는 민주 사회 학생회를 비롯해 행동하는 것에 매료된 수많은 젊은이들이 뒤섞여 있었다. 정렬한 군대와 대조되게 남자 아이들과 여자 아이들 몇몇이 갖다 놓은 역사적인 꽃들은 총신 속에 무관심하게, 오만하게, 부드럽게 꽂혀 있었다.

물론 좌파가 구사하는 웅변술은 언제나 변함없었다. 군대란 군사 기계의 순진한 희생물이라는 것이다. 그래서 군인 가운데 몇 명은 은밀히 시위자들에게 동조하고 있을 가능성도 없지 않은 것이다. 다음은 펜타곤에 있었던 한 군인을 인터뷰한 카세트 테이프인데 편집되지 않았다고 한다.

"전체 군대의 40퍼센트 정도는 당신들 편입니다. 이건 내가 발견한 굉장한 사실이죠. 한 30퍼센트는 아무 생각 없이 앞으로 나가서 누구든 칩니다. 총과 이것저것 다 가졌으니 누구든 치지 않을 수 있나요. 그렇지만 그중 30퍼센트는 약간이나마 숙연해져 돌아가는 일에 관심을 안 쓸 수가 없는 거죠. 해야 될 임무가 있으니 이러는 겁니다."

인터뷰가 《이스트 빌리지 어더》란 데 실렸으니 정말 있었던 이야기가 아닌지도 모른다. 사이키델릭한 지하 신문들은 자신들이 도착증적으로 사실에 얽매이지 않는다고 생각한다. 그렇지만 이 인터뷰에는 좀 울리는 구석이 있다. "약간이나마 숙연해져"란 단어는 지어내기가 쉽지 않은 말이다. 어쨌든 군인들이 이 시점에서 잔인한 행동에 전혀 관심을 보이지 않는다면 분명 적에게 반했다는 의미다. 이렇게 첫 대면의 시간이 흘러 한 시간이 지나자 숭배의 눈치도 사그라지고 눈을 부릅떴던 군인들의 기세도 꺾였다. 말 그대로 생명을 잃을지도 모른다는 두려움에서 서서히 벗어난 것이다. 군인들은 사전에 여러 가지 지시를 받았을 것이다. 신만이 알겠지만.

"자, 여러분."

소령이 입을 열었다.

"우리의 임무는 폭도들과 미리 합의한 규칙을 어기는 불법 행위자들로부터 펜타곤을 지키는 것이다. 알아듣겠나? 자, 이 사람들은 헌법에 명시된 표현의 자유에 의거하여 시위하겠다고 몰려든 미국의 시민들이라는 사실을 잊지 말아야 한다. 이말이 곧 이 사람들이 우리 얼굴에 대고 방귀를 뀌어도 괜찮다는 뜻은 아니다. 그러나 헌법이란 복잡한 문서지. 규약들이 둥글게 꿰어진 고리란 말이야. 이렇게 말해 볼까? 지금 이 순간에도 베트콩은 내 친구를 짓씹고 있다. 지금 내 개인적 감흥 따위 표현하고 싶지 않다. 좋을 게 없지. 두 가지만 명심하도록. 여기 나온 시위대들 말이야, 폭탄이나 탄약통을 들고 왔을지도 몰라. 우리 다 잘 알잖아? 그런데 자네들은 총에 탄약을 하나도 안 넣어 왔다고. 그러니 45구경 권총에 감사드리라고. 그리고 다시 한 번 명심할 것 한 가지. 이 사람들이 우리에게 먼저 시비를 걸 거야. 우리가 그네들을 잡겠다고 전부 우르르 몰려가다가 한두 명이라도 밟혀 죽어야 이 사람들은 뉴욕을 떠나 온 보람이 있었다고 할 거야. 그러니 명심하도록. 자네들이 먼저 방귀를 뀌지는 말라고. 그래야 뒤따르는 사람 코도 깨끗할 테니."

그런데 막상 시위대와 부딪쳐 보니 거칠고 야단스럽게 날뛰는 공산당 부스러기가 아닌 것 같았다. 군대의 눈앞에 서 있는 시위자들은 대부분 고등학교 시절 그다지 친하지 않았던, 긴 머리에 냉정하고 이상해 보이는 녀석들과 별로 다를 바 없다. 한편 시위대도 군인들과 시선이 부딪치는 순간 마음을 놓았다. 먼저 시선을 돌린 건 군인들이었다. 양측은 그렇게 서서 계층의 협곡, 중산층과 노동자층이라는 벌어진 틈새를 건너다본다. 중산층이 자본주의 국가가 벌이는 제국주의적 전쟁을 비난하고 노동자층이 그걸 옹호하고 있으니 마르크스 이론도 어딘가 단단히 잘못되었다. 그러나 미국에서 가장 뿌리를 내리지 못하고, 미국 그 자체가 주는 소외감에서 절대 벗어나지 못하는 것도 바로 도시의 중산층이다. 그래서 이들은 신랄하게 미국을 비판한다. 이 사람들이야말로 손으로 노동을 하지도 않고, 그렇다고 실제 권력을 휘두르지도 못하기 때문이다. 선반도, 25헥타르의 땅도 자신들의 것이 아니다. 명령을 받들기만 할 뿐 결코 내리지는 못한다. 이들은 그저 미국인일 뿐이다. 아니다, 도시 중산층은 결코 존경받지도 못하면서 지금까지 너무 지나치게 보호받으며 살았다.(이들의 돈이 모든 소비품을 길러 내는 위대한 어머니이기 때문이다.) 그러면서도 정신적으로는 가장 공허해서 주체성에 대한 위기의식도 뼛속 깊이 자신들의 것이다. 이 도시 중산층의 아들딸들은 어린 시절부터 노동자들의 선량하고, 소박하고, 구질구질하고, 이와 모래가 끓는 미국적 기쁨으로부터 계속 소외돼 왔다. 여덟 살에 위험한 주먹다짐에서 이겨 본다든지, 열네 살 이전에 성을 경험한다든지, 열여섯 살쯤에 죽도록 취해 본다든지, 아버지한테 반쯤 죽도록 매를 맞아 본다든지, 거리의 거만한 갱들과 싸워 본다든지, 학교와는 담을 쌓고 산다든지, 입술 한쪽 끝으로 고용주를 비웃는 법을 안다든지, 핸들을 잡지 않고 자전거를 탄다든지, 골든글로브 시상식에 입장한다든지, 해군 함선에서 결혼식을 올린다든지, 교도소에서 징역살이를 해 본다든지 하는 기쁨과 열띤 감흥에서 소외돼 왔다. 노동자들에게 패거리란 신이 주신 음식만큼이나 맛난 것이다. 학교, 도덕률, 직업에 대한 냉소적인 무관심은 신이 내린 것이다. 노동자들은 이념이 아닌 친구들에게 충성을 바친다. 그러므로 노동자층은 군대를 조금도 꺼리지 않는다. 하지만 중산층 아이들은 노동자층의 타고난 혈기, 그 육체적 용기가 부럽다. 중산층 아이들의 가슴속엔 두려움과 깊은 존경심이 자리 잡고 있다. 마치 자신들, 중산층이 아랍인들을 없애 버리듯 종내 그 중산층마저도 없애 버릴 가장 혈기 왕성하고 거칠고 무관심한 노동자층을 생각할라치면, 그 깜박이는 눈과 들창코를 가진 순진함, 당황한 듯하고 고집 센 짧은 머리의 주인공들, 미국 토박이의 냄새를 풍기는 소도시와 농장에서 태어난 농부의 아들 앞에서 도시 중산층 아이들은 가슴마다 표현하기 어려운 경외심을 느낀다. 상징적인 힘이 서린 듯한 노동자층이 여기 집약돼 눈앞에 펼쳐져 있었다.

그러나 군대들 앞에 서 있는 이 시위자들은 도시 중산층의 자식들일 뿐 아니라 그 중산층을 떠난 반항아, 악한, 젊고 과격한 혁명가들이기도 했다. 그러면서도 피 한 방울 묻히지 않고 속으로는 나약하다고 느끼며 군인들과 일대일로 맞서 싸울 수 있을지 자신이 없었다. 그래서 앞에 선 시위자들은 군대와 대면하여 눈을 바라볼 수 있게 되자 속으로 이렇게 말하는 듯했다. '네 정기와 근육과 매력 있는 동물성을 훔쳐 올 거야. 나는 옳고 너는 틀렸으니까. 바로 네 삶의 진액이 내 정신과 결합되면 존재의 균형이 이루어지는 거야. 네 불알을 훔치겠다고.'

처음 한 시간 동안 시위자들은 기고만장했다. 앞뒤로는 광장과 계단뿐, 이들은 도대체 뭘 어찌해야 할지 몰랐다. 맞을지, 체포될지, 우르르 몰려가다 밟혀 죽을지, 처음 터지는 대포의 밥이 될 가능성도 있었다. 그러기에 시위자들은 일 분 일 초에 매달려 육십 분의 실존적 황금을 차지했다. 일 분 일 초가 지나고 한 시간이 흘렀다. 그리되니 시위대가 군대를 두려워하기보다 군대가 더 두려워하는 눈치 아닌가! 영광스러울시고. 시위자들은 마음 놓고 떠들기 시작했다. 맨 앞줄에 서 있지 않은 시위자들이 모욕적인 말들을 내뱉었다. 소리치며 군대를 조롱하고 힐책했다. 맨 앞줄에 있는 아이들은 군인들의 눈을 들여다보고 웃으며 말을 걸려고 했다.

"이봐, 군인 아저씨. 내가 건달처럼 보이쇼? 왜 내가 베트남 전쟁에 반대하냐고? 잘못됐기 때문이지. 공산주의로부터 미국을 지키고 있다고 착각하지 마. 넌 단지 상관들에게 일거리를 주고 있을 뿐이야."

몇몇 대화는 이보다 나았지만 이보다 더 못한 것도 있었다. 얼굴과 얼굴을 맞대기도 하고 확성기에 대고 지껄이기도 했다. 여기서도 확성기라는 과학 기술의 힘을 빌리면서. 대화는 점점 허물없어지고 끔찍해지고 양편이 거의 참을 수 없을 지경에 다다랐다. 바싹 대면하고 서서 서른두 시간을 이렇게 입씨름만으로 보낼 수 있겠는가. 처음엔 서 있다가 밟혀 죽을까 겁이 났던지 자리에 앉았다. 서로 몇 센티미터 정도 떨어져 얼굴을 맞대다가 이제 조용해진다. 어떤 군인은 몸을 부르르 떨기도 하지만 상관들이 계속 지시한다.

"군인들은 참는다!"

그 가운데는 병사 셋이 헬멧을 벗고 시위자 측에 가담했다는 소문도 있었다.

이건 서른두 시간 가운데 처음 한 시간 동안의 이야기고 그것도 앞줄에서 벌어진 이야기다. 서너 줄 뒤로 가면 이야기가 달라진다. 이 친구들은 좀 더 안전하고 자신들의 위치가 드러나지 않으니 욕을 해도 더 심하게 했으리라. 그리고 산책길 아래의 상황은 또 달랐다. 흥분, 당황, 관심, 기대가 어우러져 있었다. 층계 위나 광장에 있는 시위자들과 동떨어져서 바닥에 모인 군중들의 몸을 밀치는 압력 때문에 여기 있는 사람들은 밧줄을 타고 기어오를 가능성마저 포기해야 했고, 선량한 양심에 비추어 자신이 최선을 다했다고 말할 길도 없었다. 물론 여기에서도 대결은 있었다. 군인들이 길을 막았고 시위대는 이들에게 압력을 가했다. 벌어지는 광경이 더 추해 보였다. 군인들은 펜타곤에서 사람들을 떼어 놓는 게 아니라 시위대 사이를 갈라놓고 있었기 때문이다. 그래서 우르르 몰려 밟힐 염려는 덜했으나 긴박감은 더했다. 따라서 군대 방어선을 뚫지 못한 책임을 변명하기 힘들고 거의 비겁자처럼 보일 정도였다. 군중은 떳떳해 보이지 않았다. 산책길 저 멀리로는 군대에서 떨어져 나온 군인들이 여기 셋, 저기 다섯 식으로 흩어져 있었다. 신문들은 이들에 대해 언급했는데, 브레슬린은 이 군인들이 무자비하게 맞고 고통을 당했다고 보도했다. 날이 어두워진 뒤 군인들 몇 명은 굉장히 얻어맞았다고 한다. 여기서 브레슬린의 기사를 인용하겠다.

풍미와 점잖은 모습은 여기서 사라진 지 오래였다. 남은 사람들이라곤 열 지어 선 군인들과 이들을 희롱하는 정체 모를 무리였다. 아이들은 펜타곤 건물 측면에 있는 화장실로 가서 아래층 유리창에 돌을 던졌다. 군인들은 말없이 보고 있었다. 계단 위에서 공수부대의 대위가 확성기에 대고 계속 큰 소리로 말했다.

"제자리를 지키십시오. 시위대 여러분은 자리를 지키고 왔다 갔다 하지 마십시오."

군인들과 잔디밭 위에서 대치하는 폭도들이 노래한다.

"저 줄을 고수하라, 저 줄을 꼭 지켜라."

그 말에는 유머가 없었다. 이 아이들은 유머를 아는 녀석들이 아니었다. 학교에서 퇴학당한 아이들, 이리저리 떠도는 어중이떠중이들로서 아름답게 출발한 날의 선두에 나서 망치는 일이 취미인 녀석들이었다. 이들은 평화를 위한 시위를 너덜너덜한 부랑아 차림으로 곤봉을 휘둘러 진절머리 나는 난장판으로 변모시켰다. 결국 마지막에 이르러 모두들 불쌍하게 여긴 쪽은 온갖 욕설을 다 견뎌 낸 군인들이었다.

잔디밭에서 꼭대기까지 이르는 계단 위에서 아이들은 군인들을 희롱하고 발로 찼다.

"한번 쳐 봐. 아무 반응도 없단 말이야."

누군가가 소리쳤다. 수염을 텁수룩이 기르고 푸른 재킷을 걸친 아이가 고함을 치며 깃대를 들고 달려 나가더니 어느 군인의 등을 때렸다.

이 평화 행진의 처음 의도가 무엇이었던지 간에 이제는 군인들을 할퀴는 연습장으로 변하고 있었다. 어두워져도 끊이지 않았다.

이와 대조적으로 《내셔널 가디언》에 실린 제럴드 롱의 기사 중 일부를 감히 뽑아 본다. 이 신문이 편견이 덜하기로 이름난 신문은 아니기에 여기 실린 내용은 분명히 한쪽으로 치우친 감이 있다. 그러나 간결하고 생생하다는 장점도 있으리라.

입구 쪽에 서 있던 시위대와 뒷줄에 있던 젊은이들은 앞으로 나가 소총을 들고 선 군대와 정면으로 맞서자고 우겼다. 논의가 계속됐다. 문 가까이에 맨 처음 자릴 잡았던 민주 사회 학생회의 지도자들은 확성기에 대고 군중들에게 앉으라고 사정했다.("대학살이 될 뻔 했습니다." 지도자들 가운데 하나였던 그레그 캘버트는 나중에 이렇게 말했다. "무장도 하지 않은 채 군대 방어선을 뚫으려고 했다가는 수천 명이 죽었을 겁니다. 우린 앞으로 나가자는 주장을 정신 나간 모험이라 생각하고 막았죠. 그게 성공한 거예요.")

오른편에서 실제로 헌병대가 나타나서 꼭두각시처럼 어색하게 달렸다. 이들은 비탈길 앞에서 멈춰 대열을 재편성하더니 소총을 가지런히 하고 앞으로 걸어 나갔다. 설마 했던 시위대는 헌병들이 든 소총에 기절할 듯 놀랐다. 그러자 굉장한 일이 일어났다. 사람들이 웃기 시작했다. 어떤 아이들은 노란 꽃을 헌병들에게 던졌다. 헌병들은 멈춘 채 꽁꽁 언 자세로 자기 나이 또래의 젊은이들에게 총을 겨눴다.

군대가 시위대를 비탈길에서 떼어 놓으려고 앞으로 밀어붙일 때마다 젊은이들 수백 명이 뒤에서 조롱했다. 더 위쪽에는 헌병들이 포위된 곳도 있었다. 사람들은 M-14 소총과 간혹 눈에 띄는 산탄총 앞에 서 있었다.

헌병들은 뒤에서 달리던 시위대를 깨끗이 물러서게 할 태세로 돌아섰다. 한 젊은이가 움직이기를 거부했다. 총부리가 그 젊은이의 가슴에 닿았다. 그 아이는 총을 꽉 잡았다. 젊은 아이들 몇몇도 소총을 꽉 잡더니 헬멧도 네 개 빼앗았다. 어떤 시위자는 빼앗은 총에 총알을 쟀다. 얼어붙은 헌병도 총알을 쟀다.

법정을 엄숙하게 하는 데 인상적이었던 흰 헬멧을 쓴 지휘관들이 곤봉을 흔들며 앞으로 나섰다. 이 관찰자에게는 그 순간, 그리고 그 후 서른 시간 정도 더, 이 지휘관들이 특히 여성을 목표로 삼은 것처럼 보였다.

특정한 지점에서 매번 행동을 멈췄다. 시위대는 군인들과 이야기하려 들었지만 군인들은 대꾸하지 말라는 명령을 받은 상태였다.

"왜 이런 짓을 하시오? 우리와 함께하자고."

어느 시위자가 말했다. 군인들 가운데 몇몇은 약해지는 게 분명했다. 몇몇은 곧 기절할 듯했다.

"방어선을 고수하라, 방어선을 고수하라."

대위는 거칠게 계속 반복했다. 어느 여자 아이가 군인과 대면했다.

"도대체 왜, 왜, 왜 그래요?"

여자 아이가 물었다.

"우린 당신과 똑같잖아요. 당신도 우리와 같고요. 다른 건 저쪽이라고요."

아이는 펜타곤을 가리켰다. 그러고는 두 손가락을 입술에 대고 입을 맞추더니 군인의 입술에 갖다 댔다. 군인 네 명이 그 여자 아이를 잡아끌고 갔다. 그녀가 말을 걸었던 군인은 자신이 다치지 않았다고 말하려 했다.

여기까지 이야기로 보아 펜타곤 시위의 역사는 결코 공평하게 쓰일 수 없음이 분명하다. 마치 자세히 기록한 역사가 진실을 증명할 수 없는 것과 똑같이!

날이 저물자 축제의 분위기가 감돌았다. 링컨 기념관에서 출발해 맨 나중에 도착한 시위대 수천 명은 북쪽 주차장으로 들어갈 필요도 없이 직접 산책길로 들어서서 고립돼 있던 사람들의 환호를 받았다. 어디선가 누군가 징집영장에 불을 붙여 높이 쳐들었다. 불꽃은 사람들 머리 위에서 춤을 추었으며 다른 영장들로 이어졌다. 어둠이 점점 짙게 내리깔리는 때, 그 불꽃들은 마치 산책길, 그 거대한 관목 숲 위에 넘실대는 부나비 무리처럼 보였다.

북쪽 주차장으로 가는 길이 다시 열렸다. 대절 버스가 떠날 채비를 갖췄다. 단체 여행 버스표를 받고 오늘의 혁명은 여기에서 막을 내린다. 한때는 산책길에 3만 명쯤 모여 있었는데, 이제 갑자기 2만 명, 1만 명, 이렇게 줄어들었다. 버스들이 시동을 걸어 구슬픈 여운을 남기며 속력을 내어 길 위를 달리자 뒤에 남은 수천 명은 서로 얼굴을 바라보며 택시를 잡거나 워싱턴까지 다시 걸어가는 수밖에 없지 않느냐는 표정을 지었다. 사실 배가 고프기도 했다. 산책길은 곧 텅 비어 갔다. 계단 위에 있던 시위자들도 조금 더 가까이 모여들었다. 대규모 공격은 이제 끝났다.

하지만 아직 수천 명이 남아 있었고 이들이 최고의 참여자들이었다. 시민 불복종운동은 제대로 실현되지 못했다. 산책길에 스미는 밤기운이 차서 모닥불을 지폈다. 계단 위에 있던 시위자들은 파이프를 나눠 가지더니 마리화나를 채워 피웠다. 앞뒤로 돌려가며 여기저기 앉은 군인들에게까지 권했다. 결국 군대는 한국전쟁 이래, 베트남에서도 마리화나를 피워 온 것이다. 이와 관련한 여러 보고서들이 있다. 아주 달콤하게 타오르는 찻잎같이 마약 냄새가 산책길을 따라 퍼졌다. 산책길에서는 달콤하면서도 톡쏘는 맛, 그을리듯 타는 풀 내음이 코를 자극했다. 이윽고 대부분의 젊은이들은 마리화나를 피우고 있었다. 이게 국방부 장관이 집무실 창문을 통해 군중을 바라보며 아래에서 피어오르는 불꽃을 내려다본 순간이었을까? 100년 전쯤 워싱턴과 버지니아에서 있었던 모닥불 놀이를 회상했을 수도 있다. 듣기에 장관은 아주 예민한 사람이며 시를 즐겨 읽는다고 했다. 창가에 서서 로버트 로웰의 작품에 몰래 감탄한 것은 아니었을까?

그런데 로웰은 도대체 어찌 됐을까? 맥도널드와 로웰, 델린저, 스포크 박사, 라이스 신부, 렌스 등은 모두 어찌 됐나? 우리는 그다음으로 넘어가는 수 밖에 없다.

7. 오리엔테이션의 끝

맥도널드와 로웰은 헌병들이 앞을 가로막자 집회가 열리는 북쪽 주차장으로 가서 연설이 끝날 때까지 있었다. 두 번째 집회가 끝나자 두 사람은 다른 사람들과 합세하여 상징적 불복종, 즉 유명 인사들이 체포되는 것에 참여하자는 제안을 받았다. 데이비드 델린저, 대그마 윌슨, 스포크 박사 부부, 노암 촘스키, 시드니 렌스, 바버라 데밍, 드와이트 맥도널드, 로버트 로웰 등이 북쪽 주차장을 나왔다. 산책길로 들어서며 젊은 시위자들과 대화를 나누기도 하고 즉석 기자회견도 가지며 집회 장소에서 거리가 멀어 유감이라고 강조했다.(그리고 계단 위 시위자들의 압력 때문에 통과하기가 어려웠다.) 델린저는 눈치 빠르게 일행을 산책길 너머 워싱턴 대로와 펜타곤의 서쪽 벽 사이에 군인들만 지키고 있는 자리로 인도했다. 여기서 델린저는 군인들을 대상으로 무료 강의를 한바탕 벌일 셈이었다. 그래서 도착하자마자 델린저는 집회에서 연설하지 않은 사람들은 여기 군인들 앞에서 연설하자고 제안했다. 라이스 추기경이 먼저 한마디 한 다음 노암 촘스키가 뒤를 이었다. 촘스키가 연설을 하는 동안 펜타곤 서쪽 벽에 한 줄로 서 있던 군인들이 유명 인사들을 향해 조심스럽게 접근했다. 아주 천천히 앞으로 다가오는데 아무런 표정도 없고 폭력의 기미도 없어 오히려 상대방이 당황했다. 델린저 일행 곁을 조용히 빠져나가는데 정말로 손 하나 대지 않으려고 아주 조심스러워했다. 하지만 델린저와 스포크 박사를 따라왔던 학생들 한 무리가 군인들을 보자 도망가기 시작했다. 군인들이 손 하나 까딱하지 않을 테니 도망가지 말라고, 델린저가 마이크에 대고 소리쳐도 막무가내였다. 아이들은 도망쳤다. 아마도 「얼간이들의 군대」라는 영화라도 본 모양인지, 아니면 네 시간 동안 연설을 듣고 나니 간이 바짝 오그라들기라도 한 건지, 아무튼 이런저런 이유들로 꿴 그럴듯한 말재간들이 실제로 이들의 담력을 온통 빼앗아 간 모양이었다. 유명인사들은 좀 더 확고했다. 이들은 돌아서서 자신들 곁을 지나가는 군인들에게 연설을 하기 시작했다. 이게 좀 우스꽝스러워 보일 때쯤 다시 돌아서서 펜타곤의 벽을 향해 걸어갔다. 아무리 무료 강의라지만 등 뒤에 대고 할 수야 없지 않은가? 그때 더 많은 군인들, 약 두 배쯤 되는 군인들이 갑자기 소총을 들고 입구에서 달려 나왔다. 두 줄로 늘어선 군대 사이에 유명 인사들은 포위됐다. 군인들은 말이 없었다.

스포크 박사가 군인들에게 말을 하기 시작했다. 자신이 즐겨 하는 이야기를 하나 꺼냈다. 얼마 전에 베트남에서 싸우는 한 병사의 편지를 받았단다. 그 병사는 전쟁을 저주하고 있었다. 스포크 박사가 답장을 썼는데 그 답장은 '수신자 사망 확인'이라는 단서를 달고 되돌아왔다.

그때 첫 번째 줄의 군인들을 인솔했던 흑인 하사관이 되돌아와 두 번째 줄의 군인들에게 말했다.

"좋아, 이제 저 친구들을 밀어붙여."

군인들이 다가서자 유명 인사들은 그 자리에 앉았다. 스포크 박사가 계속 이야기했으나 소란스러워 말이 분명하게 들리지 않았다. 그러는 동안 델린저, 윌슨, 촘스키가 체포됐다. 스포크 박사는 체포되려고 애를 썼지만 헛수고였다. 지휘관들은 아마 박사를 건드리지 말라고 명령받은 것 같았다. 군인들은 맥도널드와 로웰도 그냥 지나쳤다. 몇몇은 수갑을 차기도 하고 곤봉에 맞기도 했다.(곤봉 끝으로 톡톡 두드린 정도. 지휘관들은 폭력을 쓰지 않으려고 눈에 띄게 노력했다.) 다 끝났을 때 로웰과 맥도널드를 비롯한 몇몇 사람들은 동그마니 남았다. 이들은 결국 손끝 하나 다치지 않고 집으로 무사히 돌아왔다. 며칠이 지난 뒤 로웰은 장시를 쓰기 시작했다.(나중에 메일러가 로웰을 만났을 때 이미 800행을 썼다!) 어쨌든 이 시점에서 행진을 주도한 지도자층이나 유명 인사들은 거의 다 행동을 멈추고 싸움과는 동떨어지게 됐다.

측면 공격이나 체포당하는 장면은 행진에 앞서 델린저가 구상했던 전략에서 크게 벗어난 것이 아니었다. 만일 델린저가 자신의 원칙에 최선을 다해서 충실하고 동시에 제한된 상황 속에서 실질적인 이점을 밝히려 했다면, 그는 최대한의 이득을 성취했다. 방어선상에서 싸우는 시위대와 같이 있지 않기로 결정한 것은 내심 유명 인사들의 체포를 궁극적인 목표로 생각했기 때문이었다. 그래서 스스로 불법적인 장소로 걸어 들어가 군인들에게 무료 강의를 시도했다. 군인들이 델린저를 비롯한 유명 인사들을 밀어내려 했을 때 이들은 자연스레 체포된 것이다. 누구나 체포한다는 군대의 원칙이 있지만 쉽게 체포된 것은 아니었고, 또 (메일러의 경험을 비교의 기준으로 심는다면) 즉석에서 자동적으로 풀려나지는 않았다 해도 같은 날 저녁에 풀려났다. 그리하여 델린저는 기자회견에 참석하여 "굉장한 승리"였다고 주장할 수 있었다. 이어서 이번 시위가 "좀 더 투쟁적이고, 좀 더 줄기차고, 좀 더 고집스러운 분위기"의 시작을 의미한다고 말했다. 뒷부분에 인용된 그의 말이 정확하다면 앞부분은 구태여 언급할 필요가 없다. 왜냐하면 이 좌파 의견의 정반대에 서 있는 신랄한 늙은 제대병들은 이렇게 말할 것이기 때문이다. 그런 "굉장한 승리"에서 포로수용소가 탄생했다고. 사실 실제 무슨 일이 일어났는지는 크게 문제가 되지 않을지도 모른다. 동원 위원회의 다른 지도자들처럼 델린저는 굉장한 승리를 거두었노라고 주장하게 돼 있었으니까. 이것이 행진이 있기 전날 밤 델린저가 루빈에게 말할 수 있었던 것인지도 모른다. 이런 냉소주의를 실제로 델린저가 의식하고 있었다는 근거 없는 가정을 염두에 둔다면 말이다. 그는(혹은 델린저가 아니라면 또 다른 지도자는) 생각했을지 모른다. 펜타곤에서 일어난 일이 무엇이든 굉장한 승리와는 조금도 상관없다. 맥나마라 장관이 시위에 합세했다는 믿을 수 없는 승리와도, 반대로 가장 끔찍한 패배, 군대를 보는 순간 모든 행동들이 마비됐다는 패배와도 전혀 상관이 없다. 정도가 이보다 낮다 해도 나타난 결과는 대동소이했으리라. 양측은 각기 자신들의 원칙을 위해서 굉장한 승리를 주장할 것이니까. 신문은 당연히 정부의 편이겠지.(반대편에 유리한 것도 꽤 많이 줄줄 새긴 하지만서도.) 그리고 좌파와 지하 신문들과 참새 떼들은 왜곡하고, 덧붙이고, 그럴듯하게 꾸미고, 순수화하고, 고상하게 조작할 것이 너무나도 뻔해서 마침내는 사건의 진짜 역사를 자신들의 필요에 따라 전치시킨다. 실제로 얼마만큼 성공했고 패배했는지는 이후에 진행될 대규모 행사에서 드러나는 투쟁심, 돈, 규모로 측정될 것이다. 그사이에 그는 미국의 양심과 중산층의 양심에 호소하는 것이다. 참석했던 사람들의 수, 체포된 사람들의 수, 유명 인사들의 이름, 이런 것들을 들어 호소한다. 그래서 델린저는 루빈에게 이렇게 말했을지도 모른다. 만일 그가 냉소적이었거나 모든 증거로 보아 냉소적이지 않다고 해도 가장 중요한 것은 펜타곤에서 행동하는 것, 단 한 가지뿐이라고. 미국 신문들의 전달 방식에 힘을 입으면 오직 그것만이 사건에서 문제될 뿐이라고. 미국적 혁명이란 자본주의라는 기나긴 밤 속에서 눈을 가린 채 언덕을 기어오르는 것이므로 널리 보도되는 것이 무엇이든 그게 지팡이가 되는 것이라고.

이런 대화에서는 루빈이 델린저의 견해에 조금은 동의한다 할지라도 아마 이렇게 대답했으리라. 일선에 선 군대가 어떤 마술적인 것을 획득했다는 확신을 갖고 떠나기 전까지는 진짜 승리란 없노라고. 루빈은 신비론자, 혁명적인 신비론자이다.

그 뿌리는 바쿠닌에게 속한다. 그래서 루빈은 난동 뒤에 따르는 혼란은 위기를 조장하며 이때 정부가 지나치게 힘을 강화하면 나라가 둘로 갈라져 새로운 가치, 새로운 사회, 새로운 힘을 건설할 좌파의 세력을 넓힐 수 있노라고 믿는다. 루빈은 미래의 빛이 보이지 않는 승리는 아무것도 주지 않는다고 믿는다. 내적 승리가 조명되지 않고 공적 보도에 좌우되는 전쟁은 쓰레기 더미 속에서 싸우는 전쟁이라고 믿는다. 오직 몇 백 명만 뭉친 마지막 대군들, 그 가운데서도 가장 뛰어난 몇 명에게만 안기는 참 승리는 다가오는 밤의 씨앗에 빛을 던진다고 루빈은 믿는다. 허황된 환상을 먹는 최고의 낭만주의자, 그러나 루빈만이 이런 묵시론적 환영에 사로잡힌 것은 아니었다. 그전에도 이 환영은 여러 다른 모습들로 존재했다. (알파벳으로 이름의 첫 자음이 같은) 카스트로, 코르테스, 그리스도 등등. 오늘날 신비주의는 약물로 환상 속을 헤매는 미국 중산층 젊은 반항아들의 집약된 환영이다.

8. 시험된 미학

이제 나머지는 사소한 문제에 지나지 않는다고 말할지도 모른다. 그러나 사실 그렇지 않다. 전혀 그렇지 않았다. 펜타곤 계단 위에서의 절정은 이제야 막이 오른다.

밤이 깊어 갔다. 남은 시위자들은 자신들이, 반사하는 연못 주위에 모여들던 8만, 아니 10만의 대군들과 펜타곤까지 왔던 군중 5만과 이제는 아무런 연결도 맺고 있지 않다는 것을 차즘 깨닫기 시작했다. 오직 골수분자 몇 천 명만 동그마니 남았을 뿐 위대한 허풍선이들은 다 가 버린 것을.(기름기 줄줄 흐르는 뚱뚱보 장모는 이제 떠나 버렸다는 것을.) 또한 펜타곤의 주위와 내부, 그리고 자신들을 둘러쌌던 군대들보다 자신들이 힘도 약하고 수도 열세임을 깨닫게 됐다. 이들은 이제부터 정말 심각한 판국이 벌어지고 진짜 볼 만한 무기들이 나오라라는 것을 직감했다.

이미 이야기한 대로 모닥불을 지피고 마리화나도 돌렸다. 불빛에 어른거리는 어둡고 커다란 펜타곤은 태곳적 공룡을 연상시켰으며 마리화나에 젖은 눈으로 잔디밭에서 꼭대기를 올려다보면 마치 성당 처마 홈통에 새겨진 괴물같이 보이기도 했다. 밤이 깊어도 행동을 멈추지 않았다. 자원해서 나선 광부 아이들 몇몇이 먹을 것과 마실 것을 날라 왔다. 허기와 갈증을 느끼던 시위자들은 배를 채우고 목을 축였다. 맥주와 샌드위치가 돌려졌다. 결국 오늘이 토요일 아닌가. 먹고 마시며 들뜬 분위기. 한 쌍은 이미 잔디밭에서 껴안고 애무하기 시작했다. 이들의 대담함에 가슴이 두근거리는 사람도 있고 펜타곤이 지척이라는 사실에 더욱 자극을 받은 아이들도 있었다. 아이들 몇몇이 스프레이, 크레용, 붓, 페인트를 들고 산책길 돌 벽 위에, 교각 위에, 비탈길 옆에, 구호를 쓰기 시작했다.

"전쟁이나 빨아라."

또 다른 말.

"펜타곤이나 빨아라."

세 번째 말,

"×할 전쟁."

모든 일이 끝난 뒤 신문에서는 이 말들을 대서특필했고, 잔디밭 위의 난장판을 왈가왈부했다. 이것만은 정말 큰 실수였다. 잔디밭 위에서 난장판을 벌인 것 말이다. 잔디밭을 엉망으로 해 놓고 그냥 가는 군대는, 시체를 보고도 그냥 지나치는 군대와 다르지 않다. 그리고 적어 놓은 구호들이란! 이건 그래도 난장판보다는 변명의 여지가 조금 있을지 모른다. "펜타곤이나 빨아라."란 말은 입에서 입을 통해 군대에 쫙 퍼졌다. 그 말에 웃지 않은 사람은 미국 군인이 아니었을 것이다.

그동안 군인들도 가만히 있었던 것은 아니다. 디거스가 음식물을 나르느라고 뚫어 놓은 왼쪽 통로에 군인들은 최루가스를 뿌렸다. 신문을 통해 많은 사람들이 증언했으니까 의심의 여지가 없다. 저녁 브리핑 때문에 펜타곤에 있던 기자들은 군인들이 터뜨린 최루탄 때문에 눈에 눈물이 고여 거의 앞을 볼 수 없었다고 한다. 그런데 군대는 그 브리핑 자리에서 결코 최루탄을 뿌린 적이 없노라고 했다는 것이다. 물론 시위자들 가운데도 최루탄을 사용한 사람들이 있다고 한다. 지미 브레슬린이 그렇다고 맹세했으며 행진 지도자들 가운데에도 인정한 사람이 있었다. 사실 천사 같은 시민 군대와 사악한 젊은이들, 마약에 중독되고 전자 기타와 화학 약품에 매료된 이 세대 가운데 최루탄을 사용하는 전략에 혹한 사람이 전혀 없었다고 말하기는 어려울 것이다. 어떻게 다른 일을 할 수 있는가? 히피와 폭주족은 독창적인 팝아트의 천재가 불법 무기 제조자로 변모할 때 크게 놀라지 않는다. 이십 년 동안 연재만화에 길들여지다 보니 이젠 초현실주의자가 돼 버린 것이다.

여자 아이들은 줄 서 있는 군인들을 희롱했다. 그곳에서 무슨 일이 일어났던 것이다. 군인들은 얼마 있지 않아 자리가 바뀌곤 했는데, 삼십 분 만에 자릴 바꾸기도 했다. 따라서 군인들과 시위자들 사이에는 어떤 관계가 싹틀 수 없었다. 아마 정당한 까닭이 있었으리라. 그날 이른 시각에 흑인 시위자 두 명이 어느 흑인 병사를 조롱하자 결국 그 흑인 병사가 고개를 숙이고 외면해 버렸다는 보도가 있었다. 이런 대화가 오고갔으리라.

"이봐, 검둥아. 얼마나 더 찰리의 부하들에게 키스를 하려는 거야? 베트남에 가서 검둥이 영웅이 되고 싶어 안달이 났어? 신문에 나고 싶어 죽겠다는 거지? 자, 친구. 가죽을 좀 벗으라고. 방아쇠에서 그 두툼한 검은 손을 떼고 우리 본심을 털어놔 보자고. 넌 남자야! 사람이라고!"

그렇다. 이들은 그 병사를 고문한 셈이다. 가장 단단한 살집에서 오랜 세월 시달린 가죽을 벗겨 내려는 시도는 흑인들에게 모순이었다. 다시 말하면 그런 고통으로 지혜를 일깨우는 전술이라고나 할까? 어떻게 미국 군대는 흑인 병사들을 제일 앞줄에 배치할 수 있단 말인가. 흑인과 백인이 한데 모여 시위를 벌이는 그 코앞에다 말이다. 아니다. 시위대는 와해될 것이고 어디에서 그리될지 아무도 모른다. 오늘 밤에는 손실이 더 크다. 자신들만의 혁명을 추구하겠다고 떨어져 나간 흑인 강경파들이 결국 여기에 오지 않고 워싱턴 흑인 빈민가로 흩어져 버린 손실 말이다. 흑인들은 스스로 군대를 조직했다. 흑인 좌파는 백인 좌파보다 힘이 세다. 게다가 이들의 가슴속에는 신좌파들이 무조건 기술 산업 국가를 받아들이는 것을 경계하는 본능이 있다.(이 신좌파들은 사단법인과 기술 산업 국가를 일치시키지 않는다. 반면 흑인 좌파들은 기술 산업 국가와 사단법인은 같

400

은 것 아니냐고 좀 더 직감적으로 느끼고 있었다.)

흑인이든 아니든 군인들과 친목을 다지려는 시도는 계속됐다. 징집영장들이 계속 불타올랐다. 한 장씩 탈 때마다 사람들의 가슴속에서는 근심이 펄럭였다. 날개를 달고 나는 불꽃, 그토록 전쟁을 미워한다면서도 대학생들이 지갑 속에 넣고 다니던 징집영장, 주소를 찾으려고 지갑을 열 때마다 이들은 굴욕감을 참을 수 없었다. 넌 겁쟁이야, 비겁한 겁쟁이, 날 이렇게 간직하고 다니니까 말이지. 징집영장은 이렇게 말하는 것 같았다. 밤의 공기를 타고 징집영장이 한 장씩 타올랐다. 사람들은 계단위에, 광장에, 산책길에 앉아 가슴속에서 타오르는 징집영장을 느꼈다. 새 징집영장에 불길이 닿을 때마다 환희와 슬픔이 어우러져 올라왔다. 저 어둠 속에서 지금 불꽃을 당기는 게 바로 네 것이야. 거친 혁명가요 보수적인 중산층 아이, 징집영장을 간직해 온 위선자, 정신분열증이 불타는 대신에 앞날에 대한 불안이 찾아든다. 그러고는 보답을 받으려는 듯 입맞출 여자 아이를 찾았다.

섹스와 두려움과 솟구치는 용기와 만끽하는 자유, 그러면서도 공포가 질식할 듯 몰려든다. 거칠게 흔들리는 아픔과 꿈꾸듯 둥둥 떠가는 마약의 효력, 살갗을 깨무는 듯 차가운 밤 공기, 군복을 환히 비추는 모닥불, 히피들은 페퍼 상사의 발뒤꿈치에서 놀고 있었다. 미국의 군인들은 불꽃이 환한 밤의 들판을 바라보며 시위자들이 자신들에게 외치는 소리를 들었다.

"우리와 같이하자, 같이하자고."

시위자들은 낮은 목소리로 계속했다.

"왜 군복을 입고 있는 거냐? 머리 위에 쓴 헬멧이 그렇게 좋아? 그렇게도 미워하는 상사들에게 복종해야만 한단 말이지? 우리에게 와, 우린 뭐든지 가졌다고. 이것 봐, 얼마나 자유로운가. 마리화나도 있고 음식도 있고 여자도 있잖아. 이리 와서 여자 아이들과 같이 놀자고."

아내를 빌려 주는 에스키모와 닮은 신중산층의 관대함을 작은 마을에서 자란 노동자층 출신의 군인들은 얼른 알아차리기 힘들다. 누가 자기 여자를 남에게 주나? 이게 질문일 것이고, 대답은 미친놈! 정말이다. 히피들은 너무 많이 주겠다고 했다. 이것은 분명히 지나치다.

여자 아이들도 나름대로 싸움에 가담하고 있었다. 군인들 앞을 걸어가며 말도 걸고, 우뚝 멈추어 빤히 쳐다보기도 하고, 총구에 꽃을 넣기도 하고, 미소를 짓기도 했다. 어떤 아이들은 달콤하고 부드럽다. 정말 꽃 같은 여자 아이들도 있었다. 어떤 아이들은 대담하고 입심도 세고 아주 적극적으로 생겼다. 일 년에 할렘의 흑인 오십 명 쯤은 사귈 듯 보였다. 백인은 말할 것 없고. 아이들은 블라우스의 단추를 풀고 젖가슴의 골진 곳을 드러내며 군인의 눈 속을 들여다보고 웃었다. 미치게 만드는 웃음. 그러고는 아이의 암내 풍기는 배가 군복 속에서 어찌할 수 없이 옴짝달싹도 못하는 남자의 성기를 비웃었다. 그러자 군인들 뒤에 서 있던 지휘관들이 경찰견처럼 빳빳이 곤두서서 군인들 사이를 오락가락하며 시위자들을 노려보고 손아귀에 든 곤봉을 반대쪽 손에 대고 툭툭 친다. 금방이라도 한 대 치고 싶은 충동을 삭이면서.

이따금씩 사람들이 체포됐다. 상식이 전혀 통하지 않는 상황 같았다. 앉아 있던 시위자가 실수로 군인을 건드렸다. 지휘관이 군인 사이를 비집고 나와 시위자를 꽉 잡아끌면 다른 지휘관이 합세하여 그 아이를 때리고 대기 중인 폴크스바겐이나 트럭으로 끌고 갔다. 하루 종일 체포는 그런 식으로, 상식이 통하지 않는 상태에서 이루어졌다. 애초에는 가급적이면 체포하지 않으려는 조짐이 분명히 보였다. 그러나 민주 사회 학생회와 혁명 분대들이 들이닥쳐 광장의 한 구석을 점령하자 체포자 수가 늘어났다. 이후 어두워지면서 한밤중까지 여기저기에서 별로 뚜렷한 이유 없이 체포가 벌어졌다.

아니, 거기에는 의미가 있었다. 아주 깊은 책략적인 의미. 폭도들 가운데서 순교자가 나오는 것을 막으려는 책략. 이 책략의 골자는 무작위로 체포하는 것이다. 체포된 당사자는, 특별히 한 것 없이 붙잡혔으니 억울하다고 느끼거나 바보같이 생각될 것이다. 석방되자마자 친구들은 그 당사자를 영웅으로 취급하리라. 하지만 결국 친구들을 실망시킬 것이 뻔했다.

이것이 무작위 체포 전술의 묘미다. 또한 잡히는 사람이 자신을 방어할 틈새가 전혀 없고, 체포가 정당한지 가늠할 여유도 없을 정도로 난폭했다. 이유 있는 체포보다 닥치는 대로 체포하는 편이 언제나 더 포악하기에 소문이 좀 과장된 듯싶지만, 사실 그 말이 틀린 것은 아니다.

하지만 오늘 밤의 체포 가운데서 무작위가 아닌 것이 하나 있었다. 눈에 띄게 여자들을 많이 체포한 것이다. 잡힐 때 추잡하게 많이 얻어맞기도 했다. 평화를 위한 여성 모임의 지도자인 대그마 윌슨은 다른 남자 유명 인사들보다 더 거칠게 다루어졌다. 그렇다고 윌슨만 그런 대우를 받은 건 아니었다. 수많은 증인들이 지휘관과 군인들이 여자들을 얼마나 난폭하게 다루었는지 여러 번 이야기했다. 이제 그 이야기들을 좀 더듬어 보자. 자정이 얼마 지나지 않아 펜타곤에서 기자회견이 소집됐다. 퇴근 전 마지막 기자회견이라는 것이다. 그런데 국방부 장관도 자리에 없고, 텔레비전도 없었다. 사건 보도에 어떤 틈새를 느끼게 했다. 누군가 책임 있는 발언을 할 사람이 당연히 있어야 할 때였기 때문이다. 그런데 이때 건물에서 새로운 군대 대열이 나타났다. 지키고 서 있던 군대와 교대할 병력이었다. 새 군인들은 베트남에서 제대한 귀환병들이었다. 날이 어두워지면서 귀환병들이 광장에 있긴 했으나 이 분대는 특별히 훈련을 받은 것 같았다. 오후에 첫 줄에 섰던 겁에 질린 예비병들, 처음 한 시간 동안 두 시선의 대면에서 진 예비병들과 사뭇 다른 사나운 외침이다. 그때 시위자들로부터 얻은 힘은 지금 전혀 다른 불길 속에서 시험을 받는다. '쐐기 작전'이라고 알려진 싸움이 시작된 것이다. 워싱턴의 《프리 프레스》에 마지 스탬버그가 쓴 증인의 설명을 간추려 보겠다.

공수부대가 M-14 소총, 대검, 곤봉을 차고 돌처럼 굳은 얼굴로 나타났을 때 즉시, 모닥불 아래 쉬고 있는 시위자들은 재정비하라는 말이 확성기를 통해 들렸다.

확성기를 통해 긴급 호출 신호가 전달된 것을 눈여겨볼 필요가 있다. 분위기가 순식간에 달라진 것이다.

시위자들은 서로 팔짱을 끼고 줄줄이 앉았다. 그러고 나서 줄을 조이기 시작했다. 맨 앞줄에 섰던 사람들이 하나씩 군대

뒤쪽으로 끌려 나갔다. 갑자기 군대가 한 줄로 서서 오른편에 쐐기 모양을 이루면서 군중 앞에 섰다. 이들의 전략은 시위대를 둘로 나눠 뒤로 밀어붙이려는 것이었다. 설명도 없이 갑자기 행동이 개시됐다. 범인 호송차가 위쪽으로 굴러가고 최루탄과 총을 든 군인들이 군대 가운데 나타났다. 산책길 뒤쪽에서는 또 다른 군대가 나타났다.

천천히 쐐기 모양을 한 대군이 사람들에게 다가왔다. 긴 총대와 소총들을 꼬나들고 맨 앞줄에 있던 여자 아이들에게 먼저 다가섰다. 그러고는 그 아이들에게 발길질을 하면서 총으로 쿡쿡 찔렀다. 팔짱을 풀게 하려고 팔과 머리를 쳤다. 시위대는 공수부대를 향해 야만스러운 짓을 그만두고 자신들과 같이 인간답게 행동하자고 호소했다. 국가도 부르고 다른 노래들도 불렀다. 하지만 그 순간 군인들은 인간이 아니었고 호소는 아무런 효력이 없었다.

민주 사회 학생회의 대원들은 확성기로 어떤 전술도 효력이 없는 이 상황에서는 뒤로 물러서야 한다고 시위자들에게 말했지만 별로 귀를 기울이지 않는 것 같았다. 우리는 그렇게 앉아 있었다. 떠나는 사람들도 있었지만 대부분은 남아 있었다. 지금 자리를 뜨는 건 부모 형제를 버리고 얻어맞으러 가는 것과 별로 다를 바 없었다. 그렇지만 그저 팔짱을 끼고 남아 있는 것 역시 무자비한 잔인성에 몸을 내맡기는 것이었다. 이전에 거둔 승리는 모두 잊었다. 어둠 속에서 공수부대가 움직이기 시작했다.

군인들은 주로 앞줄에 선 여자 아이들을 때렸다. 하지만 이들이 곤봉에 맞고 끌려갈 때마다 뒤에 선 줄들은 점점 더 단단하게 조여졌다. 뒤에 섰던 줄이 앞줄이 되고 얻어맞고 발길에 차이며 끌려갔다. 군대는 이제 세 번째 줄과 마주섰다. 그러고는 네 번째, 다섯 번째, 여섯 번째, 이런 식으로 나가다 보니 사람들은 마침내 두 무리로 나뉘게 됐다. 100명쯤 되는 사람들이 조직적으로 얻어맞고 호송차에 실렸다.

쐐기 부대는 마지막 줄로 다가섰고 이제 저항은 사라졌다. 남은 사람들은 팔짱을 끼고 서서 계속해서 들이닥치는 호송차를 조용히 기다렸다. 아무도 자리를 뜨지 않았다. 수천 명이 말없이 체포를 기다렸다.

자리를 뜨지도 못하고 그렇다고 저항하지도 못하는 이 사람들이 노래와 호소와 눈물과 "저주받을 인간!", "악질!" 등 무기력한 악담을 퍼붓는 가운데, 몇 시간에 걸쳐 천천히 진행된 이 체포를 앉아서 목격하는 사람들의 고통을 누가 제대로 묘사할 수 있겠는가.

저항이 무너지고 잔인한 행위가 멈추고 순순히 체포되기를 기다리고 있을 때, 맥나마라 국방부 장관이 펜타곤에 도착했다는 소식이 들렸다. 확성기로 이 소식이 알려지자 군대는 즉시 공격을 멈췄다. 국가 동원 위원회의 시드니 펙이 민주 사회 학생회의 확성기를 받아 들더니, 펜타곤 안에서 학살 명령에 대한 책임을 질 사람이 해명할 때까지 멈추라고 군대에게 호소했다. 계단 위에 있어도 좋다는 허락을 받았는데도 군대가 폭력을 행사했다고 펙이 주장했다. 이 말은 우리들 대부분에게 장례식 연설같이 들렸다. 하루 종일 합법적인지, 불법적인지 찾는 게 지긋지긋했다. 전쟁을 수행하는 사람들과 대결하러 온 사람들에게 허가란 우스꽝스럽기 짝이 없는 말 같았다. 허락을 받았기 때문에 그들에게 잔인한 짓을 멈추라고 하고 싶진 않았다. 정말 그 짓을 멈춰야 한다면, 그건 우리가 군인들을 치거나 군인들이 우리를 몽땅 끌어갔을 때뿐이다.

저항하며 서 있던 사람들은 여러 가지 정치적 견해를 가지고 있었다. 먼저 사납게 대들고 방어선을 장악했던 사람들과 달리 그날의 동지로 하나가 되어 대부분이 학살 현장을 떠날 수 없다고 느끼는 듯했다. 대들지 말고 남아서 개개인이 이 모든 걸 목격하고 고통을 느끼며 베트남 형제자매들이 겪는 공포의 대가를 치러야 한다고 생각하는 것 같았다. 이런 감흥이 이기적인 것이며, 실제 밖에서 벌어지는 전쟁과는 아무 상관도 없는 지나친 개인적 카타르시스에 불과하다고 느끼는 사람도 적지 않았지만 남기를 원하는 사람들을 두고 떠날 수는 없었다. 그래서 우리는 맥나마라 장관이 도착하여 군인들이 물러날 때까지 남아 있었다. 저항은 무너졌다. 자신들이 목격한 것들, 그리고 아직 자신들이 살아 있다는 것에 놀란 사람들은 집으로 향한 먼 길에 첫발을 내디뎠다.

이제 같은 신문에 실린 또 다른 이야기 하나를 소개해 보자. 손 드레이어가 쓴 것이다.

시위의 후반전은 상황이 상당히 나빴다. 그 이유는 모르겠다. 한 예로 군대는 대원들을 계속 바꾸었다. 우리가 군인들과 이야기를 좀 해 보려고 하면 그 친구들을 데려가 버리는 것이다. 마지막 판에 가서 제일 지독한 군대를 데려다 놓을 모양이었다. 많은 사람들이 자리를 떴다. 날씨는 춥고 어두웠다. 그러다 가장 중요한 일이 벌어졌다. 전혀 손을 써 볼 수 없는 상태에 부딪치게 된 것이다. 우린 독 안에 갇힌 쥐였다.

갑자기 우린 두려움 속에 몸을 도사렸다. 「우리는 두려워하지 않아」란 노래를 부르기 시작했다. 조금 전까지도 이런 노래를 부를 필요가 없었는데, 이제 군대들과 전혀 말이 통하지 않는 것이다. 우린 계속 「우리와 같이해!」와 「우린 당신을 사랑해」를 불렀으나 아무 의미 없는 수사에 불과했다. 사람들은 계속 음식을 날라 왔고, 배가 터지게 먹다 보니 음식이 지겹게 보였다. 논쟁을 벌였고 「우리는 승리하리라」란 노래도 불렀다. 달리 어찌할 수가 없었다. 몇 명은 이 자리에서 맞아 죽을 각오가 돼 있었고, 몇 명은 자릴 뜨는 것이 더 낫지 않겠느냐고 했으나, 대부분은 그저 공포에 질려 어찌해야 좋을지 모르는 것 같았다. 젊은이들 가운데는 정말 골수분자들도 있어서 자릴 뜨는 것이 패배를 의미한다면 꼼짝하지 않겠다는 아이들도 많았다. 일이 벌어진 건 바로 이 시점이었다.

군인들이 정말로 거칠어지기 시작했다. 쐐기 모양으로 사람들에게 다가서며 곤봉으로 머리를 내리쳤다. 어리고 아름다운 히피들은 눈물을 줄줄 흘렸으나 움직이려 들질 않았다. 이 아이들은 정말 용감했다. 나는 그토록 거칠게 우리를 누르는 지독한 군인들에게 분노를 느끼기 시작했다. 말 그대로 지독한 그들은 못된 자본주의 싸움꾼들이었다. 우린 정면 대결에서 상징적 항의로 돌아섰다.

사람들은 폭력이 무엇인지 생각해야 한다. 그건 분명 영혼을 세척하는 따위의 가치 있는 일이 아니다. 폭력과 대결할 무기도 없고 똑같은 전략상의 위치도 지니지 못한 상대방에게 폭력을 휘두르는 건 정신 나간 짓이다. 보잘것없는 게릴라전술로 적을 죽여 버리자는 속셈 외에 아무것도 아니다.

오늘 오후만 해도 우린 전략적으로 훌륭한 위치에 있었다. 상대방을 놀라게 했고 수적으로 우세했으며 자신감도 있었다. 결국 더 높은 점수를 얻어 승리의 기쁨에 취해 이곳에서 당당히 걸어 나갈 수도 있었다. 물론 이건 지금 떠오르는 생각일 뿐 당시에는 그렇게 생각하지 않았다. 지금 사태가 더 나아졌다고는 생각하지 않는다. 결국 두 발자국 앞으로 나갔다 한 발자국 물러섰다는 느낌만이 강할 뿐이다.

증인들이 말하는 잔인함은 그냥 지나칠 일이 아니다. 게다가 법을 존중해야 할 국가기관에서 그런 일을 저질렀다는 것이 이 상황을 두 배로 추하게 만들었다. 줄을 선 군인들은 앉아 있는 시위자들에게 다가섰다. 그러고는 발길질을 해 대며 시위자들이 대들게 만든다.(법적으로 말하자면 군인들을 방해한다는 것이다.) 지휘관들이 발길질 사이로 뛰어들어 시위자들을 끌고 가 버렸다. 여자건 남자건 매맞고 끌려갔다. 그건 소리 없는 저주로 뭉쳐져 뜨겁게 타오르는 애국심으로 솟구치는 역정이었다. 보는 사람들은 넋을 잃을 수밖에 없는 장면이었다. 지휘관들과 군인들에겐 드디어 적이 코앞에 서 있는 격이었다. 베트남에서 귀환한 자신과 같은 군인들의 무덤을 욕되게 하고 나라의 이름을 더럽히는 이 썩은 수렁 같은 유대계 계집아이들. 그렇지, 군인들은 한 명 한 명 여자 아이들을 계속 때렸다. 남자보다도 여자들을. 폭력 행위 한 건을 가장 잔인하게 묘사한 헌터칼리지 영어학과 교수 하비 메이스의 글을 보자.

한 군인이 여성 시위자를 발로 밟고 수통에 든 물을 땅에다 뿌리며 괴롭혔다. 시위자는 그 군인에게 욕(필자도 알아들을 수 있는 욕이었다.)을 해 댄 뒤 (당연히) 몸을 피하려 했다. 몸을 제대로 가누지 못한 탓에 어깨가 군인의 어깨에 걸려 있던 소총을 치자 군인은 총을 추켜올리며 총의 밑동으로 그 여성의 다리 부분을 세게 쳤다. 뒤로 물러나려 했지만 대열 둘째 줄에 있던 군인의 곤봉을 피하기에는 너무 느렸다. 군인은 적어도 네 번 정도 힘껏 내리쳤으며 그 여성이 머리를 팔로 감싸자 곤봉을 칼처럼 그 안으로 찔러 넣었다. 두 분대 병력이 합세하여 그 여성을 펜타곤으로 끌고 가기 시작했다. (중략) 여성이 몸을 비틀었을 때 우리는 그 얼굴을 볼 수 있었다. 그러나 그건 얼굴이 아니었다. 우리가 볼 수 있었던 것은 단지 붉은 피뿐이었다. 심지어 울고 있는지조차 확인할 수 없었는데 두 눈은 머리에서 흘러내리는 피로 인해 피범벅이 되어 있었다. 그녀가 토해 낸 것 역시 피였다. 이어서 군인들은 여성을 급히 끌고 나갔다. 우리는 논리가 있는지 의아하다. 최악의 상업주의에 언제나 논리가 있듯이 억압에는 늘 논리가 있다. 논리는 이유를 찾고 뭔가를 살 속으로 찌른다.

여기서 논리를 찾자면, 몇 세기 동안 묵은 직업군인들의 비감을 말해 주었다는 것이다. 그 군인은 그저 아버지와 형제들의 보살핌 아래 일곱 살까지 그럭저럭 살아남은 사람이다. 어머니의 사랑도 충분히 받지 못했다. 이 때문에 그토록 거칠어진 것이다. 여성의 잔인성을 두려워했다. 다시는 이런 기회를 못 얻겠지, 여자를 사랑하지도 않고 마구 때리는 것. 그래서 지휘관들은 계속 기다렸다. 이 공수부대 군인들은 모두가 펜타곤에서 떠나 버리고 자신들만 남을 때까지 기다렸다. 자, 이제 여자를 때릴 수 있게 됐다.(이 쐐기 작전에서 잡힌 100여 명은 메일러가 잠들기 전에 오코콴의 다른 감방에 잡혀 들어왔다.)

군인들이 여성들을 때린 이유는 또 있다. 시위자들에게 굴욕을 맛보게 하려는 것. 이들의 새로운 저항을 문질러 낡고 수동적인 불복종으로 깎아내리는 것. 그래서 무기력하게 앉아서 얻어맞을 순서나 기다리는 꼴로 만드는 것. 바로 코앞에서 여자 아이들을 때리고 끌고 가도 끝내 한마디도 못하고 바라보고만 있으라는 것. 그건 분명히 시위자들과 확성기에 대고 공격을 하려던 군인들을 저지하던 사람들 모두에게 최악의 시간이었다. 그랬다. 고통스러운 시간이었다. 노동자층은 손실을 만회했다. 대단한 열의였다. 소총과 곤봉으로 손실을 벌충한 것이다. 쐐기 작전에서 무기력했다는 사실은 시위자들에게는 큰 오점이었지만 이해할 만했다. 좌파에게는 신경이 완전히 무뎌져 버린 부분이 있는데 바로 가스실의 공포 이전에 생긴 오래된 마비감이다. 좌파 가운데는 자신들의 미래가 그런 식으로 끝나 버릴 것이라는 편견을 갖지 않는 이들이 거의 없다. 이런 이유 때문에 한 꿰미의 생선처럼 언제나 대중연설에 매달린다. 무리 속에서 연설을 듣는 동안 이들은 마지막 가스가 목구멍으로 밀려들 때 마지막 토사물을 쏟아 내는 악몽의 순간에서 가장 멀리 떨어져 있게 될 것이다. 저녁마다 이런 식으로 공적인 자리에서 조금씩 죽는 것이 더 나을지도 모른다. 혹자는 곤봉을 내리칠 때 왜 음악을 연주한 사람은 없었는지 궁금해한다. 그건 확성기에서 나온 합법적이고 인자한 명령 때문이었다. 어머니처럼 인자한! 지휘관들의 곤봉과 군인들의 소총의 밑동이 보다 더 세게 내리친다. 어머니들을 없애 버리자! 그러는 동안 이런저런 소문이 나돌았다. 시위자 한 명이 이미 죽었다는 이야기였다. 그다음에는 시위자들을 모두 다른 데로 옮겨 한 명씩 구타할 것이라는 소문이 퍼졌다. 언제가 될지 모르지만 명령이 떨어지면 곤봉으로 죽도록 얻어터질 것이라는.

아직도 자리를 뜰 수는 있었다. 쐐기 작전은 천천히 진행됐기에 일어나서 도망칠 수가 있었다. 하지만 사람들은 맞고 있는 동지들과 운명을 같이하기로 하며 앉아 있었다. 그러기에 비겁한 것만은 아니었을지도 모른다. 맞는 친구들을 막아 주지 못한 비겁자일지라도 도망가기를 거부한 점에서는 변명의 여지가 있다. 게다가 마리화나가 이들에게서 기력을 빼앗아 갔을 것이다. 이들은 약 기운에 붕 떴다가 사고의 연결이 끊어지면서 어린 뇌의 작은 싹이 피해를 입어 마음 깊은 곳에 와 닿는 길고 기분 나쁘게 멍한 순간을 맛보게 된다. 무감동, 축 늘어지는 기분, 바로 이때 쐐기 작전이 시작된 것이다. 미국 군대는 언제 칠 것인지 잘 알고 있었다.

이들은 새벽까지 긴 시간 동안 참회했다. 긴 밤을 지나서 4도까지 떨어진 어둡고 추운 새벽까지, 또 한 차례 태풍이 몰아칠 것이라는 소문이 돌았다. 펜타곤에 왔던 시위자들 수천 명 가운데 지금 남은 사람은 겨우 400명. 추위와 시련을 견뎌 낸 생존자들처럼 버티고 버텨서 마지막 순간까지 남고 싶은 유혹에 사로잡혔다. 이들은 지금 시련의 의식이라는, 누구에게나 괴롭고 힘든 정신적 시험을 겪고 있었다. 이제 그날 새벽에 일어난 일을 이들과 함께 찬찬히 되짚어 보도록 하자.

9. 단련된 미학

쐐기 작전이 지나간 뒤 시위자 수백 명은 펜타곤의 계단 위에 남아 어둡고 긴 밤을 뜬눈으로 지새우고 있었다. 이들은 도덕적 근원을 더듬는 온갖 신경조직 속에서 치과 의사의 송곳이 이를 뚫고 지나갈 때 온 신경이 곤두서듯 그렇게 고통스럽게 육체적 정신적 변화를 겪고 있었다. 살을 에듯 추워서 시위자들은 함께 웅크리고 누워 눈을 붙였다. 가끔씩 일어나는 하찮은 실수에도 그들은 불안해지고 무력해졌다. 새벽 5시쯤 하사관 하나가 걸어오더니 수통을 열고 찬물을 잠자는 사람들 위에 끼얹었다.

그러나 이렇다 할 큰 사건은 없었다. 쐐기 작전은 양쪽 모두에게서 싸울 욕망을 빼앗아 버렸다. 군대는 자신들이 한 짓이 불법임을 알고 죄책감을 느꼈다. 이들이 쐐기 작전으로 쓸어버린 구역은 총무부의 계약 항목에 시위 장소로 명시되어 있었다. 몇몇 상관들은 지금쯤 자신들이 벌인 행동을 근심스레 돌아보고 있으리라. 계단 위에 아직도 남아 있는 히피들과 평화주의자들의 마음은 한순간도 편안하지 못했다. 이른 아침에 도는 소문이란 짓누르듯 두려운 것이다. 다음에 무슨 일이 벌어지리라는 이야기들은 듣는 사람의 가슴속에 철렁하며 떨어진다. 일요일 새벽을 향하는 이들의 여행은 분명 평범한 것이 아니었다. 비겁함은 심층 마디마디에서, 텅 빈 동굴 속에서, 출렁이는 물결 속에서, 가장 대담한 움직임 바로 뒤에 달라붙은 음흉한 두려움 속에서 꿈틀거렸다. 또 비겁함은 단단한 자아 내부에 있는 얇은 포낭에 싸여 숨 쉬고 있었다. 어젯밤 어두워지기 시작할 무렵에는 다음 날 아침까지 죽어도 자리를 뜨지 않겠다고 굳게 맹세한 시위자들이었다. 그러나 그 가운데 많은 사람들이 지금껏 마음속에 있는 줄 몰랐던 포낭에 싸인 껍덩어리가 겹겹이 꿈틀거리며 터질 듯하는 것을 견디어 내고 있었다. 그러면서 이들은 자기 자신에게 매 시간마다 더 높은 차원의 도덕적 결의를 요구했다. 메일러가 오코콴 감화원에서 어렴풋이 느끼다가 황급히 고개를 돌려 버린 그 도덕적 사다리. 그렇다. 떠나고 싶은 욕망이 일 때마다 이를 참고 견딘 긴 밤의 시련, 추위, 더 지독하고 잔인한 공격이 또 언제 터질지 모르는 불안, 지루함, 중산층이 품은 지나침에 대한 공포(위기에 부딪쳐 멋진 행동을 두세 번 했으면 이제 보상이 있어야지.), 도덕적 사다리 위에서 느끼는 아득한 현기증.(한 번의 용감한 행동은 용기를 불러일으켜 타협을 모르고 끝없이 오르다가 결국 죽음을 부르는 소용돌이다.) 오늘 밤을 지새우면 다음 날 아침이 있고, 아침을 견디면 다시 오후, 저녁, 그리고 또! 도대체 끝이 있는 것인가? 밤새 시련을 겪고 나니 모든 것에서 떠나고 싶은 유혹이 일었다. 어둠 속에서 벌인 정치적 논쟁도 새로운 저항이라고 떵떵거리며 소문내더니 이제 낡은 피학적 자포자기 속에 털썩 주저앉아 버렸다. 그 정치적 논쟁은 절대적이고 승리할 수도 있을 터였다. 밤사이에 펜타곤에 군인들만 남고 시위자들은 모두 떠나 버리지만 않는다면. 보이지 않지만 이글거리고, 알 수 없지만 여전히 팔딱거리는 영혼의 불빛이 어떻게 멈추겠는가. 결코 그럴 수는 없었다. 밤을 겪는 이 과정은 하나의 통과의례였다. 미혹을 벗어난 구좌파의 후예들, 미국의 베트콩이라는 오합지졸, 히피, 평화주의자 등등. 남은 사람들은 모두 메일러가 들었던 그 트럼펫 소리를 들으며 여행길에 올랐다. 워싱턴 기념탑을 지나면서 들었던 그 소리, "여기로 오라, 여기로 오라." 트럼펫은 이렇게 말하는 듯했다. 그리고 이제 열여덟 시간이 지나 희미하게 밝아 오는 새벽, 위대한 시련의 의식이 미국 역사에 메아리쳤다. 좀 더 위대하고 영웅적인 시간이 내뿜는 빛의 무리가 이 괴상한 친구들의 텅 빈 가슴속에 흘러 들어왔다. 어쩐지 영광스러운 앞날이 보이는 듯하고 온갖 미국적 시련의 의식을 통해 영광 그 자체를 얻은 듯도 싶었다. 상실해 버린 고통스러운 원칙에 자신을 묶어 맨 사람들이 낮, 밤, 일주일, 한 달, 일 년, 추수감사절 때까지 사랑하고 견디던 그 위대한 미국의 시련. 처음부터 이 나라는 시련의 의식으로 세운 나라가 아니었던가! 이 의식을 겪지 않고 이 나라에 발을 붙인 사람은 거의 없었다. 더럽고, 두렵고, 소란스러운 조타실 옆에서 여드레 동안(그보다 더 길든 더 짧든!) 바다를 항해하여 찾아왔다 해도(노예 선에서 팔십 일간을 신음했다 할지라도) 미국의 위대한 후예들은 자신들의 의식을 스스로 만들어 냈다. 앨러게니 산맥과 애디론댁 산맥의 숲 속에서, 포지 계곡에서, 1812년 뉴올리언스에서, 로저스와 클라크와 함께 수터스밀에서, 게티스버그에서, 알라모에서, 클론다이크, 아르곤, 노르망디, 부산에서. 펜타곤에서의 싸움도 바로 이런 것들 다음에 오는 창백한 시련의 의식이었으며 진실한 것이었다. 죽고 메마르고 버르장머리 없는 중산층 아이들에게 불어 닥친 시련이었기 때문이다. 이들은 이해하기 어려운 도덕적 선택에서 벗어나 자유롭게 공격을 감행했고 선서를 지켰다. 미국은 옳고, 미국은 강하고, 미국은 예수 그리스도를 위해 공산주의에 대항하여 싸우는 믿음의 나라라는 원칙을 상징하는 최고의 권위 앞에서. 그러므로 마약에 탐닉하고 속어의 진창을 헤매던 이 물렁물렁한 아이들에게 그 밤은 시련의 의식이었다. 아이들은 그 밤을 견뎌 냈다. 기쁨 속에서 막이 오른 그 칠흑같이 어두운 밤, 공포에 질려 텅 비고 무감동한 시간 속으로 질질 끌려 가면서, 빛의 섬광을 외롭게 바라보면서 시련의 의식을 겪고 도덕적 사다리를 오른 것이다. 시련을 겪고 난 아침, 이들은 전날 밤과는 전혀 달라졌으리라. 이것이 시련의 의식에 숨은 뜻이다. 배가 난파되고 온갖 유혹이 난무한 항해를 거치고 나면 어느 지하 세계에서 삶 속으로 들어왔던 죄악(태어날 때 물려받은 죄악)은 도망치고 떠나가고 단념한다. 몸속 어딘가가 재생된 듯싶고 기분이 훨씬 낫다. 영혼의 어느 부분이 꼭 집어 말할 수는 없는 달콤한 감촉의 작은 미립자로 재생됐다. 이들이 알링턴 기념교 위를 행군할 때, 가장 수줍고 비틀어진 사람들이 두려움밖에는 느낄 수 없었던 펜타곤까지 행진해 전쟁 수행자들의 땅으로 들어갔기 때문이다.

그러나 통과의례는 아직 완전히 끝나지 않았다. 아침이 다가왔다. 아주 조용하고, 춥고, 그리고 아무 일도 없었다는 듯이. 시위자들은 조그만 유물 같은 흔적만을 남겨 놓고 떠났다. 몇백 명이나 됐던가? 그 나머지는 몇 시간 동안 잘 수 있는 자리를 찾아 떠났다가 이제 되돌아왔다. 아침 10시쯤 되니 2000명 정도가 되돌아왔다. 전날과는 사뭇 다른 오늘이었다. 대들려는 기세보다는 긴 연설이 주가 됐다. 연설하는 분위기도 전날과 달랐다. 사람들이 전날 밤 흘린 피의 흔적 주변을 맴돌았기 때문이다. 가끔씩 징집영장이 태워졌으며 전 그린베레의 멤버 게리 레이더가 제법 들을 만한 연설을 했다.

다시 밤이 찾아왔다. 어느덧 시위대는 펜타곤 시위의 마지막 몇 시간을 남겨 놓고 있었다. 모두 피곤했다. 너무 피곤해서 그대로 쓰러질 것 같았다. 공격성과 방어하는 능력까지도 이젠 다 소진됐다. 매시간 더 많은 용기를 부르던 끝없는 속삭임도 소진됐다. 말 그대로 평화주의자가 됐다. 마치 성인군자나 된 듯이. 이제 곧 쓰러질 듯한 성인이라고 할까? 밤이 되자 사람들은 모두 몸을 맞대고 누웠다. 아무 말도 하지 않은 채. 기다리고 있었다. 펜타곤의 벽들이 유난히 크게 돋보였다.

자정이 되기 십오 분 전, 벽 안의 확성기에서 말소리가 울려 나왔다. 시위자들에게는 마치 펜타곤의 목소리처럼 들렸다. 마침내 빅 브라더의 목소리가 들렸다.

"여러분이 참가한 이 시위는 자정에 끝납니다."

그 목소리가 말했다.

"시위의 지도자들과 총무부가 합의한 이틀은 그 시간에 끝납니다. 시위자들은 모두 자정에 펜타곤에서 떠나야 합니다."

침묵.

"자진 해산을 원하는 사람들은 모두 산책길에 준비된 버스에 탑승하십시오."

다시 잠깐 동안의 침묵.

"자정까지 자진해서 떠나지 않는 시위자들은 체포돼 연방 구치소로 끌려갈 것입니다……. 모든 시위자들은 지시에 따라 행동해 주십시오."

정부는 처음부터 끝까지 변함이 없었다. 합법적이고 협조적이고 위협적이고, 어쩌면 처음부터 협상의 여지는 없었을지도 모른다.

잠깐 침묵이 흐른다. 이 시련의 의식에서 시위자들이 다음 계단을 가늠해 볼 여유도 주지 않는 짧은 시간이었다. 펜타곤의 벽에서 다시 말이 흘러나왔다.

"다시 한 번 여러분께 말씀드립니다. 여러분이 참가한 이 시위는……."

똑같은 말이 똑같은 결론에 다다른다. 시위자 가운데 서른 네 명이 떠나기로 마음먹었다.

이제 《워싱턴 스타》에서 인용하자. 가끔 기사 내용이 목격자의 진술과 일치하는 때가 있기 때문이다. 하지만 언제나 형용사나 수치 같은 건 주의해야 한다. 부사는 가능한 피해야 한다.

시위가 거의 끝날 무렵, 한 줄로 쳐 놓은 밧줄 너머에서 여전히 시위대와 마주 서 있는 헬멧 부대에게 시위자들은 이제 위협이 아닌 것 같았다. 모인 사람은 200명에 불과했다.

행진의 지도자들은 계속해서 거의 애원하다시피 군인들과 지휘관들에게, 체포는 약속한 대로 폭력 없이 이뤄져야 한다고 확성기로 상기시켰다.

11시 46분, 전파에 실린 목소리가 헬멧 부대와 연방 장교들을 지나 긴장한 200명의 귀로 들어왔다.

"여러분이 참가하고 있는 시위는 자정에 끝납니다."

"다시 한 번 말씀드립니다. 이 시위는……." 같은 이야기가 두 번 반복됐다.

"아니야." 군중들이 외쳤다.

말이 떨어지자 잠시 침묵이 흘렀다. 그러고 나서 "아니야." 시위자들 사이에서 소리 없는 함성이 들리는 듯했다. 좀 더 큰 소리로, 노래 소리로.

"지옥? 아니야, 우린 안 가. 지옥? 우린 안 갈 거야."

순식간에 헬멧을 쓴 미군 지휘관 쉰일곱 명이 펜타곤에서 쏟아져 나오더니 산책길을 지나 헌병들이 선 맨 앞줄 바로 뒤로 갔다.

군중들은 슬프게 「우리 극복하리라」를 부르기 시작했다. 그리고 대부분 헌병들이 서 있는 첫 줄 바로 코앞으로 가서 앉았다. 「신의 축복 있으라, 미국이여」를 부르려 하나 잘 되지 않았다. 「우리 극복하리라」를 계속 부른다.

그러고 나자 다시 확성기에서, "시위자들은 모두 들으시오. 여러분이 참가한 이 시위는……." 두 번 반복됐다. "지금 시각은 11시 55분입니다."라는 말이 덧붙여졌다.

「신의 축복 있으라, 미국이여」가 시위자들 입에서 흘러나온다. 서른네 명이 버스를 타고 떠났기에 남은 숫자는 줄어들었다.

"두 번째 버스가 떠나고 있습니다."

방송이 다시 한 번 나온다. 이번에는 경고까지. "지금 시각은 11시 58분 30초." 그러고 나서 다시 "지금 시각은 12시, 자정입니다."

일 분이 지났다. 두 번째 '자유 버스'는 떠났다. 지휘관들이 서 있는 줄의 동쪽 끝에서 버스럭 소리가 들리긴 했어도 아직 체포하겠다는 말은 없다.

12시 2분이 되니 오코콴으로 가는 죄수 호송차가 슬슬 움직이며 들어섰다. 남은 군대는 삼각형을 이루며 더 바싹 조여들었으며, 지휘관들은 시위대를 향해 서서히 다가섰다. 노래를 부른다. 「이 땅은 우리 땅이다」, 「영광, 영광, 할렐루야」, 그러고는 마지막에 「우리 극복하리라」를 반복하여 불렀다.

마지막 장면은 아주 호기심이 이는 부분이다. 스스럼없이 보였다. 어느 사제가 지휘관에게 말했다. "그 아이를 때리지 마시오. 이건 비폭력 운동이오." 지휘관은 때리지 않았다. 수염을 기른 어떤 아이가 군인에게 말했다. "다리가 아픈데요." 군인은 다리를 저는 아이를 책임감 있게 부축했다.

체포의 손길이 너무도 부드러워 호송차가 아주 천천히 움직였기에 죄수들은 기다려야 할 정도였다.

호송차 여섯 대, 용달차 두 대, 그리고 '자유 버스'라는 새 차 한 대까지 사람들이 모두 오르자 차들은 떠나고 모든 상황이 끝났다.

"모든 게 그런 식으로 끝났지요."
산책길과 계단 위에서, 서른두 시간 가운데 스물여덟 시간을 보낸 제리 루빈은 마지막으로 체포된 무리에 끼어 있었다.

시위대가 다 끌려간 뒤 군대도 산책길을 떠났다. 지휘관들은 한 줄로 서서 박수갈채를 보냈다.

호송차들이 감옥으로 떠난 뒤 이십 분도 채 못 되어 쓰레기차 두 대가 와서 이틀 동안 사람들이 남긴 잔해를 치우기 시작했다. 토마토 주스 깡통, 비싼 진이 담겼던 술병, 히피들이 걸쳤던 너덜너덜한 겉옷 몇 벌, 신문 뭉치와 버린 잡지들, 『이치에 맞지 않는 사람』이라는 얇은 책자, 그리고 뒤섞인 음식물 찌꺼기들.

위 기사를 실은 신문은 시위자들의 항의에 대한 펜타곤 대변인의 답변도 실었다.

"우리의 행동은 다양한 의견에 부딪친 상황에서 일관되게 안전과 통제라는 목표를 가지고 있었습니다."

대변인은 이렇게 말한 것이다.

안전과 통제라는 일관된 목표를 가진! 다양한 수준의 의견 차이!

앙금을 모두 제거한 정부식 표현 방법. 자유롭게 표현할 수 있는 힘의 부산물. 대변인은 전체주의식으로 이야기했다. 어떠한 도덕적 내용도 모두 벗겨 낸 언어 구사법이다. 그 대변인이 이렇게 말했다고 가정해 보자.

"우리는 여러 종류의 폭력과 폭동에 대항해 질서를 지키려고 했습니다."

이렇게 되면 다음과 같은 질문을 받을 것이다.

"어떤 종류의 폭력이었습니까? 어떤 질서에 대한 무슨 이름의 폭동이었나요?"

부정적인 통과의례도 있는 법이다. 이 부정적 의례에서는 인간이 태어날 때 물려받은 훌륭한 것들을 영원히 포기한다. 그 대변인이 부정적 의식을 통해 그런 식으로 말하는 방법을 터득할 때까지 얼마나 많은 고통을 겪었겠는가?

10. 의식의 끝

체포된 사람의 수는 1000명으로 확인됐다. 적은 숫자도 아니고 그렇다고 굉장히 많은 숫자도 아니다. 서른두 시간에 걸친 반전시위에서 체포될 만한 숫자인 것 같다. 이 가운데 600명은 억류됐으며 나머지는 펜타곤으로 되돌아와 사진을 찍은 다음 버스에 실려 거리에 방면됐다. 억류된 600명 가운데서도 시위에 대한 책임을 묻는 중죄 처벌은 없었다. 단지 십여 명에게만 그 책임을 물었는데, 그중에서도 두 명만이 재판에 회부됐으며 그 둘마저 방면됐다.

이렇게 의식은 끝났고 시위의 직접적인 수혜자는 결국 미국 대통령 외에 아무도 없는 셈이 됐다. 린든 B. 존슨 대통령은 토요일, 백악관 잔디밭 위 탁자 곁에 앉아 휴버트 험프리, 딘 러스크, 오빌 프리만과 함께 사진을 찍었다. 대변인은 대통령이 토요일도 하루 종일 집무했다고 발표했다. 월요일 신문에 실린 기사 제목은 '대통령은 평화족들을 명중시키다'였다. 맥나마라 국방장관과 클라크 법무장관에게 짤막한 글을 보냈다.

"본인은 지난 이틀 동안 군대와 민간 치안 담당자들이 이 나라의 수도에서 보여 준 뛰어난 임무 수행에 모든 미국 국민들이 자랑스러워 한다는 사실을 알고 있습니다. 이들은 자제되고 확고하고 전문적인 실력을 발휘했습니다. 이는 시위대가 보인 폭력, 무질서, 그리고 무책임한 행동과는 아주 대조적이었습니다."

이때부터 신문은 시위에 대해 배타적인 반응을 보였다. 《타임》의 레스턴이 쓴 기사를 읽어 보면 어떤 수준의 공격과 비난이 있었는지 가늠할 수 있다. 레스턴은 극단적인 반응을 보이지 않았다. 그저 분위기를 그대로 전달했을 뿐이다.

많은 강경파들이 도발한 추하고 저속한 짓들을 공개적으로 보도하는 것은 쉽지 않다. 이들은 펜타곤에서 맨 앞줄에 서 있는 몇몇 군인들에게 침을 뱉었고 입에 담지 못할 욕설로 괴롭혔다.

몇몇 호전적인 자들이 써 놓은 말과, 무대 연주를 벌이면서 히피들이 써 놓은 글들은 너무 외설스러워서 여기 옮겨 쓸 수가 없다. 시위의 이런 측면을 볼 때 폭력이 그 정도였다는 것이 놀랍다고 많은 장교들이 말한다.

다른 이야기들도 대개 이런 식이었다.

돌을 던졌다는 이야기며 깨진 유리창의 수를 강조하여 보도했다.(하지만 깨진 유리창 수는 불과 몇 장이었다.) 그러나 쐐기 작전에 대해서는 특별히 언급하지 않았다. 정말로 이야기들은 재빨리 사라졌다. 며칠이 지나니 사진도 글도 없었다. 여섯 주쯤 지나 뉴욕에서 징집 센터의 문을 닫으려는 시도가 있었지만 시민들은 이런 항거를 차갑게 외면했다. 흑인들의 폭동은 국가를 무질서로 몰아넣는다는 두려움이 조장됐고 존슨 대통령은 여론조사에서 10퍼센트를 더 얻었다. 미국 군인의 면전에 침을 뱉은 시위자들을 비난하는 물결을 탄 것이다. 대중의 의견이 새롭게 물결칠 때 린든 B. 존슨은 전설적인 파도를 탔다.

이건 큰 문제가 아닐지도 모른다. 대통령이 된 이래로 그 인기는 우호적인 대중의 물결을 잘 타면 올라가고 행정부가 한

약속을 수행하기 위해 마지못해 베트남전쟁을 치르면 내려가
곤 했으니까. 그러니 이 인기는 올라갔다가 다시 내려갈 것이다.
선거 직전 마지막 주에만 제발 올라가지 말아 달라고 바라는
사람도 많을 것이다. 징병에 반대하는 12월의 뉴욕 시위에서
칼을 소지했다는 이유로 월터 티그가 체포됐다. 감옥에서 그
의 호전적인 연설을 들었던 사람이라면 누구나 티그가 칼 따
위를 무기로 생각할 친구가 아니라고 믿을 것이다. 이 이야기
는 조작된 것 같다. 그리고 한 달 뒤 스포크 박사, 코핀, 마커
스 라스킨, 마이클 퍼버, 미치 굿맨은 징집법 반대를 부추겼다
고 대법원에 기소됐다. 이런 부추김은 중죄에 해당했다. 만약
유죄 판결이 나면 오 년 형까지도 언도받을지 모른다.

미치 굿맨은 타운 홀에서 회의를 소집했다. (앨런 긴즈버그,
노암 촘스키, 메일러를 포함한) 560명도 징병 반대자들을 돕겠다
는 뜻을 표명하는 진술서에 서명했다. 맥도널드, 로웰, 폴 굿맨
은 이미 진술서에 서명을 했다. 이제 모두 같은 형량을 언도받
으리라. 그러니 미치 굿맨의 전화 한 통에서 시작된 워싱턴에
서의 주말은 해리스버그나 레번워스에서 끝날 모양이었다.

그러나 행진이 끝난 것은 워싱턴 D. C.에 있는 감옥과 오코
콴이었다. 그다음 주, 남기로 작정했던 죄수들은 갖가지 방법
으로 협조를 거부하고 일을 방해하며 농성을 계속했다. 몇몇은
독방에 감금됐다. 코네티컷 주의 볼런타운에 있는 퀘이커교도
농장에서 온 사람들은 감옥에서 비타협 운동을 벌였다. 이들
가운데는 지난봄 펜타곤에서 평화주의자 스무 명이 밤샘 시위
를 벌였을 때 참여한 퇴역 군인들도 끼어 있었다. 게리 레이더,
에리카 엔저, 이레네 존슨, 수잔 무어의 주동으로 몇 명은 먹

을 것과 마실 것을 거부했고 정맥주사로 연명했다. 워싱턴 D. C. 소재 감옥에서는 몇 사람이 수의를 거부했다. 옷을 다 벗고 죄수복을 갈아입지 않으니 발가벗은 채 감방에 갇힌 셈이다. 방들이 어찌나 작은지 사람들이 한꺼번에 누워서 잘 수가 없었다. 첫날에는 벗은 채 맨바닥에 누웠고 여러 날 담요와 매트리스를 깔고 벗은 채 누웠다. 여러 날 먹지도 마시지도 않아 탈수 증세가 나타나서 거의 제정신이 아니었다.

통과의례의 마지막이라고 할까, "오르지 못할 돌 위를 기웃거리는…… 커다란 연어", 발가벗은 퀘이커교도들은 워싱턴 D. C. 감옥의 어두운 독방 차가운 바닥에 누워 탈수증으로 열이 오른 상태에서 몇 시간을 헤맸다. 뇌의 세포와 세포를 이어 주던 물기가 메말라 생각과 생각이 부딪치면 광기가 찾아든다. 생각이 너무 빠르게 움직이는 것이 광기가 아니고 무엇이겠는가.

퀘이커교도들은 이 나라를 용서해 달라고 기도했을까? 캄캄한 감방에서 눈에 눈물이 고인 채 죽은 베트남 사람들의 긴 대열을 눈앞에 떠올리며 기도를 했는가? 눈에서도 코에서도 입에서도 불길이 솟아오르는 대열 속을 걷는 베트남 사람들을 생각하며 기도했는가?

"오, 주여 무슨 짓을 하고 있는지 모르는 저희 국민들을 용서하소서. 저희들의 이 하잘것없는 고통을 눈여겨보신다면 미국을 위해 조그만 용서라도 베풀어 주소서. 오, 주여. 이 고통의 시간들이 이 나라가 지은 죄를 용서하는 데 조그만 속죄라도 되게 하소서. 이 순간의 속죄가 진액이 되어 신음하는 이 거대한 나라의 큰 죄가 10분의 1이라도 면죄받는 데 쓰이게 하소서. 오, 주여 베트남에 있는 우리 군인들의 죄가 용서받을

수 있게 저에게 더 많은 고통을 내려 주소서. 그 아이들은 영
원히 저주받기에는 너무도 어립니다."

그 기도문들은 가톨릭교도의 기도문일 수도 있고 퀘이커교
도의 기도문일 수도 있다. 그리고 그 기도문들이 정말 만들어
진 건지 아무도 모른다. 기도문을 만든 것으로 생각되는 사람
들이 고열로 신음했고 떨었으며 목말라 있어 정신을 차리지 못
했기 때문이다. 게다가 그곳은 어떤 역사도 도달할 수 없는 어
두운 감옥이었다. 그러나 이 마지막 평화주의자들이 그토록
추운 감옥에서 벌거벗은 채 고통받고 속죄를 위해 기도한 그
독방이 평화 시위의 끝이었다면 누가 이들을 성자가 아니라고
말할 것인가? 누가 이들 덕분에 미국의 죄가 10분의 1이라도
면죄받지 않았다고 말할 것인가?

11. 은유의 탄생

군대의 영웅들을 한편에 두고 다른 한편에 이름 없는 성자
들을 두었으니 미국에서 기독교가 통째로 흔들리는구나! 나팔
소리가 울리게 하라. 스모그 속으로 미국의 죽음이 달린다. 미
국, 새로운 인간은 신이 사랑뿐 아니라 권력도 만든다는 믿음
으로 이 땅에 태어났지. 나라도 국민에게 속한다고. 삶의 자물
쇠를 여는 기술만 안다면 국민의 의지는 신의 의지가 된다. 위
대하지만 위험한 생각! 자물쇠가 돌아가지 않는다면 국민의 의
지는 악마의 의지가 될 것이다. 어디에 무엇이 있는지 지금 누
가 알 수 있단 말인가? 거짓말쟁이들이 자물쇠를 쥐고 있는데.

우리의 의지를 표현하는 그 나라라는 존재를 곰곰이 생각해 보라. 한때는 비길 데 없이 찬란하게 아름다웠지만 지금은 짓무른 피부를 지닌 미국이라는 여인. 사생아인지 아닌지 아무도 모르는 아이를 배어 벽도 보이지 않는 지하 감옥에 갇혀 시들어 가고 있다. 이제 그 두려운 진통의 첫 신호가 왔고 계속될 것이다. 얼마나 계속될지 의사도 모른다. 다만 가짜 진통이 아닌 것만은 확실하다. 아, 진짜다. 이제 아기를 낳을 것이다. 어떤 아기일까? 지금까지 세계가 알아 온 가장 두려운 전체주의? 아니면 이 불쌍한 거인, 몸부림치는 사랑스런 여인은, 용감하고 부드럽고 유연하며 야생적인 새로운 세상의 아기를 낳을 것인가? 자물쇠로 달려가라. 신이 갇혀 몸부림친다. 자물쇠로 달려가라. 우리를 저주에서 구하라. 결국 우리는 용기, 죽음, 그리고 사랑의 꿈이 달콤한 잠을 약속하는 저 신비로 가는 길에 이르러야만 한다.

作品 해설
뉴저널리즘 소설 미학과 원시적 신비주의

그리고 우리는 여기 어두운 광야에 있네.
발버둥치며 도주하는 혼란스러운 외침에 휩쓸리며
무지한 밤의 군대들이 서로 충돌하는 곳에.
── 매튜 아널드 「도버 해변」에서

　영국과 프랑스가 마주 보는 도버 해변, 절벽에 부딪히는 파도 소리를 들으면서 시인은 창밖을 내려다본다. 그리고 인간을 묶어 주는 단단한 신념을 상실한 19세기 말의 불안한 마음을 노래한다. 그 옛날, 적과 아군을 구분하지 못하고 싸워야 했던 캄캄한 밤의 군대들. 사라져 가는 옛 질서와 밀어닥치는 새로운 질서의 전환기에 아널드는 불안과 혼돈을 「도버 해변」으로 노래했다. 그리고 1968년 퓰리처상과 전미도서상을 수상한 노먼 메일러의 『밤의 군대들』 역시 적과 아군의 경계가 모호한 현대 전쟁을 암시한다. 펜타곤 앞에서 벌인 베트남 반전시위의 현장을 재현하면서 메일러는 캄캄한 절벽에 부서지는 '그르렁' 파도 소리를 들었던 것일까? 비록 시간이 흘러 삶의 방식이 달라지고 예술형식이 달라질지라도 역사는 반복되는 것일까?

1. 격동의 1960년대와 뉴저널리즘 소설 미학

젊은 시절에 『정신현상학』이라는 획기적인 책을 출간한 헤겔은 유부녀와의 스캔들에 휘말려 긴 세월 동안 대학 강단에 서지 못하다가 말년에 대학에 돌아왔다. 훗날 제자들이 강의 내용을 출판했는데 이것이 유명한 '미학 강의'다. 헤겔은 강의에서 미(美)는 시대 상황이 달라지면 형식을 달리한다며 예술의 역사성을 밝혔다. 그리고 이것은 이후 마르크스주의 미학의 근원이 된다. 메일러의 소설 기법 역시 사회적 상황에 따라 달라졌다.

노먼 메일러는 1923년, 뉴저지 주 롱브랜치의 유대계 중산층 가정에서 태어났다. 뉴욕의 브루클린에서 성장하여 20세에 하버드 대학 항공기술학과를 졸업한 뒤 2차 세계대전에 참전했다. 일본군과 대치한 필리핀에서 중위로 복무하고 이때 경험을 첫 작품 『나자와 사자』(1948)로 출간했다. 군인 네 명을 중심으로 엮인 이 사실주의 소설에서 작가는 선량하지만 생명력이 없는 인물과 사악하지만 강력한 힘을 지닌 인물을 대조했으며, 그 후 선과 악의 대립을 다루는 소설의 뼈대를 마련했다. '나자'란 본래 모습을 적나라하게 드러낸 인간으로 선보다 악이, 정신보다 육체가 얼마나 더 강력하고 매혹적인가를 드러내는 은유이다. 실존적 용기, 인간과 물질 사이의 현상학적 시각에서 메일러는 누구보다 헤밍웨이를 닮았으면서도 자신의 시대를 사는 독창적 작가였다. 1955년 《빌리지 보이스》의 공동 발간자가 됐고, 이후 2007년 『숲속의 성』을 출간하기까지 소설, 전기, 인터뷰, 단편집, 평론, 영화 각본, 영화제작 등 쉬지 않고 활동했다. 논쟁적인 아닌 작품은 쓰지 않는다는 고집으로 비평가와 독자들의 찬반이 교차되는 가운데, 주요 작품으로『아메리카의 꿈』(1965), 2개의 상을 거머쥔『밤의 군대들』(1968), 사형수 게리 길모어에 관한 소설로 두 번째 퓰리처상을 수상한『처형인의 노래』(1980), 그리고 올해 출간된『숲속의 성』등이 있다. 거의 한 세기 동안 변화를 경험하면서 그는 사실주의, 환상적 사실주의, 뉴저널리즘, 영화극본, 악마의 시점으로 쓰기 등, 달라지는 시대 상황마다 각기 다른 소설 기법으로 대응했다. 그리고 첫 작품에서 제기한 신과 악마의 대결, 실존적 용기, 죄의식의 정화, 미국 문화와 정치에 대한 비판과 사랑을 끈질기게 추구하고 있다. 1969년에는 뉴욕 시장에 독자적으로 출마했던 행동적 실존주의자이기도 하다. 특히『밤의 군대들』은 1960년대 '뉴저널리즘 소설', 혹은 '논픽션-픽션'이라는 새로운 소설 미학을 제시해 이후 '팩션(faction)'이라는 용어를 낳았다.

20세기 전반에 서구를 휩쓴 미학은 초현실주의, 다다이즘, 큐비즘, 의식의 흐름, 내적 독백 등, 실재(reality)의 절대성을 의심하는 새로운 인식론에 바탕을 두었다. 흔히 실존주의 사상으로 범주화되는 모더니즘 미학은 1차 세계대전 이후, 헤밍웨이로 대변되는 '상실의 시대'로부터 장폴 사르트르, 제임스 조이스, 윌리엄 포크너, 파블로 피카소 등 실존주의의 대가를 낳는 '미학 중심 시대'로 이어진다. 작가에 따라 조금씩 양상을 달리해도 이들의 공통점은 개인의 감흥을 절제하고 도덕성과 용기를 강조하면서 부패한 사회로부터 손을 떼는 단독강화의 성격을 지니고 있었다. 말하자면 신의 음성을 믿던 사실주의 기법에 저항해 다양한 실험을 하는 미학의 시대였다. 그러나 이런 실험과 저항 정신이 시간이 흐르면서 정설로 굳어지고 제도화되자 모더니즘에 대한 저항이 일어난다. 난해한 기법이 대중과 예술을 유리시키고 예술이 지닌 사회 개혁적 기능을 희생시켰다는 비판이었다. 새로운 시대적 요구는 무엇이었을까?

모더니즘이 유럽을 중심으로 일어난 미학 운동이라면 포스트모더니즘은 주로 미국의 정치 상황과 관련을 맺는다. 1950년대 후반부터 미국은 각종 자유화 물결에 휩쓸린다. 버클리 대학을 중심으로 일어난 히피 운동과 반전 운동을 비롯해 신비주의의 추구와 원시적 삶에 대한 소망은 캘리포니아 지역에서 동양 문화에 대한 관심으로 나타났다. 규격화된 산업사회에 대한 저항은 문학에서도 T. S. 엘리엇의 절제된 시에 저항한 앨런 긴즈버그의 「신음」, 이성 중심주의와 가부장제에 저항한 실비아 플라스의 여성 시, 전통에 도전하여 개인의 감흥을 중시한 로버트 로웰의 자전적인 시, 뉴욕을 중심으로 일어난 파격적인 실험 시 등, 실험은 대체로 모더니즘이 억압한 개인의 감흥을 부활시키고 이것을 사회 개혁으로 연결하는 작업이었다. 이런 실험 운동은 곧 이어 사회적 저항 운동으로 확산되는데 흑인 민권운동과 여성해방운동, 제3세계 운동 등이 대표적이었다. 케네디 대통령과 마틴 루터 킹 목사의 암살은 이와 같은 자유화 물결을 부추기고 정부의 권위와 대중매체에 대한 불신을 낳는다. 권위에 대한 불신은 인식론적 회의와 연결되면서 정치적 불신뿐 아니라 학계의 새로운 패러다임으로서 이념과 객관 재현의 불신으로 이어진다.

1960년대의 자유화 물결은 미국뿐 아니라 세계적 현상이었다. 프랑스의 좌파 학생운동과 해체론, 일본 좌파 학생운동 등,

중심에 대한 저항과 억압된 것의 해방은 세계로 확산되면서 새로운 패러다임을 요구했다. 이 시대의 신좌파 운동은 기술 자본주의에 저항하는 원시적 신비주의에 대한 갈망이었는데 주로 중산층 지식인과 학생들에게서 표출된 것이 특징이었다. 『밤의 군대들』은 이런 상황에서 태어났다. 표면상으로는 베트남전쟁에 대한 반전시위였으나 내면에는 그보다 뿌리 깊은 미국의 사회적 갈등과 세계적 공감이 존재했던 것이다. 노먼 메일러는 이런 시대적 전환기에서 가장 미국적 문제를 다루는 작가로 자신의 입장을 표현했다. 닥쳐올 소비 상품과 지식 정보의 시대를 막을 수 있는 막강한 군대가 과연 지상에 있을까? 대중매체의 막강한 권력에 의지하지 않고 자신들의 목적을 이룰 수 있는 시위대가 있을까? 적군과 아군의 경계가 무너지는 시대에 승리란 어떤 것인가? 그리고 언어가 객관을 재현하는 기능을 못할 때 소설가는 어떻게 현실을 재현할 수 있는가? 이런 의문 속에서 출구를 찾는 작업이 메일러의 『밤의 군대들』이다.

격동의 시기에 소설 역시 기존에 대한 반성을 하지 않을 수 없었다. 포크너나 조이스식의 난해한 내적 독백을 더 계속할 수 없다. 그렇다고 3인칭 전지적 작가 시점의 사실주의로 되돌아갈 수는 없다. 세상은 그보다 훨씬 복잡하고 언어는 현실을 객관적으로 반영하지 못한다. 이와 같은 소설에 대한 반성은 메타 픽션, 미니멀리즘, 환상적 사실주의 등의 기법으로 선보이기 시작했다. 블라디미르 나보코프는 『롤리타』에서 굴절되지 않는 객관적 현실이나 저자의 욕망으로 왜곡되지 않는 역사는 이제 존재하지 않는다고 말한다. 주인공 험버트가 사랑했지만 끝내 얻지 못한 롤리타는 작가가 포착하지 못하는 실재였다. 실재는 반영이 아니라 창조된다는 도널드 바셀미의 미니멀리즘, 연합군의 드레스덴 폭격을 이상한 혹성에서 일어나는 일로 재현한 커트 보네거트의 환상적 사실주의, 그리고 뉴저널리즘이라는 장르가 새로운 소설 기법으로 등장했다. 언어와 소설이 현실을 반영하지 못한다면 사실 그 자체의 충실한 기록은 이미 허구가 아닌가. 서술자가 매개하지 않는 역사가 없다면 역사는 기술되는 순간 픽션이다. 트루먼 커포티는 『인 콜드 블러드』에서 충실히 취재한 저널리즘이 어떻게 픽션이 될 수 있는지 실험한다. 존 헬만은 자신의 책(*Fables of Fact: The New Journalism as New Fiction*, 1981)에서 "실험을 이론적으로 사랑해서가 아니라 그저 무엇이 진실인지 알려고 애쓰고 현실과 의사소통을 하려 애쓰다 보니 나타나는 방법"이라고 뉴저널리즘을 비롯한 당시의 실험을 설명한다.

뉴저널리즘 소설은 이런 시대적 요구에 의해 태어난 독창성이다. 언어가 욕망의 산물이며 역사가 허구라면 바로 그 지점에서 영화에 빼앗긴 소설의 한계를 극복하자. 유일한 진리만을 주장하는 권위적 음성에 저항하면서 동시에 소설의 재미를 살리자. 모더니즘의 난해함에서 벗어나서 정치와 사회를 다시 소설 속에 끌어들이자. 이성이 억압한 감흥과 육체를 소설 속에 끌어들이자. '실제 사건'이라는 현장감과 긴박감만큼 독자를 사로잡는 길은 없지 않은가? 영화의 위력에 저항하고 언론의 권력에 저항하면서 이들로부터 정수를 얻어 내는 길이 바로 사실을 생생히 보여 주면서 한 권의 소설로 만드는 기법이었다. 뉴저널리즘 소설은 그런 맥락에서 소설 되찾기였고 이후, 신사실주의의 형태로 지속된다.

메일러가 사용한 새로운 기법은 어떤 것이고 전달하려는 사상은 무엇인가?

2. 소설로서의 역사

1967년 9월 어느 날 소설가 노먼 메일러는 전화 한 통을 받는다. 아침에 걸려 오는 전화는 글을 쓰는 데 방해가 돼 잘 받지 않는다. 그러나 그가 망설이던 전화가 바로 걸작을 낳게 한 계기가 됐다. '소설로서의 역사'라는 부제가 붙은 1부는 주인공인 소설가 노먼 메일러가 반전시위에 참여하자는 권유를 받고 약 한 달이 지난 뒤 나흘 동안 겪은 경험이다. 주인공 메일러는 어떤 시각을 가진 사람인가? 과연 그가 서술하는 펜타곤 시위를 믿을 수 있는가? 그는 술과 마약을 좋아하나 현재 마약은 끊었고 네 번째 결혼 생활 중이며 미국을 닮은 아내를 사랑한다. 속물이고 외설을 즐기지만 자신의 소설이 제대로 평가받지 못하는 것을 섭섭해 한다. 목요일에 뉴욕에서 워싱턴으로 날아온 그는 엠베서더 극장의 무대에서 사회자가 되기를 원한다. 귀족적이면서 대중으로부터 쉽게 존경과 인기를 얻는 시인 로웰을 은근히 질투하지만 그의 선함이나 고지식함을 받아들인다. 허영심과 질투심과 야망으로 뭉친 메일러는 로웰보다 사악한 속물이다.

목요일 밤에 열린 진보주의자들의 파티에서 메일러는, 버클리 대학, 시카고 대학, 콜롬비아 대학 등 명문 대학 교수들은 보수주의자들과 달리 검소하지만 이들 역시 기술 문명의 일부인 기능주의자들이라고 비판한다. 컴퓨터가 없으면 아무것도 못하는 문명의 수혜자들이다. 자신을 초라한 사기꾼으로 만드는 귀족주의에 대해 메일러는 방어적이다. 유머는 미국에 깊이 뿌리내린 가장 미국적인 상징이다. 그는 여러 지역에서 몰려든 미국 군인들의 유머와 외설 속에서 미국에 대한 사랑을 배웠다. 미국인만큼 유머를 사랑하는 사람은 없다. 이처럼 메일러는 외설을 사랑하고, 유명해지고 싶은 허영심이 있고, 정치적으로 약간 냉소적이이지만 대중이나 평론가들이 인간의 적나라한 모습을 외면하는 것이 싫은 '우리들의 야수'다.

메일러의 자의식적 시선은 사건이 진행되는 과정에서 조금씩 바뀐다. 금요일 오후에 그는 법무부에 징집영장을 반납하는 대학생들을 옹호한다. 최루탄과 곤봉, 그리고 앞으로 닥칠 부당한 대우 등이 주는 엷은 불안 속에서 메일러는 다른 유명인사들과 함께 행진에 참여한다. 수많은 보도진과 카메라의 물결 앞에서 그는 흥분한다. '우리들의 야수'는 지루한 연설보다는 행진을 좋아한다. 994장의 영장이 반납되고 로웰과 멕도날드와 메일러는 다음 날 시위에서 얼른 체포되어 빨리 풀려나면 뉴욕의 파티에 참석하자며 속내를 드러낸다. 메일러의 시위는 이처럼 이념이나 의식에 의한 것이라기보다 분위기에 더 좌우된다. 조금은 냉소적이며 불안하던 그가 흥분과 용기를 얻는 것은 바로 수많은 카메라의 앵글 돌아가는 소리, 외침 소리, 취재진의 열띤 시선 앞에서였다. 신문 기사와 보도진에 불만이 많은 메일러였지만 보도진 없이 자신은 존재하지 않았다.

메일러의 정치적 입장은 어떤가? 토요일 오전, 링컨 기념관 앞. 정치적 구호를 앞세우고 몰려든 단체들과 파벌들에 대해 메일러는 비판적이다. 중산층 공산당의 가장 나쁜 점이 파벌이다. 이들은 단체와 당을 만들어 자신의 이익을 공적인 것처럼 포장한다. 그보다 더 나쁜 것은 혼자 설 수 없기에 동지를 모은다는 점이다. 파시즘을 경멸하는 메일러는 고독한 실존주의자다. 인식도 개인적이고 용기도 개인의 것이어야 한다고 믿는 점에서 그는 헤밍웨이의 후예다. 예를 들면, 파벌과 상관없이 홀로 자신의 일에 긍지와 최고의 능력을 발휘하는 리터맨 같은 유형이 메일러가 감탄하는 인물이다. 맨 앞줄, 유명 인사들의 대열에 서서 버지니아까지 1킬로미터 행진할 때 그는 이 BBC 방송국의 카메라맨을 만난다. 어디에서나 자신의 일을 잊지 않는 철저한 리터맨은 좋은 사진을 찍기 위해서 연신 메일러의 용기를 북돋는다. 리터맨은 작은 일이지만 그 일을 위해서는 어떤 어려움도 극복하고 철저하며 능숙하다. 가장 힘센 황소를 어린아이 달래듯이 다루는 헤밍웨이의 투우사를 떠올리게 하는 인물이다.

메일러는 행진이 시작될 때 군중 속에서 떠밀리며 퍼그스 악단의 연주를 듣게 된다. 샌더스의 리듬과 노래에 맞추어 몸을 흔들며 자신도 모르게 이들의 구호를 따라 부르는 메일러의 온몸에서는 에너지가 솟구친다. 인간의 용기와 정신은 음악과 율동에서 나오는 것은 아닐까? 이념이나 각오가 아니라 몰려든 단체들의 함성과 깃발과 악단의 신나는 음악이 힘을 북돋는다. 물질과 몸이 주인이고 정신과 마음은 노예다. 저항은 이 둘 사이에서 태어나는 실존적 용기다.

심벌즈, 트라이앵글, 북, 가죽 종, 화려한 잔치의 천막 아래서 이리 뛰고 저리 뛰는 악마에게 고하던 트럼펫이 내는 쓰라린 고통의 소리. 이들이 어우러져 울리면서 거창하고 으스스하게 신을 부르던 기원의 메아리는 사라지고, 이제 목소리는 새로운 가락 속으로 침잠한다. 그리고 모든 연주자들이 갑자기 울부짖는다.

"나가라, 악마여. 나가라, 이 사탄의 종들아. 다시 어둠 속으로 사라져라. 꺼져라, 악마들아, 꺼져!"

뒤에서 따라 외치는 소리가 들린다.

"나가라……! 나가! ……꺼져라, 꺼져!"

이런 식으로 악마를 부르고 동시에 악마를 쫓아내는 굿판이 계속되고 메일러는 어느덧 그 노래 속으로 빠져든다. 두려움을 물리치는 힘과 용기는 인간의 선한 의지가 아니라 주술과 최면, 사악한 힘에서 나온다. 신은 수동적이고 악마는 능동적이다. 신은 조용하고 악마는 떠들썩하다. 신보다 악마가 훨씬 더 매혹적이다. 『아메리카의 꿈』에서 메일러는 말한다. "신은 악마보다 우리를 더 모른다. 인간은 신을 향하기에는 너무나 타락해서 인간이 보내는 메시지는 대부분 악마가 접수하고 있다."* 그렇다면 악마와 대결하는 용기를 악마에게서 빌려 오자. 메일러는 헌병들이 서 있는 방어선을 넘어 그사이를 비집고 다닌 죄로 체포돼 호송차로 끌려간다. 그는 나치와의 대결

---

* 메일러의 중요한 작품으로 꼽히는 『아메리카의 꿈』은 신과 악마의 대결, 원시적 신비주의, 도덕적 사다리, 통과의례라는 작가 특유의 주제 의식을 환상적 사실주의 소설 속에 담고 있다. 자세한 분석은 졸저 『포스트모더니즘이란 무엇인가』(1990), 197~216쪽 참조.

로 두려움을 극복한다. 나치와 유대인 메일러가 팽팽히 맞서 악마만큼 힘이 강해졌을 때 비로소 선을 향한 용기가 태어난다. 물질이 정신에 미치는 영향은 이렇게 크다. 이런 측면에서 메일러의 실존주의는 현상학적이다.

적과 대결하는 용기는 영혼이 아니라 박자, 노래, 군중의 함성, 깃발, 몸의 부딪침, 보도진의 차량과 카메라의 눈, 그리고 나치라는 악마와 대결하는 증오심에서 얻는다. 메일러는 체포될 때 헌병의 몸이 떨리는 것을 느낀다. 체포 역시 몸의 희열을 나누는 적군과 아군의 대결이다. 그 부딪침은 사디즘과 매저키즘의 희열, 소유와 굴복의 희열이 주는 육감적인 접촉이다. 이런 몸의 접촉은 죄수와 경찰을 친밀하게 만든다. 마지막으로 펜타곤의 역사를 전달하는 매개자 메일러의 정치적 입장을 들어 보자.

미국은 야생적인 힘과 신비의 나라였다. 거칠고 힘든 이민자들의 삶은 신비한 꿈과 이야기를 만들어 냈다. 도깨비, 난쟁이, 악한, 시골뜨기, 올빼미, 요정, 귀뚜라미가 허물어진 광 속이나 동굴 밑에 살았고 유령 이야기나 야만인의 광폭한 이야기들이 사람들의 잠자리에서 잠자리로 이어졌다. 이런 소문들이 바람을 타고 이어지던 시절 미국의 광기는 거칠지만 야생적인 열정이 있었다. 그러나 전선을 타고 이야기가 증폭되고, 텔레비전이 불안과 우울을 달래 주고, 마을이 커지면서 신비한 꿈은 사라지고, 광기는 증폭돼 전쟁이나 마약, 게임을 통해 발산하지만 여전히 광기는 사라지지 않는다. 이미지와 실체의 간격이 벌어지고 합리주의와 기능주의 기술이 신화를 압도하면서 악마의 힘은 커져 간다. 바람에서 전선으로 의사소통의 힘이 커질수록 억눌린 광기가 늘어나고 작가의 죄의식도 그만큼 무거워진다.

메일러는 신화와 신비주의를 믿기에 벽돌 쌓듯이 견고한 마르크스주의를 믿지 않는다. 확신과 연설과 단순한 획일성으로 현실을 판단하는 공산주의자 월터 티그를 위험하게 보는 이유는 메일러가 보는 현실은 그보다 훨씬 더 모호하고 복잡하기 때문이다. 예를 들어 간수와 죄수의 대결을 보자. 간수는 소도시의 선량한 기독교 가정에서 가난하게 자랐다. 그들은 노동자층에 속하지만 보수적인 기질을 지녔다. 단순하고 절제하고 엄격하고 용감하지만 속 좁고 인색하여 절제와 탐욕 사이의 고통스러운 갈등을 누르고 있다. 죄수들은 도시 중산층 가정에서 자랐다. 좌파 지성인, 히피, 비트족, 폭주족 들은 진보주의적인 책을 읽고 환각제를 피우며 기술 문명과 기능주의를 선도한다. 그런데 이들이 공산당에 속하고 베트남 인민전선에 동조하며 신비주의를 부르짖는다. 마르크스주의 논리와 전혀 맞지 않게 노동자층이 보수적이고 중산층이 진보적이다. 신좌파는 미국 자본주의 기업이 베트남전쟁의 주체라고 믿기에 자본주의 기업에 저항하지만 자신들이 바로 그 일부인 것을 모른다. 미국 정부는 이 베트남에서 손을 떼면 공산주의가 아시아 전역을 지배할 것이라는 '도미노 이론'을 믿는다. 그러나 반전론자들은 공산주의를 패배시킬 유일한 힘은 공산주의 그 자체라고 말한다. 공산주의가 확산될수록 그 자체의 모순이 환산되고 결국은 제풀에 주저앉을 것이다. 그보다 메일러는 미국의 분열증적 상황에 초점을 맞춘다. 미국은 기독교 정신 위에 세워졌다.

기독교 정신의 정수는 신의 아들을 옹호하는 신비주의다. 그런데 사단법인의 중심은 과학 기술의 숭배라는 신비의 배척이다. 과학 기술만큼 피 흘리던 예수 그리스도의 가슴과 반대되는 개념도 없을 것이다. 자신의 임무에 충실한 평범한 미국인들은 메일같이 예수 그리스도를 더욱 더욱 섬기면서 더욱 그 정반대의 길인 예와 아니오, 1과 0이라는 컴퓨터의 노예가 되어 가고 있다. 그러니 점점 머릿속이 분열되어 갈 수밖에 없을 것이다. 예수 그리스도라는 신비에 대한 사랑과 컴퓨터라는 전혀 신비가 없는 것에 대한 사랑은 억압된 정신분열 상태를 만연시켰다. 드디어 그것이 터져 일시적 치료를 받고 있는 것이 베트남전쟁이다.(필자의 줄임.)

자. 이 정도면 주인공은 펜타곤 시위를 어느 정도 객관적으로 보도할 자격이 있지 않은가. 적어도 그는, 시위에 참여했지만 중산층 좌파도 아니고 정부 측 보수파도 아니다. 그는 자신의 표현대로 "보수적 좌파"다. 그리고 복잡한 미국의 과거와 현실을 직관으로 통찰한다. 마르크시즘을 믿지 않으면서 좌파요, 중산층 히피의 문제점을 알면서 이들과 한패다. 이런 자신을 메일러는 "단순한 주인공, 신기한 바보, 그리고 평범한 수준 이상의 관찰력"을 가진 인물이라고 평한다. 극좌파도 극우파도 아닐뿐더러 먼저 자신이 어떤 매개체(medium)인지 자세히 밝혔으니 독자가 알아서 판단하라는 유머 있는 몸짓이다. 그리고 조망대만 세운다면서 할 말을 거의 다 했다.

3. 메일러 문학의 주제 : 통과의례와 도덕적 사다리

2부 「역사로서의 소설」은 전체 구성에서 절정을 향해 가는 부분이다. 메일러의 시점으로 각종 보도 자료가 제공되고 시위대의 특징과 펜타곤 행진이 벌어지게 되는 배경과 경위 등이 자세히 서술된다. 그렇다면 2부와 1부가 어떻게 연결돼 한 권의 소설이 될까? 소설의 감동은 마지막에 이르러 갈등이 최고조에 달하고 반전에 의해 절정이 와야만 느낄 수 있다. 카타르시스는 아무리 뉴저널리즘 소설이라 해도 미학적 감동의 필수 요소다. 만일 이 부분에서 절정에 이르지 못하면 감동을 못 줄 것이고 메일러는 영원히 로웰을 질투하고 평론가들을 미워할 것이다. 우선 그는 중산층 자유주의자들을 소개하고 여러 단체들을 분석한 다음 시위를 위해 시위대 측 대표와 정부 측이 협상하는 과정을 보여 준다. 미리 회의를 거쳐 어느 정도 서로 양보하여 집회 시간과 장소까지 타협한다. 그리고 펜타곤에 들어가 업무를 방해한다는 시위대 측의 기획에 따라 펜타곤을 미리 탐색한다.

펜타곤은 거대하고 밋밋한 오각형 건물로 모호하고 획일적인 가운데 해파리처럼 단세포적이다. 모든 정보가 코드화돼 누구나 참여하지만 아무도 그 코드가 작동되는 원리를 모르는 현대 패러다임의 상징이다. 이어서 메일러는 시위대 학생들과 헌병들이 대치하는 불과 몇 미터의 최전선으로 독자를 끌고 간다. 이 부분이 작품의 절정이다. 헌병들이 소극적으로 방어하며, 적군과 아군의 경계가 모호하기에 대학생들은 오만해진다. 흑인이 흑인 군인을 희롱하고 여학생은 꽃을 선물하고 낙서를 하는 등 기고만장해진다. 날이 저물자 최후까지 남은 과격파 학생들은 계단 위에서 마약을 피우고 술을 마시고 음식을 먹는다. 이때 마감 시간을 경고하면서 베트남 퇴역병 분대가 나타난다. 이들은 쐐기 작전으로 학생들을 몰아가서 "닥치는 대로" 체포한다. 여학생을 구타하고, 잔인하게 대하며 학생들에게 굴욕감을 주고 기를 꺾는다. 잔뜩 긴장한 양측. 협상한 시간이 다가오지만 학생들은 버틴다. 그리고 시간을 넘긴 마지막 학생들은 체포된다. 군인과 대치하면서 추운 밤을 지새운 학생들은 비록 체포되고 감옥으로 가지만 적과 대결에서 자신의 죄가 정화됨을 느낀다. 이것이 메일러 문학의 주제인 '통과 의례'와 '도덕적 사다리'라는 중요한 개념이다.

미국 사회가 안은 여러 갈등과 충돌을 보여 주면서 메일러는 작가의 죄의식이 무겁다고 말한다. 죄의식을 가질 것, 그 죄의식을 정화하기 위해 용기를 얻을 것, 그리고 악으로부터 얻은 활력으로 악마와 대결할 것을 제시한다. 그런데 용기의 끝은 어디인가. 그가 도덕적 사다리를 한 계단 한 계단 오를 때마다 그는 현기증을 느끼고 내려가고 싶은 욕망을 느낀다. 아무리 높이 올라간다고 해도 결국 마지막 한 계단을 내려서야만 하고 이때 멀미를 느낄 것이다. 그것이 의미가 있을까?

그토록 철없어 보이던 중산층 대학생들이 갑작스럽게 강하고 잔인한 적을 만나 끝까지 버티면서 추운 밤을 새울 때, 감옥으로 향할 때, 그 전날까지 이들의 가슴속에 뭉쳐 있던 덩어리가 녹으면서 기분이 홀가분해진다. 비록 다시 그 사다리에서 한 발짝 내려오더라도 도덕적 사다리를 오르는 것은 의미 있었다.

『밤의 군대들』은 뉴저널리즘 소설이라는 새로운 장르를 개척한 작품일 뿐 아니라 미국에 관한 많은 사실들을 깊이 있는 작가의 눈으로 일깨워 주는 작품이다. 단순히 펜타곤 시위 현장을 기술한 픽션일 뿐 아니라 미국인이 누구인가, 어떤 나라인가를 알려 준다. 그리고 미국을 떠나 적군과 아군의 경계가 무너진 현대사회, 신비주의와 기술 문명 속에서 갈등하는 현대인에게 어떻게 살아야 하는지를 일깨워 주는 작품이다. 이것이 작품의 후반부 절정에 이르러 독자가 감동으로 목이 메는 이유가 아닐까 생각해 본다.

2007년 가을
권택영

작가 연보

1923년　미국 뉴저지 주 롱브랜치의 유대인 가정에서 출생.

1939년　뉴욕 시 브루클린 보이스 고등학교 졸업 후, 하버드 대학 항공기술학과 입학.

1943년　대학을 우등으로 졸업.

1944년　2차 세계대전에 참전, 남태평양의 필리핀 군도에서 중사로 복무.

1946년　제대 후 프랑스의 소르본 대학에서 유학.

1948년　참전의 경험을 바탕으로 쓴 사실주의 소설 『나자와 사자(The Naked and the Dead)』 발표. 좋은 평을 얻고 이후 미국 문단의 주목을 받음.

1951년　냉전을 다룬 소설 『바버리 해변(Barbary Shore)』 출간.

1955년　대안 잡지 《빌리지 보이스(The Village Voice)》에 공동 발간인으로 참여. 『사슴 공원(The Deer Park)』 출간.

1959년　『하얀 흑인(The White Negro)』과 『나 자신을 위한 광

고(Advertisements for Myself)』출간. 이후 미국 문화에 커다란 영향을 미치고 특히 젊은 층에 영향력이 큰 인물로 주목받음. 1962년부터 1972년 사이 출간한 17권의 책 가운데 5권이 전미도서상의 4개 다른 영역의 후보로 오름.

1965년 현실과 환상의 경계가 무너지는 소설 『아메리카의 꿈(An American Dream)』을 출간해 다시 한 번 주목받음.

1966년 『식인종과 기독교인(Cannibals and Christians)』 출간.

1967년 『우리는 왜 베트남에 있는가?(Why Are We in Vietnam?)』 출간. 『노먼 메일러 단편집』 출간.

1968년 역사적 기록과 소설적 허구의 경계를 무너트리는 뉴저널리즘 소설 『밤의 군대들(The Armies of the Night)』을 발표해 퓰리처상과 전미도서상 수상. 《하퍼스 매거진(Harper's Magazine)》에 보도한 글로 조지 폴크상 수상. 이후 뉴저널리즘 소설이라는 새로운 장르를 정착시킴.

1969년 뉴욕 시장 선거에 출마.

1971년 아폴로 11호의 발사를 자세히 다룬 『달 위에서의 불(A Fire on the Moon)』 발표. 페미니즘에 대한 견해를 피력한 『성의 죄수(The Prisoner of Sex)』 출간.

1979년 유타 주의 사형수 게리 길모어의 실제 삶을 재현한 소설 『처형인의 노래(The Executioner's Song)』로 두 번째 퓰리처상 수상.

1983년 3000년 전 이집트를 배경으로 쓴 장편 역사소설 『고

	대의 저녁들(Ancient Evenings)』 출간.
1984년	소설 『강한 남자들은 춤을 추지 않는다(Tough Guys Don't Dance)』 출간.
1991년	1300쪽에 상당하는 미국 CIA 연대기적 소설 『매춘부의 유령(Harlot's Ghost)』 출간, 베스트셀러에 오름.
1995년	리 하비 오스월드의 전기 『오스월드의 이야기(Oswald's Tale)』 출간.
1997년	예수 그리스도의 생애를 그린 소설 『아들이 전하는 복음(The Gospel According to the Son)』 출간.
1998년	픽션과 논픽션 선집 『우리 시대의 시간(The Time of Our Time)』 출간.
2003년	글쓰기에 관한 수필 모음집 『으스스한 예술(The Spooky Art)』 출간.
2005년	미국 문학 공로상 수상.
2007년	악마의 시점으로 히틀러의 출생 과정과 어린 시절을 그린 소설 『숲 속의 성(The Castle in the Forest)』으로 다시 한 번 평단의 주목을 받음. 『아들이 전하는 복음』의 짝으로 평가받기도 함.

세계문학전집 **158**

밤의 군대들

1판 1쇄 펴냄 2007년 9월 28일
1판 20쇄 펴냄 2023년 3월 14일

지은이 노먼 메일러
옮긴이 권택영
발행인 박근섭, 박상준
펴낸곳 (주)민음사

출판등록 1966. 5. 19. (제 16-490호)
서울특별시 강남구 도산대로1길 62(신사동) 강남출판문화센터 5층 (우편번호 06027)
대표전화 02-515-2000 팩시밀리 02-515-2007
www.minumsa.com

ISBN 978-89-374-6158-3 04800
ISBN 978-89-374-6000-5 (세트)

* 잘못 만들어진 책은 구입처에서 교환해 드립니다.

세계문학전집 목록

세계문학전집은 계속 간행됩니다.